DE HEILIGWORDING VAN BERTHE PLOOS

Hannes Meinkema

De heiligwording van Berthe Ploos

Roman in verhalen

2007
Uitgeverij Contact
Amsterdam/Antwerpen

Dit boek kwam tot stand met steun van het Vlaams Fonds voor de Letteren

Vlaams
Fonds
voor de
Letteren

© 2007 Hannes Meinkema
Omslagontwerp Suzan Beijer
Foto auteur Ronald Hoeben
Foto omslag Alma Anselmi
ISBN 978 90 254 2648 4
D\2007\0108\903
NUR 301

www.uitgeverijcontact.nl

INHOUD

To choose what is difficult all one's days
as if it were easy, that is faith.
W.H. Auden, *For the time being*

I

AFZIEN

Het kleine blonde meisje is juist van plan haar miniatuurwinkel-wagentje op haar broertje in het zitje van hun moeders overvolle boodschappenkar in te rammen, als ze Berthe Ploos ziet. Haar mond valt open en haar handen vallen stil.

De moeder, gealarmeerd door de wat al te plotselinge rust van haar oudste, ziet haar met grote ogen kijken naar een kleine, magere donkere vrouw aan wie niets bijzonders te zien is, behalve misschien dat ze ongebruikelijk lang bij de schappen draalt, de dagelijkse veelheid van producten in zich opnemend voor ze verder loopt zonder iets in het mandje aan haar arm te hebben gelegd. 'Niet zo kijken, dat is onbeleefd,' zegt ze tegen haar dochter, maar zelf kijkt ze nu ook hoe de vrouw, ze moet begin veertig zijn, koopt haar kleding zich zo te zien op de markt en knipt haar haren zelf en toch is er niets armoedigs aan haar – hoe die vrouw met een leeg mandje netjes in de rij bij een van de kassa's gaat staan, die in overeenstemming met het klantwervende beleid van Albert Heijn niet meer dan drie wachtenden voor haar bevat, wacht tot ze aan de beurt komt, haar mandje in de hoge stapel mandjes half onder de kassa plaatst (waarbij ze de stapel, die door slordiger voorgangers scheef is geworden, en passant even ordent), en met een niet onvriendelijk 'sorry, er was niets bij' de cassière voorbijloopt, door het controlepoortje en rechtsaf de winkel uit. De cassière kijkt haar na.

Dan begint het jongetje om aandacht te krijsen. De moeder grist snel het pak Pampers uit het rek waar ze voor kwam, voor de juiste sekse en in de juiste maat, de gedachte van zich afschuddend dat ze iets gezien heeft: er was immers niets te zien, er is niks gebeurd. Een merkwaardige vrouw, met dat gelige gezicht van een middeleeuwse geleerde onder die slordige grijszwarte haren – maar Amsterdam barst van de excentriekelingen, ja toch, daar is het Amsterdam voor.

'Kom,' zegt ze tegen haar dochtertje, 'we gaan in de rij staan, je moet al bijna weer naar school,' maar als ze ziet dat het meisje een rol fruitsnoepjes in haar minikarretje heeft gelegd glimlacht ze, en legt het niet, zoals anders, weer terug.

Terwijl Berthe naar huis loopt prikken de tranen haar achter de oogleden. Kinderachtig! Ze begrijpt er niets van. Een paar dagen geleden nog heeft ze bij deze zelfde Albert Heijn een heel mandje vol lekkers gekocht, pesto, kalfsfilet met uitjes, geitenkaas en kerstomaatjes, avocado's, druiven, wat al niet. Nu had ze alleen maar brood nodig en shampoo en iets voor het avondeten, maar ze kon niet kiezen: die overvloed daar in de supermarkt deed haar pijn, zomaar ineens.

Komt dat doordat ze overwerkt is?

Berthe leeft in het duister, in een kelder die vroeger als fietsenstalling werd gebruikt. In het schemerlicht loopt ze mismoedig naar haar computer, knipt die aan, eet in de tijd die de machine nodig heeft om op te warmen een bakje uitgedroogde muesli met wat yoghurt die ze weet niet hoe lang al in de koelkast staat – ze moet zorgvuldig gieten omdat ze niets van die gele korst rond het kartonnen schenktuitje in haar bakje wil – en zet dan Freecell op het scherm. Ze is verslaafd aan Freecell.

In tevreden haast spreidt de computer de kaarten uit, in acht open rijtjes van zes of zeven onder elkaar, het spel der spellen omdat het (vrijwel) altijd uit kan komen, als je goed speelt. Zij speelt goed: als haar score onder de 90 procent komt wist ze de statistiek en begint ze opnieuw; laatst had ze meer dan honderd spellen gespeeld voor het zover was.

Ze neemt zich voor niet verder dan vijf spellen te gaan en ze begint, en daar wordt ze in haar spelen opgetild, vervoerd en vervreemd, alsof er een competentie bezit van haar neemt, een vaart in het spelen, een kennis groter dan van het speelbord, een gestalt, een greep op die steeds dezelfde 52 kaarten die op zo veel verschillende manieren kunnen worden gerangschikt. Als een goochelaar is ze die een spel kan schudden in de lucht en de kaarten allemaal weer opvangt in haar hand, zo speelt ze de kaarten van plaats naar plaats en weg, de muis razendsnel over het scherm, en vangt ze op in oplopende volgorde, van aas tot heer.

En nog een spel, en nog één. Wilt u nog eens spelen? vraagt het scherm netjes, en ja, zegt haar muishand, ja, en nog eens, ja.

Maar dan, na een stuk of tien spelletjes, gaat het mis. En het gekke is: ze wist het. Ze wist dat ze had moeten stoppen, dat het genoeg was, dat er een kentering zou komen. Ze is te ver gegaan. Plotseling houdt ze zich niet meer aan haar eigen spelregels (nooit twee dezelfde kaarten parkeren, nooit meer dan twee vakjes langer dan tijdelijk bezetten). Natuurlijk verliest ze. En nog eens. Haar score staat nu op 83 procent en ze wist hem; de magie is weg, ze weet dat het niks meer wordt. Een matheid neemt bezit van haar terwijl haar hand automatisch doorspeelt en klikt en klikt, ze weet dat ze gaat verliezen maar kan niet meer stoppen – en verliest. De eerste keer al na een paar zetten. Opnieuw, score op nul. Het spel afsluiten met een score van nul kan ze niet; ze moet wel door, al wil ze niet meer. Het tweede spel gaat goed, zij het zonder vreugde; ze doet er nog één. Okee, ze gaat tot drie. Drie is een mooi begin voor de volgende keer. Nee, vier. En mis. Opnieuw.

Als ze op haar horloge kijkt zijn er twee hele uren verdwenen. En staat er één, zegge en schrijve één gewonnen spelletje op de score. Minder dan toen ze begon. Ze snapt zichzelf niet. Alsof ze in een moeras van moedeloosheid is gestapt, net als Bunyans Christian aan het begin van zijn reis, maar willens en wetens. Ze haat dit duffe gevoel maar ze heeft het zichzelf aangedaan.

Met grote moeite scheurt ze zich los, beëindigt het spel en klikt meteen – om de verleiding te weerstaan spoorslags opnieuw in de programmalijst naar Bureau-accessoires, Ontspanning, Freecell te gaan – op het bureaublad haar mailprogramma aan en de verbinding met internet, omdat ze zichzelf goed genoeg kent om te weten dat ze wanneer de modem tikt geen geld zal verspillen, ze vraagt de binnengekomen mail op, kijkt of er iets beantwoord moet worden, nee, verbreekt de verbinding en klikt de e-mailversie van *De Volkskrant* aan die haar provider naar bertheploos@xs4all.nl heeft gestuurd, scrolt erdoorheen en leest onder het slotkopje 'Cultuur' dat Helene Nolthenius gestorven is.

Helene Nolthenius is dood! En net nu zij *Een Man uit het dal van Spoleto*, haar boek over Franciscus, wilde gaan lezen – een gemiste kans. Het boek ligt al klaar op haar bureau.

De golf van verontwaardiging schuimt na, al weet ze best hoe belachelijk het is dat iemand wier boek zij toevallig wil lezen niet dood zou mogen gaan.

Wacht eens, het is niet de eerste keer dat ze zich zo voelt. Er bestaat een verhaal over haar toen ze vier of vijf was, moeder Agnes heeft het haar herhaaldelijk verteld. Het verhaal van een kleine Bertje die weg was van El Grecos *Espolio*, het schilderij waarop Jezus wordt uitgekleed en zijn kruisiging wordt voorbereid, dat moeder Agnes had hangen in haar kantoor – een kopie natuurlijk, maar dat wist zij toen nog niet. Ze heeft er vast wel ergens een reproductie van. Ja, tussen de kunstboeken staat het kleine vierkante boekje dat ze zoekt, ooit bij De Slegte of een dergelijke winkel gekocht, met reproducties van El Greco, meest zwart-witafbeeldingen, maar deze gelukkig niet. Jezus heeft er een karmijnrode jurk aan en houdt zijn hand min of meer op zijn hart, ter verdediging tegen de ruwe handen die hem willen uitkleden. Zijn ogen zijn ten hemel opgeslagen, in vroomheid of wanhoop, dat kan ze niet zien. Om hem heen een kleurloze menigte van lelijke, wrede gezichten, op de spaanse edele na die naast hem staat en ons recht aankijkt, en in wiens harnas het rood van Jezus' kleed weerglanst. Linksvoor en onderaan de vrouwen, die toekijken hoe een soldaat een spijker in het kruis slaat. In dat gedeelte zit veel goudgeel: haar en omslagdoek van de vrouw vooraan, die Maria troost, en de halsdoek van de man die de spijker slaat. Knap geschilderd en mooi van compositie en kleur, maar verder weet ze niet wat ze er toen in zag; als ze er nu naar kijkt, bevangt haar geen vreugde, ontzag, ontroering. Had ze er toen een schoonheidservaring bij? Vast niet, haar opwinding moet met het onderwerp te maken hebben gehad. Want dat weet ze nog wel, hoewel ze niet meer weet of het haar herinnering is of de herinnering aan wat haar is verteld: in die jaren was ze erg in Jezus. Nu is het schilderij niet meer dan een plaatje. Als je vier bent, weet je dan wat schoonheid is? Misschien toch, want ze had El Greco een brief willen schrijven om hem te vertellen hoe mooi ze zijn schilderij vond. Toen moeder Agnes haar zei dat El Greco dood was, al bijna vierhonderd jaar, had ze een enorme huilbui gekregen; vanuit dat zware gevoel van onherroepelijk te laat had ze geschreeuwd dat het niet eerlijk was, El Greco dood nèt nu zij hem een brief wilde schrijven. Een anekdote om om te lachen en te huilen tegelijk.

'*Plus ça change, plus c'est la même chose,*' zei moeder Agnes altijd.

Ze bladert verder in het boekje en vindt: de heilige Andreas en Franciscus. Andreas met zijn kruis en Franciscus in een grauwe pij, uitgehongerd, en met zijn stigmata in voeten en handen, die naar het verhaal luidt zo pijnlijk waren dat hij zijn pij niet meer kon dichtknopen, laat staan kon schrijven. Franciscus houdt zijn rechterhand, net als Jezus in *Espolio*, op zijn hart. Melodrama? El Greco kan het niet helpen dat zulke ten hemel geslagen ogen tot cliché verworden zijn, dat we verticale langgerekte lijnen zijn gaan zien als een standaarduitdrukking van lijden.

Franciscus. Ach, Berthe kent hem natuurlijk al lang: ze las als meisje al de biografie van Elizabeth Goudge, die een van de lievelingsschrijvers van moeder Agnes was, en als ze zich niet vergist heeft ze de *Fioretti*, de veertiende-eeuwse bloempjes van Franciscus, ooit van het net geplukt; maar tot nog toe kende ze hem alleen als verhaal, zoals ze de meeste heiligen kent als verhalen. Franciscus heeft nog nooit tot haar gesproken, en ze weet ook niet goed waarom ze dat boek van Nolthenius op haar werktafel heeft gelegd, maar zulke dingen hoeft ze van zichzelf ook eigenlijk nooit bij voorbaat te weten, daar komt ze vanzelf wel achter. Als ze aan Franciscus denkt, ziet ze een springerig mannetje voor zich, mager in zijn grauwe pij, met vogeltjes op de schouder en dieren uit het woud rond zijn voeten, een beetje als Sneeuwwitje in de Disney-film, kinderlijk en spontaan en op een onschuldige manier romantisch. *Il poverello.* Maar die stigmata zijn, hoewel ook op een bepaalde manier romantisch te noemen, van een heel andere soort: melodrama, een verheerlijking van pijn waar ze een bloedhekel aan heeft, hoe valt dat met die exuberante levensvreugde van Franciscus te rijmen? Hoe kon de man die het speelse Zonnelied schreef en een zo grote liefde voor de schepping bezat, zich zo met de pijn van zijn grote voorbeeld identificeren? En dan nog niet eens zo'n beetje ook: want naar men vertelt, bootsten de stigmata bij hem en uitsluitend bij hem met verkleurde vleesuitstulpingen de spijkers na, met koppen aan de ene kant en scherpe punten aan de andere, maar zo heeft El Greco ze niet geschilderd. Frans Pourbus de jongere wel, meent Berthe zich te herinneren, maar was die niet later? Dus dat zoekt ze op internet meteen even op. Jawel, een schilderij van 1620, zes jaar nadat de dood van El Greco het hem onmogelijk maakte brieven te ontvangen, en het hangt in het Louvre, vandaar dat ze dit wist, daar heeft ze het natuurlijk zelf ook ooit eens gezien. Ze klikt het aan en daar ligt de heilige, schuin in beeld op zijn knieën, de handen en het hoofd geheven naar de engel rechtsboven in wie hij, volgens het verhaal, Christus aan het kruis zag, en daarom vormen zijn eigen armen ook een kruis ook al kunnen wij in het vogelachtige wezen geen gelijkenis met de man van smarten ontdekken – wat Berthe doet concluderen dat de schilder zich heel bewust is geweest van de onmogelijke relatie tussen verhaal, schilderij en kijker. Wij zien wat gewone mensen zien maar niet wat Franciscus zag. Berthe houdt van dit soort con tradicties: wij kunnen naar een schilderij van de Medusa kijken zonder te verstenen, maar als we Orpheus horen zingen zingt hij niet mooier dan zijn collega's, omdat geen opera-regisseur het contrast uit de mythe durft vertalen in zangers van mindere kwaliteit. Pourbus' Franciscus zit ook zo schuin dat wij behalve de spijkers in zijn handen ook zijn rechtervoet, naast zijn uitgeschopte sandalen, goed genoeg kunnen zien om de wond die inderdaad precies op een spijker lijkt te kunnen waarnemen. Naast de vogelachtige engel moet dat betekenen dat Pourbus ons deze vreemde afwijkende stigmata als twijfelloos waargebeurd wil presenteren. De schedel bij de linkerknie verleent Franciscus met dat *memento mori* nog meer ernst. Ja, als die spijkerwonden niet zo raar waren viel er niets te beleven aan dit schilderij, denkt Berthe, die zich herinnert dat Franciscus op zijn sterfbed, na zijn ganse bekeerde leven zo rigoureus aan de armoede en de eenvoud te hebben gewijd, om marsepein vroeg. Schattig. Ze moesten hem daar de reliekjagers van het lijf houden, anders was hij bij leven al in stukjes en beetjes verdeeld. Ach, Franciscus, die volgens de legenden een wolf bekeerde en één van zijn monniken dwong een bende moordenaars vergiffenis te vragen omdat hij ze geen brood had willen geven: kennelijk kan ze niet om hem heen. Hoe noemen ze dat ook weer, het betekenisvolle toeval? Contingentie, synchronisme, serendipiteit.

Berthe glimlacht bitter. Kleine Clara, haar collega op het werk die aan new age doet, zou zeggen dat ze een sukkel was als ze geen aandacht aan betekenis besteedde. Betekenis, ze weet niet eens meer wat dat is. Ja, ze is overwerkt.

Berthe denkt aan haar werk. Ze ziet houterige teksten van parochieblaadjes, ze ziet webteksten zonder appèl, ze ziet rapporten van commissies die zijn aangesteld om iets te onderzoeken wat iedereen eigenlijk al weet. Ze voelt de bekende dofheid, alsof er een deur dichtslaat. Stellingen, gedachten en resultaten van anderen, in houterig proza geformuleerd, die zij van overtuigingskracht moet voorzien, of ze het ermee eens is of niet. Drie jaar lang. Tweedehandswerk.

De meeste mensen hebben werk nodig om structuur aan hun dagen te geven. Berthe niet. Laat mij maar een lelie zijn, denkt ze, een lezende lelie des velds. Vrienden heeft ze niet nodig: als ze alleen is, gaat het haar immers het best, dat is altijd al zo geweest. Niemand belt haar; toch heeft ze een antwoordapparaat voor als ze geen zin heeft de telefoon aan te nemen. Haar radio-cdspeler staat op FM-klassiek afgestemd, maar hoewel ze als ze hem aanzet altijd verrast is door de troost die van muziek uitgaat, vergeet ze dagen achtereen dat ze het ding bezit. Ooit had ze een kat, maar die is weggelopen. Het geeft niet: ze heeft genoeg te doen. Ze leest, ze leest, ze kijkt af en toe wat tv, speelt Freecell, haalt de krant op van het net vanwege een vaag schuldgevoel dat ze toch minstens geïnteresseerd zou moeten zijn in wat zich in de echte wereld afspeelt, maar klikt per dag hooguit een of twee artikelen aan. Ze houdt van internet, haar tweede bibliotheek aan huis. Internet is God, alwetend en, met het woord van Eckhart, allermededeelzaamst. Ze surft zoals ze televisiekijkt: ze weet van tevoren wat ze wil zien, ze weet waar ze heen gaat. Zapsurfen vindt ze even betekenisloos als zo'n glanzend tijdschrift dat op de kaft wonderwat belooft en inhoudelijk niets nieuws te bieden heeft. Zonder richting is er niets aan. Een bewuste, misschien wel overbewuste lelie des velds. Onlangs werd ze opgebeld door een enquêtebureau dat een onderzoek deed naar leesgedrag. Nu zullen we het hebben, dacht Berthe, nu mag ik iets zeggen over wat ik het liefste doe. Nu mag ik uitleggen dat de één met levende mensen verbonden is en de ander via boeken met mensen die misschien niet meer leven, maar wel degelijk verbonden en even diep. Het komt er maar op aan dat je je engageert, dat je je overlevert, dat je je verliest. Tegen een boek kun je nee zeggen, natuurlijk, en dan gebeurt er verder niets – en als je ja zegt gebeurt er allerlei wat je niet had kunnen dromen – maar het boek zegt altijd ja, het heeft al ja gezegd voor je eraan begon.

Maar toen het lijstje vragen was afgewerkt, was er uitsluitend over kranten en tijdschriften gepraat. 'U heeft me niets over het lezen van boeken gevraagd,' merkte Berthe op die per dag toch minstens één, zo geen twee boeken leest. Maar boeken lezen, wist de enquêteur, droeg niet significant bij aan het leesgedrag van de Nederlander. Wie wil er dan nog Nederlander zijn?

Berthe kijkt naar de muren van haar huis. Allemaal begroeid. Twee kamers, één tevens keuken, die ze altijd krakend schoon gehouden heeft, in twee tinten ingericht: grijs en zwart, behalve de muren, die boven de verwelkte ruggen van haar boeken wit zijn.

Een Man uit het dal van Spoleto. Op de binnenzijde van de flap een portret van Helene Nolthenius. Het hoofd iets achterover, schuin naar rechts opgeheven, fier, een prachtige glimlach met stevige, dichte lippen. Een mooie, sterke vrouw. Iemand die ze graag had willen kennen – nee, kan kennen, want haar boek is er nog. Ze is niet meer het kind van toen dat dacht dat gevoelens van dankbaarheid en bewondering alleen maar telden als je ze uitte. El Greco dood, Helene Nolthenius dood. Ze verliest zich in dat sterke gezicht.

En dan ineens is er iets bekends: in de twee parallelle lachcurven onder het rechterjukbeen, in de stervormige rimpels rond de ogen, in de lijn van de wenkbrauwen, in het linkerbovenooglid, zo hoog gewelfd: zonder die fierheid en minder werelds zou dit het gezicht van moeder Agnes kunnen zijn. Niet de Agnes van haar laatste bezoek, van hun afscheid, maar de moeder van haar jeugd, van wie ze zoveel hield dat het nu nog pijn doet dat ze er niet meer is. Ooit had ze een foto van haar, maar na dat laatste bezoek is ze die kwijtgeraakt.

Moeder Agnes met haar klompvoet, waarmee een meisje toen niet aan de man kwam. Ze heeft zich dikwijls afgevraagd of die voet aan moeder Agnes' roeping had bijgedragen – maar tot dat afscheid, tot haar ziekbed en dood, had ze aan die roeping zelf nooit getwijfeld. Op je tiende vraag je je niet af waarom iemand non wordt; op je vijftiende schaam je je voor je liefde voor iemand die er in de ogen van je klasgenoten zo onwerelds uitziet. Toen ze twintig was verruilde Berthe haar studie theologie voor die van literatuurwetenschap, met filosofie als bijvak, hoewel de eerlijkheid gebiedt te zeggen dat een traumatiserend conflict met haar favoriete hoogleraar niet weinig aan die beslissing heeft bijgedragen. Gaandeweg verloor ze haar geloof, en toen ze vijfentwintig was ging moeder Agnes dood en sloeg op haar sterfbed de laatste illusies in duigen.

Hoe breng je de moed op om dood te gaan, dacht Berthe toen, onderweg naar het ziekenhuis, zal ik dat ooit kunnen? Ze schaamde zich omdat ze de enige vrouw die glans over haar leven had gelegd, meer dan twee jaar niet had opgezocht. En waarom? Uit schaamte, had ze steeds gedacht. Nu denkt ze: uit trots. Misschien is het beter in één klap weg te zijn, dacht ze, onder een auto of door een hartaanval of zoiets, ja, voor mij beter – er is toch niemand om afscheid van te nemen; als straks moeder Agnes er niet meer is, is er niemand meer. Niet dat dat erg is, maar de mensen zullen het raar vinden.

Hoewel – je het laatste wat er met je gebeurt te laten overkomen, nee, dat leek haar toch eigenlijk bij nader inzien niks, daar verzette ze zich toch ook weer tegen. Alsof een plotselinge dood iets van je afpakte. Had Socrates niet nà zijn ter doodveroordeling gezegd dat het leven dat niet wordt onderzocht het niet waard is geleefd te worden? Je zou er bijna nieuwsgierig naar kunnen worden, dacht Berthe die vrijwel niets anders deed dan haar leven in ogenschouw nemen en ontleden. Hoe zal het zijn? Niet de dood zelf, maar dat moment voor de dood, hoe zal het zijn?

Makkelijker, dacht ze in de gang naar moeder Agnes' kamer, als je zoals moeder Agnes meent dat je ergens naartoe gaat. Onderweg, in plaats van aan het einde van de weg de afgrond in. Terwijl haar ogen zochten naar het haar opgegeven kamernummer dacht ze aan het zenverhaal van de man die aan een dunne twijg boven de afgrond hangt, met boven hem een hongerige tijger en onder hem de scherpe tanden van de rotsen – en dan ziet hij een heerlijke vrucht, een wilde braam of framboos aan die dunne tak, hij plukt hem en geniet van de heerlijkste vrucht die hij ooit gegeten heeft. Zo was Socrates, en zo was moeder Agnes, de meest aanwezige mens die ze ooit heeft gekend.

En daar was ze. In dat bed bij het raam, dat moest ze zijn. Maar daar lag niet de vrouw met het gezicht van een engel, de vrouw die ze tot een paar jaar geleden zo'n vier keer per jaar opzocht en die haar dan altijd met liefdevolle belangstelling vroeg hoe haar leven was, die naar haar reizen vroeg alsof ze het echt wilde weten, die met haar over theologie praatte, de vrouw die haar als kind had gekend, als de kleine Bertje die van El Greco hield. In dat bed lag onder een verwassen ziekenhuislaken een gelig, ingevallen gelaat waarin alleen de grote, lijdende ogen onder de hoge oogleden de dood op een afstand hielden. Die ogen herkende ze dan toch wel, die ogen maakten van deze vreemde vrouw weer moeder Agnes, maar niet haar eigen moeder Agnes. Ze had haar nog nooit zonder habijt en kap gezien – ook toen het mocht en andere nonnen in grijze rokken en twinsets gingen lopen hield zij er ondanks al haar vooruitstrevendheid aan vast omdat ze, naar ze zei, eenvoudigweg geen tijd had om zich te bekommeren om wat ze aan moest trekken: dat was het natuurlijk ook, wat haar gezicht zo vreemd maakte, er was zoveel meer te zien dan Berthe kende. Die haren, schaars en wit, op die verschrompelde schedel – ze had altijd gedacht dat moeder Agnes zwart haar had, net als Maria.

Was het de combinatie van het vreemde en bekende, die haar aan het huilen maakte? Of was het omdat moeder Agnes haar moeder Agnes al niet meer was, nog voor ze afscheid had genomen.

Die hand, lange vingers en ouderdomsvlekken, zacht op de hare. 'Bertje. Eindelijk.' Zo noemde niemand haar meer, nooit meer. Nu huilde ze echt.

'Er is geen reden om te huilen, het is gewoon mijn tijd.' Zelfs de stem was niet meer die van moeder Agnes, de stem die helder als een bel door de gangen van het tehuis klonk, die vrolijk weerkaatste tegen de betegelde muren – deze stem was hees en fluisterend als van een kind.

Haar tijd, dacht Berthe. Wat betekent dat? Je hele leven is je tijd. Mensen zeggen: 'in mijn tijd', en dan bedoelen ze 'toen ik nog niet oud was', maar moeder Agnes noemt het juist nu ze oud is haar tijd.

'U bent altijd al een heilige geweest,' fluisterde ze. De schedel op het kussen brak in een lachen omdat ze als gewoonlijk het verkeerde zei. Berthe zocht naar zoetheid in die lach, de zoetheid die haar als kind balsemde als zonlicht, die haar sterk maakte, die haar leerde wat vertrouwen was.

'Ik ben mijn plicht blijven doen,' zei moeder Agnes. En na een korte stilte, nog steeds met een glimlach: 'Gehoorzaamheid. Meer niet.'

Haar plicht? Gehoorzaamheid?

Berthe begreep het nog steeds niet toen ze afscheid nam, de teleurstelling zwaar als griep op haar schouders, benauwd in haar longen, alarm in haar hart, toen ze daarna door gangen liep waar de geur van pijn en ziekte hing: alsof ze moeder Agnes al erger verloren had dan ze haar straks door de dood verliezen zou. Thuis zocht ze de viervuldige gehoorzaamheidsregel op. De religieuze moest gehoorzamen op vier manieren: spoedig, stipt, blijmoedig en eenvoudig. Vooral het 'stipt' en 'blijmoedig' wekten haar weerzin: 'indachtig dat zij niet gedeeltelijk maar geheel afstand hebben gedaan van haar wil', zei de regel, en 'wie waarlijk gehoorzaam is neemt blijmoedig aan wat met haar eigen liefde of neiging strijdt, omdat zij dan zeker is de wil van God en niet haar eigen wil te volbrengen'. En het 'eenvoudig' moest worden verstaan als zonder nadenken.

Dus was die liefde van moeder Agnes voor haar niet meer dan gehoorzaamheid geweest. Dus had er niemand van haar gehouden.

Berthe knipt de computer aan, dubbelklikt op Freecell, oefent met een variant die ze heeft bedacht, waarbij ze de rijtjes niet op precies aflopende volgorde hoeft te leggen.

Ineens is het twee uur. Ze heeft niet eens honger. Ze lacht zichzelf uit en gaat naar bed. Slaapt een uurtje, legt in haar dromen kaarten op rijtjes, ordent, ordent. Schrikt weer wakker met in haar hoofd de woorden: rode drie. Slaapt een halfuurtje, wordt opnieuw wakker. Een mager mannetje met een glimlach boven zijn grauwe pij glipt weg naar de hoek van een droom. Heeft Franciscus haar wakker gemaakt? Wacht maar, denkt Berthe, morgen zal ik je krijgen.

Maar 's morgens wil het niet. Berthe wordt wakker op de tijd waarop haar wekker gewoonlijk afgaat als ze naar haar werk moet. Ik hoef niet, denkt ze knorrig en draait zich nog eens om, maar de slaap wil niet meer komen. Ze staat op, eet in het T-shirt en de afgeknipte legging waarin ze slaapt haar laatste muffe muesli met de laatste yoghurt als ontbijt. Ze kleedt zich niet aan. Ze speelt wat Freecell maar verliest het ene spelletje na het andere. Daarna zit ze suffig in het halfdonker van haar souterrain zonder iets te doen of te willen, loopt naar de keuken en weet daar aangekomen niet meer waar ze voor kwam, ze vergeet het licht in de keuken weer uit te doen en laat het maar zo, terwijl haar energierekening toch waarachtig al hoog genoeg is, dat gaat zo als je in een kelder leeft. Dus loopt ze nog een keer, herinnert zich dan dat ze thee wilde zetten, ze zet water op en kijkt peinzend naar een vetspatje op het fornuisblad, het in gedachten schoonmakend zonder de energie te hebben even het sponsje en het schuurmiddel te pakken, en dan is ze toch een beetje verontwaardigd als het water ineens blijkt te koken en het fornuisblad er nog net zo bij ligt.

Dit moet anders, denkt ze eindelijk. Ze slaat *Een Man uit het dal van Spoleto* open. Voor lezen te lamlendig bladert ze vooruit, achteruit, leest af en toe een alinea, een halve bladzijde, een bladzijde. Eén ding is duidelijk: Nolthenius weet er alles van.

Wist er alles van. Nolthenius is dood.

Maar haar boek leeft nog, denkt Berthe. Boeken sterven nooit. Ze kleedt zich aan en gaat met een kopje thee aan de slag.

Gewillig stapt ze binnen in een andere tijd. Natuurlijk, ze weet best dat het verleden niet bestaat, dat geschiedenis is gecreëerd. Niemand zal ooit weten of de wereld van Franciscus was zoals Nolthenius die beschrijft. Beschreef. En toch kun je denken: ja, dit voelt authentieker aan dan dat, zo zouden de middeleeuwen wel eens kunnen zijn. Het lijkt paradoxaal, maar ondanks de fragmentarische benadering, de vele stukken en documenten, uitweidingen, hoofdstukken, citaten en andersoortige pogingen om divers materiaal in één boek te krijgen, kijkt de figuur van Franciscus haar aan. Niet meer tweedimensionaal, zoals op de schilderijen van El Greco en Pourbus de jongere, maar als iemand die ze zich levend kan voorstellen. Natuurlijk, bedenkt Berthe, juist dankzij het wat afstandelijke en documentaire karakter van dit boek ontstijgt hij aan zijn cliché. Ze kende hem al, maar zo nog niet. Niks Disney meer. Ze kan hem bijna zien lopen, haastig, onschuldig, onbevangen en dodelijk ernstig, stralend als een kind, springerig als helder water en met een vertrouwen dat zelfs in de middeleeuwen uitzonderlijk moet zijn geweest. Hippie, bloemenkind. Dichter, natuurliefhebber, rebel. Vrolijker dan alle heiligen die ze kent. Franciscus' begin: de puber die zich afzet tegen de rijkdom van het ouderlijk huis, ruzies met de vader.

En waarom ze zich nu plotseling met hem verwant voelt, weet ze niet. Zelf was ze allerminst rebels, toch? Er was in het tehuis niet veel gelegenheid om rebels te zijn. Als je moeder Agnes tenminste niet kwetsen wou. Maar wel droomde ze er toen van hoe het was om een hippie te zijn. Toen ze nog op de basisschool zat, die toen de lagere school heette, had ze ze vaak in de stad zien lopen, in gebloemde omajurken en met fluwelen bandjes over hun voorhoofd om het losse haar uit hun ogen te houden.

Berthe doet haar ogen dicht om zo'n bandje rond haar voorhoofd te voelen. En ineens is het alsof ze zich voelt aangeraakt, alsof een magere bruine hand haar het haar uit de ogen strijkt. Een jonge hand nog, niet al te schoon, zonder stigmata – de hand van de man die eens welbewust, om zijn angst en afkeer te overwinnen, met een melaatse at uit dezelfde nap, de hoofden dicht bijeen, broeders in gedeelde pijn.

Aha, de melaatse – dat is het natuurlijk, daar ligt het verband, zo komt het. Toen ze over die melaatse las moet ze een onbewuste associatie gehad hebben met wat haar verteld is over haar eigen vroeger, toen ze in het tehuis kwam: zwaar verwaarloosd, botbreuken en verklitte haren en al, een hardnekkige huidziekte. Nog een wonder dat ze haar niet hebben laten liggen.

Ze slaat het boek dicht. Zo kan het wel weer. Ze heeft geen geduld met mensen die tot op middelbare leeftijd over hun jeugd blijven zeuren.

Maar hij is er nog steeds, Franciscus. Hij danst niet, hij staat stil nu: een kleine man met zwart piekhaar en een geelbruine huid, mager en met een grote neus. Hij blijft haar aankijken door de eeuwen heen, over de eeuwen heen. Een halve eeuw later, gaat het vaag door Berthes hoofd, zei Eckhart dat het misschien de tijd is die ons gescheiden houdt van God.

Ze lacht hem uit, hem of zichzelf, wat doet het ertoe.

Ze gaat iets te eten kopen, en dat werd tijd ook!

Ze gaat niet naar Albert Heijn, maar in het kader van de soberheid, bedenkt ze ironisch, naar Dirk van den Broek op het Waterlooplein. Ze loopt buiten en voelt haar gewrichten kraken, haar hele lichaam kraakt. Ze loopt als een houten klaas, met ledematen die alle kanten uit kunnen schieten. Controle, denkt ze, controle. Er is niets aan de hand, ze heeft gewoon te lang stilgezeten.

Het is het begin van de middag, dan is het niet al te druk, straks gaat de school in de Nieuwe Uilenburgerstraat uit en zijn al die kinderen op straat die ze niet onder ogen wil komen, om nog maar te zwijgen van de moeders (en een enkele vader) die ze ophalen.

Moeders, kinderen: alweer dringen zich woorden op, dienen zich beelden aan die ze gewend is uit de weg te gaan. Ze weet immers van geen ouders, ze is gevonden op de Albert Cuyp, een schreeuwend beige kind, waarschijnlijk noord-afrikaans, hoewel ze daar ook wel eens aan twijfelt: te licht, misschien een onecht kind van een marokkaans meisje en een blanke jongen, een schande voor de familie, een vondeling. In het tehuis zette dat haar nog meer apart: vondelingen zijn niet dik gezaaid.

Tussen de gebouwen in de Jodenbreestraat ziet ze onwillekeurig hoe de zon schijnt, hoe de hemel boven de stalletjes en de Stopera daarachter van binnenuit grijzig lijkt te glanzen. Hoe lang heeft ze niet naar de lucht gekeken? Het Waterlooplein op. Zal ze even over de markt? Maar er liggen nooit vondelingen. Dat was eens en nooit meer, en een andere markt bovendien. Een aantal jaren geleden – begin dertig was ze toen – liep ze wekelijks over de Albert Cuyp, hoopvol, echt half en half verwachtend een schreeuwende baby aan te treffen die ze dan zou meenemen, alsof ze het zelf was, alsof ze zichzelf opnieuw zou vinden, hervinden, en mee naar huis nemen, opvoeden en omgeven met liefde, drenken in liefde, goedmaken wat ooit verkeerd was gegaan. Elke dinsdagmiddag, haar vrije middag, liep ze daar, kocht kippeboutjes en brie aan het stuk, avocado's en artisjokken, leggings die ze niet nodig had, met haar ogen steeds meer dan half op de grond gericht, om zichzelf daar niet over het hoofd te zien.

Ze gaat linksaf en de winkel in. Grist een doos halvarine, een pak melk, een groot stuk kaas en een brood van de schappen. Bij de kassa moet ze wel pauzeren, overal wachten mensen. Ze kiest de verste kassa, waar het altijd het minst druk is. Verschil met Albert Heijn: hier zijn alle meisjes achter de kassa van allochtone afkomst. Logisch, denkt Berthe: Albert Heijn wil, behalve goedkoop zijn, ook de lifestyle-markt aanspreken, en zorgt in het personeelsbeleid dus voor een mix aan huidskleur, voor elk wat wils. Dirk van den Broek heeft geen pretenties behalve goedkoopte: en hoe gruwelijk het ook is om te constateren, daar passen noordafrikaanse cassières wonderwel bij. Kijk maar naar Zeeman: zelfde verhaal, maar Etos is alweer wat voorzichtiger. Het meisje achter deze kassa heeft ze vaker gezien: roze-achtig kroeshaar en forse lippen, maar een lichte huid. Een mengkind, net als zijzelf. Ze lacht nooit. Ze behandelt de klanten plichtmatig, scant de gekochte waar en zegt nauwelijks meer dan het totaalbedrag dat op haar monitor verschijnt. Alsof ze met niemand iets te maken wil hebben. De andere meisjes hebben nog wel iets met elkaar, lachen, vragen elkaar iets, roepen over en weer een opmerking, maar zij niet – en toch maakt ze geen eenzame, verlaten indruk. Ze kijkt alsof ze de baas is, alsof het haar allemaal mateloos verveelt.

Berthe moet dat meisje aankijken of ze wil of niet, de pijn van die verveling acuut in de onhandigheid van haar eigen handen als ze haar brood en melk en kaas en halvarine op de lopende band legt. Dan zegt ze zomaar iets tegen haar, iets kleins over het weer, maar tegen dovemansoren. Ze krijgt er een halve blik van minachting voor terug. Zoals ze had kunnen weten.

Met gebogen hoofd loopt ze de winkel uit. Hoort eigenlijk niet eens dat de jongen met de daklozenkrant bij de ingang zomaar 'dag mevrouw' tegen haar zegt. Thuis pas.

Voor ze gaat lunchen slaat Berthe *Een Man uit het dal van Spoleto* opnieuw open. Ze herleest het Zonnelied, waarin God geprezen wordt vanwege broeder Zon, zuster Maan, broeder Wind, zuster Water, broeder Vuur, moeder Aarde en zuster Dood. Een lied dat

Dante inspireerde, en waarover meer dan tien boeken en vijfhonderd artikelen geschreven zijn. In het liedboek van de protestantse kerken is het gezang 400; Berthe zoekt het even op en neuriet, tastend naar de juiste noten, de melodie.

Zuster Dood. Heeft moeder Agnes haar begroet, zuster Dood? Kende zij, net als Franciscus, die saamhorigheid van alles met alles in de schepping? Als kind had Berthe gedacht van wel, maar wat wist ze er toen van? Of nu, wat dat aangaat? Zij kent niet dat vertrouwen dat in Franciscus, dat in moeder Agnes brandde als een zoete lamp, en dat alle weten overstijgt. Wat is weten tenslotte? Weten is niet meer dan denken dat je iets weet.

Berthe staat abrupt op en loopt naar het raam. Achter de zwartwit geblokte gordijntjes ziet ze de straat, nat van een regen die ze niet heeft horen vallen, maar als ze haar hoofd in haar nek legt om naar de lucht te kijken ziet ze dat die niet effen grauw is: broeder Zon laat zich een beetje zien, indirect.

Franciscus wist niet, hij vertrouwde. Dwars tegen het weten en het oordeel van de wereld in leefde hij als een van de bloemen des velds, zaaiend noch maaiend en zonder zorgen. Als zuster Bloem en broeder Mus, en van geen dak is hij gevallen.

'Maar ik weet immers niet wat vertrouwen is,' zegt Berthe tegen broeder Zon. 'Ik weet immers niet hoe vertrouwen voelt?' En dan lacht ze zichzelf uit, want vertrouwen voelen, dat is een contradictie van je welste, toch? Als je het voelt, is het geen vertrouwen meer, maar zekerheid. Zodra je het wilt pakken smelt het weg, vliegt het omhoog, en zodra je het loslaat landt het in je als een lied. 'Denk ik,' zegt Berthe tegen haar geblokte gordijntjes, tegen broeder Zon, die aanstalten maakt onder te gaan. Zuster Maan kan ze vanuit haar huis niet zien, daarvoor moet ze naar buiten, maar zuster Water woont in de gracht waar broeder Wind haar doet rimpelen. 'Weet je wat ook leuk is?' zegt Berthe. 'Dat hij Moeder Aarde zegt; betekent dat dat hij denkt dat God de Vader Moeder Aarde heeft geschapen, of dat de Aarde alleen maar de moeder van de wind en het water en het vuur is, of dat Franciscus zich met de aarde op een andere manier verbonden voelde dan met de zon en de maan en de wind?'

Berthe weet het niet, maar ze weet wel dat ze zin heeft om over deze dingen na te denken.

Berthe besmeert nog een boterham met halvarine en legt er een plakje met het mes afgesneden kaas op. Ze heeft geen kaasschaaf, omdat ze ooit besloten heeft dat een kaasschaaf burgerlijk is. Wat nog meer? Een kersenontpitter, want kersen moet je donkerrood en rond in je mond stoppen en dan de pit uitspugen, en als je in gezelschap bent spuug je de pit uit in je hand. Een kersenontpitter suggereert dat je meer van de kers zult genieten omdat er geen hinderlijke pit meer in zit, maar in feite geniet je er dus minder van. Zo!

'Ik mag dan niet weten wat vertrouwen is,' zegt Berthe tegen de kaas als ze die weer terug in de koelkast legt, 'maar ik heb wel over alles een mening. Lekker puh.' Franciscus kreeg zijn vertrouwen natuurlijk ook niet van de ene dag op de andere. Dat groeit uit discipline, lijkt haar. Alleen eten als het je gegeven wordt, dat is vertrouwen in de goedgeefsheid van de medemens. Niets bezitten, alles delen, is vertrouwen dat er genoeg zal zijn. Altijd. Radicaal. Tegen een man die afzien beschouwde als een teken van liefde en verbondenheid beschouwde als een geschenk aan God, daar kan geen cynisme tegenop. Daar hoef je nu niet mee aan te komen, denkt Berthe die overal een mening over heeft. In dit postmoderne tijdperk is het jouw mening voor een andere, allemaal evenveel waard dus allemaal even triviaal, elke overtuiging een zoveelste button. Ze kan zich de tijd nog herinneren toen een mening nog een overtuiging was. Zoals ook voedsel niet meer de smaak heeft die het van nature bezit. De tomaten uit haar jeugd.

Berthe snijdt haar boterham in zes stukjes: een keer overdwars en de twee helften vervolgens elk in drieën. Ze stopt het eerste stukje in haar mond. Het brood van Dirk van den Broek heet Mokums volkoren en ze vindt het lekker, maar dit is al vier dagen oud en proeft droog. Had ze maar een tomaat.

De god van Franciscus als de tomaten uit haar jeugd, een feest van geur en smaak en kleur. De kleur van tomaten – Berthe slikt haar hap door en doet haar ogen dicht om hem te zien: iets meer oranje dan klaprozen, meer vermiljoen dan karmijn. Als ze kon, ging ze nu meteen naar de winkel om tomaten te kopen: zo hevig verlangt ze plotseling naar die glanzende, pulserende kleur. Een overheersende kleur, die daarom maar bij weinig kunstenaars geliefd is. De kleur van Jezus' mantel bij El Greco, maar die is meer klaproos, daar zit ook roze in. De Jezussen aan het kruis van Emil Nolde hebben een tomaatrode lendendoek. 'O roos als bloed zo rood', zong moeder Agnes ooit, maar hoe ging het verder? 'God komt zijn volk bezoeken, in 't midden van de dood'. Zuster Dood.

Voor ze was opgebrand kocht ze nog wel eens trostomaten, die even een herinnering aan vroeger opriepen – tot die ook weer hun smaak en geur verloren, teveel gekweekt, te snel, voor een wereld die alle smaak en geur opslorpt in veelvoud, in triviale kwantiteit. Zoals zij bij Albert Heijn rondliep en er alleen maar zag wat ze kopen kon, en niet wat het was. Ze moet langs de tomaten gelopen zijn, en ze heeft ze niet gezien.

Waaruit blijkt hoever ze heen is. Dat ze de kleur van de dingen niet meer ziet. Dat had Franciscus nou nooit, dat weet ze wel zeker.

Elke keer als iets pijn doet, knipt ze de computer aan en gaat Freecell zitten spelen. Ze staat al op om het te doen, en houdt zich in. Nee, vandaag niet.

Ze gaat weer zitten.

Op een vel papier schrijft ze het op, zomaar ineens: niet meer dan vijf spelletjes Freecell per dag. Nou goed, dan speelt ze die meteen, nu, dan is ze er verder voor vandaag van af. Dus gaat de computer toch aan, en wel nu. Met een tweede hapje van haar boterham.

En daar zit ze, hè gelukkig. En tegelijk eten en spelen is dubbel plezier.

Ze speelt.

Ze neemt een risico. Ze legt twee dezelfde kaarten, qua kleur en getal, op de parkeerplaatsen, wat onvermijdelijk tot verlies van het spel leidt tenzij één van die twee binnen twee, hooguit drie zetten weer op een plaats in het spel komt te liggen. Ze speelt met het gevoel dat ze een beetje stout is, omdat ze zich niet aan de regels houdt. Daar moet dan tegenover staan dat ze met zo weinig mogelijk verplaatsingen helemaal uitkomt: alsof het offer aan de ene kant de gemakzucht aan de andere goedmaakt.

Het vijfde spelletje verliest ze.

Moet ze nu afsluiten, met een score op nul?

Dat kan ze niet.

Ze loopt terug naar haar papier en voert een tweede regel in: vijf spelletjes, maar als de score op nul eindigt een zesde spelletje.

Dus mag ze er nu nog één.

Nu speelt ze voorzichtig, op de oude manier, met alle kaarten braaf in aflopende rijtjes, om en om rood en zwart. Kleuterspel, erg onbevredigend. Maar ja. En haar boterham is op.

Abrupt sluit ze de computer af. Haar handen jeuken, haar hartslag is versneld, de verleiding de computer weer aan te knippen is bijna te groot.

Bijna.

En nu een beloning!

'Die heb je al,' zegt Franciscus. 'Het avontuur is de beloning.'

'Het avontuur?' vraagt Berthe.

'Discipline is een avontuur,' zegt Franciscus, 'want je weet nooit waar je uitkomt.'

'Maar dan kan het dus ook verkeerd gaan,' werpt Berthe tegen.

'Natuurlijk kan het niet verkeerd gaan,' antwoordt hij. 'Het kan nooit verkeerd gaan want de schepping is goed, Mozes zegt het zelf in Genesis 1.'

'Ha, dat geloven wij allang niet meer, dat Mozes de eerste vijf bijbelboeken geschreven heeft.'

'Ach, ik ben nooit zo goed geweest in theologie,' zegt Franciscus. 'Maar ik weet wel dat de schepping goed is.'

'Genesis is geschreven door een groep priesters ten tijde van de babylonische ballingschap.'

Maar dat kan Franciscus natuurlijk niet zo veel schelen, de ervaring van God is voor hem veel belangrijker dan welke theologie ook.

'O ja, en als de schepping goed is, hoe zit het dan met die melaatse broeder van je, uit wiens nap je at?'

'Dat weet je zelf wel,' zegt Franciscus, en net als ze wil vragen of hij daarmee op baby Bertje onder de schurft doelt of op haar visie op de ingewikkelde theologische kwestie van de oorsprong van pijn en lijden die zo slecht te combineren valt met een almachtige laat staan met een liefhebbende God, voegt hij eraan toe: 'En mijn melaatse was trouwens geen broeder. Ze was een vrouw.'

'Dat vermeldt je hagiografie nergens,' zegt Berthe. 'Integendeel, ik lees maar steeds dat je vrouwen zelfs niet wilde aankijken, en dat je je monniken verbood met vrouwen te praten, zo bang was je voor de verleiding. Op een paar uitzonderingen na, Clara uiteraard, en Giacoma dei Settisoli die je marsepein op je sterfbed bracht.'

'En zuster Armoede,' zegt Franciscus, 'die ook voor Jezus de vrouw was van wie hij het meest hield.'

Berthe weet heel goed dat Franciscus Clara aanvankelijk afwees toen ze vroeg hem te mogen volgen, en dat hij toen ze bleef aandringen van haar eiste dat ze in een zak gekleed ging bedelen: daarna was ze zuster Armoede voor hem geworden, en vrij van verleidelijkheid. Maar over armoede kan ze nog lang niet met hem praten. Ze begint pas. 'Vertel eens,' vraagt ze, 'was dat nou echt waar, dat Clara wist wat er aan de andere kant van de stad gebeurde? En weet je dat ze om die vermeende alwetendheid de patroonheilige van de televisie is geworden? Van zuster Televisie,' voegt ze er een beetje pesterig aan toe.

'Jij weet veel en je hebt veel boeken,' zegt Franciscus.

'Ja, daar houd ik van,' zegt Berthe enigszins verdedigend. 'En jij houdt van marsepein.' Hij zal toch niet bedoelen dat ze ze moet opgeven? Hij verbood zijn monniken boeken te bezitten, en zelfs te studeren. Meer leren dan je in praktijk kunt brengen heb je niet nodig, meende hij, en pas zijn volgeling Bonaventura herstelde boekenstudie in ere, omdat hij wel inzag dat leren spirituele waarde hebben kan. Moet ze deze discussie met hem aangaan? Als hij nu zegt dat ze te veel boeken heeft, dan is het meteen uit.

Nadat het een tijdje stil is geweest zegt hij: 'Passie betekent zowel liefde als lijden, dat weet je toch wel?'

'Niet uit ervaring,' zegt Berthe, in het midden latend of ze ervaring met liefde of met lijden bedoelt. O roos als bloed zo rood. De roos als beeld voor de wonden van Christus. 'Ik verblijf in u als de geur in de roos,' schreef Christina Ebner, een laat-dertiende-eeuwse mystica die zich zelfs zwanger van God voelde. Het winterbos bloeide vol rozen toen Clara vroeg wanneer ze Franciscus weer mocht zien en hij zei dat ze moest wachten tot de rozen bloeiden.

'Je moet je richten naar waar je passie ligt, naar wat je ziel in beslag neemt.'

'Zulke dingen zei moeder Agnes ook altijd,' zegt Berthe, 'maar ik weet niet wat ik daar moet invullen. Ik zou zeggen dat ik het meest van boeken houd, maar niet van alle boeken natuurlijk. Misschien houd ik gewoon het meest van lezen en denken. Meer kan ik daar niet over zeggen.' Even stelt ze zich voor dat hij haar haren streelt, maar dan denkt ze aan die handen met nagebootste spijkers er in, als vleesgeworden beelden van een passie die ze niet begrijpt. Dus verbeeldt ze zich maar dat hij in Nolthenius gaat zitten lezen tot hij in het boek verdwijnt.

Maar zo makkelijk komt ze er niet van af. Die nacht wordt Berthe wakker in het donker en constateert meteen: de blijdschap, de triomf zelfs, van die middag is helemaal weg. Ze trekt haar schouders hoog op en legt haar armen om zichzelf heen, in een echo van vroeger, in het tehuis, toen ze in bed haar armen om zich heen legde, knellend in een pijn naar totale liefde, totale veiligheid, totale erkenning – het verlangen zo groot dat er niets anders op zat dan ervan af te zien. Dus had ze ervan afgezien en een leven gekozen in het kale land van de autarkie.

Hoe laat is het? Vier uur 's nachts. Dodentijd. Ze heeft honger, zal ze eruit gaan om iets te eten? Ze is vergeten wanneer ze voor het laatst gegeten heeft.

Franciscus vastte, at alleen als hij wat kreeg. Zo werd zelfs zijn eten voorafgegaan door een uiting van verbondenheid. Als ze daaraan denkt is Franciscus een totale vreemde. Franciscus voelde zich met alles en iedereen verbonden. Zuster Regen waste zijn gezicht, broeder Wind droogde het, en er was vreugde.

Berthe is nu helemaal wakker, maar ze blijft liggen. Als je rechtop gaat zitten slaap je niet meer in. Maar haar gedachten kan ze niet stoppen. Zelfs de ervaring die zij met krijgen heeft, bedenkt ze, is eenzaam: het vernederende opgelegde krijgen van vroeger, in het tehuis, met de verplichting van dankbaarheid. Het krijgen van Franciscus was van een andere orde, vindt ze, omdat het vrij-

willig was, omdat hij, als ze het goed begrijpt, geven en krijgen als
één beschouwde. Wie geeft, wordt in het ergste geval verplicht tot
afstand doen en in het betere getroost door de leniging van wie
krijgt; wie krijgt weet dat hij of zij de ander de gift van het geven
geeft.

Maar als je door af te zien van wat je hebben wilt iets weggeeft,
zou de pijn van het willen hebben, of van het niet hebben, dan niet
eigenlijk de pijn van het niet kunnen geven zijn? Waarom is dit
nooit eerder bij haar opgekomen?

Omdat ze niet in de middeleeuwen leeft maar aan het einde der
tijden, bedenkt ze en ze draait zich om en valt weer in slaap.

Een halfuur later wordt ze weer wakker en blijft dat. Ze staat op
om een van haar lievelingsboeken te pakken, *The Varieties of Re-
ligious Experience* van William James, en herleest het gedeelte over
ascese. James onderkent zes verschillende wortels van ascese, waarvan ze de laatste drie – zelfhaat, obsessie en masochisme – uiteraard niet op zichzelf van toepassing acht, maar over de andere moet
ze zeker nadenken: ascese uit een afkeer van wat te makkelijk is,
uit liefde voor zuiverheid en als offer uit liefde voor God. De tweede van deze drie lijkt de meest waarschijnlijke, al zou ze zoiets van
zichzelf nooit hebben gezegd: dat ze zuiverheid liefheeft.

Berthe knipt haar bedlampje weer uit en ligt in het donker te
denken. De nacht wordt een elastiek waaraan ze is opgehangen,
het donker rekt zich lang, langer, tot ze niet meer weet of ze hangt
of ligt.

De dagen daarop ervaart Berthe voor het eerst wat verveling is.
Zodra ze aangekleed is speelt ze haar spelletjes, en ziet dan de rest
van de dag voor zich uitstrekken als een vlakte zonder begroeiing.
Ze kan niet eens meer lezen! Elk boek dat ze pakt ligt slap in haar
handen, niks passie, de letters komen niet tot leven. Misschien zou
ze wel kunnen lezen in *De Man uit het dal van Spoleto*, maar dat

boek laat ze nu links liggen, want ze schaamt zich: niet alleen omdat ze er altijd prat op is gegaan dat ze niet wist wat verveling was, maar vooral omdat ze had gedacht aan een avontuur te beginnen en hoe kan verveling een avontuur zijn? Haar leven lijkt zinloos, smakeloos, flauw als chinese garnalen, en tegelijk gist het wee en misselijk in haar maag, ze wil eruit. Ze kan eruit als ze Freecell speelt, maar dat mag nu eenmaal niet meer, en ondanks alles denkt ze dat het nut heeft vol te houden dat ze niet mag. Daar klampt ze zich dan maar aan vast: aan dat het niet mag. Zoals in het tehuis vroeger dingen niet mochten zonder dat je begreep waarom, alleen maar omdat moeder Agnes het zei.

Omdat iemand het zei en tegelijkertijd zonder dat iemand het zei, blijft ze binnen met haar ene brood en anderhalve liter melk. Ze creëert een kleine routine. Eens per dag dit, op vaste uren dat. Een hapje brood, een slokje water, een blokje om zelfs af en toe, met botten die kraken van onwennigheid en een huid die vijandig reageert op het licht. Na vier dagen moet ze nieuw brood en nieuwe melk kopen, maar dat doet ze niet bij Albert Heijn. Een keer per dag mag de computer aan voor Freecell. De ene keer snakt ze ernaar en concludeert dat haar honger van dit afzien alleen maar groter wordt, de andere keer is het spel haar onverschillig, een beetje vreemd zelfs, zoals de dingen die haar als kind in beslag namen halfvergeten, halfvertrouwd zijn. Wel beleeft ze tijdens het spel steeds een lichte verlamming, alsof haar iets op de hielen zit dat haar inhaalt, als ze omziet. Wat haar op de been houdt: de herinnering aan die even geziene lucht die bijna over haar heen viel met zachte gebogen lijnen, met waterige weidse kleuren, met ruimte. Het lijkt een droom, iets van de tv, tweedehands, iets wat ze weliswaar gezien heeft maar niet ten volle beleefde. Wat zou ze zich graag laten wassen door dat licht! Maar ze wast zich zelfs nauwelijks met water.

Franciscus spreekt niet meer tot haar. Af en toe begint ze zelf een gesprek, maar zonder de aanwezigheid van de ander te voelen is daar niets aan, verschilt het niet van hardop denken. Ze is verlaten en neemt dat Franciscus kwalijk; ze kan niet lezen en neemt dat Helene Nolthenius kwalijk; ze moet lachen om de malle gevoelens die in haar bovenkomen, maar ook zelfironie vermag haar niet te troosten. Ze vecht tegen de paradox dat zin zou kunnen voortkomen uit een afspraak die ze zichzelf van buitenaf heeft opgelegd, die ze niet voelt, maar ze weet niet welke weg ze zou moeten inslaan als ze deze weg verliet. Kan iets een avontuur zijn als het niet met een gevoel van opwinding gepaard gaat, of is wat zich als verveling voordoet juist de angst voor een dergelijk gevoel? Is zij, die zich altijd voor zo veel dingen heeft geïnteresseerd, in feite bang voor passie?

En dan komt er een dag waarop ze van de vijf spelletjes Freecell er drie speelt, en er twee weggeeft. Zonder dat ze dat van tevoren heeft besloten: onder het spelen voelt ze zich kalm, het systeem van het spel doet haar glimlachen, met vriendelijke afstand bedient ze de muis en ja, na drie spelletjes kan ze moeiteloos afsluiten, gewoon, door alleen maar te denken dat niet verder te spelen geen gemis is, maar iets wat ze weggeeft.

En dan kan ze ook wel eens een hele dag zonder Freecell. Moeilijk, en desgevraagd zou ze niet beweren dat de tijd van die dag gemakkelijk voorbij ging, integendeel: ze ligt veel in bed met haar hoofd onder het dekbed, haar armen om zich heen geslagen. Ze probeert zich te binnen te brengen waar dit allemaal om begonnen was, maar slaagt er niet eens in zich de figuur van Franciscus te herinneren, echt te herinneren, als aanwezigheid. De tijd tikt langzaam weg en dan is de dag voorbij.

Een paar dagen later probeert ze het nog eens en nu gaat het al beter. Na nog een week verliest ze zelfs haar toegestane spelletje

Freecell omdat ze haar routine aan het kwijtraken is, en ze vindt het helemaal niet erg. Als ze haar rondje loopt, komt ze op de brug de schoolkinderen tegen op de terugweg van hun gymnastieklokaal. Hun stemmen klinken over het water alsof ze in een zwembad is, en ze sluit zich er niet automatisch voor af maar glimlacht. Er is een jongetje bij dat stilstaat en haar nakijkt. 'Loop 'es door, jij,' zegt de juf.

Het is het einde van de middag. Berthe zit op een stoel voor het raam van haar souterrain, het lichtgrijze duister van de straat koel op haar oogleden. Ik weet nu wat verveling is, denkt ze tevreden. En ze zegt tegen Franciscus: 'Dat was dus het avontuur, bedoelde je dat? Niet het gevoel van opwinding dat ik ermee associeerde, maar het gevoel geen kant uit te kunnen en dan toch, uiteindelijk, zonder dat je precies weet hoe het is gebeurd, ineens die opwindende ervaring van vrijheid, van bevrijding? Misschien is het gevoel van avontuur dus altijd een achterafgevoel? Achteraf en misschien ook van tevoren, maar nooit onderweg. Niet dat je onderweg nooit een avontuur beleeft, maar je ervaart het niet als zodanig. Ik denk dat ik het snap. Het begrip avontuur impliceert een oordeel over hoe je bepaalde belevenissen waardeert, of het zegt iets over de hoop, de richting waarmee je ergens aan begint. Als we altijd met ons volle bewustzijn konden leven, was elk onderweg-zijn een avontuur, maar dan zou er geen verveling bestaan. Hoewel, als ik op mijn werk zou vertellen dat ik heb geleerd wat verveling is en dat ik het achteraf als een avontuur beschouw, zouden ze me nog harder uitlachen dan anders.'

Het licht is van een koel duifgrijs dat haar optilt in hoop: net als vroeger, toen ze omwille van moeder Agnes naar de kerk ging en gedurende de dienst naar dat pure profiel keek en hoopte, hoopte geprezen te worden vanwege een religieuze ijver die ze nu helemaal kwijt is, die ze zich niet eens meer kan voorstellen. Wie was de God waar ze toen zo van hield? Of was het niet meer dan een verlangen, om daarbij te horen, om veilig te zijn en geaccepteerd door een God die volgens moeder Agnes van je hield zoals je was? Dicht bij moeder Agnes voelde ze zich toen, en veraf tegelijk, toch, omdat dat pure profiel een innerlijke rust uitstraalde, een toewijding waarnaast haar eigen kinderlijke ijver pover afstak.

Zulke hartstochtelijke verering raken we kwijt als we volwassen worden. Meestal tenminste. Franciscus niet: die kleine broodmagere man die danst door het leven, die zijn leven danst en lacht, vogels op de schouders en rond zijn hoofd, konijnen en korenwolven aan zijn voeten en broeder Zons welwillende gele oog erboven – geen Disney dus maar wel een middeleeuws tapijt in Van Gogh-kleuren, wie zou daar niet in willen stappen? Kleur, ordening, antwoord.

'Eenvoud heeft tegenwoordig iets verdachts,' legt Berthe uit aan Franciscus. 'Misschien weten we het verschil niet meer tussen eenvoud en simpelheid, oppervlakkigheid. Jouw eenvoud is de vreugde Gods. Vrolijkheid. De kracht en de heerlijkheid, zei moeder Agnes altijd. Maar tegenwoordig is vrolijkheid een genetisch bepaalde eigenschap en vreugde een chemische reactie, of ze komen allebei uit het onderbewuste waar de brei van herinneringen af en toe een bel naar de oppervlakte blaast. Om iets te doen omdat iemand anders eeuwen eerder iets in dezelfde geest heeft gedaan, is onschuld nodig. Radicale, spontane onschuld. De jouwe.'

Buiten lopen benen en schoenen voorbij. Nooit eerder heeft ze beseft dat benen en schoenen zo ontroerend kunnen zijn. Een meisje gaat voorbij op te hoge hakken, ze heeft ongevormde kuiten die verraden hoe ze speelt dat ze groot is. Een vrouw met een hondje in dezelfde maat als haar sportschoenen, dat vraagt om gedragen te worden maar onder keffend protest wordt neergezet in de aarde aan de voet van de jonge iep aan de walkant. Een man

met een vouw in de broekspijpen en glanzend gepoetste maat-
schoenen. Een vrouw in een legging met afgedragen herenschoe-
nen en een trieste schuifelende gang.

Als ze omhoog kijkt, met betraande ogen, ziet ze de wolken zich
aftekenen in de ruiten van de theaterschool. De takjes van het
boompje dansen op de maat van broeder Wind.

Berthe haalt diep adem. Haalt de vreugde in zo diep ze kan. Een
duif in haar borst slaat de vleugels uit. Ze zet een keukenstoel voor
het raam en gaat er op haar knieën op zitten. Omdat ze nu iets hoger zit, kan ze het licht zien dat van rechts achter de theaterschool
komt, groengouden licht, en ze laat het zacht over zich heen regenen als een geschenk, ja, want dit krijgt ze zomaar, zonder verdienste, ze gaat op in het licht en in de kleine dingen, auto's die
geparkeerd worden, mensen die aan de overkant van de straat met
zware flessentassen naar de glasbak op de hoek lopen. Ze huilt, en
weet niet of ze om zichzelf huilt of om die wereld die altijd maar
doorgaat, onvolmaakt in pijn en kwaad en volmaakt in pijn en
vreugde. In haar hoofd is het leeg en vol tegelijk. Het avondlicht
lijkt doorschoten met betekenissen, als mist waar de zon doorheen
schijnt. Broeder Zon, die op God lijkt.

Discipline werkt van buiten naar binnen, als water op een rozijn.
Zuster Water, nederig en helder. Het lukt Berthe zich aan een routine te houden. Het moment dat ze eens per dag de computer aanzet en zuster Freecell begroet. Het moment dat ze eens per drie dagen naar Dirk van den Broek gaat en met haar brood en melk staat
te wachten tot ze aan de beurt is. Ze spreekt er met niemand. Maar
de mensen laten haar voorgaan, zonder dat ze het merkt.

's Avonds is het nu het moeilijkst. Soms kijkt ze tv, als het programma haar raakt; soms leest ze, geen romans die haar zouden
vragen haar wereld te verlaten maar filosofie of poëzie, teksten van
anderen die ze niet herschrijft maar probeert te laten spreken, en

die als planeten rondwentelen in haar hoofd; soms zit ze in het donker.

Als ze haar brood eet, eet ze met kleine happen, kauwt zorgvuldig, proeft elke bete broods. Ze dwaalt rond in haar kelder, haar kluis, haar grot, raakt met verwonderde vingers de muren aan, haalt de doos met briefkaarten van haar vroegere reizen uit de kast en bekijkt die één voor één: Parijs, in een klein hotelletje in de Marais, Rue du Temple, Place des Vosges, winkeltjes met Hebreeuws opschrift en bakkertjes met baguettes, vijfmaal vers per dag. Een andere reis, naar Touraine, waar de mensen in grotten wonen onder heuvels bedekt met wijnranken van de frisse witte Vouvray. Ze kan zich nauwelijks vereenzelvigen met wie ze toen was, zoals bij alles wat voor de dood van moeder Agnes heeft plaatsgevonden. Ze leefde toen zo anders: telkens een uitzendbaantje tot ze geld had om weg te gaan. Bayswater in Londen, Little Italy in New York, een jongerenhotel in San Francisco. Maar in Italië is ze nooit geweest.

Dat kan nog. Dat kan nu. Als ze wil kan ze zo naar Assisi. Een pelgrimsreis.

En dan, tussen de briefkaarten, plotseling die ene foto van moeder Agnes, dc foto die ze kwijt was. Haastig stopt ze haar weg in de stapel, maar haalt haar dan toch weer tevoorschijn, alsof ze het niet helpen kan. Ze blijft zitten, in het halfduister van haar cel, met die foto in de hand.

Moeder Agnes staat erop met neergeslagen ogen, de houding van nederigheid bekend uit Mariaportretten. El Greco-ogen. Berthe heeft het altijd jammer gevonden dat moeder Agnes haar op de enige foto die ze bezat, en nu weer bezit, niet aankeek. Zoals wanneer ze samen in de huiskamer van het internaat zaten, moeder Agnes lezend, en zij die vroeg, niet eens omdat ze het wilde weten maar om door die vraag het contact te bekrachtigen: 'Wat leest u?' En moeder Agnes die opkeek met een glimlach zo warm en weldadig dat ze niet meer jaloers kon zijn op dat boek, omdat moeder Agnes' liefde zowel dat boek als haarzelf omvatte, als zachte regen die neerdaalt op wie het maar nodig heeft.

Na haar dood moet ze deze foto hebben weggestopt, boos op die neergeslagen ogen waarachter moeder Agnes zich verborgen hield met haar lelijk geheim, dat plicht was wat altijd liefde geleken had.

Nu probeert Berthe dat geheim te lezen, opnieuw, maar de lelijkheid is eruit verdwenen. Het raadsel blijft over.

Van buitenaf kunnen we elkaar niet kennen, denkt Berthe. Iets over een ander willen weten is iets van die ander willen hebben. Iemand beoordelen is van iemand gescheiden willen zijn.

Maar misschien is er een ander kennen mogelijk, een kennen in stilte, zonder vragen. Een kennen dat tegelijk geven is, bestaat dat? Zoals Franciscus zijn hand naar haar heeft uitgestoken, over de tijd heen, over de dood heen. Kan zij met moeder Agnes hetzelfde doen?

Wat denkt ze nu weer? Met een schrapend geluid schuift ze haar stoel naar achteren. Ze gaat boodschappen doen, ze gaat naar Albert Heijn, want dat is ook maar onzin, dat ze niet naar Albert Heijn zou durven.

In haar lange bruine regenjas van het Waterlooplein loopt Berthe de rijke wereld van de supermarkt binnen. Ze pakt een mandje en begint bij het brood, de broden, de broodjes, binnenlands en buitenlands, wit, melkwit, bruin en bruiner. Ze staat voor de schappen, bekijkt elk brood aandachtig en zegt de naam ervan in haar hoofd: Allinson volkoren rozijn, grof volkoren zonnepit, Albert Heijn vitaal calcium, vitaal flora, vitaal bruin, biologische witte bollen, volkorenbollen, rozijnenbollen, zeeuwse bollen, beschuitbollen, en dan heeft ze nog maar één plank gehad. Ze kijkt met de ogen van iemand van een andere planeet, die ze na al die weken thuis tot op zekere hoogte ook heeft en bij elke broodsoort laat ze tot zich doordringen: dit ligt hier, dit ligt hier allemaal. Ze probeert niet te denken, geen conclusies te trekken, alleen te kijken. Af en toe wordt ze zo duizelig dat ze haar ogen moet sluiten en diep ademhalen. Naast de tweemaal acht planken à zeker drie meter per plank, staan er nog zeven tafels met opgetast brood en is er nog een gekoelde vitrine met sandwiches, per stuk al duurder dan een heel brood, en kant-en-klare deegproducten om in de oven af te bakken. Je kunt hier niet kopen zonder te kiezen, terwijl de kwantiteit van het aanbod elke keuze bij voorbaat onbelangrijk maakt. Korte krop, boerenvolkoren maanzaad, boerenvolkoren sesam, Allinson volkoren, Allinson biologisch, casino bruin, casino wit, tijgerbruin, tijgerwit, boerenbruin met sesam, boerenwit met sesam, biologisch melkwit, zaanse snijder bruin, zaanse snijder wit, knipbrood bruin, knipbrood wit, tar..eroggebrood, favoriet bruin, favoriet wit, favoriet volkoren. Dan de duitse broden: Oberländer, Schlank, Rheinschwarz, zonnebloem en Vierkorn. Vier soorten roggebrood en ze kan niet meer. Ze heeft nog lang niet alle broodjes gezien, de mueslibollen en superkrentenbollen, de sesambolletjes, de vloerkadetten en meergranenbolletjes, de opbakbroden, kaiserbroodjes, pistolets, croissants. Het verse stokbrood. Vijf soorten ciabatta. De donuts (drie soorten) en worstenbroodjes. Genoeg nu, een volgende keer gaat ze verder.

Berthe legt een heel gesneden Allinson in haar mandje en loopt, zo snel ze kan, naar de groenteafdeling. Alles ligt er zo intens gekleurd bij. Alles roept, alles schreeuwt, een kakofonie van kleur en aandachttrekkerij, om doodsbang van te worden. Maar Berthe is niet bang meer. Ze denkt aan Franciscus, die zijn aandacht onophoudelijk gericht hield op het transcenderen van elk verlangen. Franciscus, die in de laatste confrontatie met zijn rijke vader een voor een al zijn kledingstukken uittrok.

Alles is zo uitgesteld om rijk te lijken, om overdadig te lijken.

Ook gewone producten stralen uit dat ze niet nodig zijn, dat ze luxe zijn. Ze kan zich voorstellen dat dit plezier geeft: het kijken naar overdaad is je rijk wanen. Hier iets kopen is de roep van het product beantwoorden met een: ja, ik heb genoeg en wil jou er nog bij, mijn leven wordt gekenmerkt door overvloed, ik geniet van het leven. Van het nemen.

Maar misschien ziet ze het zelfs nog te mooi. Misschien liggen die levensmiddelen daar alleen maar te roepen: kom, neem ons en wij zullen je troosten in je onbegrepen pijn.

Ze neemt een route naar de groenteafdeling die langs de sappen voert. Van de bovenste plank pakt ze een liter groentesap.

De groenten liggen helemaal achterin, in heuphoge bakken voor het grijpen uitgestald, smaakvol opgetast als op de markt in Frankrijk. Hier liggen de tomaten. Gewone tomaten. Vleestomaten. Trostomaten. Kerstomaa.,jes in drie verschillende varianten. Ze legt één tomaat in haar mandje, niet om te eten maar uitsluitend voor de kleur, ze heeft wel een beloning verdiend. O roos als bloed zo rood. Als ze de tomaat in het zakje doet is de glans meteen verdwenen. Maakt niet uit, die komt thuis wel weer terug.

Ze is klaar, maar loopt nog even naar de muur met voorverpakte slasoorten en pakt een bakje rucolacress. Rijen en rijen aandoenlijk kleine blaadjes van een groen om in te verdrinken, in zo'n klein bakje te verdrinken. Ze snuift de notengeur uit die tedere blaadjes op en zet het bakje terug. Brood en groentesap moeten genoeg zijn.

Thuis legt ze de tomaat op haar werktafel. Zo klein, zo rond, zo rood. Tegelijkertijd zet ze de computer aan: het is tijd om haar spelletje te spelen. Ze voelt zich bijna plechtig: Freecell betekent nu echt iets anders dan voorheen. Van symbool van verslaving is het spel symbool van vrijheid geworden. Vrijheid, omdat ze ervoor kan kiezen het niet te spelen, hoewel ze wil. Vrijheid betekent nu voor haar niet meer dat je kunt doen wat je wilt, maar dat je juist niet hoeft te doen wat je wilt. Een vreemde, maar onontkoombare ontwikkeling. Vrij uit de cel, vrij in haar cel.

Als ze drie van de vijf toegestane spelletjes heeft gespeeld, laat ze het erbij. 'Alsjeblieft,' zegt ze, zozeer heeft ze het gevoel dat ze iets weggeeft. Ze is er niet blij om, ze doet het gewoon. Ze sluit het spel af en doet datgene waarvan ze al een tijdje wist dat ze het moet doen. Nu ze vrij is, is de tijd rijp.

In de lijst met programma's zoekt ze het spel op, en de-installeert het. Meent ze dat nou? vraagt Windows. Ja, ze meent het. 'Alsjeblieft,' zegt ze weer, hardop.

Nu de tweede stap. Ze maakt verbinding met internet, zoekt even tot ze vindt wat ze zocht, en downloadt van www.solitaireplus.com een eenvoudiger versie van Freecell, waarin je al je fouten kunt herstellen en die geen score bijhoudt. 'Dankjewel,' zegt ze nu.

Ze staat op om zich een beker groentesap in te schenken en iets te eten. Het klokken van het rode groentesap in de blauwe beker is bijna te veel, onverdraaglijk echt. Nooit zijn haar muren zo wit geweest, nooit heeft ze elke baksteen, met butsen en al, zo prachtig gevonden, zo onuitputtelijk ook. Hoe lang woont ze hier nu al, en ze kent haar eigen muren nog niet eens! De zwart-witte blokjes van haar keukengordijntjes vertederen haar tot tranen toe. Alles lijkt met alles verbonden, en dat alles is glorieus, zo prachtig dat het pijn doet. Niets van wat ze deze weken heeft gedaan is ook maar in verhouding tot de grootte van dit geschenk.

De foto van moeder Agnes leunt tegen *Een Man uit het dal van Spoleto*. De tomaat ligt ernaast te stralen.

Ja, denkt Berthe, zelfs die neergeslagen ogen spreken. Zij heeft moeder Agnes verkeerd begrepen, toen die zei dat ze altijd haar plicht was blijven doen. Het misverstand zit hem waarschijnlijk in het woord plicht, dat zij altijd associeerde met onvrijwillig en onaangenaam. Maar moeder Agnes maakte van de plicht een kunst.

Zet voor dat woord discipline of, nog beter, toewijding in de plaats, en dan is er alle ruimte van de wereld voor vreugde. Voor vrijheid zelfs. Moeder Agnes zei: zonder toewijding krijg je de vreugde niet. 'Ik moet u nog zo veel vertellen,' zegt Berthe terwijl haar wijsvinger zachtjes over de foto gaat, 'maar dat komt een andere keer.'

II

STIGMATA

Als je in een souterrain woont, is de overgang van binnen naar buiten altijd een aanslag op de zintuigen. Berthe beleeft het stappen over die drempel altijd bewust: ze registreert hoe het licht valt, hoe de ramen glanzen van de toneelacademie aan de overkant, hoe het water erbij ligt en welke kleuren het heeft. Brons van de bomen die alleen als je heel goed kijkt voorzichtige donkerrode knoppen laten zien, roodachtig van de walkant, wit van de lucht.

Ze ruikt de geur van de papierbak op de hoek. Tot een paar jaar geleden lagen hier altijd vuilnisboten en geurde het wel even anders, maar toen rook ze nog niet zo bewust, toen kende ze die vreugde nog niet, toen werkte ze nog. Het voordeel was toen wel dat je op elk gewenst moment al je vuilnis kwijt kon, of het nou in zakken paste of niet – maar tegenwoordig heeft ze niet zo veel vuilnis meer, dat staat daar weer tegenover. Op de glasbak is een foto van Christopher Lee geplakt, compleet met zijn draculatanden: reclame voor een Hammerfilm-festival in het nog net geredde Filmmuseum. Berthe denkt aan al die kinderen die elke dag langs die griezelige foto lopen op weg naar hun basisschool hierachter in de Uilenburgerstraat, en vraagt zich af of ze bang zijn dan, of ze ervan dromen. De mensen die de stadsreclame verzorgen denken nooit aan kinderen. De school is nu al uit, het is woensdag rond half een. Berthe ontloopt kinderen. Niet eens zozeer omdat ze haar najouwen, want ook al doet dat haar aan het tehuis denken, ze neemt het ze niet kwalijk. Misschien omdat hun kwetsbaarheid altijd zo rauw is om te zien.

Maar nu steekt ze over, Christopher Lee groetend die in het echt een goedzak schijnt te zijn maar vanwege zijn lugubere lengte en iets te opvallende hoektanden altijd schurkenrollen krijgt aangemeten die hij met verve en humor speelt, laatst nog in een herhaling van *De Wrekers* die Berthe zich herinnert uit de tijd dat ze, amper uit het tehuis, van haar eerstverdiende geld haar allereerste tweedehandstelevisie kocht, een heus meubelstuk met twee deurtjes die je dicht kon doen als het beeld je te gortig werd, waar gezien het toenmalige aanbod van twee kale zwart-witnetten nauwelijks reden toe was. Ze loopt langs de chinees, waar op dit uur de dagelijks busladingen bezoekers van de diamantfabriek hun borden volladen met dimsum-hapjes, onkundig van het feit dat in dit eigenste restaurant nog niet zo lang geleden iemand zomaar is doodgeschoten. Dan steekt ze de Jodenbreestraat over naar het Waterlooplein, en dan linksaf naar de supermarkt van Dirk van den Broek, waar ze zich vandaag meer thuis denkt te zullen voelen dan bij de grote Albert Heijn in de Jodenbree. Ook al is het voedsel er waarschijnlijk ecologisch niet verantwoord, de sfeer van eenvoud spreekt haar aan. Misschien houdt ze zichzelf wel voor de gek dus.

Er hangt een koele, neutrale geur in de winkel. Eigenlijk vreemd: als er ergens een duizendtal geuren zouden moeten hangen is het wel hier waar zoveel eetwaar ligt opgetast en uitgestald: die geuren moeten dus door de winkel geneutraliseerd worden. Hoe? Met ventilatoren misschien, maar ze ziet ze niet hangen. Het is hier altijd koel. Er hangt een foto van de manager bij het draaihekje waar ze met haar mandje door moet, een jonge jongen met een vierkante bril; ze kan het hem vragen als ze hem ziet – of zou dat weer zo'n verkeerde vraag zijn, waardoor mensen haar vaak aankijken alsof ze een beetje gek is?

Berthe heeft geen lijstje gemaakt vandaag. Vroeger deed ze dat altijd, vroeger bedacht ze van tevoren wat ze wilde eten en maakte dan een lijstje in drie kolommen, die samen een sterk vereenvoudigde plattegrond van de supermarkt vormden. Tegenwoordig koopt ze zonder voorbedachten rade, ze kijkt gewoon wat er ligt en daaruit kiest ze wat klopt, al zou ze niet kunnen uitleggen wat ze daarmee bedoelt, voedsel dat klopt.

Een halfje biologische yoghurt. Een bakje krabsalade. Er is thuis nog kaas. Een half Mokums volkoren. Het groente-aanbod is hier niet zo welig als bij Albert Heijn. Dat kun je aan de weegschaal zien: er zijn nooit meer dan een vijftal plaatjes op de knoppen geplakt, en alle appels zijn altijd even duur. Voor vanavond koopt ze een avocado die per stuk gaat, en een zakje bonte gemengde salade. Een doosje spinazie uit de diepvries. Aardappels heeft ze ook nog wel, en uien. En van vorige week nog een restje gyros-spek, te uitgedroogd nu om op brood te eten, maar weggooien kan ze het niet. Als ze dat spek opbakt en door de spinazie roert, en daar dan puree met een gebakken uitje bij eet, is ze alweer voor twee dagen klaar, voor nog geen vijf euro, schat ze.

Ze gaat in de rij staan bij de kassa van die knorrige caissière met het roze kroeshaar en de dikke lippen, die haar elke keer opnieuw niet herkent – of doet alsof ze haar niet herkent. Snel en onverschillig scant ze de producten die het meisje dat voor Berthe in de rij staat op de lopende band heeft gelegd. Als Berthe caissière was – wat God verhoede – zou ze minimaal kijken wat een bepaalde klant wilde kopen, ze zou speculeren over gezinsgrootte, zich verbazen over smaken en combinaties, maar dit meisje kijkt de klant niet eens aan als ze het bedrag noemt.

Maar die heeft niet genoeg geld. Ze keert haar beurs om, ze probeert het met haar chipknip, maar ze komt steeds tekort. De caissière zucht en begint de artikelen te sorteren om het nu van gêne blozende meisje te laten kiezen wat er terug moet. Berthe voelt haar onrust en schaamte en grijpt in. 'Hier,' zegt ze, 'dit is ongeveer wat je tekortkomt, geloof ik', en ze overhandigt haar een tientje.

Het meisje kijkt haar verbouwereerd aan. Ze heeft mooie grijze ogen en een klein blond paardenstaartje. Een kort gebloemd rokje over een helderblauwe maillot. Misschien zit ze wel op de dansacademie en is zij een van die bewegende silhouetten die Berthe ziet als ze uit haar raam naar boven kijkt. Of misschien zit ze op de filmacademie, het nieuwe gebouw aan het Jonas Daniël Meijerplein.

'Om te lenen,' legt Berthe uit. 'Kom je hier vandaag nog in de buurt?'

Het meisje knikt.

'Dan geef ik je straks mijn adres, en kun je het later in de bus gooien. Ik woon hier vlakbij.'

Nu kijkt de caissière wel op. Even kijkt ze Berthe aan, met een blik waaruit die niets anders dan minachting kan opmaken, die vervolgens de rij achter haar af gaat waar Berthe een zekere onrust voelt ontstaan, een gemompel van afkeuring, zelfs hilariteit. De caissière knipoogt naar de klanten in de rij en omdat het prompt in Berthes oren begint te suizen kan ze niet verstaan wat de mensen zeggen maar ze kan het wel raden. Een weggegooid tientje is dat, zeggen ze. Die vrouw moet gek zijn, vinden ze.

Zo zakelijk als ze kan vraagt ze de caissière om een pen en schrijft haar naam en adres op de achterkant van het bonnetje dat het meisje haar geeft. Dan concentreert ze zich op haar eigen boodschappen, alsof er niets gebeurd is. Ze kijkt het meisje bewust niet na als ze de winkel uit gaat. Ze pakt haar boodschappen in, betaalt – inderdaad, net geen vijf euro – en loopt het Waterlooplein op. Trillend blijft ze staan, bij een hoop oude kleren, en wacht tot de kramp in haar maag is weggetrokken. De schaamte doet bijna pijn, zelfs al bedenkt ze dat de caissière degene is die de schaamte zou moeten voelen die zij nu ervaart. Plaatsvervangende schaamte. 'Denk maar niet dat ik binnenkort bij jullie kom liggen,' zegt ze tegen de hoop kleren die waarschijnlijk, hoewel ze altijd probeert daar niet aan te denken, uit de boedel van een dode komt, en als de marktkoopman die erbij staat haar vragend aankijkt bukt ze zich en woelt met haar hand: is er iets voor haar bij, misschien? Uit zulke stapels kleren zoekt ze, eens in de zoveel tijd, als de oude versleten is en gewapend met een goed passend exemplaar uit haar klerenkast, een nieuwe spijkerbroek. Maar nu heeft ze geen meetbroek bij zich en zelfs geen geld, vanwege dat tientje. Dat tientje, ach, wat maakt het uit. Dat tientje kan ze wel missen, en schaamte kent ze immers al haar hele leven. Er ging op haar werk geen dag voorbij dat ze zich niet schaamde – en toch zal er binnen afzienbare tijd een moment komen dat ze zich moet bezinnen op hoe het nu verder moet. Ze kan niet eeuwig overwerkt blijven. Postbus 51 roept haar elke dag op tot re-integratie.

'Sorry,' zegt ze beleefd tegen de marktkoopman, maar die heeft al geen aandacht meer voor haar. Berthe loopt verder. 'Bovendien,' zegt ze tegen de levensgrote pop van een indiaan die om onnaspeurlijke redenen reclame moet maken voor de tatoeagewinkel, 'bovendien mag je best worden uitgelachen omdat je te goed van vertrouwen bent.' Goed, is ze kalmer? Ze is kalmer. Ze is zelfs bijna vrolijk nu. Want waar gaat het om? Het gaat erom dat vertrouwen belangrijker is dan een tientje, en of de mensen in de winkel er ook zo over denken of niet, maakt niet uit. Nou ja, het maakt wel uit omdat ze natuurlijk hoopt dat ze er hetzelfde over denken. Maar het maakt niet uit als ze haar voor gek verklaren.

Maakt het uit of dat meisje zelf haar voor gek verklaart? Dat ligt al wat moeilijker. Als die haar nu uitlacht, een tientje rijker, voelt zij zich dan gebruikt? Nee, ook niet: het feit dat vertrouwen beschaamd wordt, doet niet af aan de waarde van vertrouwen.

Tevreden knikt ze de indiaan goedendag om naar huis te gaan, maar ziet dan de zwervers die in het portiek naast de supermarkt op de grond zitten, zomer en winter, blikjes bier en flessen wijn om zich heen. Gerasa noemt ze die plek bij zichzelf altijd, naar de plaats waar de waanzinnige die zich Legio noemde in spelonken en tussen graven woonde, schreeuwend en met stenen gooiend, zich verminkend, de resten van ketenen nog om zijn enkels en polsen, tot hij door Jezus van zijn legioen boze geesten werd verlost. Het eerste wat hij vroeg toen hij Jezus zag, was: 'Doe me alsjeblieft geen pijn.' Plotseling weet ze heel zeker dat ze daar nu niet langs kan, en ze draait zich om, de rug naar hen toe, om bij het postkantoor in de Stopera wat geld te pinnen, en eenmaal daar is het nauwelijks een omweg als ze langs het Rembrandthuis teruggaat.

Maar het gevoel dat ze bij die kassa tenminste iets goeds heeft gedaan, is mooi wel weg. Elke keer als ze ze ziet, die zwervers, als ze langsloopt met afgewend hoofd om niet te hoeven merken dat ze haar iets zouden vragen – geld, nee, dat geef je niet, daar kopen ze immers alleen nog maar meer wijn en bier voor – elke keer schaamt ze zich omdat ongevraagd de gedachte bij haar opkomt dat het hun eigen schuld is dat ze daar zo zitten, terwijl ze best weet dat dat niet zo is. Omdat ze daar langs mensen loopt die opgegeven zijn en die zichzelf ook opgegeven hebben, terwijl zij doet alsof ze hen niet ziet. En omdat ze meent er een moreel oordeel op na te kunnen houden over wat zij van hun geld al of niet mogen kopen. Zelf gekozen, hoe komt ze erbij – leest ze niet in de krant dat de politie ze met brandslangen het ziekenhuis uit moet spuiten, leest ze niet dat het Leger des Heils het aantal zwervers met psychische problemen op meer dan veertigduizend schat? Natuurlijk, ze verkopen de onderbroek die je ze geeft voor een blikje bier – maar ontheft dat je van de plicht ze een schone onderbroek te geven? Het kunnen ten onrechte uit inrichtingen ontslagen patiënten zijn of uitgeprocedeerde asielzoekers. Berthe haat het harde asielbeleid waarbij, als summum van absurditeit, het feit dat je geen papieren hebt tegen je wordt gebruikt. Ja, ze schaamt zich voor het land waar ze woont en waar ze zelf misschien niet eens vandaan komt, al is ze er geboren – maar ze doet er niets aan. Ze zit niet in een buurtproject, ze geeft geen alfabetiseringscursus, laat staan dat ze af en toe een avond in een opvanghuis of inloophuis doorbrengt, en ze voelt zich schuldig. De Berthe zoals ze door moeder Agnes is opgevoed zou één of meer van die dingen wel doen, maar die Berthe is ergens verloren geraakt. Hoe kun je iemand helpen als je je niet in hun leven durft te verplaatsen, als je daarvoor terugdeinst als voor een gapende afgrond? Leven zonder bezit kan ze zich nog betrekkelijk makkelijk voorstellen, maar leven zonder ruimte voor jezelf, zonder deur die je tussen jou en de anderen kunt dichtdoen wanneer je daar behoefte aan hebt? Dat vindt ze misschien nog erger dan dat ze niet eens een wc hebben, of een wasbak om het snot en het vuil van zich af te wassen.

Berthe staat weer stil, op het Waterlooplein, te midden van de onder een magere maartlucht op de straatstenen uitgestalde resten van menselijke levens in al hun poverheid: een hoop kleren waarin voddig satijn glinstert, glazen in enkele exemplaren, foeilelijke lampen en onbruikbaar lijkende onderdelen van computers, schoenen met de vorm van de overleden voet er nog in. Wat gek eigenlijk, ze koopt tweedehandsspijkerbroeken maar denkt nooit aan de vorige eigenaar, voelt geen verbondenheid met haar of hem. Ze gooit haar aankoop in de wasmachine en daarna voelt ze niets, evenmin als ze bij een nieuw kledingstuk verbondenheid voelt met degene die het in elkaar heeft gestikt. Als ze daarbij stilstaat zou ze bijna bang worden: niets komt uit de lucht vallen, alles is al een keer aangeraakt, maar wie wil dat weten? Als je dat wilde weten zou je die verbondenheid op je moeten nemen en dan was het gedaan met de rust. Berthe moet ineens weer denken aan Franciscus van Assisi, die zijn afkeer en angst overwon, welbewust zijn etensnap deelde met een melaatse en zijn hand naast die zwerende afgeknotte vingers in het voedsel stak: ik deel mijn voedsel met u, en als God het wil deel ik zelfs uw ziekte. Zij is net zo bang voor de daklozen als hij voor die melaatse was. Bang voor hun luidruchtigheid, hun gekte, hun dronkenschap, maar als ze eerlijk is ook voor hun vuil en hun armoede en hun hopeloosheid: alsof ze, als ze zich met hen zou inlaten, daardoor zou worden besmet. Wat dat betreft is er sinds de middeleeuwen dus niets veranderd. Alleen de manier waarop we ermee omgaan is veranderd, denkt Berthe. Onze vlucht is dezelfde, maar onze gebaren zijn minder dramatisch. Neem Angela van Foligno, een latere leerling van Franciscus, die nog probeerde hem te overtroeven door het water waarin ze de etterende wonden van een melaatse gewassen had, te drinken. In haar memoires beschrijft ze heel plastisch hoe een stukje afgeschilferde huid haar in de keel bleef steken, en het haar maar niet lukte dat weg te slikken. Ze kokhalsde er niet van, zoals Berthe toen ze dat las, want dat water was zoet als de heilige communie en vervulde haar met dezelfde vreugde – daarom kon ze dat stukje huid ook niet uitspugen, want dat zou zijn alsof ze het lichaam van Christus uitspuugde. Berthe weet heus wel dat Foligno met die verwijzing naar de communie aangaf dat ze in dat eten en drinken van het lichaam van de melaatse deel had aan het lichaam van Christus en dat eenheid met Christus hetzelfde is als eenheid met de lijdende naaste, maar ze vraagt zich toch af, elke keer als ze aan dit verhaal denkt, wat die lijdende naaste zelf daarmee opschoot. Die melaatse van Franciscus voelde tenminste dat hij haar als een zuster beschouwde. Maar als Berthe zelf melaats was – nog steeds melaats was – zou ze er waarachtig niet van opkikkeren als iemand haar waswater met wondvocht dronk. En als wondvocht drinken je dichter bij de wonden van Christus zou brengen, dan moet het haar wel even van het hart dat ze er tamelijk zeker van is dat Jezus zelf zoiets bizars nooit zou hebben gewild. En zeker de Jezus niet die zij nog serieus kan nemen, de historische Jezus, de mens.

Berthe blijft weer stilstaan, bij de kraam met spuitbussen verf en fietskettingen. Een onduidelijke kraam, waar activiteiten zouden kunnen plaatshebben waarvan zij geen weet heeft. Er staan ook steeds andere jongens bij, altijd allochtoon aandoend. Er zouden harddrugs verhandeld kunnen worden, maar evengoed geheime adressen kunnen worden uitgewisseld voor uitgeprocedeerde asielzoekers. Mijn wereld is te klein geworden, denkt Berthe. Mijn kelder, twee supermarkten, het Waterlooplein. Is dit wat ik wil?

Maar ik ben overwerkt, denkt ze, ik hoef niet. Bovendien, alles is me gauw te veel. Te legio.

Ze zet de laatste stappen naar de pinautomaat en voert haar pasje in. Wil ze weten wat haar saldo is? Nee, dat interesseert haar niet. Hoeveel heeft ze nodig? Vooruit, honderd, daar kan ze wel een maand mee vooruit zoals ze tegenwoordig leeft. Wil ze een bon? Nee, ze hoeft geen bon.

Wat haar interesseert, of liever wat haar dwarszit, is dat die historische Jezus in staat was met één blik de demonen uit de man van Gerasa te verdrijven, en zij loopt domweg langs de dronken oude mannen op het Waterlooplein – en sommige zijn misschien niet eens zo oud – met een zelfvoldaan gevoel omdat ze een meisje een tientje heeft geleend!

Goed dan, de volgende keer dat ze langs hen loopt zal ze hen groeten. Nu hoeft het nog niet, nu neemt ze de omweg langs het Rembrandthuis.

Maar als ze thuiskomt en de deur achter zich dichtdoet, voelt het toch alsof ze die eigenlijk open zou moeten laten staan. Dat is onzin, wie laat er in hartje Amsterdam nou de voordeur openstaan! Bovendien is het in maart voor zoiets nog veel te koud.

*

Berthe knipt de computer aan en zoekt in haar theologische bestanden en mappen. Angela van Foligno heeft het niet tot heilige gebracht, ondanks haar stigmata, die namelijk niet als officieel wonder gelden, mede misschien omdat van de 62 heiligen en zaligen die verklaarden ze te hebben er een aantal onzichtbare stigmata hadden. Zo kan ik het ook, denkt Berthe, die in haar puberteit een speld loodrecht in haar hand of arm placht te duwen, zo ver die maar naar binnen ging, en oefende de pijn niet te voelen. Toch waren onzichtbare stigmata kennelijk te verkiezen: de heilige Catherina's van Siena en de Ricci baden juist dat de hunne onzichtbaar mochten zijn, en hun gebed werd verhoord. Voor de pijn maakte het geen verschil. Catherina de Ricci zat bovendien elke week van donderdag twaalf uur 's middags, het uur waarop Jezus' lijden begon, tot vrijdag vier uur, zijn stervensuur, onder de zweepslagen, en de heilige Rita van Cascia had een doorn in haar voorhoofd. (Hoe maakten ze trouwens die doornenkroon zonder hun vingers aan flarden te vlechten, vraagt Berthe zich elke keer opnieuw af. Daar hoor je nou nooit iemand over.)

Stigmata krijg je door verregaande vereenzelviging met het lijden van Christus, en hoewel de jonge Berthe niets liever wilde dan zijn voorbeeld volgen, was ze het ermee eens dat je op basis van zoiets niet heilig mocht worden verklaard. Inlevingsvermogen gelijkstellen met goedheid was haar te naïef; het getuigde hooguit van goede wil, en goede wil, wat is dat nou helemaal? Hem volgen betekende het goede doen, iedereen liefhebben en vrolijk zijn, net als moeder Agnes, die altijd zei dat Jezus ook heel vrolijk was geweest. 'Als je dicht bij God leeft, leef je in vreugde,' zei moeder Agnes altijd. Dus, concludeerde Berthe, hoorde pijn daar niet bij, laat staan dat jouw pijn andere mensen dichter bij God zou moeten brengen. De meeste heiligen hadden er dus niets van begrepen.

Hoe ze hier nu over denkt, weet ze niet.

*

'Wat betekent "heilig", moeder Agnes?'

'Heilig betekent eigenlijk gewoon "opzij gezet". Veel mensen denken dat het zoiets betekent als heel erg goed en edel, en dat je alleen heilig bent als je helemaal nooit een foutje maakt. Maar zo is het niet. Het Hebreeuwse woord "kadad", waar heilig de vertaling van is, betekent "door God apart gezet en toegewijd". De mensen van de kerk zijn opzij gezet van de wereld.'

Kleine Berthe begrijpt het al. Opzij gezet van de wereld, dat is als je er niet echt bij hoort. Zij is opzij gezet want ze hoort nergens bij, zelfs niet bij moeder Agnes, want die is de moeder van alle kinderen in het tehuis en niet alleen van haar. Ze mocht eens willen.

'Zijn alle vondelingen dan heiligen, moeder Agnes?'

Moeder Agnes glimlachte zoals alleen zij dat kon; geen Maria kon daar tegenop. 'Nee, om heilig te worden moeten er eerst drie wonderen gebeuren.'

De heiligenverhalen staan vol met wonderen. Berthes lievelingswonder: ze loopt van het tehuis naar school of andersom, ze vraagt zich als elke dag af waar ze het verschrikkelijker vindt, en dan breken er plotseling bloemen uit de straatstenen zodat ze in minder dan geen tijd in een veld van geurende rozen loopt zonder dat de doornen in haar enkels prikken. Leliën mag trouwens ook. Rozen en leliën, blijdschap, rood en wit.

'Ik heb nog nooit een echt wonder gedaan.'

'Je doet ze ook niet zelf, ze worden aan je gedaan.'

Dan is er nog hoop! 'Dus ik kan een heilige worden?'

'Iedere dienaar van God die een leven met ware heldhaftigheid en opoffering leeft, trouw aan Zijn gratie, kan heilige worden, maar ik denk eerlijk gezegd niet dat het iets is wat je kunt worden door het te willen.'

'Waarom niet?'

'Omdat ons willen bij voorbaat al in strijd is met Gods wil.'

'Wil God dan nooit iets wat wij ook willen?'

'Jawel, maar dan wil God het eerst.'

God wilde in ieder geval dat zij een vondeling was, dacht kleine Berthe. Pas veel later begreep ze dat God mooi kan willen wat hij wil, maar dat het toch de mensen zijn die er een rotzooitje van maken, en dat het de zogenoemde, de zogenaamde vrije wil van haar moeder was geweest die haar als vondeling apart had gezet. Gestigmatiseerd.

Een enveloppe met een tientje en een in kinderlijk handschrift geschreven briefje:

Beste mevrouw Ploos,
Heel erg bedankt voor het lenen. Ik was de hele dag verbaasd en verblijd over uw vertrouwen. In het centrum van Amsterdam had ik zoiets niet verwacht. Bovendien scheelde het me ergernis aan de kassa en tijd. Veel groetjes van Sara.

Ze heeft zich vergist; het maakt wel verschil. Ze dacht dat wat het meisje voelde geen verschil zou maken maar dat is niet zo. Ze is blij, zo blij. Dat een daad waarvoor zij zich vanwege de omstanders zelfs heeft geschaamd, een ander mens een hele dag blij heeft kunnen maken – zoiets had ze niet durven hopen; zoiets heeft ze nog nooit beleefd! Het gooit haar helemaal door elkaar. Zij, Berthe Ploos, heeft het leven van een ander mens aangeraakt, heeft een dag in het leven van een jong meisje glans en blijdschap gegeven, ze heeft iets veranderd, een steen in een vijver gegooid, en de kringen hebben zich verwijd en het hoge wuivende riet aan de kant beroerd.

Als je in een tehuis woont ben je nooit echt alleen, en de eerste jaren dat ze op zichzelf woonde, voordat ze de eenzelvigheid ten volle had leren waarderen, vond Berthe de omgang met mensen vanzelfsprekender dan nu. In haar studietijd woonde ze hier al in de buurt, vlak bij een woonboot – hoewel boot al een te verheven woord is voor die roestige bak – waar een Fransman woonde, een oude, morsige gebaarde man, met wie ze wel eens een praatje maakte. In het frans, want ze houdt van frans en er is bijna nooit een gelegenheid om het te spreken. Jacques heette hij – hij moet nu dood zijn, dat kan bijna niet anders. Hij moet dood zijn, en dat bedenkt ze nu pas.

Hij had een slecht been dat hem veel pijn deed, een ontsteking, meent ze zich te herinneren, die maar niet over wilde gaan. Eenmaal geopereerd en toen opgegeven door de doktoren, als ze hem moest geloven. Waarschijnlijk – nou ja, zeer mogelijk – vergat hij steeds, drankbeneveld, op de voor hem gemaakte afspraken te verschijnen. Hem heeft ze ook een keer, eenmaal, een tientje gegeven: toen hij bij haar aanbelde, zomaar, op een avond in de winter, en erom vroeg en zij geen nee durfde te zeggen. Hij leefde van het schroot dat hij verzamelde; op vuilnisbakkendag ging hij altijd vroeg op pad en schuimde hinkend de straten af, want een uitkering had hij niet – of misschien wel, maar hij zei van niet. Je wist het nooit.

De laatste keer dat ze hem zag was het ook winter, diezelfde winter waarschijnlijk. Ze was de stad uit geweest en had op het station de metro genomen, en toen ze in het donker uit het ondergrondse gat het lege vuile Waterlooplein op kwam en naar huis wilde lopen, was hij daar, aangeschoten als gewoonlijk, en met een makker bij zich, een jongere soortgenoot, een magere jongen van haar leeftijd maar al bijna zonder tanden. Ze boden aan haar thuis te brengen, en omdat ze niet wist hoe ze dat moest weigeren terwijl ze toch dezelfde kant op gingen, liep ze daar, door twee sjofele zwervers geëscorteerd. Ze vertelden haar enthousiast dat ze een flesje wijn hadden gekocht en van plan waren dat vanavond bij de televisie soldaat te maken, er was een hele goeie film op de televisie. Wat dan, vroeg ze, een beetje uit nieuwsgierigheid omdat ze zelf ook wel een goede film wilde zien, die avond, maar vooral omdat ze, als ze de titel kende, nee kon zeggen mochten ze haar onverhoopt uitnodigen wijn en film met haar te delen. Een film van Jean-Claude Van Damme, zeiden ze met respect in hun stemmen, ze hielden van geweldsfilms. Zij haatte geweldsfilms maar moest lachen, deels omdat ze zo naïef was geweest te denken dat ze misschien wel dezelfde smaak hadden.

Ze herinnert zich scherp de schaamte die ze voelde terwijl ze tussen hen liep. Ze liep vooral te hopen dat niemand zou denken dat ze werkelijk bij die twee mannen hoorde, die luidruchtig waren van de drank, zodat haar niets anders te doen stond dan een beetje meelachen. Maar zij lachten omdat ze vrolijk waren, terwijl zijzelf hooguit meesmuilend lachte vanwege de ironie van het idee dat ze veilig zou zijn bij twee zulke stakkers, dat die mannen zich opwierpen als galante prinsen. Die schaamte was overigens nergens voor nodig, want de mensen keken niet eens naar hen, natuurlijk niet.

Nu ze het zich herinnert schaamt ze zich weer. Want haar acceptatie van hun aanbod ging niet met dankbaarheid gepaard. Het kon haar niets schelen, ze deed het alleen omdat ze geen nee kon zeggen en daarna een beetje voor de lol. Die twee mannen raakten haar voor geen millimeter. Zelfs Jacques liet haar koud: ze herinnert zich niet dat ze ooit met enige betrokkenheid naar zijn verhalen luisterde. Eén keer was zijn zoon overgekomen, die meestal niets van hem wilde weten – Jacques mocht zijn kleinkinderen niet zien omdat zijn kinderen zich voor hem schaamden – en toen die vertrokken was had hij zijn vaders schaarse kostbaarheden meegenomen. Het zei haar niks, ze hoorde het aan en knikte en antwoordde waarschijnlijk met woorden van medeleven, maar ze meende daar niets van. Ze was alleen maar bang dat hij het verhaal zou aangrijpen om weer geld van haar te vragen, denkt ze nu.

Terugkijkend naar haar jongere zelf, ziet ze die jongere Berthe lopen over het sjofele verlaten Waterlooplein met de blinde met rolluiken afgesloten kraampjes, tussen losse plastic zakken die door een tochtende wind over het plein worden geblazen. Ze ziet zichzelf van Jacques' bebaarde gezicht naar de slechte tanden van zijn metgezel kijken en beseft dat ze toen eigenlijk gewoon niet geweten had wat ze moest doen. Hun aanbod had haar niet in verwarring gebracht omdat ze dezelfde kant uit moesten, maar bang gemaakt omdat ze wist dat zij haar als één van hen beschouwden.

En ze herinnert zich nog iets, nu. Een studiegenote uit die tijd – nee, het moet later zijn geweest, want ze was toen al omgezwaaid van theologie naar nederlands – die ze een keer in het park naast zo'n soort man op een bankje had zien zitten. Die man stonk, dat weet ze nog goed. Walmde van de nicotine. Vettig, met schaars en te lang haar, kleren vlekkerig en met as bemorst. Ze durfde niet goed zomaar voorbij te lopen, ze was even blijven staan om een praatje te maken, iets over een opdracht voor een college, en toen had dat meisje haar die man voorgesteld: 'Dit is mijn vader; ik ga elke donderdag met hem wandelen.' Ze had haar gezicht strak gehouden, wat doe je in zo'n geval? Je laat niet zien wat je denkt. Maar later gaf dat meisje een afstudeerfeest waar haar ouders ook waren, en haar vader was een keurige man in pak met bril en stropdas, met een gestreken overhemd en een anjer in zijn knoopsgat, net als prins Bernhard. Ze had nog met die man staan praten en bovendien, het kennisje leek sprekend op hem: die man in het park was haar vader niet geweest. Dat had ze zomaar gezegd. Waarom? Dat heeft zij nooit begrepen. Het klonk niet als een grap, zelfs niet als een leugen. Was het een test? Had dat meisje willen zien hoe zij daarop reageerde, juist zij, Berthe die op straat gevonden was?

Hoewel de gebeurtenissen zich in dezelfde jaren moeten hebben afgespeeld, ziet ze pas nu het verband tussen deze twee herinneringen. Iemand die zich schaamt, iemand die zich niet

schaamt. Jacques is zeker dood, en dat meisje – ze heeft geen id[ee]
Als Berthe wist waar ze woonde, kon ze haar opbellen om haar te
vragen waarom ze dat gedaan heeft, indertijd. Hoe heette ze ook
alweer – was het niet zoiets als Drijver, of nee, Drijber? Adrie Drijber, ze schreef haar voornaam altijd als A3. Berthe ziet het nog
staan in haar aantekenschriften; ze zaten vaak naast elkaar bij college.

Er staan twee Drijbers in het telefoonboek, waarvan één docto-
randus. A.F., het zou kunnen.

Voor ze erover heeft kunnen nadenken belt ze op. Het loopt tegen zessen, werkende mensen zijn nu ongeveer thuis.

Een antwoordapparaat, maar het is haar wel. 'Dit is de voicemail van Adrie Drijber,' na zoveel jaren herkent ze zelfs haar stem.
Roekeloos zegt Berthe: 'Met Berthe Ploos, ik dacht vanmiddag ineens terug aan die keer dat ik je met een oude man in het park zag
zitten, en dat jij zei dat het je vader was maar dat was hij niet. Ik
wil graag weten waarom je dat toen zei, kun je me terugbellen?' Ze
spreekt haar nummer in en hangt op, doodmoe plotseling. Wat
heeft ze nu weer gedaan? Wie bepaalt dat ze dergelijke dingen moet
doen? Wie gaf haar in dat ze antwoord op die vraag moest hebben?

Maar een eenmaal ingesproken voicemail kun je niet meer uitwissen.

Twee dagen gaan voorbij. Adrie Drijber belt niet terug, en Berthe
gaat naar Albert Heijn, ook al geneert ze zich een beetje dat haar
sociale onvermogen en lafheid haar supermarktkeuze bepalen: die
caissière van Dirk van den Broek kan ze voorlopig echt niet onder
ogen komen. Maar bijkomend voordeel is dat ze nu niet langs de
zwervers hoeft.

Wat gaat ze kopen? Brood, groentesap en iets voor op brood.
Geitenkaas misschien? En dan wat van die kleine tomaatjes, want

haar tomaten zijn op. Daar kan ze straks een paar dagen mee voort. Het lijkt wel of ze steeds minder gaat eten: vroeger deed ze drie dagen met een half brood, nu wel vijf. Elke dag snijdt ze tussen de middag twee boterhammen in kleine stukjes en eet die, hapje voor hapje, op tijdens haar dagelijkse paar spelletjes Freecell op de computer: de verslaving gecompenseerd door de soberheid. Als ze zo doorgaat heeft ze straks helemaal geen supermarkt meer nodig; dan is ze meteen van dat probleem af ook. Hoewel – fysiek versterven, nee, dat trekt haar toch niet echt. Ze denkt aan Japi in Nescio's 'Uitvreter', voor wie versterven eenwording met de natuur, vooral het water, betekende, en daar kan ze zich wel iets bij voorstellen. Natuurmystiek, opgaan in het geheel van de schepping, een druppel in de oceaan die de hele oceaan miniem van kleur verandert, maar toch. Ze kijkt, nu gewoontegetrouw, even naar de lucht boven de Stopera voor ze in de Jodenbreestraat links afslaat, maar er is geen specifiek licht te zien, licht en lucht zijn één in een waterigheid die bijna de naam van mist verdient. God is in de wereld als het licht in de lucht, zei Ruusbroec. 'Ik denk te veel aan God tegenwoordig,' zegt Berthe voor ze de supermarkt in gaat. De man die de daklozenkrant staat te verkopen kijkt haar na; waarschijnlijk denkt hij dat ze in dat geval wel anderhalve euro in zijn charitatieve koopwaar had mogen investeren.

Maar Berthe merkt het niet, ze grist een Allinson uit een van de vele broodbakken en loopt via de groenteafdeling en het saprek door naar de andere kant van de winkel, waar de delicatessentoonbank is. Ze boft, de geitenkaas is in de aanbieding. Als ze tenminste haar bonuskaart heeft meegenomen? Ja, die heeft ze.

Berthe loopt naar de kassa's. Ze ziet er maar één die open is, waar al iemand staat te wachten.

Pas als ze achter hem staat ziet ze dat het zo'n man is, precies zo'n man, als Jacques, als de zwervers. Nee, niet 'als', het ís een zwerver: viezig, vochtig, ongeschoren, een reus van een man met een dikke buik die bloot en harig tussen zijn broek en voddig jasje uit bolt, walmend van ongewassenheid, met grauwe blote voeten in kapotte schoenen, en hij smijt zijn boodschappen onder onverstaanbaar maar onmiskenbaar agressief gemompel op de band. Dat mompelen, dat specifieke mompelen van iemand die psychotisch is, dat mompelen dat boekdelen spreekt, dat schreeuwt. Gerasa, gaat het door haar heen, Gerasa is binnengekomen en ik ben in Gerasa. Ontsnappen is er niet bij.

Het meisje achter de kassa schrikt van dat richtingloze, dat lukrake geweld dat walmt uit de poriën van de reus. Ze kijkt al even naar de plaats waar meestal de winkelbewaker staat, bij de rij karretjes. Die komt iets dichter bij hen staan. Waakzaam.

En dan breekt er iets in Berthe. Breekt er iets in haar door. Breekt iets naar boven als de plant uit de aarde, als de bloem uit de stengel. Nu, denkt ze. Dit is het moment. Nu moet ik iets zeggen of doen. Radicale liefde, tegen alles in. Verbondenheid. Dit is mijn broeder.

Het is alsof de tijd stilstaat en alles wit wordt. Alleen zijzelf, het jonge meisje achter de kassa en die tegen het leven scheldende man bestaan. En de lopende band, die ook. Er liggen een heleboel bier, een rookworst, een pakje donuts en een plak chocola die op de metalen strip voor de lopende band is blijven steken.

Berthe zuigt haar longen vol met lucht. 'Zal ik uw boodschap even voor u op de band leggen, mijnheer?' vraagt ze dan, en ze glimlacht erbij, zo lief als ze kan. 'Anders blijft die hier liggen.' Beter kan ze zo gauw niet bedenken, en qua vraag is 't nogal stompzinnig natuurlijk, ze had die chocola ook zonder vragen even een eindje kunnen verschuiven. Maar daar gaat het niet om, het gaat erom dat ze het woord tot hem richt.

Het boze gemompel stopt. De man, die met kop en schouders boven haar uittorent, draait zich om en kijkt haar met zijn bloeddoorlopen ogen aan. Berthe kijkt terug, zo rustig als ze kan, en waagt het een begin van een glimlach om haar mond te leggen.

'Ik ben vandaag jarig,' zegt hij. Een wonder.

'Welgefeliciteerd,' zegt Berthe. 'En u heeft wat lekkere dingen voor uzelf gekocht, zie ik. Om het te vieren.' Ze doet haar best, maar als ze met de oren van het bange meisje achter de kassa meeluistert hoort ze wel hoe stom ze klinkt.

En toch.

Want hij lacht, hij glimlacht, hoewel ze niet echt naar zijn tanden durft te kijken.

Hij kijkt naar haar boodschappen, nu. 'Jij hebt niets lekkers gekocht, zie ik. Hier, neem wat van mij.' En hij legt de donuts bij Berthes boodschappen.

'Neenee,' protesteert ze. Het is niet waar, ze heeft geitenkaas en ze houdt niet eens van donuts. 'Hou ze nou, u bent jarig!'

Hij dringt aan, probeert haar dan de rookworst te geven, de chocola, maar Berthe weigert beslist. De gedachte, dat ze iets zou aannemen van iemand die zo weinig heeft!

'Kan ik je dan niets geven?' vraagt hij.

'Het is me al genoeg dat ik u heb zien lachen,' zegt Berthe. Een zin die ze niet zou hebben kunnen bedenken, aan de theatrale kant, maar ze meent het op het moment dat ze hem uitspreekt.

'Ja hè, dat zie je hier weinig hè?' zegt de reus. Alsof hij er een studie van maakt hoe de mensen in supermarkten kijken.

Het is goed: de streek rond haar borst is helemaal warm, vrolijk, het meisje kijkt niet meer bang en de bewaker heeft zich weer teruggetrokken. De aanplakbiljetten met aanbiedingen glanzen aan de ramen, de tijdschriften bloeien kleurig in hun schap. Gerasa is weer gemetamorfoseerd in een consumptieparadijs. Het heeft gewerkt, ze heeft het gedaan, ze heeft iets tot stand gebracht. Deze keer wel.

*

Thuis bergt ze haar boodschappen weg in een waas van euforie. Wat kruimelt haar geitenkaas prachtig wit, wat een schat aan bruine tinten toont haar brood. En heeft ze ooit zulk groen gezien als daar aan die avocado ligt te glanzen?

'Ben je daar?' vraagt ze Franciscus, maar ze krijgt geen antwoord, hij heeft waarschijnlijk iets anders te doen. Geen nood, ze gaat in haar werkstoel zitten en draait die zo dat ze tussen haar keukengordijntjes door het iepje kan zien dat donkerroodbruin uitbot tegen de lucht. Was er niet ook een Gerasa-verhaal over Franciscus? Ja, ze weet het weer: het verhaal van de rovers en het brood. Een bende moordende rovers klopte aan de poort van het klooster aan om brood te vragen, want het was winter, de mensen bleven thuis, er viel niets te roven. Maar de monnik aan de poort weigerde zondaars van dat kaliber iets te geven, en toen Franciscus dat hoorde werd hij woedend en beval die monnik alsnog met een brood naar het rovershol in het bos te gaan en ze om vergiffenis te vragen. Daarvan waren de rovers zo onder de indruk dat ze zich op slag bekeerden.

Berthe glimlacht. Franciscus-verhalen lopen allemaal goed af, en dit verhaal lijkt op het hare, zij het dat je voor brood donuts moet lezen en het bij haar juist de rover was die ze gaf. Toch? Ja, de takjes van het iepje zeggen ja tegen de wind.

En dan besterft haar de glimlach op de lippen, want ineens begrijpt ze het verhaal op een andere manier. Die monnik moest natuurlijk niet alleen vergiffenis vragen voor zijn weigering om brood te geven: maar ook en vooral omdat hij die rovers had veroordeeld, omdat hij zichzelf een beter mens vond dan hen en ze niet in staat had geacht te veranderen, terwijl ze toch al aan de poort van het klooster hadden aangeklopt. En precies datzelfde heeft zij met die man uit Gerasa gedaan: ze heeft zijn donuts niet geaccepteerd, ze heeft hem niet serieus genomen. Zelfs haar boodschappen heeft ze meer waard geacht dan de zijne!

Ze heeft nee tegen hem gezegd.

Ze dacht dat ze ja had gezegd, maar ze zei nee, nu snapt ze het pas.

Die man bood haar iets aan – donuts, en ze houdt niet van donuts, dus zei ze nee. Een rookworst, en wat moest ze met een rookworst, dus zei ze nee. Ze zei ook nee omdat die man die spullen had aangeraakt, wees eerlijk, ook daarom zei ze nee. De nap van de melaatse, haar hand ging daar niet in.

Door haar iets te willen geven had die man iets wederzijds willen creëren, had hij op gelijk niveau met haar willen komen. Zij maakt een praatje met hem, hij geeft haar iets: zo zijn ze quitte. Hij deelt met haar zijn observatie over mensen die te weinig lachen in de supermarkt. Herkende hij iets in haar?

En zij weigerde. Zij had zijn gelijke nog steeds niet durven zijn. En nu ze weer naar buiten kijkt, spreekt het licht niet meer tegen haar. Lucht, ziet ze, en een boompje dat zwijgt, dat is alles. Het wonder is weg. Nee, anders: ze had een wonder kunnen doen maar ze heeft het niet gedaan.

De telefoon gaat. Berthe neemt niet op, ze kan op dit moment niets zeggen. Het antwoordapparaat klikt aan.

'Geen bijzondere reden,' klinkt de opgewekte, nog steeds een beetje kinderlijke stem van Adrie Drijber. 'Ik deed dat soort dingen gewoon in die tijd. Ik wilde de mensen gewoon choqueren, verder niks. Ben je nu teleurgesteld?'

III

INCARNATIE

Bladerend in haar briefkaartendoos komt Berthe George Eliot tegen. 'Hee,' zegt ze blij verrast, 'hallo,' en enigszins schuldig: 'ik was je bijna vergeten, ik heb al zo lang niet meer aan je gedacht!'

Eliot kijkt haar aan uit het portret van Samuel Laurence, een schets bijna, de linkerhelft van het krachtige gezicht in schaduw, waardoor de grote neus iets kleiner wordt, haar haren lossig, haar uitdrukking jong en peinzend.

De laatste jaren in het tehuis en de eerste daarna had Berthe altijd wel een van Eliots boeken op haar nachtkastje liggen. Als ze na het lezen het licht had uitgeknipt, troostte ze zich door de dingen van haar dag nog even met Eliot te bespreken. Ze hadden zoveel gemeen! Allebei lelijk, allebei een grote neus: volg je neus, zeiden ze dan tegen elkaar, Berthe diep onder de dekens: *follow your nose*. Allebei leesverslaafd. Allebei in hun jeugd devoot, Eliot evangelisch en zij katholiek, en allebei hadden ze gebroken met hun geloof. Eliot echter niet met God: in een afscheidsbrief daaromtrent aan haar vader schrijft ze dat stellige leer en dogma God beledigen, waaruit dus geconcludeerd mag worden dat ze weliswaar afstand deed van het christelijke godsbeeld, maar niet van God zelf.

Maar Eliot was verder gegaan met theologie, terwijl Berthe daarmee was gestopt: Eliot had Strauss vertaald, die sommige verhalen over Jezus tot legenden verklaarde, en Feuerbach, die als de vader van het moderne atheïsme wordt gezien omdat hij stelde dat het christendom zich een god geschapen had die niets met God te maken had. En daar was het misgegaan: het was alles of niets voor de Berthe van toen, die Eliot verweet dat het in haar boeken krioelde van de predikers en predikanten, en toen scheidden zich hun wegen.

De Berthe van nu kijkt met vertedering naar het portret van haar toenmalige vriendin, en glimlacht om de boosheid van haar vroegere zelf: maar al te vaak heeft atheïsme dezelfde felheid en bekeerdrift als van de gelovigen die het veracht. Haar vinger aait zachtjes langs de rand van de neus die lang en krom uit de schaduw tevoorschijn komt, en ze zegt: 'Ik heb je onrecht gedaan, ik verdacht je van hypocrisie terwijl je juist eerlijk probeerde te zijn.' Ze bladert verder langs de andere portretten van Eliot die ze in het begin van haar studententijd in de Londense Portrait Gallery heeft gekocht: eentje door haar vriendin Caroline Bray, een zoete aquarel waarop Eliot begin twintig is, recht van voren gezien zodat de neus niet opvalt, in een lila taartjurk tegen een roze achtergrond, met blonde pijpenkrullen. Berthe zou het een belachelijk schilderij vinden, ware het niet dat ze vermoedt dat juist de vriendschap voor dit malle flatteren verantwoordelijk is geweest. Dan het bekende portret van Durade, die zich als conventioneel victoriaans schilder geen raad wist met de karakteristieke gelaatstrekken van zijn onderwerp, ook bijna recht van voren en met symmetrisch gekapt opgerold haar tot net onder de oren, te kort en in een stijl die totaal niet past bij de onregelmatigheid van het krachtige gezicht. Sir Frederick William Burton is eerlijker: vanaf zijn krijttekening op licht getint papier kijkt Eliot Berthe recht aan, met haren tot onder de kinlijn gelukkig, een laag voorhoofd, stulpende onderlip, geen franje. En ten slotte de twee tekeningen van Laura Alma

Tadema, als Eliot al boven de zestig is en eruitziet als een heks-achtig oud vrouwtje, zo lelijk dat ze wel gelijkend moeten zijn. Berthe pakt ze uit de doos en ontdekt in allebei de scheur die ze zich nu herinnert toen te hebben gemaakt uit afschuw van die por-tretten die ze nu juist het meest waardeert omdat er geen greintje vleierij aan te pas komt. Genadeloos van opzij, eentje met hoed, allebei *en profil*, neus en laag voorhoofd en al – zo zie je maar weer dat de associatie van hoog voorhoofd en intelligentie op een on-juist cliché berust – en totaal verschillend van Tadema's gelikte, zoete schilderijen die zo proberen op het werk van haar echtge-noot te lijken.

Berthe zucht van plezier: even is ze heel dicht bij Eliot geweest. Zien hoe er naar iemand gekeken is, hoe iemand gezien is, de loop van haar leven lang, voegt iets toe aan de relatie met een, ja, op-nieuw geliefde persoon.

Het heeft haar verlangend gemaakt naar meer. '*Follow your nose*,' zegt ze hardop, en ze pakt lukraak van de plank met kunstboeken een boek met zelfportretten van vrouwen dat ze ooit eens bij De Slegte heeft gekocht. *Kijken naar onszelf* heet het, en Berthe slaat het open, nieuwsgierig naar wie ze zal ontmoeten, en schrikt zich een hoedje. Haar handen beginnen te trillen, zo hevig dat ze het boek even moet wegleggen en de ogen sluit, verbijsterd, alsof ze daar iets te zien heeft gekregen waar ze nog lang niet aan toe is – alsof je porno ziet zonder seks te hebben ervaren – nee, die verge-lijking is te grof – alsof je God ziet zonder eerder zijn bestaan te hebben ervaren, alsof je ziet wat mensen kunnen zijn zonder je ooit in een ander mens te hebben verdiept. Het boek is openge-vallen bij het zelfportret van een tachtigjarige, Alice Neel.

Daar zit ze, naakt op een klein blauw-wit gestreept fauteuiltje, een penseel in de rechterhand en een verflap in de linker. Op het eerste gezicht is het schilderij ontluisterend, maar dat komt waar-schijnlijk alleen, bedenkt Berthe terwijl ze haar angst bedwingt door aandachtig te kijken, omdat wij elk lichaam dat niet perfect is als ontluistering beschouwen: niet van het lichaam, maar van onze opvatting over wat een lichaam zou moeten zijn. Neels lichaam is tachtig, o ja, de borsten hangen slap en laag vlak boven haar buik, in contrast met de magerte van de romp. Ze heeft zichzelf bijna karikaturaal geschilderd, wat de indruk van onthutsende eerlijkheid versterkt. Haar oma-achtige appelwangetjes zijn iets te rood, de lijnen tussen neus en mond iets te diep, bovenlip en kin iets te groen, de mondhoeken laag. Het gezicht dat Berthe ongegeneerd aankijkt is dat van een lieve, formidabele oma, intelligent, en met een bril. Het kan haar niet schelen wat de kijker ziet omdat ze zichzelf ziet zoals ze is. Ze heeft zelfs haar benen iets uit elkaar.

De omtrek van haar lichaam is aangegeven met een kobaltblauwe lijn, dezelfde kleur als de strepen op het stoeltje en een nonchalant aangegeven schaduw op de achtergrond. Het geheel moet snel geschilderd zijn, bijna slordig, met grote zekerheid.

Tachtig jaar zijn, denkt Berthe, een heel leven geschilderd hebben en dan zo vrij zijn, zo naar jezelf kunnen kijken. Terwijl zijzelf niet eens langer dan een paar seconden naar het schilderij kan kijken zonder tranen in haar ogen te krijgen.

Berthe wijdt nooit een gedachte aan haar lichaam. Nooit.

Ze laat het boek open op de tafel liggen en gaat iets anders doen. Ze staat bij haar boekenkast en pakt er hier en daar een boek uit, een filmencyclopedie, een biografie van George Eliot, maar al die tijd prikken de schrandere groene oogjes van Alice Neel in haar rug. Ze gaat terug.

Neel heeft haar zelfportret in bijna vrolijke, lichte kleuren geschilderd, dat realiseert ze zich nu pas. Dat lichte blauw, veel wit, de stijl van tekenen die de rechtervoet bijna als stripvoet weergeeft: kleuren en stijl zijn jeugdig, lente-achtig zelfs. Het bijschrift spreekt van jonge kleuren, en geeft aan dat het origineel levensgroot is. Dit schilderij in het echt te zien moet verbluffend zijn. Een confrontatie die niemand uit de weg zou kunnen gaan. Het is een mededeling, een manifest. Dit is wat het leven met mij heeft gedaan of wat ik met het leven heb gedaan, om het even, deze jonge oude vrouw met die iets opgetrokken rechterwenkbrauw boven de bril met grote glazen. Levender kun je bijna niet zijn.

Dus dat moet het zijn wat haar pijn doet: dat levende, dat zelfbewuste, dat eerlijke, dat lichamelijke.

Een vrijheid die ze ziet. Maar zelf niet kent.

Berthe kent alleen vrijheid dankzij het feit dat ze zich van de wereld heeft teruggetrokken, ze leeft alleen vol en ten diepste als ze niemand om zich heen heeft. Alice Neel geeft de wereld een blik op een authentieker, onbevreesde vrijheid: met haar zelfportret zet ze de deur wijd open.

Hoe is ze daar gekomen? Hoe kom je waar je zo eerlijk naar jezelf durft kijken, zo diep dat het je niet meer kan schelen wat een ander ziet?

Als zij, Berthe, over straat loopt sluit ze zich af, verloren, verdronken in haar gedachten en gevoelens, en weet zelden of en hoe de mensen naar haar kijken. Ook al omdat ze, als ze het wist, niet meer de straat op zou gaan. Ze is als een huis met dichte ramen en deuren. Ze is als haar eigen souterrain, gesloten, blind voor licht.

Zonder dat ze weet hoe is het avond geworden, en nacht. Berthe ligt in bed, op haar zij, de knieën opgetrokken. Angst heeft zich als een egel in haar maagstreek gerold. Ze herinnert zich de maaltijden in het tehuis. De tafels voor zes personen, gedekt met ovale schaaltjes van institutioneel metaal: schaaltjes boterhammen, schaaltjes boter, schaaltjes met per broodmaaltijd een plakje kaas en een plakje vlees per persoon. Zes plakjes per schaaltje. En dat er altijd meisjes waren die twee plakjes namen, altijd dezelfde. Joni met haar roze wangen en goudblonde haren, Marieke met haar spitse gezichtje en blonde piekhaar, triomfantelijk vlak voor haar neus. Het was háár plakje, Berthes plakje dat ze stalen, en het was de bedoeling dat ze dat wist. En dat kon ze nou nooit bevatten. Dat ze liever twee plakjes wilden dan één, geen punt. Wilde ze zelf ook wel. Zo groot waren die plakjes nou ook weer niet. Niet groot genoeg om je boterham te bedekken. Dus. Maar dat het hun bedoeling was om haar, naast de teleurstelling van weer een boterham met jam of pindakaas – en als het toezicht niet keek allebei tegelijk – ook nog een gevoel te bezorgen dat ze het op haar gemunt hadden. Dat ze bij de minderwaardigen gerekend werd. Bij de zwakken. Was het de kleur van haar huid? Over het vanzelfsprekende kun je geen vragen stellen. Dit waren nu eenmaal de wetten waaraan het universum van het tehuis onderworpen was.

Vooral Joni had de pik op haar. Zij gaf haar altijd de schuld van alles wat er misging, en dat was eigenlijk elke dag wel wat. Iemand was haar nachthemd kwijt. Een nachtkastje was opengebroken, een waterglas stukgevallen. En altijd had zij het gedaan, al had ze kunnen bewijzen – niet dat ze daar ooit de kans toe kreeg – dat ze niet eens in de buurt was geweest.

En als ze protesteerde, keek Joni haar aan met een minachting die op Berthes gezicht de ene leugen na de andere leek af te lezen. Terwijl ze niet loog. Maar algauw voelde ze zich alsof ze wel loog, ging ze blozen, schuldbewust bij ontstentenis van schuld. Dat, en de zekerheid dat het alleen maar erger zou worden, weerhield haar ervan naar moeder Agnes te gaan.

In Berthes herinnering markeert Joni zowel het begin van de pijn die ze met zich meedraagt als haar huid, als het begin van het besef van haar eigen separate identiteit. Natuurlijk moet dat laatste er al eerder zijn geweest, en de eerste waarschijnlijk ook, maar haar eerdere herinneringen betreffen uitsluitend scènes van kleine Bertje bij moeder Agnes, en die herinnert ze zich alsof ze een ander zijn overkomen of haar zijn verteld. Ze herinnert zich maar heel weinig, en waarschijnlijk is dat maar goed ook. Ze wil niet dat degene die ze denkt te zijn in de slaapzaal begonnen is.

Berthe gaat op haar rug liggen en vouwt haar handen ineen op haar maag. En toch doet het er niet toe, vertelt ze zichzelf niet voor de eerste keer. Toen werd ze beheerst door de angst voor die meiden als pikkende kippen, nu is de angst voor agressie – nee, ze wil niet aan kantoor denken – haar zo vertrouwd dat ze er haar schouders over ophaalt, als over een programmeerfoutje in een computerprogramma: tik 'maan' en Word wil er '-dag' aan toevoegen, en als je op Enter drukt gebeurt dat ook. Het enige wat je dus moet doen, is niet op Enter drukken. Niet bevestigen, je er niet door laten leiden, je handelen er nooit door laten beïnvloeden. 'Dit zijn nu angsten die ik wel vertrouw,' zegt Vasalis in een van haar gedichten.

Alice Neel zou evengoed in haar blauwgestreepte stoeltje hier bij haar bed kunnen zitten, zo aanwezig is ze. Berthe probeert weg te zakken. Achter haar oogleden is het indigoblauw, ze concentreert zich op die kleur, de sterrenhemel op een zomerdag. Helder. Vroeger bad ze, maar ze herinnert zich niet meer of ze zich toen echt met God verbonden voelde, of dat ze het zo graag wilde dat ze het zichzelf wijsmaakte. Ze had toen, denkt ze, niet eens een coherent beeld van God, over die dingen dacht ze toen niet na. Buiten de schepping, in de schepping, of allebei? Welke theoloog was dat ook weer die zei dat de paradox het kenmerk van God was? Even lacht ze hardop. En ze weet het al: Nicolaas van Cusa was het, die in de vijftiende eeuw ijverde voor verzoening met de volgelingen van Hus maar uiteindelijk toch voor de paus koos. *Coincidentia oppositorum*, alle tegenspraken ontmoeten elkaar in God. Niet helemaal een nieuwe gedachte, de griekse goden waren al experts in ironie – maar zover kan de christelijke god niet gaan, die is liefde, en liefde en ironie verdragen elkaar niet. Liefde en humor wel, en God heeft gevoel voor humor, althans, dat heeft ze altijd gehoopt, maar niet ten koste van de schepping, nooit. Grappig toch, dat ze de laatste tijd weer zoveel met theologie bezig is. En nu gaat ze slapen.

Als ze 's morgens wakker wordt, weet ze het meteen: Neel. Er wordt iets van haar gevraagd. Alice Neel zit daar nog steeds op dat blauwgestreepte stoeltje, midden in de echte wereld, en kijkt haar bestraffend aan.

Goed dan, denkt Berthe. En hardop zegt ze: 'Je krijgt je zin.'

Ze doet het licht bij de voordeur aan, zodat de spiegel die daar hangt uit het donker opglanst en haar aankijkt met een wreed, lumineus oog. Ze doet haar ogen dicht, wil zich afwenden, het licht weer uitdoen, maar wat Alice Neel kan, moet zij ook kunnen. Ze kleedt zich uit. Met gebogen hoofd stapt ze uit haar slaaplegging, ze schuift haar T-shirt over haar hoofd, doet haar onderbroekje uit.

Ze kan zich niet herinneren wanneer ze voor het laatst naar haar lichaam gekeken heeft. Maar ze doet het: langzaam heft ze haar hoofd en doet haar bange ogen open. Ze kijkt.

Het doet pijn. Ze is een vreemde voor zichzelf.

Haar onderarmen en -benen zijn behaard, en steken daardoor donker af bij de rest. Haar borsten zijn klein, zo klein dat ze geen beha nodig hebben, maar slap als twee kleine lege zakjes, die driehoekig hangen aan een ingevallen borst. Ze heeft een klein buikje, niet omdat ze veel eet, maar omdat haar buikspieren zijn uitgezakt. Haar gele huid begint op vreemde plaatsen te rimpelen: op haar bovenbenen, haar onderarmen. Haar haren worden grijs. Overal. Maar ze dacht tussen haar benen meer haren te hebben: worden die ook, net als op de schedel, dunner bij het klimmen der jaren? Ironisch genoeg zou ze nu moeiteloos een van die moderne bikini's aan kunnen, zo hoog en schuin opgesneden.

*

Midden in de nacht wordt ze beetgepakt door zoveel handen, op zoveel plaatsen, overal. Een hand over haar mond, zodat ze geen geluid kan maken. Handen aan haar enkels, handen aan het bed die lakens en dekens wegtrekken, zodat ze daar onthuld komt te liggen in haar opgekropen nachthemd dat haar onderlichaam nog maar nauwelijks bedekt. Handen die haar rechtop rukken en haar armen vasthouden terwijl andere handen het nachthemd over haar hoofd heen trekken.

Als ze haar ogen open zou durven doen, zou ze Joni zien, die als koningin van de slaapzaal met een trek van geamuseerde minachting op haar gezicht staat te kijken hoe zij, Berthe, wordt ontkleed.

'Twee erwtjes op een plank,' giert Joni.

'Moet je die benen zien,' zegt Marieke. 'Ze lijkt wel een man, met al die haren!'

'Op haar armen ook. En ze heeft een snor. Is ze wel een meisje?' vraagt Joni. 'Misschien zitten we hier wel al die tijd met een jongen opgescheept!'

'Dan moeten we even in haar broekje kijken.'

Nu doet Berthe haar ogen open. 'Ik ben toch ongesteld, net als jullie,' verdedigt ze zich.

'Hoe weten we dat zeker? Misschien doe je maar alsof,' zegt Marieke.

De anderen komen ook dichterbij met hun wrede, lachende gezichten.

Handen die haar broekje uittrekken en zich haastig terugtrekken van haar schaamhaar.

Berthe is zo bang dat ze moet plassen. Ze trekt haar buik in, o God, geef dat ik niet in mijn bed ga plassen waar ze allemaal bij zijn.

Joni komt dichterbij, en buigt zich over haar heen. 'Berthe lijkt een meisje, geloof ik,' zegt ze, nadat ze zogenaamd goed gekeken heeft. 'Het stinkt wel, maar het is een meisje.'

'Ik stink niet,' zegt Berthe, die zich daar elke dag tweemaal wast met het speciale, donkere washandje.

'Hoe weet je dat? Ruik je er soms aan dan?' Ze staan erbij te lachen, ze weten dat ze toch altijd het laatste woord zullen hebben omdat zij durven en Berthe niet.

'Kom allemaal kijken,' zegt Joni.

'Een meisje!' roepen ze. 'Van onderen ten minste.'

'Ja, behalve de voeten.'

'Van onderen een meisje, van boven een jongen,' zegt Joni.

'Een harige aap,' kraait Marieke.

'Berthe is een aap, Berthe is een aap,' teemt de groep.

'Een stinkende apin,' scandeert Joni.

'Een stinkende apin,' doen de anderen haar na.

Handen die haar uit bed trekken, die haar duwen en trekken tot ze bij de grote kast staat, de kast waar iedereen een plank als de hare mag beschouwen (en waar zij elke keer haar stapeltje kleren recht moet leggen nadat het weer door elkaar is gegooid). De kast heeft twee deuren, en aan de binnenkant van een ervan is een spiegel bevestigd. Berthe staat naakt voor die opengeslagen deur, voor die spiegel. Achter haar, boven haar, grijnzende gezichten van de meiden van de slaapzaal. Joni. Wat doet Joni?

Joni trekt met één beweging zelf haar nachthemd over haar eigen hoofd, en komt naast haar staan. Even naakt.

Berthe is bang. Ze was al bang, maar nu wordt ze nog banger. Zo moet het voelen als je weet dat je doodgaat. Je kunt niet meer bewegen, je kunt alleen maar wachten, en ondertussen wordt haar lichaam steeds kouder, en stijver. Berthe perst haar dijen tegen elkaar.

Nu verstomt het zachte gegiechel: de meiden weten dat het nu ernst wordt.

'We beginnen bovenaan, Berthe,' zegt Joni's koele stem. 'Bij je haar. Kijk naar je haar, Berthe, en kijk dan naar het mijne. Zie je het verschil?'

Joni's haar is goudblond en krult weelderig en lang. Overdag moet ze het strak wegsteken in een paardenstaart, nu golft het in volle glorie over haar zachtroze schouders. Haar eigen haar lijkt nog dunner en piekeriger dan anders, mottig lijkt het, aangevreten en vet. Waarom heeft ze overal zo veel haar, en niet op haar hoofd?

Berthe knikt, ze heeft het gezien.

'Dan gaan we nu langzaam omlaag. Schouders.'

Berthe knikt weer. Die ronde bolling die precies in een hand zou passen, naast haar eigen gelige, hoekige, knokige schouders. De boodschap is duidelijk.

Ze gaan naar de borsten, naar Joni's roze appeltjes naast die vreemde, misplaatste grote zwartbruine tepels van haar, die als lelijke moedervlekken boven haar ribben zweven. Ze heeft geen borsten. Ze klampt zich vast aan het plaatje van de heilige Agatha met haar twee borsten op een zilveren schaaltje dat lijkt op de schaaltjes waar het vlees en de kaas in het tehuis op liggen. Maar ze snapt het niet. Audrey Hepburn heeft ook geen borsten, en Joni heeft toch een foto van Audrey Hepburn boven haar bed hangen.

Later zal ze lezen dat het vereerde lichaam van Audrey Hepburn in werkelijkheid beschadigd was door haar levenslange anorexia, maar daar had niemand het toen over. Anorexia als ziekte was al in de negentiende eeuw bekend, maar Berthe kende toen het woord niet eens. Nu wel: ze denkt aan Audrey Hepburn elke keer als ze Julia Roberts ziet, even brede mond, prachtige glimlach, en geen borsten.

Als haar weer iets gevraagd wordt knikt ze weer, maar deze keer moet ze het hardop zeggen. 'Jouw borsten zijn mooier dan de mijne.' Ze zegt het, en het is waar. Met elke seconde dat ze kijkt wordt het meer waar, en toch, toch doet het zoveel pijn om te zeggen. Van schaamte perst ze haar bovenbenen tegen elkaar, maar meteen is er iemand die dat ziet en er een opmerking over maakt. 'Moet je plassen, Berthe, ben je dan zo bang, Berthe?' zodat ze zich nog meer schaamt.

Langzaam reizen hun ogen beide lichamen af. Op elk punt valt de vergelijking in Joni's voordeel uit. Haar taille is smaller, haar schaamhaar minder obsceen, haar dijen steviger en slanker, haar kuiten minder gewelfd, haar voeten kleiner – Berthe heeft grote voeten – haar tenen langer en slanker. En minder harig, overal minder harig. Harig hoort niet, harig is fout.

Ze zijn klaar, nu, toch? Nee, ze moet zich omdraaien. Het gaat nu over de achterkant. Op de een of andere manier is het minder erg nu, omdat ze zichzelf niet meer kan zien, omdat ze niet bij elk lichaamsdeel de bevestiging ziet van het wrede oordeel dat erover uitgesproken wordt.

Daar staat tegenover dat ze nu priemende ogen recht op zich gericht voelt, onveilig als in een griezelfilm waarin elk ogenblik iets kan gebeuren, en het onderdrukte gegiechel draagt daaraan bij.

Haar billen: te klein. Haar rug: te smal van onderen en te breed van boven. Als een man, zeggen ze. Jongensbillen, zeggen ze. Jongensschouders.

Berthe heeft een wapen, maar ze durft het niet te gebruiken.

Ze heeft net een roman gelezen van Jean Auel over de allereerste mensen. In hun taal betekent *yoni* datgene wat je als vrouw tussen je benen hebt. Ze kan het zeggen: 'Hé Joni, weet je wat jouw naam betekent?' Maar als ze de meiden vertelt wat ze weet, moet ze het woord daarvoor gebruiken dat zij gebruiken, anders wordt ze net zo hard weer gepest. Moet ze KUT zeggen, 'Joni betekent kut', moet ze dan zeggen, 'dat wist je zeker niet, hè?'

Joni heeft erom gevraagd. Nu gaat ze het doen. Ze gaat het zeggen en dan is het uit, dan zal iedereen Joni uitlachen in plaats van haar. En als ze het niet geloven, kan ze het zo aanwijzen in haar boek. En dan zullen ze, elke keer als ze Joni's naam horen, daaraan denken.

Joni zal haar eigen naam gaan haten.

Nee, ze kan het niet.

Als ze het zegt, pakt ze Joni haar naam af. Voor altijd en eeuwig.

Ze doet het niet. Ze zegt het niet. Misschien leest een van die stomme meiden zelf nog eens dat boek van Jean Auel, en dan komen ze er op die manier achter. Ze hoopt dat dat gebeurt, maar zelf kan ze het niet naar buiten brengen. Zelfs niet nu ze haar een apin noemen. De hele tijd. Maar ze wil geen wraak nemen. Wraak laat alles doorgaan, ze oefent met de andere wang. De andere wang bedoelt de ander duidelijk te maken wat ze doen. Behalve natuurlijk dat het niet helpt. Of misschien is het ze wel duidelijk, maar ze gaan er gewoon mee door. En stiekem verlangt ze naar wraak. Heilig is ze nog lang niet. Maagd nog wel.

Berthe doet haar ogen open en ziet zichzelf daar naakt in de spiegel, door een waas van tranen heen. Zo is het minder erg.

Haar naakte lichaam. Zij is de enige die dat ooit te zien kan krijgen, op haar huisarts na, waar ze nooit komt. Anderen zien het niet omdat ze het niet kunnen zien, omdat zij het verbergt, maar zijzelf ziet het alleen maar niet omdat ze niet wil. Vroeger, in het tehuis, bad ze om onzichtbaar te mogen worden. Haar gebed is niet verhoord. En hoewel ze de door de EO gepredikte gebruiksgod die Zijn lievelingen op afroep verhoort met kracht verwerpt, zou ze toch liever wel onzichtbaar willen zijn. Nog steeds. In arren moede heeft ze zich dus maar aangeleerd om zich als onzichtbaar te gedragen.

Eigenlijk, zegt ze tegen haar vage spiegelbeeld, zou er helemaal geen probleem moeten zijn. Portretschilders moeten er wel van uitgaan dat het uiterlijk de uitdrukking van het innerlijk is, maar in feite is het volstrekte willekeur met welk lichaam je wordt opgescheept, ja toch? Als iedereen er nou maar gewoon zo over dacht, zou je willekeurige lichaam ook geen invloed meer kunnen uitoefenen op hoe je naar jezelf kijkt. *Follow your nose*, zei Eliot. Maar als je naar de televisie kijkt zou je denken dat er niets belangrijker is dan er goed uitzien. Willekeur, of uitdrukking van wie je bent? *Make-over, Extreme make-over, Looking good, Smaakpolitie* – ze wijzen op allebei: maakbaar, en sleutel tot geluk. Berthe kan haast niet geloven dat er mensen zijn die menen dat geluk op die manier binnen ieders bereik ligt. Hoe zit 't dan met ouderdom, armoede, ziekte, allochtone afkomst? Eigenlijk, denkt Berthe, zou ze er eens een avond voor moeten uittrekken. *Poor little rich girls, America's next topmodel, Idols*: ze zou van het ene uiterlijk-programma naar het andere moeten zappen, een avond lang, en de pijn van die verlangens indrinken, om te kunnen begrijpen.

Mooi zijn = geluk; mooi willen zijn = recht hebben op geluk. Recht in plaats van plicht – ja, ze is toch gevormd door moeder Agnes in dit opzicht. En door de slaapzaal. In de hemel, dacht ze vroeger om zichzelf te troosten, hebben wij geen lichaam meer. Later leerde ze tijdens haar studie theologie dat daar in de traditie heel verschillend over werd gedacht: amerikaanse premillennisten varen nog steeds met lichaam en al ten hemel, en hoe kun je gestraft worden met vuur dat het lichaam niet verbrandt als je geen lichaam hebt? Hoe moeten je geliefden je herkennen in de hemel? Geen wonder dat crematie in de christelijke kerk tot voor kort taboe was, en dat martelaren bij voorkeur werden verbrand – uit sadisme of vanwege een denkfout bij hun vervolgers. Maar zelfs als je gestorven was door een ongeluk of ziekte, je zag er vreselijk uit of je miste ledematen door oorlog of je was opgegeten door een wild dier, had de theologie een oplossing voor je probleem: volgens Petrus Lombardus is iedereen in de hemel gezond van lijf en leden, en dertig jaar oud, ook gestorven hulpeloze baby's, want dat was de ideale leeftijd, die waarop Jezus werd gekruisigd. Zoals binnenkort weer staat te gebeuren, want het is bijna Pasen.

Berthe kleedt zich aan, doet boodschappen, kookt wat, eet iets, leest een beetje, kleedt zich min of meer uit, gaat maar weer naar bed, slaapt wat en wordt vaak wakker: daar is het weer, onverminderd, misschien zelfs nog sterker geworden. Ze moet iets. Er duwt iets tegen haar, het schilderij van Neel duwt haar ergens heen. Het bevalt haar niet, het maakt haar bang, maar ze kan er niet onderuit.

Moet het echt? Maar dan misschien toch eerst het gezicht? De stap om met het meest zichtbare te beginnen is iets minder groot, minder eng. Bovendien is haar gezicht meer van haar dan haar lichaam.

Goed dan, eerst het gezicht.

Berthe zet een spiegel voor haar computer, zó dat er half licht op valt. Pakt een blok papier en een potlood.

Eerst snelle lijnen. Ze laat haar hand bewegen alsof die weet wat ze doet. Blijft kijken naar dat gezicht alsof het haar gezicht niet is, want dan zou ze moeten ophouden, meteen, in verlegenheid, gêne, schaamte.

Ze tekent tot ze klaar is, een gezicht, scheurt het vel af en begint meteen opnieuw, een tweede gezicht. Tot ze klaar is.

Pas dan kijkt ze wat ze heeft gedaan. In geen van de twee herkent ze rechtstreeks wat ze in de spiegel ziet als ze 's morgens vluchtig haar haren kamt, maar kennelijk is haar angst, haar pijn, haar schaamte niet in de tekeningen terechtgekomen, want ze kan er gewoon naar kijken. Haar hand werd geleid.

Haar eerste gezicht is dat van een vriendelijke vogel, het tweede van een middeleeuwse heilige met een grote neus.

Dat viel mee. Nu de volgende stap. Haar lichaam, het lichaam waar niemand ooit van heeft gehouden. Ze kan de mensen die haar lichaam meer dan incidenteel hebben aangeraakt tellen op de vingers van één hand: naast Edo is dat alleen moeder Agnes geweest, en hoewel die haar wel degelijk met welgevallen heeft aangezien, gold dat niet haar lichaam. Wie kan er genieten van een schurftig babylijfje, wie streelt dat bij het wassen, verschonen, verluieren, bepoederen? Berthe denkt aan de enkele keer dat ze zich moedig genoeg voelde om bij de school in de Nieuwe Uilenburgerstraat te blijven staan als de kinderen daar naar buiten komen: hoe de handen van sommige moeders zich rond een wangetje vouwen, hoe warme lijfjes zich in veilige armen storten, hoe een neusje zich aan een mouw afveegt alsof het lichaam van de ouder een verlengstuk van het eigen lichaam is, zo vertrouwd. De liefde tussen ouders en kinderen is lichamelijk, als het goed is. En dan holt ze bijna weg: het doet zo'n pijn.

Waar is die liefde van moeder Agnes gebleven, is die met haar het graf in gegaan? Of is het toch waar, wat zij altijd zei, dat liefde nooit verloren gaat? Misschien is het wel heel anders geweest. Misschien moest moeder Agnes vanwege haar gelofte wel voorzichtig zijn met fysieke affectie. Maar hoe dat ook zij, feit blijft dat Edo, aan wie ze ook al in geen jaren meer heeft gedacht, de liefde voor haar eigen lichaam ook beslist niet heeft gestimuleerd.

Nee, het is Berthe niet gelukt haar maagdelijkheid te bewaren. Eenmaal, rond haar twintigste, kon ze geen nee zeggen en heeft ze zich laten penetreren, anders dan de heilige Agatha, die vanwege haar weigering te trouwen in een bordeel werd geplaatst waar niemand haar echter durfde benaderen, en toen met afgehakte borsten en uiteraard zonder verbandmiddelen in een kerker werd gegooid, waar Petrus gelukkig haar wonden genas. Later werd ze uitgerekt, gegeseld, gebrandmerkt en naakt over gloeiende kolen en potscherven gehaald, allemaal tevergeefs. Vanwege afbeeldingen van haar met op een schaaltje haar afgesneden borsten, die ooit als broodjes werden geïnterpreteerd, wordt op haar naamdag het brood gezegend. Berthes onooglijke borsten zijn zelfs te klein voor broodjes.

*

De jonge Berthe weet het niet. Ze weet niet of ze er goed aan heeft gedaan Edo mee te nemen, ze weet niet wat hij denkt. Ze heeft met hem samengewerkt voor het tentamen kerkgeschiedenis, samen met nog een ander meisje. En nu vroeg haar baas of ze, als ze bij hem kwam eten, iemand wilde meenemen.

Nee, als ze eerlijk is, zo ging het niet.

Haar baas zei: 'Als je een vriendje hebt mag je die best meenemen, hoor.'

En zij had niet durven zeggen dat ze geen vriendje had. Dus had ze geknikt, waaruit hij begreep...

Haar baas is iets te amicaal, iets te buddy-buddy, dat geeft haar een ongemakkelijk gevoel omdat zij het juist anders beleeft: alsof er een enorme kloof tussen hen gaapt. Ziet hij die niet, of probeert hij die met zijn populaire gedoe juist te overbruggen?

Een kloof van verlegenheid, dat ook.

Het is alsof ze niet dezelfde taal spreken. Zij doet haar best de zijne te verstaan, maar de hare verzwijgt ze, in de zekere overtuiging dat hij daar geen tittel of jota van zou begrijpen. Grapje: haar baas is wetenschappelijk medewerker Hebreeuws.

Natuurlijk heeft ze dit gevoel vaker, maar haar baas is iemand bij wie ze twee, drie middagen per week doorbrengt: ze is zijn assistente, wat een mooi woord is maar in feite neerkomt op loopmeisje; ze zit in dezelfde kamer als hij. Ze vindt hem ijdel. Luidruchtig. Extravert. Praat over alles, dingen die haar niet aangaan. Zijn vrouw, zijn kinderen. De oudste heeft Down-syndroom, dat is moeilijk. Hij praat over hoe het is om vijftien jaar getrouwd te zijn, en Berthe denkt: toen hij trouwde ging ik naar de kleuterschool. Maar hij zegt wel dat hij zijn vrouw aantrekkelijk vindt. Berthe begrijpt meestal niet wat de onderliggende bedoeling is van zijn verhalen. Ze is bang voor hem, alsof hij haar zal meezuigen in iets wat van hem is, dat ruikt zoals hij, iets wat kleeft en een verkeerde kleur heeft, ze kan het zichzelf niet uitleggen.

Ook daarom heeft ze ja gezegd en haar studiegenoot meegenomen. Om niet te worden meegezogen in iets.

Maar nu, nu ze daar eten aan een blank eiken eettafel met blank eiken stoelen, versierd met hetzelfde geometrische motief dat in de tafelpoten terugkomt, nadrukkelijk modern, nu denkt Berthe dat ze het toch fout gedaan heeft. De kinderen zijn er niet, die eten ergens anders, bij vrienden – het meisje met Down-syndroom ook, hoewel ze toch, volgens de verhalen, erg lastig is, maar kennelijk niet lastig genoeg om haar thuis te houden. Dat ze met hun vieren zijn geeft het geheel iets akelig officieels. Berthe zit tegenover de vrouw van haar baas, een kleine vrouw met kroeshaar (permanent of echt? permanent is mode) en een bril met merkwaardig roze getinte glazen. Ze heet Marga, ze is onderwijzeres, en ze speelt in het huwelijk de tweede viool. Marga is niet op haar hand. Nee, ze moet het zelf doen.

Haar baas en zijn vrouw behandelen haar studiegenoot allebei alsof hij haar vriendje is. Ze heeft het toch duidelijk gezegd, aan het begin van de avond, toen ze binnenkwamen: 'We hebben samen tentamen gedaan, meer niet,' maar ze werd eenvoudigweg niet geloofd. Innuendo, verhulde grapjes, toespelingen aan de lopende band. En Edo corrigeert hen niet maar lacht mee, niet eens besmuikt, alsof zij drieën samenzweren tegen haar.

Ze wordt dus toch meegezogen, alleen anders dan ze vreesde. Maar misschien is het als je meegezogen wordt wel altijd anders dan je vreesde, misschien is de essentie van het meegezogen worden wel juist dat je naar iets onbekends wordt getrokken, door iets wezensvreemds gaat worden besmet. Berthe denkt aan John Cassavetes in *Rosemary's baby*. Als ze over die film zou beginnen, zou haar baas zeggen dat hij op hem wil lijken, daar is ze zeker van.

Haar baas ontvouwt een theorie. Hij ontvouwt voortdurend theorieën, allemaal met hetzelfde air, tussen serieus en grappend in, zodat hij niet te vangen is: heb je kritiek, dan was het een grap-

84

je. Ben je het met hem eens, dan was het ernst. Ze begint hem te kennen, en hoewel ze het nauwelijks durft te denken heeft ze geen respect voor hem.

'Eten', zegt hij, 'is een strikte privézaak. Eten moet je alleen doen, als niemand je ziet. In het geheim, in het verborgen. Liefst bij een open haard, zodat je de resten in het vuur kunt gooien.'

Onzin vindt ze zulke theorieën, die puur en alleen omwille van het proberen worden geopperd. Wie ruimt die resten dan op, bijvoorbeeld? En wat is de verdienste in het uitleven van een dergelijk holbewonersethos, is het mannelijk om zo te praten?

Zijn vrouw glimlacht een beetje, maar niet breed. Mogelijk omdat ze hetzelfde denkt als Berthe, of omdat ze dit soort onzin al zo vaak heeft gehoord. Of omdat ze denkt aan het meisje met Down, dat, als Berthe het zich goed herinnert, ongeveer zo eet als haar vader het zelf zou willen doen.

Mensen zouden alleen maar met elkaar moeten spreken over dingen die echt zijn, denkt Berthe. Over dingen die ze menen. Elk gesprek waarin verstoppertje wordt gespeeld is weggegooide tijd en aandacht. Weggegooid contact.

Maar Edo lacht wel, en dat maakt het er niet makkelijker op. Edo past beter bij deze mensen dan zij – vooruit, laat ze eerlijk zijn: dat was ook een van de redenen waarom ze hem heeft gevraagd mee te gaan. Maar in plaats van haar last te verlichten, zoals ze van tevoren had gedacht, blijkt het haar gevoel van isolement alleen maar te vergroten. Ze denkt er serieus over om haar baan op te zeggen, maar ze heeft het geld nodig en er is een zekere mate van prestige aan verbonden die haar straks, als er een ander, beter assistentschap in de aanbieding is, van pas kan komen. Ze zit vast.

En als alles klaar is – ijs gegeten (gooi daar de resten maar eens van in het vuur), Grand Marnier gedronken, bonbonnetje bij de koffie toe – en ze naar huis kunnen met hun propvolle magen, ein-

delijk, worden ze naar Edo's eend gebracht met grappen en op-
merkingen tegen Edo als: 'Nou, ik weet wel waar jij vannacht slaapt.
Je hebt het goed voor elkaar.' En een blik naar haar waaruit ze opmaakt dat ze dit als een compliment moet opvatten.

Ze zit ook vast waar het Edo betreft, want die heeft alles opge-
likt en voor zoete koek geslikt. Vanzelfsprekend gaat hij mee naar
binnen, ook als ze afscheid wil nemen op de stoep. Hij legt gewoon
zijn handen op haar schouders en duwt haar achterwaarts het huis
in. 'Zo kan ik toch niet naar huis,' zegt hij, 'niet na zo'n avond.'

Nutteloos hem te vragen wat hij bedoelt met de kwalificatie
'zo'n', want hij bedoelt er niets mee. Ze is heel helder, en tegelijk
volstrekt machteloos tegen de loop van de gebeurtenissen.

Binnen zegt hij: 'Je gaat met mij naar bed.'

'Nee,' zegt ze terug, 'want dat heb ik nog nooit gedaan.'

Hij kijkt haar ongelovig aan. 'En hoe oud ben je?'

'Nog niet zo oud,' verdedigt ze zich. 'Negentien.'

Hij lacht haar uit. 'Ik geloof je niet. Alle meisjes zeggen dat het
de eerste keer is, weet je dat dan niet?'

'Maar bij mij is het zo.' Ze heeft het tegenargument al uit handen gegeven door het woordje 'maar' te gebruiken. Zou het waar
zijn, zeggen meisjes dat? Maar als ze het zeggen, ook als het niet
waar is, dan geven ze daarmee toch aan dat ze niet willen? Waarom wil hij dan toch?

'Ik ben ongesteld,' zegt ze dan, naar waarheid.

Maar ook dat blijkt een te vaak gebruikt tegenargument, en het
belemmert Edo niet in het minst. 'Dan kun je gelijk niet zwanger
worden, handig toch?'

En plotseling ligt ze daar, ze heeft niet eens tijd of gelegenheid
gekregen om de tampon te verwijderen en hij is er al in, groot en
stevig is hij erin, haar rok opgeschort en haar panty naar beneden
gerukt, het schuurt akelig maar het duurt niet lang en dan is het
klaar. Hij heeft niet eens een voorbehoedmiddel gebruikt.

Als ze hem heeft uitgelaten gaat ze naar de wc. Ze wast zich, en probeert dan, gehurkt, die helemaal naar boven geduwde tampon er weer uit te krijgen. Ze heeft wel eens gehoord van iemand die naar de dokter moest omdat het ding in de baarmoeder was geschoten. Moet zij dat nu ook? Ze kan het touwtje maar niet te pakken krijgen, alles is glibberig daarbinnen.

Ze perst zo hard ze kan en krijgt al die viezigheid van hem over haar handen. Met haar nagels haakt ze in de volgezogen gladde watten tot ze een beetje houvast krijgt en trekt voorzichtig. Uiteindelijk krijgt ze het een klein stukje naar beneden, en dan kan ze erbij.

Onder de douche huilt ze vanwege haar zondeval. Ze weet niet eens of ze het belangrijk moet vinden dat ze nu geen maagd meer is. Moet ze nou morgen toch naar de dokter, om een morning-afterpil te halen? O nee, hij zei dat je niet zwanger kunt worden als je ongesteld bent.

Toen is ze wel naar moeder Agnes gegaan. Maar eigenlijk heeft ze haar niets verteld, bedenkt ze nu: ze heeft niet van de pijn verteld dat ze niet wou, niet van het nee zeggen en toch gedaan worden, niet van het gebrek aan genot, niet van de schaamte van het gebruikt worden. Ze praatte alleen over datgene waarvan ze meende dat het moeder Agnes zou raken: het feit dat ze nu geen maagd meer was. En natuurlijk had moeder Agnes haar getroost, en wel met een schitterend argument: alle heilige Berthes hadden kinderen, nou dan!

Voor het eerst gaf Berthe zich rekenschap van haar naam. Haar achternaam, dat wist ze wel, was door moeder Agnes in het telefoonboek geprikt – maar Berthe, dat was dus een bewuste keus geweest! En naar welke heilige Berthe was ze vernoemd? 'Niet naar eentje in het bijzonder,' zei moeder Agnes, 'maar als ik moet kiezen, dan deze.' En ze pakte een boek uit de kast, de Middelnederlandse ridderroman *Floris ende Blancefloer*, die – zo weet Berthe nu – uit de franstalige ridderoman *Berte aus grans piés* voortkomt. 'Hier is ze,' zei moeder Agnes, 'Berthe met de brede voeten, de moeder van Karel de Grote':

> Baerte hietsi metten breden voeten,
> Die nam te wive die coninc Puppijn,
> Een gheweldich coninc, ende wan an hare
> Een kint, daer vele af te segghen ware,
> Dat was die coninc Kaerle van Vrankerike,
> Die menighen borch wan gheweldelike.

De tekst klopt met de geschiedenis: de moeder van Karel de Grote, de veroveraar die menige burcht gewon, was de heilige Berthe van Choisy, die zelf weer de dochter was van Chribert van Laon, en ze trouwde met Pepijn III de Korte.

Berthe heeft zich sindsdien vaak afgevraagd wat er nou precies met die voeten was, want om er een bijnaam aan te ontlenen moest dat toch wel iets heel opvallends zijn. Maar ook zonder dat te weten vervulde het denken aan deze Berthe haar altijd met troost, want ondanks een fysieke onvolmaaktheid baarde zij een groot koning. En dat was wat moeder Agnes haar had willen zeggen.

En dan had je nog drie andere heilige Bertha's. Ze kent ze nog allemaal, op dat punt laat haar geheugen haar niet in de steek. De eerste is Bertha van Avenay, aan wie eind zevende eeuw door Petrus zelve de plaats van een heilige bron werd aangewezen, en die vermoord werd door de familieleden van haar man, die het geld wilden hebben dat hij aan het klooster had nagelaten. De tweede is Bertha van Blangy, die in het eerste kwart van de achtste eeuw na de dood van haar man met haar twee dochters Deotila and Gertrude het klooster in ging, en de maagdelijkheid van Gertude met ferme moed bewaakte tegen de edelman die haar wilde huwen. Dientengevolge wordt zij met beide meisjes afgebeeld. De derde is de twaalfde-eeuwse Bertha van Bardi, die waarschijnlijk d'Alberti heette.

Zelfs de twee zalige Bertha's waren geen van beiden maagd. Bertha van Lotharingen ofwel van Bingen had een zoon, Rupertus van Bingen, die ook heilig werd; en Bertha van Kent hielp Augustinus – niet die van Hippo, maar een bode van paus Gregorius de Grote – toen die, naar Bede vertelt, opdracht kreeg in Engeland te gaan preken. Dat viel niet mee, want Bertha's man koning Ethelbert, die zelf (nog) geen christen was, wilde Augustinus niet in zijn paleis laten omdat een man met zulke geheimzinnige krachten als deze kennelijk bezat binnenshuis macht over je kon krijgen, met het gevolg dat alle onderhandelingen over de komende kerstening in de openlucht werden gevoerd. Augustinus vestigde zich tijdelijk in de hoofdstad Canterbury, waar Berthe een kerk stichtte en waar nu nog het centrum van de Church of England zetelt, en er bestaat nog een dankbrief van Gregorius aan haar. Berthe weet niet of ze nu nog steeds zalig is, want paus Johannes Paulus de Tweede heeft in de loop der tijd 482 mensen heilig en 1300 zalig verklaard, geen bijhouden aan, dus misschien zijn er inmiddels wel vijf Berthes heilig – en geen van allen maagd.

Er moesten nog een paar jaren overheen gaan voor Berthe wist dat het met die maagdelijkheid theologisch überhaupt niet zo eenvoudig zat als het leek. Toen ze eenmaal exegese ging doen, merkte ze dat de twee oudste auteurs van het Nieuwe Testament, Paulus en Markus, er niets over zeggen. Volgens een bepaalde stroming in het bijbelonderzoek was die maagdelijkheid van Maria terug te voeren op een ook in andere culturen bestaande mythe van een maagd die een godenzoon baart, en werd die in de eerste eeuw door volgelingen die Jezus zelf niet meer gekend hadden gebruikt om zijn bijzonderheid te benadrukken.

En wat haar zondeval betreft – ach, het is ook nog maar de vraag of dat eten van die appel het begin van een derhalve te veroordelen seksualiteit is geweest: het was de appel van de boom der kennis van goed en kwaad, en die kennis leverde Adam en Eva allereerst schaamte op en een bewustheid van hun naaktheid, maar om daar nou uit af te leiden dat met die kennis dus kennis van de seksualiteit was bedoeld, dat werd een te beperkte interpretatie geacht. Edo – maar dat was vóór het rampzalige etentje – voerde ook nuchtere argumenten aan: als mensen met seksuele organen geschapen waren, en als de schepping goed was, hoe kon seksualiteit dan verkeerd zijn? Of vanuit de situatie na het paradijs geredeneerd: waarom moet het middel waarmee de erfzonde van generatie op generatie wordt doorgegeven, zelf zonde zijn? Overigens hadden Adam en Eva volgens de meeste kerkvaders in het paradijs nog geen seksuele organen, want voortplanting was daar niet nodig; er was immers nog geen dood toen? Alleen Aquino, logicus als hij was, dacht er anders over: die organen kon God toch moeilijk na de zondeval aan zijn mensen hebben bijgeschapen? Gevolgtrekking: mensen waren met seksuele onderdelen en al geschapen, ook al waren die niet nodig. Tenzij je natuurlijk aannam dat ze aan het plezierig leventje in het paradijs moesten bijdragen, maar dat ging de theologen te ver.

Zouden anderen dat nou ook hebben, vraagt Berthe zich af, dat je achteraf, terugdenkend aan een oude kwetsuur, van oordeel bent dat je je toen opwond over het verkeerde? Maagdelijkheid zal haar nu worst wezen, maar dat ze haar lichaam nog niet kan aanzien zonder pijn, dat is ernstiger. Neel heeft groot gelijk dat ze haar daarop wijst.

Ze zit nog steeds aan haar tafel, met de spiegel voor zich en *Kijken naar onszelf* binnen handbereik. Daar zit Neel, nog even streng op haar stoeltje. Een profeet, een boodschapper, een engel.

Berthe staat op en loopt naar het raam, een beker koud geworden koffie in haar hand, en kijkt naar het iepje dat in knop een nieuw begin belooft. De lente is laat, die donkerroodbruine knoppen roepen een gevoel tussen heimwee en hoop in haar op; toch besluit ze die dag niet naar buiten te gaan. Een hele dag niet naar buiten, het idee alleen al geeft haar een merkwaardig deels schuldig, deels feestelijk gevoel. Eerst moet er binnen iets gebeuren. Worden begonnen. Worden afgehandeld. Er dient zich iets aan, als een inspiratie die wacht tot het moment daar is.

Als haar beker leeg is gaat ze voor haar spiegel staan, die achter de voordeur woont op wellicht de donkerste plaats van het huis.

Ik heb een lichaam dat nog nooit vreugde heeft opgewekt, denkt Berthe. Ik ben een uitzondering. Kleine Berthe had er een term voor: de echte mensen. De anderen waren altijd de echte mensen. Zo mag ze van zichzelf nu niet meer denken, maar een enkele maal komt dat oude gevoel weer even boven: alsof ze een buitenaardse is, met een ondoorgrondelijke bedoeling naar een wereld gestuurd waarin ze zich nooit thuis zal voelen. Ze woont niet in haar lichaam, ze woont in haar hoofd. Ze weet niet wat het is om van je lichaam te genieten. Ik bén mijn geest, denkt Berthe cartesiaans, maar ik héb een lichaam. Alsof ik ook een ander lichaam had kunnen hebben, even makkelijk. Alleen heel jonge kinderen en merkwaardig onbedorven volwassenen zíjn hun lichaam. Ze herinnert zich zo iemand, een vrouw op kantoor, ze is er alweer een paar jaar weg: zij was ervan overtuigd dat angst in de maag zetelde en liefde in het hart, omdat ze die emoties op die plekken voelde. Laurence heette ze, ze was lang en had kleine kroeskrulletjes. Ze had een zoon van zes jaar, die ze nog steeds af en toe uit haar borst liet drinken. Ze bewonderde alles wat indianen deden, onbedorven, meende ze, waarop Berthe wat cynisch constateerde dat primitiever niet noodzakelijkerwijs echter hoefde te betekenen, evenmin als het predicaat 'natuurlijk' op voedsel en geneesmiddelen mag worden geduid als derhalve 'ongevaarlijk'. Ze kregen bijna ruzie, daarom herinnert ze zich dat gesprek. Omdat Berthe staande hield dat angst niet in haar maag zetelde. 'Dan weet je niet wat angst is,' zei Laurence. Berthe bestreed dat het lichaam, zetel der gevoelens, ook met die gevoelens vereenzelvigd zou moeten worden, waarop Laurence doodleuk zei: 'Maar waar zetelen ze dan, als ze niet zetelen op de plaats waar ik ze voel?' En zij, Berthe, begreep ineens dat hier niet het lichaam, en zelfs niet het dualistisch scheiden van lichaam en geest, maar het wezen van subjectiviteit aan de orde werd gesteld. En nu begrijpt ze nog iets anders: die vrouw, die er niet mee kon ophouden haar zoontje melk te geven, hield van zichzelf op een manier die voor haar onhaalbaar is.

Ze schenkt zich een tweede kop koffie in en kijkt naar Alice Neel, die ook van zichzelf hield en heel wat realistischer, gelukkig.

Maar waarom moet ze toch steeds aan Joni denken als ze dit oude lichaam ziet? Toch niet vanwege die oude vernedering, want Neel vernedert zich hier niet, integendeel, ze triomfeert. Misschien omdat Neel zelf haar vaag aan Joni doet denken – maar het is ondenkbaar dat Joni er ooit zo uit zou zien: Joni zou zich hebben laten bijspijkeren, gladstrijken, leegzuigen en volspuiten, die zet alles op alles voor het lichaam en gooit haar volle behaagzucht daarbij in de strijd, daar hoeft Berthe niet aan twijfelen.

Zit er in die rechte blik van Neel behaagzucht, nee toch? Met een klap slaat ze het boek dicht. Doet het weer open. Ziet een reeks foto's van een vrouw wier borsten zijn geamputeerd. Slaat het weer dicht. Laat het dicht liggen. Legt het in de kast, tot het haar bij het langslopen ergert. Legt het ondersteboven, zodat het niet meer opvalt. Ze hoeft toch zeker niet? Wat let haar verder te gaan met andere dingen, haar gewone denkleven weer op te pakken en niet meer met dit verdomde lichaam bezig te zijn?

Het helpt niet. Dit is de dag dat het moet, ze kan niet meer terug. Als ze deed alsof ze niets met die verdomde Alice Neel te maken had, zou ze haar arme vreemde lichaam opnieuw verraden, en ditmaal willens en wetens. Ze zou niet meer met zichzelf kunnen leven.

Daar moet ze om lachen. Een uitdrukking van niets: alsof ze nu wel met zichzelf leeft, ze leeft toch juist zónder zichzelf? Niet eens ín zichzelf leeft ze, als met het woord 'zichzelf' het lichaam wordt bedoeld! Wat wordt er eigenlijk mee bedoeld? Welk dualisme wordt hier aangeraakt? Lichaam en ziel? Verstand en gevoel? Maar ze gelooft niet in dat soort dualismen, niet meer.

Nee, nu moet ze zich niet laten afleiden. Ze pakt het blok papier en haar potlood. Loopt ermee naar die donkere spiegel. Trekt het geblokte keukengordijntje dicht, zodat er niemand naar binnen kan kijken. Kleedt zich uit. Nu.

Moet ze dit tekenen?

Moet het echt?

Goed dan – ze zet de eerste, voorzichtige lijnen. Deelt verhoudingen in, abstraheert.

Zo gaat het nog. Zo kijkt ze naar zichzelf als een verzameling vlakken en lijnen, kleurschakeringen en wat dies meer zij. Zo kijkt ze nog naar een ander.

Maar dan.

Moet ze haar benen tekenen zoals ze zijn?

Moet ze dat linkerbovenbeen precies tekenen zoals het eruitziet, met al die littekens?

Berthe spant haar rug om niet die vinger te voelen die daar drukt, in het smalste gedeelte van haar ruggengraat, waar rug in billen overgaat, die vinger van schaamte. Schaamte is pijn, omdat ze de genadeloosheid van andere ogen overneemt. In schaamte ben je gescheiden van jezelf. Neel keek met haar eigen oog, naar zichzelf en naar anderen: zij kijkt met schaamte naar zichzelf en met angst naar anderen. Zo, dat is geformuleerd. Daarom loopt ze over straat als een musje zo klein en onopvallend met haar magere lijfje zonder borsten boven haar twee grote voeten.

De benen staan er nu op, ze wacht met schaduwen tot ze weet wat ze met haar littekens gaat doen. Ze tekent de schouders, de borstpartij. Een lichte schaduw is genoeg om die kleine borstjes aan te geven, een V van schaduw. Nu haar handen. Moeilijk, omdat ze zodra ze tekent de voorbeeldhouding moet verlaten.

Haar vingers.

Een lichte verkorting, de hand zelf breed vanuit deze hoek, de vingers gebogen.

Handen zijn trouwens het moeilijkst om te tekenen, altijd. De hare worden ouder, je kunt het zien. Een begin van rimpels.

Het wordt niks. Haar vingers lijken niet eens op vingers.

Boos neemt ze een rood potlood en krast pardoes over die bovenbenen heen, op de plaats waar in werkelijkheid die witte lijnen van pijn lopen, rode strepen – en terstond is alle focus die de tekening bezat, verdwenen. Het is een veld geworden waar chaos heerst, waar alles kan gebeuren. Berthe kijkt ervan weg.

Ze kan het niet. Het is te veel gevraagd. Ze kijkt naar zichzelf, of om preciezer te zijn niet eens naar zichzelf maar naar haar spiegelbeeld, en ze haat wat ze ziet, ze verafschuwt, ze walgt. Ze wordt overspoeld door datzelfde gevoel van toen ze het scheermes nam, lang geleden en toch niet zo lang geleden, alsof het gisteren was. Ze weet het nog precies, met haar ogen dicht voelt ze het nog exact: de lichte, taaie weerstand van de huid, de zaagbeweging van haar hand, het rukje wanneer de weerstand verdween en het instinctieve inhouden van haar hand, die kennelijk niet te diep wilde gaan, het opwellen van het bloed in een krul van rood. Dan, veel later, een lijnrechte korst, en uiteindelijk een witte lijn. Die je nu eigenlijk niet meer ziet, alleen als je heel goed kijkt. Als haar huid minder gelig was, zou je ze niet eens kunnen zien.

Ze loopt weg om zich weer aan te gaan kleden. Kleren eroverheen: hemdje, onderbroek, spijkerbroek, trui. Ze kleedt zich aan alsof ze ergens aan is ontsnapt.

Bijna. Bijna is ze nog dat meisje, jonge Berthe die zo wanhopig was. Die wilde ontsnappen en daarom haar huid liet openkrullen zodat de binnenkant naar buiten kwam. Maar dat meisje bestaat niet meer. In haar plaats staat hier nu een vrouw met littekens, lichamelijke sporen van dat lijden, de som van de jaren van toen tot nu.

Ze legt de tekening weg, ondersteboven. Ze verscheurt haar niet.

De rest van die dag blijft ze het gevoel houden dat ze iets moest doen en dat niet heeft afgemaakt. Zoals je naar de keuken loopt om een glas water te drinken en de vaat ziet staan en afwast en vervolgens zelfs je aanvankelijke dorst vergeten bent. In haar spookt de jonge Berthe, die niet wist hoe beter aan de gevangenis van de lijfelijkheid te ontsnappen dan door met een scheermes in haar bovenbeen te kerven. Ze probeert uit alle macht de herinnering te verdrijven. Ze maakt lijstjes: van boeken die ze lezen wil, van voedsel dat ze kopen kan, en als ze helemaal niets anders meer weet, maakt ze een lijstje van een paar actrices die ze niet goed uit elkaar kan houden. Kate Winslet, Blanchet, Capshaw, Beckinsale, ze zit voor het computerscherm, op zoek naar plaatjes. Winslet is die met de mond van Bette Davis uit *Heavenly Creatures*, Blanchet heeft Elizabeth 1 gespeeld, Capshaw ziet eruit als een intelligente barbie en Beckinsale is makkelijk, donker en levendig en *girl next door*. Pas als ze ze uit elkaar kan houden realiseert ze zich dat ze toch met hetzelfde bezig is: één voornaam, vier lichamen. Lichamen, identiteiten.

Waarom kijkt ze eigenlijk naar het lichaam van nu met de ogen van Joni van toen? Ze leeft nu, alles wat ze bedenkt en voelt bedenkt en voelt ze nu. Raadselachtig hoe het soms lijkt alsof de tijd tegelijk wel bestaat en niet. Dat zij tegelijkertijd wel de oude Berthe, of liever de jonge Berthe is, en niet. Hoe de vertrouwde handeling van toen nog in haar spieren zit, hoe Joni's stem van weleer nog in haar spreekt. Zoals het voor God schijnt te zijn in die definitie van eeuwigheid die zich kenmerkt door zijn vermogen tegelijkertijd verleden, heden en toekomst te omhelzen. Zou Neel bij haar laatste zelfportret, als oude vrouw, niet ook mede gedacht hebben aan jongere zelven waarop haar wangen ronder waren, haar lippen voller? Kun je onder ieder gezicht al die vorige gezichten lezen, als door een trechter terugkijkend in de tijd?

Vooruit, ze gaat proberen iets meer over Neel te weten te komen, over de weg die haar uiteindelijk tot dat zelfportret heeft gebracht.

Dat is niet moeilijk: op internet is genoeg te vinden over Alice Neel, die een icoon geweest blijkt te zijn van de vrouwenbeweging. Dat wist Berthe niet, maar ze kan het wel begrijpen. Breed heeft ze Kate Millet geschilderd, en broodmager Linda Nochlin vlak voor die stierf. Maar ook de poseur Andy Warhol, die een koperen plaat bepiste en zijn wildplassers-urinespoor interessant genoeg achtte voor de grote musea van de wereld. Daar heb je hem, jong nog, met ontbloot bovenlichaam en waarachtige borstjes die op de hare lijken. Neels hoofden zijn vaak iets te groot, de lijnen sterk en simpel, hetgeen een karikaturaal effect geeft. Iets theatraals, ook. Weinig tederheid, behalve misschien op een schilderij van een klein meisje in een groene pyjama tegen een groene achtergrond waar de spijlen van haar bed doorheen schemeren. De lipjes zijn los, het hoofdje schuin alsof ze luistert. Maar ook hier is het hoofdje te groot en staan de oogjes veel te ver uit elkaar.

Berthe zoekt verder, leest, en krijgt spijt dat ze verder heeft gezocht. Neel, op haar zelfportret een klein mager vrouwtje, blijkt altijd groot en fors te zijn geweest en voelde zich verwant met Mae West, op wie ze leek, gepreoccupeerd met seks net als zij. Ondeugend, extreem, provocerend als Mae West, wier hang naar onbekommerd seksueel plezier aanleiding gaf tot nieuwe filmcensuur, terwijl Neels schilderijen vanwege hun vermeende vulgariteit van tentoonstellingen verwijderd werden. Bevriend met Dorothy Parker, wier vlijmscherpe tong Berthe nooit heeft kunnen waarderen vanwege haar van moeder Agnes geleerde overtuiging dat wat een ander pijn doet uiteindelijk nooit goed kan zijn. Eerlijkheid die kwetst is weliswaar eerlijkheid, maar niet noodzakelijkerwijs moreel. Overigens weet niemand hoe Neel werkelijk was, omdat ze altijd poseerde. Zoals het persona van Mae West een constructie is die in het onthullen juist ook verhult, zo was het bij Neel ook. Mae West had korte armpjes, maar ze reikten gulzig naar geld en plezier. Prostitutie is emancipatie in een tijd van depressie: *Goodness, what beautiful diamonds,* zei een vestiaire die zag wat er onder haar minkjas tevoorschijn kwam. '*Goodness has nothing to do with it,*' zei West.

En die vrouw was Neels rolmodel.

Allerminst een engel, dus. Een harde vrouw. Provocatief en agressief.

Vandaar dus, dat Berthe bij het zien van haar zelfportret aan Joni moest denken. Raadsel opgelost, kwestie afgedaan.

Berthe bergt haar schetsboek op.

Maar die nacht denkt ze er natuurlijk toch steeds aan. In bed is ze zich overdreven bewust van haar lichaam, dat groter en zwaarder lijkt dan anders. En ze slaapt nauwelijks. Misschien heeft ze te veel koffie gedronken? Ze moet steeds naar de wc.

Haar bed staat achter in het appartement, en ernaast is het enige kamertje dat ze in de voormalige fietsenkelder heeft laten maken: de badkamer. Ze zwaait haar benen op de vloer, zwart zeil net als overal, en grijpt met één trefzekere beweging de hendel van de badkamerdeur. Ze houdt haar ogen dicht. Ze speelt dat ze blind is: daar is de linnenkast, daar de wc, daar de knop om door te trekken. Ze drinkt een slokje water – haar mond is uitgedroogd – nog steeds met dichte ogen.

Dan gaat ze haar bed weer in. Ze ligt op haar rug, handen over haar maag, en probeert weg te zakken. Diepe buikademhaling, en daar is Alice Neel. Iets in haar reikt naar Neel, naar de smaak van Neel. Zoals een acteur reikt naar een personage. Ze tast naar Neel met de tong van haar half slapende verbeeldingskracht, net zo lang tot ze de karakteristieke smaak te pakken heeft, iets van ijzer en iets van suiker, zoet en bloed tegelijk. Neel heeft niet meteen een gezicht; dat heeft ze pas als Berthe dat er bewust bij denkt, maar soms klinken er teksten van Mae West: *I wonder where my easy rider's gone; It's not the men in my life that count, it's the life in my men.* Neel kijkt haar aan met de onbeschaamde ogen van Mae West. 'Wat zoek je bij mij?' vraagt ze, 'wat zoek je toch?' Zoals de heilige ons aankijkt met die vraag in de ogen: wat zoek je bij mij? Het goede antwoord luidt dan: ik zoek je na te volgen, want wat eens gedaan is, door jou, kan opnieuw worden gedaan, door mij. Heilig worden is haalbaar, alleen kost het je het liefste wat je hebt. Maar Neel is allerminst heilig, en toch stelt ze die vraag.

Wazig van slaapgebrek gaat Berthe 's morgens boodschappen doen. Vaag neemt ze waar dat de supermarkt een aanplakbiljet heeft over sluitingstijd met Pasen. O ja, Pasen. Dirk van den Broek is dan twee dagen dicht, maar Albert Heijn zal wel open zijn. Nee, ze loopt er niet heen om het te controleren, ze merkt het wel. En anders eet ze maar niet.

Heel haar jonge leven is Pasen de belangrijkste dag van het jaar geweest, maar dat was uiteraard voorbij zodra ze haar geloof in de opstanding van dat lichaam verloor. Dat lichaam, het enige lichaam dat in de christelijke cultuur, waaraan ze dankzij moeder Agnes deel gekregen heeft, serieus wordt genomen. Dat vrijwel naakte lichaam dat eind deze week dus weer aan het kruis wordt gehangen. Het lichaam als plaats van pijn. Maar wel een perfect lichaam: altijd mooi, blank en met lange rossig-blonde haren en baard. Neem Velasquez, die zo graag dwergen schilderde, maar als hij Jezus schildert maakt hij hem zacht en prachtig als een meisje. Als het ware prospectief ontdaan van het vleselijke, bijna dood, al heilig in de ogen van de schilder. En kuis. 'Waarom heeft Jezus een luier aan?' vroeg ze als kind. Een van de andere nonnen zou gechoqueerd zijn geweest, maar moeder Agnes gelukkig niet. 'Omdat ze toen nog geen onderbroekjes hadden,' zei ze. Jezus in een onderbroek, het lijkt wel een kreet zoals de meiden uit het tehuis je konden naroepen op straat. Berthe zonder borsten, Jezus in een onderbroek.

Ze komt er dus niet onderuit, denkt ze als ze haar aankopen in koelkast en broodtrommel legt. Brood, fruit, een zakje gemengde salade en voor deze keer een diepvrieskip. Voor haar geen eieren, traditioneel geverfd vanwege een legende over Maria Magdalena die de keizer van Rome kwam bekeren en hem ten geschenke een ei aanbood. 'Dat verhaal van die opstanding,' zei de keizer, 'is even onmogelijk als dat dit ei rood zou worden.' En ziedaar, het ei was rood als Christus' bloed.

Ze stelt het zo lang mogelijk uit. Ze leest een paar uur. Ze wacht tot na de lunch. Maar ondertussen bereidt ze zich al voor, zoals je vlak voordat je op moet staan droomt dat je al opgestaan bent. Als het zover is aarzelt ze niet meer. Papier, potlood, en ditmaal een krukje om op te zitten, want als ze staat bewegen haar armen te veel. Naast haar een tweede krukje waar ze de spullen die ze even niet nodig heeft op kan leggen.

Ze kleedt zich uit. Slaat haar ogen op als ze voor de spiegel staat. Een lichte verrassing: haar lichaam is kleiner dan eerst, magerder, het trekt minder aandacht. Fijngebouwd, maar niet kwetsbaar tenger. Gespierd, maar niet opvallend. Van zichzelf is ze al bijna onzichtbaar. Maar dan maakt het ook niet uit, dan kan ze het gewoon doen.

Dus begint ze opnieuw te tekenen. Ze zit op haar krukje en zet een voorzichtige lijn, beginnend bij een gedeelte dat niet beweegt zodra ze haar potlood op het papier zet. Ze tekent haar onderbenen, die nogal behaard zijn, maar niet slecht gevormd. Ze dacht dat ze taniger zouden zijn, de ronding van de kuit meer abrupt, hoekiger, terwijl de welving die ze nu ziet en getrouwelijk op papier zet, in één lijn goed, iets zachts heeft, iets rustigs.

Haar voeten. Tenen zijn moeilijk. Handen nog moeilijker, maar die komen straks. Ze zet haar tenen bewust op de grond: met platte voeten krijgt haar voet zo'n vreemde, afgeknotte vorm, dat ze eraan twijfelt of ze die wel zo op papier kan krijgen, wil hebben. Maar aan haar tenen valt wel iets te beleven: haar tien tenen – apentenen zeiden de meisjes vroeger op de slaapzaal – haar tien tenen strekken zich elegant als evenzovele balletdanseresjes naar de vloer, verheffen zich smal en lang, en de nagels zijn goedgevormd. Haar wreef is hoog genoeg om die met een flinke schaduwpartij aan te geven, ook als ze hem van voren tekent, en haar enkels steken net niet zo ver uit dat haar voeten op een wybertje gaan lijken.

Tot nog toe heeft ze getekend zonder ook maar één keer te hoeven gummen!

De onderste helft staat erop.

Nu geeft ze, snel tussen spiegel en papier heen en weer kijkend, de lijn van haar schouders aan. Een gebogen, elegante lijn, een prettige curve, waar je zo je hand tegenaan zou willen leggen. De twee schouders ontmoeten elkaar bij het sleutelbeen; ze laat ruimte over voor de hals, die tussen de licht geprononceerde jukbeenderen uit rijst als een smalle kolom, een zuiltje blank en zonder rimpels.

Ze wist niet dat het zo makkelijk was.

Hoewel ze nu bij het moeilijkste gedeelte is aangeland. Iets tekenen wat ze, zodra ze tekent, niet meer kan zien: de houding van haar armen, haar handen, haar tekenende handen liefst, gevouwen rond het papier. Het lukt, omdat ze voor het moment even vergeet dat het handen zijn; ze ziet alleen lijnen en vlakken, die ze trefzeker echoot op het papier. Daaronder licht gearceerd de welving van haar buik, nauwelijks meer dan plat. Het uitstekende heupbeen, de dijspier in rust opzij daaronder, het bovenbeen met de schaduwen van de spieren vast aan de onderbenen, voilà.

Nu het hoofd nog. Ze tekent alleen de vorm, met het vlossige haar in een paar haaltjes eromheen: ook echte schilders als Gwen John tekenden zichzelf soms zonder gezicht, omdat het daar nu even niet om ging. Bovendien kan ze beter kijken naar wat ze heeft als ze niet door de weergave van een gezicht wordt afgeleid.

Alleen lichaam. Alleen lichaam.

Berthe kijkt naar het papier. Ze wist niet dat ze zo mooi was.

Half angstig heft ze haar ogen naar de spiegel, maar wat ze daar ziet verschilt in schoonheid niet van wat ze op het papier heeft overgebracht.

Ze wist niet dat ze zo mooi was.

Ze kijkt van papier naar spiegelbeeld en van spiegelbeeld naar papier, om te vergelijken en eventueel te corrigeren, maar er valt niets te corrigeren; wat ze getekend heeft komt overeen met wat ze ziet.

Ze begrijpt er niets van.

Eerst tekende ze zichzelf en zowel beeld als spiegelbeeld wekten haar afschuw. En nu... Van mismaakt naar volmaakt, hoe is dit mogelijk?

De logica zegt dat haar spiegelbeeld niet veranderd kan zijn. Wat is de schoonheid dan die ze nu ziet? *Beauty in the eye of the beholder*? Ze moet haast wel anders kijken dan die eerste keer. *Beauty is truth, truth beauty*? Dan zag ze die eerste keer de waarheid niet. Ze komt er niet uit.

Ze staat op, kleedt zich aan, ruimt de tekenspullen op, maar laat de tekening op tafel liggen, zodat ze er elke keer als ze erlangs loopt naar kijkt.

En ze loopt er vaak langs.

Met aanvankelijk elke keer een kleine vrees, als zou de tekening veranderd zijn en toch weer laten zien wat ze al die jaren heeft gezien of niet willen zien...

Maar de tekening stelt haar keer op keer gerust. Ze ziet dat het goed is.

Er is zomaar iets geschapen dat er eerst niet was. Schoonheid, of de toegankelijkheid voor schoonheid, het doet er niet toe. *Ex nihilo.*

Nee, niet ex nihilo, uit klei die er al was.

Berthe lacht. Die avond, als ze zich uitkleedt, doet ze iets wat ze nooit eerder heeft gedaan.

Ze strekt haar naakte arm, voorzichtig, opzij, en dan verder, zo ver als die arm wil gaan. Ze doet haar ogen dicht. Ze voelt, met heel haar aandacht in die gestrekte arm, hoe de spieren en pezen zich rekken, hoe het gewicht van haar elleboog door de zwaartekracht licht naar beneden getrokken wordt en hoe haar spieren die kracht weerstaan. Ze brengt haar andere hand bij die elleboog en tekent met een voorzichtige wijsvinger de ver uitstekende knobbel na, zowel aan elleboog als aan vinger voelend wat ze doet, een dubbele ervaring. Aan de binnenkant is haar huid zo zacht als die van een baby; haar vinger glijdt langs zijdezachte huid in een zich langzaam verspreidende verbazing, een blijdschap dat dit zachte voelen zomaar binnen haar bereik is, en elke dag als ze wil, en was, altijd al was.

Zonder dat ze het wist.

Alles is een wonder, denkt ze, van de ene seconde op de andere kan zomaar die deur opengaan waardoorheen het licht valt dat de dingen nieuw maakt. Heilig.

Ze gaat verder, streelt de buitenkant van haar onderarm, de iets weerbarstiger fluwelen huid, met haartjes, jawel, maar zachte haartjes, die glanzen in het licht van de lamp boven de spiegel als ze haar ogen weer opendoet.

Haar lichaam is van haar. Haar lichaam behoort haar toe, en dat was ze vergeten.

Geboorte, wedergeboorte.

De volgende morgen kan ze niet wachten. Nog in pyjama gaat ze terug op zoek, op bezoek bij Alice Neel.

Zo'n moeilijk leven! Eén dochtertje gestorven, amper een jaar oud, een ander kwijtgeraakt aan de cubaanse man die haar in de steek liet, driehonderd schilderijen vernietigd door een jaloerse minnaar, een zelfmoordpoging, twee zoons opgevoed in armoede in Spanish Harlem. Pas na haar vijftigste beroemd.

Haar schilderijen zien er anders uit dan gisteren. Nu pas ziet Berthe de sociaal-politieke component. Men noemt het realisme, maar Neel verhevigt de werkelijkheid door dat karikaturale, haar geportretteerden zijn tegelijk individu en type. Sociale bewogenheid is ingewikkeld. Je uiterlijk wordt dan niet alleen als uitdrukking van je innerlijk gezien, maar ook nog als uitdrukking van iets anders. Van een idee, een opvatting over de maatschappij, van sociale omstandigheden die je hebben gevormd. Maar soms, in deze schilderijen, is het idee krachtiger dan de persoonlijkheid.

Wat moet portretschilderen ingewikkeld zijn. Stel je even voor dat je Neel bent die in het schilderen gelijktijdig aan die ander kan denken én aan wat ze in haar schilderen wil laten zien van wat er in haar wordt teweeggebracht, zodat zij weer iets bij de kijker teweeg kan brengen. Een boodschap uit een ander land, die portretten: maar ze zouden zinloos zijn als Neel niet ook meende dat het uiterlijk de uitdrukking van het innerlijk was. Als Berthe het zo bekijkt, geeft dat karikaturale geen minachting weer, maar maakt het de pijn die Neel wil schilderen los van de persoon, zo-dat die de pijn van haar wereld wordt. En hoe langer Berthe kijkt, hoe meer pijn ze ziet. Neels scherpe lijnen worden krassen als de krassen op haar eigen bovenbenen, pijnrimpels, haar personages martelaren van de klassenmaatschappij.

En dat is ook liefde. Ook al lijkt het scherp en genadeloos, het is compassie. Vanaf haar allereerste portretten heeft Alice Neel met haar priemende groene oogjes pijn gezien en met die poezelige hand getekend. Bij Neel is pijn het contactpunt tussen tekenaar en getekende, en in het schilderen transformeert die pijn tot com-passie. De compassie laat de pijn zien, laat de pijn zijn. Als pijn mag zijn, hoef je er niet met nieuwe pijn op te reageren.

En dan nog dat dode dochtertje – waar haalde zij, Berthe, in 's hemelsnaam het recht vandaan om over deze schilderijen te oor-delen? Misschien dacht Neel wel aan dat dochtertje, Santillana, toen ze dat meisje in die groene pyjama schilderde, de wijd van el-kaar geplaatste oogjes twee getuigen van onschuld die voor pijn niet gespaard gaat blijven.

Lang kijkt Berthe naar één van de beroemdste schilderijen, *T.B., Harlem, 1940*. Neel zelf geeft er uitleg bij. Een jonge portoricaan, met tuberculose, toentertijd in het getto van de grote stad een zeer algemeen voorkomende ziekte, die destijds werd behandeld door een paar ribben weg te halen om een klaplong te voorkomen. Het gezicht wordt beschreven als androgyn; hij ligt op een bed, een ver-band op zijn borst, en zijn hand wijst Jezus-achtig naar zijn wond. De vergelijking is niet ijdel, want Neel zelf vergelijkt zijn lijden met een kruisiging: de man werd 67, maar liep zijn leven lang schuin naar één kant vanwege zijn ontbrekende ribben en raakte verslaafd aan codeïne vanwege de pijn.

Als Neel wist dat hij 67 is geworden, moet ze hem hebben ge-volgd, moet ze hem in haar leven hebben bewaard.

'Vergeef me,' zegt Berthe tegen Neels zelfportret. 'Ik heb je onrecht gedaan. En engel wil je niet zijn, maar een boodschapper ben je wel. Nu pas kan ik je eerlijkheid verdragen, nu pas hoor ik wat je zegt.' Neel antwoordt dat het haar er nu even niet om gaat of het bekeken vrouwenlichaam geërotiseerd, gepornografieerd, geïdealiseerd wordt: dat weten we al, zegt Neel, en het is erg genoeg, maar we hoeven het niet, behalve dan in de nadrukkelijke ontkenning ervan, in mijn schilderij te bevestigen. Ze zegt dat we zijn zoals we zijn, en dat dat goed is: wat niet goed is, zegt Neel, is wat er met ons wordt gedaan.

Het doet Berthe denken aan de psalm die moeder Agnes lief was, Psalm 139, waarin God geloofd wordt als degene die je voor je geboorte al heeft gekend: 'Mijn gebeente was voor u niet verholen, als ik in het verborgene gemaakt ben en als een borduursel gewrocht ben.' Je mag zijn wie je bent, Berthe.

Een wonder, denkt Berthe: in 1980 schildert een vrouw in Amerika haar lichaam, en ruim twee decennia later bereikt haar boodschap mij op een moment dat ik die toevallig horen kan. Ze is vier jaar na dat zelfportret gestorven, Alice Neel, maar ze steekt haar poezelige handje, met penseel en al, naar me uit, vanuit haar blauw-wit gestreepte stoeltje, alsof er niets aan de hand is en tijd en afstand niet bestaan.

Berthe voelt zich opgetild, opgenomen in een rij van lichamen, donker, licht, breed en smal, allemaal verschillend, allemaal hetzelfde. Die domme Joni, denkt ze, die zich aan de verschillen vastklampte, alsof de overeenkomst, de verwantschap niet veel belangrijker is. Lichamen die gekwetst worden door onverschillige blikken, lichamen die gestreeld worden door liefhebbende blikken, lichamen die kinderen baren en geliefden koesteren in hun schoot. Het iets te roze lichaam van Alice Neel en haar eigen beige lichaam, er wordt in gewoond en geleefd, gewoon, elke dag, of het gezien wordt of niet gezien, onder ondergoed en bovengoed wordt er geleefd. Met honger, met pijn, met de dag van vandaag. En er toch van houden, zoals dat al van de moederschoot de bedoeling is geweest, en vrolijk zijn.

Ik leef dus ook, denkt Berthe. Ik leef!

Er is toch mooi iets veranderd: dankzij Neel heeft ze zichzelf getekend, en in dat tekenen heeft ze iets losgelaten dat haar vastzette. Neel heeft dat bewerkstelligd, wel degelijk. Ondanks Joni, nee, beter nog: Neel is in de plaats getreden van Joni. Er is iets uitgegaan van dat schilderij, alsof Neel een van die mollige omahandjes uit het doek naar haar uitstrekte en haar dat penseel overhandigde, de laaghangende slappe borst meebewegend met die roze arm terwijl de slimme stoute groene oma-oogjes haar toetwinkelden, als sterren die de weg wezen. 'Doe mee,' zegt Neel, 'kom erbij. Vergeet puurheid,' zegt Neel, 'die illusie van veiligheid, die blanke cirkel die elke tegenstrijdigheid uitsluit, die prat gaat op haar afkeer van het echte leven. Kies voor de rotzooi, de vuile handen en borden, asbakken en zweet en tranen, groezelige slopen, bebloede tampons en kapotjes in de goot, de ammoniakgeur van wildplassers tegen een kerkmuur. Hier ben ik, neem me zoals ik ben want ik sta er middenin, ik ben tachtig en mijn tenen krullen van vreugde in de modder van dit leven.'

Berthe snakt ernaar om ja te zeggen, maar ze kan niet, ze kan toch niet zomaar iemand anders zijn dan ze is? 'Ik begrijp je wel,' fluistert ze, 'want ook voor mij is authentiek zijn de belangrijkste opdracht, maar mijn weg is een andere, ik ben niet geschikt voor drama, laat staan melodrama.' Maar Neel doet alsof ze haar niet heeft gehoord. 'Kom erbij,' zegt Neel, die thuis is in de wereld waarin mensen elkaar pijn doen, Neel, die zich niet afzijdig heeft gehouden, zoals zij. Neel, voor wie pijn het lichaam bevestigt. *Follow your nose*, zegt Eliot.

'Voor mijn part,' zegt Berthe. Ze loopt naar de platenspeler en zoekt iets uit. Ze heeft nog wel wat uit die tijd. UB40 bijvoorbeeld, of David Bowie. Simon en Garfunkel, maar dat is te zoet. Neil Young, *Everybody knows this is nowhere*? Maar haar hand pakt toch Rod Stewart, *Mandolin wind*. Een lang, bijna larmoyant nummer. Melodrama, wel degelijk, maar je danst erop als in een droom, haar lichaam herinnert het zich al zodra de eerste tonen weerklinken. Haar lichaam komt erbij, het lichaam van vroeger, inclusief alle herinneringen en littekens van scheermes – het lichaam dat ze de rest van haar leven zal koesteren en verzorgen, omdat het van haar is geworden, eindelijk. Berthe begint te dansen, en in haar eerste voorzichtige bewegingen verenigt zich haar bescheidenheid met de onbescheidenheid van Alice Neel. Vriendschap of geen vriendschap, ze voelt in ieder geval warmte, affectie, leven. Daarin kan het tegengestelde verzoend raken. Lichaam en geest danst ze met Alice Neel.

'Ik ben erbij!' zegt Berthe.

Ze beweegt haar heupen. Draait ze, verbaasd dat ze nog los zitten terwijl zij zich al die jaren niet om ze heeft bekommerd. Dat haar taille nog soepel is terwijl ze daar al die jaren niet op heeft gelet. Dat haar lichaam niet boos op haar is terwijl ze er al die jaren niet voor heeft gezorgd. Een wonder.

Ze doet haar ogen dicht, om beter te voelen wat er bij elke beweging in haar nieuwe lichaam gebeurt. Spieren spannen en ontspannen zich, verlengen en verkorten zich, voor haar dansend geestesoog ziet ze spiergroepen zich als waaiers openen en sluiten, zenuwweefsel zich buigen als korenvelden of koraalriffen met wuivend wier. Achter haar ogen verschijnen kleuren, eerst oranje, dan blauw, een prachtig diepblauw dat zich samenbalt en wijkend terugtrekt in een punt, zich steeds verder terugtrekt in het verschiet, en ze verlangt naar dat blauw, ze haakt naar dat blauw, ze hongert naar dat blauw, en het blauw groeit weer naar haar toe en spreidt zich over de binnenkant van haar oogleden, het universum.

Berthe danst en is verloren. Bewegen wordt vreugde. Ritme

wordt extase. Muziek en moment rekken zich uit tot een draad waaraan zij hangt, dansend – tot haar knieën moe worden en ze moet terugkeren naar het hier en nu.

De kamer ziet er vreemd uit. Alsof ze is weg geweest en alle vertrouwde voorwerpen de tijd hebben gekregen weer helemaal van zichzelf te worden, los van de invloed van haar blik, van haar bazigheid.

De computer is van een onzegbaar teer grijs, en in het raam erachter tonen de bomen een waas van een zacht geelgroen: tijdens haar dansen is er een nieuw seizoen aangebroken, de wereld heeft zich een kwartslag gedraaid.

Berthe danst.

Ze danst de dans die de roos uit de knop perst tot die zich in stralende kleur openvouwt naar het licht in de lucht, ze danst de geur van de roos die zich verspreidt in de wind; ze danst de dans van de blaadjes aan de boom die meebewegen op de melodie van de wind; ze danst de vogeltjes die opvliegen, even fladderen en neerstrijken, huppen, een vlucht.

Berthe danst een tuin met bloemen en bomen en vogels.

IV

VERLOSSING

Het is mei, de kleuren zijn overal uitbundiger dan ooit. Dan vorig jaar, in elk geval. Of misschien kijkt ze anders, denkt Berthe Ploos, misschien kijkt ze dit jaar beter. De iepen aan de gracht torsen een overweldigende pracht aan goudgroene blaadjes en vruchten: de zaden, als bronzen munten, worden in de wind opgetild en wervelen rond, goud in het licht en zo aanstekelijk dat Berthe wel mee zou willen worden opgetild en wervelen, tot ze er duizelig van was. Eenmaal neergedaald bedekken de zaden straten en stoepen, de hele stad ligt er vol mee, denkt Berthe, en geen enkel zaadje zal kiemen in de stenen.

Van opgetogen tot treurig in één gedachtegang – wat is er met haar?

Ik wil naar buiten, denkt ze. Het is me hier te donker ineens.

Het heldere licht en de lentekleuren, maar ook het vruchteloos vallen van die zaden, het doet haar verlangen naar trektochten van toen ze jonger was en zulke dingen nog deed, in Engeland, in het Lake District en het Peak District: en waarom niet, ze is toch vrij?

Twee dagen later, in de Kalverstraat, lopen haar voeten vanzelf Perry Sport binnen, naar de bovenste etage, om te kijken naar een klein eenpersoonstentje, zo'n koepeltje zoals je tegenwoordig veel ziet. Het is tijd, denkt Berthe, en weet zelf niet wat ze bedoelt. Het is tijd.

Het tentje kost maar zestig euro, minder dan een retourvlucht naar Engeland. Een schuimrubberen matje, een slaapzak: ze heeft in geen maanden zo veel geld uitgegeven maar ze aarzelt niet: het is dat licht, het zijn bomen in alle kleuren groen en glooiende heuvels, lappendekens van velden. Nee, ze gaat niet naar Engeland, zo ver durft ze niet te gaan – ze gaat ook maar een paar dagen, ze gaat voorzichtig. Ze gaat naar wat bijna Engeland is: ze gaat naar Zuid-Limburg. In een reisboekwinkeltje vlak bij het Spui koopt ze een stafkaart en een gidsje; er schijnt een rustige camping te zijn in het Geuldal.

Als ze van het hoge station het smalle paadje langs de kerk is afgedaald naar de vallei – er bloeien hierboven klaprozen, hun rood een uitroepteken – ziet ze meteen de supermarkt. Mooi, dan doet ze nu vast een paar simpele boodschappen en hoeft ze daarna alleen nog maar aan haar plezier te denken.

Maar als ze uit de winkel komt en weer buiten staat in het zonlicht, huivert ze van wat ze ziet. Voor haar strekt zich een straat uit met twee rijen bungalows, rotstuintjes van voren en macramé-haakwerkjes in de ramen, dat is het dorp. Op bijna elke stoep staat een van wilgentenen gevlochten vogel, een pauw of reigerachtig ding. Zeker een wintercursus gehad, denkt ze. Kinderloos, lijkt het hier, middelbaar, gesetteld. Doods. Toch moet dit de dorpskern zijn: de kerk staat achter haar hoog op de heuvel, de supermarkt is hier.

Ze kijkt op de kaart: ze moet rechtdoor. Accuut mist ze het centrum van Amsterdam en haar souterrain, alsof ze die nooit meer terug zal zien. Ze loopt, kampeerspullen op de rug, boodschappen aan de hand. Bij de Geul blijft ze even staan, maar die is hier niet zo rivierig als ze hoopte, niet engels en springerig met watervallen over bruine stenen, maar getemd tussen afgegraven oevers, stromend met een slakkengangetje en met de kleur van het stilstaande water van de gracht voor haar eigen woning.

Tussen de doorzonwoningen en bungalows loopt ze, daalt ze nog verder af en steekt de straatweg over die aan de ene kant naar Gulpen leidt en aan de andere naar Valkenburg. Een groep snel bewegende figuurtjes in stretch broekjes op racefietsen schiet haar rakelings voorbij, onder hun helmen anoniem als de poppetjes in een tafelvoetbalspel, stripfiguren uit een andere wereld. Ze slaan het weggetje in dat ook naar de camping leidt en daar voorbij een steile heuvel op gaat, een uitdaging voor hun bonkige knieën.

Berthe is zo geschrokken dat ze haar oude rugzak even moet afdoen om op adem te komen. Ze kent het hier niet, ze weet niet waar het naartoe gaat, waar zij naartoe moet. Een voorgevoel heet zoiets. Dat je denkt dat er iets akeligs gaat gebeuren.

Op de camping weet ze wat het is. Rij na rij na rij met caravantenten en stacaravans, mensen op het terras bij de ingang die haar on-Amsterdams aanstaren... Wat is ze begonnen? Ze kan natuurlijk rechtsomkeert maken, maar dat durft ze niet, ze is al gezien. Ze laat zich inschrijven door een mooi jong meisje uit wier mond het limburgs als een vreemde taal klinkt, een taal van onder water, en dan wordt ze weggebracht door een jongeman die door het meisje verliefd wordt nagekeken, maar die nederlandser spreekt. Import, haar verloofde misschien?

Gelukkig krijgt Berthe een plaatsje achterin, aan de rand van een weiland, met uitzicht op een vervallen boerderijtje en op die fietsheuvel, met op de top een vakwerkhuisje. Langharig vee graast tussen de bomen van een andere heuvel, en ze zet haar tentje nadrukkelijk met de opening naar het landschap.

En dan moet ze naar de wc. Meteen al.

Om daar te komen moet ze weer tussen die tenthuisjes en caravans door, en nu alleen.

Hier heeft ze totaal niet bij stilgestaan, dat er nog anderen zouden zijn. Een gemeenschap, naar het lijkt. Mensen, die hier altijd zijn, of ieder weekend. Die bij elkaar horen. Die naar haar kijken, naar de donkere vreemdelinge. Oudere mensen, die hier hun pensioendagen doorbrengen. Jonge gezinnen met kinderen. Tussen de blikken door moet ze, zichtbaarder dan ooit in Amsterdam omdat het licht hier zo anders is en er geen hoge huizen staan die haar beschermen. Een caravan is geen huis, al spelen de mensen van wel. Spitsroeden loopt ze, net als de martelaren vroeger tussen twee rijen met striemende roeden: ze kijken naar haar alsof ze een heks is. Haar spieren bevriezen, ze moet elke voet bewust optillen om verder te komen, en tegelijkertijd voelt ze haar voeten niet, ze zweeft als een gele schim met een grote neus onder een middeleeuws kapje dun vlassig haar tussen de limburgse mensen door en slaagt er niet eens in een knikje te geven, laat staan een glimlach.

Als ze zich op de wc-bril laat zakken, eindelijk, trilt ze van top tot teen.

En ze is een wc-rol vergeten.

Of liever, ze had er geen benul van dat je hier je eigen wc-rol moest meenemen.

De camping heeft geen winkeltje. Maar misschien kun je toch wc-papier kopen, in het kantoortje/restaurant. Ik zal toch de enige niet zijn, bedenkt Berthe in een nadrukkelijke poging zich bij andere mensen in te lijven, dit moet anderen ook overkomen. Ja, maar als het anderen overkomt lenen die bij elkaar, weet ze meteen, en voor haar is die oplossing ondenkbaar.

Ze veegt zich af met haar zakdoek – nog een wonder dat ze die bij zich heeft: deze spijkerbroek heeft ze kennelijk de laatste keer aangehad toen ze verkouden was. Vergeten de zakdoek er voor het wassen uit te halen. Ze spoelt hem meteen even uit in de wasbak, en ziet dat je hier om warm water te krijgen eerst een muntje moet halen.

Wat is erger, weegt ze af. Naar de receptie gaan en daar om een wc-rol vragen, of teruglopen naar de tent om haar portemonnee te halen en door het dorp terug naar het station – vooropgesteld dat de winkel daar nog open is; het is half zes nu, en in een dorp weet je het maar nooit.

Ze is laf: ze doet geen van beide. Als ze voorlopig haar zakdoek blijft gebruiken hoeft ze nu nog maar één keer tussen die rijen door. Ze loopt met neergeslagen ogen, bijna dicht, tot ze bij haar tentje is. Kruipt erin, strekt zich uit op haar harde matje, doet haar ogen dicht en valt van uitputting in slaap.

Ze wordt wakker van een luid gesnuif, vlak bij de ingang van haar tentje. Als ze de flap losmaakt kijkt ze recht in de ogen van een lief, bruin paard.

'Hai,' zegt ze zachtjes. Nu ze wakker is, hoort ze een hele hoop stemmen, alle kampeerders lijken buiten te zitten op hun stoeltjes en ze ruikt de rook van barbecuetoestellen waarop de heren des huizes het vlees roosteren, maar dat speelt zich allemaal achter haar rug af: zij zit hier met haar gezicht naar die berg, en vlak voor haar staat een paard met haar hoofd over het prikkeldraad te proberen of ze met haar mond Berthes scheerlijn kan bereiken.

Berthe gaat voor de tent staan, rug en schouders nu waarschijnlijk zichtbaar voor de andere kampeerders, en kijkt op naar het langgerekte gezicht boven haar. Ze plukt wat gras en houdt het die brede mond voor, die even opengaat en die vreemde lange tanden laat zien die het dier plotseling zo menselijk maken, en dan sluiten de lippen zich boven haar handpalm en is het paard weer een paard. Ze aait het over de neus, waar de haren zacht en stug zijn tegelijk. Ze kijken elkaar in de ogen – het paard heeft wimpers en een lok recht afgeknipt donker haar over het voorhoofd, toch weer menselijk. Dierlijk en menselijk om beurten, als een boodschap, denkt Berthe. Een vrouwtjespaard, een merrie. Iemand die niets vraagt, er alleen maar is, een beetje met haar staart tegen de avondmuggen zwaait, en rustig bij Berthe blijft staan, alsof haar gezelschap haar even welkom is als andersom, wederzijds.

'Dank je wel,' fluistert Berthe, die voor het eerst sinds ze die morgen in de trein is gestapt het gevoel heeft dat ze hier mag zijn, dat er hoop is.

Voor haar tentje zit Berthe, op een dubbelgevouwen vuilniszak, de broodjes te smeren die ze heeft gekocht. Ze legt er brie op en plakjes van een gebraden varkenshammetje, en neemt een hap. En nog een. Ze kan zich niet heugen wanneer ze voor het laatst buiten gegeten heeft. Eten smaakt anders buiten, eigenlijk heeft het net iets minder smaak, alsof de frisse lucht iets van de smaak wegneemt. Zo moet het voor rokers tegenwoordig zijn, bedenkt Berthe met onverwacht medelijden, die vrijwel nergens nog mogen roken behalve in de openlucht. Maar diezelfde frisse lucht voegt aan het buiten eten een vreugde toe die voor degenen die buiten roken niet is weggelegd.

Het wordt avond. De lucht wordt eerst bleekblauw, dan komt er een waas van roze en turquoise in. Het groen van de boomgroepen op de heuvel krijgt meer blauw, donkerder. Af en toe fladdert er iets langs dat wel eens een vleermuis zou kunnen zijn. In het westen, boven de populieren die ruisen dat het een aard heeft, verschijnen tere rozegrijze strepen in de lucht; de zon gaat onder.

Berthe zit zo stil mogelijk te kijken hoe de wind elk populierenblad afzonderlijk doet bewegen. Die bladeren zijn er amper en weten nu al hoe ze moeten dansen. Op de adem van de avond dansen ze, denkt Berthe. Ja, ze heeft het gevoel dat er iets ademend op haar wacht.

Dan hoort ze het geluid van dravende hoeven achter zich. Hoog tegen de helling draaft een witte hengst de ondergaande zon tege-moet, en iets lager, van hem gescheiden door een afrastering, dra-ven zijn merries achter hem aan.

Berthes paard draaft mee.

Dicht bij de zon staan ze stil, snuiven, en draaien dan om, om weer terug te gaan. Het plezier van bewegen, denkt Berthe. Mor-gen ga ik bewegen. In de stad beweeg je eigenlijk niet. Je loopt naar de supermarkt, je fietst naar de verder gelegen winkels, maar be-wegen kun je dat niet noemen. Lichaamloos is het. Niet letterlijk natuurlijk, maar omdat je je lichaam niet bewust bent. Bewegen is voelen dat je beweegt. Op de fiets, dat je dijen op en neer gaan, lo-pend, dat je schrijdt.

Nu loopt ze, als ze haar broodjes op heeft, alleen nog maar even, razendsnel maar net niet hollend, tussen de caravans met mug-genlichtjes door naar de wc's, natte zakdoek in de hand. De mees-te mensen zitten binnen gelukkig. Dan gaat ze in pyjama voor haar tent zitten kijken tot het helemaal donker is.

Nou ja, bijna helemaal.

Ze wordt wakker, 's morgens om zeven uur, door het huilen van een kind. Hoewel ze meteen weet waar ze is, en dus waarschijnlijk al te wakker is, probeert ze toch weer weg te zakken, maar het hui-len houdt aan, op eenzelfde, aandachtvragende toonhoogte. Pas lang na het punt tot waar ze dit zelf zou hebben uitgehouden als het haar kind was geweest – waaruit maar weer blijkt dat ze er geen idee van heeft hoe dat is, ouder van een kind te zijn – hoort ze een brommerig antwoord van een vader, en daarna een wat scherpe moederstem. 'Luus, begin de dag nou niet weer met zeuren.'

Je hoort hier alles.

Als zij vannacht in haar slaap gepraat heeft, heeft iemand dat gehoord.

Het huilen wordt wanhopiger, krijgt woorden. 'Mamma, mamma.' Het klinkt verlangend. Aandachttrekkerig, okee, maar er zit ook iets verlorens in. Alsof het meisje een verlangen uit naar iets wat ze nooit gehad heeft, denkt Berthe met haar hoofd begraven in haar slaapzak, maar misschien projecteert ze haar eigen vroegere verlangens op dat kleine meisje.

Berthe gaat rechtop zitten in het geelgroene schijnsel van haar binnentent. Heeft ze altijd voetstoots aangenomen dat kinderen die een moeder hadden, wisten wat het was om een moeder te hebben?

En wat is erger, het verlangen naar wat je nooit hebt gekend of het heimwee naar iets waarvan je af en toe een glimp opvangt maar wat je, net op het moment dat je het hebt bemachtigd, weer ontsnapt?

Ze zucht en kruipt haar tent uit. Als ze nu naar de wc gaat, ziet vrijwel niemand haar. Ze pakt haar toiletspullen en de zakdoek, die ze gisteravond op het zeil van de voortent heeft gelegd. Vrijwel droog, dat valt mee. Ze weet nog niet wat ze vandaag gaat doen, maar ze gaat in ieder geval een wc-rol kopen.

Als ze zich heeft aangekleed, pakt ze haar gids uit een van de vele vakjes van haar oude rugzak. Ze heeft niets voorbereid. Zo is ze nog nooit aan een vakantie begonnen, zo blind en leeg en wit. Maar ze is niet meer bang nu. Ze leest over veelbezochte mergelgrotten in Valkenburg – daar hoeft ze dus niet heen – en stiltegebieden in de dalen van riviertjes, bossen en wilde bloemen, glooiende heuvels. Een spoortreintje naar Simpelveld. Ommuurde heemtuinen waar geneeskrachtige planten groeien. Ze kijkt op de kaart en vergelijkt die met de informatie uit haar gids, en ziet dan pas dat dit ook het land van processies en heiligen is. Maar liefst twee leefden er vlak in de buurt: Sint-Gerlach van Houthem, die even ten westen van Valkenburg in een holle eik woonde, en Sint-Servaas, patroonheilige van Maastricht. Onwillekeurig begint ze te lezen.

Sint-Gerlach was afkomstig uit de Maastrichtse adel en leidde een ruw leven tot de dood van zijn vrouw hem bekeerde en hij, na een aantal jaren veehoeder te zijn geweest in het heilige land, in die eik ging wonen, naast een put die ook nu nog geneeskrachtig water geeft en meer dan één dode heeft opgewekt. Hij liep elke dag blootsvoets de negen kilometer naar Maastricht om Sint-Servaas te eren: daarom wordt hij vaak afgebeeld met een doorn in zijn voet. Aan zijn sterfbed verscheen een geheimzinnige grijsaard – Sint-Servaas natuurlijk – die hem de laatste communie toediende, en het merendeel van zijn gebeente ligt thans nog in een reliekschrijn onder het altaar van de kerk die op zijn graf is gebouwd, in Houthem-Sint Gerlach. Berthes trein van Maastricht naar Schin-op-Geul is er gestopt, ze had zo kunnen uitstappen. Ze kan erheen, als ze wil, om het merkwaardige achttiende-eeuwse zilveren beeld te bekijken waarin zijn schedel is verwerkt en dat van boven openklapt zodat mensen een kijkje in zijn binnenhoofd kunnen nemen. Als je hem bezoekt, kun je een handje gezegend mergelzand krijgen dat je minstens van koorts zal genezen. Maar je moet wel uitkijken: de man die een tand van de heilige stal als privéreliek, raakte binnen een jaar al zijn eigen tanden kwijt.

Berthe legt de gids neer en ziet hoe links van haar alweer fietsende figuurtjes zich de heuvel op worstelen. Een raar land, Limburg, waar ze zich, gezien haar rooms-katholiek verleden, toch juist thuis zou moeten voelen, maar het tegendeel is het geval: als dat paard haar gisteren niet welkom had geheten, zou ze net zo makkelijk weer kunnen inpakken en weggaan. Ze heeft voor drie dagen geboekt. Ze zucht en pakt de gids weer op. Servaas, die heeft ze nog niet gehad.

Nu scant ze de tekst, want mocht die schedel van Sint-Gerlach nog iets bizars te bieden hebben voor een regenachtige dag, ze is echt niet van plan om op de terugweg met tent en al in Maastricht de basiliek van Servatius te bezoeken, ook al hebben Karel de Grote en Bernard van Clairvaux dat wel gedaan. Hij was een achterneef van Jezus, maar liefst, want volgens de middeleeuwse *Legenda Aurea* een neef van Johannes de Doper. Berthe wil net de gids dichtslaan als haar oog wordt getroffen door een naam die haar hart doet bonzen: Athanasius. Komt die haar hier achtervolgen? Ja, daar staat het: 'Servatius wordt door Athanasius genoemd als een van de bisschoppen die aanwezig waren op de Synode van Rimini in 359', waar, zoals Berthe zich maar al te goed herinnert, de heilige Athanasius het pleit verloor van de volgelingen van Arius, wiens progressieve leer inhield dat Jezus niet fysiek Gods zoon was maar als het ware door God was geadopteerd. Ze heeft ooit een scriptie geschreven over de standpunten van Arius en Athanasius, waarvan de consequentie was dat ze haar studie theologie moest verruilen voor Nederlands en literatuurwetenschap. De gids geeft er een plaatje bij: Servaas met een sleutel in zijn hand en aan zijn voeten de draak die symbool was voor het arianisme.

Berthe legt de gids weg, kruipt in haar tent en gaat op haar rug op het matje liggen met haar ogen dicht.

Athanasius: voordat ze hem als kerkvader leerde kennen, kende ze de naam als bijnaam van de hoogleraar patristiek, die lange, altijd een beetje gebogen lopende wereldvreemde vijftiger op wie ze zo verliefd is geweest. Zwart haar, donkere ogen, trekken zo scherp dat ze haar ogen eraan sneed. Lijnen tussen neus- en mondhoeken die haar tot tranen van ontroering brachten. Een El Greco, kruisridder, asceet. In de ogen van haar medestudenten een vakidioot, maar zij herkende zich juist in die eigenschap van hem. Iemand als zijzelf. En hij? Hij nodigde haar, zoals hij met veelbelovende studenten placht te doen, een paar keer uit op de thee in zijn huis. Zijn vrouw zat nadat ze de thee had bovengebracht in haar eentje beneden, Berthe met hem op de studeerkamer boven. Ze praatten naar hartelust over theologie en God, maar impliciet toch ook, meende Berthe, over de pijn van het leven – zoals de meisjes op haar kantoor in de koffiepauze over kleren en mannen praten, maar elkaar tussen de regels door laten weten dat ze met elkaar verbonden zijn. Die bezoekjes waren alles voor haar. Ze sprak er met niemand over, maar ze dacht aan niets en niemand anders: bij hem thuis zag ze voor het eerst hoe haar eigen leven er later uit zou kunnen zien. Een huis, een studeerkamer. Een vrouw die je thee bracht hoefde er niet bij – hoewel ze, nu ze die vrouw weer voor zich ziet, groot en breed, met donkerblond opgestoken haar in een dikke wrong, het theeblad neerzettend met zeer besliste bewegingen, zich wel afvraagt wat die van haar gedacht moet hebben. Zo'n akelig gezond, nuchter wezen, hoe keek ze naar dat geëxalteerde kind dat zij geweest moet zijn?

Ze heette Suzanne, ineens weet ze het weer. Suzanne klopte nooit, dat had ze toen al raar gevonden. Waren ze zo intiem dat hij zich nooit door haar binnenkomst gestoord voelde? Dat kon en wilde ze niet geloven. Het bleek bovendien uit niets. Was ze dan achterdochtig, dat ze zomaar binnenviel? Ook daar was niets van te merken. Eén keer, ze waren toen net begonnen met het lezen van de *Holy Sonnets* van Donne – Athanasius had haar zijn eigen exemplaar gegeven en zelf een nieuw gekocht – had Berthe haar iets gevraagd: 'Houdt u ook van Donne?' Suzanne had het theeblad met een klap neergezet en haar aangekeken alsof ze gek was. 'Ik ben chemicus,' had ze gezegd, alsof dat alles verklaarde. Chemicus, dacht de jonge Berthe toen: geen feministe, anders had ze wel de vrouwelijke vorm gebezigd, *chemica*, zoals in die tijd gebruikelijk was. Was ze niet bang hem te verliezen, of kon het haar niet schelen? Was die klap waarmee ze de boel op de glazen tafel tussen hen neerzette olifantachtige onhandigheid, of boosheid omdat haar man... Ze was zeker vijftien jaar jonger dan hij; later – te laat – hoorde Berthe dat Suzanne een leerlinge was geweest van het gymnasium waar hij lesgaf voor hij aan de universiteit ging werken.

Maar toen analyseerde ze wijselijk niet. Ze was amper twintig. Athanasius was vader, minnaar, leraar, rabbi en messias, en wat hij haar voorspiegelde was een land van melk en honing, van de vruchtbaarheid van het intellect, van lof en erkenning, van mogen bestaan, van gevonden zijn en thuis zijn, van bemind worden precies om wie ze was. Net als door God, wiens wetenschap, de theologie, voor altijd het huis zou zijn waarin ze kon wonen. Het is bijna alsof ze weer bij hem in die studeerkamer zit, een betrekkelijk kleine kamer waarin ze zich geen raam kan herinneren, alleen alle wanden van vloer tot plafond vol boeken. Daar is hij, ze ziet hem, ruikt hem, voelt dat wanhopige mengsel van verlangen, opwinding en onmacht. Hij leest hardop voor, en zet dan plotseling zijn bril af en gaat verder uit zijn hoofd: hij is nog van de generatie die poëzie uit het hoofd kan citeren. Zijn gezicht heeft zonder bril en met dichte ogen een bijna ondraaglijke kwetsbaarheid, tot hij zijn ogen opent, al citerend, en ze op haar richt, bijna zwartbruin en scherp als twee dolken in haar onheilige ziel. Ze lijdt onder een loodzwaar zondebesef. Er gaat eenvoudigweg geen gedachte door haar hoofd die ze niet betrapt op zelfzucht, agressie, oordeel, hoogmoed. Zelfs als ze werkt is ze niet vrij van schuld: brengt haar werk haar immers niet dichter bij zijn goedkeuring? Ze ziet zijn handen weer voor zich – of misschien zijn het niet zijn handen, maar de handen van Dürer, waarvan ze in die tijd een reproductie kocht omdat ze op de zijne leken. Lange vingers, esthetische handen, de palmen gevouwen in gebed. In werkelijkheid waren zijn knokkels iets te breed en groeiden er donkere haren vanaf zijn polsen tot aan zijn vingers, die de indruk maakten alsof ze daar niet thuishoorden. Berthe moest er steeds aan denken door die handen aangeraakt te worden – en dan? Dan had ze er waarschijnlijk uitgeflapt wat ze altijd dacht: 'Ik wil u op uw doodsbed verzorgen.' Maar hij raakte haar niet aan, zover ging hij niet. Het bleef allemaal indirect, veilig want via de symboliek van Donne, veilig vanwege het metafysische karakter van diens poëzie. Donne, de dichter van verbondenheid en harmonie. 'Niemand is een eiland', dat beeld kon ze gemakkelijk begrijpen, maar 'ieders dood maakt mij kleiner' was veel ingewikkelder, niet alleen vanwege de identiteit van de levenden met de doden, maar ook omdat één mens dan alle mensen is, zoals je wanneer je één kind redt de hele wereld redt. Binnen het christelijk denken kon dat, legde Athanasius haar uit: was niet ook één mens voor alle mensen gestorven? En Augustinus, die Donne duidelijk beïnvloed heeft, stelde dat al in Adam de hele mensheid besloten lag als één collectieve persoon. Ja maar, had zij tegengeworpen, als je dat beeld van Donne en Augustinus doordacht was zij, Berthe, ook alle mensen, en was de pijn van de wereld ook haar pijn, en wat moest ze met die onvoorstelbare verantwoordelijkheid? 'Ik ben te jong,' zei ze dan, 'en het leven is te groot.' En Athanasius glimlachte vertederd.

Thuis las ze de gedichten die hij oversloeg, in die bundel die hij in zijn lieve handen had gehad, ze wist niet hoe vaak. Sommige leerde ze uit haar hoofd, om 's nachts in bed half fluisterend voor zich uit te herhalen en herhalen, bezwerend. Dat gedicht uit de *Songs and sonnets,* 'The canonization' heette het, dat hij in de inhoudsopgave had aangestreept, weet ze het nog? 'And we in us find the eagle and the dove': die adelaar was hij en zij was de duif. Een liefdesgedicht, uitgesproken door de man die ouder is dan zijn geliefde, waarin hun liefde met het geliefde beeld van de vogel Phoenix tot wedergeboorte en heiligheid leidt. Een seculier gedicht met christelijke motieven, op de rand van onheiligheid. Waarom had hij het aangestreept? Was het de bedoeling dat zij het las? Het kon geen oud streepje zijn, voor zijn vrouw, want die was chemicus.

Berthe gaat rechtop zitten. Even was ze vergeten waar ze was, ze wilde opstaan en Donne uit de kast pakken om dat gedicht te herlezen, maar ze is helemaal hier, ver van haar boeken, en het kan niet.

Ze kruipt in de tent naar voren, zodat ze de heuvel kan zien. Er graast niemand, de bomen en struiken staan stil, er is geen wind, geen geest. Geen vogel stijgt op. Ach, als ze nu terugkijkt was het een banale geschiedenis. Dertien in een dozijn. Vernederend, om aan zoiets te hebben meegedaan. Een naïeve studente, een hoogleraar die zichzelf niet helemaal in de hand heeft en haar verleidt op een manier die hij bij zichzelf nog kan goedpraten. Beiden met hun dromen, de zijne ruw verbroken door haar onconventionaliteit die hij kennelijk niet achter haar bedeesde duivigheid had gezocht, de hare door zijn ijskoude, onmenselijke reactie op de gewraakte scriptie.

Misschien, denkt ze nu, schreef ze die scriptie wel om de zaak te forceren. Als een test, of om iets te laten gebeuren dat een einde zou maken aan haar verwarring. Natuurlijk was het niet de eerste keer dat zij, die had geleerd gevoelens te negeren en uitsluitend op haar verstand te vertrouwen, ervoer dat wat ze intuïtief wist niet klopte met wat ze kon beredeneren. Maar het was wel de eerste keer dat ze iemand voor wie haar intuïtie haar waarschuwde, zo verschrikkelijk graag wilde vertrouwen.

Ja, onbewust moest ze dat controversiële onderwerp hebben gekozen om een einde te maken aan dat onhoudbare, dat onverdraaglijk troebele verlangen. Haar eerste en enige verliefdheid.

En toch, denkt ze, haar blik verloren in het groen van de bomen en struiken op de heuvel voor haar, toch zit hier ook een ironisch kantje aan. Het besef, nu, van het clichématige, het banale van deze geschiedenis verplaatst haar van de uiterste rand van het menselijk bedrijf meer naar het midden, het maakt haar gewoner, echter, hetgeen een niet-onplezierig gevoel bij haar achterlaat, iets lente-achtigs, de geur van hoop. Goed dan, denkt ze, als Athanasius hier in Limburg op mijn pad komt, dan moet-ie maar komen. Daar is vakantie voor, om open te staan voor wat zich aandient en het spoor van het onverwachte te volgen. Laat hem maar komen, ik kijk hem recht in de ogen. Ik ben nog steeds dezelfde Berthe, het stille beige uitschot, de schuwe duif en de leesversslaafde vondeling, met dezelfde nooit gestilde honger, en ook houd ik nog steeds van ketters, even eigenwijs als toen, maar ik laat me, na jaren van oefening, iets minder gauw wijsmaken dat ik ernaast zit, mijn angsten zijn me vertrouwd geworden en ik buig nooit meer klakkeloos voor autoriteit.

Die eigenwijsheid heeft ze natuurlijk dankzij moeder Agnes, de enige persoon die ze ooit gekend heeft die tegenspreken niet alleen verdroeg maar zelfs stimuleerde – maar die liefde voor ketters? Is die met die eigenwijsheid verwant? Of is het vanwege hun uitgestoten-zijn, dat ze juist van ketters houdt?

Mannen die evengoed kerkvaders hadden kunnen worden als het een beetje anders was gelopen, die even authentiek en met evenveel inzet meedachten over goddelijke zaken als hun tegenstander, wier dogma het uiteindelijk won. Iemand als Pelagius (die haar nog liever was dan Arius maar die te laat leefde voor haar onderwerp), die het concept erfzonde verwierp en staande hield dat God niet het onmogelijke van ons vraagt en we dus wel degelijk op eigen kracht een goed leven kunnen leiden, waarmee hij zich de aartsvijandschap van Augustinus op de hals haalde; iemand als Arius, die meende dat Jezus minder hoog stond dan God en dat we de evangelist Johannes, die Jezus in de eerste regels van zijn boek identificeert met het scheppende Woord van God dat er vanaf het begin is geweest (*In den beginne was het Woord en het Woord was bij God en het Woord was God*), figuurlijk en niet letterlijk moesten lezen. Weg met al die loodzware, bang makende dogma's over erfzonde, beperkte uitverkiezing en verzoenend bloed voor haar geofferd, meende jonge Berthe roekeloos. Maar als ze bij professor Athanasius op de thee kwam sprak ze daar niet over, nóg niet, hield ze zich voor, als we elkaar beter kennen komt dat wel – tot ze dus haar scriptie moest schrijven over een onderwerp dat gerelateerd moest zijn aan die eerste concilies, waar op instigatie van de amper bekeerde keizer Constantijn, die eenheid in de Kerk zag als bevorderlijk voor eenheid in zijn rijk, geprobeerd werd tot een eenduidige wereldwijde formulering te komen over zaken van levensbelang zoals de precieze verhouding tussen Jezus' goddelijkheid en zijn menselijkheid. Resultaat: hij was volledig god en volledig mens. Want als hij niet volledig God was, kon hij de mensheid niet redden, maar om de hele mensheid te redden moest hij ook volledig deel hebben aan die mensheid. Athanasius kreeg weliswaar gelijk in Nicea, waar de gemoederen zo hoog opliepen dat Arius een klap in het gezicht kreeg van niemand minder dan Sint-Nicolaas, de bisschop van Myra, maar de strijd tussen beide opvattingen bleef woeden gedurende de hele vierde eeuw. Zij had voor Arius gekozen vanwege zijn moderne en sympathieke visie op Jezus. De Kerk mocht hem tot ketter hebben verklaard en Athanasius tot heilige, maar Berthe meende dat de Kerk daarmee een vergissing had begaan. Ze had Athanasius' boek *De Incarnatione* grondig bestudeerd en was tot de conclusie gekomen dat hij de uiteindelijke formulering van Nicea zelf al geen recht deed: voor hem was Jezus eigenlijk alleen God, en zijn menselijkheid verdween onder de tafel. De goddelijke Jezus mocht geen emoties hebben en niet kwetsbaar zijn. Berthe vond het terecht dat Arius dat niet accepteerde: Jezus' menselijkheid moest meer zijn dan een jas die hij (Hij) net zo makkelijk zou kunnen uittrekken. Ze was in haar betoog uitgegaan van de nieuwste inzichten op het gebied van de metaforische theologie, die in alle theologische uitspraken een metaforisch element onderkent, en had zelfs in het spoor van feministisch theologe Sallie McFague gesteld dat je Jezus kunt zien als een metafoor voor God. In haar conclusie had ze een uitspraak gebruikt van een tweede controversiële theologe, Dorothee Sölle, die waarschuwt tegen vergoddelijking van Jezus die het gelovigen te makkelijk maakt, omdat ze immers echte navolging on-mogelijk doet schijnen.

Waarachtig, ze was zich van geen kwaad bewust geweest. Inte-gendeel, ze voelde zich trots: ze had haar eerste bijdrage aan het vak geleverd. Het was bepaald niet de eerste de beste kwestie waar ze zelfstandig over had nagedacht. Voor de scriptie kreeg ze een acht, maar háár Athanasius keek haar daarna niet meer aan, en als ze tijdens college iets zei negeerde hij haar alsof hij haar niet had gehoord. Ze werd verketterd. Theologisch was er niets op haar werk aan te merken, maar doctrinair had ze hem verraden. Zo kan ze het nu zien, maar toen had híj háár verraden, en haar hele wereld stortte in. Haar toekomst was in één klap weg: een heerlijk uit de wereld teruggetrokken academische carrière in de theologie kon je met Athanasius' vijandschap wel vergeten. Bovendien had hij natuurlijk nog veel meer dan haar toekomst kapotgemaakt: daar-na is ze nooit meer verliefd geweest.

Nu, met de afstand van vele seculiere jaren, ziet ze dat ze het conflict heeft onderschat dat voor haar Athanasius moet hebben bestaan tussen theologie, de wetenschap, en zijn geloofsinhoud, het dogma. Arius' visie op Jezus tastte de traditionele verzoe-ningsleer aan, en dat is voor behoudende christenen geen kleinig-heid. Ze had er alleen nooit bij stilgestaan dat haar Athanasius een behoudend christen was – dom, want hij droeg de bijnaam van zo'n fanatieke kerkvader natuurlijk niet voor niets. Sociaal naïef was ze geweest, als altijd. Ze had hem puur als wetenschapper ge-zien en niet als gelovige, en dat na die intensieve gesprekken over God! In zijn ogen had zij – net zo erg als wanneer zij zich in de kerk aan klakkeloos dogma zat te ergeren – gespeeld met iets dat voor hem heilig was, en dat kon hij haar niet vergeven. En zij, ont-goocheld door de schraalheid in hem die ze voor ascese had aan-gezien en intellectueel teleurgesteld in zijn steile dogmatiek, zij had gedacht: als het hier zo toegaat, als onafhankelijk denken hier niet is toegestaan, wil ik hier niet blijven. Dat het haar eenvoudigweg te veel pijn deed omdat ze in de liefde was verraden, liet ze bij zichzelf niet toe.

En nu vraagt ze zich af of ze niet had moeten volhouden. Als ze had volgehouden was ze nu theologe geweest, en wie weet, toch ergens werkzaam aan een of andere universiteit, misschien de VU, in plaats van een overwerkte medewerkster van een middelmatig tekstbureautje die in de opening van haar tent naar een heuvel zit te kijken.

Berthe wordt in haar overpeinzingen gestoord door het stemmetje van het kleine meisje, hoe heette ze ook weer, Luus. Er klinkt zoveel pijn in, dat ze uit haar tent kruipt om te kijken. Het iets oudere broertje wordt door hun moeder meegenomen naar de schommels die tussen twee rijen kampeerhuisjes in staan. Luus hobbelt erachteraan. 'Ik ook!' roept ze. 'Jij bent nog te klein voor de schommel,' roept het broertje met de triomf van de oudere, en de moeder spreekt hem niet tegen maar duwt hem hoger en hoger.

Hoe oud is ze dan? Misschien drie, Berthe heeft niet veel kijk op kinderleeftijden. Maar ze is koppig genoeg om vol te houden, net zolang tot haar moeder met duidelijke tegenzin toegeeft, 'Vooruit dan maar,' alsof ze haar een duur cadeau geeft. Met een zucht tilt ze het kind op de schommel en geeft die een duwtje, niets grootschaligs, een nepduwtje eigenlijk. Luus ziet opzij hoe haar broertje hoger en hoger gaat, gestaag voorzien van schommelenergie door de moeder.

Sommige vrouwen houden meer van hun zoons, bedenkt Berthe, want dat heeft ze wel eens gelezen. Toch zou ze denken dat het iets van het verleden was, wat misschien nog wel voorkomt maar dan in mediterrane landen, zo'n voorkeur, iets met meer seksespecifieke culturen, waar een man meer macht heeft en dus alleen al om die reden verkieslijker is. China, Zuid-Amerika, weet zij veel. Maar ook in Limburg, dus. Ze snapt te weinig van Limburg. Bedevaarten en processies met Sint-Servaas en Sint-Gerlach; vlaaien, wielrenners, kastelen, frieten, bier. Een zachte g. Mensen die er geen bezwaar tegen hebben dicht op elkaar te zitten. En een prachtig landschap, dat op het eerste gezicht aan Engeland doet denken.

Ze kijkt of ze haar paard ergens ziet. Het graast in de verte, bij de andere paarden, vlak bij de boerderij.

Berthe voelt zich in de steek gelaten. Dan lacht ze zichzelf een beetje uit en besluit een fiets te huren, om Limburg te leren kennen.

Deze keer zijn de mensen maar al te wakker. Met bonzend hart en neergeslagen ogen, af en toe bijna struikelend van de spanning, loopt ze tussen hen door. Kamperen is buiten leven, buiten leven is gezien worden. Bij de receptie, tevens ingang van het restaurant, is het een opgewekte boel. Zijn Limburgers luidruchtiger dan Amsterdammers? Vast niet, maar wel anders luidruchtig. Een saamhoriger luidruchtigheid, denkt Berthe, als je dat zo kunt zeggen. Ze wacht tot ze aan de beurt is en hoort dan dat ze, om een fiets te huren, naar een andere camping moet, een kilometer verder de straatweg af richting Gulpen.

Als ze daar komt, prijst ze zich gelukkig. Hoewel de aanwezigheid van andere kampeerders – al kun je voor met die van satellietschijven en ijskasten voorziene caravans en bungalowtenten nauwelijks het woord 'kamperen' bezigen – haar stoorde ziet ze nu dat haar kampeerterreintje heilig is naast dit. Hier is het gigantisch, als een stadsdeel, een zuid-amerikaanse favela, volgebouwd met onafzienbare rijen bungalowtenten en caravans, plus een mensenmassa als op een reportage van spaanse stranden. Een zwembad, het lawaai van walkmans en discmans, radio's, gettoblasters, een luidspreker die mededelingen doet over verschillende vormen van vertier die die dag georganiseerd zullen worden. Het winkeltje – ze koopt meteen een rol wc-papier – is niet eens veel kleiner dan de supermarkt in het dorp. Voor een fiets moet ze eerst bij de kassa een formulier invullen, waar ze met argwaan wordt bekeken en haar naam tot wel drie keer met haar identiteitskaart wordt vergeleken. Maar dan mag ze er één halen: voor de woekerprijs van tien euro per dag krijgt ze een fiets met wel achttien versnellingen, waarvan ze er, wordt haar verzekerd, maar een stuk of zeven nodig heeft.

Ze oefent even op het terrein. Dat is wel nodig ook op een fiets die met dat rare lage gekrulde stuur de houding van de tourrijder vereist, voorovergebogen, zwaar voor schouders en ellebogen – en dan durft ze de straatweg op en rijdt ze voorbij de afslag naar haar eigen camping richting Valkenburg, tot ze bij een bordje *Strucht* komt, waar ze links afslaat bij een parkeerterrein. Volgens haar kaart rijdt ze nu in het Gerendal en komt ze straks bij een wilde orchideeëntuin. Er staat al een bordje *Stiltegebied*. Zo hoort het, denkt ze tevreden, en fietst tussen glooiende roggebroodkleurige velden, teergroen in de voren waar de plantjes opkomen. Als de zon erop ligt verandert het roggebrood in een kleur die naar oker zweemt, met een roodachtige glans.

Nu ze hier fietst waar ze in ieder geval even alleen is, weet ze dat ze tot nog toe eigenlijk steeds een beetje in paniek is geweest. Nu wil ze stil worden.

Na een paar kilometer stapt ze af, slaat links een voetpad in en gaat zitten aan de rand van een weiland. Stil worden: alsof dat kan, op bevel. Ze probeert met haar volle aandacht te luisteren, naar de stilte, maar stil is het allerminst. Hoe beter ze luistert, hoe meer vogelstemmen ze hoort. Vogels, alweer iets waar ze geen jota vanaf weet. Er zijn erbij die zingen met prachtige trillertjes, als vogels in een kooitje. Vinken, vermoedt ze, want die worden wel als zangvogels verkocht en gezien de naam van haar camping, de Vinkenhof, komen ze hier vast veel voor.

Háár camping, ze heeft het echt gedacht. Haar camping.

Nou ja, natuurlijk alleen maar vanwege die andere camping, vanwege het contrast. Maar toch.

Stilte, die heb je niet zo een twee drie, ook al zit je in een stiltegebied. Stilte vanbinnen, daar is ze niet goed in. Ze piekert eigenlijk altijd, er is steeds een innerlijke monoloog gaande in haar hoofd, die niet van ophouden weet. Het lukt haar niet, te denken over niets. Te denken aan niets. Diep en regelmatig ademhalen en je gedachten weg zien drijven als wolkjes, zo moet dat. Alleen ervaren. Je concentreren op je ademhaling. Buik opblazen, en uit. Ogen dicht, voor even maar, anders is het zonde. Tien ademhalingen, en dan open. Groen, glooiing, rauwe omber, oker, engels rood, boomgroepen tegen de golvende horizon. Voren, patronen. Een koe die langswandelt en haar aandachtig beschouwt. Geen contact verder. Een koe is geen paard. Vogels weer. Tsjilpen, kwinkeleren. 't Is meie, meiheie', zong moeder Agnes in het tehuis altijd. 'Natuur, wat zijt ge wonderschoon'. Onbekommerd, terwijl ze niet zingen kon. Zij wel, maar ze zingt nooit, waarom eigenlijk niet, het zou toch best kunnen, wie hoort haar in haar kelder?

Ach, nu denkt ze weer.

De orchideeëntuin ligt op een helling aan de rand van een bos, zelf al vol wilde bloemen die ironischerwijs groter zijn dan de orchideeën waar ze voor komt. Die vallen tussen het hoge gras eigenlijk pas op als je er echt goed naar kijkt. Ze zijn hier voor het merendeel spontaan opgekomen, maar de grond moet wel met schapen beweid worden om het kalkgrasland schraal te houden, aldus het foldertje van Staatsbosbeheer.

Ze ordent ze naar hun namen. De muggenorchis. De bijenorchis. De keverorchis. De vliegenorchis. De wespenorchis (drie soorten). De aapjesorchis. De poppenorchis. De harlekijn. De mannetjesorchis. Het soldaatje. Die laatste twee namen zijn des te vreemder omdat de orchidee zich van alle andere planten onderscheidt door zowel vrouwelijke als mannelijke bloemdelen op hun stempel te dragen.

Berthe gaat op haar knieën liggen op de vochtige grond om die piepkleine bloemetjes van dichtbij te bekijken. Er groeien er zoveel aan een steeltje! Kan ze dat, één zo'n orchideetje bekijken, helemaal, bloemetje voor bloemetje? Maar ze bloeien niet allemaal tegelijk; sommige beginnen bovenaf te bloeien en andere van onderaf. Boven of onder zijn dus altijd wel een paar bloemetjes verwelkt. Jammer eigenlijk – nee, dat moet ze niet denken, waarom zouden die orchideetjes hier moeten beantwoorden aan haar vooropgezette idee van volmaaktheid, terwijl ze juist laten zien dat ze onderweg zijn, dat ze leven? 'Als je oordeelt houd je op met kijken', heeft ze eens gelezen, weliswaar in een boek over kunst, maar het geldt hier ook. Het geldt altijd. Beleving en oordeel kunnen niet samenvallen. Oordelen is controle willen hebben, en dat terwijl ze hier neerknielt te midden van de leliën des velds. Niks zeuren dat je bovenaan of onderaan verwelkt bent, gewoon bloeien wat je kan.

Ze is niet de enige bezoeker. Mensen bewegen zich langzaam over de hellende parallelle paden, er is nauwelijks ruimte om elkaar te passeren. Elke keer dat Berthe knielt, komt er wel iemand die zich achter haar uitstekend achterwerk, hoe klein en bottig ook, langs probeert te wringen, waardoor ze dan toch maar weer gaat staan, met een gemompelde verontschuldiging en een gevoel van teleurstelling, alsof haar iets is afgepakt.

Maar ze kan die mensen er de schuld niet van geven dat zij hier maar ten dele is. Ze herinnert zich een bezoek aan een overzichtstentoonstelling in het Stedelijk, onlangs, waar ze zich zeer op had verheugd: en terwijl ze daar rondliep, zaal na zaal, kon ze alleen maar denken: o ja, dat is deze kunstenaar, en ja, dat werk is van diegene, uit zijn vroege periode waarschijnlijk – er stond een muur tussen haar en het vermogen de werken op zich te laten inwerken, ze kon alleen maar registreren, ze zag niets. Of liever, ze zag wat ze al voor ze keek meende te zullen zien: als een soort wandelende *Telegraaf*, die immers ook alleen het nieuws brengt dat haar lezers verwachten te zullen lezen. Terwijl ze elke seconde zou willen beleven. Straks is ze oud of dood en weet ze alleen wat denken is, zonder dat ze zichzelf ooit heeft leren kennen.

Bij deze gedachte gaat ze rechtop staan, geschrokken. Kent ze zichzelf dan niet? Waartoe dient dan die innerlijke monoloog anders, die eeuwig kwebbelende stem, dan om haar op de hoogte te houden van de eigen stand van zaken?

Om de dingen in te kaderen, veilig te maken, luidt het antwoord. In de verhalen van Nescio leeft een schilder, Bavink, die zo hevig ziet wat is, wat zijn zintuigen door elkaar gooit en waarin hij glorieert, dat hij lijdt aan het feit dat hij dat nooit op doek kan krijgen. De zon, de rode zon. Maar zij is al met namaak bezig voor ze het echte heeft geproefd. Ze moet nog leren wat het is om ergens echt te zijn. Helemaal. Zonder lijstjes van insectenorchissen, maar dicht bij een stengeltje met zoveel kleine bloemetjes, allemaal met die rare orchideeënlip die de bloem, in grotere vorm, dat seksuele aura geeft – nou doet ze het weer!

Deze orchidee, de bloemetjes nauwelijks donkerrood, met een zweem groen erin. Elk bloemblaadje in de lengte doorsneden door een lichtgroen lijntje, zo klein en volmaakt, allemaal anders en toch horen ze bij elkaar. De bovenste weet dat er gebloeid moet worden als die eronder halverwege is en die daaronder weer bijna klaar met bloeien. De kracht die in die bloempjes stroomt en hun blaadjes openvouwt, hun stampers en meeldraden uitstrekt naar zon en insectenpootjes, die hun worteltjes strekt in de aarde, diezelfde kracht drijft haar tenslotte, of ze zich ervan bewust is of niet, maar die kracht wil ze in zich voelen bewegen, stromen, stuwen: alsof ook zij, eindelijk, zou kunnen opengaan in de zon.

*

Berthe fietst verder het Gerendal in. Weggetjes op haar kaart blijken een nauwelijks verhard karrespoor, met hoge struiken aan weerszijden, als een holle weg in Engeland, of een pad omhoog het bos in, waar ze de fiets aan de hand moet meesjouwen. Zo is het met die dingen, je zet een stap en daarna is er eigenlijk geen weg terug meer.

Er is nooit een weg terug.

Ook wat zich aandient als weg terug is in feite een voortgang, al weet ze niet altijd waarheen. Houtblokken verraden de werkzaamheden van Staatsbosbeheer, door de bomen heen schemeren de okeren akkers. Er wonen hier dassen, en hamsters die korenwolven heten, als ze niet vanwege bouw of aardappeloogst zijn verjaagd. In burchten wonen ze, net als zij.

Het pad effent zich, ze kan weer fietsen. Ze fietst het bos uit en daar opent zich weer zo'n goudgolvende vlakte aan alle zijden van een driesprong. Als ze even doorfietst staan de bomen waar ze net nog was als een rijtje torentjes van Pisa op de horizon.

Op de driesprong blijft ze staan en kijkt rond.

Dit landschap zou je eigenlijk schuin moeten schilderen, bedenkt ze Bavink-achtig. Anders krijg je al die glooiing er niet op, anders wordt het patroon van akkers en velden te regelmatig, te lappendekentje. Had ze maar iets meegenomen, al was het maar een paar kleurpotloodjes. Die winkel in het dorp – nee, die had niks. En die op het andere kampeerterrein ook niet. Wel een blocnote en enveloppen, ballpoints – maar een ballpoint heeft ze zelf ook wel. Wat is het een vreemd gevoel ergens te zijn waar je niet binnen een kwartier in een schilderswinkel kunt zijn – misschien moet je daar, als je hier woont, wel voor naar Maastricht.

Plotseling weet ze dat ze wil tekenen. Echt tekenen. Niet alleen zelfportretten, maar van alles, en zomaar, zonder doel.

Ze kan natuurlijk altijd met pen tekenen. Verschillende composities uitproberen. En als ze weer in Amsterdam is, op het Waterlooplein voor een paar gulden zo'n doos met tubes aquarelverf en penselen kopen. Voor papier moet ze dan wel naar een echte winkel, natuurlijk. Opgewonden stapt ze weer op de fiets, trapt een paar slagen en merkt dat ze, nu ze helemaal boven op een heuvel is, niets meer hoeft te doen, kilometerslang, dan zich naar beneden laten glijden, alsof ze vliegt: ze spreidt haar armen als vleugels wijd in het gele licht, ze zweeft en duikt en verheft zich, tot ze weer op de straatweg terechtkomt, vlak bij de afslag naar haar kampeerterrein.

Het paard staat in de wei vlak achter haar tent te grazen als Berthe terugkomt. Ze maakt een broodje en gaat dat voor de tent zitten opeten; zo eten ze allebei.

Dan pakt ze het piepkleine blocnootje dat ze voor boodschappenbriefjes in haar tas heeft zitten, en een ballpoint, en begint het te tekenen. De lijn van hals tot rug, de lijn van de heupen en billen, dat gaat allemaal nog. Maar het hoofd, dat merkwaardige langwerpige hoofd, en de gelede benen met knobbels op verschillende plaatsen – elke keer als ze er iets van te pakken meent te hebben, beweegt het dier en kan ze opnieuw beginnen. Als ze dit zou willen leren kon ze thuis naar Artis gaan, op een doordeweekse dag, 's morgens, als er niemand is. Ze ziet daar wel eens groepen kinderen, op de woensdagmiddag en de zaterdagmorgen, die onder leiding van een lerares met hun grote tassen naast zich de dieren zitten te tekenen of schilderen. Meestal werken ze met krijt, meent ze zich te herinneren, maar ze durft nooit bij ze stil te staan om te kijken, omdat haar dat in hun plaats zo akelig lijkt, dat de mensen je in je creatieve proces op de vingers kijken.

Hier ziet niemand haar. Maar hoe doen die kinderen dat? Hun modellen bewegen immers voortdurend!

Na een tijdje krijgt ze een idee. Er zijn, als je goed oplet, een paar bewegingen die het paard maakt, steeds dezelfde. Het hoofd heffen, een eindje verder lopen en dan weer grazen. Als ze nou van elke beweging een aanzetje maakt, dan kan ze die schetsjes steeds verder uitwerken, om de beurt.

Berthe tekent tot ze te veel honger krijgt om ermee door te gaan. Ze heeft drie velletjes vol met houterige lijnen waarin slechts met goede wil het paard te herkennen is – maar ze heeft zich in tijden niet zo tevreden gevoeld.

Het kind huilt alweer. Ze wil op de schommel, waar haar broertje op zit, wederom geduwd door de moeder, die haar dochtertje ongeduldig afsnauwt dat zij nog te klein is. Voorzichtig steekt Berthe haar hoofd om de tent: zoals ze zich al herinnerde, zijn er twee schommels. Vanmorgen mocht het meisje op de andere schommel zitten en duwde de moeder ze om beurten. Waarom is ze nu ineens te klein? En dat huilen. Het is een akelig, drenzerig huilen, met af en toe een zielige uithaal 'mámmaaah' ertussendoor, als van een kind dat verdwaald en moederziel alleen op de wereld is.

En die moeder staat er vlak naast.

Berthe kijkt naar het kleine meisje, dat snot over haar hele gezichtje heeft. Je huilt terecht, wil ze zeggen. De wereld is geen veilige plaats. Ze wil juist teruggaan naar de onzichtbaarheid van haar voortent, als het kind haar hoofd in de gaten krijgt, prompt stopt met huilen en naar haar toe komt lopen.

'Hoe heet jij?'

'Ik heet Berthe en jij heet Luus,' zegt Berthe.

'Lucia, als je het wilt weten,' verbetert het meisje.

'Lucia.'

De dochter van een moeder die haar niet haar eigen weg liet gaan, totdat Lucia voor haar moeder begon te bidden en het jarenlange bloeden waaraan die leed ophield. De heilige Lucia, patrones van het licht, van het zichtbare en onzichtbare, van het zien.

'Hoe oud ben je?'

'Vier.' Ze spreekt met zwaar Limburgs accent: 'viejug'. Ze had haar dus iets te jong geschat. 'Ik mag niet op de schommel.' Het wordt zakelijk medegedeeld.

'Jammer voor je.' Berthe houdt haar antwoord kort en ook zakelijk: ze voelt er niets voor een nieuwe huilbui aan te wakkeren.

Ze kijken elkaar aan. Berthe ziet een rondwangig blond kind, een hollands kind. Het leed is haar niet aan te zien.

'Wil jij mij duwen?'

'Alleen als het van je moeder mag,' zegt Berthe, denkend dat ze er zo van afkomt. Maar het meisje holt weg en komt even later terug om te zeggen dat het mag.

En daar staat Berthe dan, pal in het midden van het grasveld, in het zicht van alle kampeerterreinbewoners, Luus' moeder die haar met een onbewogen gezicht staat aan te kijken incluis, terwijl ze een klein meisje op de schommel duwt. Het mag niet, denkt Berthe, de moeder vindt het niet goed dat het kind bij een ander is, ook al wil ze er zelf niet veel mee te maken hebben. Daarom kijkt ze.

Ik wil uw kind niet, denkt Berthe in de richting van die sombere, die in haar onwil lijdende moeder, ik heb nog nooit een kind gewild en ook nu niet. Ik heb zelfs nog nooit een kind geschommeld.

Maar Luus lacht als ze haar hoger duwt. Ja, zegt Berthe onhoorbaar tegen het meisje, ja, er zijn momenten dat het even mogelijk is, zegt ze zachtjes tegen het stevige kindervlees dat ze van zich af duwt, maar dat steeds weer in haar handen terugkeert.

Ze duwt, en duwt, en duwt, tot de veroordelende blik van Luus' moeder te veel pijn gaat doen en ze tegen Luus zegt dat ze nu weg moet.

Het is een vlucht, ze weet niet eens waar ze heen wou. Daar staat ze, met haar fiets, op de straatweg buiten het zicht van het kampeerterrein, zonder doel. Wat wil ze?

Ze wil haar paard kunnen tekenen, ze wil iets meer dan dat armzalige boodschappenblocnootje, een ouderwets kladblok zou al genoeg zijn, en een doos kleurpotloden, ze wil voor de tent zitten en niet gestoord worden en alleen zijn.

Maar dat kan nu dus niet vanwege Luus.

Berthe neemt de kaart erbij en ziet dat je bij kasteel Schaloen, halverwege Schin op Geul en Valkenburg, door de tuin omhoog kunt klimmen en aan de andere kant van de spoorweg hoog tussen de velden terug kunt rijden, via dorpjes als Klimmen en Walem, of Ransdaal. De meeste zijn op de kaart niet meer dan een paar huisjes, maar Klimmen en Ransdaal zien er wat groter en dus veelbelovend uit: wie weet hebben ze er wel een winkeltje dat papier verkoopt. In ieder geval heeft de kerk in Klimmen ramen van Jan Dibbets, als ze de gids moet geloven. Zou die open zijn?

Ze fietst de kant van Valkenburg uit. Ze passeert een kasteel maar dat is Schaloen nog niet, ze fietst door. Het is allemaal vlakbij, eigenlijk. En waarom staan er trouwens in Limburg zoveel meer kastelen dan elders in het land? Of lijkt dat maar zo? Toen ze met de trein van Maastricht naar Schin op Geul reed, zag ze er minstens tien.

Bij de ingang van het kasteelterrein van Schaloen stapt ze af, en kijkt naar het kasteel dat voor haar ligt, maar met alweer dat gevoel dat haar iets is ontgaan, dat ze ergens overheen kijkt, aan voorbij ziet. Wat? Heeft het met Luus te maken, met Athanasius, met haar paard? Met de fiets aan de hand loopt ze peinzend om het kasteel heen, een laan in waar de bladeren een koepel boven haar hoofd vormen, en dan linksaf naar het bruggetje over de Geul, waar drie beeldjes staan. Maar eerst wil ze kijken naar de bomen hier: langs de rivier staan reusachtige beuken, rode en groene. Ze zet haar fiets neer en gaat onder zo'n beuk staan, kijkt op naar de weelderige overvloed van kleine rode en groene blaadjes die terwijl ze kijkt licht worden, gaan glanzen, alsof de zon juist op dit moment heeft gewacht om door de wolken heen te breken, roodgoud en groengoud, glorie die op haar gezicht lijkt neer te regenen, vreugde. Pech voor Sint-Gerlach dat er in zijn tijd nog geen beuken waren: je kunt beter in een holle beuk wonen dan in een holle eik.

Goed dan, denkt ze, ik zal me niet bij voorbaat afsluiten, ik kijk wel wat er gebeurt. Een moeder hebben is ook niet alles, dat zie je maar weer. Dan moet je weer vechten om je eigen gang te kunnen gaan, tegen de pijn van je moeder in. Dat proces heeft zij overgeslagen, dat hoefde niet. Vreemd idee: dat ze misschien in sommige opzichten beter af is geweest dan een ander.

Langs de drie beeldjes loopt ze naar waar het pad omhoog gaat, te steil om te fietsen. Wie waren het nou? Jezus in het midden, aan het kruis, Maria links, maar rechts? Het moet Johannes zijn, want Petrus was het niet. Geen sleutel, en te lang: Petrus wordt, God weet waarom, meestal kort, gedrongen en kalend afgebeeld.

Omdat ze toch buiten adem is, stopt ze even en pakt haar gids erbij. Er staat een foto van de beeldjes in, maar te klein om de rechter figuur te identificeren. Toch gaat ze niet terug naar beneden, want dan moet ze ook weer omhoog. Een calvariegroep, zegt de tekst: dan moet het Johannes zijn, de meest geliefde leerling. Ja, hij draagt een rode overjas: zo wordt Johannes meestal afgebeeld, bij El Greco bijvoorbeeld, op het schilderij van Johannes en Franciscus. Meestal gaven ze hem ook nog een adelaar, de schilders, omdat hij Gods geheimen kon zien. *In den beginne was het woord*, hoewel het overigens wel de vraag is of déze Johannes dat schreef. Moeder Agnes dacht nog dat dezelfde Johannes leerling, evangelist én de schrijver van de Openbaringen was, maar dat denkt nu bijna niemand meer. Dat Jezus lievelingetjes had, hoe menselijk! Eén-nul voor Arius! Het moet iemand met een innig, vanzelfsprekend geloof zijn geweest, die geliefde leerling, iemand die precies begreep waar hij het over had. De meest nabije omdat hij het meest op hem leek. De eerste christelijke mysticus, als je hier het woord 'christelijke' al mag gebruiken. En als hij de evangelist is, een groot theoloog. Op sommige schilderijen ligt hij met zijn hoofd in Jezus' schoot, maar dat gaat Berthe te ver.

Terwijl ze met de fiets aan de hand de berg op ploegt realiseert ze zich dat ze ook niet naar die drie beeldjes is teruggekeerd omdat ze geen zin had om naar een standaardafbeelding van Jezus' lijden te kijken. Ze kan zich nog zo vaak voornemen om eerlijk te zijn en te accepteren wat er deze vakantie op haar af komt, maar ze dwaalt steeds af, ze komt steeds bij dezelfde dingen terug, ze houdt zichzelf steeds opnieuw voor de gek. Athanasius en de pijn van Jezus, die puur lichamelijk heette. Kan dat, pijn lijden zonder kwetsbaar te zijn? Nou, misschien, via een zen- of fakirachtige beheersing van de geest, ook al lijkt dat haar bij een kruisdood wel wat veel gevraagd, die uitgekiende combinatie van marteling en verstikking, uitgescheurde spieren en een lichaam dat de longen in de weg hangt. Maar zelfs als het haalbaar was, maakt het Jezus gewoon oninteressant. Een goddelijke tovenaar in een menselijke jas. En het klopt gelukkig ook niet met de verhalen: waarom vroeg hij zijn vrienden met hem te waken in Getsemane als hij niet kwetsbaar was, niet bang voor wat hem te wachten stond? Hij kon het kruis niet dragen – was dat puur fysieke zwakte, of impliceerde het de mogelijkheid dat hij het uiteindelijk niet zou redden? En dat citaat uit de psalm, 'Mijn god waarom hebt gij mij verlaten', wat kan Athanasius daarmee? Twijfel en angst houden inderdaad de mogelijkheid in dat je niet overwint, Berthe weet het maar al te goed van haar eigen twijfels en angsten. Maar hij redt het wél, en dan zegt hij tegen zijn moeder: 'Vrouw, zie uw zoon,' en tegen Johannes: 'Zie uw moeder,' en vanaf dat uur nam de discipel die hij lief-had, haar bij zich in huis.

Adoptionisme! Een andere vorm van verwantschap, op basis van keuze. Zoals moeder Agnes haar koos. Evenveel waard, anders maar niet minder.

Misschien koos zij daarom indertijd voor Arius! Kinderen als Luus, hoe slecht ze het ook getroffen mogen hebben, groeien niet op met die marge die zij kent als existentieel, dat voortdurende be-sef dat het net zo goed even anders had kunnen gaan, en dan... waardoor het zo moeilijk is te geloven in datgene wat zich in je le-ven aandient, zo moeilijk om je ergens met huid en haar aan te verbinden, tenzij als vlucht. Waar staat haar leven voor? Eigenlijk nergens voor, zoals het nu is. Dat was in de tijd dat ze die scriptie schreef veel beter.

In die tijd ging ze nog wel naar de kerk en keek ze naar de af-beeldingen van de statiën, bloederig als ze waren – nee, dat is het 'm juist, zo kijkt ze er nu tegenaan, als een betreurenswaardig cliché, maar toen zag ze iets anders. Ze zag zachtheid en een be-reidheid pijn te accepteren waar ze stil van werd. Ineens weet ze het weer. Dat ze fantaseerde dat ze daar zelf stond, als een jonge vrouw, half verscholen achter een van de wenende vrouwen, mis-schien wel achter Maria Magdalena, die volgens sommige legen-den de verloofde van Johannes was, met een blauwe hoofddoek om.

Eindelijk boven, duwt ze de fiets over de spoorbrug en volgt het pad verder naar het oosten, door het bos, volgens haar gids en ook een enkel bordje op weg naar een plaats waar een kluizenaar heeft gewoond. Alweer een kluizenaar. Gerlach is het niet, want die zat een paar kilometer westelijker. Deze is anoniem, misschien een na-volger, of anders nodigen deze bossen ertoe uit kluizenaar te wor-den. Athanasius woonde tijdens een van zijn latere ballingschap-pen bij verscheidene kluizenaars en schreef daar een boek over, waardoor het kloosterleven sterk aan populariteit won. En zij beschouwt zich in zelfironie ook als een kluizenaar, met het grote verschil dat al die mannen hier precies wisten waar ze voor leefden. Geloven en verlangen – en zij weet het niet, ze kan plotseling wel huilen. Hier staat ze, midden in een bos dat ze niet kent. Wat doet ze hier?

Ze loopt door en staat stil bij een open plek, een poorthuisje met een kapelletje ernaast, niet meer de hut van de kluizenaar maar wat mensen eromheen gemaakt hebben, met in een soort tuintje erachter een aantal opgerichte stenen als evenzovele statiën van de kruisweg. Alweer. 'Zie uw moeder.' Vreemd dat ze dit aspect van het verhaal toen, in die jaren dat ze zo leed onder het feit dat ze geen ouders had, dat moeder Agnes haar moeder niet was terwijl ze daar toch zo naar verlangde – niet heeft gehoord: je bent heel eenvoudig het kind of de moeder van degene met wie je door verdriet verbonden bent.

Luus weer. Het is alsof ze wel moet. Ze gaat op een bankje zitten om te overdenken wat dat betekent, dat ze door verdriet met Luus verbonden zou zijn.

Adoptionisme, denkt ze. Verbondenheid buiten het bloed om. Arius, Johannes die Maria's zoon werd, moeder Agnes die haar moeder werd – ze staat in een traditie. Ze mag dan niet weten waar het heen moet, maar het komt wel ergens vandaan. En nu Luus en zijzelf?

Haastig staat ze op en klimt verder.

En dan is ze boven en hoeft ze alleen maar rechtuit te fietsen. Tussen de gouden velden, die aan weerskanten golven in de zon. Johannes van het Kruis, alweer een Johannes, die zijn bruid laat zingen van heuvels waar het puurste water stroomt, van stille muziek en de adem van de bruidegom over alles. Natuurmystiek waar ze bijna bang van wordt. De schepping, denkt ze – en ze veegt zich met de achterkant van haar hand de tranen uit de ogen.

Haar fiets rijdt tussen de vijf boerderijen van Walem door, en dan voor ze het weet langs de bungalows van Koulen. Daar gaat de weg naar beneden, kilometerslang naar beneden, en dan langs de kerk naar haar eigen tentje, naar beneden.

Pas als ze thuis is herinnert ze zich dat ze bij Walem linksaf had moeten slaan, naar Klimmen, om tekenpapier te kopen en de ramen van Dibbets te zien.

In het kampwinkeltje van het kampeerterrein waar ze haar fiets inlevert koopt ze een blocnote, met lijntjes, maar toch beter dan het kleine dingetje dat ze heeft. En een kinderpakketje kleurpotloodjes. Daar heeft ze natuurlijk weinig aan, tenzij ze bereid is eindeloos met haar paar kleuren over elkaar heen te mengen. Een rood, een blauw, een geel, een groen, een bruin, een zwart potloodje, korter dan haar vingers, in een klein plastic mapje dat zelfs in haar broekzak pas.

Toch is ze blij. Het is zo'n lief mapje met die kleine kleurtjes in het gelid naast elkaar, en als ze het bruin en het zwart gebruikt, en heel voorzichtig iets van het rood, krijgt ze de kleur van haar paard misschien wel op papier!

Bij de kassa krijgt ze dezelfde blik als vanmorgen. Dit keer kijkt ze recht terug, ietwat vragend; ze lokt het uit.

'Bent u marokkaans?' vraagt de vrouw achter de kassa.

'Nee,' zegt Berthe. Een paar jaar geleden reageerde ze nog verbaasd als deze vraag haar werd gesteld: ze is opgegroeid zonder dit recente bewustzijn van gekleurd-zijn, ze was gewoon wat donkerder dan de meesten. Maar met de zich verscherpende tegenstelling tussen autochtonen en allochtonen is het waarachtig of ze donkerder dan vroeger is. Groot geworden in een van de minst racistische landen ter wereld – maar die tijd lijkt definitief voorbij. Op deze schijnbaar neutrale vraag geeft ze het handigste antwoord, ook al voelt ze zich elke keer schuldig omdat het niet de waarheid is. Eerlijk zeggen dat ze niet weet of ze marokkaans is, lost niets op.

De vrouw achter de kassa roept er haar collega bij. 'Ze is niet marokkaans, zie je wel, ik zei het toch, ze draagt geen hoofddoek.'

Weer zegt Berthe niet wat ze denkt, er is geen beginnen aan: ja hoor, alle marokkaanse vrouwen van haar leeftijd dragen een hoofddoek, zo kunnen we ze herkennen en zo weten we waar we aan toe zijn. En natuurlijk gaat een marokkaanse vrouw, onzelfstandig als ze is, ook niet in haar eentje kamperen in Limburg.

Als ik dan toch de waarheid niet ken, denkt Berthe, waarom zeg ik een volgende keer dan geen ja? Formeel is ze weliswaar geen vreemdeling – maar in andere zin is ze altijd, overal vreemdeling, vondeling, buitenbeentje, buitenstaander, buitenissig, buitenechtelijk, de Ander, de vreemde eend in de bijt, eenling, einzelgänger, abnormaal, excentriekeling, onbekende, onbeminde.

Alsof het heeft gewacht tot ze terug was, komt het paard aankuieren. Het steekt het hoofd over het prikkeldraad in de richting van haar tent: ze wordt hier persoonlijk begroet.

Snel komt ze overeind en plukt puur als dankbewijs, want zelf kan het er makkelijk bij, een pol gras en biedt het die aan op haar vlakke hand. De lippen zijn zacht, vochtig, voorzichtig – heel persoonlijk, intiem.

Niemand heeft ooit zo haar hand gekust.

Berthe pakt haar blocnote, negeert de lijntjes en begint haar paard te tekenen in de houding die het nu aanneemt, min of meer van voren, met die merkwaardige verdikking boven tussen de voorbenen.

Ze kent dit paard. Voordat het van houding verandert, weet haar oog al welke houding het gaat aannemen. Ze kent de heuplijn van dit paard in verschillende standen. Ze weet hoe de staart zich van boven iets verdikt als hij wordt opgetild.

Het paard tekenen is het paard kennen.

Het paard kennen is van het paard houden.

Het is als toen ze over Franciscus las en het gevoel kreeg dat die haar de hand reikte over de kloof van de eeuwen heen – dit paard is door haar tekenen met haar verbonden over de kloof tussen mens en dier heen.

Liefde.

Ze is van het ene eind van het land naar het andere gekomen, en vindt liefde.

Net als het paard besluit dat een verderop gelegen plekje meer gras te bieden heeft en Berthe haar papier en potloodjes spijtig maar welgedaan wil opbergen, klinkt er achter haar schouder een stemmetje: 'Ben je aan het tekenen?'

'Niet meer.' Het is Luus.

'Kom jij uit een ander land?'

Er wordt duidelijk over haar gepraat. 'Nee, ik ben in Nederland geboren. In Amsterdam.'

'Mag ik je tekening zien?'

Berthe toont haar blocnote.

'Alsmaar hetzelfde, je hebt alsmaar hetzelfde getekend. Dat mag ik niet van mamma.'

'Kun jij al tekenen?' Wijselijk gaat Berthe niet in op de restrictie, laat staan op de kritiek dat ze steeds hetzelfde zou hebben getekend.

'Mag ik het paard ook eens tekenen?'

'Dat is nu een beetje moeilijk, het staat te ver weg.' Het is gênant, maar Berthe heeft eigenlijk geen zin het meisje ook maar één velletje van haar nieuw verworven papier te geven.

'Dat geeft niet, ik weet wel hoe je een paard moet tekenen.'

Dan moet Berthe lachen: haar hand wist het ook. Luus en zij praten over hetzelfde, maar bedoelen volkomen verschillende dingen. Alleen weet Luus dat niet, in haar optiek hebben ze contact, zijn ze het met elkaar eens.

'Ga je gang dan maar.'

Berthe scheurt een blaadje af en legt het op de kartonnen achterzijde van de blocnote.

'Mag ik je kleurtjes ook gebruiken?'

Ze kan moeilijk nee zeggen.

Luus tekent met snelle halen iets met een grote kop waaraan drie poten hangen, en prikt er twee ogen in. 'Nu ga ik het kleuren.' Ze neemt het bruin en drukt er zo hard mee op het papier dat Berthe blij is dat ze de blocnote heeft omgedraaid. Maar straks breken de punten, en ze heeft geen puntenslijper. 'Je kunt beter een beetje voorzichtig kleuren,' zegt ze zo kalm ze kan. 'Dan wordt het toch mooier.'

'Ik hou ervan als het fel is,' zegt Luus en gaat onverstoorbaar door met haar harde krassen.

Berthe verbijt zich en bedenkt dat je als je iemand iets geeft, niet ook nog mag gaan eisen hoe de gift wordt gebruikt. Is het omdat ze zo zelden in de gelegenheid is iemand iets te geven, dat dit haar zoveel moeite kost? Oefening baart kunst, vertelt ze zichzelf terwijl ze het kunstwerk van Luus tot stand ziet komen. 'Moet je niet eten?' vraagt ze dan. De barbecuegeuren drijven alweer over het kampeerterrein.

Meteen betrekt het gezichtje. Het is zo'n onaantrekkelijk kind. Dun, piekerig haar, van die roodblonde kleur die altijd met verhoogde gelaatskleur gepaard gaat, haar wenkbrauwen bijna wit zodat je die haast niet ziet, kleine bleekblauwe oogjes, en er zit opgedroogd snot onder haar neus. Van het huilen wellicht, maar toch onappetijtelijk. Het mondje staat in een vrijwel permanente pruillip; het is alsof het hele gezicht zich in de strijd om aandacht gooit.

Zou ze er anders uitzien, als er meer van haar gehouden werd? Berthe herinnert zich een foto van een eeneiige tweeling, bij de geboorte gescheiden: het weggehaalde kind, dat bij liefhebbende, intelligente ouders werd opgevoed, verschilde als hemel en aarde van het kind dat bij de ouders, die in dit vreemde Mengele-project hadden toegestemd, gebleven was. Het is een beeld van heel vroeger, toen ze alles spaarde wat met bij hun ouders weggehaalde kinderen te maken had, en net als alles uit die tijd heeft de herinnering iets van de kwaliteit van een droom. Misschien heeft ze het wel verzonnen.

'Af,' zegt Luus. 'Nu ga ik mamma's letter eronder zetten.' Ze tekent een golfje. Zal ze haar vertellen dat de letter M oorspronkelijk uit een golfje is ontstaan, uit het egyptische teken voor water, Mu? Duizenden jaren geleden moeten er kinderen zijn geweest die de Mu tekenden op dezelfde manier. En dit kind, denkt Berthe, zal in haar leven nog talloze malen dat oude Egyptische symbool hanteren zonder te weten hoe wonderlijk die erfenis is, van water naar Mu naar de M van mamma.

Dan vervult Luus' moeder haar schuldige wens door het kind voor het avondeten te roepen.

Luus staat op om te gaan.

'Neem je tekening mee,' maant Berthe.

'Die mag jij houden,' zegt het meisje. Lacht even, als om te onderstrepen dat het hier wel degelijk een echt cadeau betreft. Maar de Mu staat eronder, wil Berthe nog roepen, maar Luus is al weg.

Lucia's moeder bloedde, net als de vrouw die Jezus' kleed aanraakte in het verhaal van het dochtertje van Jaïrus. Misschien was het haar moederschap dat bloedde, denkt Berthe, haar ongemakkelijk moederschap dat pas minder pijn deed toen haar dochter voor haar bad.

Toen keizer Diocletianus haar wilde laten martelen, nadat haar afgewezen verloofde haar als christen had aangegeven, kon nog geen span ossen haar van haar plaats trekken: Lucia was zo zwaar als een huis. Haar ogen werden uitgestoken, maar door God weer teruggezet. Er werd een brandstapel rond haar gebouwd, maar het vuur ging vanzelf uit nadat het was aangestoken. Maar dat is een ander verhaal: Lucia betekent licht.

Weer gaat de zon boven de heuvel onder. Weer schieten de vleermuizen heen en weer. Weer toetert het stoomtreintje in de verte, op weg naar Simpelveld. De geur van houtskool hangt nog in de lucht.

Dat stoomtreintje, is dat iets voor morgen? Hoe vaak gaat het eigenlijk? Wacht, in haar gids staat een dienstregeling. Zonder te kijken zoekt haar hand in haar rugzak, tegen het rugpand, en vindt niet de gids maar een paar velletjes papier, kennelijk uit de tijd dat ze deze rugzak nog gebruikte om naar Engeland te gaan. Ze gelooft haar ogen niet en tegelijk is ze niet in het minst verbaasd: dit heeft kennelijk zo moeten zijn. In haar handen heeft ze een fotokopie van een passage uit Athanasius' *De incarnatione*. De laatste keer dat ze deze rugzak gebruikte moet zijn geweest toen ze met haar scriptie bezig was, en nu, op deze plek waar de geest van de beide Athanasiussen rondwaart, vindt ze deze tekst terug.

Ze leest, en kan zich niet voorstellen dat ze deze informatie in haar scriptie heeft verwerkt. Of misschien wel verwerkt, maar dan toch, in haar jeugdig zwart-wit-denken, niet goed begrepen. Athanasius laat God zelf een ontroerende monoloog houden over het dilemma dat dat scheppende Woord van hem in de wereld heeft gebracht. Door die appel en die slang was de dood in de wereld gekomen, en moest de mens, de kroon van de schepping, nu weer tot het stof worden waaruit Hij hem had geboetseerd? Dat kon God niet verdragen. Maar hoe dan? Want het berouw van de mensen was niet genoeg, daar kon je niet op bouwen, dat bewees de geschiedenis maar al te vaak. En op zijn schreden terugkeren kon God ook niet, want hij was volmaakt en deed alles dus in één keer goed. Alleen dat Woord dat de mens geschapen had, datzelfde Woord, kon het probleem oplossen: niet door de mens opnieuw te scheppen, maar door hem te vervolmaken. Ja, daar kon God mee leven. Dus bracht hij het Woord in de wereld in de vorm van Jezus, in een lichaam dat niet door zonde was aangeraakt maar dat net als alle lichamen aan de dood onderhevig was, om de mensen te vervolmaken. Maar dan moest dat Woord wel eerst dood, dus koos het de dood aan het kruis.

Heeft ze vroeger niet goed gelezen, of heeft ze deze passage nooit echt begrepen? Hoe voorzichtig brengt Athanasius het Woord uit Genesis en het Woord van Johannes bij elkaar in een nieuw beeld, waarin hij en passant ook nog eens eventjes uitlegt waarom Jezus dood moest. Niet dat ze hem nu gelijk geeft, maar dat doet er niet toe: op dit gebied bestaat immers geen gelijk; je kunt alleen maar spreken over wat je denkt, aangeraakt door het onzegbare, vanuit je diepste betrokkenheid. Athanasius besefte heus wel dat de formulering van het onzegbare nooit heilig is, hooguit datgene wat om formulering vraagt. Kon hij het helpen dat zijn beelden in de loop van de tijd versteenden? Kon hij het helpen dat dogma de functie kreeg het roomse volk voor zelfstandig nadenken te behoeden, of, zoals ze nu inziet, bij Athanasius' naamgenoot de angst voor wat buiten de hiërarchische paden viel te bezweren?

Dat die man, die verre geliefde van haar, zo kwetsbaar was in zijn geloof dat hij geloofsinhoud voor geloven hield!

Berthe strijkt de fotokopieën glad en bergt ze weer weg. Arme Athanasius, arme man. Nooit gedacht dat ze nog eens medelijden voor hem zou kunnen voelen. Compassie zelfs. En nu weet ze, in de ruimte van de okeren velden, ver van huis en in een vreemd land, dat ze toen had moeten blijven. In theologie kon ze alles kwijt, in het voetspoor van al die theologen vóór haar: alles van haar verstand, alles van haar inzet, alles van haar hart, alles van haar ziel. Een vak dat alleen met passie kan worden beoefend, een vak dat vraagt om authenticiteit, om totale toewijding aan iets waarvan niemand zeker is, om moed dus, en dat verwantschap biedt met mensen uit alle tijden in het verlangen naar dat wat groter is dan wijzelf. Wat een vak! Haar vak, haar bestemming. Ooit. Wat was ze toen roekeloos. En die passie is ze nu kwijt. Alsof ze iets van zichzelf kwijt is. En er is niets voor in de plaats gekomen. Geen nieuwe richting waar ze zich op kan oriënteren. Ze dwaalt. Er loopt een scheur dwars door haar leven, die ze in de jaren daarna netjes heeft dichtgeplakt, zodat je er niets meer van zag. Maar nu brokkelt de lijm af en worden de scherpe randen opnieuw zichtbaar. En schuren aan haar hart.

Berthe zit voor haar tentje naar een spin te kijken, die een web weeft tussen het prikkeldraad, precies op de plek waar een paar uur geleden haar paard het hoofd naar haar toe boog. De paarden zijn er nu niet, geen hollende hengst over het veld, maar boven tegen de berg aan ziet ze de schotse runderen grazen, hun harige lijven massief tegen het donker wordende groen, en af en toe, tegen een lichtere plek, de rechte hoek tussen rug en staart. Nederlands vee is daar ronder, peinst ze, en ziet weer een plaatje voor zich: van de wanstaltige dikbilkoe, speciaal voor de biefstukliefhebber gefokt. Die bultige billen doen naast deze schotse het vermoeden rijzen dat nederlandse koeien misschien wel geen van alle natuurlijke billen meer hebben. Biologische billen, evolutionaire billen. Limburg zoals het vroeger was.

De populieren ruisen, elk blaadje danst apart in de wind.

Alsof er engelen zingen, denkt Berthe.

Of misschien zijn het de vinken.

De volgende morgen wordt ze, hoe kan het ook anders, gewekt door gehuil. De zon schijnt boterbloemgeel door het tentdoek, maar Luus huilt. Geluid draagt ver in de openlucht. Berthe hoort

Luus' moeder snauwen en verwondert zich dat het die vrouw niet kan schelen dat iedereen haar hoort. Maar waarom zou opvoeden eigenlijk een zaak van schaamte moeten zijn, van gesloten deuren? Schaamte heeft niets met de opvoeding van doen, alleen met de persoon die opvoedt en die opgevoed wordt. In winkels ziet ze evenveel moeders die toegeven aan gezeur omdat ze zich schamen voor het gedrag van hun kinderen, als moeders die ze luidkeels vermanen of afsnauwen, zoals de moeder van Luus. Het is het een of het ander, je kunt er niet onderuit: als je een kind hebt, heb je het ook buiten de deur. Ze heeft pubers gezien die een paar passen voor hun moeder uit liepen bij het winkelen in de Kalverstraat, met een gezicht dat hoopte geen schaamte te laten lezen. Of die hun moeder afsnauwden, waarschijnlijk ook uit schaamte. De zichtbaarheid van hun relatie een schaamte, alsof wie die moeder is hun wordt aangerekend. En altijd, altijd als ze zoiets zag, dacht ze: jullie moesten eens weten, jullie hebben tenminste een moeder. En als je geen moeder hebt, schaam je je ook. Omdat je geen moeder hebt.

Dan hoort ze een stemmetje bij haar voortent. Luus weet de weg en schroomt niet die te gaan, en zij is nog niet eens op.

Zo vriendelijk ze kan vraagt ze het meisje straks terug te komen.

Als Berthe uit het washok komt, blijft ze kijken bij het zwembadje. Piepklein is het, misschien drie bij drie, met een glijbaantje en voor de kleintjes een pierenbadje erachter. Gistermiddag is het plastic ervanaf gehaald, het water ligt groenblauw te glanzen. Nu al spelen er een jongen en een meisje in, zo te zien broer en zus. Zij is de jongste, maar in het spel is zij de baas. Zij zit boven aan de glijbaan, met een handdoek over haar schouders, duidelijk niet van plan het water in te gaan, en vanuit die verhoogde positie commandeert ze de jongen in het water. 'Klim op de glijbaan,' zegt ze op strenge toon, en verschuift nog geen millimeter om het hem makkelijker te maken. 'Ga er nu langzaam af.' Als hij in het water is beland, langzaam, zodat zij niet nat wordt van het opspattende water, neemt ze het paarse elastiekje uit haar krullende lange haren en gooit het in het water. 'Duik dat op.' En als hij proestend maar triomfantelijk bovenkomt met het kleine natte bandje, begint ze de cyclus weer van voren af aan. 'Klim nu op de glijbaan.'

Berthe staat er met een glimlach naar te kijken, maar vraagt zich tegelijkertijd af wat er zo leuk aan is. Als de rollen omgekeerd waren geweest, had ze het geen leuk spel gevonden: een meisje dat een jongen commandeert heeft iets vertederends, misschien omdat je weet dat die jongen erin heeft toegestemd, omdat het anders zeker niet zou lukken?

Dan valt de handdoek in het water omdat de jongen op de glijbaan niet genoeg ruimte heeft om langs het meisje te komen, en het spel is afgelopen. Het meisje, dat het water te koud vindt om er zelf in te gaan, loopt met de natte handdoek naar hun tent om die op te hangen, en moet daarvoor Berthe passeren. 'Jij bent de baas hè?' zegt die.

Het meisje lijkt te schrikken, wat Berthe verbaast: hun spel was toch heel openlijk, zou ze zich niet realiseren dat een toeschouwer conclusies kan trekken uit wat ze deden? Denken mensen eigenlijk altijd onzichtbaar te zijn? Luus' moeder ook? Misschien – zelf denkt ze immers meestal niet anders, in Amsterdam tenminste. Hier niet.

'Mijn broer speelt thuis altijd de baas,' zegt het meisje. 'Daarom mag ik het hier. De hele morgen.'

'Heb je het water geprobeerd?' vraagt Berthe.

'Met een teen,' zegt ze. 'Het is bitter koud. Een marteling.'

Een leuk meisje, dat van woorden houdt.

Berthe gaat het hekje door, doet haar sandalen uit, loopt door het ontsmettende gootje en probeert het. Het water is ijskoud, als kwam het zo uit de kraan.

Ze heeft haar zwempak meegenomen. Ze kan. Maar zal ze?

Dit is duidelijk een kinderzwembadje. Ze zal extra opvallen. Maar de zon schijnt fel, nu al. Ze heeft al zo lang niet gezwommen, en zonder erbij na te denken heeft ze haar badpak meegenomen. Dat mag niet zonder betekenis blijven.

Mu, water. In het water gaan. Je lichaam licht van water te voelen worden. In het water gaan en rein worden.

Ze zal het doen, vanmiddag, al is ze de enige volwassene. Al moet ze in haar badpak spitsroeden lopen tussen de tenthuisjes en caravans, bloot voor de ogen van de limburgse kampeerders. Ze neemt het zich voor. Ze besluit het. Ze gaat hier zwemmen, zo goed en zo kwaad als het kan. Straks, als ze terugkomt van haar wandeling. En misschien wel met Luus. Nee, zeker met Luus. 'Lucia, zie je moeder,' zegt een stem in haar hoofd. Wat betekent dat? Dat die moeder getroost moet worden.

Aan het begin van het weggetje naar het kampeerterrein staan een paar wandelingen aangegeven, met paaltjes. Een blauwe, een gele, een groene. Allemaal gaan ze de Keutenberg op, de steile berg waar ze vanuit haar tent links tegenaan kijkt, de door fietsers geliefde of gehate uithoudingsslag. Regelmatig ziet ze er rijtjes kleine fietsertjes tegenop worstelen, twee aan twee, als een schoolklasje.

Nu loopt ze er en ziet dat er behoorlijk wat moeten zijn afgestapt, misschien als ze eenmaal bovenaan gekomen waren, want met spuitbussen staan heel groot de namen van renners die deze helling hebben volbracht op het asfalt gespoten. Graffiti, aanmoediging?

Berthe loopt langs een oude groeve, dichtgegroeid met brandnetels en een weelde aan roze bloemetjes, en blauwe, bedstro, ogentroost.

In de zon stijgt ze, klimt de weg op tot het dorpje Keutenberg dat uit een paar boerderijen en vakwerkhuisjes bestaat, en dan moet ze bij een bosrand linksaf en daalt een holle weg in, alweer zo bloemrijk, en ook hier staat het allemaal zo door elkaar, brandnetel en kleefkruid waartussen geel en blauw en roze, zodat het onmogelijk is van die bloemetjes te genieten zonder erbij na te denken over het contrast tussen mooi en lelijk, en of dat eigenlijk wel bestaat. Rechts is een open plek, een weiland waar men hooi aan het verzamelen is in grote rollen; er staat een machine klaar die elke keer zo'n rol in plastic inwikkelt, rond en rond en rond. Het hooi is rozegeel, het veld eenmaal gemaaid weer de kleur van roggebrood. En het donkergrijze plastic detoneert niet eens.

En dan is ze zo ver afgedaald dat ze bij de rivier is aangekomen, de Geul, met stenen en watervalletjes hier erg engels ogend, gelukkig toch nog; en er zijn kinderen die erin spelen, vermoedelijk van het kampeerterrein, alweer een ander kampeerterrein, dat hier in het bos ligt. Het bos geurt zo koel en vochtig dat ze even moet gaan zitten. Kinderstemmen – ze denkt aan de kinderstemmen in de Nieuwe Uilenburgerstraat, achter haar souterrain, maar ook aan kinderstemmen in een zwembad. Deze kinderstemmen verstoren de stilte niet. Wat daar het geheim van is. Misschien de onbekommerdheid van de uiting, zonder enige ruimte tussen voelen en uiten.

Na een tijdje hoort ze ook kleine bosgeluidjes. Fluitende vogels, kleine ritselgeluidjes van insecten die aan het slepen zijn, met die doelgerichtheid die vanuit een te wijd perspectief zo onbegrijpelijk is. En dit soort dingen gaan altijd maar door, of ze er nou weet van heeft of niet: ruisende bladeren, sap dat door stammen en takken opstuwt, kleine bloemetjes die zich door steel en knop heen duwen naar het licht, insectjes die af en aan slepen, kinderen die spelen in een snelstromend riviertje en daarbij hun stemmen laten klinken.

Ze zakt weg in de volle stilte van het bos. Ze laat zich wegzakken. Haar voeten spreiden zich en wegen in de aarde; haar handen zet ze naast zich tot ze plat rusten op die mossige bodem. Ze ademt die donkere vochtigheid in tot haar hele binnenkant donker en vochtig voelt. Als iemand haar nu zou openmaken, zou ze ruiken naar bos.

Ze weet niet hoe lang ze daar zo zit; tijd heeft opgehouden te bestaan, tot ze stemmen hoort die steeds dichterbij komen, en dan een hond die langs het pad springt en niet kan nalaten even haar kruis te besnuffelen, zodat ze gegeneerd moet opstaan en uitwijken om het oudere echtpaar, hij met wandelstok en zij in een mauve trainingspak, te laten passeren.

En ze weet: als de betovering echt was geweest, nog echter, echt echt, hadden die wandelaars er ook deel van uitgemaakt. Zij is het zelf, die het vlies van stilte steeds weer laat breken. En dan wil het niet: als je eisen stelt aan de omvang van de stolp zal die stolp krimpen tot je er zelf niet eens meer onder past. Laat staan de schepping.

Als ze weer terugkomt op het kampeerterrein, huilt Luus nog steeds. Goed, denkt Berthe, okee dan. Ze loopt naar haar moeder en vraagt: 'Zal ik Luus meenemen naar het zwembadje? Dan heeft ze wat afleiding.'

De moeder kijkt haar vreemd aan. Vraagt zich waarschijnlijk af waarom een vreemde vrouw iets met haar jengelende dochter wil doen. En eigenlijk wil Berthe dat niet eens, maar ze moet gewoon, vraag haar niet waarom.

En dan is het zover. Met Luus huppelend aan haar hand loopt Berthe, in zwempak met een handdoek rond haar middel, tussen de ogen door. Haar armen en onderbenen zijn akelig naakt, de donkere haartjes staan allemaal recht overeind als om haar tegen die blikken te beschermen. Een paar maanden geleden, voordat Alice Neel haar had bevrijd, zou ze dit niet hebben kunnen doen.

Maar er gebeurt een wonder. Hief zich tot nog toe als zij passeerde elk hoofd van krant of uit gesprek in haar richting, nu ze met een kind loopt gebeurt dat niet. In haar eentje is ze een vreemde, met kind is ze een moeder.

Luus is niet bang voor het ijskoude water. Ze glijdt er vanaf de glijbaan zomaar in en gilt wel, maar klimt er meteen uit om haar waagstuk te herhalen. Berthe zwemt rondjes en vangt het meisje op, elke keer als ze van de glijbaan naar beneden komt. Dat Luus de watertemperatuur niet aangrijpt om aandacht te vragen, geeft te denken. Ze is dus wel flink, geen aanstelster. Het stemt droevig. Een beetje alsof zij het zelf is, die daar keer op keer van die glijbaan glijdt en opgevangen wordt door vreemde armen. Berthe voelt zich als een droevig dier zoals ze daar rondjes zwemt, gekooid in blauw water als de paarden 's avonds onder de avondlucht door de omheining. Een rondje, nog een rondje, armen omhoog, met het kind naar de kant, een zetje tegen de kinderbillen het trapje op, en weer een rondje. Soms de andere kant uit, maar dan toch weer terug tegen de klok in, omdat haar rechterarm de bochten beter neemt dan de linker.

En dan verdwijnt de glans op het water en begint het te regenen, heel plotseling. Onweerachtig. Ze moeten eruit, bij onweer in het water blijven is gevaarlijk. Luus voelt haar haast en laat zich zonder protest meetronen. Ze kleden zich aan in de wasruimte en hollen hand in hand naar de caravan van Luus' ouders.

Die zijn er niet. De auto is ook weg. Het duurt even voor Berthe het gelooft, daar in de regen, kloppend tegen de plastic deur, 'hallo' roepend en 'volk', omdat ze de namen van die mensen niet kent, in absurde vrees dat ze haar met hun ongewenste kind hebben laten zitten, voor de hele dag.

Luus begint, hoe kan het anders, te huilen. Berthe verbijt haar eigen tranen en neemt haar in 's hemelsnaam dan maar mee naar haar tent, stelt haar gerust, stelt zichzelf gerust, die ouders zijn gewoon even boodschappen aan het doen, neemt haar drijfnat van water en regen mee naar binnen, neemt haar huilend in haar armen en zo liggen ze samen op haar matje, tot het meisje in slaap valt.

Iemand in haar tent. Het is niet makkelijk. Het is verschrikkelijk moeilijk. Niet voor niets komt er nooit iemand bij haar op bezoek. Helder ziet Berthe achter zich de tunnel van gebeurtenissen die haar in deze val heeft geleid, de verloren reis die haar hier heeft gebracht, zonder keus, met dit meisje met haar snotterige gezichtje in haar slaapzak en in haar de schreeuwende behoefte om alleen te zijn, een vuist die haar hart samenknijpt, angst zelfs.

Te veel. En ze kan niet weg, het regent pijpenstelen. O god, ze kan niet weg.

Ze vlucht toch, maar niet verder dan naar de voortent, waar de regen neerklettert op de luifel. In het halfdonker zit ze daar, op een vuilniszak en onder die aan alle kanten neerdalende tikjes en roffeltjes van het vallende water. Hoe moet ze in 's hemelsnaam zichzelf zijn, zonder weg te kunnen en onder dit lawaai?

Ze haalt diep adem. Het geluid van vallende tikjes als een reuzehoed over haar heen.

Onder de regen.

Als kleine metalen kogeltjes. Vinnig.

Nee, niet noodzakelijkerwijs vinnig, ze kan ze ook anders horen. Speels? Dansend op het dak?

Gouden druppels, denkt Berthe. Gouden regen.

Zeus kwam tot Danaë in een gouden regen.

Ze heeft nooit geweten of met die gouden regen in dat verhaal nou een boom werd bedoeld, bloemen hangend als een koepel, een stolp, een omhelzing; of dat de gouden regen een metafoor moest zijn voor een orgasme, maar dat ze dat op school er niet bij durfden te vertellen; of dat het ging om iets als dit, dit tokkelende geluid dat haar omsluit, zo alomtegenwoordig dat de grens tussen tent en huid en regen wegsmelt en het ondoorgrondelijk ritme bij haar binnendringt en in haar lichaam klinkt als een oneindig variërend geschenk, gouden muziek. Vingers van licht en water.

Geluid en beeld vloeien ineen.

Berthe zit, en verliest zich. Beetje bij beetje, botje bij botje smelt haar lichaam in de gouden regen en wordt opgetild; er vallen sterren en tegelijkertijd stijgt ze op tussen de sterren, tussen de gouden sterren naar het licht.

V

BEZOEKING

Berthe Ploos gaat naar Artis, om te tekenen. Dat kan nu mooi, het is 's morgens vroeg en dan is daar nog bijna niemand. Uit haar kelder stapt ze het morgenlicht in, tussen de gebouwen aan de Jodenbreestraat door en langs Albert Heijn naar de hemel voorbij de Mozes en Aäronkerk, een hemel effen als water waarin wit, lichtblauw en roze zich onafscheidelijk tot één kleur vermengd hebben, doorzichtig licht.

Juni in Amsterdam. Er zijn dagen, soms, waarop je langer lijkt dan je bent. Dit is zo'n dag voor Berthe: de botjes achter haar oren trekken haar hals hoog omhoog, op naar dat licht alsof ze er naartoe groeit, ze loopt rechtop en kijkt recht voor zich uit, ze zweeft boven de straatstenen. Pas als ze langs de harpijen aan de poort van het Wertheimparkje komt, wendt ze gewoontegetrouw haar hoofd even af van die wezens die deels vrouw deels vogel zijn, en steekt over naar de grote vierkante stoepstenen van de Plantage Middenlaan. Harpijen waren bij de oude Grieken windgeesten, weet Berthe, en sinds ze op grafstenen voorkomen ook geesten uit de onderwereld. Wat ze bij de ingang van het Wertheimpark doen is haar niet duidelijk. In het verhaal van Jason en de Argonauten staan ze voor het eerst voor het kwaad, en in het negentiendeeeuwse symbolisme wordt de harpij standaardbeeld voor de duivelachtigheid die aan de vrouw werd toegeschreven.

Berthe loopt met grote stappen en een helder hoofd. Met elke stap probeert ze een hele tegel te bestrijken. Soms moet er een overslagpasje tussendoor om goed uit te komen. Tussen de huppels door schrijdt ze, haar nek lang en hoog, als een eerbiedige reus in het lichaam van een klein, mager vrouwtje.

Hoe ouder ze wordt, denkt Berthe, hoe minder ze weet. Sluit denken voelen uit, en kijken beleven? Wat is het verschil tussen een gewaarwording en een gevoel? Als het waterverflicht van die hemel haar raakt, haar doordrenkt, is dat verbondenheid? En met wat dan?

Ze loopt de poort van Artis in. De dierentuin is amper open, precies wat ze wou.

Ze wuift haar abonnement langs het loket en beent voorbij de papegaaien en de apenrots naar de flamingovijver, want daar wil ze heen. Hoewel ze hun onderstebovensnavels nauwelijks serieus kan nemen, heeft ze honger naar de kleur van flamingoveren. Geen roze, geen rood, geen neon, geen opkomend zonlicht, maar neon en zonlicht en roze en rood tegelijk. Dat te schilderen!

Daar is de vijver, maar er drijft iets in. Iets groots en grijs: een opgebolde plastic zak, die de flamingo's moet hebben verjaagd.

Maar een plastic zak is het niet. Berthe gooit haar schilderspullen neer, valt op haar knieën op de hardstenen vijverrand en begint te sjorren en te trekken nog voor haar hersenen weten wat ze heeft gezien: het is een oude vrouw in een grijze mantel, met een hoofd vol kleine grijze krulletjes, een hoofd dat daar waar Berthe er net niet bij kan ondergaat nadat het haar heeft aangekeken, als een keuze.

'Nee,' zegt Berthe. Haar stem klinkt raar: ze heeft vandaag nog niet eerder hardop gesproken. 'Nee.' En ze trekt en ze sjort, ze buigt zich ver voorover over de vijverrand om beter greep te krijgen op dat logge lichaam dat niet meewerkt, dat zich uit haar handen probeert los te rukken, de zware grijze jas doordrenkt van onwelriekend vijverwater.

Berthe stapt de vijver in. Zo kan ze er beter bij.

Ze pakt een slip van de jas, een mouw met een hand eraan, en trekt. Tegelijkertijd is het haar te moede alsof er aan haarzelf zo gesjouwd wordt, tegen haar zin, en ze zegt 'het spijt me', met lippen nog steeds dik en strak van onwennigheid, en nu ook van schrik. Maar ze aarzelt niet. Ze weet dat ze meer kracht in zich heeft dan deze oude vrouw, hoewel ze liever zou vergeten dat het een mens is die ze in haar handen heeft omdat ze niet wil hoeven vaststellen waar ze precies houvast krijgt, aan haar buik – haar heup, zo respectloos, als een ding.

Eindelijk heeft ze haar zover dat het hoofd op de richel van de vijverrand rust, de jas opengevallen over een nachthemd van het soort glimmende stof die dof wordt als ze nat is. Nu haalt Berthe even adem en laat tot zich doordringen dat de vrouw steeds maar roept, geroepen heeft: 'Laat me nou toch, laat me nou toch.' Smekend.

'Het spijt me zo,' fluistert Berthe, 'maar ik moet dit doen, het spijt me zo.' En ze staat op de kant en begint met haar armen te zwaaien, er moet toch iemand komen al is het nog vroeg, er zijn toch mensen hier in de tuin aan het werk. Ze durft niet weg om hulp te halen, omdat ze weet dat de vrouw het dan weer gaat doen. Kopje onder in deze belachelijk ondiepe, vuilgroene vijver. Er drijven ondefinieerbare klonten diervuil in: als je in dit water kopje onder wil, moet je wel echt willen. Dan moet je bereid zijn dat grijsgroenwitte schuim in te ademen.

Dan komt er een man met een kruiwagen en samen trekken ze de vrouw verder uit het water. Berthe blijft bij haar terwijl de man een dokter belt en een deken haalt. Met drijfnatte broekspijpen staat ze daar en durft niet naar beneden te kijken naar dat heel oude gezicht en de pijnlijk gerimpelde hals boven dat belachelijke nachthemd omdat ze, nu het echt voorbij is, plotseling bang is dat de vrouw boos op haar zal zijn. Vanuit háár standpunt zou dat terecht zijn, immers? Wat heeft ze gedaan, hoe kon ze zo arrogant zijn zomaar voor een ander te beslissen? Iemand die zo oud is zal toch wel weten wat ze doet? Heeft ze wel uit naastenliefde gehandeld, of was het pure hoogmoed?

Dat nachthemd. Die vrouw moet ontsnapt zijn, ergens vandaan, ze moet haar kans schoon hebben gezien op een moment dat er geen tijd meer was om zich nog aan te kleden. Hoewel, je aankleden voor je het water in loopt is misschien ook overbodig. De jas, die was nodig om over straat te gaan. Hoe is ze de dierentuin binnen gekomen, had ze een kaart? In ieder geval, een impuls kan het niet zijn geweest. Er is over nagedacht. Het is een echte beslissing geweest, zo weloverwogen als weloverwogen kan zijn, en zij, Berthe, heeft de uitvoering van die beslissing verhinderd. Op het moment van haar bevrijding wordt die arme vrouw tegen haar zin gered door iemand die meer respect heeft voor haar leven dan voor haar vrijheid.

Ze schaamt zich zo dat ze niet in staat is een woord tegen de vrouw te zeggen. Daar staat ze, de hemel weet hoe lang al, veel te hoog boven iemand die daar uitgeput ligt, met dichte ogen in een uitdrukkingsloos gezicht, en ze zegt helemaal niets. Alsof degene die ze uit het water heeft getrokken toch niet meer is dan een ding, de logge zak botten en weefsel die ze uit het drabbige water heeft gesleurd. Zij tweeën hebben iets meegemaakt, hebben iets gedeeld – en zij is niet eens in staat er iets over te zeggen. Zodat het wordt alsof er niets gebeurd is, alsof ze hier zomaar staat met haar natte voeten, of is dat juist wat ze allebei hopen? Want alleen al de schaamte en het schuldgevoel die haar de adem om te spreken benemen, vertellen haar dat er wel degelijk iets is gebeurd. Nou, daar mag ze in ieder geval niets over zeggen tegen haar slachtoffer, over schaamte en schuld, dat moest er nog bij komen.

In arren moede probeert ze zo veel mogelijk aan niets te denken, en wacht tot er een Artis-team komt dat de verantwoordelijkheid op professionele wijze overneemt.

Maar voor hen heeft ze wel een vraag. Of ze later mag opbellen om te informeren wie deze vrouw is en hoe het verder met haar gaat. Als ze die toestemming heeft loopt ze naar de uitgang. Ze kan niet blijven met haar natte voeten, maar ook als het wel kon zou ze weg moeten.

Er is zoveel dat ze anders had moeten doen! Ze kent niet eens de naam van die vrouw, ze heeft haar eenmaal in de ogen gezien en zich verder van die teleurgestelde, beschuldigende blik afgewend omdat ze die niet kon verdragen. En wat kon ze dan wel niet verdragen, vraagt ze zich af. De pijn erin, omdat ze het gevoel had die zelf te hebben veroorzaakt. Maar die pijn was er al, die arme vrouw wilde zich niet voor niets verdrinken. De pijn van een ander niet kunnen verdragen is laf.

Berthe loopt terug met haar tas met ongebruikte schilderspullen en soppende voeten. De stoeptegels lijken mateloos en de weg naar huis onmogelijk lang. Ze heeft de pijn van die arme vrouw verergerd, ze heeft er de mislukking aan toegevoegd. Ze heeft die vrouw veroordeeld tot verder lijden. Uitzichtloos lijden heet dat tegenwoordig. Een hangijzer, een modeverschijnsel, een groeiend probleem bij heel oude mensen. Omdat oude mensen niet meer in verandering geloven. Omdat onze maatschappij slecht met oude mensen omgaat. Nu kijkt Berthe de harpijen recht in het gezicht. 'Ik kon niet anders,' zegt ze, maar hun ogen kijken langs haar heen.

'Als ik haar had gelaten, had ik daarmee immers beaamd dat haar oude leven niets meer waard was? Zoiets kan ik toch niet beamen?'

De ogen van de harpijen blijven leeg, en Berthe loopt verder.

Wat zal ze zeggen, straks, als ze bij die vrouw op bezoek gaat? Tegen een jong iemand die zelfmoord wil plegen kun je zeggen dat het leven een wonderbaarlijke kracht tot verandering bezit – maar tegen iemand die zo oud is, die toch echt wel zal weten wat ze doet, wat zeg je tegen haar?

Want dat is wel het minste, dat moet ze doen: ze moet kijken hoe het haar gaat en misschien zelfs, als die vrouw het haar toestaat, of ze iets aan de kwaliteit van haar leven kan bijdragen.

Nee, hier gaat ze fout. Die gedachte is alweer te mooi, te edel. Onecht. Allereerst moet ze die vrouw gewoon in de ogen kijken, ze moet op haar schouders nemen wat ze heeft aangericht. Zonder zich te rechtvaardigen.

Als ze thuis is en haar schoenen uit heeft kruipt ze, natte broekspijpen en al, onder de sprei van haar bed. Ze ligt op haar rug met dichte ogen waaruit langzaam tranen wellen die bijten als ze op haar wangen rollen.

Ze weet niet waarom ze huilt. Het lijkt de pijn van die oude vrouw te zijn die haar overweldigt, alleen te zijn en zonder uitzicht, en daarmee al haar eigen pijn die opwelt zoals dat gaat met verdriet, elk nieuw verdriet brengt al het oude boven – en dus huilt ze om zichzelf, en ze huilt omdat ze de pijn van die vrouw niet wil voelen, want die staat gelijk aan haar schuld.

Waarom moest die vrouw zich in 's hemelsnaam willen verdrinken net toen zij erlangs kwam?

De vrouw heet Grete Bartlema, en ze heeft een hersentumor. Ze woont in het bejaardenhuis schuin tegenover Artis, en dat is zo logisch dat Berthe het zelf had moeten bedenken.

Berthe koopt theerozen van een zacht stralend rozegeel, en gaat.

'Mevrouw Bartlema is op haar kamer,' zegt de verpleegster die haar bij de ingang te woord staat. 'U weet dat haar geheugen is aangetast? Ik loop even met u mee om de deur open te maken.'

Dus is ze opgesloten. 'Mag ze bezoek?'

'U weet wat er gisteren gebeurd is?'

Berthe knikt. Het lukt haar niet de woorden over haar lippen te krijgen waarmee ze zou kunnen zeggen dat zij het was, maar de verpleegster raadt het en bedankt haar, maar op een zo zakelijke manier dat Berthe niet eens zeker weet of het wel een bedankje is geweest. Ze weet niets te zeggen en loopt achter de stevige kuiten van de verpleegster aan twee trappen op, een gang door met niet al te bijzondere kindertekeningen aan de muren, tot een schuifdeur met een bordje ernaast: *Mevr. G. Bartlema*. De verpleegster draait de deur van het slot en loopt weg, zonder nog iets te zeggen.

Berthe klopt, maar hoort niets. Ze klopt nog eens. Weer niets.

Vooruit dan toch maar. Ze schuift de deur open en steekt haar hoofd om de hoek van een kamer met een raam aan het einde, waarvoor, met de rug naar haar toe, de vrouw zit: Berthe herkent de krulletjes, maar het hoofd draait zich niet om. Misschien wil mevrouw Bartlema haar wel niet zien. Wil ze niemand zien, na gisteren. Of misschien is ze volstrekt apathisch en is dat haar schuld. Nee, laat dat niet zo zijn. Laat haar denken dat dit een verpleegster is met eten of thee, en derhalve de moeite niet nemen zich om te draaien.

Diep ademhalend gaat ze de kamer binnen. Ze loopt naar voren, tot ze naast de tafel staat en de vrouw kan aankijken. 'Hallo,' zegt ze, 'ik ben Berthe Ploos, kent u me nog?'

De woorden zijn er nog niet uit of ze heeft al spijt van het hoge clichégehalte. Hoe krijgt ze het over de lippen! Waarom heeft ze niet iets voorbereid, waarom heeft ze helemaal niets voorbereid?

Het hoofd met de grijze krulletjes beweegt nauwelijks, dus gaat Berthe domweg zitten op de tweede stoel en buigt zich zo ver naar links tot ze Grete Bartlema in het gezicht kan zien. Haar ogen zijn bleekblauw en zonder uitdrukking. 'Ik ken u niet, mevrouw.'

Wat nu? Moet ze het uitleggen?

De verleiding is heel groot om te doen alsof ze zomaar op bezoek komt. Ja toch, het aangetaste geheugen biedt haar hier immers een perfecte gelegenheid het schuldgevoel te delgen zonder met de afkeuring van haar slachtoffer gestraft te worden?

Aan de andere kant, ze zou nieuw schuldgevoel op zich laden als ze zweeg. Een leugen tussen hen zou echt contact onmogelijk maken. Niet dat ze veel mogelijkheid ziet voor echt contact, zij met dat bonzende hart van haar en mevrouw Bartlema met die bleke lege ogen – maar ze heeft zich voorgenomen het te proberen; ze probeert.

'We hebben elkaar in Artis ontmoet,' zegt ze stupide.

In die ogen verandert niks.

Berthe haalt diep adem. 'Bij de vijver,' vult ze aan. En dan, zonder te kijken of er nu een reactie volgt, bijt ze door: 'Ik heb u uit de vijver getrokken.' Het is haar alsof ze het met die woorden nogmaals doet, alsof ze Grete Bartlema weer uit dat stinkende water sleurt, tegen haar zin.

Langzaam, heel langzaam draait het hoofd haar kant uit. Er ligt nu iets onderzoekends in die ogen, maar ze kan niet zien wat er wordt geconcludeerd. 'Uit de vijver,' zegt Grete Bartlema.

Berthe schaamt zich zo, dat ze liefst zou opstaan en wegrennen. Of excuses maken, maar die zijn er niet. Zich rechtvaardigen, maar dan vraagt ze als het ware om vergeving, en daar heeft ze het recht niet toe.

'Ik wilde u leren kennen,' zegt ze uiteindelijk, terwijl ze haar de bos bloemen voorhoudt. Tegelijk twijfelt ze: wil ze dat echt? Ze lijkt verdorie wel iemand uit zo'n modieuze dader-slachtofferconfrontatie. En bovendien, valt er nog wel iets te kennen? Is deze vrouw niet al veel te ver heen om nog gekend te worden?

'Heeft u een vaas? Mag ik even kijken?' Berthe staat op en rommelt in een van de twee kastjes boven het kleine aanrechtje, met haar rug naar Grete Bartlema toe.

Onzin, natuurlijk is ze niet te ver heen. Er valt altijd nog wel iets aan iemand te kennen. Ze schikt de bloemen in de enige vaas die ze kan vinden, een eenvoudige koker van glas, iets te hoog voor de stelen van haar bloemen.

Pas als ze klaar is draait ze zich weer om. Nu moet ze wat zeggen. 'Ik maakte me zo'n zorgen om u,' zegt ze.

'Ik ken u niet,' is het antwoord, en Berthe weet niet wat wordt bedoeld. Is de vrouw al vergeten wie ze is, of bedoelt ze dat ze alleen maar wil praten met iemand die ze kent?

'We kunnen elkaar leren kennen,' zegt ze, hoewel ze geen idee heeft hoe dat zou moeten. En dan, plotseling geïnspireerd: 'U krijgt vast niet vaak bezoek.'

'Nooit.' Het wordt gezegd op een korte, zakelijk lijkende toon. Is dat de hersentumor, of wil ze toch niet praten?

Berthe probeert het nog eens: 'Heeft u kinderen, familie?'

'Mijn dochter is dood.'

Op diezelfde toon. Laat het de ziekte zijn, wenst Berthe, die haar die uitdrukkingsloze stem geeft. Maar de tranen schieten haar in de ogen. Zo oud zijn, en ziek, en dan ook nog moeten rouwen om een kind, het ergste verlies van alle.

'Kanker,' zegt Grete Bartlema. 'Keelkanker.'

'Wat verschrikkelijk voor u.' Berthe aarzelt. 'Was het daarom?'

'Ze was nog geen vijftig,' gaat Grete verder. Berthe wacht, blij dat ze eindelijk praat. 'Na de operatie had de dokter gezegd dat ze beter zou worden, maar het kwam terug en binnen een maand was ze dood. Ik heb haar niet meer gezien, de kist was al dicht.'

'Kon u naar de begrafenis?'

'Dat wel, maar de kist was al dicht. Ik mocht haar niet meer zien. Ik had de vorige avond willen gaan om haar te zien, maar toen was er niemand om me te brengen.'

'Was zij uw enige dochter?'

Grete draait haar hoofd naar Berthe toe en kijkt haar een beetje verbaasd aan, alsof ze vindt dat Berthe dit had moeten weten. 'Natuurlijk.'

'Dus heeft u nu geen familie meer?' Zodra het eruit is twijfelt Berthe of ze dit had moeten vragen: het lijkt net of die zin van haar het er nog eens inwrijft, of ze geen vraag stelde maar Gretes eenzaamheid keihard bevestigde.

'Nee.' Het klinkt heel zacht.

'Vrienden?' Ze weet niet anders, maar elke vraag maakt het erger.

'Hier in het tehuis begrijpen ze me niet. Het is een ander soort mensen.'

'Bedoelt u de staf, of de bewoners?'

'Allebei.'

Berthe knikt dat ze het begrijpt, en de vrouw is een tijdlang stil. Dan zegt ze, zo zacht dat Berthe het maar nauwelijks kan verstaan: 'Bij vreemden is het vermoeiend, omdat ik nooit weet of ik het goed doe. Er zijn nu alleen maar vreemden. Bij mijn dochter was het rustig. Alleen wilde ik haar mijn verdriet niet laten zien, maar ze wist het toch wel.'

Berthe weet niet wat ze moet zeggen. De vertrouwdheid die daar in een paar woorden wordt opgeroepen, heeft zij nooit gekend. Iemand aan wie je je pijn kunt laten zien, bestaat dat?

'Ik heb ook de enige verloren van wie ik hield,' zegt ze dan zachtjes, voor zichzelf totaal onverwacht.

Het lijkt of Grete Bartlema haar niet heeft gehoord. Ze kijkt naar haar handen en beweegt ze, strekt haar vingers en buigt ze weer, een paar keer. 'Ik schilderde, maar nu gaat het niet meer.'

Contact! Berthe zegt niet dat ze ook schildert, want wat zij doet verdient die naam niet, maar ze staat op. Haar stoel maakt een akelig schrapend geluid over het zeil van de vloer. 'Mag ik eens kijken?'

Ze loopt langs de wanden van de kamer. Er hangen wat landschappen in olie en pastel, niet onaardig. Heide, bergen. Veel bruingroene tinten; Berthe weet dat vooral groen heel moeilijk is als je landschap schildert. En als je groen met bruin mengt wordt het vaal voor je het weet.

'Zijn deze van u?' Wacht, dat had ze niet hoeven vragen. In de rechteronderhoek staat een soort monogram waarin een G en een B verweven zijn. Maar onder een ander schilderij staat iets anders. Het is een heel grote aquarel met bloemen, schijnbaar zonder compositie maar bijeengehouden door een her en der terugkerend stralend rood, tomaatrood – nee, geen tomaat, daar zit een ietsje bruin in weet Berthe sinds ze schildert: klaproosrood. Berthe leunt voorover om goed te kijken en kan haar ogen niet geloven. Emil Nolde. Een echte Emil Nolde!

'U heeft een Emil Nolde,' zegt ze.

'Ja,' zegt Grete Bartlema, 'die hebben mijn man en ik vroeger goed gekend. Dit is een van zijn *Ungemalte Bilder*, die hij maakte toen het hem door Hitler verboden was te schilderen. U weet dat zijn werk op de tentoonstelling van *Entartete Kunst* heeft gehangen?'

'Ja,' zegt Berthe, 'was het niet iets met een kruisiging?'

'Hij was erg religieus', zegt Grete Bartlema.

Dat is mooi, denkt Berthe. Dan heeft de God waar hij in geloofde op hem neergezien met mededogen. 'Zulke intens stralende kleuren,' zegt ze, 'en zoiets prachtigs dan ontaard noemen...'

'Intens,' zegt Grete.

Het komt Berthe voor alsof ze eigenlijk over iets anders spreken. Alsof ze het toch hebben over de vijver in Artis, over verlies en dood en leven.

Ze loopt weer terug naar de tafel, gaat zitten en kijkt Grete Bartlema recht in het gezicht. Ze ziet haar nu: van oude vrouw is ze persoon geworden, iemand die zij kan kennen.

Pas veel later, als ze weer thuis is, realiseert ze zich hoe kwalijk het eigenlijk is dat er het bezit van een Nolde voor nodig was om haar respect voor Grete Bartlema te doen krijgen.

Het is maar goed, achteraf gezien, dat ze niet wilde luisteren toen zij haar bijna over de dood van moeder Agnes begon te vertellen.

Toen Agnes stierf, begonnen alle baby's in de streek over haar weldaden te praten, maar dat was een andere Agnes: Agnes van Montepulciano. Moeder Agnes vertelde alle wonderverhalen over deze dertiende-eeuwse Agnes, die haar ouders al vroeg om in het klooster te mogen toen ze zes was, en daarover onophoudelijk bleef zeuren, tot het mocht: op haar negende mocht het. Op haar vijftiende was ze abdis, met speciale toestemming van paus Nicolaas iv, en bij haar bevestiging daalden er kleine witte kruisjes over haar en de gemeente neer. Als ze de zegen uitsprak over het brood kon ze er de hele gemeente mee voeden, en als ze knielde om te bidden ontbloeiden er rondom haar rozen en lelies. Op een dag kwam ze op een veld waar een bordeel stond, en werd daar aangevallen door een zwerm kraaien met duivelse gezichten; later bouwde ze, ondanks of juist vanwege dat onheilspellende voorteken, haar eigen klooster precies op diezelfde plek, met behulp van drie steentjes die ze in een visioen van Maria zelf gekregen had.

Agnes kreeg geregeld visioenen van Maria. Eenmaal had die baby'tje Jezus op haar arm, en toen Agnes het vroeg mocht ze Hem even vasthouden. Kleine Jezus had een kruisje om zijn hals – wat op zich al een vooruitduidend wonder was – en toen Agnes uit haar visioen bijkwam hield ze dat kruisje in haar hand.

Kleine Bertje aan Agnes' knie wist dat zij dat baby'tje was, want zij had ook zo'n kruisje om haar hals, en moeder Agnes had haar vastgehouden toen zij een baby'tje was nadat iemand haar had horen huilen in een hoop groenteafval op de Albert Cuypmarkt.

Agnes van Montepulciano stierf toen ze nog geen vijftig was.

Toen Catharina van Siena haar graftombe bezocht en haar voet wilde kussen, kwam die voet omhoog zodat de mystica, die levenslange pijn aan haar lever had gekozen in ruil voor verkorting van de tijd die haar vader in het vagevuur moest doorbrengen, niet hoefde te bukken.

Kleine Berthe oefende 's nachts in bed met het optillen van haar ene voet, terwijl ze de rest van haar lichaam doodstil hield. Als moeder Agnes doodging, wat dan?

'Als u ziek wordt of doodgaat, moeder Agnes, kom ik voor u zorgen,' beloofde kleine Berthe.

Moeder Agnes glimlachte zoals alleen zij dat kon.

Toen Berthe twintig was, zei ze de theologie vaarwel. Een jaar later legde ze haar kruisje af.

Toen Agnes stierf, had ze haar al een paar jaar niet gezien.

Hun laatste echte gesprek vond plaats vlak voor ze haar geloof verloor.

De ogen van moeder Agnes rusten op haar, zonder verwijt, maar ze krijgt het er toch warm van.

'Je draagt je kruisje niet meer.'

'Klopt,' zegt Berthe blozend. 'Ik twijfel de laatste tijd te veel, een kruisje is me iets te expliciet.'

'Ooit Tillich gelezen tijdens je studie? Die stelt dat twijfel een onlosmakelijk deel van geloof moet zijn. Twijfel maakt deel uit van het waagstuk.'

'Maar die is protestant!'

'En ik zou geen protestantse theologen mogen lezen?'

Berthe bloost. 'Dat bedoel ik niet, ik bedoelde eigenlijk dat de rooms-katholieke leer twijfel als een zonde beschouwt.'

'Soms,' zegt moeder Agnes, 'is het rooms-katholicisme me te dogmatisch en vooral te intellectualistisch. Erfenis van de kerkvaders, ongetwijfeld.'

'Wat ben ik blij dat u dat zegt,' zegt Berthe. Moeder Agnes weet haar altijd weer te verbazen.

Ze zijn stil, terwijl Berthe nadenkt over haar tekortkomingen. En dan, na een tijdje, denkt ze eraan hoeveel moeder Agnes en zij eigenlijk gemeen hebben, en dat ze dit steeds vergeet. En dan kijken ze elkaar aan en glimlachen.

'Liefde is immers ook niet verifieerbaar,' zegt moeder Agnes, en het klinkt als troost.

'En schoonheid, en pijn,' vult Berthe aan.

'Schoonheid vooral, want in schoonheid heeft God zich uitgedrukt, zoals Aquino het formuleert.'

'Maar dat heeft hij van Plato,' werpt Berthe tegen.

'Aquino zag Gods schoonheid in de hele schepping,' zegt moeder Agnes met een glimlach die Berthe, als ze nog iets jonger was geweest, onuitstaanbaar had gevonden.

'Dat weet ik toch, de *analogia entis*,' zegt ze, ze kan het niet laten, en daarmee verdient ze die iets te geduldige glimlach alsnog.

'Berthe,' zegt moeder Agnes dan, en het lijkt alsof ze over iets anders begint, maar later, als Berthe over dit gesprek nadenkt, weet ze dat dat niet zo is: 'Beloof me één ding.'

'Wat?' Als het maar niet is dat ze naar de kerk moet, die volgens de leer de enige en ware poort is tot het heil. Nee, dat is flauw, moeder Agnes denkt niet zo, juist niet, dat heeft ze dit hele gesprek bewezen. Misschien wil zij wel dat moeder Agnes zo denkt, om zich gemakkelijker tegen haar te kunnen afzetten.

'Beloof me dat je niet alleen blijft.'

'Bedoelt u dat ik moet trouwen?'

Agnes schudt haar hoofd.

'Is vriendschap ook goed?'

'Vriendschap is ook goed.'

Dat kan ze wel beloven, want ze heeft al een vriendin. Edwiga. Berthe glimlacht. 'Ik beloof het.'

*

170

Het is donker in haar kelder, de helderheid en de ruimte van buiten lijken illusoir. Berthe loopt langzaam door haar twee kamertjes, raakt met een voorzichtige hand de ruwstenen muren aan, de gordijntjes, de foto van Agnes bij haar computer. Ze mist haar. Hoe meer ze aan haar terugdenkt, hoe beter ze ziet hoe bijzonder moeder Agnes was. Een non die zo onafhankelijk denkt. Ze had veel meer met haar moeten praten – maar tijdens Agnes' laatste jaren had ze dat juist niet gewild. Niet gekund. Ze had toen gedacht dat Agnes haar omzwaaien zou afkeuren, en haar niet durven vertellen wat er met haar scriptie was gebeurd. Nu weet ze, dat ze haar alles had kunnen vertellen en Agnes zou het begrepen hebben. Ze had met Agnes over alles kunnen praten en ze heeft het niet gedaan. Ze heeft haar onderschat, ook. Niet alleen haar liefde, ook haar gezond verstand, haar intelligentie en haar belezenheid. Gaat het ook zo tussen kinderen en hun natuurlijke moeders, dat ze zich alleen kunnen losmaken door hun moeder bijna welbewust te onderschatten? 'Vergeef me,' zegt ze zachtjes, en knipt de computer aan, niet omdat ze weet waartoe maar vanuit die vage onrust die je het gevoel geeft dat elke handeling beter is dan niets doen. Terwijl de machine warmloopt zet ze thee, en blijft in herinnering verzonken aan het aanrecht staan.

Edwiga wilde haar vriendin zijn. Babbelkous Edwiga, blonde wervelwind die zomaar inbrak in haar stilte. Die naast haar ging zitten tijdens college, ongevraagd bij haar langskwam om een dictaat te lenen, om samenwerking vroeg bij de voorbereiding van het tentamen moderne nederlandse letterkunde van 1880 tot 1916, kortom, zich als Berthes vriendin beschouwde nog voor Berthe daar zelfs maar over had nagedacht. Nog nooit had ze iemand ontmoet die zo veel vragen stelde, en omdat ze niet onbeleefd wilde lijken gaf ze antwoorden die weer tot nieuwe vragen leidden, en zo ontstond na verloop van tijd vanzelf iets wat waarachtig enige overeenkomst vertoonde met wat Berthe in de literatuur als intimiteit beschreven had gezien. In die tijd hoopte ze nog dat ze ooit, op de één of andere manier, bij de gewone mensen zou horen. Toen het nog pijn deed dat dat niet het geval was. Toen ze nog dacht dat je meer waard was, dat je een beter soort mens was als je erbij hoorde. Bij de 'echte mensen', zoals ze het bij zichzelf placht te noemen. Om dat doel te bereiken, meende ze, hoefde ze alleen maar één geheim te ontsluieren: wat het toch was dat alle echte mensen met elkaar verbond. En Edwiga was de aangewezen persoon om haar dat geheim te onthullen: alsof het de formule van een lijmsoort betrof. Edwiga was één van hen. Edwiga durfde tussen de collegeuren gewoon in een groepje te gaan staan. Edwiga vond het doodnormaal dat haar medestudenten aan de lopende band verbanden aangingen, met elkaar optrokken en bij elkaar introkken alsof ze tot in hun merg wisten dat mensen kuddedieren zijn: iets wat Berthe, op grond van haar eigen ervaring, ernstig betwijfelde. Zelf zou ze nooit een kuddedier kunnen zijn, dat wist ze, maar dat zou er niet meer zo veel toe doen als ze maar eenmaal de code van de kudde kende.

Edwiga bracht de andere wereld zeker eens per week met zich mee op bezoek bij Berthe. Edwiga was, hoewel klein van stuk, toch royaal uitgevoerd, de combinatie van wulpsheid en onschuld onweerstaanbaar, een kruising tussen Marilyn Monroe en de jonge Romy Schneider, aantrekkelijk voor mannen en vrouwen. Een gezichtje als een narcis. Misschien, dacht Berthe, voelde iedereen wel, als zij, opwellingen van tederheid bij Edwiga's naïveteit die nooit irriteerde, een tederheid die ze nooit voor de meisjes op de slaapzaal had gevoeld. In de verschillende toekomstscenario's die ze voor zichzelf had ontworpen, had ze uiteraard niet aan het krijgen van kinderen gedacht – dat lag in het verlengde van het samenleven met een man, en dat alleen al was volstrekt ondenkbaar – maar als ze er aan gedacht zou hebben, was Edwiga in zekere zin dat kind. Was dit nou vriendschap, deze vertedering?

Soms betrapte Berthe zich op een verlangen. Ze merkte dat de eerste keer in de vorm van een gemis. Toen Edwiga meer dan een week niet bij haar langs was geweest en ook niet op college verscheen. Ze ondernam niets, daarvoor zat dat gevoel haar te ongemakkelijk op de schouders, en bovendien was het leven veel rustiger zo zonder dat iemand het kwam verstoren – hoewel Edwiga natuurlijk ieder moment weer wel kon komen, dus van echte rust was geen sprake... Ach, Berthe dacht er voortdurend aan. Hoe Edwiga keek als ze het blonde haar uit haar ogen streek. Hoe haar ene mondhoek iets meer optrok dan de andere als ze lachte. Het geluid van haar lach, die altijd iets van een giechel weg had.

Berthe sliep er niet van. Was het onrust, of nog steeds angst? En wees die onrust dan op vriendschap? Het was in ieder geval de eerste keer in haar leven dat ze, ook al waren haar gevoelens gemengd, naar de aanwezigheid van een ander verlangde: in het tehuis, op de basisschool en op de middelbare school had ze er wel bij willen horen, uiteraard, maar alleen om dan niet gepest te worden of zich minder buitengesloten te voelen. Nu ging het haar om Edwiga.

Maar ze belde haar niet.

Na twee weken stilte kwam Edwiga weer, hoewel ze niet op college was verschenen. Ze legde niets uit, maar toen ze haar arm uitstrekte naar de thee die Berthe had ingeschonken en de hals van haar coltrui opzijschoof, zag Berthe de blauwe plekken. Nee, niet blauw, maar groen en bruinachtig, als bedorven vlees. Berthe wist dat Edwiga heel veel vriendjes had, want daarover vertelde ze haar altijd alles. Het vriendje van nu had het langer uitgehouden dan alle anderen daarvoor; hij studeerde medicijnen en had haar al meer dan eens aan een abortus geholpen, dat wist Berthe ook, en ze herinnerde zich hoe het open gezichtje dat haar zo trouwhartig aankeek betrok bij dat verhaal, en toen Berthe verder vroeg bleek dat hijzelf de instigator van de abortussen was geweest en zeker niet Edwiga, die niet wilde zeggen hoeveel het er waren, maar het meervoud plus de onwil gaven aan dat het er minstens twee moesten zijn geweest. 'Waarom gebruiken jullie geen voorbehoedmiddelen?' had Berthe gevraagd. Koen hield niet van condooms, en zij reageerde slecht op de pil, en van een spiraaltje ging ze zo overvloedig bloeden dat seks daardoor sowieso al onmogelijk werd, wat qua voorbehoedmiddel dan dus wel voldeed maar niet op de manier waar ze opuit was, legde Edwiga uit, en ze had hard om haar eigen bittere grap gelachen.

Berthe had het sindsdien niet meer op Koen, en nu ze die blauwe plekken zag al helemaal niet meer. Ze had ze al eerder gezien, op Edwiga's armen, maar toen had ze er verder niet bij stilgestaan. Nu moest ze wel, hoewel Edwiga er niets over zei, hetgeen haar babbelen wel in een ander licht plaatste. En, zonder dat ze het zelf kon verklaren was het juist die zwijgzaamheid die haar nog meer bij Edwiga betrok, alsof de oorverdovende stilte van die blauwe plekken haar de zorg voor Edwiga opdroeg. Dus toen Edwiga haar kamer kwijtraakte en geen andere optie had dan bij Koen in te trekken, bood Berthe haar aan om tot ze iets anders vond bij haar te logeren: ze woonde op dat moment in onderhuur in een hofje in West, waar ze naast een woonkamertje met keuken een piepklein slaapkamertje had dat ze echt alleen gebruikte om te slapen. Ze kon zelf wel in de woonkamer slapen, tijdelijk, op de slaapbank.

Nog nooit had ze zoiets meegemaakt. Gesprekken in pyjama, over God en het leven en jongens en kleren en alles en niets, alsof dat zomaar kon. Warme chocolademelk in bed. Bloemen op de eettafel, die Edwiga elke zaterdag kocht op de Ten Katemarkt, voor een prikje. Een nachtzoen als ze gingen slapen. Iets wat verdacht veel leek op intimiteit, zoals ze zich die in haar dromen over een familie weleens had voorgesteld.

'Ben jij weleens bang?' durfde Berthe te vragen tijdens één van die nachtelijke sessies, met wijn en krentenbollen. Haar eigen leven werd immers geregeerd door angsten, maar ze was nog jong, ze dacht nog dat ze een uitzondering was.

'Alleen voor Koen,' zei Edwiga. Dat had Berthe niet bedoeld: voor het leven, bedoelde ze, ze had het over die zeurende pijn in je maag die aangaf dat er elk ogenblik iets kon gebeuren dat alles omverwierp – nee, daar had Edwiga geen last van.

En Berthe, die Edwiga tot dan toe als jonger dan zichzelf had beschouwd, voelde zich klein in het ontzag voor dat geheim, want alleen vanuit de zekerheid van een geheim kon Edwiga zoiets zeggen. Angst en verbondenheid, begreep ze, sluiten elkaar uit. Ze zou het geheim leren kennen, niet door er Edwiga naar te vragen, maar door bij haar te zijn, in haar nabijheid, zodat ze kon leren wat nabijheid was.

Maar moeilijk was het wel. Het betekende een voortdurende strijd met haar conditionering, diep ingesleten door de meisjesslaapzaal, om op je hoede te zijn zodra iemand in je buurt kwam. Edwiga deed niet anders dan in de buurt zijn, ze kon niet anders, ze was zo in de buurt! Ze was sociaal op de manier waarop God liefde was volgens de auteur die Berthe in haar gelovige jaren het liefst las, Eckhart: God kon niet anders dan zich onophoudelijk in liefde uitstorten, al had hij gewild, want liefhebben was zijn hele wezen; en zo was het met Edwiga, dat ze stond te stralen als een bloem.

Edwiga had een kinderlijk godsvertrouwen, merkte Berthe tot haar vertedering. Haar eigen godsvertrouwen, toen ze dat nog bezat, was altijd heel anders geweest: dat was meer een uitdaging, een schreeuw, een boze eis dat de andere partij zich aan de afspraak zou houden, het beste met haar voor zou hebben. Geloven uit pijn, uit verlangen.

En misschien daarom wel nooit echt geweest.

Edwiga was protestant, en toen ze hoorde dat Berthe katholiek was opgevoed moest die haar alles vertellen over al die bizarre dogmatische verschillen. Geloofde Berthe nou echt dat het brood in het vlees van Jezus veranderde doordat een priester daar een spreuk over uitsprak, en de wijn in zijn bloed, en had ze dat dan nooit vies gevonden? Berthe legde uit hoe de kerkvaders dat probleem van de *presentia* hadden opgelost. Als Jezus water in wijn kon veranderen, kon hij ook wijn in bloed veranderen, ja toch? En als God Jezus zonder tussenkomst van een man in de schoot van een maagd kon plaatsen, kon hij hem ook in brood en wijn doen zijn: geen punt. Veel moeilijker, legde ze uit tussen buien van gezamenlijk gegiechel door, was de kwestie hoe het dan kwam dat ze nog steeds als brood en wijn smaakten. Daar was Aristoteles voor nodig, ook al was hij een heidens filosoof: die maakte onderscheid tussen de substantie en de bijkomstigheden van een voorwerp. De substantie was het wezen, en de bijkomstigheden het uiterlijk, de vorm en de smaak. Zo léék het brood op brood en de wijn op wijn, wat maar goed was ook, omdat de gelovige er anders een afschuw van zou krijgen, maar in feite wáren ze het substantieel lichaam en bloed van Christus. En Aquino, de grote middeleeuwse scholasticus – hier moest Berthe haar oude aantekeningen er even bij halen – meende zelfs dat het brood na de zegen ook werkelijk geen brood meer was, met een van die vertederende middeleeuwse redeneringen die de logica loslaten op iets dat eraan ontstijgt: 'Iets kan niet ergens zijn waar het eerst niet was dan hetzij door een verandering van plaats of doordat iets in iets anders verandert [...] en aangezien het duidelijk is dat Christus' lichaam niet in het sacrament komt door verandering van positie, blijft het staan dat het lichaam van Christus uitsluitend in het sacrament kan komen door de verandering van brood in dat lichaam; en datgene wat in iets anders is veranderd blijft na die verandering niet aanwezig.' Vandaar ook, legde Berthe uit, dat ze in haar voormalige kerk geen brood uitdelen maar een ouweltje: dat kun je doorslikken zonder te kauwen, sterker nog, dat móét je doorslikken zonder te kauwen, anders ontheilig je het vlees van Christus.

'Toch jakkes,' zei Edwiga.

En Berthe vertelde hoe ze vroeger in het tehuis precies om die reden altijd had gegruwd van bloedworst. Dan moest ze onverbiddelijk aan het lichaam van Jezus denken.

Edwiga lachte. En zei toen, met een uitgestreken, vroom gezicht en handen gevouwen als een gotische boog: 'biefstuk'.

En ze lachten zich tranen.

Een andere keer begon Edwiga over heiligen, en na enig zoeken vonden ze de heilige Hedwig, ook wel Jadwiga, Eduviges en Eduvijes genoemd, die de graaf van Polen huwde, met wie zij na de geboorte van de laatste van hun zeven kinderen afsprak dat ze kuis zouden leven – waarop hij zijn baard liet staan en derhalve Hendrik de Baardige heette. De heilige Hedwig was de dochter van ene Agnes, las Berthe, en al haar zeven kinderen op één na stierven terwijl zij nog leefde. Berthe dacht meteen aan die abortussen, maar Edwiga babbelde vrolijk voort dat zij, als ze kinderen kreeg, wat ze vast van plan was, haar dochter ook Agnes zou noemen. En om de belofte van kuisheid moest ze hard lachen, want dat zou zij nooit kunnen, kuis zijn. Nooit! En vond Berthe het goed als ze die avond een ontzettend spannende jongen ontving die ze die middag op de Dam had ontmoet?

Berthe moest wel concluderen dat Edwiga het verband niet zag dat háár toch zo in het oog sprong. Ze had wel antiabortusliteratuur gelezen die beschreef hoe een vrouw even in haar lunchpauze een abortus liet doen en daarna net zo makkelijk weer op haar werk verscheen, maar zulke verhalen geloofde ze niet, net zoals ze niet kon geloven dat Edwiga zich zonder pijn keer op keer aan die medische procedure onderwierp – het was toch waarachtig wel wat anders dan een laxeerpilletje, waarmee Koen het vergeleek. En Edwiga was veel te lief en te gevoelig om abortus te kunnen laten plegen zonder dat het haar levenslang met pijn en schuld zou opzadelen.

Daarover zei Berthe allemaal niets. Niets over de mogelijkheid dat Edwiga kinderen zou krijgen – naar ze hoopte toch niet van deze Koen en niets over haar eigen rotsvaste zekerheid dat ze nooit kinderen zou hebben, omdat sommige situaties zich nu eenmaal zo ver van het voorstelbare bevinden dat zelfs een wonder ze niet binnen de ruimte van de verbeeldingskracht kan halen. En ze zei ook niets over haar eigen Agnes, die haar verlaten had, wat misschien nog wel het moeilijkste was, vanwege haar woede en haar verdriet: daar leerde ze van hoe moeilijk het is te zwijgen wanneer je emoties gisten en kolken, tenminste in de aanwezigheid van iemand die je aardig vindt. In het tehuis had ze, hoe razend of wanhopig ook, altijd haar mond gehouden.

Toen ze Koen een keer ontmoette kon ze dan ook geen woord tegen hem uitbrengen. Hij zat in haar woonkamer alsof hij daar hoorde, met zijn benen wijduit op haar eigen slaapbank, en hij rookte een sigaret. De hele kamer stonk naar sigarettenrook. Hoe moest zij daar straks weer slapen, zonder nachtmerries te krijgen?

Ze zou Edwiga willen verbieden hem te ontmoeten, of toch minstens hem in haar huis te halen. Maar als je met iemand samenwoonde kon je zulke dingen niet verbieden, vond ze. Hoe moest dat dan, als ze het risico liep elke keer dat ze thuiskwam dat onverdraaglijk zelfgenoegzame gezicht van Koen te zien? Die vleesgeworden onverschilligheid, groot en blond en sproetig, iemand die op haar bed zat met de benen in een strakke spijkerbroek schaamteloos uiteengespreid?

Over al deze dingen had ze van tevoren niet genoeg nagedacht, en nu was het te laat. Ze had Edwiga van hem willen redden, en nu had ze de veiligheid van haar eigen huis prijsgegeven. Ze kon het Edwiga niet eens kwalijk nemen: die had er immers geen benul van dat zij, Berthe, haar desnoods nog wel in haar nabijheid kon verdragen maar verder eigenlijk niemand, en zeker niet iemand voor wie ze bang was. Dat had ze gezworen zodra ze op zichzelf ging wonen: nooit meer zou ze zich in een situatie begeven die maar in de verste verte leek op de slaapzaal van het tehuis – en nu had ze dat, dankzij een andere gelofte, toch gedaan.

Ze probeerde erover te praten. 'Ben je niet bang voor hem, als je alleen met hem in huis bent? Ik maak me bezorgd,' zei ze tactvol. Waarop Edwiga haar geruststellend beloofde hem alleen te ontvangen als Berthe ook thuis was, wat nou juist niet de bedoeling was geweest.

Ze ging zo ver als ze durfde: 'Liefst had ik natuurlijk dat je hem helemaal niet meer zag.'

Maar Edwiga hield van hem. En hij had beloofd haar niet meer te mishandelen, en ze geloofde hem. Vertrouwen was een mooi iets, vond Berthe niet? Vertrouwen en liefde hoorden bij elkaar.

En daar had Berthe geen weerwoord op, want van liefde had ze geen verstand.

Toen ze net studeerde had ze het aan moeder Agnes voorgelegd: kende zij soms het geheim dat haar medestudenten bekend was, dat wat het mensen mogelijk maakt naar cafés te gaan, het geheim dat anderen met elkaar verbindt?

'Ja,' zei moeder Agnes, 'dat geheim heet vrijblijvendheid.'

En het was Berthe alsof haar de schellen van de ogen vielen. Vrijblijvendheid, wat heerlijk dat zij daar geen last van had!

Edwiga bleef langer dan Berthe had gedacht. Na een maand was ze er nog, en het leek er niet op dat ze naar andere woonruimte zocht. Bijna elke avond was er jongensbezoek, zodat Berthe zich moest terugtrekken in het nu toch wel erg klein wordende slaapkamertje, vanwaar ze door de deur naar het gelach zat te luisteren – en naar de stilte daarna. Het leek alsof Edwiga steeds meer ruimte in beslag ging nemen, en als Berthe haar onverwachts tegenkwam verbaasde het haar altijd even dat ze zo klein en tenger was. Maar het lukte haar niet een onderwerp ter sprake te brengen dat een ander zo vreemd was, alsof ze twee verschillende talen spraken: Edwiga kende geen privacy. Als haar kleren vuil waren trok ze gewoon even iets van Berthe aan, zonder het te vragen. Ze gebruikte Berthes douche-gel en vergat het te zeggen als ze hem had opgemaakt. Berthe vond zelfs af en toe een blonde haar op haar zeep. Daar kwam bij dat Edwiga zich niet bewust was van rommel, of zelfs van vuil. Als ze voor zichzelf een kopje koffie met opgeklopte melk had gemaakt, liet ze niet alleen het pannetje met aangekoekte melk op het aanrecht staan, maar ook verzuimde ze de gemorste suikerkorrels weg te vegen, zodat het aanrecht als Berthe 's avonds ging koken een grote kleverige bende was. Als Berthe dan, heel voorzichtig, iets zei over opruimen of opgemaakte voorraden aanvullen, lachte Edwiga zonnig en beloofde beterschap, of ze kocht een grote bos bloemen voor Berthe, maar er veranderde niets.

In die tijd had Berthe nog niet zo veel boeken, maar er waren er een paar bij waar ze bijzonder aan was gehecht. Eén daarvan was de eerste druk van Van Eedens *Van de koele meeren des doods*, uit 1900, die ze had gekocht vanwege het religieuze slot, een jaar voor ze haar kruisje afdeed: De zuster Paula die verantwoordelijk was voor de bekering van de hoofdpersoon, Hedwig de la Fontayne, deed haar in zekere zin aan moeder Agnes denken. En – maar dat gaf ze zichzelf niet zo makkelijk toe – de zoektocht van Hedwig die culmineerde in een verlangen naar God en het goede, raakte haar juist in deze periode waarin het verlies van het geloof van haar jeugd nog zo vers was, dat ze het miste. Naar God verlangen zonder dat je in hem/haar geloofde, mocht dat? Dan ging het je immers alleen om jezelf? Agnes had het vroeger vaak over het koele water van de fontein van Jezus' liefde, en Berthes lievelingspsalm was dan ook jarenlang psalm 23 geweest vanwege de woorden 'waatren der rust'. Wishful thinking allemaal. En toch bleef Van Eedens boek haar dierbaar, ook toen ze haar geloof had afgelegd als een jas die te klein was geworden en haar niet meer tegen de kou van het leven kon beschermen. Ze bleef erin lezen, nu vooral het eerste gedeelte, vanwege de intense psychologie waarmee Van Eeden, die ook psychiater was, zijn personage beschreef. Er was met name een scène waarin Hedwig een boom omhelsde, die ze las en herlas alsof de woorden rechtstreeks met haar te maken hadden, geheimzinnig en vol beloften. Van Eedens Hedwig was argelozer dan zij en probeerde steeds opnieuw zich met anderen te verbinden, maar kwam uiteindelijk tot het inzicht, meende Berthe, dat je in het leven fundamenteel alleen bent. Dat religieuze slot had hij er later aan geplakt, het hoorde eigenlijk niet bij het boek, dat vonden de litcratuurhistorici immers ook. En nog later was ze ervan overtuigd geraakt dat de 'koele meeren' een illusie zijn, dat er niets anders is dan het gewonde, angstige ik en dat wat anderen bindt slechts oppervlakkigheid is, vrijblijvendheid, precies zoals moeder Agnes had gezegd.

Edwiga vond het ook een prachtig boek, niet in het minst vanwege de naam van de hoofdpersoon, want zo was ze, ze hechtte belang aan toevallige verbanden alsof overal een hogere bedoeling achter zat, en ze vroeg Berthe of ze het mocht lenen. Berthe kon geen nee zeggen, maar ze besefte niet dat Edwiga met 'lenen' 'uitlenen' had bedoeld: vanuit haar veronderstelling dat alles wat van Berthe was haar sowieso al toebehoorde had ze het boek aan Koen geleend, en die had het uit jaloezie in de vuilnisbak gegooid.

Dat was de druppel die de emmer deed overlopen. Plotseling begon Berthe te schreeuwen, ze hoorde zichzelf tekeergaan alsof ze een ander was, nog nooit had ze zich zo in de aanwezigheid van een ander laten gaan, ze gilde onvergeeflijke dingen en vergeleek Edwiga met een harpij, precies zoals de teleurgestelde jeugdliefde van de literaire Hedwig had gedaan: een wezen dat met haar charme betoverde en haar buit, eenmaal gewonnen, vernietigde. Ze schreeuwde met haar ogen dicht om het verschrikte en vervolgens verschrikkelijk gewonde gezichtje van Edwiga niet te hoeven zien.

De volgende dag pakte Edwiga haar koffers en trok bij Koen in. Op dat moment kon dat Berthe niets schelen. Een week later werd er een pakje bezorgd met een exemplaar van de *Koele meeren*, geen eerste druk maar wel een uitgave uit het begin van de twintigste eeuw, maar Berthe heeft Edwiga nooit meer iets van zich laten horen.

En nog geen halfjaar daarna was ze dood: door Koen in een vlaag van jaloezie vermoord.

De les die Berthe hieruit leerde, was dat je gruwelijk werd gestraft als je iemand afwees die jou nodig had. En de consequentie daarvan was weer, dat je dus moest zorgen dat niemand je nodig had. En zelf niemand nodig hebben, dat vooral: en om te beginnen God niet. Dus zocht ze moeder Agnes niet meer op, Agnes met de God die zij vaarwel had gezegd, Agnes met die belachelijke, die agressieve belofte die ze haar had afgedwongen.

Er was maar één zinnige en zindelijke manier van leven: in je eentje.

Ze had moeder Agnes niet meer gezien tot die keer vlak voor ze stierf, in het ziekenhuis.

En nu is ze op de één of andere manier in het leven van Grete Bartlema verzeild geraakt. De verantwoordelijkheid is onverdraaglijk. Had ze stiekem toch gedacht dat dit op de een of andere manier vrijblijvend zou kunnen? Wat had ze zich dan eigenlijk voorgesteld? Een paar bezoekjes en dan vaarwel schuldgevoel? Heeft ze wel gedacht aan wat Grete nodig heeft, wat dat dan ook moge zijn?

Een week houdt ze het uit, dan gaat ze weer.

Grete Bartlema zit er nog net zo, lijkt het, met haar rug naar de deur en haar ogen naar het raam. Bij het binnenkomen kijkt Berthe meteen even naar de Nolde, die iets kleiner is geworden, maar nog even hevig geel en rood hangt te stralen.

Als ze zit en met Grete mee naar buiten kijkt, ziet ze de bomen van Artis achter het hek, en misschien verbeeldt ze het zich, een stukje glinstering van de flamingovijver, over de toppen van Gretes kamerplanten heen? Ze gaat staan en buigt zich zo ver mogelijk naar links. Ja, er schemert roze door het groen.

Zou Grete haar nog kennen?

'Ik ben hier al eerder geweest,' zegt Berthe. 'Vorige week. Ik kom bij u op bezoek.' Als Grete het nog weet, kan ze het nu zeggen.

Grete reageert niet.

Zal ze haar naam nogmaals noemen, of hier anoniem blijven zitten? Doet het ertoe, of Grete weet hoe ze heet?

Niet echt.

Haar onhandige woorden zijn blijven hangen boven de tafel met het perzische kleed. Ze zei dat ze op bezoek kwam. Waarmee ze bedoelde dat ze zonder het te willen of erover na te denken een besluit heeft genomen, een besluit om elke week bij Grete Bartlema op bezoek te gaan. Naamloos, als Grete haar naam vergeten is. Praten hoeft niet eens, misschien.

Hoewel het moeilijk is als er niet gepraat wordt. Een rustige gezamenlijke stilte ontstaat niet een-twee-drie. Daarvoor moet er vertrouwen zijn. Grete zegt in ieder geval niets. Is ze vergeten dat zij hier zit? Dat kan bijna niet, zelfs nu ze haar hoofd zo onbeweeglijk houdt moet ze Berthe uit haar rechterooghoek kunnen zien. Dus kan het haar niet schelen. Grete heeft geen behoefte aan haar bezoek, of ze vindt het niet nodig te praten.

Ook al vindt zijzelf dat wel nodig. Nou goed, als ze stil zijn zo moeilijk vindt, oefent ze dat maar mooi. Dan heeft ze een perfecte plaats gevonden om zich te oefenen in op bezoek gaan bij iemand die ze niet kent. Een babbelkous bezoeken zou makkelijker zijn. Edwiga was een babbelkous. Ze heeft jaren niet aan Edwiga gedacht. Ze wil nu niet aan Edwiga denken. In ieder geval komt ze hier niet omdat het makkelijk is. Hoewel ze dat natuurlijk wel hoopte.

Berthe vouwt haar handen in haar schoot en begint aan de diepe ademhaling die haar rustig moet maken. Ze probeert alle spanning die in de stilte van de kamer hangt los te laten, ze laat haar staartbeen in de zachte zitting van de stoel zakken en maakt haar rug en schouders los.

'Ik ken u wel,' zegt plotseling de schorre oude stem van Grete Bartlema. 'De vijver.'

Ze weet het nog!

'Ja,' zegt Berthe.

'U hoeft het niet uit te leggen,' zegt Grete.

'Nee, maar ik wil wel iets terugdoen,' zegt Berthe, en hoort hoe inadequaat dat klinkt. Iets terugdoen, omdat ze iemand die aan het einde was tot een verder leven veroordeeld heeft!

'Weglopen mag niet,' zegt Grete. 'Als ik wegloop, zijn de verpleegsters verantwoordelijk. Als er iets met mij gebeurt, zijn zij aansprakelijk. Ik ben weggelopen, maar dat was verkeerd,' legt ze uit met de ernst van een kind dat de onbegrijpelijke regels van volwassenen echoot. 'Ik kan zomaar ineens vallen en dan is het hun schuld. Weglopen is gevaarlijk.'

Berthe gaat niet in op dat vallen, want ze weten allebei dat Grete niet in de vijver gevallen is, dat behoeft geen uitleg. Is 'vallen' de interpretatie die er hier in huis aan Gretes escapade gegeven wordt?

Toen Grete 'vallen' zei was er in haar intonatie niets speciaals te horen. Geen dubbele bodem. Toch moet die er zijn geweest. Of is ze gehersenspoeld? Een vreemd woord om te gebruiken, denkt Berthe, voor iemand die daar een tumor heeft. Net zo'n vreemd woord als 'bestwil', met alles wat daarachter zit. Niet lang geleden heeft ze bij het nieuws een item gezien over de opleiding die soldaten in Irak van hun amerikaanse collega's krijgen in het kader van de groei naar zelfbestuur. Ter illustratie toonde men een amerikaanse en irakese soldaat, broederlijk naast elkaar, terwijl de amerikaan zijn leerling-buddy een pornofoto voorhoudt en lachend aandringt, terwijl de ander in afschuw het hoofd afwendt. Berthe wist niet of ze moest lachen of huilen toen ze het zag: zo wrang, hoe een totaal gebrek aan respect voor een andere overtuiging wordt gebruikt als beeld dat het idee van verbroedering moet overbrengen. Is bestwil altijd respectloos? Kan zij met Grete anders omgaan? Beter?

Ik ken haar niet, denkt Berthe. Ik ken haar totaal niet. Ik heb geen enkel aanknopingspunt. Haar gezicht staat strak, dat zal van de depressie zijn of de hersentumor, maar het verhindert mij daar te lezen wat ze bedoelt, wie ze is. Ze praatte de verpleegsters na, daarnet. Ze zei niet wat ze zelf voelde. Of toch, impliciet? Ik weet niet hoe het moet. Is het al te laat?

'Misschien kunnen we samen eens naar buiten,' bedenkt ze. 'Ze zullen hier vast wel een rolstoel hebben; houdt u van de dierentuin?'

'We hadden vroeger een Nolde van een papegaai, maar die moesten we verkopen.'

'Er zijn papegaaien in Artis,' zegt Berthe.

'En flamingo's,' zegt Grete.

'Bij de vijver,' zegt Berthe met bonzend hart.

'Bij de vijver.' En nu lijkt het toch alsof Grete glimlacht, en iets toegeeft daarmee, iets loslaat.

'Flamingo's hebben hun snavel ondersteboven,' zegt Berthe onhandig.

'En luiaards hun haren,' antwoordt Grete.

'Hoezo?'

'Vanwege het ondersteboven hangen, zodat het water langs hun haren naar beneden kan druipen.'

'Wonderlijk,' zegt Berthe.

'Niet als je de boel van onderaf bekijkt,' zegt Grete.

Berthe durft te lachen. Vooruit, ze laat zich meesleuren in deze absurde dialoog. Er gelden hier geen regels, de wetten van een normale conversatie, van een gemiddelde kennismaking, gaan hier niet op. Misschien kan dat niet als je zo begonnen bent als zij tweeën, in een vijver. Berthes handen herinneren zich het zachte logge gevoel van Gretes buik, waar haar vingers zich in moesten haken toen ze haar uit het water probeerde te sjorren. Ze voelt het hulpeloos graaien van die vingers in haar eigen buik. Toch weet ze nog steeds niet of Grete het zich ook herinnert. Dat over de vijver praten kan een toespeling zijn geweest, maar het hoeft niet.

'Als we naar Artis gaan neem ik u mee naar de flamingovijver,' belooft Berthe.

'Ik ging vroeger met mijn dochter naar die vijver,' vertelt Grete. 'Met Grietje. Die wilde altijd naar de flamingo's, omdat er soms veertjes in het water dreven. Roze flamingoveertjes.'

Straks gaat ze me vertellen dat dat was wat ze bij die vijver deed, denkt Berthe. Flamingoveertjes vissen. Of was dat ook werkelijk zo, en heeft zij zich al die tijd vergist?

Nee, ze herinnert zich toch zeker zonneklaar hoe Gretes hoofd nadrukkelijk onderdompelde zodra ze haar zag aankomen. En hoe ze niet meehielp toen zij begon te trekken.

Misschien komt ze er wel achter als ze naar die plek teruggaan, samen.

Als een reconstructie van een misdaad, denkt ze.

Dan wordt er geklopt, er komt een hulp binnen met een karretje kant-en-klare maaltijden, en Berthe neemt afscheid.

Maar dat valt nog niet mee, om Grete naar Artis te krijgen. Grete mag, na haar escapade, het tehuis niet meer verlaten.

Berthe moet denken aan wat ze in een van de vele krantenartikelen over euthanasie en ondraaglijk lijden gelezen heeft: dat een psychiater, zodra hij weet dat een patiënt zelfmoord overweegt, haar moet laten opnemen. Een ironische maatregel, die het patiënten onmogelijk maakt openlijk over hun verlangen te praten, en psychiaters om patiënten openlijk te erkennen in hun pijn. Maar ze kan het de mensen hier dus niet kwalijk nemen: ze zijn verplicht Grete te beschermen door haar gevangen te houden.

Berthe dringt aan: zijzelf is er immers bij? De dokter die erbij moet komen om toestemming te geven kijkt haar met een priemende blik aan, even maar, en knikt dan, zonder iets te zeggen. Hij heeft zich niet eens voorgesteld; wat heeft hij gezien, wie zag hij toen hij naar haar keek? Berthe weet niet of ze in de aanwezigheid van uitzonderlijke psychiatrische competentie of onverschilligheid is geweest. En dan is er een verpleegster nodig om toestemming voor de rolstoel te krijgen, een grote vrouw met slechte tanden en zeer blote armen uit de korte mouwen van haar witte jasschort, die erop staat eigenhandig Grete in die stoel te zetten, hoewel Berthe zeker weet dat Grete dat zelf ook kan: is ze niet in haar eentje de weg overgestoken en Artis in gelopen naar de vijver, nou dan. Dat Grete niet zelf in haar stoel mag gaan zitten maakt Berthe boos, omdat ze zich plotseling realiseert in wat voor een wereld Grete leeft, dat ze zomaar door mensen aangeraakt wordt, of ze dat wil of niet, of ze die mensen mag of niet. Een wereld van onvoorwaardelijke gehoorzaamheid, als in een klooster, maar dan onvrijwillig.

Eindelijk zijn ze op de gang, en in de lift, en beneden bij de voordeur.

Maar daar zit een andere bewaakster, en ze mogen niet naar buiten voordat Berthe haar naam en adres heeft achtergelaten; pas dan wordt de deur officieel open gezoemd.

'Ik word goed bewaakt,' mompelt Grete in de stoel onder haar, en Berthe antwoordt: 'Ik ook.' Maar ze durft niet te zeggen dat ze misschien bang zijn dat zij, Berthe haar eigenhandig straks alsnog uit die rolstoel voorover in de vijver zal kieperen, ze durft er geen grap van te maken.

Lijdt Grete nog? Ze maakt niet de indruk, maar dat hoeft niets te zeggen. Wie zag het vroeger aan haar? Nou dan.

Berthe duwt de rolstoel langs het partycentrum en de Plantage, twee hoeken om, voordat ze naar binnen mogen. Het is nog steeds een raadsel hoe het Grete is gelukt daar binnen te komen, die vorige keer, zonder kaartje. Dit keer mag ze op een van de gratis toegangskaartjes die Berthe bij haar abonnement cadeau krijgt. Het is vreemd zo achter een rolstoel te lopen, denkt Berthe. Van communicatie kan geen sprake zijn, omdat ze Gretes gezicht niet ziet: ze weet nauwelijks waar die naar kijkt. Ze stopt bij de papegaaien, ze stopt bij de apenrots, maar ze staan pas echt stil bij de flamingovijver, alsof ze niet anders kan, alsof ze hiervoor zijn gekomen.

Berthe draait de rolstoel een kwartslag en gaat naast Grete staan. Eigenlijk zou ze moeten hurken, om op gelijke hoogte te kijken. Naar wat? Er zijn geen flamingo's vandaag, niet hier tenminste. Het water is drabbig en bruingroen, er drijven nog steeds die klonten in. De gedachte dat Grete daar met haar hoofd in gelegen heeft maakt Berthe bijna misselijk. 'We zijn er,' zegt ze.

Weet Grete waarom ze hier stilstaan? Herinnert ze het zich?

En zo ja, wat herinnert ze zich dan? Dat ze hierheen is gevlucht, dat zij, Berthe, haar uit de vijver heeft getrokken? Herinnert ze zich haar oorspronkelijke besluit, weet ze nog dat haar leven haar niets meer waard was, en is dat nu anders? Als het niet anders is, moet het voor Grete verschrikkelijk zijn op deze plek, waar haar definitieve plan is mislukt. Hoe kwam ze erbij om dit te doen, waarom brengt ze Grete juist naar deze plaats? Wilde ze zien hoe Grete reageerde, in de hoop alsnog het bewijs te krijgen dat ze er goed aan heeft gedaan haar te redden?

'Drijven er veertjes in de vijver?' onderbreekt Grete haar gedachten. 'Ik kan het van hieraf niet zien.'

'Ik ook niet,' zegt Berthe, maar ze knielt, en als ze daarmee niet ver genoeg over de rand heen komt gaat ze op haar buik liggen. Zoals die vorige keer.

Er drijft een veertje, rozerood. Tussen het drab drijft het daar, als een belofte. Berthe rekt zich – onmogelijk niet terug te denken aan de vorige keer toen ze hier lag en trok en sjorde – nu hoeft ze zich alleen maar te rekken en daar, eindelijk, heeft ze het te pakken.

Zodra het uit het water komt ziet het er onooglijk uit, nat, schamel, klein, verkleefd. 'Als het droog is krijgt het weer kleur,' zegt ze als ze het Grete aanbiedt.

'Net als schelpen of stenen, die in het water mooier zijn,' beaamt Grete.

'Maar dit is droog juist mooier', zegt Berthe. En dan glimlachen ze naar elkaar, doodgewoon. Grietje is hier, denkt Berthe, een rozerode herinnering. Waarachtig, Grietje is er weer! Vreemd, maar prachtig. Op deze zelfde plaats was het Grete de vorige keer genoeg, omdat Grietje er niet meer was – en nu is ze hier, alsof Berthe haar waarachtig zelf uit de vijver heeft gevist.

'Waar gaan we nu heen?' vraagt ze Grete.

'Naar de giraffen, vanwege hun mooie ogen,' zegt die. Ze houdt het veertje in haar hand, die oude hand met blauwe aderen en bruine vlekken wuift het veertje heen en weer als om het sneller te laten drogen – het lijkt wel alsof ze wuift.

Berthe duwt de stoel langs pelikanen en onder de reigernesten door. Langs de ingang van het reptielenhuis, langs de leeuwen en tijgers. De olifanten, en dan de giraffen.

Omdat ze zulke mooie ogen hebben.

Het voelt alsof Grete haar met deze woorden, met deze formulering van haar verlangen, een cadeau geeft. Giraffe-ogen, groot en bruin. Berthe kijkt naar links en rechts de volle tuin van Artis in en het is alsof de tijd verlangzaamt, de kleuren helderder worden en al die mensen en planten en dieren op hun plaats glijden als puzzelstukjes in het geheel, een samenstel. Haar ene hand maakt zich los van de stoel en rust op Gretes haar, op die grijze krulletjes die tegelijk zacht en veerkrachtig aanvoelen onder haar vingers.

Een van de giraffen komt naar voren, naar de lage afscheiding tussen mensen en dieren. Schrijdend, alsof ze overweegt op bezoek te gaan; en ja, daar is ze, en buigt haar nek naar hen toe, het zachte oog wordt naarmate het lager komt groter en groter. Dan, zonder reden, komt die rare lange roltong tevoorschijn die het menselijke in dat oog relativeert, opheft. Een gewaar zijn, dat hebben we met de dieren gemeen, denkt Berthe die het haar van Grete voelt bewegen onder haar vingers. Een gewaar zijn, het leven van de zintuigen, een in het hier en nu leven.

Tenminste, denkt ze dan, zo kan het zijn. Alleen zijn wij zelden gewaar en besmetten we het moment met angsten en plannen, waar een giraf alleen de tong oprolt en afrolt en het fluwelen oog met de lange wimpers op ons richt, twee vrouwen, en een giraf die naar hen is komen kijken. Het is om naar adem te happen, zo prachtig.

Als ze teruglopen naar het tehuis zegt Grete helemaal niets; Berthe weet niet eens of Grete wel beseft dat zij er nog is. Het geeft niet, want zelf zou ze niet weten hoe ze moest verwoorden wat ze samen hebben meegemaakt.

Zelfs in de lift blijft Grete met gebogen hoofd zitten, haar blik op haar eigen handen gericht. Berthe zwijgt, en wacht, maar er komt niets.

Geen evaluatie, laat staan een dankjewel.

En toch, denkt Berthe, terwijl haar maag protesteert tegen de lift, ook al moet ik elke keer dat ik haar zie opnieuw de relatie tussen ons bewerkstelligen omdat ze mij vergeten is, ook dan zal ik dat doen, ik zal het blijven volhouden. Een belofte.

Er was even verbondenheid, in Artis. Ze heeft het gevoeld, anders dan vroeger met Edwiga, abstracter, maar het was er en ze kan het dus, ook al stelt het niet veel voor als je het bijvoorbeeld vergelijkt met Franciscus, die zo verbonden was zelfs met het vuur dat hij een brandend hemd niet wilde redden om broeder Vuur niet van zijn voedsel te beroven. Franciscus, schoolvoorbeeld aller verstervers. Ze legt even haar hand op Gretes schouder als ze afscheid neemt. 'Tot gauw weer,' zegt ze.

Thuis heeft ze daar alweer spijt van. Verbondenheid, het is doodeng. In theorie is het prachtig: iets aardigs zeggen tegen een meisje achter de kassa en hopen dat een knorrig gezichtje zich openvouwt is nog betrekkelijk makkelijk. Moeilijker is het al om datzelfde meisje een week later weer achter de kassa te zien zitten en niet te weten of ze het zich herinnert. En dan weer iets te moeten zeggen, na die eerste keer. En dan?

Ja, daar ligt de parallel. Sinds ze niet meer werkt is er niemand die ze geregeld ziet. Ze is met niemand verbonden, ze heeft aan niemand verplichtingen. Op haar werk sloot ze zich af; alleen met mensen uit het verleden en met boeken heeft ze relaties. Teken: er is niemand aan wie ze heeft verteld dat ze Grete uit de vijver heeft getrokken, omdat er niemand is om dat aan te vertellen.

Berthe staat op en loopt naar het raam, waarachter het smalle straatje ligt, het water en de theaterschool. Ze kijkt omhoog, de ramen van de theaterschool aan de overkant in, de ramen glanzen als spiegels maar ze weet, als het licht anders valt dan nu kan ze het zien, dat daar meisjesfiguren als silhouetten dansen, hun lichamen buigen en strekken in uiterst geconcentreerde, gecentreerde, bewuste, beheerste beweging. Mager en langgerekt als giraffen.

Aan hen vertelt ze het, aan die anonieme meisjes in dansend silhouet: dat ze Grete uit de vijver heeft getrokken, dat ze vanmiddag met haar naar Artis is geweest en dat ze bij de giraffen een moment heeft beleefd van grote saamhorigheid, en dat ze nu bang is.

De ramen van de theaterschool glanzen blauwig terug. In de bovenste weerspiegelt een langzaam langsdrijvende wolk als een hand die langzaam over een oppervlak glijdt. De lucht is er altijd, denkt Berthe, of ik hem kan zien of niet, de lucht is er altijd.

En dan is het plotseling niet erg meer. Het moment bij de giraffen was echter dan alles wat zij er nu in haar angst over kan bedenken. Angst houdt zich alleen met zichzelf bezig: hoe zou angst haar iets wezenlijks over verbondenheid kunnen vertellen?

Misschien bestaat verbondenheid wel niet los van het moment. Kun je niet van tevoren bedenken, dat je met iemand verbonden bent, laat staan een plan maken over hoe je je in die verbondenheid staande kunt houden. Ze heeft geen idee wat ze Grete kan geven, maar in plaats van daarover in paniek te raken moet ze misschien bedenken dat het er niet toe doet, dat ze dat per keer maar moet merken. Geven en berekenen gaan niet samen.

Grete.

Opnieuw beginnen, bijvoorbeeld bij Nolde. Vragen naar die man, dat huwelijk. Haar dochter.

Nu doet ze het toch, nu maakt ze toch een plan. Ja, maar anders: deze vragen maken haar duidelijk dat ze Grete tot nog toe nog niet eens als een normaal mens benaderd heeft, iemand die je kunt leren kennen, iemand met een leven achter zich dat hoogstwaarschijnlijk nog verder leeft in haar, iemand in wie het gist en kolkt. Niet een geval, niet een bezoeking.

Twee dagen blijft ze thuis, in het veilige donker. Ze eet en slaapt nauwelijks. Dan staat ze op en neemt uit haar boekenkast een boek over schilderkunst met een paar reproducties van Emil Nolde. Opengeslagen legt ze het op haar werktafel, en elke keer als ze in dat gedeelte van haar woning komt wenken Noldes expressionistische kleuren haar toe, als bloemen. Ongeschilderde schilderijen, denkt Berthe: niet geschilderd omdat ze niet geschilderd mochten worden, en toch geschilderd. En dan ineens weet ze het: schilderen. Ach, natuurlijk. Het ligt zo voor de hand: Grete moet weer gaan schilderen!

Ze trekt meteen haar jas aan en fietst naar de schilderwinkel op de Rozengracht. Ze koopt potloden, aquarelpotloden, die liggen een stuk steviger in de hand dan penselen en je kunt er ongeveer dezelfde effecten mee bereiken als met verf. Bovendien is het een nieuw materiaal voor Grete, misschien stimuleert dat haar om weer te beginnen.

In de winkel ligt geen kant-en-klare doos met aquarelpotloden die haar bevalt. Bruin en blauw ontbreken vrijwel in de fabrieksselectie; er is wel een blauw maar geen ultramarijn, zelfs geen kobalt: alleen pruisisch blauw, een kleur met een hint groen erin, waarmee je geen hemel zou kunnen schilderen. En in bruin is er geen sepia, alleen gebrande siena, oranjebruin. Maar er zijn ook losse potloden.

Berthe kiest van elke kleur drie of vier verschillende nuances: drie verschillende gelen, drie bruinen, vier groenen, vier blauwen. Het wordt zo wel duurder, maar je geeft iets helemaal of je geeft het niet.

Elke ontmoeting is de eerste. 'Mag ik binnenkomen?' vraagt ze, en wacht tot Grete ja heeft gezegd. Weer geen blik van herkenning, of toch? Zal ze zich voorstellen, of is dat te nadrukkelijk?

'Het regent,' zegt Grete. 'Als je natte kleren krijgt moet je er wel een hele dag in rondlopen voor ze weer droog zijn.'

'Niet als je droge kleren hebt,' zegt Berthe, die aan konijnen moet denken, die eenmaal natgeregend hun hol pas weer in gaan als ze weer droog zijn. Of Grete haar herkent of niet, ze beschouwt haar kennelijk wel als vertrouwd genoeg om zomaar ergens over te beginnen. 'Het hangt ervan af waar je bent als het gaat regenen. Als je vlak bij huis bent, kun je thuis weer droge kleren aantrekken.'

Ondertussen vraagt ze zich wel af wat de aanleiding voor Gretes observatie is geweest. Het regent niet, en zijzelf is niet nat binnengekomen. Grete klinkt als een kind, in deze stemming kan ze haar de potloden nog niet geven.

'Ik wil wél straks naar de televisie kijken,' zegt Grete met iets onrustigs.

'Dan ga ik wel weg voor het programma begint, okee?'

De programmagids ligt op tafel. De VARA-gids.

'Welk programma wil je zien?'

'Er is een Wagner-uitvoering,' zegt Grete. 'Vroeger mocht ik van mijn man nooit naar Wagner luisteren, vanwege Hitler, nu doe ik het toch.'

Berthe kijkt, het programma begint pas 's middags om één uur; het is nu elf uur 's morgens. 'Het begint pas over twee uur, dan ben ik allang weer weg,' zegt ze.

'Ik weet niet op welk kanaal ik de tv moet zetten,' zegt Grete.

'Dat zoek ik wel even uit.' Berthe zoekt, met behulp van de gids; Nederland 3. Zoals te verwachten viel, het derde knopje. Ze legt het uit. 'Kijk, Nederland drie, het derde knopje.'

'Maar hij moet ook nog aan, dat is een ander knopje,' zegt Grete. De angst in haar stem is voelbaar.

'Als je hem nu aanzet, staat hij al op het goede net,' zegt Berthe. 'Ik kan de volgende keer plakkertjes meenemen en die bij de verschillende knopjes plakken, zodat u weet welke knopjes bij welke kanalen horen.' Ze denkt na. Er is veel dat Grete niet zal interesseren, al die commerciële zenders hoeft ze nauwelijks te markeren, maar België misschien wel, en natuurprogramma's, National Geographic misschien?

En dan realiseert ze zich dat ze alleen maar het probleem verschuift. Plakkertjes werken pas als Grete onthoudt welk plakkertje bij welk programma hoort, en zelfs als ze alles precies op de plakkertjes schrijft moet Grete nog informatie uit de gids met de plakkertjes en het juiste tijdstip coördineren, een opgave die zonder geheugen duizelingwekkend moeilijk lijkt.

Ze stelt zich voor dat ze hier de volgende keer komt en vraagt hoe de Nibelungen waren, en dat Grete zegt dat ze ze niet gezien heeft, en zij zal zich dan afvragen of Grete vergeten is te kijken of vergeten is dat ze het gezien heeft. Zo kun je doorgaan. Ze kan Grete geruststellen, zeggen dat het niet erg is om af en toe iets te vergeten – af en toe, waar denkt ze aan! – maar ze weet niet of dat is wat Grete nodig heeft. Geruststelling erkent de angst maar ontkent de pijn. Ze weet niets.

Vlak voordat ze Grete ontmoette heeft ze de film *Memento* gezien, over een man die zijn kortetermijngeheugen was kwijtgeraakt bij een aanslag op zijn vrouw, en die alle informatie die hij kreeg tijdens zijn zoektocht naar haar moordenaars op zijn lichaam liet tatoeëren. Die man zei tegen iedereen die hij ontmoette, ook al had hij ze al talloze keren eerder ontmoet, dat hij zijn kortetermijngeheugen kwijt was en dat alles dus voor hem voor de eerste keer gebeurde – maar hij had niet op zijn lichaam laten tatoeëren dat hij zijn kortetermijngeheugen kwijt was, dus hoe wist hij dat?

Voor de filmmaker was zelfvertrouwen belangrijker geweest dan logica. En zonder geheugen geen logica.

En dan ziet ze op Gretes tafel een schetsboek liggen. Hemel, zij is vergeten bij haar potloden ook papier te kopen. Gelukkig maar dat Grete dit heeft!

'Is dat schetsboek nieuw?' vraagt ze, maar Grete schudt nee, het is een oud schetsboek, ze vond het in de kast. Ze heft haar handen, zodat Berthe kan zien hoe ze trillen: 'Hiermee kan ik niet meer schilderen,' zegt ze. 'Maar ik wilde nog wel een keer zien wat ik deed toen ik het nog wel kon.' Ze zegt het zonder treurigheid, zonder dat er een besef van verlies in haar stem doorklinkt.

Hoe is dat mogelijk?

Zoiets is alleen mogelijk voor iemand die verlies kan accepteren, toch? Maar als Grete dat kan, waarom dan de vijver?

'Mag ik?' vraagt ze, en slaat het schetsboek open. Nee, beter nog, het is een aquarelblok, en het is gevuld met pagina's en pagina's ingewikkeld verstrengelde bloemen, licht aangegeven landschappen, een strand met in verf geschetste figuurtjes van spelende kinderen. Toch een schetsboek, in zekere zin.

Had die dode dochter kinderen? Vast niet, dan had Grete dat wel gezegd. Misschien was dat onderdeel van het grote verdriet, geen kleinkinderen. Bij nader inzien kun je iets treurigs, verlatens zien aan de houdingen van de spelende kinderen; er zit er eentje gehurkt bij een zandkasteel en die houding, het hoofd naar beneden, wordt boven in het vlak geëchood door een wolk, heel licht aangegeven, maar in dezelfde vorm. De hemel huilt mee.

Het kan niet, besluit Berthe, dat je, als je in staat bent geweest om op die manier je gevoelens te uiten, dat je dan dat vermogen, eenmaal afgenomen, niet mist.

'Kijk eens,' zegt ze, en ze houdt Grete het pakje met potloden voor. Maakt het voor haar open.

'Kleurpotloden,' zegt Grete met een stem waaruit niets omtrent haar gevoelens op te maken valt.

'Aquarelpotloden,' zegt Berthe. En ze legt uit wat je ermee kunt doen: je kunt ze als kleurpotloden gebruiken, maar je kunt wat je getekend hebt ook nat maken en dan krijg je een aquareleffect.

'Dank je wel,' zegt Grete, maar het is duidelijk dat de vreugde die Berthe haar wilde bereiden nog komen moet.

Het geeft niet, denkt Berthe.

Dan, zonder erbij na te denken, verschikt ze de planten op Gretes vensterbank zo, dat Grete ertussendoor de vijver met de flamingo's kan zien; rozerood tussen het groen van struiken achter het hek. Het is niet hun vijver, maar de andere, de grote bij het restaurant en de Dikkertje Dap-speeltuin.

Laat Grete hiernaar kijken, dan wordt het verlangen die kleur op papier te vangen misschien zo groot dat ze haar potloden gaat gebruiken.

'Wat is dit voor plant?' vraagt ze en wijst op een raar geval, een plant waarvan de binnenste bladeren rood zijn en de buitenste groen.

'Een kerstster,' zegt Grete.

'Groeit hij zo, met die twee kleuren bladeren?'

'Juist niet, dat doen ze kunstmatig.' In Gretes stem klinkt afkeer.

'Lelijk,' zegt Berthe.

Grete knikt.

'Maar je laat hem niet doodgaan?'

Beslist: 'Dat kan ik niet. Ik laat hem uitgroeien, tot alle kleurstof weg is en hij weer zichzelf kan zijn.'

De lelijke plant mag uitgroeien, maar zichzelf gooit ze in de vijver, denkt Berthe. Ik begrijp er niets van. Was het een impuls? Ik zal het nooit weten.

De dag daarna wordt Berthe wakker met, voor het eerst, een duidelijk beeld van Grete in zich. Alsof haar onbewuste Grete als persoon heeft geaccepteerd. Om het te vieren gaat ze een uur eerder dan ze van plan was.

Het is etenstijd. Een verzorgster komt Grete een in warmhoudmateriaal verpakte maaltijd serveren, rechtstreeks van de cateraars zo te zien, kruimige aardappelen, stoofpeertjes en een lapje taai varkensvlees; een bavarois-achtig toetje en een apart schaaltje jus. Het bestek komt uit Gretes eigen la.

'Kan ik helpen?' vraagt Berthe.

'Nee, mevrouw moet het zelf doen. Hoe meer ze zelf doet, hoe meer ze kan.' De verzorgster praat met harde, onpersoonlijke stem.

'Toch is het fijn om geholpen te worden,' zegt Berthe zachtjes.

Nu kijkt de verpleegster haar vol en kritisch aan. 'Vanmorgen wilde mevrouw per se de rollator van mevrouw Baarsjes meenemen, ook al zeiden wij dat het de hare niet was.'

Als Berthe gedurfd had, had ze 'En dus?' gevraagd. Want dat verhaal over die rollator kan alleen maar verband houden met haar opmerking over het krijgen van hulp, alsof die diende aan te geven hoe weinig Grete nog maar waard is.

Berthe hoort Grete zachtjes mompelen: 'Nee, ik wilde alleen maar dat je mij die rollator bracht zodat ik kon zien of het de mijne was, en toen ik zag dat het niet de mijne was wilde ik hem niet meenemen.'

'Wat zegt u, mevrouw Bartlema?' Maar Grete zegt niets meer, en de verzorgster kijkt Berthe aan met een veelbetekenende, samenzweerderige blik, die Berthe besmet, haar inlijft bij een club waar ze niet bij wil horen. Als de verzorgster de kamer verlaat, glimlacht ze niet.

Ze kijkt hoe Grete eet. Het snijden van het vlees gaat moeilijk; ze aarzelt: zal ze aanbieden het voor Grete te doen? Die verpleegster kan de pot op. Grete oefent elke dag, nu zij er is mag ze toch ook wel eens een keer verwend worden? 'Kom, ik snij het vlees wel even,' zegt ze resoluut.

Het is een varkenslapje, en taai. Zonde. Berthe stelt zich voor hoe dat moet zijn, elke dag eten te krijgen zonder dat je zelf een stem hebt in wat het is en hoe het is bereid. 'Dat zou mij ook haast niet lukken,' zegt ze tot troost.

Dan laat ze Grete verder eten. 'Zeg je het als je hulp nodig hebt?' biedt ze aan.

Grete eet muizehapjes, maar gestaag. Af en toe zucht ze.

'Gaat het wel?'

'Het is altijd zoveel, maar het is onbeleefd als ik het niet opeet.'

'Misschien merken ze het niet eens,' oppert Berthe roekeloos.

Grete kijkt haar licht verontwaardigd aan: 'Maar ze hebben er zoveel werk aan gehad.'

Beseft ze dat de maaltijden waarschijnlijk kant en klaar van elders komen? 'Ik denk niet dat die maaltijden hier in huis worden klaargemaakt,' zegt Berthe. 'Tegenwoordig schijnt het vaak goedkoper te zijn ze kant en klaar bij een bedrijf te bestellen. Als ze hier werden gekookt, werden ze waarschijnlijk wel anders opgediend, eenvoudiger.'

'Maar je weet het niet zeker,' zegt Grete sluw.

'Nee.'

'Dus moet ik het opeten, omdat het anders onbeleefd zou zijn. Je neemt in zo'n geval het zekere voor het onzekere.'

'Ook als je tegen heug en meug eet?'

Daar krijgt ze geen antwoord op, maar het gestage lepelen zegt genoeg.

Berthe denkt na over de stille moed van mensen, zoveel mensen die zich, zonder controle over hun leven, voegen naar wat er van ze wordt verwacht – of in dit geval, hoogstwaarschijnlijk niet eens wordt verwacht. Of is het geen moed, maar de treurige consequentie van de afhankelijkheid? Is Grete bang op haar kop te krijgen als ze niet genoeg eet? Zou zij in Gretes plaats de afkeuring van het personeel durven riskeren?

Wat verduurt Grete uit angst, wat uit moed?

Of is er geen verschil tussen die twee?

Berthe zit te kijken naar Gretes gerimpelde gezicht, de wenkbrauwen als wilde grassen, de vochtige mond die zo langzaam maar zeker het eten naar binnen werkt. Haar tanden zijn erg geel en er is er één afgebroken. Was dat de vorige keer al zo? Ze denkt van niet. Of ze heeft niet goed gekeken. Zouden ze daar niets aan doen? Toch kan zo'n scherpe rand pijn doen. Zal ze het vragen? Maar Grete zit met zoveel concentratie te eten, en Berthe schaamt zich omdat ze zelf de vrijheid heeft te kiezen of ze wel of niet wil eten. Ze eet nog maar de helft van wat ze vroeger at en ze voelt zich daar wel bij.

Na het eten moet Grete een dutje doen. Berthe helpt haar haar voeten op het bed te tillen, en gaat.

Pas als ze weer buiten staat realiseert ze zich dat ze vergeten is te vragen of Grete al iets heeft getekend met haar potloden.

Een week later vertelt Grete haar dat de directeur van het tehuis binnenkort afscheid neemt en dat de verpleegsters haar hebben gevraagd namens de patiënten een afscheidstekening te maken.

Grete laat wat schetsen zien van bloemguirlandes, tot Berthes blijdschap met veel blauw. 'Je kunt het nog,' zegt ze blij.

'Bloemen mogen wiebelen,' zegt Grete. Kort.

Berthe weet niet of ze moet lachen of huilen.

'Ze hebben me voor die tekening een stuk papier gegeven, waar je niet echt op kan tekenen,' zegt Grete. 'Laat staan met water werken. Het is te dun en te glad en het glanst.'

Glad papier, dat weet Berthe zelf ook, daar kun je niet op gommen: elk lijntje, hoe klein ook, blijft voor altijd als een moetje zichtbaar in het oppervlak. En als je het nat maakt, rimpelt het onherroepelijk.

'Dan vraag je toch een ander stuk papier? Of je gebruikt je eigen aquarelblok, daar zaten toch nog lege vellen in?'

'Ze hebben dit waarschijnlijk speciaal voor me gekocht.'

'Ja, maar als het nou niet goed is? Zo kun jij toch niet maken wat je kunt?'

'Ik wil ze niet kwetsen.'

Berthe weet niet wat ze moet zeggen. Is Grete zo afhankelijk dat ze de afkeuring van het personeel niet wil riskeren, zoals ze ook elke dag braaf haar eten opeet om ze niet te kwetsen? Of heeft ze misschien het gevoel dat ze niets mag zeggen omdat ze nog steeds gestraft wordt voor het weglopen, voor de vijver?

Berthe wil uitleggen dat voor jezelf opkomen in dit soort gevallen niet zozeer kwetsen is, als wel latere kwetsuur voorkomen, maar de woorden stokken haar in de keel: wie is zij, dat ze Grete van advies dient? Zelf is ze totaal niet assertief, en in het leven dat ze tot nog toe heeft geleid was kwetsen niet nodig, eenvoudigweg omdat ze nooit dicht genoeg bij anderen kwam om ze te kwetsen.

Behalve bij Edwiga.

Edwiga, die nog zou leven als zij haar belofte aan moeder Agnes had gehouden.

Toen het gebeurde had het iets schandaleus, iets voor een roddelblad, en Berthe voelde zich alsof ze met goedkoop melodrama was besmet. De kranten stonden er vol van, en wat Berthe daar las had niets te maken met de Edwiga die ze een paar weken in haar huis had gehad en zelfs niet met de jongen voor wie ze zo bang was geweest – en terecht, naar nu bleek – maar met een wereld die ze alleen kende van horen zeggen, een wereld van seks en geweld, van hevige, onbeheersbare gevoelens, waarin alles was toegestaan. Een onderwereld, een onderbuikwereld.

Daarom had ze jarenlang niet meer aan Edwiga gedacht.

Tot nu, nu ze Grete bezocht die haar aan haar belofte aan Agnes herinnerde. Aan Grete kan ze goedmaken wat ze bij Edwiga heeft nagelaten. Een tweede kans.

Berthe zit stil, in die kamer bij de vlammende Nolde, bij de kerstster die mag blijven leven, en daarachter de neonroze schemering van de flamingo's. Bij Grete.

Ze zeggen niets.

Grete dommelt, misschien; ze heeft haar ogen dicht. Of ze denkt, of allebei. Berthe ontspant haar schouders en legt haar gevouwen handen in haar schoot. Bijna of ze bidt, denkt ze. Toch laat ze ze liggen. Ze kijkt naar Gretes gezicht, en voor het eerst ziet ze hoe mooi het is. Met haar ogen volgt ze elke lijn, elke rimpel, van het voorhoofd via de ingezakte bovenoogleden naar de wallen onder de ogen, de wangen – over de rechter, die naar haar is toegewend, loopt een verticale streep als een slaaprimpel, dat ziet ze nu pas – en de mond met de naar voren stulpende plooien in de beide hoeken.

Ze wacht tot Grete wakker wordt, staat dan op.

Als ze weggaat kust ze Gretes wang, daar waar die verticale rimpel de wang snijdt als een kruis.

Ze kan niet naar huis. Zonder echt een beslissing te nemen steekt ze over en slaat de hoek om, Artis in. Een rustige, doordeweekse dag, er is vrijwel niemand. Bij de flamingovijver achter het restaurant staat ze even stil om te kijken of ze van hier Gretes raam kan identificeren. Ze meent iets vaags roods te zien, de kerstroos misschien, maar ze weet het niet zeker.

De andere vijver, de echte flamingovijver, loopt ze voorbij. Langs de leeuwen, de katachtige roofdieren, de olifanten. Naar de giraffen.

Daar staat ze, even stil als ze daarnet gezeten heeft, rustig rechtop, en kijkt naar het patroon van vlekken op die lange nekken, naar een nek die zich buigt tot de aarde, naar een hoofd dat zich op de top van de nek verheft naar de hemel. Een giraf ziet alles.

'Waarom huil je?' vraagt een klein meisje dat naast haar komt staan.

'Omdat ik blij ben,' zegt Berthe.

VI

VERGIFFENIS

Als Berthe Ploos uit haar keukenraam kijkt ziet ze, op meerdere zijden van de glasbak geplakt opdat de boodschap toch vooral niemand zal ontgaan, een meer dan levensgrote lijdende Christuskop. Ze raakt er even van in de war: het loopt toch zeker niet weer tegen Pasen? Nee, het is echt juli. De school in de Nieuwe Uilenburgerstraat is leeg, het is zomervakantie, maar niet voor haar.

Die Jezus. Geen Mattheüs- of Johannespassion, maar een tentoonstelling in het Rijksmuseum. Berthe bekijkt hem eens goed. Omdat ze vroeger iets met hem had, is er nog steeds een soort band: niemand kan immers onverschillig naar een oude liefde omzien. Hij is in hout uitgesneden en geverfd, wat haar in andere omstandigheden zou vertederen. Zijn hoofd hangt schuin, hij (Hij) is dood dus, maar zijn (Zijn) gelaat – het woord 'gezicht' is voor deze afbeelding niet plechtig genoeg – is de verpersoonlijking van het lijden, en dat ergert Berthe mateloos. Waarom nou weer zo'n clichéafbeelding, waarom nou weer zo melodramatisch dat lijden centraal gesteld. Ook al gelooft ze niet in het bovenmenselijke dat hem in de christelijke traditie wordt toegemeten, ze kan ook niet verdragen dat hij als ziekelijk en zielig wordt gezien. Het luistert nauw. Waarom niet eens een vrolijke Jezus? Niets aan te doen, ze moet hier tegenaan kijken. En ze is bereid eerlijk toe te geven dat het vorige plaatje, een masturberende vrouw, hand tussen de benen en hoofd in extase achterover, haar nog meer geërgerd heeft. Waar was het voor geweest? Ze is het alweer vergeten. Een tentoonstelling over erotische fotografie? Instructief voor de kindertjes die daarlangs lopen elke dag. En daarvóór weer die allerakeligste vampier die een festival van horrorfilms moest aanprijzen. Die reclamemakers weten niet wat ze doen.

Berthe is bang. Morgen moet ze naar de bedrijfsarts. Er zullen waarschijnlijk maatregelen genomen worden. Misschien, nee waarschijnlijk zal ze weer naar haar werk moeten. Ze is te opgejaagd om te lezen, en de avond strekt zich akelig lang voor haar uit. Dat wordt dus zo'n avond waarvan je van tevoren weet dat het niks gaat worden – televisiekijken, shitkijken zoals ze het voor zichzelf noemt, kijken naar programma's die ze evengoed ongezien had kunnen laten.

Ze knipt de televisie aan. Een consumentenprogramma, een praatprogramma, een hulpprogramma. Een lieve, alerte vrouw, aantrekkelijk maar niet echt mooi, niet te jong maar niet te oud, ingetogener dan Mies Bouwman maar wel van hetzelfde slag – de ideale buurvrouw kortom – die problemen van kijkers behandelt. Een jongeman in beeld, een lange magere jongen met iets in de oogopslag dat je op je hoede doet zijn, iets vreemds en ontroerends tegelijk: een schok van herkenning, en Berthe, in een besef dat hier iets gebeurt dat ze niet kan ontlopen maar tegelijkertijd wetend dat ze het nu niet aankan, vlucht naar haar keuken om een paar boterhammen te smeren. Ze heeft trouwens honger, echt waar.

Die man leek op Simon. Nee, hij leek er niet op, hij deed haar aan Simon denken. Waarschijnlijk omdat ze morgen naar de bedrijfsarts moet, want hij leek er niet op.

*

Simon, haar collega op het werk, is allerminst lang en mager maar vlezig, kalend en vettig, met een gezicht waarop geen enkele emotie af te lezen valt. Simon, die het archief beheert. Een beige reus uit Iran, wiens vader naar Nederland vluchtte omdat hij als christen in eigen land werd vervolgd. Altijd in T-shirtjes, ook in de winter, en met een zweetgeur die hem dusdanig omgeeft dat niemand ooit naast hem wil zitten. Dus zat zij naast hem, en de meisjes giechelden. Ze hoeft haar ogen maar dicht te doen en er komt een beeld: van zijn licht besproete arm, als een weekgele worst vlak naast haar eigen tanige hand, te dichtbij, en gedurende elke stafvergadering steeds dichter. Soms haalde ze maar liever een tijdlang geen adem om die geur niet te ruiken. En of hij nou dom was of slim, daar kwam ze niet achter: van mensen wist hij niks, van computers alles. En van meteorologie. Hij begon elke ochtend steevast met het weerbericht, gevolgd door een analyse. Een nerd, zoals dat tegenwoordig heet? Nee, daar was hij te traag voor. Altijd iets vaags in zijn ogen, behalve als die op haar gericht waren, die laatste maanden voor ze zich ziek meldde: dan lag er honger in. Ogen van een flets lichtbruin, en nooit kon je zien wat hij dacht. Soms waren die ogen hardnekkig gericht op de streek waar hij haar borsten moest vermoeden, en bleven daar eindeloos hangen, terwijl de meisjes giechelden, tot zij ging verzitten of zich omdraaide en die onbegrijpelijke betovering verbrak. Alleen bij haar.

Na het werk wachtte hij haar buiten op. Dan sprong ze heel snel op haar fiets, deed of ze hem niet zag. Na een tijdje was hij er 's morgens ook: vlak bij het werk wachtte hij haar op, alleen maar om even naar haar te kijken, zonder iets te zeggen, een knikje was alles, en dan liep hij weer door. Hij fietste niet. Ze liet het gebeuren, want wat kun je tegen zoiets doen? Als hij iets had gezegd, had zij hem kunnen vertellen dat ze in haar leven geen ruimte had voor wat het ook maar was dat hij van haar verlangde – maar hij nam kennelijk genoegen met kijken, naast haar zitten, en kijken, en wachten. Groot en vettig, onverstoorbaar.

Nog later zag ze hem steeds hier in de buurt. Ze wist waar hij woonde: ergens bij Sloterdijk, geen reden voor hem om in haar buurt rond te lopen. Tenslotte, hoe vaak kun je naar het Waterlooplein voordat de lol eraf gaat? Als ze hem zag deed hij steeds of hij het niet was en draaide zich om, maar ze herkende hem aan zijn gestalte. Niemand anders kon zo groot zijn, zo log, en lopen met zo'n waggelende, trage gang.

Ja, ze was bang voor hem, maar wat kon ze doen? Hij deed niets, ze had geen enkele reden om over hem te klagen.

En de meisjes giechelden.

Een keer zag ze één van hen, Moira, met hem fluisteren en steelse blikken in haar richting werpen: het was duidelijk dat ze hem aan het opstoken was. Het deed Berthe denken aan het gedoe op de lagere school, aan doorgegeven briefjes en verklaringen van wie met wie ging, bemiddelingen en informatie wie verliefd was op wie. Ze verbeeldde zich dat Moira hem vertelde dat zij, Berthe, wel toegankelijk was voor zijn avances, dat ze verliefd op hem was misschien maar er niet voor uit durfde te komen; en fantasie of niet, feit was dat hij daarna nog vaker opdook in haar nabijheid, haar aankijkend met zijn hondse blik, haar achtervolgend met zijn onbeschrijfelijk verlangen.

Maar er gebeurde niets, en op de een of andere manier was dat eigenlijk het ergste. Omdat er een dreiging hing, waarvan ze vreesde dat die niet zou overgaan, alsof haar leven langzaam maar zeker besmet raakte met iets slijmerigs, dat ze met de beste energie van de wereld niet kon wegpoetsen.

Toen ze hem ten slotte 's avonds voor haar huis heen en weer zag ijsberen, hield ze het niet meer uit. De dag daarop in de lunchpauze ging ze aan zijn kantinetafeltje zitten, zonder acht te slaan op de blijdschap die daarbij op zijn blotebillengezicht verscheen, en zei: 'Luister goed, Simon, ik wil niet meer dat je me achternazit. Ik heb geen zin om een klacht in te dienen, daarom vertel ik je nu eens en voor al heel duidelijk: ik voel niets voor je en zal dat ook nooit doen, en ik ben er niet van gediend.' En ze stond op en liep weg. Beter kon ze het niet.

Maar voor ze opstond had ze zijn gezicht zien betrekken als dat van een kind dat gaat huilen. Verschrikkelijk.

Die middag kwam Moira naar haar toe. Moira, de bemoeizuchtigste van allemaal, van wie ze altijd vermoedde dat ze haar zat uit te lachen. 'Berthe, wat heb je gedaan? Simon is helemaal van slag. Hij kan niet werken omdat jij hem zo hebt gekwetst. Wat heb je tegen hem gezegd?'

'Niets,' zei Berthe. 'Alleen dat hij niet achter me aan moet zitten.'

'Je hebt gedreigd een klacht in te dienen en hij heeft niets gedaan!'

'Nee, ik heb juist gezegd dat ik geen zin had een klacht in te dienen.'

Maar Moira haalde haar schouders op alsof Berthe daarmee juist beaamde wat zij zojuist had gezegd, en herhaalde dat Simon volstrekt onschuldig was, eraan toevoegend dat zij, Berthe, paranoia was.

'Paranoïde,' verbeterde Berthe. Je werkt op een tekstbureau of niet. Het was niet waar wat Moira zei: als zij bang was, was dat gedoe van Simon immers allerminst onschuldig? Maar dat durfde ze niet te zeggen.

Vanaf dat moment werd ze straal genegeerd, maar wel werd er voortdurend over haar gepraat. Boos, en minachtend. 'Allochtone taart,' ving ze op bij het langslopen, hoewel ze nauwelijks kon geloven dat ze het goed had verstaan. Ze kon het niet vragen ook, want niemand groette haar meer. Later die middag zag ze zelfs Hans Bos, de baas van de afdeling, peinzend naar haar kijken — had iemand het doorverteld? En zij kreeg de schuld!

Ze was naar Hans Bos gegaan en had hem een sterk vereenvoudigd verslag van het gebeuren gegeven. Het hielp niet. Ze werd zo mogelijk nog meer genegeerd.

Een week later had ze zich ziek gemeld.

Ze komt met haar boterhammen in de kamer terug en ziet de jongen met de presentatrice lopen op een bospad, een manoeuvre om de uitzending wat te verlevendigen, en de ietwat slofferige manier van bewegen, het gezicht zonder al te veel uitdrukking, het lijkt op Simon zonder dat Berthe precies de vinger kan leggen op het waarom.

En dan vertelt de jongen hoe hij verliefd was op een meisje en heel lang niets durfde te zeggen, hij vertelt met een gezicht waar geen gevoel op te lezen valt dat hij haar achternaliep tot ze zich van hem bewust werd, en dat hij toen zei dat hij met haar wilde trouwen en dat ze hem had afgewezen, en wat een klap dat voor hem was geweest. En dat hij nu op zoek is naar een nieuw meisje en of de presentatrice hem daarbij wil helpen.

'Je vindt het moeilijk om contact te maken hè?' vraagt de presentatrice.

'Dat komt doordat ik geboren ben met Asperger, dat is een autisme-verwante stoornis,' legt de jongen uit. Waaraan de presentatrice omwille van de kijker toevoegt, dat je met Asperger heel goed gewoon in de maatschappij kunt functioneren, alleen kun je niet zo goed met andere mensen omgaan.

En Berthe weet het nu.

Ze heeft iemand bruut afgewezen die het niet helpen kon. Die probeerde contact met haar te zoeken, op de enige manier die hem ter beschikking stond.

Hoe meer ze terugkijkt, hoe duidelijker ze het ziet. Die fascinatie met het weerbericht, de rituele handelingen voor elke vergadering. De manier waarop hij ging zitten. Liep. De hulpeloosheid, die zij zo angstaanjagend had gevonden, juist omdat ze hem niet kon bereiken. Alsof hij de regels en wetten van de normale omgang niet kende – en nee, inderdaad, die kende hij dus ook niet. Of het Asperger is of niet weet ze natuurlijk niet, maar wel dat Simon een stoornis heeft, een contactstoornis, die hem onschuldig maakt, precies zoals Moira heeft gezegd.

Ze ziet Simons gezicht voor zich, op het moment dat ze hem afwees. De pijn erop, die haar toen zo ergerde, is nu haar eigen pijn. Zo iemand, dan had zij hem toch moeten begrijpen. Van alle mensen op haar kantoor is zij immers degene die het slechtst is in contact.

Wat moet ze doen?

Ze gaat naar bed.

De volgende morgen is het eerste wat ze ziet als ze uit het raam kijkt, de smartelijke Jezuskop. Alsof ze dat er vandaag bij kan hebben!

Ze kleedt zich aan en vermijdt het raam, tot ze er plotseling genoeg van heeft en naar buiten stormt.

Ze gaat bij de glasbak staan en zegt: 'Hang er toch niet zo lijdzaam bij, weet je dan niet dat je daarmee een verkeerde indruk wekt? Wat zeg ik, wekt? Je bevestigt een verkeerde indruk die waarachtig al hardnekkig genoeg is. Alsof er nog niet genoeg verkeerde ideeën over je in omloop zijn! Houd daar eens eindelijk mee op en laat zien wie je bent. Geen masochist, niet iemand die de pijn zoekt: een masochist voedt het ego, jij probeerde juist zo egoloos te leven als maar mogelijk was. En je hangt daar niet om mij te redden of te verlossen of te verzoenen of omwille van mijn zonden, want als God bestond zou hij walgen van het idee van een zondebok, dank je, ik neem mijn eigen zonden wel op me en dat is waarachtig al moeilijk genoeg. Ik ben blij dat je geleefd hebt en ik heb veel van je te leren, maar ik kan je niet erkennen als de grootste profeet aller tijden, als Gods lievelingskind, want God heeft geen lievelingetjes en er zijn er meer geweest zoals jij – niet voor niets ben ik opgegroeid met martelaren, hoewel die het zicht op jou ook hebben vertroebeld. Je leven geven voor je vrienden, of voor God, voor het goede – misschien is er niets hogers, niets heiligers, dat wil ik wel toegeven, maar tegelijkertijd mag niemand dat offer zoeken omdat je daarmee het leven dat je offert devalueert. Dus mag dat offer alleen de consequentie van je leven zijn, begrijp je? Niet het doel, maar een onherroepelijk bijverschijnsel. Jij bent gewoon gestorven als consequentie van je leven, je hebt gekozen voor radicale liefde ongeacht wat ervan kwam. Zoals je leefde, zo stierf je. En als je al de pijn van de wereld droeg, dan kwam dat doordat je gezegend was met een buitengewone empathie. Het idee dat jouw leven uitsluitend om je dood draaide, benauwt me, en zou jou toch ook moeten benauwen.'

Ineens is ze uitgeraasd, en ze verontschuldigt zich. 'Het spijt me,' zegt Berthe, 'ik geef kennelijk nog zoveel om je dat je me boos kunt krijgen. Is dat niet ironisch?'

Ze ziet niet dat zich aan de overkant een groepje japanse toeristen heeft verzameld, op weg om de diamantfabriek in de Nieuwe Uilenburgerstraat te bezoeken, en dat ze foto's van haar nemen. Berthe draait zich om en loopt weer naar binnen.

'En mevrouw Ploos, hoe gaat het nu?'

Berthe ziet een vrouw van rond de veertig, mager en lang, met een witte huid en vrij dun sluik donker haar, ter hoogte van de kinlijn door een goede kapper recht afgeknipt, met hier en daar een spikkel grijs. Ze was vergeten hoe de bedrijfsarts eruitzag. De grijze ogen kijken haar aan, niet onvriendelijk, maar wel een beetje streng.

Ze haalt diep adem. Haar lippen zijn zwaar van angst. De vorige keren heeft ze zich op de vlakte gehouden en niet veel meer verteld dan dat ze haar motivatie voor haar werk had verloren en geen aansluiting bij haar collega's vond, maar nu weet ze dat ze met de waarheid voor de dag moet komen. Al is de schaamte nog zo groot. Over Simon, over Moira en de andere meisjes. Ja, ze vertelt haar schaamte, met veel aarzelingen, maar ze houdt vol, ze doet het. En straks zal ze zeggen dat ze niet meer naar haar werk terug kan, dat ze überhaupt niet meer kan werken, ook niet ergens anders, waar geen Simon of Moira is. Straks zal ze vragen of ze mag worden afgekeurd. Als ze dat vraagt, is het dan oprecht? Kan ze het echt niet? Het voelt alsof ze het niet kan, nooit meer kan, maar hoe weet ze dat het waar is als ze het niet probeert? Hoort zij dan bij die mensen die ten onrechte van de WAO willen profiteren? Maar een kind kan immers zien dat zij geen type is om de hele dag onder mensen te zijn. De bedrijfsarts mag niet denken dat het hier een incident betreft, iets tijdelijks dat wel weer overgaat. Eigenlijk werd ze op haar werk toch altijd al uitgelachen, vooral door de jonge meisjes daar. Niet vanwege haar werk, want dat deed ze goed, maar vanwege de kleren die ze droeg, vanwege het feit dat ze geen aansluiting zocht bij de anderen, of omdat ze niets te vertellen had over vrienden of mannen of kinderen of ouders of verjaardagen. Als ze het zo voor zichzelf opsomt lijkt het alsof ze geen deelhad aan hun oppervlakkigheid, maar ze bedoelt het niet als een oordeel, ze bedoelt het als schaamte. Zij mist iets, een orgaan dat de meeste mensen wel bezitten: het vermogen om over onbelangrijke dingen te praten en daarin met elkaar verbonden te zijn. Vrijblijvendheid, noemde moeder Agnes dat: maar voor de betrokkenen is het dat allerminst, dat heeft ze dankzij Grete Bartlema geleerd. Desondanks kan zij niet over niets praten. Voor haar moet wat ze zegt iets voorstellen en inhouden, en daarom zegt ze altijd het verkeerde. En dan keken ze haar aan met die vreemde blikken die haar het schaamrood naar de kaken joegen, zoals ze zich hier ook weer zit te schamen, en daarom maakte hun ontspannen, natuurlijke en achteloze conversatie haar onrustig, zodat ze zich tijdens die koffie-uurtjes maar zo veel mogelijk afzijdig hield. Zo was het voor beide partijen minder pijnlijk.

'Ik dacht al dat er iets dergelijks aan de hand was, maar u had het me wel eerder moeten vertellen,' zegt de bedrijfsarts. Berthe durft haar niet aan te kijken. Haar lage stem klinkt zacht, maar in haar woorden schuilt verwijt.

'Nee,' spreekt Berthe haar tegen, 'want als ik dat had gedaan was er misschien een klacht tegen Simon ingediend, en in het licht van wat ik nu weet zou dat verschrikkelijk zijn geweest. Verkeerd.' En nu kijkt ze wel op, en ziet dat de bedrijfsarts glimlacht. Een vrouw van minstens haar eigen leeftijd, met al wat grijs in het haar: in haar herinnering aan vorige bezoeken was ze veel jonger geweest. Iemand van wie ze niet dacht dat die haar ooit zou begrijpen. Haar haar zit keurig, donker glanzend rond een mager gezicht met een mooie smalle neus en nogal smalle lippen. De wenkbrauwen zijn bijgetekend en de lippen nauwelijks zichtbaar gestift. Maar er lopen lijnen van vermoeidheid, nee meer dan dat, van pijn misschien, over dat gezicht. 'Wat zou u hebben gedaan als u geweten had hoe kwetsbaar hij was?' vraagt de bedrijfsarts, wier naam Berthe niet heeft onthouden. *Maas*, staat er op het bordje op haar bureau. *W. Maas.*

En dat ze dat woord gebruikt, kwetsbaar, geeft weer een moment van verheldering. Zo'n gewoon woord. Ze weet van zichzelf dat ze kwetsbaar is, en nu ze weet dat Simon een autisme-verwante stoornis heeft zonder dat zij dat ooit eerder zag, moet ze concluderen dat dus iedereen misschien wel kwetsbaar is, of liever, dat je dus nooit kunt weten of iemand niet misschien heel erg kwetsbaar is en dat je er dus maar het beste van kunt uitgaan dat iedereen kwetsbaar is, toch? Iedereen. Zelfs deze bedrijfsarts, misschien heeft ze een ziek kind, of een slecht huwelijk. En Moira ging misschien zo tegen haar tekeer omdat het net uit was met haar vriendje – je weet het nooit. Dus zou je iedereen eigenlijk met voorzichtigheid moeten behandelen en nooit boos moeten worden als iemand je pijn doet. Is dat wat die Jezuskop van haar vraagt? Maar de Jezus uit de Evangeliën was allerminst een doetje.

'Wat ik nog niet goed begrijp,' zegt de bedrijfsarts, 'is de rol die de meisjes hebben gespeeld.'

'Misschien waarschuwde Moira mij omdat zij wisten dat hij een contactstoornis heeft,' oppert Berthe in het kader van de kwetsbaarheid-bij-iedereen-theorie. 'Hoewel je zou denken dat ze dat dan zou hebben gezegd, in plaats van mij paranoïde te noemen.'

'Nee, en het lijkt wel alsof ze de situatie hebben verergerd, door Simon aan te moedigen. Hoe je het ook wendt of keert,' zegt de bedrijfsarts, 'de verhoudingen op dat kantoor van u zijn niet zoals ze moeten zijn.' Ze denkt een tijdje na. 'Zou u ervoor voelen als er een expert werd ingeschakeld, een communicatiedeskundige?'

'En dan?'

'Die maakt een rapport, en op basis daarvan wordt er besloten wat er gebeurt. Misschien wordt er met een paar mensen apart gepraat, misschien met al het personeel samen.'

'En dan?' Berthe kan zich niet voorstellen dat een dergelijke manoeuvre het haar mogelijk zou maken weer naar die plek terug te gaan. Nooit.

'Zou u Simon nu weer onder ogen kunnen komen?'

'Simon wel. Het zou niet makkelijk zijn, maar ik voel me ertoe verplicht.' Het klinkt stijfjes, maar ze kan het niet uitleggen. Het woord 'plicht' heeft een verkeerde klank, ze bedoelt iets anders, iets in de richting van dienen, dienst – nee, er zijn geen woorden voor.

'Simon wel, en de meisjes niet?' constateert de bedrijfsarts.

Berthe knikt. 'Uw analyse heeft me ervan overtuigd dat ze een hekel aan me hebben,' zegt ze zachtjes – het is moeilijk zoiets te zeggen omdat zulke woorden, eenmaal uitgesproken, het dichterbij brengen, het tot waarheid verheffen dat er reden toe is om een hekel aan haar te hebben. Dat zij iemand is voor wie je geen respect hoeft te hebben, die je mag treiteren en uitlachen. Voor ouwe taart uitmaken.

'Ik begrijp het,' knikt de bedrijfsarts, die werkelijk een aardige vrouw is en hopelijk geen ziek kind of slecht huwelijk heeft – maar of ze het echt begrijpt is natuurlijk de vraag. Ze ziet er niet uit alsof iemand ooit een hekel aan haar heeft gehad, alsof ze ooit is getreiterd, geminacht, uitgelachen.

'U zou verbaasd zijn als u wist hoe vaak dit soort pesterijen op het werk voorkomen,' zegt de bedrijfsarts. 'We dachten dat het iets van het schoolplein was, maar zo is het niet.' En dan, volstrekt onverwachts en bijna angstaanjagend persoonlijk plotseling, zegt ze: 'Eén van mijn geliefde auteurs, Simone Weil, zegt dat wij allemaal het instinct hebben van kippen die de gewonde kip in de ren doodpikken.'

Berthe staart haar verbouwereerd aan. Simone Weil. Deze vrouw, die eruitziet alsof ze midden in de wereld staat, bekent haar plompverloren dat ze Simone Weil leest, voorwaar toch geen alledaagse auteur! Even kan ze niets zeggen. Dan noemt ze, zo zachtjes dat de bedrijfsarts het niet hoeft te horen als ze niet wil, de titel van het boek van Weil waarin het betreffende stuk voorkomt: '*Attente de Dieu.*'

'Ja,' zegt de bedrijfsarts, en ze steekt over het bureau heen haar hand uit en zegt: 'Willemijn'. Willemijn Maas heet ze.

En nu? denkt Berthe. Trompetgeschal, vriendinnen voor eeuwig?

Zonder dat ze iets heeft voelen aankomen, lopen haar de tranen over de wangen. Ze voelt het nat, maar niet de pijn. Wat ze wel voelt, is schaamte: ze huilt nooit, nooit. Al jong heeft ze geleerd niemand ooit haar pijn te laten zien – misschien heeft ze als klein kind weleens gehuild in de armen van moeder Agnes, maar vanaf het moment dat de meisjes op de slaapzaal het op haar voorzien hadden, nooit meer. De meisjes op de slaapzaal, de meisjes op kantoor? Natuurlijk ligt daar een verband. Natuurlijk is ze die oude kwetsbaarheid niet kwijt. Ze moet hier weg, het wordt te veel allemaal. Maar ze kan niet zomaar opstaan en weglopen, en dat zou bovendien ondankbaar zijn na wat er daarnet gebeurde. Een onverwachte herkenning, de vriendelijkheid van deze arts die Simone Weil leest. Willemijn Maas.

Maar ze zegt niets, Willemijn Maas. Als Berthe met de moed der wanhoop haar ogen opslaat zit ze gewoon naar haar te kijken, net als daarnet, heel rustig, vriendelijk – ja, met een vriendelijkheid die pijn doet. Niet een kwetsende, maar een zoete pijn, een griezelig zoete pijn. Berthes ogen gaan naar de magere boezem van Willemijn Maas, ze voelt een geweldige hand haar hoofd daarheen duwen om het ertegenaan te vleien – maar ze houdt zich in, wat is er met haar aan de hand, wordt ze gek?

Willemijn Maas schuift een doosje zakdoekjes naar haar toe.

'Het spijt me,' zegt Berthe. 'Ik weet niet wat me overkomt.'

'Was het wat ik zei over de gewonde kip?' vraagt Willemijn Maas zachtjes.

'Misschien. Maar ik denk het niet. Ik heb mijn hele leven al geweten dat ik tot de gewonde kippen behoorde.'

Het blijft stil, en plotseling weet Berthe, zo duidelijk alsof iemand het haar heeft gezegd, dat het bij de vrouw tegenover haar precies andersom is. 'U niet,' zegt ze voordat ze de aandrang kan bedwingen.

'Nee,' zegt Willemijn Maas, 'ik niet. Ik ben vroeger juist één van die pikkende kippen geweest. Ik was zo'n meisje dat bazig op het schoolplein rondliep en bepaalde wie er wel en wie er niet mee mochten doen. En later heb ik daar altijd zo'n spijt van gehad.'

'En nu bent u arts,' zegt Berthe.

'Je hoeft geen u te zeggen,' zegt Willemijn Maas.

En weer komen de tranen.

'Kom,' zegt Willemijn, 'ik zie wel dat je nog niet zover bent dat je terug kunt naar je werk. Maar wel verder dan je was.'

Berthe zegt niets. Nu ze elkaar nader gekomen zijn, kan ze niet meer zeggen dat ze nooit meer kan werken. Zoiets kun je alleen zeggen tegen een onpersoonlijkheid, niet tegen iemand die Simone Weil leest.

Willemijn bladert in haar status. 'Wat toevallig, we wonen vlak bij elkaar,' zegt ze dan. 'Ik woon op het Nieuwe Grachtje. Achter het Rapenburg. We hadden elkaar kunnen tegenkomen bij Albert Heijn.'

'Ik ga meestal naar Dirk van den Broek,' zegt Berthe dom. En dan, als om iets goed te maken: 'Maar Albert Heijn is iets dichterbij.'

'Woon je goed?' vraagt Willemijn.

'Ik woon in een grot. Een voormalige fietsenkelder,' zegt Berthe, 'maar nu staan er boeken in. Simone Weil staat op de plank met mystici.'

In de stilte die nu valt denkt ze erover na wat het betekent dat ze zo dicht bij elkaar wonen. Moet er iets? Willemijn neemt geen initiatief, nee, logisch, ze is haar arts. Zou ze anders hebben gezegd dat ze een keer langs wil komen? Daar zou Berthe van geschrokken zijn. Iemand in haar huis! Eigenlijk wil ze dat niet. Maar tegelijkertijd zou ze ook blij zijn geweest. Sinds Edwiga heeft ze eigenlijk nooit iemand in haar huis gehad. In geen twintig jaar. In Edwiga had ze zich vergist, en deze Willemijn Maas kent ze evenmin. Het is bedrieglijk: als je contact met iemand hebt, lijkt het alsof er een deur opengaat waarachter iets prachtigs zou kunnen liggen, maar evengoed kan het anders zijn, evengoed kun je je vergissen. En dat maakt ook weer bang. Misschien zijn alle mensen kwetsbaar, misschien leven alle mensen in angst. En Berthe denkt: waarom is het zo dat we allemaal bang voor het leven zijn, waarom is de wereld zo dat we er allemaal bang voor zijn? De schepping is niet goed. Een wereld die geregeerd wordt door angst, kan geen goede wereld zijn waarin mensen vrij zijn. Ik wil vrij zijn, denkt Berthe Ploos.

Om dat idee weg te duwen keert ze terug naar het zakelijke. 'Moet ik een plan maken om weer aan het werk te gaan?' Want dat heeft ze op de televisie gezien, dat dat moet. Een nieuw spotje. Na een halfjaar moet je met een plan komen. Maar ze wil niet. Ze wil niet werken, nooit meer, ze wil geen plan. 'Je hebt toch al een plan? Je zei nu al dat je bereid bent die man met een autisme-verwante stoornis onder ogen te komen! En daarna kom je weer hier en zien we verder.'

En Berthe staat buiten met het gevoel dat ze er een complete marathon op heeft zitten. En als ze uit de metro over het Waterlooplein langs de glasbak met de lijdende Jezus komt, geeft ze hem een knipoog.

Nu moet ze wel. Iets met Simon. Wat gaat ze doen, en hoe?

Ze gaat niet naar haar werk, in geen geval. Simon is één ding, maar ze kan die meisjes absoluut niet onder ogen komen. Naar zijn huis? Ze kan in het telefoonboek kijken waar hij woont. Maar nee, te erg hol van de leeuw. Een neutrale plek. Niet bij hem, niet bij haar, niet op kantoor. Dus waar?

Wacht, ze herinnert zich iets. Hij gaat naar de kerk. Met zijn vader, elke week. Ze herinnert het zich, ze stonden beiden voor de deur van het kantoor en hij flapte dat van die kerk er zomaar uit. Nu denkt ze dat hij misschien wilde vragen of zij een keer met hem meeging; toen had ze het als een ongewenste intieme mededeling opgevat. En hij vertelde ook welke kerk – weet ze dat ook nog? Ja, de kerk in de Spuistraat, de Dominicus. Dus moet ze naar de Dominicuskerk, aanstaande zondag.

De kerk is stampvol. Ze gaat ergens achterin zitten, in een hoekje, waar het niet opvalt dat ze niet vertrouwd is met het liedboek en de liturgie die ze hier gebruiken. Simon ziet ze niet, maar dat betekent natuurlijk niet dat hij er niet is. Ze moet straks maar bij de uitgang gaan staan, dan komt hij wel langs. Wat is het lang geleden dat ze in een kerk was! En wat is het anders, ja logisch, in twintig jaar verandert er wel het een en ander, zelfs in de kerk. Er is een koor, en een vrouw geeft een korte uitleg over de tekst van de week, uit de eerste brief van Johannes: 'Wie niet liefheeft, kent God niet, want God is liefde.' Als ze die tekst hoort moet ze altijd denken aan moeder Agnes' geliefde Eckhart, die zei dat hij God nooit dankbaar zou zijn dat hij van hem, Eckhart hield, want God kon nu eenmaal niet anders, liefhebben was zijn aard. De dienst is simpel, lijkt doordacht, wel mooi. Mooie liederen, mooi gezongen – ze zingt niet mee, zover wil ze niet gaan. Ze droomt weg, denkt aan moeder Agnes. Aan Grete Bartlema, die kort na hun bezoek aan Artis gestorven is. Op de kale begrafenis was behalve een verzorgster van het huis alleen een achterneef. Ze heeft hem nog gevraagd of ze de Nolde mocht kopen, als aandenken ook, maar het mocht niet.

God, volgens Eckhart de allermededeelzaamste, deelt zich ook vandaag weer niet aan haar mee. Ze kijkt rond of ze God ziet op de gezichten van andere kerkgangers. Glans, genade. Het verschil met vroeger, denkt ze, is dat de mensen die hier zijn, hier ook willen zijn: niemand hoeft meer naar de kerk zonder te willen. Maar waaróm ze hier zijn, dat kan ze niet zien. Ze ziet niemand met wie ze zich verbonden zou kunnen voelen.

Voor ze het weet is het alweer is afgelopen. Het viel mee, ze kan niet anders zeggen. Geen vroomheid, geen vermaningen – en vooral weinig van die dingen die ze steeds meer als bijgeloof is gaan beschouwen: heiligen, dogma, vleesgeworden woorden. Maar of ze er iets van meegekregen heeft, zoals dat de bedoeling schijnt te zijn, kan ze niet zeggen. Er was geen moment van innigheid, in ieder geval. Daar is ze trouwens ook te gespannen voor.

Ze wacht bij de uitgang. Veel mensen blijven achter in de kerk staan praten. Als er nou maar niemand gastvrij op haar af komt – wat zou ze moeten zeggen? Ze kijkt alert de menigte in, als om te laten zien dat ze hier met een doel staat en niet afgeleid wil worden door welwillende zieltjeswervers. Ja, daar is Simon, hij was er al die tijd, hij zat vooraan. Daar komt hij, groot en log, en ze begrijpt niet dat ze niet eerder iets heeft vermoed. Je ziet aan deze man toch zó dat er iets niet in orde is! Zijn ogen kijken net even anders, vager, dan die van anderen. Hij is zo verregaand ongewassen, dat is op zich al een aanwijzing: waarschijnlijk is hij amper in staat te onthouden dat en hoe hij voor zichzelf moet zorgen. En dat T-shirt waar hij altijd in loopt, ook 's winters: hij voelt waarschijnlijk zijn lichaam niet, hij leeft vervreemd van zijn lichamelijke sensaties. Of zijn binnenleven is zo dominant dat het al het andere overvleugelt. Want hij zoekt wel contact, en lichamelijk contact toch ook.

Hoewel, is dat wel zo? Heeft hij ooit meer gedaan dan zijn arm vlak bij de hare gelegd? Misschien heeft hij wel nooit seks gewild, niet in de gebruikelijke zin, misschien heeft hij niet meer gewild dan bij haar in de buurt te zijn, en de rest aan zijn fantasie overgelaten. Want die heeft hij wel – ze herinnert zich met een huivering hoe hij naar haar borsten staarde.

En dan is hij bij haar. 'Dag Simon,' zegt ze.

Hij was in zichzelf verzonken en kijkt geschrokken op. En dan, als hij haar ziet, trekt er een vlaag van schuldgevoel over dat brede beige gezicht, en iets van blijdschap ook, een betrapt, stout kind. Hij blijft staan en aarzelt, zegt niets. Het is aan haar.

O, het is allemaal zo duidelijk nu!

'Simon,' zegt Berthe, 'ik wilde je mijn excuses aanbieden, ik heb je niet willen kwetsen.'

Hij kijkt haar aan, maar niet rechtstreeks, zijn ogen ergens ter hoogte van haar kin. En dan, voor de hoop die ze ziet rijzen te groot wordt, te zeker, zegt ze gauw: 'Weet je, ik heb in mijn leven geen plaats voor een relatie, dus had mijn afwijzing niets met jou te maken, alleen met mezelf.' Zal ze nog iets over het volgen zeggen? Nee, beter niet, als het maar duidelijk is dat ze hem nog steeds afwijst. 'Het was niet jouw schuld maar de mijne, dat ik je moest afwijzen. Dus moet je het je niet persoonlijk aantrekken, en hoef je ook geen verdriet te hebben.'

Ja, dat zou ze wel willen, dat ze hem zijn gevoelens kon dicteren! Ze lijkt wel te praten tegen een verstandelijk gehandicapte; dat ze zich niet schaamt!

Maar hij neemt het niet slecht op. 'Het is goed om het te weten,' zegt hij op zijn oude, een beetje plechtige manier. Ja, zo praatte hij – hoe kan ze ooit hebben gedacht dat hij normaal was?

'Ben je nog ziek, Berthe?'

Ze knikt.

'Wat heb je dan eigenlijk, Berthe?'

Even weet ze niet wat ze moet zeggen, hoe ze het moet zeggen – en dan zegt ze: 'Ik ben nog steeds een beetje in de war, maar het gaat wel over.'

'In de war van mij?' vraagt hij.

Ze glimlacht van ontroering. 'Nee, niet van jou, echt niet.' Want op het moment dat ze dit zegt, is ze niet meer in de war van hem. Nooit meer.

Als ze weer thuis is, gaat ze meteen naar bed, uitgeput van emoties en opluchting, en valt tegen haar verwachting ook meteen in slaap. Ze droomt van een pad door het bos, de bodem goud van mos en oude bladeren en zonlicht dat door de bomen speelt; berken zijn het, met witroze stammen en bladeren van een bijna transparant geelgroen; en daar, voor haar, hangt hij met gestrekte armen aan een boom, niet hulpeloos, niet gekruisigd en toch ook wel, maar zonder pijn, misschien een beetje als het koor van gekruisigden aan het slot van *Monty Pythons Life of Brian,* die zo met verve 'Always look on the bright side of life' zingen. Zijn lichaam lijkt op dat van Simon, geel en met vetplooien, of op de gele Christus van Gauguin, Jezus is altijd mager en toch at en dronk hij naar hartelust.

'Ja, daar heb je me een mooi verhaaltje gebreid,' zegt ze tegen haar onderbewuste als ze wakker wordt. 'Simon als lijdende knecht, de symboliek is duidelijk, maar de toekomst nog niet.'

Ze zwaait haar benen uit bed. Het is donker in huis. De tijd is kwijt. Alsof alles nog moet beginnen. Helemaal opnieuw. Opnieuw wonen, denkt ze, opnieuw mijn huis van mij maken, opnieuw mijn boeken lezen met nieuwe ogen. Eén kleine verandering verandert de hele werkelijkheid.

Het gaat natuurlijk niet alleen om Simon. De meisjes van kantoor horen er net zo goed bij: het feit alleen al dat ze hen in haar denken groepeert als waren ze één potje nat, de onverschilligheid die daarachter schuilgaat, ze ziet het met verbijstering. Heeft ze hen zonder het te weten vereenzelvigd met de meisjes van de slaapzaal, als was er een vaste, geregeld in haar leven terugkerende groep vijanden met wie ze maar beter zo weinig mogelijk te maken kan hebben, kwalijke kippen in een ren?

Het zijn er drie, en ze zijn zeer verschillend. Dat weet ze best. Om te beginnen mag ze Clara er eigenlijk niet toe rekenen, want die durft alleen maar niets te zeggen, die heeft nooit meegedaan. Sterker nog, Berthe zou er bijna haar hand voor in het vuur durven steken dat Clara aan haar kant staat en bang vogeltje dat ze is, de veilige weg kiest. En Dorien doet alleen maar met Moira mee omdat ze haar vriendin is. Dat schijnt zo wel vaker te gaan: van twee vriendinnen is de ene de aanstichtster en de andere de meeloopster, en de vriendschap bestaat dankzij deze rolverdeling. Do-

rien kan zich niet eens permitteren zich af te vragen of de peste-
rijtjes op kantoor misschien niet door de beugel kunnen, want die
vraag alleen al bedreigt haar vriendschap.

En dan Moira, die ze domweg als een tweede Joni ziet. Met reden, maar misschien niet met recht. Moira heeft haar eigen geschiedenis – Berthe vangt er wel eens wat van op. Vriendjes, veel
gedoe: een geschiedenis waarin zij zich nog nimmer ook maar een
seconde heeft verdiept, en toch meende ze kennelijk een morele
verontwaardiging te mogen koesteren ten aanzien van dat meisje
dat duidelijk niet weet wat ze doet, want dat weten de pikkende
kippen niet. Je pikt om niet te hoeven voelen wat het is om gepikt
te worden. De grens tussen pikster en gepikte is niet absoluut, maar
vloeiend. Zou Willemijn Maas, met haar verwijzing naar Simone
Weils pikkende kippen, gewild hebben dat ze hierover ging nadenken? Of gaat ze nu te ver, wrijft ze Willemijn motieven aan die
voortkomen uit het gevoel dat ze even had tijdens dat gesprek, dat
wonderlijke gevoel als een tere schelp in haar hand, pijnlijk vanwege het verlangen dat het oproept?

Plotseling heeft ze enorme zin om haar te bellen, Willemijn
Maas. Ze zou haar kunnen vertellen hoe het gesprek met Simon is
gegaan. Maar opbellen gaat ver, opbellen is heel direct.

Dus pakt ze uit haar boekenkast Simone Weils *Attente de Dieu*.
'Zo kan ik ook met je praten,' zegt ze tegen Willemijn Maas.

Het boek valt open in het stuk over het Onze Vader, bij het gedeelte over het vergeven van schulden. Berthe leest. Alles wat we
van mensen verwachten, en wat we niet krijgen, schrijft Weil, moeten we ze vergeven, alles waar we menen recht op te hebben en
zonder hetwelk we gefrustreerd zouden zijn. Alle rechten die we
denken dat het verleden ons geeft ten aanzien van de toekomst
moeten we loslaten. Vergeven is het hele verleden in één brok loslaten. Geen voor wat hoort wat, radicaal. Doen wat je moet doen
zonder iets terug te verwachten, zelfs geen dankbaarheid. Steeds

opnieuw, want er is geen verleden, er is geen enkel recht. Ook op God niet, stelt Weil.

'Nou,' zegt Berthe tegen Willemijn Maas, 'als je maar niet denkt dat ik het in alle opzichten met Simone Weil eens ben!'

Berthe is op weg naar Dirk van den Broek op het Waterlooplein – en daar ziet ze, ze gelooft haar ogen niet, Willemijn Maas in een nette lange rok met een chic lang vest eroverheen rondkijken tussen de spulletjes op de grond. Meteen loopt ze op haar af. 'Hai,' zegt ze, en ze wordt beloond met een glimlach. Weer valt haar op hoe moe Willemijn eruitziet, maar nog steeds schijnt er in dat vermoeide, misschien te gelijnde gezicht die schoonheid. Als je altijd geleefd hebt met de zekerheid er te mogen zijn, word je anders, denkt Berthe. Naast Willemijn voelt ze haar eigen sjofelheid uitvergroot aanwezig: ze behoren tot verschillende mensensoorten, dat is wel duidelijk. In het licht van de dag schijnt haar voorzichtige fantasie volkomen absurd.

Willemijn schijnt dat niet te merken. 'Ik zoek een cadeautje voor een jarige vriendin,' zegt ze, en voor Berthe het weet helpt ze haar zoeken. Een flesje van blauw kristal, een bordje met roze-gele bloemen beschilderd: wat zo-even nog op de grond lag als weggeworpen rotzooi, begint voor haar ogen te glanzen met potentiële cadeaukracht. 'Wat leuk,' roept ze spontaan – zij, spontaan! – en pakt zonder angst voor vuile handen het ene voorwerp na het andere. Uiteindelijk kiest Willemijn een schilderijtje met een suikerzoet engeltje, onhandig maar daardoor ontroerend geschilderd, en Berthe weet plotseling dat zij er geen enkel bezwaar tegen zou hebben om als ze jarig was (maar ze heeft geen echte verjaardag), en als ze dan mensen ontving (wat ze natuurlijk nooit doet), dit schilderijtje te krijgen. Ze weet zelfs al waar ze het zou ophangen: boven het aanrecht, naast het lepelrekje.

Maar ze weet ook dat ze, als ze hier alleen had gelopen, de ontroering bij dat geschilderde engeltje niet zou hebben gevoeld en alleen kitsch zou hebben gezien. En daarom zegt ze, alweer spontaan: 'Kom een kopje thee bij me drinken of zoiets. Of kan dat niet?'

'Natuurlijk kan dat,' zegt Willemijn, en Berthe weet niet of ze bedoelt dat het professioneel kan, of dat ze het persoonlijk kan. Aankan.

Ze is dodelijk verlegen als ze de deur openmaakt. Houdt zich een tijdje – te lang – bezig met water opzetten voor thee, thee uitzoeken, de pot omspoelen, bekers uitzoeken: alsof ze bij elk van deze categorieën zoveel keus heeft! En al die tijd voelt ze achter zich de aanwezigheid van Willemijn, die niets zegt, die haar cd's bekijkt en langs de boekenkasten dwaalt en hier en daar een boek pakt. Plotseling voelt Berthe wat een onzin die hollandse gastvrijheid toch is, dat je niet gewoon met iemand kunt gaan zitten praten maar eerst zo nodig eten en drinken moet fourneren, ongeacht of daar behoefte aan bestaat of niet – en waarom ze zich daar in 's hemelsnaam aan conformeert? Om te laten zien dat ze weet hoe het hoort, dat ze heus niet zo'n kluizenaar is als ze lijkt? Dat laatste is toch wel overduidelijk, want ze heeft niets koekerigs in huis omdat ze dat soort spul zelf nu eenmaal niet eet.

Willemijns aanwezigheid maakt dat ze haar leven van buitenaf waarneemt: armzalig. In haar hele huis bevindt zich niets dat voor een ander dan haarzelf bestemd is. Ze zucht.

'Hou je van Mozart?' vraagt Willemijn, terwijl ze de *Hohe Messe* omhooghoudt.

Berthe knikt, en schenkt de thee op.

'Het Credo werd gespeeld op de begrafenis van mijn partner,' zegt Willemijn Maas.

Berthe verzamelt al haar moed, draait zich om en kijkt Willemijn recht aan. 'Ik dacht al, toen ik bij je was, dat je verdriet had.'

Gescheiden of een ziek kind, had ze gedacht. Dit is erger. En tegelijkertijd, hoewel ze zich er ook voor schaamt, voelt ze ook iets van blijdschap dat dit haar zomaar wordt verteld. Als ik bij mensen ben voel ik altijd zoveel tegelijk, denkt Berthe. Trots en schaamte, medelijden, onzekerheid omtrent wat er nu van haar verwacht wordt, en een zekere opluchting omdat Willemijn met haar biecht het evenwicht tussen hen beiden hersteld heeft. En vreugde, een roes van vreugde, waarin ze zichzelf niet herkent.

'Vertel,' zegt ze, met het uitnodigende woord dat de meisjes op kantoor gebruikten om elkaar tot praten aan te zetten.

'Hij is tussen twee bussen platgedrukt, de chauffeur had hem vanwege de dode hoek niet gezien. Het gebeurde bij het station in Assen, waar al vaker ongelukken met bussen zijn geweest, alleen omdat ze zich het geld voor de versmalling van een enkel stoepje wilden besparen. Daar betaal ik nu voor.'

Er gebeurt iets. Berthes ogen hangen aan de grijze ogen van Willemijn, die zich in pijn lijken terug te trekken in haar hoofd, en dan is het of er een sluier scheurt en Willemijns pijn daardoorheen barst en Berthe vult met dof kloppend donker, zoals een enkele keer het licht boven het Waterlooplein haar heeft gevuld met een kloppend hart van licht. 'Ach lieverd,' zegt Berthe, 'kom eens hier?' En ze slaat haar armen om Willemijn Maas heen, en omhelst haar als een moeder. En Willemijn legt haar hoofd op Berthes schouder alsof die daar tegen alle verwachting in toch voor gemaakt is, en Berthe veegt voorzichtig met haar vinger de tranen van die zo dichtbije magere wang en voelt tegen de hare Willemijns donkere, gladde haar. Zo staan ze, en Berthe kijkt naar buiten en ziet de Christuskop – er moet iets op het glas van haar raam zitten dat het beeld vertekent, want hoewel zijn hoofd nog even gestorven schuin hangt, lijkt er om zijn mond een glimlach te liggen, heel licht. Als Willemijn die zou zien, dan zou die verdrietige trek om haar mond misschien verdwijnen. Zal ze haar erop wijzen? Maar wat als Willemijn die glimlach niet kan zien? Dan verslijt ze haar voor gek.

Daar zitten ze, met hun thee zonder koekje, aan de grote tafel. Simone Weil ligt tussen hen in.

'Je leest erin,' zegt Willemijn Maas.

'Sinds ik bij je was,' zegt Berthe, en bloost. 'Sinds ik bij Simon was, vooral.'

'En?'

'Met Simon is het goed.' Moet ze dat hier en nu vertellen, is dit gesprek dan toch een vervolg op dat van het spreekuur? Dat zou jammer zijn. Daarom begint ze – iets te snel, ze hoort het zelf – over Simone Weil te praten. 'Wat ze zegt over geen enkel recht ontlenen aan het verleden of wat je hebt gedaan,' zegt ze (die omhelzing!), 'dat begrijp ik wel. Maar om zo te leven moet je voortdurend open zijn, bereid je te laten kwetsen. Leven in radicale onvoorwaardelijkheid. Het goede doen en totaal zonder beloning, naakt en alleen. Schitterend, maar onhaalbaar.'

'Zelf deed Weil dat wel,' zegt Willemijn. 'En wat is ertegen om het onhaalbare als doel voor ogen te houden?'

'Niets,' antwoordt Berthe, die haar eigen oefeningen in het temmen van haar wil maar kinderspel vindt, te pathetisch voor woorden. 'Ik ben met heiligen en martelaren opgevoed, weet je. Was Weil niet diegene die puur uit solidariteit hetzelfde voedsel at dat haar lotgenoten onder de nazi's kregen, en daardoor stierf?'

Willemijn knikt.

'Het leven als ultiem uitroepteken tegen onrecht,' zegt Berthe. 'Ik vind dat altijd moeilijk. Wat als de boodschap niet begrepen wordt?'

'Dat weet je toch nooit? We moeten geloven dat liefde nooit verloren gaat, en dat wie omwille van de liefde sterft, voor de hele wereld sterft.'

'Ik las onlangs een boek van een engelse deskundige op het gebied van heiligheid,' zegt Berthe, 'Donald Nicchol. Hij stelt dat zelfopoffering de hoogste vorm van bestaan is. Het curieuze, of beter nog, het ironische is dat hij dat doet in een betoog over evolutie, waarvan wij mensen de hoogste vorm zijn. Dus de hoogste vorm van evolutie moet zichzelf vernietigen om nog hoger te evolueren.'

'Om de soort te redden, dat wel.'

'Je hebt gelijk. Daarom vallen zelfmoordterroristen erbuiten.' Dus alleen wie protesteert tegen de pijn die we elkaar doen, denkt Berthe. Maar hoe zit dat dan met het martelaarschap omwille van de maagdelijkheid, is dat slechts onnodige onzin geweest, mooie malle verhaaltjes uit de middeleeuwen, op basis van een achterhaald bijgeloof? Nee, want als je Agatha of Lucia naast Simone Weil zet, is de overeenkomst de gehoorzaamheid aan een ideaal. Gehoorzaamheid als blijk van liefde.

'Blijft het probleem van Weils godsbeeld,' zegt ze. Ze wacht even om te zien of Willemijn nog geen genoeg heeft van dit gesprek, maar die kijkt haar vragend aan, belangstellend. Deze vrouw heb ik in mijn armen gehad, denkt Berthe, ik begrijp niet hoe zoiets heeft kunnen gebeuren.

'Neem het stuk over het Onze Vader: alles wat er gebeurt en gebeurd is, stelt ze daar, vertegenwoordigt in volstrekte zin Gods wil. Ik kan God niet zo zien, als almachtig, als degene die het kwaad in deze wereld wil. Hoe kan een almachtige God tegelijk een liefhebbende God zijn?' Plotseling schaamt ze zich, wat zit ze hier over God te praten, in wie ze niet eens gelooft, en dat nog wel tegen iemand die dat misschien wel doet? Dat op zich is al bijna kwetsend. 'Wij zijn er toch ook nog,' voegt ze eraan toe, 'met onze vrije wil, die we ten kwade aanwenden, daar mag je God toch niet de schuld van geven? Als God bestaat, dan lijdt hij met ons mee.'

Maar ze durft er niet bij te zeggen dat mystici en martelaren altijd hebben gezegd dat dat goddelijke mee-lijden de pijn verzacht:

als ze naar Willemijns magere, vermoeide gezicht kijkt, naar alle lijnen die eroverheen liggen, verticale lijnen, wordt de pijn die ervanaf straalt voelbaar in de kamer.

Willemijn heft haar ogen op van haar handen die als twee leliën in haar schoot liggen, en zegt dan, met een plotselinge glimlach waardoor ze er weer jonger uitziet: 'Ah, maar heb je ook gelezen wat Weil onder de wil verstaat? Ze schrijft erover als iets wat met name voor mystici en kunstenaars begrijpelijk zal zijn: als gehoorzaamheid aan een gevoel van noodzaak, als luisteren, als aandacht.'

Hier moet ik over nadenken, denkt Berthe, dit moet ik niet vergeten, ik kan er bijna bij, bijna. 'Misschien is de titel *Attente de Dieu* dan ook wel een woordspeling,' zegt ze. En als Willemijn haar vragend aankijkt: 'In "*attente*" speelt misschien wel "*attention*" mee, zodat je iets krijgt van een verbinding tussen wachten en aandacht.'

'En wat is aandacht dan?' vraagt Willemijn.

'Liefde,' zegt Berthe pardoes, want dat is het voor haar. Plotseling weet ze dit. Aandacht is onzelfzuchtig. Als ze ergens haar aandacht op richt, raakt ze met datgene wat ze ziet verbonden. Geen wonder dat ze haar aandacht het liefst tot boeken beperkt! 'Aandacht is altijd persoonlijk. Aandacht is engagement, want je kunt iets alleen maar oprecht zien zoals het is als je het bij wijze van spreken een hand geeft.'

'Je hebt zelf wel iets van een mystica,' zegt Willemijn, en dan staat ze nogal plotseling op om weg te gaan en laat Berthe in verwarring achter, zodat die maar weer inslikt wat ze wil zeggen: 'Ik ben geen mystica, want ik zoek God niet.'

En dan is ze alleen met de herinnering dat zij, Berthe, iemand in haar armen heeft genomen. Als ze haar ogen sluit voelt ze aan haar vinger nog de textuur van die natte wang, ruikt ze de geur van die donkere haren. Ze kan zich niet heugen zo dicht bij een ander mens te zijn geweest, een onbekende, zo dichtbij, zo vreemd, als een avontuur: alsof alles opengaat, maar gepaard met angst. En angst met verlangen.

In de wereld van de echte mensen raken mensen elkaar voortdurend aan, en ze staan er misschien niet eens bij stil wat het betekent. Lieverd, heeft ze gezegd – en daarna spraken ze over heel andere dingen, als om dat woord te bedekken. Nee, misschien toch niet: aan het slot had zij weer over liefde gesproken. Liefde als aandacht. Iemand vasthouden, een breekbaar leven in haar handen houden, kostbaar als een ei. Dat heeft ze gedaan en het kan niet meer ongedaan worden gemaakt, ze moet ermee verder.

Willemijn kan niet weten dat zij nog nooit eerder iemand in haar armen heeft genomen, nooit eerder iemand heeft getroost. Maar ze kon niet anders, ze voelde die pijn zo hevig alsof het haar eigen pijn was. Dus was het geen troost, of als het troost was, was die wederzijds. Schreef, alweer, Simone Weil niet dat van alle mogelijke relaties tussen mensen vriendschap het meest lijkt op de liefde Gods? Vriendschap is zoet en gelijkwaardig en respectvol. Vriendschap – ze heeft geen idee hoe dat voelt. Als kind was ze dol op *De kleine prins* van Antoine de Saint-Exupéry, omdat het prinsje, net als zij, van een andere planeet kwam, zonder te weten wat een vader of een moeder was en zonder de gebruiken van de mensen te kennen. De kleine prins leerde wat vriendschap is van de vos, die hem vroeg of hij hem wilde temmen. Wat de vos daarmee bedoelde, of liever, wat Saint-Exupéry daarmee bedoelde, was betrouwbaar zijn, verantwoordelijkheid nemen. Moet zij Willemijn temmen, of juist andersom, moet ze zich door Willemijn laten temmen? Aan haar ervaring met Edwiga heeft ze niets. Ze kent niet al te veel boeken over vriendschap, en die er zijn behandelen dan nog voornamelijk vriendschap tussen mannen, en ze heeft begrepen dat mannenvriendschappen volkomen anders zijn dan vrouwenvriendschappen. Mannen dóén dingen samen, vrouwen praten –

als ze even mag generaliseren. Nou, praten hebben Willemijn en zij gedaan, dat kun je wel zeggen. Teken van toekomstige vriendschap? Zou het dan toch? Kan het nog?

Maar misschien is het hele woord vriendschap, met die connotatie van duur, wel voorbarig, en matigt ze zich met dat woord iets aan. Ze mag allang blij zijn met wat er is gebeurd: een moment van saamhorigheid. Wat was het vreemd. Plotseling brak die pijn naar binnen en vulde haar, en als ze terugdenkt aan dat ene ogenblik is het alsof ze toen ook de dood van moeder Agnes, van Edwiga en Grete Bartlema opnieuw beleefde, terwijl ze daar op het moment zelf toch helemaal niet aan dacht. Zoals een intens beleefde film die speelt op een plaats die je zelf ooit hebt bezocht nog allerlei herinneringen aan die plaats doet bovenkomen, zodat het na afloop van de film is alsof je er zojuist weer bent geweest. Maar wat er nou echt gebeurde, dat ene moment vlak voor ze Willemijn in haar armen nam, daar kan ze niet meer bij. Een ervaring kun je slechts tot op zekere hoogte ijken aan andere ervaringen, maar bij een eerste ervaring gaat zelfs dat niet. Misschien moet ze gewoon doen wat Weil zegt en wachten, met aandacht, tot ze weet hoe het zit. Als je goed wacht, hoef je niet meer te kiezen.

Al zou ze Willemijn nooit meer zien, dan is dit toch gebeurd. Ze heeft haar pijn gevoeld, ze heeft haar vastgehouden. Ze heeft met haar gesproken over ideeën en gedachten die ze, behalve aan moeder Agnes, nooit aan een levend wezen heeft laten zien. Er is iets nieuws begonnen.

Ze had gelijk, Willemijn, toen ze die vraag stelde: en nu, hoe nu verder, wat gaat ze met haar leven doen? Ze heeft zich die vraag niet eerder gesteld, maar nu is het tijd. Hoog tijd.

Berthe zet de *Hohe Messe* op, om nog een beetje bij Willemijn te zijn. 'Credo in unum deum,' zingt een stem. In het Latijn geeft het voorzetsel 'in' met de vierde naamval een richting aan. Ik geloof naar God. Niet in God, maar naar hem toe. Interessant.

Als ze weer terug gaat naar haar werk – áls ze dat doet – moet ze wel het gevoel hebben dat het ergens voor dient, dat wat ze opgeeft, wat ze weggeeft, haar vrijheid immers, van waarde is. De vergelijking met het offer van Weil en al die anderen lijkt oneerbiedig, maar dringt zich wel op. Richting, aandacht, liefde.

De laatste maanden, sinds ze niet meer werkte, is er zo veel gebeurd. Ze heeft moeder Agnes hervonden, Franciscus ontmoet, Eliot weer gezien. Ze heeft haar lichaam ontdekt met behulp van Neel, ze heeft het laatste stukje leven van Grete Bartlema mogen bijwonen, vanaf het moment bij de flamingo's. De herinnering aan Athanasius doet geen pijn meer en de pijn van Edwiga voelt ze nu pas. Ze is gaan tekenen, en haar oude liefde voor theologie is weer wakker geworden. En dan nog de eenmalige avonturen: de zwerver bij de kassa van Albert Heijn, Luus in de tent in de regen... En nu Willemijn. Zoveel avonturen, virtuele en reële, die ze niet bewust heeft gezocht, en toch gekozen. Gods wil, zou Weil zeggen: in de visie van Weil is zij al maanden gehoorzaam en laat ze zich sturen, van avontuur naar avontuur, en omdat elk avontuur haar rijker maakt dan het vorige, hoeft ze zich misschien niet al te veel af te vragen waarheen ze wordt gestuurd.

Maar die nacht wordt Berthe plotseling zwetend wakker met het oordeel als een steen in haar maag. Waarom ging Willemijn ineens weg, verveelde ze zich al een tijdje, had ze genoeg van haar? Dat is het lastige met het praten met levende mensen, dat je nooit weet wat ze denken. Willemijn de bedrijfsarts denkt ongetwijfeld dat zij, Berthe, al evenmin als Simon een schoolvoorbeeld van sociale integratie mag heten, contactgestoord als ze is – ja, misschien denkt ze zelfs wel dat ook zij een autisme-verwante stoornis heeft. En als Willemijn zou weten hoe vaak ze bang was, hoe weinig indrukken ze kan verwerken, hoe gauw het haar tussen mensen te veel is, zou Willemijn met haar medisch getrainde blik vast iets van paranoïde schizofrenie kunnen zien, en vooruit, een beetje bipolair lijkt ze vast ook wel, met die hevige stemmingswisselingen van haar.

Berthe de gewonde kip. Hier ligt ze, badend in haar angstzweet. Ongetemd en onbemind. Ze weet plotseling heel zeker hoe Willemijn haar ziet, alsof ze met de ogen van die andere vrouw kan kijken: een bleek wezen dat in een grot leeft, zonder vrienden, vluchtend in virtuele vriendschap die ze in boeken vindt.

Berthe stapt uit bed, loopt naar de keuken en laat water in een beker lopen. Als ze ervan drinkt bedenkt ze dat Willemijn haar thee uit één van deze zelfde bekers heeft gedronken als waar zij nu uit drinkt, misschien wel uit deze zelfde beker die ze nu in haar trillende handen heeft, en ze wil de beker wegzetten maar doet het niet, welbewust drinkt ze tot al het water in de beker in haar bange keel verdwenen is. Alsof ze Willemijn drinkt. Alsof ze iets bezweert, ze weet niet wat.

Ze kijkt naar buiten en daar hangt hij weer. In deze zomernachten wordt het niet echt donker en zijn gezicht is duidelijk te zien. Waarom denkt ze dat ze het niet verdient met Willemijn om te gaan?

Omdat ze nog niet klaar is met de meisjes van kantoor. Het was gemakkelijk om Simon te vergeven met zijn autisme, maar het moeilijkste moet nog komen.

De man van de glasbak zegt het haar voor: ze wisten niet wat ze deden.

Berthe gelooft er niets van. Onzin natuurlijk, dat wisten ze maar al te goed. Ze wisten misschien niet hoe zij zou reageren, hoe het bij haar voelde om zo behandeld te worden, maar ze wisten wel degelijk hoe kwetsbaar ze is. En dus? Zelfs als ze hen vergeeft, mag ze volgens Weil niet verwachten dat ze bij wijze van beloning in de toekomst goed behandeld gaat worden. Terwijl ze het juist in orde wil hebben met die meisjes om verder te kunnen, om Willemijn onder ogen te kunnen blijven komen en er vanaf te zijn, om veiligheid te garanderen als ze weer terug naar kantoor moet (wat God en hopelijk Willemijn verhoeden) – een alleszins begrijpelijk verlangen, maar volgens de man van de glasbak die het plotseling akelig met Simone Weil eens is, is dat niet de juiste instelling: dan komt ze daar als iemand die iets wil hébben in plaats van als iemand die komt om iets te geven.

Maar waarom moet het eigenlijk, waarom moet ze daarheen? Als zij nou gewoon besluit hen te vergeven, kan ze dat dan niet in haar eentje doen? Zij is toch degene die vergeeft, daar heeft ze die meisjes toch niet voor nodig? Er zijn zoveel mensen die iemand iets moeten vergeven, en de daders zijn dood of onbereikbaar of tonen nooit ofte nimmer berouw, en dan? Dan moeten ze het toch ook in hun eentje klaren?

Ja, zegt de Jezuskop met een echo van de stem van moeder Agnes, maar niet als je er niet heen gaat alleen maar omdat je bang voor ze bent. Hier achter je werktafel een beetje voor spek en bonen gaan zitten vergeven is te makkelijk, daar los je niets mee op.

En waarom moet het dan altijd moeilijk zijn, vraagt Berthe. Omdat alles met mensen moeilijk is. Omdat alles met mensen niets voor haar is. Afblijven is altijd haar devies geweest, en nu ziet ze wat ervan komt. Ze haalt iemand in huis, Willemijn, vindt haar aardig, en van het een komt het ander, wie A zegt moet B zeggen, en waarom moet ze toch steeds van die dingen doen die moeilijk zijn? Zij heeft toch niks verkeerd gedaan?

Goed dan, stel, ze gaat erheen en zegt: 'Ik vergeef jullie.' En dan? Hilariteit, hoongelach. Waarom zouden zij bereid zijn onder ogen te zien wat ze hebben gedaan? Mensen die geneigd zijn tot pesten, zijn niet geneigd tot inzien wat ze doen, de wet van de jungle, die kent Berthe maar al te goed. En dat dat juist is wat de man van de glasbak bedoelt met zijn 'ze weten niet wat ze doen', ze heeft helemaal geen zin om daarover na te denken. Want als je dat omdraait, kom je bij wat ze tegen Willemijn zei: dat aandacht liefde is, en als je daar eenmaal aan begint komt er geen einde aan. Ze gaat weer naar bed, en sukkelt in slaap.

Berthe fietst langs de Kloveniersburgwal en door de Nieuwe Doelenstraat naar de Munt, ze zet haar fiets neer en loopt naar de Hema in de Kalvertoren. Achterin verkopen ze taart, en ze heeft Clara wel eens horen zeggen dat ze de appelkruimeltaart van de Hema de allerlekkerste vindt.

Als ze buiten staat is het kwart voor elf. Om elf uur is het koffietijd op haar werk.

Ze doet het. Ze wist natuurlijk al dat ze het ging doen, maar nu beslist ze het, ze gaat het echt doen.

Ze hangt de taart aan haar stuur, in het buitenmaatse Hema-tasje met statiegeld dat ze erbij heeft gekocht. Het bureau is in Zuid; via de Vijzelstraat even rechts de gracht op en weer links de Spiegelstraat in is ze er zo. Als ze onder het Rijksmuseum door rijdt en even in die ruimte met holle echo's is waar ze altijd een beetje vrolijk van wordt, net als kinderen die daar roepen om hun vervormde stemmen te horen, voelt ze zowaar iets zachts door de angst in haar borst heen sijpelen, alsof een hand haar daar streelt, een gevoel dat haar voorbereidt op iets waarvoor geen voorbereiding bestaat. Dan is ze achter het museum en strekt zich het nieuwe Museumplein wijd voor haar uit, met een verre hollandse lucht: Berthe houdt haar fiets in, haalt diep adem en laat haar wil in die lucht opstijgen als een zwaan, met zware maar sterke vleugels.

Dan rijdt ze rechtsaf-linksaf langs het Stedelijk de Willemsparkweg in. Ze zet haar fiets op slot, stapt het kantoor binnen en kondigt aan: 'Ik kom even bij jullie op de koffie,' en ontbloot de taart door het Hema-tasje wijd open te vouwen. De meisjes – nee, Moira en Clara en Dorien – staren haar verbouwereerd aan, en Berthe glimlacht innerlijk; ze heeft ze verrast, tegen verrassing kunnen ze zich niet teweerstellen.

'Wil jij hem aansnijden, Clara?' vraagt ze, en Clara bloost en geeft haar een klein verlegen lachje, een dankbaar lachje dat als balsem is.

En dan zitten ze taart te eten, vier vrouwen die zo verschillend zijn dat je eigenlijk niet snapt, denkt Berthe, hoe ze op hetzelfde kantoor kunnen werken. En als Simon erbij komt zitten snijdt ze voor hem de grootste punt van allemaal.

VII

GOEDE WERKEN

Berthe heeft haar tentje zo dicht mogelijk bij het meer opgezet, met de opening naar het water. Toen ze hier krap twintig jaar geleden was logeerde ze in een *Bed and Breakfast*: nu zit ze, in het avondlicht, in haar tentje waarvan ze vurig hoopt dat het opgewassen zal blijken tegen het regenachtige klimaat dat hier in het Lake District nu eenmaal heerst. Aan de overkant liggen de toppen van Borrowdale, precies zoals ze ze op reproducties van Turner en Constable heeft gezien: de *Jaws of Borrowdale*, de kaken van Borrowdale, de natste plek van Engeland. Berthe kijkt naar hoe het licht gaandeweg groener wordt, turquoisegroen, de kleur van het meer. Het is zo snel gegaan. Minder dan een week geleden zat ze nog bij Willemijn op het spreekuur, besmuikt omdat ze haar gelijk moest geven dat het werkelijk tijd werd om weer aan het werk te gaan. En nu heeft ze, voor de tweede keer binnen een paar maanden, haar kelder verlaten, maar toen ze in mei naar Limburg ging had ze nog uitzicht op een veilige terugkeer, en nu weet ze dat ze over een paar weken, begin september, weer terug zal moeten naar een plek waar het beslist niet veilig is.

Een kleine twintig jaar geleden kwam ze hier ook om na te denken: met haar studie theologie kon ze niet verder, wat dan? Achteraf gezien had ze, in plaats van nederlands, toen even goed of slecht iets anders kunnen kiezen: kunstgeschiedenis, filosofie. Nu gaat het niet om een keuze, maar om helderheid. Hoe ze het straks op kantoor gaat doen, hoe ze de kloof tussen haar en de anderen gaat verkleinen, want dat is wat Willemijn van haar verwacht. Alsof ze dat zou kunnen. Tussen iemand als zij, vondeling overgeleverd aan het lot, altijd levend met de wetenschap dat het ook zo anders had kunnen gaan, en de gewone mensen, ingebed in hun sociale vanzelfsprekendheden, moet toch wel een kloof bestaan? Haar hele leven heeft ze geweten dat dat zo was, en nu moet ze daar verandering in brengen? Ze noemt dit haar *gap theory*, met een ironische verwijzing naar de theologische 'gap theory' van die creationisten die proberen schepping en evolutie te verzoenen door te stellen dat er tussen Genesis 1 vers 1 en 2 een kloof in de tijd gezeten heeft van een paar miljoen jaar. God had toen al een wereld geschapen, en de aarde werd bevolkt door een ras van wezens zonder zielen en stond onder de heerschappij van Satan, die daarmee niet tevreden was en rebelleerde, wat God bestrafte met een eerste watervloed die alle dieren en planten die er toen waren vernietigde, inclusief de dinosaurussen die volgens deze theorie genetisch dus ook niet verwant zijn met dieren en planten die wij kennen, laat staan met onszelf. Daarna schiep God een nieuwe wereld, te beginnen bij Genesis 1:3, maar tussen de regels blijft er een kloof tussen de niet-geheiligde en de geheiligde schepping, als de kloof tussen haar en de gewone mensen.

Berthe zucht. Tien dagen heeft ze om zichzelf te herscheppen, en liefst zonder watervloed. En nu is het licht bijna weg, en uit de tent schuin achter haar hoort ze gesnurk. Ze kan maar beter gaan slapen.

Berthe zwemt. Ze heeft in de supermarkt bij het busstation boodschappen gedaan, bij het toeristenbureau bus- en bootdienstregelingen opgehaald, bij de Oxfam-winkel een stapeltje serieuze en minder serieuze boeken gekocht, de twee afhaalchinezen qua prijzen vergeleken voor toekomstige avondmaaltijden, en zich een boekje met wandelingen aangeschaft. Keswick is in al die jaren nauwelijks veranderd. Ze herkende voortdurend: daar was het postkantoor, daar de gezondheidswinkel, daar de Boots, daar de Woolworths: ze herinnerde ze zich in het zien, alsof het programma in haar geheugen opnieuw geopend werd. Zelfs dat wandelboekje lijkt hetzelfde als wat ze, dom, thuis heeft laten liggen omdat ze dacht dat het verouderd zou zijn.

En nu zwemt ze in Derwentwater, tussen de bergen. Stil en snel glijdt ze door het grijsgroene water, de rimpelingen die ze maakt nauwelijks te onderscheiden van de wind die over het water zweeft. Dit is het begin, denkt ze. Boodschappen opgeborgen, alle nodige informatie in huis, het kan beginnen, het is begonnen. Bij elke slag vinden haar armen onverwachte kracht, bij elke krachtige armslag schuiven de bergen aan weerszijden van het meer een eindje naar achteren en biedt zich links en rechts een nieuwe horizon aan, van klippen en kliffen, paars en groen. Uitzicht na uitzicht zwemt ze tegemoet. Eerst links geelbruine heuvels, dan bossen. Rechts een bergrug, de Cat Bells, paars van hei en heldergroen van varens rond de leigrijze littekens waar vroeger grafiet werd gewonnen. Voor haar liggen de kaken van Borrowdale, en daarachter moet, herinnert ze zich, de Honister Pass liggen.

Plotseling kan ze niet verder zwemmen. De Honister Pass – ja, daar kwam ze toen doorheen met dat busje van de firma Mountain Goat, op weg naar Buttermere. Het was herfst en de varens waren roestrood, de bergen bruinig en weids, en het busje klom als een berggeit onder protest, hoger en hoger over een smalle weg met adembenemend uitzicht; en toen ze helemaal boven waren vroeg haar medepassagier, een man die zeker een eind in de zeventig moest zijn, in plusfours met hoge dikke bergkousen boven zijn ouderwetse bergschoenen, of hij eruit mocht, midden in al dat golvende bruin en oranje en rood: en de chauffeur stopte meteen en zei met een glimlach: '*You've got it all for yourself today, sir,*' alsof hij gulle God was die dat onbeschrijflijke landschap aan die man cadeau deed. De man glimlachte terug en zei: '*See you tonight,*' en zij, Berthe, kreeg tranen in haar ogen en was plotseling fel jaloers op die oude man met zijn stok die daar in dat landschap paste, zelfs de kleuren van zijn plusfours en wandelstok pasten daar. Maar zij bleef zitten om haar wandeling rond Buttermere te maken, geheel zoals de nette mensen uit de buurt dat in de negentiende eeuw al deden op zondag, over een idyllisch paadje compleet met grot langs een meer tussen hoge bergen, dat door het leisteen op de bodem een stille, turquoise kleur had waarin je ondersteboven elk detail van de bergen lieflijk zag weerspiegeld. Het contrast tussen die twee bestedingen van de middag had niet groter kunnen zijn.

Op de terugweg was het busje weer gestopt op die weidse, goddelijke plek, de oude man was ingestapt en Berthe had zijn gezicht afgespeurd of ze kon zien wat hij had meegemaakt – maar het was een vriendelijk engels gezicht, een rustig gezicht, misschien rustiger dan die morgen, misschien.

De herinnering verwart haar, daarom zwemt ze verder, in dit water dat grijzer is dan Buttermere, en donkerder groen waar links van haar, nu ze voorbij het riet is gezwommen, de bomen van het schiereiland zich erin spiegelen. Goed, ze zal naar de Honister Pass gaan.

Ik ben gelukkig, zegt ze hardop, zwemmend in de ruimte van het meer tussen de bergen. Gelukkig ben je als je samenvalt met jezelf – en dan weet je dus niet dat je gelukkig bent, je voelt het alleen, bijna als een afwezigheid van iets. Raar is dat toch, denkt Berthe, je weet eigenlijk nooit hoe je je voelt. Pas als je reflecteert weet je hoe je je gevoeld hebt. Alsof je voortdurend één seconde achterloopt op jezelf, alsof je je het zojuist gepasseerde moment al herinnert. Het leven beleefd als een overweging achteraf. Alweer een kloof.

Ze is nu op de plek waar het schiereiland een bocht maakt; volgens de van tevoren bestudeerde kaart moet ze nu al meer dan een kilometer hebben gezwommen. De veerboot, die elk uur het meer rond vaart, komt haar tegemoet. Ze houdt in, watertrappelend op veilige afstand. De boot passeert haar; een groepje kinderen staat vooraan, waar het buiswater hoog opspat, giechelig en joelerig. Als ze haar zien roepen ze: '*Are you all right*?' met in de vraagtoon de melodramatische hoop van niet. '*Excellent*,' roept ze, en zwaait en lacht, en de schipper toetert even, vriendelijk denkt ze, en ze zwemt verder op de golven die de boot achter zich laat, die haar even doen beseffen dat ze in zeer diep water zwemt – veertig meter of meer, er wonen reusachtige snoeken, niet aan denken niet aan denken. Zo zit je in het paradijs, zo bij het onderbewuste! Maar de snoeken blijven zich presenteren. Wacht, ze zet er iets anders voor in de plaats. Zeeleeuwen, zoals in het gnostische verhaal van Thecla, leerling van de apostel Paulus, die zichzelf doopte in een poel met woeste zeeleeuwen, met een wolk van vuur die haar naaktheid verhulde.

Ze zwemt tot ze links, boven de bossen, drie roodgrijze kliffen ziet die zich hoog boven het water verheffen. Die kinderen hoopten dat er iets met haar was, zodat ze haar hadden kunnen redden en er een avontuur op hun vakantie was gebeurd. Maar anders dan men in de eerste eeuwen dacht, zijn zeeleeuwen niet gevaarlijk. Ze zou er zelf een kunnen zijn.

De volgende dag gaat ze toch niet naar de Honister Pass: ze durft nog niet, ze is daar nog niet aan toe. Ze kiest een wandeling die ze van vroeger meent te herkennen, een hoge klim naar Walla Crag, de drie woeste rotsformaties die ze vanuit het water heeft gezien.

Haar gidsje beschrijft precies de weg en geeft allerlei informatie over wat ze onderweg zal tegenkomen, waar ze met laddertjes over stenen muurtjes moet klimmen en waar de oudste eiken groeien. In literatuur, bedenkt Berthe met zelfironie, staat de wandeling vaak voor het leven zelf. Want bij een wandeling gaat het niet om het eindpunt, dat immers is waar je begon, maar om het onderweg, in vertrouwen op de gids die je van glorie naar glorie zal voeren, als die zijn belofte tenminste kan waarmaken. Zal haar gids zich als God ontpoppen?

Ze klautert omhoog langs een smal, stenig paadje. Deze wandeling met moeilijkheidsgraad drie van vijf vereist dat ze zich menigmaal moet ophijsen met één voet op een steen, in wankel evenwicht. Tussen de groene varens klimt ze, tussen de schapenkeutels, en af en toe vlucht er een schaap met intelligent lijkende zwarte snoet voor haar weg. Rechtsboven liggen paarsrood gekleurde rotsen, hoog tegen een lucht die constant in beweging is: de combinatie van bergen en meren maakt het hier vochtig, met winden uit steeds wisselende richtingen, altijd prachtig. Af en toe is ze zo ademloos dat ze ervan moet blijven staan. De wandelaars die ze hier heeft gezien lopen met hun stevige bergschoenen in een rustig maar ongelooflijk stevig tempo de berg op, als ware het een straat, terwijl zij moet hijgen en stoppen en zich ophijsen en stoppen, zich met een hand optrekken en stoppen, een slokje water drinken en op de kaart kijken – alsof het pad zich niet vanzelf wijst, ze moet gewoon klimmen tot het zich verbreedt naar een wat vlakker en groener gedeelte, zegt haar gids – en stoppen. Er groeien hier jeneverbessen, zegt de gids, maar ze ziet ze niet. Ze heeft al twee hapjes genomen van haar pepermuntblok, het energierijke plaatselijke product dat ooit de eerste mensen zonder kleerscheuren op de Mount Everest heeft gebracht. Ze neemt een punt in haar hoofd en besluit tot daar te lopen zonder stoppen. En dan een volgend. En bedenkt dan dat ze op deze manier zozeer bezig is met proberen niet te stoppen dat ze vergeet wat ze aan het doen is: ze maakt een bergwandeling, en ze weet dat straks, daarboven, iets op haar wacht.

Trouwens, de omgeving kun je toch alleen maar zien als je stilstaat: terwijl je loopt moet je zo op het pad letten, om niet over de stenen te struikelen en bij het oversteken van een van de vele kleine waterstroompjes je voet precies op de stapstenen te zetten, dat je dus eigenlijk niets anders ziet dan een reeks grijsblauwe en soms mossig uitgeslagen stenen, en je voeten daarop, in grijze sportschoenen met misschien iets te weinig profiel. En bloemetjes, gelukkig, die ziet ze ook, naast het pad. Wilgenroosje, roze kleine klaverachtige bloemetjes tussen de varens, blauwpaarse klokjes, gele bloemetjes die op tormentil lijken, en varens.

Berthe is nu al zo hoog dat ze bijna heel Derwentwater links onder zich ziet uitgestrekt. Kijk, daar zwom ze. Het water is van hieruit turquoise. En daar, heel klein, ligt het kampeerterrein.

Omdat het hier wat breder is ziet ze vanzelf bij elke stap ook wat meer in de breedte. Het wordt wat drassiger, zoals de gids ook beloofde; er groeit hier een soort moerasgras dat de schapen niet lusten en een vleesetend plantje dat naar de beschrijving wel zonnedauw zal zijn. Gezagsgetrouw houdt ze nu het noordoosten aan, waar paarse hei, blauwgroen moerasgras en heldergroene varens met elkaar samen een patroon vormen, dat zich golvend voor haar ogen uitstrekt: wonderlijk, een vlakte hierboven is iets heel anders dan een vlakte op de begane grond. Alsof die hier eigenlijk niet hoort te zijn. Een verrassing, een cadeau van het landschap. Hier lopen, zo hoog, is een beetje alsof je vliegt, ja, alsof ze een vogel is. En net als ze dat denkt ziet ze niet eens zo ver boven zich een grote vogel vliegen, een valk? Arenden zijn hier ook, maar zeldzaam, en deze vogel is niet groot genoeg voor een arend.

Een vogel die vliegt over een vlakte. *Edinu*, denkt ze, het baby-

Ionische woord voor vlakte dat in het Hebreeuws Eden werd, paradijs.

Ze heeft alweer dorst. Ze bukt zich en schept wat water uit het beekje aan haar voeten in haar holle hand. Het smaakt fris, een beetje ijzerachtig. Maar het geeft meer voldoening dan het water uit haar fles. Alsof er hier door het landschap voor haar gezorgd wordt.

Ze gaat zitten. Haar ogen gaan over de vlakte, dwalen over de paarse hei, de rozegele graspluimen, de groene varens, de grijze rotsen. Haar voeten zijn bloot, ze heeft haar schoenen uitgetrokken en haar blote voeten baden in dat stroompje koel ijzerhoudend water; ze wiebelt met haar tenen en voelt de koelte stromen. Boven haar vliegt alweer een valk, westwaarts, over het meer naar de overkant en hoger nog, tot waar de bergpassen zich openen achter de Cat Bells. Met haar lichaam volgt ze de bewegingen van de valk, ze voelt de slag van de vleugels door haar schouders gaan. Het is makkelijk zich in te beelden dat ze een valk is: wijd, los, zo zweeft ze naar de bergpas, hangt erboven, slaat zich met haar vleugelarmen vooruit, eigenlijk zwemt ze daar boven de bergpas. Achter de Cat Bells strekt zich dwars een andere bergrug uit. De bergen lijken zich uit elkaar te openen, de ene pas maakt plaats voor de andere. Het is alsof je een gigantisch ontvouwen gadeslaat, als reusachtige bloembladeren, beweging, opening, ja als een bloem die zich opent. Een geboorte van landschap. En terwijl ze daar zo stil naar die beweging zit te kijken, opent zich in haar een rustige vreugde. Dit beeld van die zich uit elkaar openende bergen, van die schepping van bergen, is precies waar ze op heeft gewacht, zonder dat ze dat van tevoren wist. Die bloem van bergen aan de overkant van het turquoise water vormt een belofte en tegelijkertijd de inlossing van die belofte.

Ze doet haar ogen dicht, haalt een paar keer diep adem en doet ze dan plotseling weer open om zich te laten verrassen. De gebogen lijnen in en tussen de bergen ontroeren haar, alsof ze ze met een vinger kan aanraken, als de ronde wanglijn van een geliefde. En plotseling verlangt ze zo dat het bijna pijn doet, ze hongert. Alsof ze tot nu toe een hemelvormig gat met zich meedroeg zonder het te weten.

Ineens herinnert ze zich iets: de vorige keer was ze naar het museum gegaan, het kleine streekmuseumpje dat hier is. Het pronkstuk daar bestond uit een reeks leistenen, neergelegd op de wijze van een piano, waarop je met een hamertje kon slaan; elk stuk steen had een eigen toon en samen vormden ze een muziekinstrument, lang geleden verzameld op de hellingen van Skiddaw, de berg die achter het kampeerterrein ligt: muziek van de bergen. Dat klinkt een beetje als een psalm. Maar toen had ze dat niet zo beleefd: toen moest ze lachen om de curiositeit van het geheel, om de Victoriaanse kneuterigheid ervan.

Hierna is de weg naar huis een fluitje van een cent. Over een laddertje naar de drie grote kliffen, en door het grote bos terug. Haar stappen zijn langer, rustiger nu ze niet meer zo steil hoeft te klimmen. Het bos is donker, vochtig, met mossige eiken en stompen van vergane bomen, bezaaid met vele soorten korstmossen. Bijna te veel, denkt ze. Te veel schoonheid, hoe moet je dat bevatten? Hoe kun je leven als je zo openstaat voor indrukken, word je dan niet gek? Vreugde en pijn liggen zo dicht bij elkaar, ze wordt er duizelig van en een beetje bang. Maar dan is ze plotseling bij een boerderij die ijsjes verkoopt – maar dat hoeft niet, want ze is wilde framboosjes tegengekomen, en tussen de huizen, en bij het busstation – en thuis. Berthe kruipt in haar tent en valt in slaap.

Als ze, weer wakker, uit de tent kruipt en richting Skiddaw kijkt, hangt daar een hangglider boven de berg, even hoog als die valk van vanochtend maar hulpelozer, meent Berthe: wat doe je als je boven op de berg moet landen? Hoe kom je dan beneden?

Ze staat op en loopt naar het winkeltje om er een van de zelf-gebakken *flapjacks* te halen die ze daar verkopen. Als ze die op heeft gaat ze met haar schilderspullen voor de tent zitten, op de opengeknipte vuilniszak die haar als terras dient, en probeert de kaken van Borrowdale te schilderen. Het valt niet mee, het licht verandert elke paar minuten totaal. De roosvormige bergen recht voor haar zijn het ene moment roze, het volgende heldergeel. Het doet haar denken aan het paard in Limburg, dat ook steeds be-woog.

Boven het meer, dat in het namiddaglicht groener en groener wordt, beginnen zich wolken op te stapelen in hoge, groenbe-schaduwde formaties. Als ze nu alleen naar het meer en de lucht kijkt, kan ze een monochroom schilderij maken, smaragdgroen met een beetje ultramarijn erdoor, meer heeft ze niet nodig. Kleur is eigenlijk zulk vreemd spul, denkt Berthe. Hoe dieper je in een kleur gaat, hoe onontkoombaarder die wordt. Kleur is. Kleur is hier en nu. En toch is het volgens de filosofen een secundaire ei-genschap van een object, omdat kleur alleen bestaat in onze waar-neming. Wat moet ze hieruit concluderen? Dat kleur je trouwt met het object, dat is het. Kleur is eenheid van subject en object, kleur is paradijs.

Ach, en nu ze aan Limburg denkt en aan het paradijs is ze in-eens ook weer terug bij degene die ooit haar lievelingsketter was, Pelagius, die stelde dat Adam met het eten van die beruchte vrucht slechts een fout had begaan die alleen hem mocht worden aange-rekend, en hoe haar dat tijdens haar studie theologie had getroost: geen erfzonde betekende zeker geen schurftige babietjes, op een hoop groenteafval van de Albert Cuypmarkt gedropt, die onge-doopt in de hel zouden komen. Ja, een troostrijke theoloog, die Pelagius, ook al omdat hij stelde dat wij, naar Gods beeld gescha-pen immers, wel degelijk tot het goede in staat zijn, en dat God in zijn liefde en rechtvaardigheid nooit het onmogelijke van ons zal

vragen. Niks erfzonde, niks voorbeschikking, maar verantwoordelijkheid en vrije wil.

Zonder zijn aartsvijand Augustinus, denkt Berthe terwijl ze
voorzichtig wat rozegeel in de roos van Borrowdale en meteen even
in de wolken stipt, was Pelagius waarschijnlijk niet als ketter veroordeeld. Voor Augustinus was het goede dat van God kwam altijd puur gift, genade, nooit beloning. En hij was bang dat Pelagius, hoewel die het bestaan en de ervaring van de genade niet
ontkende, de mensen leerde dat je God door het doen van goede
werken kon dwingen. Later gingen ze dat toch denken: in de late
middeleeuwen hanteerde men precieze rekensommen om te bepalen voor hoeveel geld je aan het vagevuur kon ontsnappen; het
bijwonen van de mis hielp tegen bevallingspijn, en speciale gebeden en missen dienden om dieven op te sporen of akkers tegen ha-
gel te beschermen. En God maar tellen en afstrepen. Dan is het
geen religie meer maar magie. Maar Augustinus zag weer niet het
gevaar van zíjn visie, dat mensen zouden doorslaan naar de andere kant: als het toch puur genade is, en voorbeschikking bovendien, hoef je er immers niets meer voor te doen? Pelagius gaf het
goede voorbeeld en leefde als een heilige. Berthe stelt zich Pelagius voor als een man met een mager, een beetje El Greco-achtig
langgerekt gezicht en een wandelstok. Als ze hem tegenkwam zou
ze misschien wel bang voor hem zijn. Sommige mensen kijken nu
eenmaal dwars door je heen. Maar ze zou hem wel goedendag zeggen, bedenkt ze terwijl ze de laatste streep groene verf over haar
aquarel strijkt, en dan bergt ze haar verfdoos op en pakt uit de kartonnen doos met etensvoorraad het stokbrood dat ze heeft gekocht
en het zakje met zeven verschillende kleine kaasjes voor één pond.
En als ze gegeten heeft, trekt ze zich met haar stapeltje boeken terug in haar tent.

De volgende dag regent het. Van de bergen aan de overkant van het meer is niets te zien: waar ze zich tegen de grijze lucht zouden moeten aftekenen hangt een vreemde, witte mistbank die Berthe, elke keer als ze naar buiten kijkt, ongerust maakt, alsof er iets niet klopt aan de wereld.

Een leesdag dan maar, bedenkt ze flink. Een van de boeken die ze heeft gekocht is een verzameling teksten van en over de quakers, over wie ze altijd meer heeft willen weten. Nu ze erbij stilstaat vermoedt ze dat hun opvattingen niet zo ver af staan van die van Pelagius – en dus is haar aankoop een staaltje van dat merkwaardige vakantietoeval, zoals ze dat in Limburg ook ervoer, waarbij schijnbaar losstaande gebeurtenissen zich samenvoegen in een nieuw verband. *Follow your nose.*

Op haar buik op haar matje leest Berthe dat het een aard heeft, en niet alleen omdat ze het onafgebroken tikken van de regen op haar tentdak wil vergeten. Een geloof zonder dominees of priesters of heilige boeken, omdat niemand méér van God weet dan een ander. Geen dogma's, om diezelfde reden. Geen erfzonde, geen doop, geen beloning of straf. Geen goddelijke Zoon, geen heiligverklaring van de Bijbel. Volgens de quakers spreekt God nog steeds zoals hij tot de profeten in de Bijbel gesproken heeft – tot iedereen spreekt hij, omdat hij met ons communiceren wil, niets liever wil dan dat, als we maar stil genoeg zijn, en dan weten we wat we moeten doen. Alleen die innerlijke stem kan richtsnoer zijn. De dichter Walt Whitman was een quaker. De grote kinderpsycholoog Michael Rutter. En Elizabeth Fry, die het gevangeniswezen hervormde. Quakers waren cruciaal in het gevecht voor de afschaffing van de slavernij. Voltaire, die de kerk van zijn tijd haatte, was van ze onder de indruk. Marx prees hen, omdat ze al in de zeventiende eeuw democratische arbeidsvoorwaarden voorstonden. En van begin af aan waren vrouwen bij hen gelijkwaardig. Toen een jury weigerde Penn, naar wie Pennsylvania is genoemd, te veroordelen – misschien omdat hij zijn hoed niet wilde afnemen, of omdat hij geen eed wilde zweren – werd daarmee in het amerikaanse recht het precedent geschapen dat een jury haar oordeel mocht uitspreken puur en alleen op grond van overtuiging. En nog steeds mag in Philadelphia, de stad van 'broederlijke liefde' die door quakers is gesticht, niet hoger worden gebouwd dan de hoed van het standbeeld van William Penn. Niemand is groter dan een ander, iedereen heeft een stukje van God in zich en niemand meer dan een ander, zelfs Jezus niet.

Berthe schuift het boek van zich af. Dat kun je toch bijna niet geloven? Hitler had een stukje van God in zich? Milosevic? Bin Laden? Van Gandhi, Jezus, Mandela kun je zoiets wel geloven, geen kunst.

Wacht even, nu moet ze niet aanbod en antwoord met elkaar verwarren, dan maakt ze dezelfde fout die ze Augustinus verwijt. Pelagius, volgens wie God nooit het onmogelijke van ons zou vragen, zou zeggen dat iedereen dezelfde kans krijgt op Gods genade. Want wat heb je aan een God die meer tot de een spreekt dan tot de ander? Het verschil tussen Hitler en Gandhi moet in het luisteren liggen, niet in het spreken. God heeft iedereen even lief. Je zou bijna, denkt Berthe, naar zo'n God gaan verlangen.

Ze bladert verder en vindt de bladwijzer van een vorige eigenaar, een afbeelding van een geborduurd portret van George Fox, de vader van de quakers. Hij staat in plusfours en donkergroene laarzen op een berg, een stok in de hand. Het is een afbeelding van de beroemde preek op Firbank Fell uit 1652, zegt de bijbehorende tekst, het begin van de quaker-beweging. Onderaan rechts staat in donkerrood geborduurd: *Keep your feet upon the top of the mountain and sound deep to that of God in everyone.* Firbank Fell ligt in Yorkshire, maar het landschap dat zich aan Fox' voeten opent zou evengoed dat van het Lake District kunnen zijn. Van hier. Gezien vanaf Walla Crag, bijvoorbeeld. Of vanaf de Honister Pass, in Borrowdale.

George Fox boven op de berg. De man met de wandelstok in de Honister Pass, de man alleen onder Gods hemel te midden van de bergen die zich openen als een bloem. Pelagius.

Berthe krabbelt overeind om te kijken hoe het gaat met de regen en zowaar, de kaken van Borrowdale zijn vaag zichtbaar, ze kan weer wat zien, de regen wordt minder en eigenlijk hoort ze vrijwel niets meer tikken op haar tent. Is het te laat om nog naar de Honister Pass te gaan? Ze pakt de dienstregeling en ziet dat de bus daar tegenwoordig een halte heeft. Er is een jeugdherberg daar op het hoogste punt, en een mijn met een museum, staat er onder het busschema in een kadertje dat het tochtje aanbeveelt. Toen zij er twintig jaar geleden was, werd die mijn dus al niet meer geëxploiteerd, nu is hij weer geopend. Er wordt leisteen uit de berg gehakt, en het museum dient om de financiën van de mijnbouw wat te ondersteunen.

Nee, ze gaat niet. Soms is het verkeerd pelgrimstochten te ondernemen. Hoe kan zij George Fox boven op de berg zien staan vlak naast een jeugdherberg en een mijnmuseum?

Ze kruipt naar buiten en gaat op een van de bankjes vlak bij het meer zitten, te midden van de stenen die het zo moeilijk maken om blootsvoets diep genoeg te waden om te gaan zwemmen. Er zitten eenden en een paar ganzen. 's Morgens om een uur of zes wordt ze wakker van de eenden die elkaar begroeten, en gisteravond zag ze hoe er steeds groepen ganzen overvlogen en hoorde ze hoe die elkaar groetten. De groep van vandaag is groter dan die van gisteren: kennelijk zijn er een aantal overvliegers neergestreken bij hun soortgenoten. De kinderen uit de caravans, die graag broodresten aan de eenden voeren, zijn bang voor de ganzen, die als ze niet gauw genoeg hun zin krijgen angstaanjagend sissen. Was het niet zo dat er in Engeland ook wel ganzen als waakhond werden gebruikt?

Er komt een jongetje aan, dat stenen in het water begint te gooien. Hij werpt een snelle blik om zich heen of er iemand kijkt, en als hij kennelijk denkt van niet begint hij zijn projectielen steeds dichter in de buurt van de groep eenden te gooien. Zodra er een geraakt wordt, zwemmen ze weg. Nu zijn de ganzen aan de beurt.

Geluiden van kinderstemmen over het water, het geluid van de plonzende stenen. En zij hier, bestookt door een terugkerend beeld, het beeld van een eenzame man met een stok, hoog op een berg, tussen gouden bergen, tussen bergen die zich openen als bloemen, bij de geboorte van bergen.

Ineens beseft ze dat dat beeld van de man die de bergen cadeau kreeg al die jaren in haar heeft gesluimerd, dat die man met zijn stok de reden is geweest dat ze nu, op denkvakantie, deze plek heeft uitgekozen.

Dus kan ze er niet onderuit: dus moet ze nog een keer die berg op.

Maar ze durft niet.

Want als die man George Fox is en Pelagius, is hij ook hun gemeenschappelijke grote Voorbeeld, de man die vorige maand op de glasbak hing, voor wie ze ook een beetje bang is – die mannen, ze vragen zo veel, misschien wel alles. En in het verhaal van die laatste man, wat is de berg daar dan? Is het de berg in de woestijn, waar de verzoeking op hem af kwam? Of is het de eenzaamheid, de woestijn zelf, de plaats waar je je terugtrekt om dichter bij God te komen?

En is dat wat zij hier doet?

Nee, ze durft die berg niet op.

En dan is het zondagmorgen en daar steekt Berthe resoluut het veld achter het kampeerterrein over, slaat rechtsaf en loopt dan door de open deur het huis binnen waar de quakers van Keswick bij elkaar komen, want dit durft ze net. Quakers zijn gewone mensen, misschien wat heiliger dan de meesten omdat je je toch, als je je bij zo'n groep aansluit, apart zet van de anderen, maar mensen met tolerantie voor andersdenkenden hoger in het vaandel dan welke andere christengroepering ook, dus kunnen ze niet anders dan haar welkom heten, daar rekent ze op.

En zo is het ook. In de gang van het huis staan hier en daar groepjes mensen met elkaar te praten. Er is een tafel met lectuur, maar voordat ze daarheen kan komt er een kalende vrouw met een blij gezicht en een echt lieve glimlach op haar af en stelt zich aan haar voor, ze is Dorothy. Is Bertha al vaker bij de *Friends* geweest, en weet ze hoe het gaat? 'Ja,' zegt Berthe, 'we zitten in een kring en we zijn stil' – alsof de kans bestond dat zij zomaar zou opstaan straks en, door Gods stem geïnspireerd, zou gaan spreken! 'Ik kom uit Amsterdam,' voegt ze eraan toe, en Dorothy knikt, en dan gaan ze al met de anderen naar binnen, een ronde kamer in met ramen die uitzien op de tuin en de bergen daarachter. In het midden een tafel met bijbels erop, en aan de muur een geborduurd schilderij- tje in de stijl van haar bladwijzer, met bloemen in dezelfde kleu- ren als op de tafel. Een grote kring, met wel veertig mensen. Ber- the kiest een stoel achteraf. Iemand pakt een bijbel van de tafel, anderen hebben er een op schoot, weer anderen hebben niets. En zonder dat er iets wordt gezegd of aangekondigd, is het stil.

Na en kwartier, waarin Berthe braaf naar de ademhaling van de- ze en gene heeft geluisterd, zich feliciterend dat ze niet hoeft te hoesten en dat haar maag zich stilhoudt, waarin ze de kring een paar maal heeft rondgekeken en gezien dat sommigen met hun ogen dicht zitten, andere hebben ze open, en een oude man schuin aan de overkant is in slaap gevallen – staat er een magere man op, met ogen die zo vaak knipperen dat je vermoedt dat hij blind is, die vertelt hoe hij in zijn tuin de sterke planten heeft opgebonden om de zwakke meer licht te gunnen.

Daarna is het weer stil, terwijl Berthe zich afvraagt of ze zich onder de sterke (opgebonden) of de zwakke planten (licht behoevend) moet rekenen. Ze zou het niet weten. En gaat dit over God, dit bloemengedoe?

Nu staat er een man op met een korte, gedrongen gestalte en een vest over een okergeel poloshirt, die zegt dat hij een stukje gaat voorlezen uit een christelijk boek over mediteren, omdat het zo mooi aansluit bij het vorige. '*As you give yourself over to the beauty of the mountains, you do not turn into the mountains, nor do they turn into you. And yet you are not other than the mountain: in giving yourself over to the beauty of the mountain you cannot find a place at which that beauty ends and our own begins.*'

En het blijft stil.

Natuurmystiek, denkt Berthe. Ze weet niet of ze hier iets aan heeft. Ze kan eigenlijk niet ophouden met denken. Binnen in haar is het geen seconde echt stil geweest. Als hun gezamenlijke innerlijke stilte God moet uitnodigen, is het dan dus haar schuld als die niets laat horen? Mis: volgens de quakertheorie heeft God zich al twee keer laten horen. Eigenlijk maak je het haar niet wijs.

En dan ziet ze een wolk voorbijdrijven achter een vlaggepaal in de tuin. De wolk heeft een donkere, rechtlijnige onderrand, die samen met de vlaggestok een kruis vormt.

Berthe schrikt. Maar het is toeval. Ze wacht tot die wolk voorbijdrijft, ongeduldig, beledigd, alsof iemand haar hier expres voor het lapje houdt. Ze vroeg om een teken, welaan dan? Hou nou toch op!

Maar die wolk blijft heel lang hangen. Tot het uur voorbij is hangt daar die wolk.

Dorothy geeft aan dat het tijd is door haar beide buren een hand te geven; iedereen geeft elkaar een hand. Berthe weet dat dat symbolisch is: van God binnen in je naar je handen naar de naaste. Zelf krijgt ze ook handen van de mensen naast haar en voor haar, en glimlacht verlegen. Dan staat Dorothy op met een paar mededelingen, waaronder dat ze de gast uit Amsterdam, Bertha, van harte welkom heet. Iedereen kijkt en glimlacht, alsof ze er zomaar bij hoort. Misschien denken ze wel dat ze een quaker is.

Berthe schaamt zich.

Ze gaan de gang weer in. Verderop is een andere kamer, een gewone kamer, met een doorgeefluik naar de keuken. Er is thee, alvast in de kopjes van melk voorzien. Ze verafschuwt thee met melk. Een vaag ogende vriendelijke man met ook al zo'n typisch langwerpig engels gezicht schenkt ze in en deelt ze uit. Mijn staaltje van naastenliefde, denkt Berthe terwijl ze dapper een slokje neemt van het bleekbeige vocht. Dorothy is druk bezig met een paar mensen iets te regelen betreffende een uitje later deze week, ze staat alleen.

Zal ze naar de man met de knipperende ogen toe lopen en hem vragen wat haar op de lippen brandt: hoe voelt het om door God te worden aangeraakt? Hoe kunnen mensen menen de wil van God te kennen? In de geschiedenis kwam daar toch vrijwel alleen ellende van? Of kwam die ellende als mensen juist niet naar God luisterden maar hun eigen verlangens voor Gods stem aanzagen? *Hoe spreekt God tot u?*

Berthe weet niet dat de man zelfs – of juist – met zijn slechte ogen een glimp opvangt van iemand die nauwelijks weet hoe ze met mensen om moet gaan, maar koppig probeert iets authenticks van zichzelf aan anderen te laten zien zonder te gronde te gaan – een verschijnsel dat hij in Engeland, waar privacy nog steeds een ethos is, vaker heeft aangetroffen – en hij glimlacht allervriendelijkst naar Berthe en pakt een koekje van de schaal die Dorothy rondbrengt en legt het Berthe in de hand.

Een koekje. '*I'm John*,' zegt hij.

En dan kijkt hij met zijn knipperende ogen in de hare, zodat ze het gevoel krijgt dat er een boodschap in morsetekens naar haar wordt geseind, en als ze er in haar verlegenheid uitgooit dat ze geen quaker is – het woord 'Vriend' kan ze niet over haar lippen krijgen – knikt hij, alsof hij dat al wist. En dan vertelt ze dat ze voor de tweede keer in het Lake District is en terugkwam omdat ze jaren geleden die man op de Honister Pass had gezien, en van de schok der herkenning bij George Fox op zijn berg, maar dat ze er nog niet heen heeft gedurfd. En dat Fox haar aan Pelagius doet denken.

'Je weet dat die ook uit Engeland kwam?'

Nee, dat was ze vergeten, maar het verbaast haar niet. 'Het is lang geleden dat ik theologie studeerde,' zegt ze bij wijze van verontschuldiging.

'Je bent theoloog?' vraagt hij dan. En ze moet nee zeggen, zelfs geen christen is ze, en schaamt zich, alsof ze hier onder valse voorwendsels is. Maar hij legt zijn hand op haar schouder als om haar te troosten. 'Ik moet gaan,' zegt hij dan, en weg is hij, als was hij een verschijning waarvan ze nu al niet meer weet of ze hem heeft gezien of gedroomd. Een engel, een vreemdeling.

Berthe staat in een hoekje van die quakertheekamer en ziet hoe alle aanwezigen zich rond elkaar bewegen in een dans waarvan ze allen elke pas kennen, met elkaar vertrouwd. Ze praat even met Dorothy en bedankt haar voor het welkom. Hoe ze het vond? Ze kan er niks zinnigs over zeggen, want wat ze denkt, dat zegt ze liever niet: al word ik honderd, denkt Berthe, dan zal ik nog geen quaker kunnen zijn. Het lijkt wel alsof deze mensen er helemaal niet mee bezig zijn of ze elkaar (of haar) wel aardig vinden, of ze zelfs wel bij elkaar passen en of ze ook maar iets anders gemeen hebben dan dat ene stukje van God waar ze in geloven. Acceptatie zonder voorwaarde. En ze zijn er eerlijk in, ze zoekt de gezichten af om ze op valse zonnigheid te betrappen, maar het ene gezicht kijkt al even rustig als het andere. Er is niets mis hier. Het deugt, het is echt.

Ze stamelt wat, en vlucht.

Nog natrillend wordt ze wakker, de volgende morgen. Ze heeft de hele nacht aan één stuk geslapen; zelfs het snurken van de man in de tent achter haar heeft ze deze keer niet gehoord. Ze heeft geslapen alsof ze ziek is.

Ze weet wat ze moet doen. Goed dan, denkt ze, ik ga wel. Ik probeer het, ik ga het durven, ik doe het. Ik ga de berg op.

Ze pakt haar tekenspullen, als alibi. Ze koopt in de supermarkt bij het busstation iets te eten, zo lekker als ze maar kan vinden: een chinese wrap en een pakje sandwiches met drie verschillende soorten kipbeleg. Daar gaat de soberheid, denkt ze uitdagend. Ze gaat in de bus zitten. Ze laat zich rijden, langs de westoever van het meer en langs een riviertje omhoog, omhoog.

Die quaker had gelijk, denkt ze. Natuurlijk kun je een ervaring van schoonheid God noemen, en als je dat doet heb ik de stem van God gehoord: die stem heeft alleen al deze vakantie een aantal malen ingebroken, maar ik luisterde niet goed. Toen ik aan Augustinus dacht, en aan Pelagius. Bij de quakers, toen die wolk voor de vlaggestok schoof. Bij het zwemmen in Derwentwater. Op Walla Crag, toen ik de bergen uit elkaar geboren zag worden. Daarom voel ik me vandaag zo ziek, ziek van angst, omdat het misschien wel God is die me nu deze berg op stuurt – en als het God is, wat moet er dan van mij worden? Maar nu ik het weet, nu het me is verteld en ik weet dat het zo is, nu moet ik wel, nu kan ik geen nee zeggen. Al ben ik nog zo bang.

En tegelijkertijd is het alsof ze droomt.

Ze stapt uit bij de Honister Pass, op de plek die ze zich herinnert, en het is er nog bijna zoals ze zich herinnert, alleen is alles wat kleiner, alsof ze zelf groter is dan toen, of omdat ze alles in haar herinnering groter heeft gemaakt? En natuurlijk was toen de mijn er nog niet, de leisteenmijn die links van de weg het landschap ontsiert. Kleine vrachtautootjes rijden die kant van de berg op en af, en overal liggen grijs gruis en grijze brokken steen. Maar de kant die zij kiest heeft dat niet: ze neemt het eerste het beste pad omhoog, tussen de varens omhoog.

Halverwege begint zich het landschap weer te openen. Ze kijkt naar het dal van Borrowdale en ziet het grote rollen weer beginnen. De bloem van bergen. Nu moet ze stil zijn, zitten, en wachten. Zal ze Gods aanwezigheid voelen? In alles om haar heen, tot in haar lichaam aan toe? Zal het licht zijn? Onder invloed van licht verandert er iets in onze hersenen, Gods licht maakt ons gelukkig. Zal ze haar leven beneden zich zien liggen, dit uur, overzichtelijk als een landschap, als een ommuurd stadje met bochtige straatjes die allemaal leiden naar het centrale plein, het kerkplein, en zal ze begrijpen waarom het leven is zoals het is? En zal het dan opengaan, zal er zich een poort openen, een poort van bloemen?

'Laat het zo zijn, God,' bidt Berthe, 'Als u bestaat, God van de quakers, laat me dan delen in wat zij krijgen, breek me open, ik verlang er zo naar!'

Ze gaat zo zitten dat ze de mijn niet kan zien. Ze kijkt naar de golvende lijnen van de bergen, ze denkt aan gebogen vloeiende lijnen, ze denkt bijna aan niets, ze zit, ze wacht.

Er gebeurt niets.

Ze kijkt op haar horloge: ze neemt zich voor een kwartier te wachten.

Haar gedachten gaan weer naar Augustinus, naar Pelagius. Je komt toch uit bij verantwoordelijkheid, denkt ze. En dat is het bijzondere aan Pelagius, die niet verdiende te worden verketterd: de ethische component in zijn theologie. Want alleen als je een vrije wil hebt kun je echt kiezen tussen goed en kwaad, dus alleen als je een vrije wil hebt kun je de volle verantwoordelijkheid nemen voor wat je verkeerd hebt gedaan. Met Augustinus' determinisme, zijn erfzonde en voorbeschikking, ligt de schuld altijd een beetje bij God, en wat voor God is dat? Een onbegrijpelijke God, een onsympathieke God. Niet de God die zij zoekt. Niet de God tegen wie je wilt zeggen: 'Uw wil geschiede.' Wat je trouwens alleen kunt zeggen als je een vrije wil hebt!

Berthe wacht een kwartier.

Geluiden van autootjes beneden haar, schakelend wanneer ze de helling op en af gaan. De vrachtautootjes van de mijn – stiekem kijkt ze opzij – zo klein als speelgoedautootjes zijn ze, je klimt even en hup, daar ligt alles zo ver beneden je dat je het bijna niet kunt geloven. Wat was die truc ook weer? De geluiden van buiten in je opzuigen zodat ze samenvallen met het geluid van je hartslag, van je bloed dat vol verwachting pompt. Een valk worden die opstijgt, roerloos in de wind boven de bergpas, scherend, hangend, los van angsten, beslommeringen, los van de angst dat het niet zal lukken...

Ze wacht.

Ze is stil, ze wacht. 'Uw wil geschiede.' Ze fluistert het zachtjes. Eigenlijk weet ze niet echt wat het betekent, zoiets te zeggen. De consequenties zijn totaal onoverzienbaar. Ze weet niet eens of ze het wel durft te zeggen. Maar ze heeft het al gezegd.

Een schaap blaat in de verte.

Ze wacht, maar de genade komt niet. Geen duif uit de hemel, zelfs geen valk of arendsjong. Geen vogels: er is hier niet veel anders dan leisteen en varens. En de bergen, die liggen te slapen als dinosaurussen. De berg wordt geen Berthe en Berthe wordt geen berg, en evenmin is het alsof berg en zij een worden. Gewoon niks.

Ze is stil, ze wacht.

Maar de God op wie ze wacht zegt niets. Komt niet. Is er niet. Het klopt precies, je kunt de genade niet afdwingen – maar de pijn waarmee ze blijft zitten is er niet minder om.

Na het kwartier gaat ze naar beneden, glijdend en struikelend van teleurstelling. Augustinus had toch gelijk, je krijgt het of je krijgt het niet. De God van Pelagius, de God van de quakers wil haar niet.

*

Tot nu toe viel het wel mee, maar nu begint het echt te regenen. Eerst regent het 's nachts, dat vindt Berthe niet erg: de tent houdt zich goed en het hamerende geluid went na een tijdje, ze slaapt er doorheen. De volgende morgen regent het nog: geen nood, genoeg te lezen, en als ze de deur van de buitentent op een kiertje zet kan ze het meer nog zien ook, en in de tent schilderen. Ze rent snel heen en weer naar de wc en het winkeltje, en blijft verder lekker in de tent. Desnoods de hele dag.

En de avond.

En de nacht.

De tweede morgen is het minder leuk. Het gras sopt, de modder komt er doorheen omhoog. Als Berthe naar de wc is geweest, komt ze met modderige voeten in haar teenslippers bij de tent terug. Het vereist de nodige gymnastiek om zonder haar terras te besmeuren weer in de tent terug te komen. Dat maakt het vooruitzicht er weer uit te moeten, onprettig. Onrustig. De gedachte begint zich op te dringen dat deze regen, die nu al ruim veertig uur duurt, nooit meer op zal houden. De lucht is van een zwaar effen vuilgrijs, en de bergen zijn verdwenen. Haar ontspanningslectuur heeft ze uit, en hoeveel quakergetuigenissen, hoe prachtig ook, kun je achter elkaar lezen zonder de smaak ervoor te verliezen? Ze zal weer naar de Oxfam-winkel moeten, en ze heeft bijna niets meer te eten ook. Het winkeltje van het kampeerterrein voorziet niet in fruit en groente.

Berthe trekt onhandig in de voortent haar regenjas aan, en haar wandelschoenen. Voor ze het terrein af is zijn die al doorweekt. Geen nood, daar blijven haar voeten warm bij. Maar de mouwen van haar regenjas slaan door, haar armen voelen algauw even klam aan als haar voeten. Het regent te hard om te wandelen: het water striemt haar in het gezicht, ze ziet niets, en als ze met haar boodschappen terugkomt is het weggetje van het stadje naar het kampeerterrein al veel erger bezaaid met plassen dan toen ze heen ging.

Maar ze heeft eten en leesvoer voor drie dagen. Toch, hoewel ze het zichzelf niet wil toegeven, begint ze bang te worden. Eigenlijk wil ze hier niet zijn. Ze wil thuis zijn. Amsterdam lijkt een andere, onmogelijk verre wereld.

De derde dag is het af en toe droog. Berthe haalt opgelucht adem en geeft zichzelf een standje dat ze zo pessimistisch is geweest. Eén streepje blauw in de lucht en het is weer mogelijk om optimistisch te zijn. Hoe kon ze denken dat die regen nooit meer op zou houden? Ze klautert naar buiten over het modderige gras, dat bezaaid is met kinderfietsen en verlaten tenten, maakt haar voeten schoon, en zoekt een kleine wandeling uit op de kaart om haar optimisme te vieren. Ook al zijn haar wandelschoenen en sokken nog doornat. Zal ze droge sokken aandoen in die natte schoenen, of is dat zonde, omdat ze dan straks twee paar natte sokken heeft? Ze doet haar natte sokken aan en hoopt ze tijdens haar wandeling droog te lopen.

Als ze de tent uit komt ziet ze dat haar buren aan de overkant van het pad hun enorme woontent en caravan aan het opbreken zijn. Ze hebben wel eens een praatje gemaakt, niet helemaal tot Berthes genoegen: de vrouw, Violet, is een van die laatste-dagen-adventisten die in verschijnselen als de verwording van tv-programma's en dit onkarakteristieke weer in augustus de voortekenen van het einde der wereld zien. Het millennium mag dan ongestoord voorbij zijn gegaan, iedereen weet dat er een fout is gemaakt bij de berekening van Jezus' geboortejaar en dat die in feite een aantal jaren later plaatsvond: de dreiging geldt nog steeds, meent Violet. Het staat toch immers in de Openbaringen? Berthe heeft één keer geprobeerd uit te leggen dat de Openbaringen van Johannes niet bedoeld waren als toekomstvoorspelling, maar gaf het op toen Violet haar prompt met andere bijbelteksten om de oren sloeg. Iemand die de Bijbel letterlijk neemt kan ze toch nooit bereiken.

Nu komt Violet met een samenzweerderig gezicht op Berthe af. Weet Bertha wel dat er alarmfase één is afgekondigd, en dat de riviertjes de Derwent en de Greta het van de bergen af stromende water al bijna niet meer kunnen verwerken? Als die en het meer nog verder stijgen komt onvermijdelijk alarmfase twee, en bij drie moet het hele kampeerterrein binnen een paar uur ontruimd zijn voor het water alles onderzet. Zij en haar man nemen liever het zekere voor het onzekere en vertrekken nu al vast.

Het wordt allemaal op zo'n melodramatische toon medegedeeld, dat Berthe gemakkelijk kan toegeven aan haar neiging te denken dat het allemaal zo'n vaart wel niet zal lopen. Voor de zekerheid informeert ze even in het kantoortje, maar daar zeggen ze dat een overstroming, in de winter heel gewoon, in augustus bij hun weten nog nooit is voorgekomen. Hoewel ze natuurlijk niets kunnen garanderen.

Berthe hangt haar natte spullen in de droogruimte bij de wasmachine en loopt daarna even naar het meer, dat wel een halve meter gestegen moet zijn: de steen waarop ze als ze ging zwemmen haar handdoek placht te leggen, ligt nu een eind weg in het meer.

Daar schrikt ze toch wel even van. En het begint alweer te regenen. Te hard om nu aan een wandeling te beginnen. Ze kruipt – na het schoonmaken van haar voeten – weer in de tent, waar het tokkelend geluid van de weer begonnen regen op het tentdoek een onheilspellender klank krijgt dan tot nu toe. Waar moet ze heen, als ze geëvacueerd mocht worden? Naar een Bed and Breakfast? Dan zou ze daar in een kamer zitten met al die natte spullen – als er plaats is. Moet ze misschien, net als malle Violet, nu alvast maar alles gaan regelen en haar vakantie afbreken? Had die vrouw nu maar niets gezegd!

Als ze nog zou bidden, zoals ze vroeger deed, zou ze het nu doen. Hoewel voor jezelf bidden al een akelige, dwingende kant heeft.

Bovendien, de gedachte is belachelijk dat een god die talloze riviertjes en stroompjes en watervalletjes die van de bergen naar beneden komen en in de rivieren de Greta en de Derwent stromen, en in het meer waar haar tent op uitkijkt, zou doen stoppen alleen omdat zij in paniek raakt omdat ze bij een overstroming nergens heen kan. God heeft geen lievelingetjes.

Ze herinnert zich het verhaal van Jezus die door zijn discipelen wakker wordt gemaakt tijdens een storm op zee, en hij brengt die storm tot bedaren. Eigenlijk heeft ze altijd gedacht dat dat verhaal draaide om de storm in het hart van de discipelen, zoals het nu stormt van onrust en angst in het hare.

Help me met deze angst. Ze zegt het niet hardop, ze denkt het alleen. Telt dat, is dat bidden?

Stil blijft ze zitten, wel een half uur lang, tot er plotseling een stem bij de tentopening klinkt: '*Bertha, are you there?*'

Berthe ritst de tentdeur open. Het is Dorothy, kale Dorothy de quaker. Die haar uitlegt dat ze zich bezorgd om haar maakte, in haar eentje in een tent met al die regen, en gaat het wel goed?

De tent doet het best, zegt Berthe.

'*And you?*' vraagt Dorothy.

'*I was just thinking what I should do in case they have to evacuate us,*' bekent Berthe. '*Silly, you know, because the warden told me that's highly unlikely to happen in August.*'

'*But maybe it will,*' zegt Dorothy. En ze geeft Berthe haar telefoonnummer, en als Berthe probeert hakkelend van ontroering te vertellen dat ze juist een soort gebed heeft geprobeerd maar niet verder komt dan wat gemompel over *prayer*, zegt Dorothy dat wij mensen Gods handen zijn, en dat het een impuls was, ze was in de buurt en ineens moest ze naar Bertha toe om te kijken hoe het ermee was en om te zeggen dat ze haar mag bellen als het misgaat, echt – en Berthe moet ervan huilen maar ze wacht daar even mee tot Dorothy weg is.

Een vreemde, die zoiets doet. En Berthe had haar niet eens aardig gevonden! Die kale plek, bijvoorbeeld. Het is niet mooi van haar, maar kaalheid bij vrouwen stoot haar af. Maar wel een quaker. Wat had ze gezegd? Wij zijn Gods handen. En dat ze in een impuls gekomen was. Een impuls die ongeveer gedateerd moet hebben van haar poging tot gebed.

Gelukkig hoeft het allemaal niet: de regen houdt op, en het water van het meer zakt met het uur. Een dag later is het alweer bijna op de oude hoogte en kan Berthe haar handdoek op de bekende steen leggen. Ze zwemt zich vrij, ze zwemt de angst weg, ook al herinneren een paar bomen van het schiereiland die nu met wortels en al in het water staan haar nog aan het hoge water. Vastberaden kiest ze voor een andere associatie: in een foldertje van de National Trust, het engelse Staatsbosbeheer, las ze dat de bossen hier deels als regenwoud mogen worden gezien: deze bomen met hun wortels in het water zijn dus regenwoudbomen, en het lot verschaft haar de mogelijkheid zich even in een tropisch land te wanen. Ze zwemt in Brazilië, tussen mangrovebomen in een *varzea*, maar zonder het gevaar van slangen en krokodillen en piranha's – aan de reuzensnoeken denkt ze niet, echt niet.

En 's middags neemt ze de bus naar de Honister Pass. Ze geeft het nog een kans.

Daar zit ze, en kijkt uit over de roos van Borrowdale. Nee, niet de *jaws*, de kaken, een metafoor die aan een beest refereert, maar een roos, een bloem die zich opent en opent en je meetrekt naar binnen, diep in een geurig geheim. Een roos in een roos in een roos. Een machtige hand die die roos boetseert, berg uit berg uit berg.

Stilte nu, denkt ze. Alle stemmen in haar stil om die ene zachte stem te horen. Die als het goed is in haar spreekt, niet meer en niet minder dan in een ander. De stem van waarheid, eenheid, liefde, de stem van het Koninkrijk. *Live the Kingdom*, zeggen de quakers, leef alsof dat koninkrijk er al is. Voor de quakers is dat tegelijk de stem van het werk, de praktijk, de handen. Een mystiek samenvallen van verticaal en horizontaal, Pelagius waardig. Denken aan niets is denken aan God. Denken aan God is denken aan werk en liefde. De 'liefde Gods' die in die tweede naamval zowel de liefde ván als de liefde vóór God uitdrukt, *agapè theou*.

Ze haalt adem en de zoet-kruidige geur van het landschap raakt diep haar neus, haar longen. Een opening, denkt ze even, ik ga open als een roos. Niets wereldschokkends. Wel warm.

Als ze terugkomt en na een paar boodschappen nog even in het zilvergroene avondwater gaat zwemmen, komt datzelfde woord weer in haar op. Genade, wat is het eigenlijk? Als zij het zeggen mag: alles wat gratis is, wat gegeven wordt, vreugde vooral. Dit licht, de kleur van het water, haar ogen die het kunnen zien. Bij Augustinus is het al bijna theologisch verworden tot verzoening, vergeving der zonden, maar Pelagius, die samen met George Fox en de man met de wandelstok boven op de berg stond, weet beter. God vraagt niet iets van ons wat we niet kunnen volbrengen. Het is door anderen gedaan, het kan dus.

Maar de vreugde duurt niet lang: ze is het water nog niet uit of het begint alweer te regenen. Binnen een paar minuten krijgt de lucht, van Keswick tot Borrowdale, een vuilgrijze mistige kleur die de Catbells en Skiddaw uitvlakt alsof die zich nooit hebben verheven.

Huiverend loopt Berthe naar het toiletblok om zich aan te kleden, maar het is gesloten: er wordt schoongemaakt. Haar kleren hangen er al binnen, ze had na het zwemmen onder de douche willen gaan. Zal ze kloppen en vragen of ze binnen mag? De *wardens* hier zijn streng, ze durft niet goed. Ze ritst haar tent open en gaat voorin zitten, op de openknipte vuilniszak die ze in zonniger dagen haar terras noemde, maar waar ze nu alleen gebruik van maakt als overgangsgebied tussen soppig moddergras en zo schoon mogelijke tent.

In haar zwempak, nat en koud, wacht ze tot ze de schoonmaakster met haar emmer sop tevoorschijn ziet komen, en sukkelt dan het pad op naar de douche. Ze wast zich helemaal, huid en haren. De douche raakt verstopt van de kleine, kriebelige waterplanten die ze uit het meer heeft meegenomen. Ze raapt het allemaal bij elkaar, wat oude haren die de schoonmaak vergeten heeft incluis, gooit het in de prullenmand en loopt door de regen naar de tent.

Ze sluit zich op.

Gelukkig heeft ze alles.

Ze eet, ze leest wat, ze valt in slaap.

Om twee uur 's nachts hoort ze stemmen, onbekommerd luid, door het ratelen van de regen heen. Ik wil naar huis, denkt ze. Hoe lang nog? Drie dagen, dan kan ik weer slapen. Eén van haar bolletjes Ohropax is uit haar oor gevallen. Ze knipt de zaklantaarn aan en vindt het onder haar matje. Zal ze naar de wc gaan, nu ze toch wakker is? Maar het is zo'n gedoe om daarna haar voeten weer schoon te maken, daar wordt ze dan helemaal wakker van. De zaklantaarn is bijna leeg, ze moet er morgen nieuwe batterijen in doen. Het licht schijnt zelfs niet helder genoeg meer om erbij te kunnen lezen.

De geluiden komen dichterbij. Ze overweegt net naar buiten te kruipen en vriendelijk iets te zeggen over mensen laten slapen, als een stem bij haar tentdoek zegt: '*Are you awake? We received a flood warning. Don't worry, you have a few hours, but you have to get up and pack immediately.*'

'*Now?*' Het klinkt absurd. '*And where should I go, in the middle of the night?*'

'*We've all got the same problem,*' zegt de stem.

Maar dat is niet waar, denkt ze. Bijna iedereen hier heeft een caravan of een auto, en de meeste *backpackers* hebben fietsen. Bijna iedereen kan weg. Zij niet.

Ze begint lukraak wat dingen in een tas te stoppen, en bedenkt dan dat dat niet handig is. Het best kan ze alles zo inpakken dat ze het straks weer terug kan vinden. Het reserverugzakje voor de etensspullen. Daar begint ze mee, het minst nodige waarschijnlijk. Dus houdt ze daar halverwege mee op om haar slaapzak in te pakken. Maar ze kan het zakje ervan niet vinden, had ze dat dan niet in het tentzakje gedaan? Nee, het zit waarschijnlijk onder in de grote rugzak, waar ze al wat losse plastic tassen heeft ingestopt. Ze ziet geen moer, ze moet alles doen met de zaklantaarn die bijna leeg is. De lantaarnpalen op het kampeerterrein zijn al uit, waarschijnlijk is men bang voor kortsluiting. Ze haalt alles er weer uit en merkt dat haar handen trillen. Ze voelt, de zaklantaarn schijnt niet diep genoeg. Ja, hier heeft ze alle losse zakjes gestopt: van haar matje, van de slaapzak. Als ze die nu eerst doet, dan kunnen die alvast onder in de rugzak. En het is maar goed dat ze dat extra rugzakje heeft meegenomen, want die eetspullen had ze haar laatste dagen nog op willen eten en daar is in de grote rugzak noch haar kleine rugzak plaats voor.

Ze denkt dat ze praktisch pakt, ze probeert zo praktisch mogelijk te pakken, maar ze kan toch niet verhinderen dat er steeds dingen tussendoor glippen: haar natte zwempak, dat nog aan één van de scheerlijnen hangt. De losse plastic vuilniszakken die haar terras vormden? Weg ermee. En als ze dan straks ergens anders de boel weer moet opzetten? Dat geldt ook voor het grondzeil, dat aan de onderkant stijf staat van de modder, maar ze kan die dingen moeilijk midden in de nacht gaan schoonmaken, en ze zijn te vies om zo nog eens te gebruiken. Dus als ze de tent ergens anders moet opzetten, moet dat zonder grondzeil.

Maar wat denkt ze nu, waarom zou ze de tent ergens anders moeten opzetten?

Nou, bijvoorbeeld bij Dorothy in de tuin. Ja toch, zou dat niet kunnen? Dan vraagt ze Dorothy wat vuilniszakken en gebruikt die als grondzeil...

Als Dorothy een tuin heeft. En als ze daar een paar dagen zou mogen blijven. En als ze haar durft te bellen. Het is inmiddels bijna drie uur, hoe kun je in Godsnaam een vreemde bellen om drie uur 's nachts?

En hoe komt ze aan een telefoon?

Misschien heeft iemand hier wel een mobieltje.

Ze sjouwt haar eerste rugzak omhoog naar het toiletblok en vraagt aan een meisje dat daar staat of zij een mobieltje heeft. Vanhier kan ze het administratiegebouwtje zien: daar kun je al niet meer komen, het staat in een meer. Dat betekent dat de gewone telefoon dus ook onbereikbaar is. Lange rijen caravans staan al te wachten, maar ze vertrekken niet via de normale uitgang; daar moet het dus ook al onder water staan. Ze heeft haar netste spijkerbroek aan, de zwaarste broek, om de bagage zo licht mogelijk te houden. Die broek moet niet doornat worden.

Ze kan niet denken. Maar het meisje knikt en overhandigt haar een mobieltje. Wacht even, zegt ze, ik moet het nummer nog zoeken. Ze loopt terug naar de tent, en weer omhoog met haar agenda met het nummer. Zou jij dat doen, vraagt ze het vreemde meisje, een wildvreemde bellen die hulp heeft aangeboden in een situatie als deze?

Ja, zegt het meisje, dat zou ik doen.

Ze toetst het nummer in, maar ze krijgt een foutmelding. Nog eens. Weer fout.

Wacht, in Nederland moet je op een mobieltje het kengetal erbij toetsen. Hier waarschijnlijk ook. Maar wat is het kengetal van Keswick? O wacht, dat moet hetzelfde zijn als van het kampeerterrein zelf, en dat heeft ze hier ook in haar agenda. Ze trekt het aantal getallen van Dorothy's nummer af van dat van het nummer van het kampeerterrein: wat ze overhoudt moet het netnummer zijn. Ik lijk praktisch, denkt ze, maar het gaat allemaal te langzaam, te bewust.

Er wordt niet opgenomen, ze krijgt een antwoordapparaat. Ja, vindt ze het gek. '*I'm so very very sorry, Dorothy,*' begint ze, '*this is Berthe, to whom you gave your number in case the camping site was going to be flooded. It is now. We have to leave here soon. I'll wait for you at the ladies' toilet block, and hope you will come. Bye now.*'

Pas als ze de telefoon weer heeft teruggegeven, realiseert ze zich dat er twee toiletblokken zijn, maar het andere is vlak bij de uitgang, dat staat waarschijnlijk al onder water. Eigenlijk kan ze nu het beste daar gaan staan waar de auto's het terrein af rijden, in de hoop dat Dorothy wakker is geworden van de telefoon en slim genoeg is om te snappen hoe ze op het kampeerterrein moet komen.

Ze pakt de rest van haar spullen in, vouwt de tent samen, die doornat drie keer zo groot en zwaar is als normaal, en realiseert zich dat ze met de natte spullen en de eettas erbij niet eens in staat is haar eigen bagage te dragen.

Een voor een brengt ze alles naar het toiletblok. En dan loopt ze, met alleen haar kleine rugzak met haar geld en papieren erin, naar de uitgang, waar ze nu kan zien hoe een politieagente een eindeloze rij caravans door een hek dirigeert dat naar een naburige camping leidt. De weg van haar camping naar het stadje staat volledig blank, evenals het rugbyveld vanwaar je met een korte oversteek bij het huis van de quakers kon komen. De agente, die jaren jonger is dan Berthe, legt haar desgevraagd uit dat je via die andere camping ook bij de weg kunt komen, maar echt aandacht heeft ze niet voor Berthe, ze heeft een efficiënt gedrag over zich dat bij de situatie past maar waarvan Berthe vermoedt dat het een pose is die weinig stoornis kan verdragen. Want als Berthe vraagt wat er met de *backpackers* moet gebeuren, zegt ze dat ze daar nu geen tijd voor heeft, terwijl ze in feite niet veel anders doet dan het verkeer regelen, met van die gebaren die ook op een kruising worden gehanteerd. Ze wilde maar dat ze iemand van de staf zag, om te vragen wat er nu verder moet gebeuren, maar iedereen is waarschijnlijk bezig anderen te helpen die het nog moeilijker hebben dan zij.

U kunt beter ook alvast naar de weg lopen, raadt de politieagente haar aan.

Berthe legt uit dat ze haar bagage niet allemaal zelf kan dragen, maar weer haalt de jonge vrouw haar schouders op, alsof dat een te verwaarlozen probleem is naast het belangrijke werk dat ze zelf aan het doen is. Berthe denkt aan rampenfilms, waar ze toen ze net studeerde een tijdlang dol op is geweest, en hoe schril deze bijna al te prozaïsche werkelijkheid afsteekt tegen de dramatische spanning die ze uit dergelijke fictionaliseringen gewend was.

En dan, als door een wonder, ziet ze Dorothy tussen de vertrekkende caravans komen aanlopen, met naast haar de man die na de stiltedienst de thee inschonk. Met melk. Dorothy's man, kennelijk, dat wist ze niet. Ze rent naar hen toe; ze kan Dorothy wel omhelzen!

Plotseling is ze niet meer bang.

Deze mensen wonen hier, nu komt alles goed. Ze hebben een bed en ze zullen weten hoe zij morgen haar boekingen moet veranderen, maar nu moet ze hun eerst wijzen waar haar spullen staan.

De man staat erop de zwaarste tas te nemen; Dorothy neemt de tent en Berthe de rest.

Ze lopen de andere camping op, langs rijen caravans, gerangschikt als de huizen in een dorp. Berthe loopt achteraan. De man heeft een grote zaklantaarn die meer licht geeft dan die van Berthe, die ze trouwens heeft opgeborgen, ze is al vergeten waar. Zou ze morgen de gelegenheid hebben alles weer opnieuw uit en in te pakken? Ze heeft een paar natte sokken in het voorvakje van haar rugzak gedaan; ze loopt nu met blote voeten in haar wandelschoenen. Dat eten, bedenkt ze, is geen probleem: het merendeel is fruit; wat ze niet zelf opeet of voor onderweg nodig heeft, kan ze aan deze mensen geven, achter wie ze aan loopt zonder verder op te letten, plotseling en waarschijnlijk mede door de opluchting doodmoe. Ze zou trouwens toch niet weten wat ze zeggen moest tegen deze quakers, die om drie uur 's nachts voor haar, een wildvreemde, uit hun bed zijn gekomen. Ze hoopt maar dat het voor hen een avontuur is, iets waarover ze later tegen anderen kunnen vertellen, deze overstroming waar ze nu dankzij haar rechtstreeks bij betrokken zijn – maar ze weet dat ze dit fantaseert om een schuldgevoel te maskeren. Wij zijn Gods handen, ze herhaalt het steeds bij zichzelf. Dan hadden ze het maar niet moeten aanbieden, denkt ze, en geeft zichzelf meteen op haar kop: nu al ondankbaar, en ze draagt niet eens haar eigen bagage.

Eindelijk komen ze bij een stacaravan, waar Dorothy's man het trapje van op klimt en de deur voor haar openhoudt.

'*You live here?*' vraagt Berthe verbaasd.

'*Only in summer,*' legt Dorothy uit. Adam is acteur, en 's zomers verhuren ze hun huis aan de schouwburg, die er de bezoekende acteurs in huisvest. Van die huur kunnen ze niet alleen deze caravan maar ook de vaste lasten van hun huis betalen, wat nodig is omdat Adam bijna niet meer werkt.

Berthe komt binnen in een kleine huiskamer met twee bleekroze banken, in een rechte hoek bij elkaar gezet, een kleine eettafel, een gaskachel onder een schoorsteenmantel met televisie. Daarachter een klein open keukentje, een badcel en twee slaapkamertjes. Het rechter is voor haar, maar als ze wil mag ze eerst nog thee, ze zijn nu allemaal toch wakker.

Berthe kijkt naar haar modderige voetstappen, naar haar doornatte bagage die op een lichtgroen tapijt is neergezet, en neemt zich voor morgen de vloer schoon te maken. Wat een hoop last bezorgt ze deze mensen!

Maar Dorothy schijnt het niet erg te vinden. Die babbelt aan één stuk door, hoe gelukkig het uitkwam dat ze laatst aan Berthe had gedacht en haar telefoonnummer had gegeven, en dat het juist vannacht gebeurde, want morgen moeten ze weg, naar een brui-loft, een quaker-bruiloft in Kendal, waar ze een paar dagen blij-ven. Als de overstroming een dag later was gekomen waren zij al weg geweest.

'*Tomorrow I'll go to a Bed and Breakfast*,' kondigt Berthe aan.

Maar daar is geen sprake van, ze mag gewoon in de caravan blij-ven, hoe lang duurt haar vakantie nog, nog drie dagen, nou dan, dan blijft ze toch gewoon hier? Zij komen over een paar dagen weer terug, Berthe heeft het rijk alleen, dat komt toch prachtig uit?

Berthe begrijpt het bijna niet. Ze kent deze mensen niet, ze ken-nen haar niet, hoe kunnen ze haar vertrouwen? Is dat iets wat bij quakers hoort? Zouden ze om het even wie in huis halen vanwe-ge die naastenplicht, of is er iets wat haar toch een beetje tot een uitzondering maakt? Ze weet eigenlijk niet wat ze liever heeft: voor het eerste heeft ze meer respect, omdat het puurder is – maar het tweede is persoonlijker en daarom acceptabeler, hoewel het meer verplichting met zich meebrengt.

Het bed bestaat uit twee matrassen die slecht op elkaar aansluiten: de ene ligt half over de andere heen, omdat het bed te smal is voor twee en te breed voor één. Veel meer dan het bed past er niet in het kamertje: een nachtkastje staat tussen het raam en het bed in-geklemd, en laat een spleet tussen raam en bed open waarheen Berthe haar rugzak sleept. De eettas kan er ook nog bij. Nu ligt al-leen haar tenttas nog in de kamer, maar daar gaat ze morgen wat aan doen. Haar kleine rugzak legt ze op dat gedeelte van het bed waar ze toch niet gaat slapen: alleen dicht tegen de muur is er een zekere effenheid te bekennen. Zelf kan ze nu alleen door over het bed te klimmen het kamertje in, maar ze weet dat ze niet te klagen heeft. Te klagen? Ze heeft niet eens wat te zeggen. Ze is murw. Misschien in shock, van de snelheid en onvermijdelijkheid van alle gebeurtenissen – en van het feit dat ze dit eigenlijk helemaal niet wil.

Natuurlijk wil ze niet bij vreemde mensen logeren. Maar die mensen willen haar wel, of tenminste, ze accepteren haar. Het minste wat zij daartegenover kan stellen is dus wel hen ook te accepteren. Niet dat ze niet dankbaar is, ze is superdankbaar, maar ze voelt zich een refugiee, een ondergedokene, die allerlei besmetting van buiten – modder, een stinkende tent, voetstappen, vochtige kleren waarmee ze tussen schone lakens moet – hun veilige kleine caravan binnen brengt. Ze is dubbel schuldig: schuldig verplicht, en schuldig onwillig. Over het eerste valt iets te zeggen, hoewel ook weer niet al te veel in het licht van de grote vanzelfsprekendheid waarmee alles gebeurt; over het tweede moet ze zwijgen in alle talen. Laat ze morgen vooral even naar de Oxfam-winkel gaan om een paar cadeautjes te kopen. Het is hier buitengewoon sober ingericht, er zijn haast geen boeken te bekennen. De Oxfam-winkel heeft een paar kasten boeken over religie, daar is vast wel wat bij. Dat zal in ieder geval alweer in de verplichting schelen.

Malend ligt ze daar op een bultige matras. Ondankbaar. Ze weet dat ze fout zit. 'Voor wat hoort wat' devalueert het 'voor wat'. Niet dat ze serieus zou moeten overwegen geen cadeautjes te kopen, maar de beslissing het snel te doen spreekt boekdelen. Een gift accepteren is misschien nog wel moeilijker dan die te geven – hoewel ze niet weet of zij voor een wildvreemde om drie uur 's nachts de regen in zou gaan. Ach, ze zou om te beginnen niemand ooit haar telefoonnummer gegeven hebben – gek is dat, toen Violet haar bij haar vertrek haar adres gaf zag ze dat als een pathetische

poging in contact te blijven met iemand die ze voor geen millimeter kent omdat ze eigenlijk het gevoel van die voorbije vakantie wilde vasthouden – maar Dorothy heeft ze niet van zoiets verdacht, haar telefoonnummer werd met oprechte bedoelingen
gegeven. Dus is het feit dat zij hier nu is niets meer of minder dan
de consequentie daarvan, en hoeft ze er niet mee in te zitten. Wij
zijn Gods handen: daar wordt zij nu dus mee geconfronteerd. De
naaste zijn voor wie gezorgd wordt, het slachtoffer van de Sama-
ritaan. Een verschrikkelijk moeilijke rol. Ontvanger van goede werken.

Berthe valt in slaap.

De volgende dag is het ingewikkeld, Berthe komt er niet achter wat
er van haar wordt verwacht. Dorothy staat in het kleine keukentje; ze heeft beloofd een salade mee te nemen naar dat huwelijk,
die moet ze nu maken. Nee, Berthe hoeft niet te helpen, daarvoor
is het aanrecht trouwens ook te klein. Adam slaapt nog – of hij
slaapt niet, maar blijft in de slaapkamer omdat hij er niet uit durft
in zijn pyjama nu Berthe hier rondloopt. Berthe zegt nogmaals hoe
dankbaar ze is en hoezeer ze onder de indruk is van hun goedheid,
en gaat dan maar haar spullen opnieuw pakken op haar bed. De
zon schijnt een beetje, het regent niet meer. Ze maakt een aparte
stapel van alles wat nat is. Door het raampje van haar kamertje
kan ze het tuintje zien naast en achter de caravan. Er is een soort
waslijn, zou Dorothy het goedvinden als ze in ieder geval de tent
daar uithing?

Ze gaat het vragen en het mag. Het ding stinkt ongenadig, naar
dode wormen vermengd met de akelige scherpe geur van kunst-
stof, vooral de gazen gedeelten van de voorkant. Berthe overweegt
even de hele tent af te sponzen, maar als ze de kleine plantjes en
voorzichtige bloemetjes onder de waslijn ziet, durft ze dat niet: met
een stinkend modderbad Dorothy's tuintje bederven zou wel een

heel slecht bewijs van dankbaarheid voor de gastvrijheid zijn.

Na een halfuurtje is Berthe met alles klaar, maar de salade wil nog niet echt vlotten. Ze kan er niet omheen: Dorothy is geen schoolvoorbeeld van efficiëntie.

Adam is inmiddels wakker en dekt de eettafel. Er staan voorgebakken toast en marmelade op, melk en Weetabix, een soort van vezels geperste koeken zonder enige smaak. Meer niet. Quakers, denkt ze. Soberheid in de praktijk. Als ze daartoe wordt uitgenodigd eet ze een toastje met marmelade mee, en dan zegt haar gastheer dat hij gaat pakken voor de bruiloft. Er wordt een koffer tevoorschijn gehaald en Adam begint tussen slaapkamer en woonkamer heen en weer te lopen en kleine stapeltjes kleren in en uit de koffer te leggen en er weer naast, met veel ruggespraak met Dorothy, die nog steeds met haar salade bezig is. Ze zijn volkomen geabsorbeerd in hun beider taken, alsof het er niet toe doet dat zij er is, en toch voelt ze dat het niet in orde zou zijn als ze zomaar weg zou gaan – een wandeling maken: gast zijn en puur je eigen zin doen gaan niet samen, alsof ze het nu ze hier is niet verdient om vakantiedingen te doen. Een gevoel dat ze zelf niet goed begrijpt, maar ze kan niet anders dan het serieus nemen.

En het is pas elf uur, het duurt nog uren voor deze mensen weggaan.

Wat is ze toch ondankbaar! Nu wil ze de mensen weg hebben die haar, een vreemdeling, in huis – of liever – in caravan hebben genomen!

Ze gaat naar de keuken, waar nauwelijks plaats is om te staan. Ter hoogte van de douchedeur begint ze een praatje met Dorothy, maar het blijkt algauw dat ze haar daarmee te veel afleidt van haar salade, die nu eindelijk in een schaal wordt geschept. Dus gaat ze maar weer naar binnen. Daar komt Adam haar een blauwgroene trui laten zien en een geelgroen jasje, en vraagt of ze vindt dat die bij elkaar passen. 'No,' zegt Berthe voor ze heeft nagedacht. Naar waarheid weliswaar, maar ze heeft hem nu aan het schrikken gemaakt. Geagiteerd gaat hij een andere trui zoeken met een onverdraaglijke hulpeloosheid. Ze moet hier weg.

Ik ga even naar het water kijken, zegt ze, en loopt tussen de eindeloze rijen caravans door naar het hek dat de twee kampeerterreinen van elkaar scheidt. Overal is water. De plaats waar haar tent stond, moeilijk precies te identificeren nu alles er zo anders uitziet, staat onder water. En stonden die bomen daar aan de rand van het meer gisteren niet nog meters van de kant? Het huisje waar de administratie normaliter zetelt staat op palen, dat valt haar nu pas op. Wacht, nee, ze heeft er binnen een foto zien hangen, 's winters genomen bleek toen ze daarnaar vroeg, waarin het huisje alleen te midden van een watervlakte staat. 's Zomers hoort het hier niet te overstromen – sinds vijftig jaar is het niet zo'n natte augustus geweest, heeft ze horen zeggen.

Maar zij is gered.

Langzaam loopt ze weer terug, stopt even bij een zijpaadje naar een steigertje aan het meer. Ze kijkt over het water waarin ze zo heerlijk gezwommen heeft en herkent het niet echt. Natuurlijk, ze kijkt nu vanuit een iets andere hoek, bijna recht op de Catbells, Causey Pike rechts in de hoek: maar dat is het niet alleen, het ziet er allemaal vreemd uit, een beetje eng. Onbetrouwbaar, alsof de gigantische snoeken elk ogenblik hun vraatzuchtige koppen boven water zouden kunnen steken om naar haar te happen.

Ze loopt maar weer terug naar de caravan.

Ze voelt zich alsof ze in het duister verkeert. Na de zondvloed, denkt ze. Eerst het paradijs, dan de zondvloed. Dat lijkt te kloppen. En dat terwijl ze nota bene gered is. Noach zond een duif, maar zo opgesloten tussen caravans, vervreemd als in een scène uit een science-fictionfilm, kan die niet vliegen.

Terug in de caravan blijkt het pakken onverminderd te zijn voortgegaan terwijl zij weg was. Deze mensen gedragen zich alsof ze op een Noordpoolexpeditie of een lange zeereis gaan, denkt Berthe, in plaats van een nachtje buitenshuis. Ze zijn door en door goed, ongetwijfeld, maar buitengewoon onhandig. Zo onhandig dat het haar pijn doet. Ze zou die trui uit Adams handen kunnen rukken en dat koffertje met uit de kast getrokken kleren in een oogwenk willen vullen, om die trage hulpeloosheid niet te hoeven waarnemen. Ze krijgt er een immens schuldgevoel van. Ze wil zich niet superieur voelen aan deze mensen die haar hebben gered, want ze weet dat ze dat niet is. Ook al kunnen ze misschien nauwelijks het dagelijks leven aan, ze nemen wel een verantwoordelijkheid die zij weer niet aan zou kunnen. Ze kunnen dan misschien wel geen salade bereiden en geen koffer pakken, maar ze kunnen iets wat zij nooit in haar hele leven zou kunnen of durven: een vreemde-ling herbergen, Gods handen zijn. Misschien zijn ze wel heiligen. Redderige, onpraktische Dorothy als heilige: dat is wel even wat anders dan de heiligen waarmee ze is opgegroeid! Als de mens het schepsel is dat tussen dier en engel in staat, staat de heilige het dichtst bij de engel. Alsof ze daar verder mee komt: wat is dan een engel? Christopher Walken in *The Prophecy* – iets vogelachtigs heeft hij daar, iets kouds: prachtig geacteerd maar de conceptie klopt niet: hoe dichter bij God, hoe meer liefde. Walken moet heb-ben gedacht dat sterfelijkheid de mens meer waard maakt dan de engel, tegen de traditie in. En dan heb je nog John Travolta in *Mi-chael*, dansend en morsig en aards, onweerstaanbaar voor vrou-wen maar niet voor haar. De conceptie die aan deze engel ten grondslag ligt snapt ze al helemaal niet, maar van volmaaktheid is geen sprake, of juist toch? En dan heb je nog die EO-serie, *Touched by an Angel*, maar die telt niet want die heeft een doctrinaire bood-schap.

In arren moede begint ze een gesprekje met Adam. Niet over engelen in films, ze vraagt hem gewoon of hij werk heeft en zo ja wat.

Adam vertelt over het engelse systeem, *repertory*, waarbij je vroeger elke week een ander stuk moest opvoeren, dus je leerde je rot aan elke week weer een andere tekst. Later werd dat veranderd in eens per drie weken, maar eigenlijk was het voor hem toen al te laat: hij leert nu eenmaal niet makkelijk. Televisiewerk beviel hem beter, maar ja, daar is het aanbod weer altijd groter dan de vraag. Dus werkt hij maar zelden. Hij kijkt er bloedserieus bij, en Berthe weet niet zo goed wat ze hiervan moet denken. Een acteur die niet uit zijn hoofd kan leren! Maar waarom niet, als een huisvrouw die uren doet over een salade een heilige kan zijn?

En waar leven ze dan van, trouwens? Dorothy moet verantwoordelijk zijn voor het gezinsinkomen. Maar wat kan die? Ze vraagt het: Dorothy is secretaresse. Dat zal niet meevallen als je zo langzaam bent als zij, denkt Berthe. Ze kijkt naar Dorothy, die nu achter in de caravan heen en weer loopt met stapeltjes kleren en er af en toe wat van in haar koffer legt. Ze nemen dus allebei een eigen koffer mee. Voor drie dagen? Nou goed, zij zou ook een eigen koffer willen. Maar zij weet niet hoe het is om getrouwd te zijn. Intimiteit, acceptatie. Haar gastheer en gastvrouw ergeren zich niet in het minst aan elkaar. Berthe probeert haar ogen iets zachter te zetten, ze probeert te kijken met mildheid. Dorothy, ze kan haar net vanaf de bank waarop ze zit in het gangetje zien lopen. Haar ronde, iets te dikke gezicht. Haar doorzichtige haren, haar tonsuur. De bloemetjesrok die wijd en ongelijk om haar brede heupen hangt, haar roze truitje en resedagroene vest. De bobbels onder haar kleren. De brede blote voeten onder uitgezakte enkels in leren sandalen.

Dat allemaal, en nu liefde. Ze herinnert zich dat ze dit kon bij de kassa van Albert Heijn, voor een zwerver bracht ze het op – nu zou het zoveel makkelijker moeten zijn, maar het is moeilijker. Toen was ze vrij, nu is ze afhankelijk. Wacht, ze weet het. Die voeten.

Berthe sluit haar ogen en begint langzaam, met grote zorgvuldigheid, Dorothy's voeten te wassen. Met een geel washandje en haar eigen Dove-zeep. Ze neemt één zo'n brede, eeltige voet in haar hand en wrijft eerst over de wreef, dan schrobt ze de hiel met haar eigen pannensponsje, dan de onderkant weer met de spons, en dan gaat ze met haar vinger in haar washandje stuk voor stuk tussen de tenen. Dorothy's teennagels zijn geel en zitten een beetje los, zoals de schimmelnagels waar op de nederlandse televisie een reclame tegen is met triomfantelijke spinachtige duiveltjes die zich onder die nagels graven, en tussen de tenen zit korstige huid. Berthe slikt haar weerzin weg en gaat door. Als ze met de ene voet klaar is droogt ze die zorgvuldig af, niet met haar haren die daar te kort voor zijn maar met haar eigen sneldrogende kampeerhanddoek. Dan is de andere voet aan de beurt, die met even grote aandacht millimeter voor millimeter gewassen wordt. Berthe herinnert zich dat ze in haar toilettas een beetje talkpoeder heeft, om zich tegen blaren te beschermen. Dat strooit ze voorzichtig tussen Dorothy's tenen. Nu de nagels nog. Berthe heeft een sterke teennagelschaar, maar daar moet je wel mee uitkijken, want voor je het weet knip je te diep. Eén voor één behandelt ze Dorothy's harde gele teennagels, tot ze allemaal bovenaan recht zijn afgeknipt, netjes in het gelid.

Net als haar voeten helemaal schoon zijn, komt Dorothy binnen. En als Berthe haar blik richt op Dorothy's met lijntjes omgeven ogen achter de bril met ronde glazen – bruinachtige ogen, zo te zien – welt er iets op in haar eigen ogen, iets zachts, behoedzaam maar zeker, iets liefs. Van haar houden als van een kind, houden van haar hulpeloosheid. In haar gewoonheid het ongewone zien. Deze vrouw met dat gezicht waarop ze geen gedachte kan lezen, met dat uitgezakte lichaam, deze vrouw heeft haar in huis genomen zonder vragen. Deze vrouw onderhoudt een echtgenoot die niet werkt, door zelf saai werk te doen. Ze leeft volgens de quaker-regels: ze doet niets wat de aarde kan schaden, ze liegt niet, ze gelooft in de volstrekte gelijkwaardigheid van iedereen, ze probeert God te zien in ieder ander die ze tegenkomt.

Zulke mensen, denkt Berthe, dragen de aarde. Niemand ziet ze, ze komen niet op de televisie, maar ze houden iets gaande wat niet gezien wordt. Ze zorgen voor anderen die dat zelf niet kunnen, ze vouwen kleren op, ze schrijven brieven voor Amnesty, ze zuigen het stof. Ze ruimen de propjes op die anderen op straat gooien. Dorothy moet een buitengewone vrouw zijn, terwijl ze zo gewoon is. Gewoon en buitengewoon tegelijk. Dat is verwarrend.

Ja, Dorothy is een heilige. Nergens wordt immers beweerd dat heiligen niet irritant of onhandig mogen zijn. Misschien is efficiëntie zelfs ook wel één van de vele tekenen van de besmettelijkste en zwaarste aller zonden, van hoogmoed, van het zelf God willen zijn. Wie onhandig is, valt het makkelijker niet te geloven in eigen goede werken, en nederig te leven van de genade Gods, in het paradijs van de onschuld, met een Adam die geen teksten uit zijn hoofd kan leren.

Berthe denkt aan die merkwaardige ets van Rembrandt van Adam en Eva als bejaarde mensen. Het 'eerste' echtpaar, dat als model voor het huwelijk werd gebruikt – en als voorafschaduwing van het huwelijk van Jezus en zijn kerk – maar ook, in hun naaktheid, voor onschuld, al is het moeilijk bij verlepte naaktheid aan onschuld te denken.

Berthe zucht. Wat moet ze nog veel leren als ze zoals Dorothy wil worden. Nu ze haar met andere ogen bekijkt ziet ze allerlei wonderlijks in haar gedrag: de toewijding, bijvoorbeeld. Voor haar, Berthe, zou het maken van een beloofde salade of het pakken van een koffer nauwelijks aandacht waard zijn: maar waarom niet, waarom niet elk detail van het dagelijks leven met toewijding gedaan? Zo vraagt de Benedictijnse spiritualiteit het, het is een grondregel van het zenboeddhisme, zelfs haar geliefde Eckhart stelt: doe steeds het volgende dat gedaan moet worden, doe het met al je aandacht, doe het met vreugde.

In Dorothy's gewone gezicht straalt het licht, Dorothy's handen zijn Gods handen, en hun werk krijgt betekenis. Zelfs haar tonsuur glanst tussen haar haren door.

Berthe denkt aan wat Pelagius zei: God vraagt niet het onmogelijke van ons. Het is eerder gedaan, mensen zijn heiligen geworden, dus moet het kunnen. Kan zij het ook?

Is dit waarvoor ze hier naar het Lake District is gekomen, om te zien dat het mogelijk is de berg op te gaan en heilig te worden? Heilig en alledaags. Een schilderij van Vermeer, of van de door Vermeer geïnspireerde Colville van wie ze een print op haar computer heeft staan: een blonde vrouw in een witte jurk staat voorover gebogen, zodat we haar gezicht niet kunnen zien, en laat een hond in het deurtje van een blauwe open oven kijken, of ruiken; dat is alles, en dat is Alles.

Niet zo'n heilige als waar zij mee is opgevoed, heilig via dramatische verkrachtingen of duivelse pijnen. Geen visioenen van de Maagd of van brandende braambossen, maar juist het dagelijkse. Een vrouw die een salade maakt met al haar aandacht, kleren in een koffer legt en de nooddruftige vreemdeling opneemt in haar caravan.

Dorothy onderbreekt haar gedachtegang. Zo, we zijn klaar, zegt ze. Met een trots gezicht staat ze tussen twee flinke koffers in.

Ik help jullie dragen, zegt Berthe, en neemt één van die koffers op. Adam draagt de andere. Met hun drieën lopen ze naar de bushalte, die inderdaad vlakbij is. De bus staat er al, ze hadden niet veel later moeten zijn. Wanneer komen jullie nou precies terug? vraagt Berthe. De avond voordat ze weggaat. Overmorgen, toch? Hoe laat ongeveer?

Nee, we blijven langer weg dan we dachten, zegt Dorothy, want we gaan nog door naar Londen, en Adam staat er bij te glimlachen. Heeft hij het je niet verteld? Er is vanmorgen opgebeld.

Nee, schudt Berthe.

De BBC gaat een serie maken naar de dagboeken en andere getuigenissen over het leven van George Fox, zegt Dorothy met een grijns die haar hele gezicht verandert.

Berthe kijkt Adam aan.

De gelijkenis, plotseling, met de man op de berg is opvallend.

En jij speelt de hoofdrol, zegt ze.

VIII

GODSBEWIJS

Dit soort kleren heeft ze nu al een halfjaar niet meer aangehad. Berthe bekijkt zich in de spiegel, van de zwarte sluike piekharen tot haar zwarte leren schoenen. Een broek van een netjes ogende synthetische stof, en een jasje over een truitje met korte mouwen heen. Geen spijkerbroek en sportschoenen. Die mist ze hevig. Deze broek voelt onaangenaam aan en knelt in het kruis, en een jasje zit haar sowieso al nooit lekker. Daarom koopt ze – kocht ze – zulke kleren op het Waterlooplein, waar colbertjes voor vijfentwintig euro hangen: als het dan toch moet, is het tenminste niet zo zonde van het geld. Te zwaar op de schouders, het bovenlichaam door de stevige stof te onbeweeglijk. Bah. Dat ze toch al die jaren hele dagen in dit soort knellende kledij heeft rondgelopen, ze gelooft het zelf bijna niet. Het is alsof ze zichzelf dubbel ziet: de nieuwe Berthe, die deze kleren niet meer staan, en de oude Berthe die haar werkkostuum heeft aangetrokken. Anomalie.

Wat bedoelt ze eigenlijk met dat 'als het dan toch moet'? Wat vertelt ze de wereld – nee, veel erger: wat vertelt ze zichzelf eigenlijk door zich zo uit te dossen? Dat ze bereid is zich in te snoeren om tenminste niet al te zeer verketterd te worden in een omgeving die een verzorgde buitenkant belangrijk acht. Waarbij moet worden aangetekend dat 'verzorgd' hier in zeer beperkte zin wordt gebruikt: alsof haar spijkerbroek en sportschoenen niet evengoed verzorgd zijn, schoon en zonder zichtbaar verstelwerk. In haar jeugd was een versteld kledingstuk een zeker teken van armoe; ze herinnert zich de lessen in het internaat, in 'onzichtbaar verstellen'. Rafelige boorden keren, sokken mazen. Maar ze dwaalt af, het ging haar om kleren die niet lekker zitten en die je dus eenvoudigweg niet zou moeten kopen, want wie wordt daar beter van behalve de winkel? Eigenlijk is het verspilling van energie en grondstoffen, kunstmatig economie stimuleren door geld uit te geven aan wat je niet nodig hebt. En nutteloos bovendien: op het tekstbureau zit ze de hele dag achter haar computer; alleen haar baas ontvangt er cliënten, niemand van de staf ziet overdag iemand anders dan elkaar. Het vermogen tot formuleren, waarvoor ze wordt betaald, heeft niets te maken met een representatief uiterlijk. Je zou zelfs kunnen stellen dat ze in minder knellende kledij haar creativiteit vrijer zou kunnen laten stromen.

Dus voor elkaar kleed je je zo aan, zij kleedt zich zo voor Moira? Alsof ze met dit zware jasje het respect zou kunnen afdwingen dat Moira haar tot nu toe altijd heeft onthouden! Alsof dit Waterloopleinjasje, zwart vanbuiten en heldergroen gevoerd vanbinnen, meer macht en kracht bezit dan Moria's sterke wil!

Het verbaast haar dat ze zulke gedachten vroeger nooit heeft gehad. Waaruit toch wel blijkt dat ze nu anders terugkomt dan ze is weggegaan. Berthe kijkt op haar horloge. Er kunnen nog wel vijf minuten af. Snel verkleedt ze zich in een schone spijkerbroek en sportschoenen. Het jasje vervangt ze door een vest, en gebruikt het vervolgens als overjasje – dan heeft het nog nut. Dat kan nog net, het is september.

Vooruit, ze moet gaan. Er zit niets anders op. Willemijn heeft het gezegd, dus het gebeurt. Er is geen keus. Willemijn is haar arts, misschien ook haar vriendin. Als ze niet zou gaan, als ze nog langer zou weigeren om weer aan het werk te gaan, dan handelde ze niet alleen tegen het advies van haar bedrijfsarts in maar plaatste Willemijn tegelijk ook in een professioneel conflict, waaraan die, graag of niet, de eventuele vriendschap ongetwijfeld zou opofferen. Willemijn neemt geen loopje met haar morele opvattingen. En zij, Berthe, werkt nog liever dan dat ze de jonge, kwetsbare vriendschap met Willemijn weer kwijtraakt.

Is dat werkelijk zo? vraagt ze haar gezicht, dat haar in de spiegel boven de nu wat minder nette kleren verbaasd aankijkt.

Ja, dat is zo. Ze kan er niet helemaal bij, het strookt niet met haar opvatting van zichzelf als misantrope, noch met haar zelfbeeld als iemand die te kwetsbaar is om veel met dezelfde medemensen om te gaan, maar toch is het zo. En daaruit kun je weer concluderen dat Willemijn misschien nog gelijk heeft ook, dat ze stevig genoeg in haar schoenen staat om de situatie op kantoor te kunnen hanteren.

Zo denkt ze er nu over, maar toen Willemijn het aankondigde was dat wel anders. Eerst kwam de mededeling dat ze met Hans Bos, Berthes baas, had overlegd en afgesproken dat er een communicatiedeskundige zou worden ingeschakeld om de verhoudingen op de werkvloer te normaliseren. Hij moest wel, legde Willemijn uit: er is een Arbo-besluit dat werkgevers verplicht bescherming te bieden tegen pesten.

'Waarom kan ik dan niet terug nádat dat is gebeurd?' had zij gevraagd. Haar hart bonsde en haar maag kromp samen: ze had Willemijn niet tot zulk verraad in staat geacht.

'Het maakt deel uit van je re-integratieplan,' had Willemijn gezegd met onvergeeflijk gebruik van arbotaal, zweeftaal.

'Míjn re-integratieplan?'

'Omdat jij deel uitmaakt van het proces,' zei Willemijn.

En toen Berthe niets terugzei – ze zou niet hebben geweten wat en bovendien deed haar tong het niet, die lag zwaar en boos in haar mond – legde Willemijn iets minder bazig uit dat er alleen als er een zogenoemde IRO, een individuele integratie-overeenkomst, werd gemaakt, ook geld beschikbaar was voor hulp bij die re-integratie, en volgens haar, Willemijn, was een communicatiedeskundige op dat kantoor van Berthe hard nodig.

Achteraf was het roekeloos, maar zij was gaan lachen. 'Ik heb net een achtergrondartikel over dat soort mensen gelezen in *Vrij Nederland*. Een en al goeroes en newage-onzinadepten. Samen bellen blazen, of een markt bouwen van wc-rollen en zelfbeschilderde A4'tjes met in de verkoop je eigen goede en slechte eigenschappen. Of kiezen wat je wilt zijn, een nijlpaard of een pinguïn, onaangepast of aangepast: nou, jij wilt kennelijk dat ik een pinguïn ben terwijl ik niet eens een nijlpaard wil zijn.'

Willemijn werd niet boos. 'Het bureau waar wij gebruik van maken doet niet aan zulke toestanden, dat zul je wel merken.' Ze dacht even na. 'Berthe,' voegde ze er toen aan toe, 'voor mij is dit ook niet makkelijk. Ik weet hoe naar het voor je is om weer terug te moeten naar wat jij beleeft als een slangenkuil, maar er zit niets anders op. Je bent sterker nu, je kunt het aan, en zelfs als je mocht besluiten om bij dat tekstbureau weg te gaan, dan moet je, al was het alleen maar voor jezelf, toch het conflict oplossen dat daar is ontstaan.'

'Ik ben er al langs geweest met een taart,' wierp ze tegen.

'Dat weet ik, maar dat is niet wat ik bedoel. Je moet iets afronden voor je verdergaat. Als je een andere baan zou zoeken zonder dat je er alles aan had gedaan om de sfeer in dit kantoor zo goed mogelijk te krijgen, zou je je gevoel van mislukking met je meenemen bij je nieuwe begin.' Een glimlach met bemoedigend karakter vergezelde deze therapeutentaal. Zou Willemijn voor anderen ook zo streng zijn, of alleen voor haar? Ze zei expres niets terug.

'Het feit dat ik je nu ook persoonlijk ken maakt het moeilijker voor me om in je leven in te grijpen,' zei Willemijn na een tijdlang stilte. 'Maar als bedrijfsarts moet ik. Ik heb Hans Bos verteld dat je de eerste van de volgende maand weer begint. Dat kan makkelijk, je bent in Engeland immers uitgerust?'

Berthe was opgestaan en weggelopen. Ze kon zich niet herinneren dat ze ooit zo boos was geweest. Razend. En dat ze Willemijn op redelijke gronden geen ongelijk kon geven, maakte het alleen maar erger. Ja toch, op moeder Agnes was ze ooit zo boos geweest. Boosheid op mensen om wie je geeft is van een andere orde dan boosheid op mensen die je onverschillig zijn. Veel pijnlijker.

Maar daar kon ze niets over zeggen. Dus was ze naar huis gegaan en had een boek over counseling gelezen, om zich voor te bereiden op het ergste.

En nu is het de eerste van de maand, vijf minuten voor negen. Berthe duwt de deur open, loopt de gang in en de trap af – te bedenken dat ze er nota bene toen ze hier werd aangenomen een teken in zag dat ze in een souterrain zou komen te werken, net als thuis – en wacht bij de open deur van haar baas, die er altijd om acht uur 's morgens al is, tot die haar heeft opgemerkt. Hij refereert niet aan haar afwezigheid, geeft alleen een knikje: 'Daar ben je dan, Berthe,' voordat hij zich weer over één van de door hen uitgebrachte rapporten buigt, Berthe herkent het logo op de kaft. Vroeger zou ze schaamtevol zijn weggeslopen; nu haalt ze haar schouders op, loopt naar haar computer, knipt die aan, maakt de gemeenschappelijke werklade open met de sleutel die ze gisteravond weer aan haar sleutelbos heeft vastgedraaid, en kijkt in het bakje met opdrachten of er iets bij is wat haar aanspreekt. Ze mag kiezen tussen het schrijven van een jaarverslag van een ijzerhandel en het herschrijven van een doctoraalscriptie over xenotransplantatie. Ze zucht. Xenotransplantatie dan maar. Ze bladert er even in: veel plaatjes van varkens en een voorspelbare ethische bekommernis, meer richting mens dan dier, de stichting Varkens in Nood komt hier niet aan te pas. Droom en leven, of, met Elsschot, droom en daad: toen ze hier kwam leek het haar leuk om met een grote variëteit aan onderwerpen geconfronteerd te worden – nu snakt ze naar iets wat er voor haarzelf toe doet. Wat zou daarvoor in aanmerking komen? Ze fantaseert: een stageverslag over de besluitvorming betreffende de eenwording van de protestantse kerk? Een demografie van de quakers in Nederland? Een doctoraalscriptie over de huidige opvattingen van het pastoraat? Een stappenplan voor een dialoog tussen christenen en moslims? Willemijn heeft mooi praten over afronding enzo: nu ze hier weer is weet ze toch allang hoeveel en hoever ze het hier heeft afgerond?

Als de anderen binnenkomen wordt er niet echt feestelijk gereageerd. Alleen de kleine Clara komt even naar haar stoel en legt een hand op haar arm, en zegt fluisterend: 'Fijn dat je er weer bent, Berthe.' Simon, Moira en Dorien gaan met niet meer dan een knikje achter hun terminals zitten. Van Simon kan ze dat begrijpen nu ze weet dat hij contactproblemen heeft, maar Moira en Dorien zouden beter moeten weten.

Dat kan zo dus niet. Berthe haalt diep adem en dicht de kloof tussen droom en leven. 'En, hoe is het hier de laatste maanden zoal gegaan?' vraagt ze resoluut maar vriendelijk. Ze lijkt Moira aan, Dorien. Ik moet deze meisjes liefhebben, denkt ze, want ze hebben iets van God in zich, niemand meer of minder dan een ander. Kon ze gewoon maar zeggen dat het tijd werd dat ze hier eens wat normaler met elkaar omgingen, maar met name Moira zou niet weten waar ze het over had: die beschouwt haar eigen onverschillige kwaadaardigheid waarschijnlijk juist als normaal. En dat Berthe niet al te lang geleden met taart is komen aanzetten, is ze kennelijk alweer vergeten. Misschien is het nog te vroeg, bedenkt

Berthe met verbazing over haar eigen daadkrachtig verlangen, om hardop te zeggen wat haar hier niet bevalt. Misschien is het beter voorlopig bij elke misslag ad hoc te protesteren, en in het algemeen de anderen te behandelen zoals ze hier zelf behandeld zou willen worden.

'Hebben jullie nog spannende dingen beleefd?' probeert ze het nog eens. Wat is het moeilijk dat gevoel van richting vast te houden dat ze na haar terugkomst uit het Lake District verworven leek te hebben, die kalme zekerheid, eenvoud, rust. Hier, waar ze zich nooit veilig heeft gevoeld, is het misschien wel het moeilijkst. Maar hier moet het juist.

'Moira heeft een nieuw vriendje,' komt Clara met een glimlach naar haar rolmodel, die Berthe pijn doet omdat ze in die kwetsbaarheid zichzelf herkent. Het verlangen met rust gelaten te worden verschilt in wezen immers niet zoveel van het verlangen erbij te horen: in beide gevallen maak je je innerlijke vrede afhankelijk van anderen. Als ze werkelijk geen muis meer wil zijn zou ze iets aan die verering van Clara voor Moira moeten doen. Nee, anders: ze zou Clara moeten helpen wat meer zelfvertrouwen te ontwikkelen.

'En wat vind jij van hem?' vraagt ze dus.

'Ik?'

'Ja jij. Jij kijkt toch ook weleens naar jongens?'

'Nou...' Het komt eruit met een aarzeling die boekdelen spreekt. 'Hij is wel knap.'

Wel knap, niet lief dus. 'Ja,' zegt Berthe, 'knappe jongens hebben het maar moeilijk,' en Clara giechelt zowaar.

Moira kijkt haar gepikeerd aan. 'Voor het eerst dat ik jou iets over mannen hoor zeggen, Berthe!'

Berthe glimlacht om de steek onder water, maar zegt alleen, met alle vriendelijke beslistheid die ze kan monsteren: 'Je hebt groot gelijk, Moira.'

Nu kijkt ook Simon op. 'Zo ken ik je niet, Berthe.'

'Hoe niet?' vraagt ze.

'Zo flink.'

Moira trekt de pruillip die ze van een televisiebabe heeft afgekeken, en Berthe gaat aan het werk. Haar vingers vliegen over de toetsen, ze weet precies wat ze doet. Ook hiervan kent ze nu het geheim: gewoon doen wat je doen moet, met al je aandacht, dan ga je ervan houden en dan gaat het vanzelf goed. Misschien, denkt ze tussen het bevredigende werken door, heeft Moira altijd wel aangevoeld dat zij, Berthe, zich eigenlijk te goed voor dit werk voelde. Misschien had ze Moira's minachting wel verdiend. Maar nu is ze vrij.

Om kwart over vijf koopt ze bij het bloemenwinkeltje op de Jodenbreestraat een bos witte rozen. Op het kaartje schrijft ze alleen: *Na mijn eerste werkdag, Berthe.* Dan fietst ze de Oude Schans op, steekt de Koningsbrug met die vreemde rode punten over en gaat links en weer rechts en over het Rapenburg tot ze bij het Nieuwe Grachtje komt. Willemijn is thuis, er brandt licht, maar ze wacht niet af. Ze belt aan, legt haar bloemen van zege en vrede op de stoep en is weg.

Eenmaal thuis voelt ze pas hoe moe ze is. Hier is alles weer normaal. Muren van boeken om haar heen. Veilig, echt. Niet dat het daar niet echt was, op haar werk, maar het was er niet vanzelfsprekend. Dat zal het er nooit zijn, weet ze. En hoezeer ze zich ook laat inspireren door dat gevoel van richting, van liefde, het zal altijd zo zijn dat ze moe wordt van de spanning die er heerst. De angst die ze bij Clara voelt, kleine Clara met haar bril. De agressie van Moira, de pijnlijke eenzaamheid van Simon. Ik moet dat accepteren, denkt ze. Het is een gegeven, het hoort bij de wereld. Als je naar buiten gaat voel je de pijn van anderen.

De volgende morgen gaat ze weer in haar spijkerbroek en witte sportschoenen naar haar werk. Deze keer zijn Moira en Dorien er al, en zien wat hun gisteren kennelijk niet was opgevallen. Moira heeft zelf een navelvrij hemdje aan boven een strak zittende tie-dye-geverfde heupbroek die nauwelijks haar toch amper manifeste buikje kan omvatten; Dorien draagt een iets comfortabeler ribfluwelen broek, maar met een strak bloesje, dat vast en zeker zal bijdragen tot een knellend gevoel in de bovenarmen en schouders. Allebei dragen ze laarsjes met heel hoge hakken en een nauwe voorvoet. Ze kunnen zich niet prettig voelen, denkt Berthe, dat bestaat niet.

'Jij hebt je vakantiekleren zeker nog aan,' zegt Moira.

Berthe vertrekt geen spier. 'Jullie zouden ook eens kunnen nadenken over prettig zittende werkkleren,' oppert ze. En als ze hun neusjes beginnen op te halen, voegt ze er vriendelijk aan toe: 'Jullie maken mij niet wijs dat je geen modieuze kleren hebt waarin je je tegelijk lekker kunt bewegen, toch?'

Alleen Dorien gaat er op in. 'Misschien.' En dan krijgt ze een stomp van Moira, en zwijgt.

Jammer, dat is maar ten dele gelukt. Zou het nou echt niet mogelijk zijn Moira te bereiken? Berthe pakt het rapport van de dag uit haar in-bakje. Een reclamefolder voor een cursus pilates, door iemand die nauwelijks engels spreekt in het nederlands vertaald. Dat is zo gepiept, al weet ze niet veel van pilates.

Wacht, daar kan ze gebruik van maken. 'Moira, weet jij iets van pilates?' vraagt ze. 'En zo ja, wil je me dan helpen als ik hier straks niet uit kom?'

Moira gromt – dat neemt ze maar voor toestemming aan. Ze moet bijna hardop lachen, het gaat goed. Door gewoon te doen brengt ze alles hier al uit het gareel, er heerst in deze kamer nu al iets onrustigs, een besef dat de dingen niet zijn zoals ze altijd zijn geweest. Ze heeft meer macht dan ze had durven dromen. En ze krijgt er een heerlijk gevoel van, alsof zich een deur heeft geopend, een opening.

Het stuk over pilates levert geen moeilijkheden op, maar om te bevestigen dat er inderdaad een nieuwe tijd is aangebroken bewaart ze toch een vraagje voor Moira. 'Wat denk jij, Moira, kun je beter het woord "visualiseren" gebruiken of "visualisatie"? Ze loopt met haar folder naar Moira toe en wijst haar de passage waar het om gaat.

Moira kiest na vluchtige lezing het zelfstandig naamwoord, terwijl Berthe toch denkt dat het werkwoord het proces van creatieve samenwerking tussen lichaam en verbeelding waar pilates naar streeft, beter weergeeft. Maar dat zegt ze niet, ze bedankt haar voor haar advies – maar als ze allebei weer achter hun computers zitten en Berthe tevreden invult wat haar al die tijd al het beste leek, uiteraard, hoort ze Moira 'stom wijf' mompelen tegen Dorien. Het gaat dus niet vanzelf. Jammer. En het doet pijn, toch weer. Je kunt de analyse honderd keer maken en bedenken dat degene die onnodig kwetst zich zou moeten schamen, maar in de praktijk is zij het toch die zich schaamt, alsof ze plaatsvervangend de schaamte van de ander overneemt.

Ze is niet de enige. Kleine Clara heeft een rood hoofd en durft niet naar Berthe te kijken. Simon leeft in een eigen wereld, die heeft het misschien wel niet eens gehoord.

Berthe stuurt Clara een moederlijke glimlach, en het helpt: Clara staat wonder boven wonder op, komt even naar haar toe en fluistert: 'Ik doe zelf aan pilates, en "visualiseren" is beter.'

Berthe fluistert terug: 'Dat dacht ik ook,' en Clara gaat weer zitten. Misschien, bedenkt Berthe, is met deze voorzichtige disloyaliteit jegens het rolmodel de eerste stap naar haar onttroning wel gezet.

In de koffiepauze ontspint zich een weinig ongedwongen discussie over fitheid. Moira begint, waarschijnlijk omdat ze heeft opgevangen dat Clara aan pilates doet, een pleidooi te houden voor fitness. Berthe vermoedt er een reactie in op haar pilates-vraag over visualiseren, temeer gezien het iets te nadrukkelijke enthousiasme, duidelijk afgesproken werk, waarmee Dorien haar bijvalt. Clara, dat kleintje, heeft waarschijnlijk niet door dat met de afkeuring van pilates metaforisch de afkeuring van Berthe aan de gang is, en verdedigt haar methode, niet alleen op fysieke gronden (oefening van de diepe spieren, versterking van het hele lichaam en niet van geïsoleerde onderdelen), maar ook op spirituele, holistische.

En krijgt de volle laag.

'Clara, je gaat ons toch niet vertellen dat je gelooft in die modieuze onzin?'

Clara's muizige gezichtje trekt spierwit weg.

'Welke modieuze onzin bedoel je precies?' neemt Berthe het voor Clara op. Ze moet moeite doen om niet te lachen: Moira, de vleesgeworden tijdgeest, is wel de laatste die het het over modieuze onzin zou moeten hebben!

'Spiritualiteit natuurlijk!' En Moira kijkt naar Dorien, die haar zoals verwacht met een knik bijvalt.

'Zo modieus is dat anders niet, spiritualiteit is zo oud als de wereld,' zegt Berthe, uiterlijk rustig. Ze verzwijgt dat ze zelf ook een hekel heeft aan dat woord, en zeker aan de manier waarop het in new age vaak wordt gebruikt, alsof het om een esoterisch snoepje gaat waar de ingewijde recht op heeft. Echo's van de gnosis, denkt ze.

Nu mengt Simon zich in het gesprek. 'Straks ga je me nog vertellen dat je in God gelooft, Berthe,' zegt hij.

Voor Berthes gevoel wordt het plotseling heel stil. Stil als in het oog van een orkaan, denkt ze, onheilspellend stil, en misschien is er wel echt een orkaan ook, want weldra begint er een suizen in haar oren en een razen in haar hoofd zodat ze bijna niet meer weet waar ze is. De gezichten van Simon, Dorien en Moira bewegen en lijken te smelten, verliezen hun vorm als in één van die computermontages waarin Freek de Jonge in Koningin Beatrix verandert of vice versa. Ze metamorfoseren in subtiel kwaadaardige maskers, en tegelijkertijd is het alsof haar de schellen van de ogen vallen en ze scherper ziet dan ooit, Simon grof en geel, Dorien koud en onverschillig, en Moira gemeen, gemeen – en toch weet ze, diep vanbinnen, dat dit een zinsbegoocheling is. Dus vecht ze, ze raapt al haar kracht bij elkaar, wringt haar van angst dichtgeknepen lippen open en gooit het eruit: 'En wat als ik in God zou geloven?'

En de wereld herneemt zijn normale vorm. De orkaan gaat liggen. Simon is Simon weer, en Moira Moira. Het licht is weer terug. Sterker nog, ze ziet nu een glans van kwetsbaarheid waar ze zojuist nog slechts lelijkheid zag, alsof die ook maar een masker was dat nu wordt weggepeld.

'Als je ziet hoe prachtig alles gemaakt is, kun je toch niet anders dan in God geloven?' vraagt Clara – ach, die lieve Clara, die niets merkt, naïeve Clara!

'Dat heb ik ook weleens gedacht,' zegt Moira, 'toen ik nog te klein was om te kunnen denken. Maar toen ik een jaar of vijf was hoorde ik over de nachtegaal, en toen was het voorbij.'

'Wat van de nachtegaal?' vraagt Dorien gretig.

'Dat de nachtegaal zo mooi zingt is alleen maar omdat hij zijn territorium verdedigt,' legt Moira uit. 'Wie in God gelooft, denkt misschien dat achter de schoonheid van die zang een bedoeling zit, maar dat zingen is dus puur pragmatisch en heeft niets met esthetiek te maken!'

Alsof een scheppende God zo simplistisch is dat alles maar één functie meekrijgt, wil Berthe zeggen maar ze komt er niet tussen.

'Mijn vriend vertelde me dat hij gelezen had dat we een kwab in onze hersenen hebben en als je die prikkelt ga je in God geloven,' zegt Dorien. 'En met een pilletje kan het ook.'

'Dus dan is bewezen dat God niet bestaat,' concludeert Moira triomfantelijk.

'Daar weet ik alles van,' zegt Simon op zijn plechtige, ietwat pedante manier. 'Dat zijn de onderzoeken van Persinger en van Newberg en d'Aquili, daar heeft de VPRO een tijd terug een aflevering van *Noorderlicht* aan gewijd. Newberg en d'Aquili maten verhoogde hersenactiviteit bij monniken en nonnen die aan het bidden of mediteren waren, en meenden daaruit te kunnen afleiden dat God wel bestaat. Persinger bewijst dat God niet bestaat, door met een speciale helm bepaalde gedeelten van de hersenen te prikkelen, de temporaalkwab om precies te zijn, waarmee hij een kunstmatige religieuze ervaring opwekt.'

'En daarmee zou bewezen zijn dat God niet bestaat?' vraagt Berthe.

'Natuurlijk!' roept Moira. En Dorien knikt ter bevestiging met haar vriendin mee.

'En als God die kwabben nou eens expres gemaakt had?'

'Ja, zo kun je alles wel rechtbreien!' zegt Moira. 'Trouwens, Simon, jij was toch islam?'

'Je bedoelt zeker moslim,' verbetert die.

Moira kijkt niet-begrijpend, dus legt Berthe het uit: 'De woorden zijn verwant, maar het ene duidt op de godsdienst en het andere op de beoefenaars.' Dat dat meisje dat niet weet, en dat werkt op een tekstbureau!

'Voor mijn part,' zegt Moira.

'Nee, mijn familie is uit Iran gevlucht juist omdat we christenen waren,' zegt Simon. 'Dat weten jullie misschien niet, maar Perzië is al in de eerste eeuwen gekerstend hoor.'

'Door Bartholomeus, toch?' vraagt Berthe, die zich uit Fox' martelaren herinnert dat deze apostel in Parthië preekte. 'Of was het Thomas? Ik twijfel.' Daar moet ze zelf om lachen.

'Allebei hebben ze volgens de overlevering in Parthië gepreekt,' knikt Simon. 'En Thomas zelfs in India, hij stierf de marteldood in Madras.'

Als het waar is, denkt Berthe.

'Dus jij bent een christen, Simon?' vraagt Moira.

'Nee hoor,' verdedigt die zich.

'En hoe zit dat dan met die kerk waar jij naar toe gaat?' durft Berthe te vragen.

'Dat is mijn vaders kerk.' Het klinkt niet overtuigend. En die keer dat zij hem daar zag was hij alleen geweest. Durft hij er niet voor uit te komen?

Moira staat op en zegt dat ze weer aan het werk moet.

Als Berthe weer achter haar computer zit komt Clara even bij haar staan. 'Geloof je nou wel of niet, Berthe?' vraagt ze.

'Ik weet het niet,' zegt Berthe. 'Soms begin ik te denken van wel, maar meestal denk ik van niet.' Ze schrikt altijd zo als ze de mogelijkheid overweegt dat ze in een God zou geloven. Alsof er, als ze dat eenmaal voor zichzelf toegaf, geen weg terug meer zou zijn en er zomaar van alles zou kunnen gebeuren.

Clara kijkt een beetje teleurgesteld. Kennelijk had ze gehoopt op een medestandster. 'Ik weet namelijk zeker dat er Iets is.'

Moira, die net op dat moment langsloopt om een tweede kopje koffie te halen, zegt op smalend verheven toon: 'Er Is Meer! We hebben het Ietsisme in ons midden!'

Clara barst in tranen uit, en voor Berthe zich rekenschap kan geven van wat ze doet, zegt ze troostend dat ze haar straks mee naar haar huis neemt om eens rustig met elkaar te praten, goed? En als ze ziet hoe dat kleine betraande gezichtje een beetje bijtrekt en het snikken bedaart, kan ze niet eens spijt hebben van haar impulsiviteit.

Berthe schrijft een memo. Ze wilde het de titel 'Het lelijke eendje en de nachtegaal' meegeven, maar ze bedenkt zich. Als Moira en de haren dit beschouwen als een stuk waarin zij, lelijk eendje, zich verdedigt, lezen ze het niet met de goede ogen. Niet dat gegarandeerd is dat ze dat met een andere titel wel zullen doen, maar ze kan het proberen. Er gaat te veel in haar om om het te kunnen uitspreken. Ze moet dit doen, hoewel ze haar impuls zelf niet begrijpt: hoe vaak heeft ze gespreksonderwerpen die bol stonden van de onzin en uitpuilden van de onzindelijke gedachtegangen, niet laten passeren zonder iets te zeggen? Nu kan ze dat niet meer. Ze laat zich gaan. Ze laat zich zien. Ze schrijft:

PUNTEN TER OVERDENKING NAAR AANLEIDING VAN HET GESPREK IN DE KOFFIEPAUZE.
1. Niemand heeft ooit sluitend bewezen dat God bestaat; ook het ontologisch bewijs van Anselmus van Canterbury is filosofisch helaas niet houdbaar. Anselmus redeneert als volgt: stel je God voor als het grootste en volmaaktste wat je maar kunt bedenken, veronderstel vervolgens dat God niet bestaat, dan kun je dus iets groters bedenken, namelijk dat grootste en volmaaktste plus het bestaan ervan. De fout in dit bewijs ligt erin dat 'bestaan' en 'voorstelling' als gelijkwaardige grootheden worden beschouwd, wat ze niet zijn. In de redenering van Anselmus zouden echte schurken altijd enger zijn dan denkbeeldige – en dat is tegelijk waar en niet waar. Het is waar omdat ze meer kwaad kunnen, en het is niet waar omdat denkbeeldige schurken of monsters al het reële kunnen overtreffen (denk aan Aliens *of* The silence of the lambs*).*

Daaruit afleiden dat hij niet bestaat, is qua redenering even weinig waard als afleiden dat hij wel bestaat uit het feit dat niemand nog heeft bewezen dat God niet bestaat. Kortom: het bewijs is aan beide kanten onmogelijk, en zowel geloof als ongeloof zijn dus vormen van geloof.

MAAR stel je toch eens even voor dat alleen maar waar zou zijn wat we kunnen bewijzen: wat een armoe. Wat dan te doen met lief-de, of met kunst? We zouden geen naveltruitjes en ballonrokjes meer hoeven dragen want zelfs mode zou geen zin meer hebben.

2. Waarom zou een God ons die kwab niet gegeven hebben om Hem te kunnen ervaren? En misschien heeft hij dan in één moeite door, zoals blijkt uit de verhalen over profeten en sommige heiligen, het vermogen geschapen waarmee ons onderbewuste beelden of geluiden kan genereren die op de aanwezigheid van God wijzen? Dat zulke beelden en geluiden door een pilletje of een hersenprikkel ook kun-nen worden opgeroepen, bewijst niet dat ze in andere gevallen niet echt zijn: dat we de geur van viooltjes kunnen namaken bewijst niet dat er geen viooltjes bestaan. De mens is meer dat een bundel zin-tuigen en hersenimpulsen, meer dan het gevolg van een serie oorza-ken. Daarin, zou een gelovige theoloog zeggen, lijken we nou juist op God: we zijn onvoorspelbaar, we hebben een uniek innerlijk leven, we ontwerpen ons een toekomst die anders is dan ons verleden – of we nou vreemdeling zijn of lelijk eendje of zingen als een nachtegaal.

3. Waarom zou een God niet multifunctioneel kunnen scheppen, de nachtegaal zijn zang geven om zijn territorium af te kunnen bake-nen én om ons daarvan te laten genieten? Wellicht ten overvloede: is met die functionaliteit van het zingen van de nachtegaal soms aan-getoond dat het diertje het niet fijn vindt om te zingen? En zelfs als de nachtegaal onverschillig stond tegenover zijn eigen gezang, mo-gen wij het daarom niet meer mooi vinden? We vinden bloemen toch ook mooi, ook al denken we niet dat ze bewust zo bloeien?

Waarom heeft een God ons, volgens dezelfde redenering, niet het vermogen tot genieten gegeven, zoals hij/zij zelf toch ook ongetwij-feld van al dat scheppen genoten heeft en nog steeds geniet? Niet één roze bloem, maar duizenden verschillende roze bloemen. En alle sneeuwvlokken verschillend, terwijl hij toch niet van tevoren kon voorspellen dat de mens de microscoop zou uitvinden! Of misschien heeft hij bij het scheppen van de sneeuwvlok volgens sommigen juist al wel aan de microscoop gedacht! Daar zat hij, boven het uitspansel, handenwrijvend van plezier, met zijn geheim dat pas eeuwen en eeuwen later voor ons toegankelijk zou worden. Daar word je zelf toch ook vrolijk van?

4. Het punt is dat al deze redeneringen en biologische feiten al evenmin bewijzen dat God niet bestaat, als dat er wel een God zou bestaan. Hier bestaat geen controleerbaar gelijk. Maar er is geen enkele reden om het ene standpunt meer waard te achten dan het andere. Pascal, Kant, Wittgenstein, ze zeggen het allemaal op hun eigen manier: geloof en wetenschap zijn twee gebieden, twee talen waarvan de sprekers elkaar vaak niet verstaan, maar allebei betekenisvol, en welke taal je verkiest hangt af van hoe je naar het leven kijkt.

De mysticus Eckhart zei al dat een god die hij zou kunnen begrijpen, zijn God niet zou kunnen zijn. De mier kan niet zien of de mens bestaat, omdat hij hem niet in volle omvang kan waarnemen; wij kunnen met ons verstand niet begrijpen of/dat God bestaat. Waarmee niet is gezegd dat we ons verstand, volgens de kerkvaders ons belangrijkste en meest godgelijke vermogen, niet moeten gebruiken, ook als het om zaken van geloof en overtuiging gaat: daar wil ik het hier dus juist over hebben. Verstand en geloof spreken elkaar niet tegen, want geloven betekent niet je verstand op nul zetten omdat je er anders niet uitkomt, maar eerder de grenzen van het verstand accepteren. Anders zouden we evengoed met alle medewerkers van dit kantoor bij wijze van personeelsuitje op excursie naar de berg Ararat kunnen gaan om stukjes van de Ark te zoeken!

Het punt is dus steeds dat God buiten de grenzen valt van wat wij kunnen weten, omdat wij nu eenmaal niets kunnen weten dat on-

*afhankelijk is van wat we in onze ervaring in deze in tijd en ruim-
te begrensde wereld kunnen tegenkomen.*

*5. Die Newberg en d'Aquili maken een denkfout. Met hun proefjes
kun je een mystieke ervaring meten of nabootsen, maar daarmee heb
je God nog niet. De ervaring van iets is niet hetzelfde als dat iets, het
zingen van de nachtegaal is niet de nachtegaal zelf. En Persinger, die
meent te weten dat God niet bestaat, weet alleen dat hij iets meet
waarvan hij de oorzaak niet kan vaststellen. Dat de oorzaak in de
hersenen moet liggen, volgens hem, verschuift alleen het probleem:
want wat veroorzaakt dan die verandering in de hersenen? Het is
alsof hij met een kip-en-ei-redenering bezig is, zonder zich dat te realiseren – en inderdaad is dat natuurlijk ook het grote gevaar van dat
deterministische denken, dat alleen naar oorzaken en gevolgen kijkt.
Het lijkt wel alsof mensen wie er veel aan gelegen is te bewijzen dat
God niet bestaat, in hun ijver (en waar komt die vandaan, waarom
willen ze dat toch zo hard bewijzen, dat op zich geeft al te denken),
een blinde vlek hebben waardoor ze denken dat hun emotioneel gekleurde logica afdoende is. Het heeft iets van het schreeuwen van een
kind in het donker, dat het niet bang is, echt niet, geen spatje.*

Nu moet ze even het net op, maar niet lang, want ze weet precies
wat ze zoekt. Bij Bartleby.com zoekt ze.Thuis zou ze het zo uit de
kast kunnen pakken, maar ze is hier niet thuis. Daar, ze heeft het.

*6. Tot slot iemand die alles altijd beter zegt dan ik, maar daarom is
hij dan ook wat mij betreft de grootste dichter ooit:*

> *Love is more serious than Philosophy*
> *Who sees no humour in her observation*
> *That Truth is knowing that we know we lie.*
>
> *Auden, 'For the Time Being'*

Conclusie: daarom mogen we elkaar niet aan het huilen maken.

Zo. Waarschijnlijk een rommelig, zeker een te emotioneel stuk. Daar krijgt ze vast spijt van. Maar ze doet het toch.

Berthe klikt de knop voor 'intern memo' aan en verstuurt haar boodschap zonder verder nadenken, omdat ze maar al te goed weet dat ze het anders nooit zou doen.

'Wat heb je veel boeken, Berthe,' zegt Clara bewonderend. 'Heb je die nou allemaal gelezen?'

'Ja en nee,' zegt Berthe, die kokend water in de theepot giet bij het aanrecht. 'Ik weet min of meer wat er in staat, maar er zijn veel boeken bij die ik heb om informatie op te zoeken.'

'Zoiets als internet.' Clara knikt, en Berthe glimlacht innerlijk vanwege het anachronisme. Kinderen van tegenwoordig lezen wel, maar ze lezen teksten, geen boeken meer. Laat staan verhalen.

'Internet heb ik natuurlijk ook,' zegt ze alleen. En ze kijkt opzij naar dat muizige meisje dat haar, afgezien van die behoefte te behagen, zo aan haarzelf doet denken. Buitenstaander tegen wil en dank – alleen, zijzelf heeft er een keuze van gemaakt. Een gedachte die haar verrast: heeft ze niet altijd juist het omgekeerde gedacht, dat de keuze er eerst was?

Terwijl de thee trekt vertelt Berthe Clara een verhaal.

'Weet je dat Clara van Assisi, de vriendin van Franciscus, ooit een droom had die ze aan haar zusters vertelde? De jongste van hen heette Agnes, net als de non die mij met dit soort verhalen heeft opgevoed. Clara droomde dat ze Franciscus warm water en een handdoek moest brengen, en daarvoor moest ze een hoge ladder beklimmen, maar het ging zo makkelijk alsof ze op de vlakke aarde liep. Boven ontblootte Franciscus zijn tepel, en zei haar ervan te komen drinken. Zodra ze de tepel in haar mond nam kwam er melk uit, zo teer en verrukkelijk dat er geen woorden waren om die smaak te beschrijven; ze ving de melk op in haar handen en het leek wel puur goud, waarin ze zichzelf weerspiegeld zag.'

Ze giet de thee in twee bekers, meer koper dan goud. Laat Clara nou niet zeggen dat Franciscus een man was en dat het dus niet kon. 'En voor het geval je nou denkt dat dat toch niet kon, omdat Franciscus een man was: in de middeleeuwen was genderwisseling heel gewoon. Jezus, waarmee Franciscus in dit verhaal impliciet vergeleken wordt, werd ook vaak met moederlijke beelden beschreven, en het bloed uit zijn zijde met melk gelijkgesteld. Trouwens, Franciscus werd natuurlijk ook niet voor niets in de vorige eeuw officieel door paus Pius tot Tweede Christus verklaard. Maar die Clara,' gaat ze verder, 'dat was een enorm flinke vrouw. Haar leven lang heeft ze gevochten om van de paus toestemming te krijgen apostel te worden, zodat ze kon rondreizen en het franciscaanse voorbeeld geven. Vrouwen mochten namelijk niet buiten de kloostermuren komen, en preken mochten ze al helemaal niet. Maar het is Clara gelukt.'

'Wat weet je toch veel, Berthe,' zegt Clara. 'Dat wist ik natuurlijk al toen ik je memo las.'

Dat memo, ja, daar krijgt ze nog moeilijkheden mee. 'Ik weet alleen maar dingen die ik leuk vind,' zegt Berthe.

Wat Clara dan zegt bezorgt haar een schok. 'Ik wilde het op kantoor niet zeggen, Berthe, maar volgens mij ben jij allang gelovig hoor.'

Berthe roept niet meteen nee. Ze drinkt een slok thee, die eigenlijk nog te heet is. Wat schreef ze ook alweer in dat memo? Dat de hartstocht waarmee Zijn niet-bestaan bewezen moest worden te denken gaf – nou, hoe zit het met haar hartstocht? Waarom leest ze de laatste tijd steeds meer theologie? En dan laat ze wat er in Keswick gebeurde er nog maar even buiten. Toen wilde ze. En was de wil niet de pendant van de Heilige Geest, de duif, de adem, de liefde, de inspiratie?

'Het hangt er erg van af wat je met God bedoelt,' zegt ze ontwijkend.

'Nou, wat bedoel jij er dan mee?' Het gezichtje van Clara is open als een bloem, ze is zo onschuldig, ze hoort niet bij de anderen op kantoor, ze kan geen kwaad, ze kan haar geen kwaad doen, onmogelijk.

'Oeps,' zegt Berthe. 'Daar vraag je me wat. Laat me nadenken.' Ze haalt diep adem. 'Geen vaderfiguur met een sinterklaasbaard, in ieder geval. Op de plaatjes van vroeger, in het tehuis, stond hij zelfs met een mijter op, vanaf een wolkje bespeurend hoe een stout jongetje een koekje uit de trommel pakte. God als Sinterklaas, of als kardinaal of zelfs paus: de omgekeerde wereld. Dat is dus de mijne niet. En evenmin de God die lievelingetjes heeft, uitverkoren volkeren als de joden of de Verenigde Staten. Ik zou zelfs willen beweren dat een God die echt van zijn schepselen houdt, niet meer van Jezus gehouden heeft dan van een willekeurige ander – hoewel hij wel meer plezier in Jezus gehad zal hebben, natuurlijk. En, als je het echt weten wilt, ook niet een onveranderlijke puur transcendente God die ons niet nodig heeft, die één keer de schepping in beweging zette en zich sindsdien afzijdig houdt: de God van Plato en van de verlichtingsfilosofen. Maar het andere uiterste vind ik al even griezelig: de almachtige God van de EO die tegen de natuurwetten in kan gaan met wonderen omdat zijn aanhang het hem vraagt, en ook de alwetende God die de toekomst kent zodat wij zijn marionetten zijn.' Buiten adem houdt ze op.

'Maar wat dan wel?' Clara kijkt haar zo gretig aan, dat ze niet op een ander gespreksonderwerp kan overgaan.

'Ja, dat kan ik natuurlijk niet echt zeggen. Weet je wat de grote mysticus Eckhart daar in de veertiende eeuw al over zei? Zolang je nog een beeld van God hebt ben je van hem gescheiden.' Woord dat vlees geworden is, een maagd die een zoon baart, heiligen om via Maria via Jezus God te benaderen... allemaal beelden. 'Geloof is iets anders dan geloofsinhoud,' probeert ze uit te leggen. 'Geloof is je relatie met God, niet met al die dingen die in de loop der tijd over hem of haar gezegd zijn.' En terwijl ze dat zegt ziet ze ze weg-vliegen, een stoet van heiligen, vooral vrouwen, in hun reine wit-te jurken, als duiven op weg naar Gods til, nee, als engelen, die klei-ne kostbare kistjes dragen met dogma's en hosties en gezegend doopwater en wat al niet. Ze laat ze gaan en geen kijkt er om, haar hart slaakt een zucht van verlichting. Dat scheelt, ze is vrij, ze kan wel zingen. Misschien is ze zelf wel die nachtegaal die symbool staat voor de mogelijkheid van meer dan één soort geloof.

'Ik heb geen idee van God,' zegt Berthe tegen Clara, die niets van de grote martelarenverhuizing heeft gemerkt. 'Maar als hij-of-zij bestaat en ons geschapen heeft als evenbeeld, dan is God in ieder geval liefde en creativiteit, dat kan niet anders.'

'Wat mooi,' zegt Clara, en dan, nadat ze even stil is geweest: 'Ber-the, heb jij wel eens zo'n ervaring gehad, als met zo'n helm op?'

'Als ik iets gevoeld heb van die aanwezigheid in of via welk van mijn hersenkwabben ook, dan is dat altijd buiten geweest,' zegt Berthe. Midden in de schepping dus. De hemel tussen de gebou-wen aan de Jodenbreestraat, de bergen vanaf de Honister Pass. Wacht, de regen op de tent in Limburg ook: plotseling buitelen er allerlei beelden en herinneringen over elkaar heen, alsof een mach-tige hand de soep van haar geheugen roert tot een nieuw samen-stel van ingrediënten, tot een nieuwe smaak. En haar boeken? Ook creativiteit. Engagement is ook een vorm van liefde, toch? 'Inner-lijke vrijheid,' zegt ze ademloos. En liefde en acceptatie, denkt ze maar dat zegt ze niet, omdat ze daar toch nog te weinig van weet om er iets over te kunnen zeggen. Als ze snapte wat liefde was, zou het veel makkelijker zijn om in God te geloven.

'Dat klopt wel, van die innerlijke vrijheid, want die heb jij, Ber-the,' zegt Clara. 'Jij hoeft er op kantoor niet bij te horen, dat inte-resseert je niet eens.'

Dat mag dan zo zijn, denkt Berthe, maar mijn uiterlijke vrijheid wordt toch maar mooi geregeerd door angst. Ze voelt zich zo vreemd in dit ongewone gesprek – zo ver is ze zelfs bij Willemijn niet gegaan, ze groeit buiten proportie, als in een expressionistische film waarin alle muren schuin hellen, of als Alice in Wonderland, zij vele malen groter dan haar omgeving. Ze gelooft in God, gelooft ze in God? Grote hemel, zou het waar zijn?

Transcendente ervaringen, wat zijn die nou helemaal? Niets anders eigenlijk dan de illusie dat haar de schellen van de ogen vallen en ze ziet wat ze normaliter zou kunnen of moeten zien, zonder sluier. Eigenlijk alleen het besef dat ze leeft, dat er leven is en dat zij daar deel van uitmaakt – en dat is alles. Glorie. De lucht boven het Waterlooplein opent zich in licht, breekt uit in licht dat haar omspoelt, doordrenkt, optilt in vreugde. En dan is het weer voorbij, en een uur later twijfelt ze alweer of het überhaupt gebeurd is of dat ze het zich heeft verbeeld. Moet ze werkelijk afgaan op die paar vluchtige transcendente ervaringen, moet ze die als basis kiezen voor een geloof in Iets wat niemand kan bewijzen, van een nieuwe richting in haar leven? Ze lijkt wel gek.

Het zou een stuk makkelijker zijn als ze iets had gevoeld van die hoge extase die je bij mystici tegenkomt. Totaal zelfverlies, versmelten in Eenheid. Dan zou ze het weten, ja toch? Maar zo vraagt ze zelf ook om een bewijs. Aan de ene kant heb je de eeuwige twijfel omdat je het niet kunt bewijzen, aan de andere kant een God die zich aan iedereen openbaart en niet alleen aan een klein select groepje: godskennis mag geen geheim zijn, anders heeft God toch lievelingetjes. Vooruit dan maar, wat maakt 't uit. Ze leeft alleen, niemand heeft er last van of zij in God gelooft of niet. Het kan geen kwaad. Ja, zonder beelden zou ze het kunnen. Eckhart zegt dat God zich uitstort. Dat hij dat niet kan laten: God is het allermededeelzaamste. Baart onophoudelijk zijn Zoon in de harten van de mensen. Natuurlijk, een God die zich niet openbaart zou niemand kunnen vinden. Ik bedank God nooit dat hij van me houdt, zegt Eckhart, want hij kan niet anders. Maar ik wel, denkt Berthe, ik zou God daarvoor wel bedanken. Gek toch, altijd heeft ze ge-hoord dat God van haar hield, maar ze heeft het nooit geloofd. Ook niet toen moeder Agnes het zei: toen hoopte ze dat het waar was, en haar geloof ging niet verder dan dat, dan hoop. Nu is het anders, nu kan ze terugkijkend zich voorstellen dat ze geroepen werd. De lucht boven het Waterlooplein, de regen op het tentdak, de handen van Dorothy. Dan houdt God dus van een kluizenaar, dan mag ze zo zijn als ze is.

Maar nu moet ze aan Clara denken. 'Kom,' zegt ze, 'ik schenk je nog eens in.'

'Maar als je God als schepper ziet, hoe zit het dan met de *big bang*?' vraagt Clara.

Berthe draait zich om. 'Waarom zou je de big bang niet als eer-ste scheppingsdaad kunnen zien? Wist je dat als de dichtheid van het universum één seconde na de big bang groter was geweest met één duizendbiljoenste deel, het na tien jaar zou zijn ingestort, en als die dichtheid één duizendbiljoenste deel minder was geweest, het na tien jaar in essentie leeg zou zijn geweest? Dat heeft Stephen Hawking uitgerekend.'

'Zie je wel,' zegt Clara, terwijl Berthe juist had willen zeggen dat ook dit niet als godsbewijs kan gelden – om te beginnen al niet voor Hawking zelf. Maar ze glimlacht, ze laat het erbij.

'Weet je, Berthe,' zegt Clara, 'ik wilde eigenlijk met je over kan-toor praten.'

Berthe knikt.

'Als ik er maar net zo uitzag als Moira en Dorien,' verzucht Cla-ra. En met een gezichtje waar het verlangen vanaf spat gaat ze ver-der: 'Op tv had je vorig jaar een programma waar een paar mei-den van kantoor één van de anderen opgeven voor een complete restyling, en ik heb natuurlijk vaak gehoopt dat zij mij zouden op-geven, maar misschien doen ze dat alleen met mensen die ze echt aardig vinden...'

Er liggen zoveel verkeerde vooronderstellingen ten grondslag aan deze klacht, dat Berthe niet weet waar ze moet beginnen. Aardig gevonden willen worden door wie niet aardig willen vinden – maar dat kan ze nauwelijks aan de orde stellen. Voor Clara is de goedkeuring kennelijk belangrijker dan de bron van die goedkeuring, en neem het haar eens kwalijk. En dat kind spreekt over innerlijke vrijheid!

'Wat zou je willen restylen dan?' Ze krijgt het woord ternauwernood over haar lippen.

'Alles. Mijn haar, make-up, kleding.'

Berthe bekijkt Clara eens van top tot teen. Ze let nooit al te veel op zulke dingen, maar nu ze goed kijkt ziet Clara er een beetje geforceerd uit, als je het zo kunt noemen. Een blotebuikentruitje dat een andere suggestie wekt dan haar bebrilde gezicht, een superwijde broek waar ze in lijkt te verdrinken.

'Ik koop precies wat mode is, weet je, maar het helpt niet,' klaagt ze.

'Ik ben in dit opzicht in ieder geval geen ideale gesprekspartner,' merkt Berthe op. 'Ik weet niets van mode af. Sterker nog, ik vind zaken als mode volstrekt onbelangrijk, maar één ding weet ik wel: volgens mij gaat het niet om wat modieus is, maar om wat je goed staat.'

Tot haar verbazing klaart het gezichtje tegenover haar hiervan op. 'Dat zeggen Trinny en Susannah nou ook!'

'Trinny en Susannah?'

'Van *What not to wear*, kijk je daar dan niet naar?'

Berthe begrijpt dat het om een televisieprogramma gaat. Alweer een autoriteit, hoewel deze niet onverstandig klinkt. Het is alsof de pijn van dat meisje, dat kind nog eigenlijk, in Berthe prikt, scherper dan de pijn waarvan ze weet dat die gaat komen als gevolg van wat ze nu gaat voorstellen. Vaarwel schulp, vaarwel veiligheid. 'Wat zou je ervan zeggen als ik met je meega, de stad in, om kleren te zoeken waarin je tot je recht komt?' Dat is het dus, wat open zijn voor anderen betekent: dat je dingen doet en zegt die totaal onkarakteristiek zijn – en tegelijk moet ze volgens de theorie, als Gods handen, daarbij meer zichzelf zijn, authentieker zijn. O paradox, denkt Berthe: wie het begrijpt, die begrijpt het.

'Maar Berthe, sorry dat ik het zeg, jij hebt toch helemaal geen verstand van styling?' Clara's ogen dwalen langs Berthes magere, in spijkerbroek en zwarte coltrui gehulde lichaam, haar zelfgeknipte piekerige zwarte haar, haar licht gebogen houding met het hoofd naar beneden – alles om vreemde aandacht af te wenden, lijkt het wel.

Berthe lacht. 'Voor mezelf niet, nee, maar ik hou van kunst, dus zal ik toch wel iets weten van lijn en kleur. Jij weet precies wat mode is, en wat je leuk vindt, en ik zal weten of het je staat of niet.' Het wordt een waagstuk, maar niet om de reden die Clara denkt: om de stad in te gaan met dit kind, in het harde modieuze licht van winkellampen te staan, bekeken en terzijde geschoven te worden door winkelpersoneel, en blozen van schaamte – en dan toch, ondanks al die bezwaren en handicaps, Clara van dienst te zijn.

'En wat doen we dan met mijn haar?'

Clara's haar zit in een dun staartje strak uit haar gezichtje weggetrokken.

'Doe het eens los.'

Clara trekt het elastiekje eruit, en de donkerblonde strengen vallen recht naar beneden langs Clara's oren tot haar schouders.

'Als je er een stuk af laat knippen, tot de kinlijn bijvoorbeeld, wordt je gezicht wat voller, en dan kun je het toch nog in een staartje doen of opsteken als je wilt. Misschien moet je het een beetje laten opknippen, zodat het meer volume lijkt te hebben, en het wat kleur geven, ik zou zeggen een tintje donkerder, zodat het contrasteert met je huid en je gezicht wat minder wegvalt.'

Clara bloost. 'Mijn eigen kleur is donkerder, wist je dat?'

Berthe schudt van nee, maar ze is toch voor haar mondeling examen in styling geslaagd, want nadat Clara een tijdje peinzend in de spiegel bij de voordeur heeft staan kijken komt ze terug bij Berthe met een opgeklaard gezichtje, en ze zegt enthousiast: 'Je hebt helemaal gelijk, Berthe, en je hebt er kijk op, we gaan!'

Eenmaal op straat voegt ze er eerlijk aan toe: 'Maar hoe kan het, als je die dingen zo goed ziet, dat je ze niet op jezelf toepast?'

'Geen interesse,' zegt Berthe kort, en ze stapt op de fiets richting Munt. Daar zetten ze hun fietsen neer, aan elkaar geklonken met Berthes ketting. 'Wat wil je eerst? Er is een kapper boven de Etos waar je geen afspraak hoeft te maken.'

'Hoe weet je dat nou weer?'

Berthe moet even nadenken. 'Uit het stadsblad, denk ik.'

Maar Clara wil eerst naar kleren kijken.

En als een moeder en dochter lopen ze door de Kalverstraat, Berthe verscholen achter haar zonnebril tegen de felle lage herfstzon, want niemand mag zien hoe verschrikkelijk ze dit vindt. Ze voelt zich zichtbaarder dan anders, of misschien is het deze plaats die haar zichtbaar maakt, omdat hier alleen maar mensen komen die hun zichtbaarheid serieus nemen. Clara merkt het ook, want ze maakt er een opmerking over: 'Wat wordt er naar jou gekeken, Berthe!' En ze heeft er last van, dat kleintje, want ze gaat een beetje achter haar lopen, als een puber die zich voor haar moeder schaamt.

Ik speel gewoon dat ik haar moeder ben, denkt Berthe terwijl ze linksaf de Kalvertoren in gaat, huiverend voor die kunstlichtgangen met modieuze ruimtetjes waar een paar stapeltjes kleren liggen, met personeel dat zich zeker voelt in het besef de juiste kleren te dragen. Guess, Replay – nieuwe namen. Je bent zoals je gezien wordt. Berthe wordt gezien als iemand van een andere planeet, een insect. Shoppers lopen tegen haar op zonder zich te verontschuldigen, en Clara houdt haar hoofd gebogen. Het doet Berthe pijn dat haar metgezel de minachting opmerkt die haar ten deel valt en daardoor toch weer gaat twijfelen aan de zin van deze onderneming. En daardoor, straks of bij voorbaat, aan het resultaat.

Het is dus beter om haar zonnebril af te doen. Goed, ze doet haar zonnebril af. Ze moet hier voor Clara een goede ervaring van maken. Ook als daar heldenmoed voor nodig is. Moeders, bedenkt ze, hebben dat soort moed. Dagelijkse moed, het eigen gevoel opzij omwille van het kind. Ze gaat wat meer rechtop lopen, ze maakt zich langer.

'Zullen we H&M in gaan?' vraagt ze. Daar is ze zelf wel eens geweest toen ze een hemdje nodig had, vorige zomer, toen het zo heet was en ze op de Albert Cuijp alleen maar doorzichtige hemdjes hadden.

Maar H&M wordt in eerste instantie verworpen omdat Moira zich ooit in niet mis te verstane negatieve termen over dat concern heeft uitgelaten. Berthe laat het. Ze weet dat je bij H&M goede basisspullen kunt krijgen, truitjes, T-shirts: daar gaan ze dan straks wel heen, als het spectaculairdere werk eenmaal is verricht.

Het valt niet mee. Ze voelt bij elke stap dat ze hier niet welkom is. Elke stap is daarom een beslissing, een moederbeslissing, liefde. Op straat mag je eigenaardig zijn, zeker in Amsterdam, op straat kun je desnoods nog doorgaan voor een baglady of loslopend psychiatrisch patiënt, in chique klerenwinkels gelden andere normen en waarden. Dit is de wereld waarin het erom gaat meer te lijken dan je bent, te laten zien dat je een broek kunt betalen die zich uitsluitend onderscheidt van andere broeken door een logo, dat je weet wat de tijdgeest op dit moment voorschrijft, dat je achter een droombeeld aan holt met al je energie en je volle portemonnee. Het is oorverdovend. Berthe moet zich ontzettend beheersen om in wat ze ziet de proporties van het normale te bewaren: de winkelende vrouwen met hun kooplustige gezichten dreigen steeds maar in een hedendaagse versie van een Jeroen Bosch-schilderij te metamorfoseren, haar onderbewuste schreeuwt kennelijk dat ze in de hel is beland. Ze slikt, ze herneemt zich voortdurend, ze snakt naar haar beschermende zonnebril die wat ze waarneemt terug zou kunnen dwingen tot een hanteerbaar schilderij, in een kader waar compassie mogelijk is, het beste wapen tegen angst. Wat voor haar de hel is, moet voor het meisje naast haar vandaag de hemel worden, en zij, Berthe, is daartoe het instrument. Nee, de hemel is het niet: paradijs is een beter woord, het paradijs van de overvloed en tegelijk van het genoeg-zijn, alles is hier en je hoeft nergens anders heen om het heil te verwerven. Wie wil je zijn vandaag, Clara? En word je dan straks met je nieuwe kleren iemand anders, of juist meer jezelf? Berthe wil het laatste, Clara zelf waarschijnlijk het eerste. Niet eens hun doel is hetzelfde.

Bij Replay pakt Berthe, het achterdochtig oog van de verkoopster negerend, een broek van spijkerstof die, ooit blauw geweest, door bleken en creatief herverven een goudkleurige kunstig gevlekte tint gekregen heeft. Strak van boven, wijd uitlopende pijpen maar niet al te wijd. Een broek die veel combinatie toelaat, maar waar je niet gauw op uitgekeken raakt en met een chic, hedendaags allure. Ze houdt de broek omhoog voor Clara, terwijl de verkoopster (in vrijwel net zo'n broek) hen in de gaten houdt alsof ze verwacht dat ze zich met het kledingstuk uit de voeten zullen maken.

'Ik draag nooit geelachtige tinten,' zegt Clara. 'Die maken me grauw.'

'Straks, als je haar gedaan is, niet meer. Probeer het maar,' zegt Berthe. Wacht maar, denkt ze, als een waakhond voor het schamele hokje waarin Clara haar broek past.

Als die tevoorschijn komt, weet ze dat ze gelijk had. De broek zit als voor haar geschapen. Haar magere lijfje komt er mooi in uit, en haar dunne benen krijgen er iets modelachtigs van. Een goudkleurig kort jasje met rozegoud namaakbont aan hals en polsen past er precies bij.

'Heb je wel geld genoeg?' vraagt Berthe voor ze naar de kassa lopen. De broek kost meer dan honderd euro, en het jasje nog eens evenveel. Maar het staat haar fantastisch – dus biedt Berthe aan: 'Anders schiet ik het je wel voor.' Ze begrijpt echt niet hoe Clara erbij komt dat deze goudachtige tinten haar grauw zouden maken: het tegendeel is waar, haar huid glanst ervan als honing. Iets meer kleur op haar gezichtje zou niet misstaan, maar dat is zo verholpen: straks beneden bij de Hema gaan ze wat make-up kopen, besluit Berthe alvast.

'Ik heb gespaard voor een gelegenheid als deze,' biecht Clara. 'Ik dacht alleen niet dat die ooit zou komen.'

'Betaalt u of uw dochter?' vraagt het meisje achter de kassa. En, territoriumbevestigend: 'Ik waarschuw u even, kleren die hier gekocht worden kunnen niet worden geruild.'

'Dat lijkt me sterk,' zegt Berthe mild, terwijl Clara een vuurrood gezichtje krijgt van verlegenheid. 'Een winkel die zo op een jong publiek gericht is, zou niet lang bestaan als je hier niet kon ruilen.'

Het meisje krabbelt terug. 'Nou ja, ruilen wel, maar u krijgt geen geld terug, en alleen een tegoedbon áls het kledingstuk in perfecte staat is.'

'Lijkt me logisch,' zegt Berthe luchtig, en met ware heldenmoed kijkt ze het meisje recht in het perfect opgemaakte gezichtje, terwijl Clara met de pinpasmachine prutst. De wereld is vol Moira's, denkt ze. Vol meisjes die zin aan het leven geven door mee te doen aan een wedstrijd die door anderen is bedacht. Ze denken dat ze macht hebben omdat ze aan hun uiterlijk kunnen knutselen en met het resultaat anderen onder de indruk brengen, maar ze lopen aan een leiband van ander maaksel. Je kunt het leven op twee manieren zien, bedenkt ze: als een zoektocht naar wat goed is, om dat dan te behouden, of als een zoektocht naar wat nieuw is, om dat dan weer weg te gooien. Dat ís natuurlijk ook een hel, haar onderbewuste had het goed gezien: zo voortdurend met lege handen te staan moet verschrikkelijk zijn. Moet pijn doen, moet dodelijk angstig maken. Of is het haar eigen angst voor zulke leegte, die ze op hen projecteert? Ze weet dat ze betuttelend gevonden zou worden als ze hardop zou zeggen wat ze denkt en voelt, zelfs door Clara, die zoveel vreugde beleeft aan haar aankopen. Want waarom zou consumptie niet een ideaal kunnen zijn als elk ander? In de horizontale cultuur van tegenwoordig kan niemand toch meer claimen dat de ene waarde belangrijker is dan de andere? Alleen ouderwetse achterhaalde tuttebellen zoals zij zijn voortdurend bezig alles in hoofdzaken en bijzaken te ordenen. Waarom zou blijvende bevrediging te verkiezen zijn boven tijdelijke? Misschien is de ware consument wel de enige aangepaste mens van onze tijd, die derhalve de meeste kans maakt op een gelukkig leven!

Ze zijn bij de make-up. Eenmaal aangemoedigd heeft Clara duidelijk een voorkeur voor tinten die tussen geel en roze in liggen. Napels geel roodachtig, weet Berthe van haar schildersdoos. Brons. *Rose doré*. Zacht okergeel. Ze kijkt naar het gezichtje van Clara terwijl die zich opmaakt met de proefmonsters, en ziet een nieuwe Clara glanzend naar voren komen.

'Hoe kwam je er toch bij dat deze kleuren je grauw maken?' vraagt Berthe. Maar ze weet het antwoord al.

'Moira.'

'Dan heeft Moira het in dit geval verkeerd gezien.'

'Ja hè?'

Berthe gaat er niet verder op in. Laat de tijd, en laten deze kleren, hun werk maar doen. 'Nu gaan we een paar eenvoudige topjes kopen bij H&M,' zegt ze resoluut. 'Ik weet dat je denkt dat je met H&M-kleren niet kunt scoren, maar je hebt ook wat neutrale dingen nodig.' Een wit vestje. Een wit topje met col. En bij elke aankoop bloeit Clara stralender open.

Maar als ze Berthe aanraadt in één moeite door ook iets voor zichzelf te kopen, zegt die toch, zij het lachend, nee. 'Ik trakteer je op een kopje koffie bij de Coffee Company,' stelt ze voor.

En daar zitten ze. Berthe als een magere spreeuw met een glanzend gouden Clara wier laatste restantje muizigheid teniet wordt gedaan door de trots waarmee ze naar de tassen met kleren naast haar kruk kijkt.

'We zijn vrienden, hè Berthe?'

Berthe denkt aan Willemijn, met wie zij bevriend wil zijn. En hier is Clara, die met haar bevriend wil zijn. Ze knikt; ze kan nog net geen ja zeggen. 'Kom,' zegt ze, 'nu gaan we naar de kapper.'

Terwijl Clara onder handen wordt genomen zit Berthe in een stoel te bladeren in tijdschriften waarin de vrouwen allemaal op elkaar lijken. Als ze daarvan vermoeid haar ogen dichtdoet, groeien er weelderige planten uit alle muren van de winkels in de Kalverstraat. De felle aandachttrekkende kleuren van de uitgestalde koopwaar metamorfoseren in een weelde van bloemenmassa's: Cedric Morris, Rousseau le Douanier, Monet – Berthe laat zich meevoeren en drinkt kleur en vorm in, en tussen de groene bladeren en roze bloesems hoort ze de nachtegaal.

Eenmaal thuis moet ze meteen naar bed. Weerloos als een eicel, in zichzelf besloten tot daar plotseling een zaadje binnendringt. Nu pas weet ze dat ze vroeger altijd veilig is geweest: toen ze zich onder de mensen onveilig voelde, maar daardoor niet hoefde aan te gaan wat haar bang maakte. Nu is het voor dat soort veiligheid te laat.

Na een halfuur alweer schrikt ze wakker, alsof ze een stem heeft gehoord die haar riep. Vriendschap, waarom zou dat woord haar zo heilig zijn? Want wat is vriendschap anders dan de meest vrije relatie die er is? De quakers noemen zich vrienden, en dat kun je een beetje belachelijk vinden, alsof ze net als Amerikanen dat woord devalueren, maar het geeft wel aan dat je iets met elkaar gemeen hebt, een visioen van hoe je met elkaar om zou willen gaan. 'Goed, Clara,' zegt ze hardop, 'we zijn vrienden.' En terwijl ze het zegt ziet ze ineens Edwiga voor zich, die ze toentertijd het verraad van haar vriendschap niet kon vergeven, en ze ziet hoe jong die was, ook een kind, net als Clara. Clara, die zich vanmiddag voor haar liep te schamen. Als ze voor Clara de moeder is die ze zelf nooit had, maakt ze dan indirect iets goed aan Edwiga?

De volgende dag gaat ze vroeg naar haar werk, om erbij te zijn als Clara binnenkomt en een eventuele gemengde ontvangst te compenseren. Clara denkt natuurlijk dat iedereen vol bewondering zal zijn voor haar metamorfose, maar Berthe vreest dat Moira hierdoor haar eigen positie als kwetsbaarder zal ervaren en misschien van zich af zal slaan. Eigenlijk, denkt Berthe als ze de trap af gaat, moet Clara hier al evenmin werken als ikzelf.

Hans Bos ziet haar zijn open deur passeren en roept haar binnen. O ja, dat memo natuurlijk.

'Berthe, dit kantoor is niet de plaats voor theologische discussies,' zegt hij vermanend.

Waar dan wel, vraagt Berthe zich af, maar dat zegt ze niet. 'De discussie vond plaats in de koffiepauze,' antwoordt ze, en dat is hij niet van haar gewend, want hij kijkt verbaasd en ook een beetje verstoord. Niet tegenspreken, Berthe, zegt zijn gezicht. Ze moet er eigenlijk een beetje om lachen. Zo was het vroeger in het tehuis: als je een andere mening verwoordde dan één van de huisoudsten, sprak je automatisch tegen. Een eigen mening was taboe. Misschien, schiet het door haar heen, heb ik daar mijn eigenwijsheid vandaan. 'Ik neem aan dat er geen restricties bestaan betreffende onderwerpen die in de koffiepauze besproken worden?' vraagt ze daarom, ten overvloede.

'Maar je memo dateert van na de pauze,' zegt Hans Bos, die zich kennelijk niet realiseert dat hij al een duimbreed toegegeven heeft.

'Om verdere ruzie te voorkomen. Er werken hier mensen die door het gesprek in de pauze niet vrij van onrust weer aan het werk konden gaan.'

'Je bedoelt jezelf,' zegt Hans Bos.

Berthe glimlacht. 'In zekere zin heb je gelijk: als het gesprek geen nare smaak bij me had achtergelaten had ik het memo niet geschreven, maar ik schreef het niet voor mezelf. Ik heb er niet de minste behoefte aan mijn mening te laten circuleren als daarmee geen ander doel wordt gediend.'

'Zoals?'

'Harmonie,' zegt Berthe pardoes.

Hij kijkt haar stomverbaasd aan.

'Weet je niet dat er allerlei interne machtsverhoudingen spelen op de werkvloer?' vraagt Berthe in life-coaching-jargon, de taal die hij verstaat.

'Maar die zijn jouw zaak toch niet? Daar komt binnenkort iemand voor praten, dat weet je toch, ik heb er een memo over rondgestuurd.'

Het ene memo is het andere niet, denkt Berthe met een glimlach die ze binnenhoudt. 'Wel als ik zie dat mensen er onder lijden,' zegt ze. 'En respect voor elkaars mening heeft alles te maken met een goede werksfeer.' Zal ze nog zeggen dat het allemaal om pijn draait, bij Moira, Dorien en Simon net zo goed als bij haar en Clara? Maar zulke dingen kun je niet hardop zeggen. Zelfs Hans Bos, die niet weet hoe hij zich als een normaal mens moet gedragen jegens zijn ondergeschikten – ze lijden allemaal. De meisjes achter de kassa, de winkelende massa, denkt ze; dat rijmt maar is daardoor niet minder waar.

Ze herinnert zich haar sollicitatiegesprek hier. 'Heet u echt Ploos?' had hij gevraagd. En op haar verbaasde blik voegde hij eraan toe: 'Soms geven allochtone mensen een valse naam op als ze solliciteren.' Ze had toen kunnen zeggen: daar hebben ze ook alle reden voor. Of: dat u dit nu te berde brengt geeft te denken. Allebei onverstandige antwoorden tijdens een sollicitatiegesprek. Ze had de derde weg gekozen en haar identiteitskaart tevoorschijn gehaald en aan hem overhandigd, neutraal, zwijgend, als aan een van de ambtenaren in de metro die tegenwoordig voor identiteitsbewijzen van gekleurde Nederlanders een zoveel grotere belangstelling lijken te tonen.

Nu blijft het stil. Terwijl Berthe afwacht wat er komen gaat – waarschijnlijk zal ze op haar nummer worden gezet – bedenkt ze wat het verschil is tussen haar en de andere werknemers hier: zij kan het ook alleen. Ze kan alles alleen. Ze kan alleen leven, ze kan alleen anders zijn dan de anderen, ze kan zelfs een moeder zijn voor Clara als het moet.

'Heb je soms meer verlof nodig?' vraagt Hans Bos. In zijn toon klinkt al door dat het hier niet om bezorgdheid gaat maar dat hij haar een lastpost vindt.

De verleiding om ja te zeggen is overweldigend.

'Nogmaals, het ging niet om mij, maar om Clara,' zegt ze, om denktijd te winnen. Zal ze? Dan heeft ze weer alle tijd aan zichzelf, kan ze zich weer terugtrekken in haar grot, haar hol, haar ondergrondse kelder en alleen maar doen wat ze wil, denken over wat ze wil, lezen wat ze wil – geen mensen, geen confrontaties, geen pijn.

Maar ze weet ook dat het daar te laat voor is.

'Nee dank je,' zegt ze tegen haar baas. 'Verlof heb ik niet nodig. Maar ik wil wel graag halve dagen gaan werken, als je dat op de één of andere manier kunt regelen. Ik heb besloten dat ik een oude studie weer ga oppakken. In deeltijd.'

'Welke?' vraagt hij.

'Theologie natuurlijk,' zegt Berthe, en ze draait zich om.

De anderen zijn er nog niet, ze is de eerste. 'Dat ging goed, God, okee dan, ik geef u een kans,' zegt ze terwijl ze haar computer opstart. O nee, fout, dat is al bijna een poging om God te dwingen. 'Het zit andersom, u geeft mij een kans,' zegt ze dus maar gauw. 'Of nog beter, ik geef mezelf een kans, zo goed?' Daar kan hij niets op tegen hebben. Hij? Nee, een 'hij' is God zeker niet. Hemel, er is zelfs geen manier om aan God te denken zonder dat er beelden tussenkomen die iets invullen wat meteen al niet blijkt te kloppen. Hoe moet ze dan bidden? Hoe kun je praten met Iemand als het woord 'iemand' zelf al menselijke connotaties heeft? 'Okee God,' zegt ze, 'het is duidelijk. Mijn eerste stap in onze hernieuwde kennismaking is dat ik voor u een naam moet vinden die een beetje acceptabel is voor ons allebei.' Maar welke? Heer: geen sprake van, dat is nog tien keer patriarchaler dan 'hij' en heeft akelige evangelische associaties bovendien. 'Eeuwige', de vertaling van Adonai, zoals de joodse God genoemd wordt door wie zijn naam jhwh niet uit mogen spreken? Zou kunnen, behalve dat het niet Gods eeuwigheid is waarmee ze zich wil verbinden, maar juist... ja, wat? Aanwezigheid, denkt ze. Glorie, ook – de hemel boven het Waterlooplein, Walla Crag. Richting, vooral. En liefde, natuurlijk. Kortom, Gods creativiteit. Dus die moet ze een naam geven. Woord, ja, dat zou leuk zijn, en het is bovendien een naam die bij haar past. Maar dan zit ze weer met Johannes 1, met Jezus als dat woord. Er blijft maar één mogelijkheid over: Ene. Een naam met goede papieren: in het joodse 'Hoor Israël, de Heer is Eén', en de godsnaam in de Naardense bijbelvertaling. Even oefenen of het gaat: 'Hé Ene' – ja, dat wil wel. 'Ene, ik ga dat vak weer opnemen, maar dan wel anders dan vroeger, dat begrijpt u. Vroeger zocht ik naar antwoorden; nu is de vraag me al mooi en paradoxaal genoeg –

hoe paradoxaler, hoe mooier zelfs, om me toch vooral niet in de verleiding te brengen dat ik in de antwoorden ga geloven in plaats van in u. Vroeger dacht ik dat de theologie die antwoorden had, nu begin ik aan de andere kant: elk antwoord is een nieuw beeld, en de theologie een reeks van telkens nieuwe interpretaties van dat Woord van u, van de Jezus-code. Dus tot ons volgende gesprek.'

IX

KRUISBEELD

Met een zucht van vermoeide euforie legt Berthe haar boek weg. Wat een opluchting! Een psychiater en een historicus die samen een boek over de mystieke ervaring hebben geschreven – wat een geluk dat ze dit in handen kreeg. Ze heeft het zichzelf nauwelijks willen toegeven, maar de gesprekken op kantoor en met Clara over religieuze ervaringen zaten haar behoorlijk dwars. Vandaar misschien dat ze met zoveel felheid, via dat memo, reageerde. Om zichzelf te legitimeren, om niet te hoeven denken dat zij met haar hemel boven het Waterlooplein een maffe hysterica is en haar Ene een hersenschim. Natuurlijk, extase kan fysiologisch, psychologisch en pathologisch worden uitgelegd maar is dan nog steeds niet verklaard, omdat het om die ene, unieke ervaring gaat, om een onzegbaar geheim – maar toch stelt het haar gerust nu te weten dat zelfs de meer extreme mystici in de middeleeuwen evenmin hysterisch waren als zijzelf. Ze heeft dezelfde receptiviteit, hetzelfde verlangen. Net als die mystici heeft ze af en toe een glimp opgevangen van wat er achter de oppervlakte zou kunnen liggen, een Woord, een oerbeeld, een kracht die, eenmaal ervaren, je steeds doet blijven verlangen naar meer. Alsof er een zachte lamp in je brandt, een centrum van aandacht en inspiratie dat hoofd en hart op één lijn brengt – ach, er zijn geen woorden voor. Het is inzicht, het is rust en inspiratie, het is vreugde. Die hele traditie – háár traditie, al staat ze er nog zo kritisch tegenover en zelfs buiten – probeert al duizenden jaren lang de prachtigste, meest kwetsbare en meest glorieuze woorden en beelden terug te geven aan die kracht. 'Ik ben een mystica,' fluistert ze zachtjes, haar hart open als een bloem, en ze stuurt een heel pakket verzoeken om vergiffenis naar alle heiligen die ze in haar hart veroordeeld heeft als aanstelsters, met name naar Clara van Assisi, die uit de borst van Franciscus dronk, en Angela de Foligno, voor wier excessen ze zich altijd heeft gegeneerd.

Ach, Foligno, wat kon ze anders? In haar tijd werden christenen niet meer vervolgd en werden heiligheid en martelaarschap derhalve moeilijker te bereiken. Al die bizarre vormen van zelfkastijding en verminking waren niet meer of minder dan pogingen tot verwezenlijking van een in de cultuur aanwezig ideaal, de eenwording met God via het lijden van Christus, imitatio Christi. Dat extreme gedrag van Foligno, die een huidschilfer van een melaatse doorslikte, en van Suso, die zichzelf jarenlang gruwelijk geselde en wiens passages over pijn zo prachtig zijn, moeten we niet veel anders duiden, betogen de auteurs Kroll en Bachrach, dan het gedrag van anorexia- en boulimiapatiënten nu die op even extreme wijze het ideaal van het slanke lichaam proberen te verwezenlijken. Ooit, jaren terug, heeft ze Dorien op de wc betrapt toen die haar lunch uitkotste, en toen zij haar vroeg of ze zwanger was, gaf Dorien haar met grote minachting ten antwoord dat dat niet bij haar lifestyle paste. Ze moet het erger hebben gevonden dat Berthe dacht dat ze zwanger was dan dat die zag tegen welke prijs ze haar mooie lichaam in stand hield. 'Ik steek gewoon af en toe mijn vinger in mijn keel,' had ze zonder blikken of blozen gezegd, alsof haar handelwijze inderdaad niet meer was dan een bijkomstigheid bij haar lijfstijl. Evenzo hadden Angela de Foligno en Suso kunnen zeggen dat ze gewoon brandnetels of doorns of spijkers onder hun kleren droegen – en hysterisch mogen we dat niet noemen, omdat hysterie voortkomt uit de behoefte je in de ogen van anderen groter te maken dan je bent, iets wat Suso noch Foligno kan worden aangewreven, authentiek in hun geloof als ze waren.

Berthe is erg moe – ze heeft dan ook de hele afgelopen nacht doorgelezen, maar ze voelt zich superalert en ze heeft honger, plotseling. Maar er is niets in huis. Ze trekt haar jas aan en weg is ze, naar één van de naburige tempels van overvloed. Albert Heijn maar weer eens.

Ze is zo in de naweeën van haar boek verzonken dat ze nauwelijks opmerkt dat er herfst in de lucht zit, en dat de bladeren van de iepen hier en daar al wat gelig beginnen te worden in het groen. In de supermarkt moet ze eerst bijna opbotsen tegen de vrouw met de slordige haren die haar karretje daar zo zonder uitkijken door de gangen tussen de schappen duwt, voor ze haar herkent.

'Willemijn!' Wat komt dat goed uit! Al sinds ze Clara heeft bekend dat ze bereid is God weer serieus te nemen, heeft ze met Willemijn willen praten. Willemijn weet zelfs niet eens dat ze bij de decaan van de VU is geweest en een lijst boeken heeft opgekregen waarover ze zal worden getentamineerd voor ze aan haar Masters mag beginnen. Godgeleerdheid, een vak met een ironische titel, want als er één ding is waar mensen nooit geleerd in kunnen worden, is het juist God!

Willemijn kijkt op. Geen glimlach, en Berthe was nog wel zo blij haar te zien. Wat ziet ze er trouwens slecht uit! Haar anders zo zorgvuldig gekapte haren zitten niet alleen in een slordig staartje, maar ze zijn ook vies. Haar jas hangt open; op een beige blouse daaronder zit een vlek op borsthoogte. Een grijze rok met grote roodpaarse ruiten hangt scheef over haar magere heupen; een huidkleurige panty zit gedraaid om haar benen en haar schoenen,

die wel mannenschoenen lijken, moeten hoognodig worden ge-
poetst. Willemijn had altijd iets chics, maar nu lijkt ze meer op een
zwerfster, verdraaid, meer op Berthe zelf – en toch heeft Berthe
zich sinds ze Willemijn kent nooit zo ver van haar verwijderd gevoeld als nu.

Het is alsof ze Willemijn voor het eerst ziet.

Elke gedachte aan vriendschap met deze vrouw komt haar nu
absurd voor. Ze is een totale vreemde. Willemijns neus glimt en
haar ogen lijken kleiner dan anders. Haar huid ziet er vermoeid
uit, grof en grijzig, de koele schoonheid die Berthe zich herinnert
is verdwenen. Het besliste in haar manier van doen is weg, en de
kwetsbaarheid die Berthe nu ziet is een andere dan in hun gesprek
over de pikkende kippen van Simone Weil, laat staan dan die keer
dat ze haar in haar armen heeft genomen.

'Wat is er met je?'

Willemijn kijkt haar aan alsof ze een willekeurige voorbijgan-
ger is. Dat kwetst. 'Is er iets naars gebeurd?'

Nu ziet Willemijn haar wel. 'Berthe. Hallo.' Maar daar blijft het
bij.

Zo staan ze daar. Tegenover elkaar in de supermarkt, ter hoogte van het schap met koffie, in een impasse van verdriet en ge-
kwetstheid. En met deze vrouw had ze willen praten over haar religieuze ervaringen! Goed dan, ze snapt het, ze zijn niet bevriend
– wat weet zij trouwens van vriendschap af – maar ze weet maar
al te goed wat ze als *imago Dei* behoort te doen, of ze er zin in heeft
of niet. 'Als je klaar bent met boodschappen doen, gaan we bij mij
een kopje thee drinken,' zegt ze resoluut. Ze laat haar eigen karretje staan waar het stond: ze zijn hier tot tien uur 's avonds open,
ze komt straks wel terug. Dan duwt ze dat van Willemijn naar de
kassa en legt haar aankopen op de lopende band. Het is niet veel
en wat er ligt zou zij nooit kopen: sushi en rijstbuiltjes. Zodra Willemijn betaald heeft, pakt Berthe de boel in de grote boodschap-

pentas die Willemijn aan de haak van haar karretje heeft hangen. Ze sjouwt die naar buiten en wacht tot Willemijn haar fiets van het slot heeft gehaald, hangt de tas aan het stuur, neemt de fiets van haar over en loopt ermee naar haar kelder, voordat Willemijn zou kunnen bedenken of ze misschien iets anders wil.

Maar Willemijn laat zich meevoeren, niet willig weliswaar, maar dociel genoeg en Berthe, hoewel tegelijk daardoor verontrust, moet een gevoel van triomf onderdrukken, alsof er toch, ongeweten, een element van competitie of zelfs inferioriteit van haar kant heeft meegespeeld in haar verlangen dat Willemijn haar vriendin zou worden, en alsof Willemijns kwetsbaarheid haar daarom nu zou kunnen troosten, maar die akelig egocentrische gedachte verschuift ze naar later. Gelukkig dat ze juist nu boodschappen is gaan doen.

Thuis zet ze water op, helpt Willemijn uit haar jas, gooit een stapeltje boeken en papieren van de beste stoel, plant Willemijn daar neer, spoelt de theepot uit en hangt er een zakje kruidenthee in, giet het water op zodra het kookt, en dat alles in de vrees dat Willemijn weer zal opstaan en verdwijnen voordat ze haar heeft kunnen bereiken. Maar Willemijn zit daar gewoon te wachten, alsof niets haar kan schelen; het doet Berthe pijn zoals ze daar willoos zit.

Eindelijk hebben ze hun kopje thee. Berthe schuift haar stoel nog wat dichter bij die van Willemijn, buigt zich naar haar toe en kijkt haar direct aan. 'Vertel op,' zegt ze.

'Er is bij me ingebroken,' zegt Willemijn. 'Vanmiddag.' Ze houdt haar hoofd gebogen, maar ze zegt tenminste iets.

'Gestolen?'

'Ja, ook.'

'Ook?'

'Ik weet niet of ik dat het ergste vindt.' Nu kijkt ze op, hoewel Berthe nog niet helemaal zeker weet of ze haar wel ziet. 'Alles overhoopgehaald, een heleboel papieren in het midden van de kamer en bovenop lag een dikke drol, en er was over geplast ook. Ik kan maar niet begrijpen dat iemand zoiets doet.'

'Misschien voelt dat erger omdat het persoonlijk lijkt,' oppert Berthe. 'Stelen kan gewoon een kwestie zijn van willen hebben, van noodzaak zelfs.' Foute woordkeuze, want poepen en plassen kan ook een kwestie van noodzaak zijn, maar als ze dat hardop zegt zou het lijken of ze een grapje maakte.

'De politie zegt dat het wel meer gebeurt dat inbrekers ontlasting achterlaten, vooral als ze teleurgesteld zijn in de buit.'

Dat zie je op televisie nou nooit, denkt Berthe. 'Wat hebben ze meegenomen?'

Plotseling begint Willemijn te huilen. 'Een paar dingen van Jaap,' zegt ze.

Jaap? Wacht, Jaap is natuurlijk de partner van Willemijn die tussen twee bussen is gekomen.

'Een kruisbeeld, antiek, van goud, wat zilveren kandelaars en bestek, een paar sicraden die nog van zijn moeder zijn geweest: allemaal klein spul, want de televisie en de computer hebben ze laten staan.'

Dat is vreemd. 'Dan waren ze dus niet teleurgesteld in de buit, zou je niet denken? Misschien betekent dat poepen en plassen dan wel juist dat het ze niet om geld te doen was. Hebben ze ook nog andere dingen meegenomen?'

Willemijn kijkt haar niet-begrijpend aan.

'Ik bedoel, dingen die niet van hem zijn geweest? Van Jaap?'

'Nu je het zegt, eigenlijk niet.' Er begint iets te dagen op Willemijns gezicht. 'Dat is wel vreemd, hè?'

'Als het waar is, ja, dan is het vreemd. Dan zou je denken dat het geen lukrake, maar een persoonlijk gerichte inbraak was. Zou dat kunnen?'

'Ik ga straks thuis meteen kijken. De politie vroeg me om een lijst te maken van wat er weg was, maar het lukte me gewoon niet daarmee te beginnen.'

'En als het alleen maar dingen van hem zijn, wie zou ze dan hebben kunnen stelen?'

'O, dat is makkelijk, ik begrijp niet dat ik er niet eerder aan heb gedacht. Zijn zuster natuurlijk. Zijn geadopteerde zus.'

'Was Jaap geadopteerd?' Berthe heeft zich altijd verwant gevoeld met geadopteerde mensen, wier leven evenals dat van haar begonnen is met iemand die hen niet wilde hebben.

'Nee, hij had een biologische broer en een geadopteerde zuster. In die tijd was het nog gebruikelijk dat gezinnen met eigen kinderen er een kind bij adopteerden, dat heette dan "altruïstische adoptie", tegenover de adoptie die tegenwoordig het vaakst voorkomt, bij kinderloosheid.' Willemijn klinkt alweer een beetje als de bedrijfsarts die Berthe kent, met haar zakelijke uitleg. Altruïstisch, dat smaakt naar zendeling, naar kindertehuis, naar verplichte dankbaarheid. 'Maar bij adoptie uit idealisme had je dus wel de confrontatie tussen de biologische kinderen en het adoptiekind,' gaat Willemijn verder. 'Toen zag men daar geen probleem in. In ieder geval is het met Catriona niet gelukt: ze heeft zich altijd buitengesloten gevoeld, en het gezin heeft veel met haar te stellen gehad.'

'Mooie naam, Catriona.'

'Later noemde ze zich Joni,' zegt Willemijn.

'Dat is grappig, ik heb een meisje gekend dat Joni heette.' Hoewel, zo grappig was het niet om Joni te kennen. 'Joni is een oud woord voor kut, dat heb ik bij Jean Auel gelezen.'

Willemijn vat dit op als steun. Ze lacht. En dat was ook de bedoeling, dat Willemijn weer zou lachen. Berthe snakte ernaar dat Willemijn weer zou lachen.

'Toen ik Jaap leerde kennen,' vertelt die, 'en toen hij mij vertelde over zijn moeilijke zusje, heb ik natuurlijk het een en ander over mislukte adopties bijgelezen. Catriona was een zogeheten "geen-bodem-kind", een kind dat zo laat werd geadopteerd dat het al niet meer in staat was zich te hechten.'

'Wat betekent dat in de praktijk?'

'Dat je elke keer opnieuw moet beginnen contact te leggen.'

Daar schrikt Berthe van. Dat komt haar bekend voor. Dat heeft zij ook. Daarnet immers nog had ze het gevoel dat ze Willemijn niet kende. En op kantoor, elke dag dat ze er komt moet ze opnieuw beginnen. Geen bodem. Niet in staat zich te hechten. Plotseling wordt ze heel bang dat ze nooit zal weten wat liefde is, dat ze haar angst voor verbondenheid met anderen nooit zal kwijtraken, en meteen denkt ze weer helemaal opnieuw dat ze zich de Ene vast heeft ingebeeld omdat ze zo graag...

'Wat zijn de kenmerken van geen-bodem-kinderen?' vraagt ze met bonzend hart.

Maar Willemijn merkt er niets van. Integendeel, ze gaat rechtop zitten alsof ze door Berthes vraag nieuwe energie krijgt, en ze begint met verve uit te leggen. 'Heel charmant, meestal. Je moet je voorstellen dat iemand gevormd wordt door onveilige situaties. Die zal liegen als het beter uitkomt, aardig doen alleen waar hij voordeel verwacht, en er altijd opuit zijn te nemen; geven kan zo iemand niet. Vaak slecht op school, omdat ze er de zin niet van inzien leerkrachten of ouders te plezieren door hun best te doen. Psychopathische trekjes, slecht functionerend in een gezin, moreel niet toegankelijk. Slaapproblemen, agressiviteit, seksueel provoceren – maar het gaat om een samenhangend stelsel van verschijnselen, want al die symptomen komen natuurlijk bij andere kinderen ook voor. Kort samengevat: geen-bodem-kinderen maken heel makkelijk contact, maar zijn weg zodra het om emotionele banden gaat.'

Berthe herkent zich gaandeweg steeds minder in deze beschrijving, maar een garantie is dat natuurlijk niet. Ze durft niet te vra-

gen of een kind dat zich juist van mensen terugtrekt maar wel elke keer opnieuw contact moet maken, niet evengoed een geen-bodem-kind zou kunnen zijn. Zou een geen-bodem-kind verlangen
naar contact en er tegelijk bang voor zijn, als zij? Hier zou ze verschrikkelijk somber van kunnen worden. Sterker nog, ze wórdt er
somber van. Schuldig kijkt ze op naar de vrouw met wie ze het
over theologie zou willen hebben, maar het echte leven is anders.
In het echte leven wordt er ingebroken en op de grond gepoept bij
Willemijn met haar ongewassen haar en die scheefhangende be-
morste grijze rok. Een vreemde. Een vrouw die ze een paar keer
heeft ontmoet. Mee gepraat, in haar functie als bedrijfsarts, zoals
andere vrouwen met elkaar praten in de supermarkt: verrassend
openhartige gesprekken, ze vangt er weleens iets van op, en dan
gaan ze weer elk huns weegs met hun volle tassen en kinderen in
fietsstoeltjes voor en achter, getroost misschien maar niet veranderd. En of je nou praat over de kinderen of Simone Weil, misschien maakt dat niet zoveel verschil. Dat waren woorden die allang verwaaid zijn, en ze voelt niets waarvan ze zou kunnen zeggen:
ja, dit is het, ik kan het voelen, er bestaat een band tussen ons, laten we het vriendschap noemen.

Maar wacht. Als kind heeft ze van moeder Agnes gehouden. Was
dat echte liefde, of de afhankelijkheid van een kind, de honger van
een meisje dat nooit veilig was? Echte liefde is belangeloos. Misschien lijkt echte liefde een beetje op wat ze voelde die middag in
de Kalverstraat bij Clara; zorg voelde ze toen, moederlijke zorg, zodanig dat ze wel moest proberen Clara's droom te vervullen. En
het heeft gewerkt, het heeft Clara minder afhankelijk van Moira
gemaakt, en bij haarzelf bracht het die middag iets teweeg dat ze
bijna niet kan benoemen, een troostend gevoel als balsem op haar
hart, alsof ze niet alleen iets gaf maar ook iets kreeg. Is dat het,
krijg je wat je nodig hebt door te geven wat je zelf hebben wilt?

Maar als ze dat bij kleine Clara kon, dan moet ze het bij Wille-

mijn ook kunnen. Hier is het moeilijker, want ze voelt zich kwetsbaarder bij Willemijn dan bij Clara, omdat ze van Clara niets nodig had. Van Willemijn wel. Als liefde belangeloos is, kan ze dus
alleen iets voor Willemijn doen als ze er niet naar verlangt met
haar bevriend te zijn. Hemel, het is er waarachtig niet makkelijker
op geworden, Ene!

Ze kijkt weer naar Willemijn en probeert zich voor die vreemde vrouw met dat harde, donkere gezicht open te stellen. Ze stelt
zich voor dat Willemijn een boek is, ze oefent de overgave van als
ze leest en een ander mens van binnenuit ontmoet. Bij het lezen
gaat het vanzelf; hier is het een enorme inspanning, ze krijgt er
meteen al hoofdpijn van. Misschien doet ze het verkeerd, misschien moet ze juist niet spannen maar loslaten. Ze stelt zich voor
dat er een touw om haar hart gesnoerd zit en dat ze dat loswik-
kelt, ze maakt haar hart los. Ze begint bij Willemijns verwaarloosde
uiterlijk, bij die strakke wangen, die bittere lijnen tussen neushoek
en mond, die ongewassen haren – daarin dicht bij haar zijn, beangstigend dichtbij zijn, ja, en voelen wat Willemijn voelt. En dan
moet er iets, je kunt niet anders. Dan duwt en trekt er iets aan je
totdat je iets doet, het ondraaglijke verwijderen, de pijn vermin-
deren, een droom waarmaken, een behoefte vervullen.

Berthe doet haar ogen dicht en voelt, als de geur van een scherp
parfum, een tunnel van pijn, een afgesloten zijn dat haar tegelijkertijd vreemd is omdat het naar Willemijn smaakt en bekend is
omdat ze zelf altijd afgesloten is. Ze voelt droog en bitter als zand
een woede die klaarligt om op te vlammen, om terug te slaan, en
een beheersing van die impuls. En ook angst dat die beheersing
niet genoeg zal zijn. Verlies voelt ze, amputatie, want het is misschien wel erger liefde gekend te hebben en die te verliezen dan
niet te weten wat je altijd hebt gemist – ze beleeft Willemijns zekerheid dat ze nooit genoeg zal hebben aan zichzelf, zoals zij bij
zichzelf juist vermoedt dat het beter is niet meer genoeg te heb-

ben aan zichzelf, maar Willemijn denkt dat ze maar een half leven leeft zonder richting, en dan hoef je je niet goed aan te kleden en je haar te wassen, want voor wie zou je dat doen? Het is vreemd die richtingloosheid te voelen, maar ze herkent het gemis.

Ze zal voor Willemijn naar die Catriona gaan en kijken of dat kruisbeeld daar is – het lijkt een wild, maar uitvoerbaar idee. Ze zal naar buiten gaan, de kou in van het echte leven, het leven van andere mensen.

Ze staat op en pakt de theepot om Willemijn in te schenken, die gelukkig niet gemerkt heeft dat er zo intensief naar haar gekeken werd, en Willemijn strekt haar magere arm met het kopje uit, en Berthe schenkt nogmaals bij en hoort ineens weer hoe Willemijn zit te vertellen van Catriona, hoe slecht het ging in haar adoptiegezin en dat ze uiteindelijk uit huis is geplaatst en in een kindertehuis is terechtgekomen.

'Welk kindertehuis?' Berthe vraagt het terwijl ze het antwoord natuurlijk al weet. Het antwoord valt op zijn plaats, alsof het zo heeft moeten zijn: het kindertehuis waar ze zelf is opgegroeid.

Joni.

Waarom zegt ze niet dat ze haar kent? Omdat dat te groot is, te veel herinneringen oproept, en daarvoor laat de pijn van Willemijn geen plaats. Het zou weer over háár gaan als ze dit zei, Willemijn zou weer de hulpverlener moeten zijn. Nee, ze kan het niet zeggen.

Willemijn praat door: 'Ik heb foto's van haar gezien uit die tijd. Toen was ze mooi om te zien, een prachtig jong blond meisje. Nu minder, ze is al jaren aan de drugs en daar blijf je niet mooi bij.'

Maar dat Joni geadopteerd was, dat wist Berthe niet. Nu ze dit verhaal kent, ziet ze haar plotseling toch anders, ze zou waarachtig bijna denken dat ze iets van medelijden voelt. Joni. Hoe oud was ze toen, hoe oud waren ze allemaal? Dertien, veertien – zo jong, en nu een vrouw die al jaren aan de drugs is en er vroeg oud uitziet.

Je had in het tehuis een rangorde. Een vondeling als zij zat natuurlijk helemaal onderaan. Daarboven kwam adoptie, dan kinderen die uit huis moesten omdat ze daar niet veilig waren, en bovenaan de onhandelbare kinderen die uit huis waren geplaatst wegens slecht gedrag. Joni had zich gekwalificeerd als horend bij de onhandelbaren, maar dat was dus niet juist geweest. Of althans maar ten dele juist. Geen wonder dat ze zo in competitie was met de andere meisjes! En ze kwam ermee weg omdat je, vooroordeel of niet, toch bij blonde meisjes niet zo gauw aan adoptie denkt.

Berthe heeft al spijt van haar idee. Nu Catriona Joni is, moet ze dus naar Joni. Dat ze haar kent maakt het in zekere zin makkelijker: ze kan vanwege het verleden bij haar langsgaan, ze kan kijken of die Jezus daar hangt en als dat zo is kan ze teruggaan naar Willemijn, dan heeft ze gedaan wat ze kon. Ze hoeft er niet meer voor te doen dan een oude angst onder ogen zien. Opnieuw gezien en beoordeeld worden door die harde ogen. Als ze nog hard zijn. Ja, ze zullen nog hard zijn, want Joni heeft op Willemijns vloer gepoept.

Maar nu weet Berthe dat Joni en zij iets gemeen hebben. Allebei zijn ze afgewezen, ooit – zij een vondeling, Joni een adoptiekind.

Ze schenkt ook zichzelf nog een kopje thee in en praat wat over andere dingen, over de poëzie van Jellema, die zich door Eckhart liet inspireren, over de stigmata van Franciscus en de vraag of Willemijn zulke dingen nou bij geloof of bijgeloof vindt horen, over een sciencefictionroman waarin het bloed van de lijkwade van Turijn wordt gekloond – dat soort dingen. Het is bijna pijnlijk: ze praat over dezelfde soort onderwerpen die haar eerder met het verlangen naar vriendschap met Willemijn hebben vervuld, en nu doet ze het niet uit verbondenheid maar puur om de tijd te vullen.

Dan helpt ze Willemijn in haar jas en vraagt tussen neus en lippen of ze weet waar Joni woont. Dat weet ze, ze is er een keer met

Jaap geweest. Het nummer weet ze niet meer, maar het was rechts naast een uitdragerijtje in één van die gelijksoortige straten in West, wacht, Betje Wolff natuurlijk, want ze houdt van Betje Wolff. Kent Berthe Saartje Burgerhart? Ach, natuurlijk kent Berthe Saartje Burgerhart, en herinnert ze zich die prachtige stukken van haar oom Abraham Blankaart tegen schijnheilige kwezelarij?

En dan is ze weg, en Berthe staat daar en kijkt naar de rug van Willemijn tot die de hoek om is en even denkt ze, even maar, dat die er misschien iets mee bedoelde over schijnheiligheid te beginnen – o nee, ze is in de war, zoiets zou Moira doen maar Willemijn is geen pikkende kip meer. Joni wel. In dat boek van Bachrach en Kroll stond een passage over Gilles van Assisi, die door de kinderen werd nageroepen met het woord 'paradijs', omdat hij daarvan ogenblikkelijk in extase raakte. 'Paradijs,' riepen ze, en hup, daar ging hij, zo in verrukking dat de wreedheid van die kinderen hem niet kon bereiken.

Aan Joni's wreedheid durft ze nog niet te denken, niet echt: als ze dat doet komt het moment waarop ze daarheen moet te snel dichterbij, akelig dichtbij. Ze trekt haar jas weer aan, want ze heeft ineens weer honger en nog steeds niets in huis immers. Ze koopt wat te eten en op de terugweg trapt ze in een forse hondedrol.

Daar staat ze, op één been voor haar aanrecht met een rol wc-papier en een schroevendraaier in de groeven van haar sportschoen te wroeten. Volgens Clemens van Alexandrië kon Jezus niet poepen of plassen. Of nee, waarschijnlijk kon hij het wel, want Clemens maakte zich hiermee eigenlijk een beetje schuldig aan de ketterij van het docetisme, die Jezus te goddelijk maakte en zijn menselijkheid uit het oog verloor, en een goddelijke Jezus kon vast wel poepen en plassen als hij wou maar hij deed het dus niet, ondanks de grote hoeveelheden wijn die hij dronk. Waarschijnlijk vanwege het oude verband tussen poep en duivel, denkt Berthe terwijl ze probeert haar neus uit te schakelen, dat al tot uiting komt in afbeeldingen van een poepende Adam met de uitleg dat die het kwaad eruit perst, en de opvatting van Gregorius de Grote dat men zich door te poepen bevrijdt van schuld. Met de geur en het feit dat het lichaam zich ervan ontdoet heeft dat niets te maken, want urine kent dergelijke associaties niet. Luther, bedenkt Berthe, die nu zover is dat ze kraanwater over haar schoenzool kan laten lopen, is in dit theologisch verband een merkwaardig geval, omdat hij zowel goed als kwaad met poep associeerde en bovendien een bijzondere verhouding met zijn eigen uitwerpselen had: de arme man was altijd geconstipeerd en waarschijnlijk derhalve hevig geïnteresseerd in poep. In zijn tafelgesprekken heeft hij het herhaaldelijk over de helende kracht ervan – maar die heeft of had urine ook –, en de wellicht belangrijkste gebeurtenis uit Luthers leven, de zogenoemde *Turmerlebnis* die hem bevrijdde van de angst voor Gods straf en hem bewust maakte van Zijn overweldigende genade, had plaats terwijl hij zich ontlastte: het moment van geestelijke bevrijding identiek met de fysieke opluchting. Waaruit blijkt, gezien het feit dat hij geloofde dat elke ziekte en dus ook zijn constipatie van de duivel kwam, dat de eigen moeizame poep voor hem dan toch een negatief symbool moet zijn geweest. De vraag is nu natuurlijk: heeft God Luther geconstipeerd geschapen met de Turmerlebnis in het alwetende vooruitzicht, of heeft God gebruikgemaakt van die constipatie om in de ont-lasting tot hem te spreken? Een soort bekeringsverhaal – misschien moet ze die gaan sparen. Paulus die op de weg naar Damascus Jezus' stem hoorde, een passage die haar altijd tranen in de ogen bracht, zelfs al die agnostische jaren lang; Luthers naamgenoot Martin Luther King die het gevecht uit de weg wilde gaan toen alweer Jezus hem aan de keukentafel moed insprak. Net als het verhaal van Luther en zijn constipatie zijn het geschiedenissen die eigenlijk geen ironie verdragen, en daarin kwetsbaar zijn, geen verhalen waarop je je kunt beroepen als je sterk wilt staan tegenover iemand als Moira of Joni. En toch hebben ze ook iets schattigs, zoals Luther berouwvol opbiecht dat hij zich, na die genadige bevrijdende ervaring in de toren immers opgezadeld met een hevig godsverlangen, tegenover God zo hebberig voelt in dat verlangen en daarover dan weer niet echt berouw kan hebben.

Goed dan, denkt Berthe terwijl ze haar schoen op een stuk krant te drogen legt. Handen wassen, iets eten, en dan meteen maar gaan. Ook al is ze net zo bang als Luther voor de duivel.

'Ene,' zegt Berthe zachtjes, 'wijs me het licht.'

Achterberg heet Joni, net zoals de dichter die de dochter van zijn hospita vermoordde alsof hij daartoe was voorbestemd, en de rest van zijn leven daarover dichtte. Onlangs zijn weer nieuwe feiten over Achterberg aan het licht gekomen, die de vraag oproepen of hij er wel ooit echt spijt van heeft gehad – misschien koesterde hij die gebeurtenis, die hem keer op keer opnieuw inspireerde, wel, en kon hij zich geen spijt veroorloven. Vrienden hebben hem omwille van zijn groot dichterschap beschermd tegen de consequenties van zijn daden – was dat nou goed of juist verkeerd? Koestert Catriona haar verleden, geeft het haar kracht? Weet ze nog dat ze Berthe naakt voor de spiegel zette en haar lichaam punt voor punt vergeleek met haar eigen rozeblonde poezelige schoonheid?

Een hongerig meisje moet ze zijn geweest, onzeker over haar vermogen tot domineren, anders had ze niet de grootste sukkel van de slaapzaal uitgekozen om zich fysiek mee te meten. Een pikkende kip. Een roofdier in nood.

Een deur naast een stoffig uitdragerijtje, ver in West waar ze het helemaal niet kent, een rij naambordjes met veel doorgekrast en bijgeschreven. Berthe belt aan bij de bel waar Joni bij staat, geen achternaam, geen Achterberg. Natuurlijk is er geen intercom: de deur wordt met een touwtje opengetrokken en een eindeloze rij traptreden begint pal voor haar neus recht naar boven. Beschermt

Joni zich niet? Berthe zou wel wie weet wat kunnen zijn – nee, waarschijnlijk is Joni zo straatwijs dat ze voor niets of niemand bang is.

Berthe klimt naar boven, hoewel ze het gevoel heeft naar beneden af te dalen. Een grijze deur in een halletje staat halfopen; even verderop zijn nog een paar deuren. Verschillende appartementen, geen van alle groot: kamers eigenlijk, niet meer.

Dan verschijnt rond die deuropening een grijsblond hoofd met woeste krullen, deels weggestoken, deels slierend rond een spits, vaal gezicht. Een half openhangende kimono. Als dit Joni is – maar het moet Joni zijn. Plotseling weet Berthe niet meer hoe Joni er ook alweer uitzag, hoe die rondblonde ledematen er in de spiegel uitzagen, die pijpekrullen: alsof ze zich die herinneringen maar heeft verbeeld. Soms is ze bang dat dat altijd zo gaat bij haar: herinnering wordt verhaal, en daarna weet ze niet meer in hoeverre het verhaal nog met de herinnering correspondeert.

Joni herkent haar niet – nou goed, zij zou haar ook niet herkend hebben.

'Ik ben Berthe,' zegt ze. 'Herinner je je me nog, uit het tehuis? Berthe Ploos.' Misschien moet ze iets toevoegen over pesten, maar dat klinkt niet aardig, dat doet ze liever niet. 'We sliepen in dezelfde slaapzaal, jij was de baas over een hele groep meisjes, en ik was onopvallend en sloom.' Ze herschept het verleden in woorden die Joni moeten kunnen bereiken; dit had ze niet van tevoren bedacht.

'God, ik dacht dat je iemand anders was.' Joni gaapt, alsof ze net uit bed komt. En misschien komt ze dat ook wel.

Berthe kijkt rond in de ruimte waar Joni woont. Er zijn hoekjes voor verschillende doeleinden. Een hoek met een tafeltje met gasstel en een gebarsten granito aanrecht met een paar vuile bordjes en bekers, een andere hoek met een bed met een roze sprei en een tafeltje ernaast met een spiegel en make-upspulletjes. Die roze sprei – ja, het moet wel. Te roze, het kunstmatige roze van duivenpoten, felroze, vroeger noemden ze dat shocking pink. Ze begrijpt hoe Joni in haar onderhoud voorziet. En dan ook nog thuis – dat heeft iets heel triests, dat ze nog niet eens de huur van een raam kan betalen.

'Ik dacht dat je iemand anders was.'

Een klant, en dan loopt ze er zo bij? Zo alsof ze net uit bed komt? Misschien heb je wel klanten die daarop vallen, juist. Een vaste klant dan waarschijnlijk. Ze weet niets van een dergelijk leven, en wil het ook eigenlijk niet weten. Ze vangt een glimp op van Joni's borst in die openhangende kimono, en denkt aan de trotse appeltjes die ze te zien kreeg op de slaapzaal toen Joni haar dwong naakt naast haar voor de spiegel te staan. Ze ziet die borstjes nog, tenzij ze het zich verbeeldt, maar hoe dan ook, deze zijn het niet. Toen en nu, het is bijna onverdraaglijk.

Joni steekt een sigaret op. Er liggen al een paar peuken in de asbak, maar je ruikt het niet. In de vensterbank staat een antirookkaars. Nu Berthe beter kijkt: het appartement maakt geen vuile indruk, alleen verwaarloosd. Vuil kan natuurlijk ook niet, met zo'n beroep. Smoezelig heeft misschien aantrekkelijke kanten, vuil niet.

Als er maar geen klant komt!

'Weet je het nog?' vraagt ze. 'Berthe.'

Intussen dwalen haar ogen rond. Ja, daar boven de schoorsteen hangt een kruisbeeld, goudkleurig en ivoor, dat zó detoneert tussen de sjofele spulletjes dat het niet anders kan dan dat Willemijn gelijk had. In feite heeft ze dus nu haar opdracht al vervuld, ze kan nu weg.

Maar ze gaat niet.

Joni biedt haar niets aan, maar stuurt haar ook niet weg.

Berthe gaat op een stoel zitten en kijkt haar afwachtend aan. Zonder te weten waar ze op wacht, maar het werkt.

'Dat was een mooie tijd, vind je niet?' zegt Joni uiteindelijk.

Berthe begint te lachen. 'Voor jou misschien, omdat je zo prettig de baas speelde, maar voor mij allerminst.'

'Kom je daarvoor?' Het klinkt achterdochtig.

'Nee, dit is geen pelgrimsreis naar vroeger.' Hoewel... als ze haar ogen weer even naar het kruisbeeld laat afdwalen weet ze dat niet zo zeker meer. 'Ik wilde zien hoe het met je ging, ineens.'

Ze liegt niet helemaal, want als het niet waar was, was ze al weg geweest, toch? Nee, ze wil weten hoe Joni nu over vroeger denkt, dat is wat anders.

Joni haalt haar schouders op; mager en puntig zijn die, niet meer de ronde roze schouders die Berthe zich uit de spiegel herinnert. Waarom blijven mensen in ons geheugen wie ze waren, terwijl we het heel normaal vinden dat we zelf verdergaan? Nee, het ligt nog iets gecompliceerder: we rekenen mensen de dingen die ze vroeger deden aan alsof we ze beschouwen als de volwassenen die we inmiddels zelf zijn geworden. Deze Joni is nog dezelfde Joni als toen, tot ze bewijst van niet. Tot ze bewijst dat ze veranderd is. Zoals Willemijn veranderd is.

Het blijft lang stil. Berthe weet niet zo goed wat ze moet doen, maar net als ze erover denkt om dan toch maar op te staan, reageert Joni: 'Nou, je ziet het. Geef je ogen maar goed de kost, vondeling!'

Plotseling is de angst weg. Berthe lacht hardop. 'Adoptiekind!'

'Wat je zegt,' beaamt Joni. 'Mens, wat was ik blij toen ik van die kutfamilie weg mocht en in het tehuis kwam. Eerst niet, natuurlijk. Twee broers, ouder dan ik, en ze verwenden me, dat geloof je gewoon niet. Een echte familie, en nog blij met me ook! Maar die vreugde was gauw voorbij, dat kan ik je wel vertellen, en vraag me niet waarom, want ik weet het niet. Ik snap er nog steeds geen moer van. Na een tijdje kreeg ik steeds meer het gevoel dat er in hun ogen iets verkeerd was met mij, dat zij dat zagen, toen al, terwijl ik het niet wist. Weet je?'

Ja, Berthe weet het. Ze kent het gevoel, zo wordt er naar haar ook gekeken. 'Ik denk dat een gestructureerd gezin voor een ouder adoptiekind juist een heel slechte omgeving is,' praat ze Willemijn na, om te troosten. 'Waren ze streng?'

'Behoorlijk.'

'Nou, zie je wel. Waar leefde je voor je bij hen kwam, en hoe oud was je toen dat gebeurde?'

'Zes, en wat er daarvoor was, daar weet ik eigenlijk niets meer van. Mijn moeder, mijn adoptiemoeder dan, vertelde me wel wat ik zelf nog wist toen ik er kwam, maar later ben ik dat allemaal vergeten. Ik schijn wel bij acht verschillende pleeggezinnen te hebben gewoond voor ik bij hen kwam.' Het wordt met enige trots gezegd. 'En mijn eigen moeder was een junk. Een van de eersten die aan een overdosis overleed in Nederland.'

'En je herinnert je daar niets meer van?' Dus dat bedoelde Willemijn natuurlijk met geen-bodem, en ze herkent het: het leven als een steeds opnieuw beginnen, ook met jezelf, altijd bezig die breuk te lijmen tussen de vele verschillende zelven van vroeger en nu. Maar alleen in de ogen van anderen – als ze alleen is voelt ze niet dat ze ontheemd is.

'Af en toe krijg ik een vage herinnering,' zegt Joni, verrassend openhartig nu, 'of ik droom iets waarvan ik als ik wakker word denk dat het daarmee te maken heeft, maar veel is het niet.'

Berthe knikt. 'Ik weet ook nog heel weinig van vroeger,' zegt ze. 'Dat heb je vaak bij traumatische ervaringen, dan bescherm je jezelf door ze te vergeten.'

'Maar uit het tehuis weet ik nog vrijwel alles,' zegt Joni.

'Ik niet,' zegt Berthe, en ze voegt eraan toe: 'en misschien moet dat ook maar zo blijven!'

Nu lacht Joni, en ineens lijkt ze weer op het meisje dat ze was. Een beetje kwaadaardig, maar op een onschuldige manier, eigenlijk. Anders dan toen en toch ook hetzelfde. Berthe gelooft het zelf bijna niet, maar het plezier dat Joni schept in datzelfde verleden dat haar zo'n pijn heeft gedaan, ontroert haar. Het is een raadsel, denkt ze vertederd, ieder ander mens is een raadsel. Plotseling gloeit er iets in haar, alsof er een geheim is, iets waar ze zich op verheugt: er gaat iets komen, ze hoeft alleen maar af te wachten, er zal iets gebeuren. Ze voelt het, ze weet het met een zekerheid die ze zelf niet begrijpt.

'Maar goed,' zegt ze, 'je hebt je dus minstens zeven keer opnieuw moeten aanpassen aan de stijl van een ander gezin.'

'Van die kant had ik het nog nooit bekeken,' zegt Joni.

'Moet je je dat eens voorstellen,' gaat Berthe verder, terwijl ze het voor zichzelf probeert: 'elke keer weer nieuwe regels en gewoonten leren, en allemaal op een leeftijd dat je niet echt kon begrijpen waarom hier deze regels golden en daar weer andere, hoe je de ene pleegouder te vriend moest houden en waar de andere juist niet van hield – je hebt jaren en jaren in een mijnenveld geleefd, je kon dus niet anders dan onzeker zijn en je onveilig voelen.' Zal ze verdergaan? Joni steekt alweer een sigaret op, en zuigt de rook in alsof die Berthes woorden is, een troost. Ja, ze moet verdergaan: 'Ga maar na: jij leerde dat regels vervangbaar waren door andere regels, dus je beschermde jezelf daartegen door al die regels niet belangrijk te vinden. Maar je adoptieouders vonden regels wel belangrijk, want zo is dat nu eenmaal in een gezin.'

'Hoe weet je dat allemaal?' vraagt Joni. 'Jij bent toch ook niet in een gezin opgegroeid.'

'Wat ik van gezinnen weet, weet ik uit boeken. In boeken weet je hoe het voelt om een ander te zijn, toch?'

'Van boeken heb ik geen verstand, want ik haat lezen, maar je legt het goed uit,' zegt Joni. 'Ze gaven me altijd op mijn kop dat ik zo jaloers was, maar eigenlijk zou het idioot zijn geweest als ik niet jaloers was geweest, toch?'

'En je broers moeten jaloers geweest zijn op jou.'

'Ja, daar zou je wel eens gelijk in kunnen hebben. Als ik deed wat ze wilden, als ik me als een lieve blonde barbie liet knuffelen en aan hun spelletjes meedeed, dan was het goed, maar zodra ik iets anders wou was het afgelopen met de leukte.'

'Je bedoelt toch niet, met spelletjes, dat ze aan je zaten?' Stel je voor dat ze zoiets zou horen over de geliefde van Willemijn, al is-ie dan dood...

'Nee joh, geen sprake van. Het was meer, ja, hoe moet ik het zeggen, alsof ze me beschouwden als een nieuw jong poesje waar ze mee mochten spelen...'

'In plaats van als een meisje van zes dat al het nodige had meegemaakt,' vult Berthe aan. Wat is dat prettig, je zo moederlijk te voelen. En dan nog wel tegenover Joni! Vandaar dat ze ook ging pesten, denkt ze: als je pest ben je tenminste altijd subject, nooit object, de rollen zijn bij al voorbaat verdeeld.

'Je begrijpt het goed. En dat terwijl ik toch niet aardig voor je ben geweest.'

Berthe weet niet wat ze hoort. 'Dat doet er niet meer toe,' zegt ze haastig. En het is waar: nu ze heeft gezien dat Joni het op haar manier minstens even moeilijk heeft gehad als zijzelf, is die oude pijn helemaal weg. Ze voelt een vertrouwdheid tussen hen die haar wortels in vroeger heeft – en dat terwijl dat vroeger zo imperfect was en al zeker geen vertrouwen herbergde! Het moet het feit zijn dat ze samen jong waren, onschuldig in zekere zin, dat ze elkaar toen hebben gekend, dat die vertrouwdheid bewerkstelligt, maar vreemd is het wel. Daar zit vast de Ene achter!

En dan beseft Berthe met een schok dat ze dit prille vertrouwen van Joni in haar al binnenkort weer moet verraden, als ze Willemijn vertelt dat ze het kruisbeeld heeft gezien. Dan was het toch niet de Ene, want zou die haar nu laten kiezen tussen Joni en Willemijn? Of is het een test?

Misschien is er een manier om hier onderuit te komen.

Zonder nog precies te weten hoe ze het gaat aanpakken, gaat ze voor het kruisbeeld staan. Het is zo groot als haar arm, van zwart ebbenhout en met een puur gouden Jezus, die er als gebruikelijk met hangend hoofd bijhangt. Alleen de lendendoek is van ivoor. 'Wat een interessant kruisbeeld,' zegt ze. 'Dat zie je niet vaak, een ivoren lendendoek.'

'Een luier zul je bedoelen,' komt Joni schamper.

Berthe moet lachen om die luier, zo noemde ze de lendendoek zelf immers ook, vroeger, bij moeder Agnes. 'Ik dacht er vanmorgen nog aan dat sommige kerkvaders staande hielden dat hij niet hoefde te plassen en te poepen,' zegt ze. Bij het woord poepen kijkt ze even om, maar Joni reageert niet en op haar gezicht staat geen schuld te lezen ook.

'Dus die luier heeft hij niet eens nodig,' zegt Joni.

'Niet daarvoor, nee, die luier heeft hij alleen voor ons, de kijkers. En niet alleen dat. Volgens de kerkvaders moest Jezus mooi zijn omdat Gods glorie in hem zichtbaar was. Dus hebben afbeeldingen van Jezus tot eind vorige eeuw altijd beantwoord aan het esthetisch ideaal van de tijd. Zijn blonde haren heeft hij van de griekse zonnegod Apollo, zijn aureool ook, en die baard is een byzantijns teken van autoriteit.'

'In die film van Gibson zag hij er ook zo uit,' zegt Joni.

'Dus die heb je gezien?'

'Ja, ik wilde James Caviezel zien,' zegt Joni. 'Dat vind ik zo'n stuk. Heb je *Angel Eyes* gezien, met Jay-lo?'

Berthe knikt. De film was onlangs op televisie en Caviezel intrigeerde haar ook, zij het waarschijnlijk om andere redenen dan Joni. Met zijn gevoelige-jongensgezicht, verdwaasd van verdriet, liep hij rond als een heilige en deed goed waar hij kon. Sinds zijn bekering tot christen weigert Caviezel vrijscènes te spelen omdat hij zijn vrouw beloofd heeft trouw te zijn – een identificatie van acteur en personage die vragen oproept betreffende zijn professionaliteit en die zijn toekomst als romantisch uitziend acteur geen goed zal doen, want hoe vaak zal het publiek die verstilde martelaarsblik willen zien? Klaagde hij niet ook steen en been over de vele pijnen die hij had moeten lijden onder de directie van Gibson? De uren van schminken, het zware kruis – als ware hij het grote Voorbeeld zelve.

'Dan zul je aan *The Passion* niet veel lol beleefd hebben,' zegt Berthe, 'want hij was continu met bloed besmeurd en zijn ene oog zat vrijwel de hele film dicht.'

Ze lachen, en in die vreemde saamhorigheid besluit Berthe Joni maar niet te vertellen dat die de kuise Caviezel, tenzij zijn God hem wat ruimere ideeën toestaat, nooit meer in een sexy rol zal zien. 'En die baard...' zegt Joni. 'Maar die kon ik verwachten, dus, volgens jou. Je hebt vroeger in de kapel beter opgelet dan ik.'

'Je dacht toch niet dat ze ons vroeger dat soort dingen durfden te vertellen? Nee, ik heb later theologie gestudeerd. Volgens mij wisten de meeste nonnen in het tehuis dit soort dingen niet eens, die slikten alle geloofswaarheden zonder morren, onder het motto van de gehoorzaamheid. Dus geloofden ze ook te weten hoe Jezus er heeft uitgezien. Je kent het verhaal van de zweetdoek van Veronica toch wel, waar zijn gezicht op stond nadat ze het had afgeveegd, toch? Veronica, je gelooft het niet, is patroonheilige van de fotografie geworden.'

Het werkt, Joni lacht.

Zal ze vertellen dat er een paar jaar geleden in Italië een doek gevonden is die men voor die zweetdoek aanziet, met een afbeelding van een gezicht dat qua afmeting precies even groot is als op de lijkwade van Turijn? En dat er DNA van die lijkwade af is geschraapt, en dat een filmmaker van plan is een film te maken waarin Jezus met dat DNA wordt gekloond, net als de dino's in *Jurassic Park*? Ze kijkt naar Joni, die haar derde sigaret heeft opgestoken en met tegen de rook samengeknepen ogen met een boos gezicht naar het kruisbeeld zit te kijken. Vooruit, ze durft het, ze vraagt het rechtstreeks.

'Waarom hangt hij hier eigenlijk?' Nu moet Joni wel iets zeggen over waar ze het beeld vandaan heeft.

'Omdat hij me steeds aan vroeger doet denken, aan dat tehuis van ons en die schijnheilige Agnes Ploos, die pruim!'

Berthes hart staat stil. Agnes Ploos? Joni moet in de war zijn, ze bedoelt moeder Agnes. Maar tegelijk weet ze dat Joni niet in de war is. 'Agnes Ploos?'

'Wist je niet dat moeder Agnes zo heette?' vraagt Joni. 'In het echt dan, voordat ze non werd.'

'Hoe kun je zoiets nou weten?' Ze durft niet zeggen dat ze zelf zo heet, wat Joni kennelijk vergeten is. Als Joni gelijk heeft zou ze daarmee iets verraden van een geheim dat haar gedachten beginnen te doorgronden, iets kostbaars, iets bijzonders dat te kwetsbaar is om bloot te geven. Dat zij Agnes' achternaam heeft – dat Agnes toen die haar een naam gaf, naamloze vondeling, haar eigen naam gekozen heeft. Dat Agnes zich daarmee in meer dan geestelijk opzicht tot haar moeder heeft verklaard.

Dat Agnes van haar gehouden heeft.

'Het was geheim, maar wij waren erachter gekomen, de ouders van een van de oudere meisjes kenden haar familie nog van vroeger,' legt Joni verder uit. 'Het was nog een schandaal ook, ze was in het klooster gegaan omdat ze van haar vader niet mocht studeren, zoals haar broers, omdat ze een meisje was, en via het klooster kon dat wel.'

'Dat wist ik allemaal niet.' Arme moeder Agnes. Een leven van stipte gehoorzaamheid als prijs voor haar intellectuele ontwikkeling. Dat zette het woord 'plicht', zoals ze dat in hun gesprek tijdens haar laatste ziekbed had gebruikt, wel even in een ander licht! Agnes Ploos – en zij heeft zich haar leven lang afgevraagd waarom ze zo heette. Ploos, ze dacht dat het een naam was die Agnes in het telefoonboek had geprikt. En als je toch in het telefoonboek prikt, waarom dan niet een mooiere naam, had ze moeder Agnes stilzwijgend verweten. Als zij erover begonnen was, zou moeder Agnes haar dan hebben verteld waar haar achternaam vandaan kwam? Misschien wel niet, ze heeft het haar nu immers ook niet verteld. Waarschijnlijk mocht ze het niet weten. Moeder Agnes die niet mocht studeren van haar vader, dat had je toen nog. Wat had ze gestudeerd? Ze weet het op het moment dat ze het zich afvraagt: theologie natuurlijk. Net als zij. Maar als ze vanwege de mogelijkheid te studeren het klooster in was gegaan, waarom had ze dan geen gebruiktgemaakt van de nieuwe vrijheden van Vaticaan II om lekenkleding te gaan dragen? Er moest in de jaren na haar intrede iets met haar gebeurd zijn, waardoor ze die blijmoedigheid had gevonden die Berthe altijd zo heeft bewonderd en die ze aan Agnes' roeping had toegeschreven. En aan de klompvoet. In plaats daarvan was het iets geweest dat Agnes zich veroverd had. Hoe? Wat had Berthe dat graag willen weten! Een pruim, zei Joni, en ze heeft geen zin het te corrigeren omdat Joni ongeveer wel de laatste is met wie ze over moeder Agnes in discussie wil gaan. Waarom heeft ze haar nooit naar deze dingen gevraagd? Omdat ze nog te jong was om haar als een persoon te zien – en toen ze dat wel kon, ging Agnes dood.

'Nee, natuurlijk wist jij dat niet, jij hoorde er ook niet bij.' De vanzelfsprekendheid waarmee dat gezegd wordt schokt haar, en Joni kijkt er niet eens kwaadaardig bij.

Maar Agnes heeft van haar gehouden. Agnes heeft haar haar naam gegeven. En haar liefde voor theologie.

Een wonder. Ze komt hier, met tegenzin maar omdat ze Willemijn wil helpen, en ze leert iets over zichzelf dat al haar herinneringen een andere kleur geeft.

Maar het denken daarover bewaart ze voor later, nu moet ze proberen te doen waarvoor ze gekomen is.

Het mooist zou natuurlijk zijn, als Joni de gestolen spullen uit zichzelf weer terug zou geven! Maar hoe krijgt ze dat voor elkaar?

'Zie je je ouders nog, en je broers?' Zoals ze het nu formuleert jokt ze een beetje, want ze weet dat er nog maar één broer over is.

'Mijn ouders zijn dood en mijn oudste broer ook,' zegt Joni.

Nu 'wat spijt me dat voor je' zeggen zou te hypocriet zijn.

'Niet lang geleden, hij is door een bus geplet,' vult Joni aan.

'Kon je goed met hem opschieten?'

'Moeilijk te zeggen. Tijdens mijn periode in het internaat ben ik nog wel weer thuis geweest, maar ik heb er nooit meer echt gewoond. Veel meer dan logeerpartijen in de vakanties waren het eigenlijk niet. Bovendien waren zij toen het huis al uit, de jongens, ze studeerden al, ze waren minstens tien jaar ouder dan ik. En toen mijn ouders stierven hebben zij het hele huis leeggehaald zonder mij daarbij te betrekken, dus toen was het definitief voorbij met de pret: dat heb ik ze nooit kunnen vergeven. Altijd zeggen dat een geadopteerd kind even echt is als een biologisch kind, en dan zoiets!'

'Bedoel je dat je niets van ze hebt geërfd?'

'Wel wat geld, daarmee is het wel eerlijk toegegaan, al heb ik er natuurlijk minder aan gehad omdat zij hun opleiding al hadden en ik nog niet.'

'Wat voor opleiding heb je gedaan?'

'Na de mavo ben ik naar de modevakschool gegaan, maar dat heb ik maar een jaartje volgehouden. Het lukte me gewoon niet om elke dag naar school te gaan.'

Zo zielig heeft ze nog niet eerder geklonken.

Wonderlijk, denkt Berthe, dat Joni zo open is tegen iemand die ze zoveel pijn heeft gedaan. En wonderlijk dat zij zich zo moederlijk voelt en totaal zonder angst, zelfs als Joni iets onaardigs zegt, zoals daarnet. Maar kan ze haar helpen die gestolen spullen terug te geven? Niet zolang Joni niet toegeeft dat ze gestolen zijn. En wat is dat voor vreemde fantasie, dat zij Joni zou redden? Een symbolisch goedmaken, een omdraaiing? De wil van God? Nee, het is hopeloos.

Joni knikt in de richting van het kruisbeeld. 'Dat hing bij ons thuis boven de schoorsteen.'

'Waren ze streng katholiek?'

'Niet dat ik weet. Misschien, maar als ze dat waren deden ze er niets aan.'

Dat weet Berthe nog zo net niet. Ze heeft van Willemijn de indruk gekregen dat die Jaap van haar wel degelijk actief gelovig was. 'Zou je je familie nog willen zien?' vraagt ze.

Joni knijpt haar lippen samen, alsof ze herinnerd wordt aan iets waar ze niet aan wil denken. 'Zoveel is het niet. Mijn jongste broer.'

'Geen neefjes en nichtjes?'

'Mijn oudste broer had wel een vriendin, maar geen kinderen.'

Bingo. Plotseling is het moment dus daar. Nu moet zij zeggen: ja, die ken ik, dat is mijn vriendin Willemijn. Hoewel, vriendin, met dat woord matigt ze zich te veel aan. Mijn kennis Willemijn? Dat klinkt idioot, ze zou trouwens toch al het liefst het woord 'kennis', dat tussen bekende en vriend in zit, uit de nederlandse taal schrappen. Het heeft iets armoedigs, armzaligs, krenterigs qua affectie.

Nee, ze zegt niets. Bovendien is het moment alweer voorbij.

'In plaats van familie doe ik het met vrienden,' zegt Joni. 'Vooral van de straat heb ik echte vrienden overgehouden.'

'Je hebt op straat geleefd?' Misschien is ze haar wel ergens tegengekomen, misschien was Joni één van die mensen die bij de supermarkt rondhangen. En zou ze haar hebben herkend? Vast niet. Nee. 'Zou je mij hebben herkend als ik je voorbij was gelopen?' vraagt ze.

Joni kijkt haar wezenloos aan. 'Natuurlijk niet,' zegt ze, 'ik heb nooit aan je gedacht. Ik wist niet eens meer dat je bestond!'

'Ik wel aan jou,' zegt Berthe.

Het is stil.

En nu?

'Kan ik iets voor je doen?' vraagt Berthe.

Want zoals het nu ligt, kan ze moeilijk zomaar naar Willemijn teruggaan en haar vertellen dat ze het kruisbeeld heeft gezien.

Maar het niet vertellen kan ze ook niet.

Hoe moet dat dan?

Ze kijkt naar het vreemde, harde gezicht tegenover haar. De saamhorigheid van daarnet lijkt alweer een illusie. Nee, ze zou niet weten hoe ze moest beginnen, hoe ze moest formuleren dat Joni misschien toch beter die Jezus en de andere spullen aan de rechtmatige eigenaar kan afstaan. Ze had natuurlijk daarnet moeten vragen hoe ze dan aan dat kruisbeeld kwam, als ze toch immers alleen geld had geërfd, maar toen dacht ze daar niet aan en nu is het er te laat voor. Of misschien zou het nog wel kunnen, maar ze weet zeker dat een dergelijke vraag uiterst kunstmatig uit haar mond zou komen.

Dus zit er niks anders op dan Willemijn vragen of ze afstand van haar spullen kan doen. Omwille van Joni. Omdat Joni geen aandenkens heeft.

Wacht, ze heeft nog een idee. 'Heb je verder nog dingen? Foto's?' Ze heeft wel zin een foto van Willemijns geliefde te zien.

'Ik heb een album.' Joni haalt het tevoorschijn, een ouderwets album. Als het waar is dat ze alleen geld geërfd heeft, moet dit album ook van Willemijn zijn. Maar als Berthe daar nu over begint, krijgt ze zeker geen foto's te zien.

Ze gaat naast Joni zitten. De ouders eerst. Hippies, in de jaren zestig en zeventig, ja, geen wonder. Hij met lang krullend haar tot over zijn schouders, Jezusgelijk, zij in een superkort rokje en met een bandje over haar voorhoofd. Idealisme, zo ging dat toen: we maken de wereld beter en we doen vooral niet al te serieus. Het speelse antwoord op de verzuiling. Wat vreemd dat ze kennelijk toch zo streng waren. Of waren ze dat alleen in de beleving van Joni? Moet ze alles wat Joni heeft gezegd als strikt subjectief beschouwen?

Dan worden de jongens geboren. Berthe ziet nooit zoveel in baby's, dus hier ook niet. Je ziet dat het eerste kind de moeder nog niet echt vertrouwd in de magere armen ligt: het meisjesgezicht erboven met nog steeds dat bandje over het voorhoofd kijkt er niet echt ontspannen bij. Het herinnert Berthe aan een bezoek aan het Uffizi in Florence waar ze, om een beetje lijn aan te brengen in de overvloed van Madonna-met-kind-schilderijen, ze ging vergelijken op hoe Maria het Jezusje vasthield, variërend van onwennig tot moederlijk, en alles daartussenin. Het kind werd vaak naar verhouding wat te groot geschilderd, om te laten zien om Wie het ging en opdat de piëta zich er al in kon aankondigen, en met bijna onveranderlijk te volwassen ogen. In die tijd wist Jezus standaard al vanaf voor zijn geboorte wat hem te wachten stond. Alleen Mantegna was in staat een geloofwaardige baby te schilderen, en een prachtige, verstilde jonge moeder.

Joni's adoptiemoeder heeft niets van Maria weg, ondanks haar lange losse haren, en de baby in haar armen niets van Jezus, al was het alleen maar omdat ze allebei bijna te mager zijn. Het tweede kind ligt er al wat lekkerder bij. Een groepsfoto, en terwijl Joni de bladen omslaat zie je de jaren voorbijgaan aan de kleren die de moeder draagt.

Aan de middelbare vader is geen Jezus meer af te zien. Een man zoals er dagelijks tientallen op de buis verschijnen, iemand naar wie geluisterd wordt. De moeder is – was – wel een aardige vrouw, zo te zien. Van sluik lang haar tot permanent tot lossere krullen, en ten slotte vrij kort en recht. Je ziet haar ouder worden, en de jongens zich ontwikkelen tot echte zonen. De oudste, die van Willemijn gaat worden, krijgt een bril. De jongste ziet er wat vvd-ig uit, veel in pak met zelfs een das – Willemijn heeft duidelijk het beste deel gekozen: de oudste blijft in spijkerbroeken en comfortabele truien gefotografeerd worden. Daar heeft Willemijn dus van gehouden, van deze man met bril en roodachtig oranje haar, en een vrij rood gelaat – niet iemand om verliefd op te worden, maar misschien wel iemand om je vertrouwd bij te voelen, iemand die je geen kwaad zal doen. Er zit iets beweeglijks in hem, iets van energie en intelligentie, en hoe langer ze kijkt hoe beter ze zich hem kan voorstellen als iemand met wie je wel een gesprekje zou willen voeren. Maar dat je je werkelijk bloot zou kunnen geven – Willemijn is met deze man naar bed geweest, tenminste, dat mag ze toch wel aannemen – onvoorstelbaar. Nou hoeft ze zich zoiets gelukkig ook niet voor te stellen. Joni praat waarschijnlijk meer met mannen dan met vrouwen, wedden? Voor een ander, een normaal mens, is het doodgewoon om met een man te praten, om met een man bevriend te zijn, in deze wereld waarin mannen het bovendien merendeels voor het zeggen hebben – maar niet voor het praten dus. Zij kent het niet en ze kan zich niet voorstellen dat ze het ooit zal kennen, en wat ze zich niet kan voorstellen gebeurt natuurlijk ook niet.

Plotseling voelt ze de enorme kloof weer die tussen haar en Joni gaapt. Die saamhorigheid van daarnet was inderdaad een illusie. Joni weet dingen van het leven van gewone mensen die háár totaal vreemd zijn. Seks. Mannen. Dat soort dingen. En als Joni ook maar enig benul had van haar onkunde op deze gebieden, zou ze Berthe even hevig minachten als vroeger.

'Wat vind je van ze?' hoort ze haar vragen.

'Moeilijk te zeggen natuurlijk, maar die ene broer, die gestorven is, lijkt mij de aardigste. En de moeder.'

'Daar vergis je je in. Mijn moeder kon niet van me houden.' Het wordt gezegd met bitterheid.

'Voel jij je ook altijd het veiligst als je alleen bent?' vraagt Berthe. Het is eruit voor ze het weet.

'Juist niet,' zegt Joni, een beetje verbaasd. 'Ik wil altijd mensen om me heen hebben. Ik voel me het lekkerst met een heel stel, plezier maken, je weet wel.' En ze lacht, maar Berthe weet niet zeker of ze lacht vanwege de één of andere herinnering aan plezier, of om haar, dat ze zich zo roekeloos heeft blootgegeven. Bijna was ze vergeten dat Joni ook gevaarlijk kon zijn. Zoals ze in het huis van Willemijn tekeer is gegaan...

Maar Joni heeft jarenlang in de illusie geleefd dat ze bij een gezin mocht horen. Misschien heeft ze daardoor meer gemist dan zijzelf, die zonder illusies is opgegroeid. Logisch dat Joni die illusie wil handhaven in tastbare herinneringen, al heeft ze ze moeten stelen. Ja, het zou veel beter zijn als Willemijn die spullen als afgeschreven zou beschouwen. Willemijn is veel volwassener, die kan het toch wel zonder dit soort dingen af? Ze zal nog wel brieven van haar vriend hebben, foto's, ze heeft echte herinneringen – en bij Joni is dat natuurlijk nog maar de vraag. Of wat ze zich herinnert echt is, of er überhaupt echt prettige herinneringen zijn. Die moet iets voor zichzelf construeren en gaande houden wat Willemijn al heeft. Nee, ze kan het niet over haar hart verkrijgen Joni te vragen dat kruisbeeld en de andere dingen, zoals dit album, terug te geven.

Ze kan natuurlijk gewoon voor Willemijn verzwijgen dat ze bij Joni is geweest. Het zou een soort liegen zijn, maar dan is ze wel van het probleem af. Ook al blijft alles dan bij hetzelfde. Maar nog liever zou ze willen dat Willemijn, vanuit haar veel rijkere positie, een gebaar naar Joni zou kunnen maken en haar die herinneringen alsnog gunnen. Expliciet gunnen. Een brief schrijven waar dat in staat, en dan kwam alles goed. Joni zou zich gewaardeerd voelen en niet gauw nogmaals stelen, en Willemijn deed afstand van haar boosheid.

Maar dit secenario kan alleen maar worden uitgevoerd als ze de waarheid vertelt. Dat ze bij Joni is geweest en het kruisbeeld heeft gezien. En dat kan ze alleen als ze zeker weet dat Willemijn geen maatregelen neemt, niet de politie erbij haalt, wat voor Joni vast niet de eerste keer zal zijn – misschien krijgt ze wel een strafblad, of misschien heeft ze dat al, en dan zal ze het Berthe kwalijk nemen, en terecht. Nee, ze kan Willemijn de waarheid niet vertellen. Het risico is te groot.

Maar als ze niet de waarheid vertelt, over iets dat Willemijn zo ter harte gaat nog wel, is vriendschap met haar dan nog wel mogelijk?

Ze komt er niet uit. Is het dan toch Gods bedoeling dat ze haar verlangen naar vriendschap met Willemijn opgeeft omwille van Joni?

Neerslachtig fietst ze naar huis. Bang ook. Een grijze zwaarte in haar hoofd, een onrustig knagen in haar maag. Ze kan zelfs op de fiets geen moment stilzitten, en als ze er oog voor had gehad zou ze kunnen zien dat omstanders haar nakijken, dat ze ongerustheid zaait in de stad. Auto's passeren haar niet, fietsers blijven achter haar, alsof ze elk ogenblik naar links zou kunnen zwabberen en een ongeluk veroorzaken.

Ze weet nu dat ze een fout heeft gemaakt. Ze is oneerlijk geweest – tegen Joni, tegen zichzelf en impliciet tegen Willemijn. Als ze thuiskomt moet ze zich bedwingen om niet toe te geven aan de hevige impuls een eindeloze reeks Freecell te gaan spelen of in haar bed te gaan liggen om er niet meer uit te komen. Het lijkt wel of ze koorts heeft, zo warm zijn haar wangen, en het prikt onder haar oksels, terwijl het in de kamer toch minder dan twintig graden is. Ze hoeft niet eens te proberen om een boek te pakken. Ze knipt de tv aan, maar ook die boeit haar niet. Ze kijkt een tijdje naar *Buffy the Vampire Slayer*, een favoriet van kleine Clara, en zapt dan weer weg. Wat heb je aan al die monsters en duivels die maar blijven komen en die met niet meer dan stevige vuistslagen weer worden vernietigd, waarom vinden jonge meiden hierin zoveel herkenning? Want dat heeft ze gelezen in een analyse van de serie in *Vrij Nederland.* Geen wonder dat ze in Canada een pulpfilm hebben gemaakt over Jezus die op vampiers jaagt. Karate-Jezus. Kon het kwaad in haarzelf ook maar met een vuistslag worden vernietigd! Tot de volgende aflevering, natuurlijk. Ze wil lachen, maar er zit een waas voor haar ogen, ze huilt. Ze verdient de naam van Agnes niet.

Berthe huilt. En als ze beseft dat ze huilt, gaat ze harder huilen. Ze huilt met uithalen, hardop, er is toch niemand die haar hoort, ze huilt dat het een aard heeft. Ze huilt om ze weet niet wat. Omdat ze iets kwijt is wat ze had. Wat ze meende te hebben. Onschuld, de mogelijkheid tot vriendschap, hoop. Zelfs bij Joni, de illusie van die saamhorigheid die ze daar even voelde, de droom die ze kennelijk had dat er iets goedgemaakt kon worden.

Vriendschap bestaat niet. Behalve in de filosofie en de literatuur, maar als het om gewone, dagelijkse vriendschap gaat dan is dat alleen maar een ander woord voor behoefte.

Dus maakt het ook niet meer uit of ze de waarheid voor Willemijn verzwijgt.

Jawel, het maakt wel uit. Voor moeder Agnes maakt het uit. 'Ik draag uw naam en ik laat u voortdurend in de steek,' zegt Berthe als haar snikken een beetje zijn bedaard. 'Ik kan er niets van.'

Als ze Willemijn wil ontmoeten ziet ze haar nooit, en nu komt ze haar tweemaal binnen één week bij de supermarkt tegen! Ze ziet er iets beter uit, Willemijn, iets minder onverzorgd, met een grote klaprooskleurige sjaal over haar schouders gedrapeerd, maar haar haren hangen sluik en iets te vet naar beneden.

'Berthe.' Deze keer herkent ze haar wel, en Berthe speurt toch, ondanks wat ze zich heeft voorgenomen, hongerig haar gezicht af, maar of Willemijn blij is haar te zien, daarvan blijkt niets. Wel herinnert ze zich waar ze het de vorige keer over hebben gehad: 'Ben je nog naar Joni geweest?'

Ze weet niet wat ze moet zeggen. Dit is nou precies wat er niet moest gebeuren. Ze staat met haar mond vol tanden. Weet waarachtig niet wat ze moet antwoorden. En dat duurt, te lang.

'Waarvoor had je dat adres anders nodig?' En Willemijn kijkt in haar ogen, nu wel, met aandacht. Dan vermoedt ze iets. 'Ben je er geweest, stonden Jaaps spullen daar?'

'Ja, ik ben er geweest maar ik heb niets gezien.' En dan heeft ze het gezegd en kan niet meer terug. Ze heeft gelogen.

'Jammer,' zegt Willemijn.

'Ja,' zegt Berthe.

'Nog bedankt dat je me laatst zo hebt opgevangen,' zegt Willemijn. Ze kijkt in haar winkelkarretje. 'Kom anders een keer eten, deze week.'

Nu, nu begint ze met dat soort dingen! Nu het te laat is!

En Berthe kan geen nee zeggen: Willemijn kent haar genoeg om te weten dat ze niet avond aan avond afspraken heeft. 'Ja graag,' liegt Berthe weer, en ze spreken iets af voor later in de week, op Berthes instigatie zo laat mogelijk. Willemijn duwt haar karretje naar de kassa terwijl Berthe van pure ellende in de winkel verdwaalt en geen benul heeft waar al die spullen op de schappen voor dienen.

Ten tweeden male tijgt ze naar Joni. Ze weet niet precies wat ze haar gaat vragen, of zeggen, maar iets moet er gebeuren, want zo kan het niet blijven. Ze gaat Joni vragen om het op te biechten, ja, dat gaat ze doen, om eerlijk aan Willemijn of desnoods aan die broer van Jaap te vertellen waarom ze hun erfstukken heeft gestolen. 'Maak me haar naam waardig,' bidt ze. 'Maak me waardig die naam te dragen.'

'Zo, kom je alweer spioneren?' vraagt Joni als ze opendoet.

'Spioneren?' Alsof Berthe weer naast haar voor de spiegel staat slaat de angst toe. Die felle begroeting. Net als vroeger, geen spat veranderd, die Joni; je weet eigenlijk nooit wat ze gaat doen. Pies en poep op het tapijt, ja, van dit gezicht met deze felle ogen is het denkbaar.

'Dacht je dat ik je niet doorhad, vorige keer al? Hoe kwam je anders aan mijn adres? Niemand weet dat ik hier woon, alleen die familie en mijn vrienden, en ik woon in onderhuur dus zelfs de gemeente weet het niet. Ik heb geen vaste telefoon, alleen mobiel. Dus vertel de familie maar dat ze me niets kunnen maken, de spullen zijn allemaal weg, dank je wel voor de waarschuwing.' En met een blik op Berthes verbouwereerde gezicht: 'Je bent nog net zo'n sukkel als vroeger. Te denken dat je die zielige verhaaltjes over geadopteerd-zijn nog geloofde ook! Iemand met jouw verleden zou toch beter moeten weten! Eigenlijk snap ik niet dat jij nog het lef had om voor spion te komen spelen! En wat heb je ze allemaal verteld, hè?'

'Niets.' Je ziet het fout, wil ze zeggen, zo was het weliswaar toen ik binnenkwam maar niet meer toen ik wegging, Joni. Toen ik naar je luisterde loste het verleden op in rook en had ik voor het eerst wezenlijk contact met je – zeg me niet dat dat niet zo was, zeg me niet dat ik me vergiste.

Maar dat zegt Joni dus juist wel, dat heeft ze zojuist gezegd. Berthe heeft haar niet bereikt, en zoals ze nu tegenover elkaar staan zal ze haar niet kunnen bereiken ook.

En ze weet waarom. Ze draait zich om en loopt weg. Het is haar eigen schuld. Het wonder is uitgebleven omdat ze tegen Willemijn heeft gelogen. De Ene laat niet met zich sjoemelen. Iets wat mooi had kunnen zijn, wat bedoeld was om mooi te zijn, is door haar leugen vertroebeld.

Buiten kan ze door haar tranen haar fietssleuteltje niet vinden. Daar staat ze, voor het raam van het uitdragerijtje, en zoekt haar zakken af met het idiote idee dat het haar straf zal zijn dat ze hier nooit meer wegkomt. Red me, denkt ze, en dan ziet ze midden in de etalage, op de ereplaats pal voor het raam, een waarschijnlijk net niet antieke uitgave van Augustinus' *Stad van God.*

Ene, u neemt een loopje met me, denkt ze. Ze gaat het niet kopen, want ze heeft het allang, gedownload van het net en op cd-rom gezet. Maar toch. Dit was het boek dat Augustinus schreef nadat Rome door de barbaren was verwoest, en voordat hetzelfde met zijn eigen Hippo zou gebeuren. Een boek waarin hij zijn pijn en teleurstelling omwerkte tot hoop. Want de stad van God is tweeledig: aards en in de hemel. Het boek was het lievelingsboek van Karel de Grote, die alleen de aardse stad eruit als voorbeeld nam en mensen die zich niet wilden laten bekeren liet onthoofden, en het was het lievelingsboek van Luther, die zich erdoor liet inspireren tot zijn theorie van de dubbele kerk, die op aarde en die in de hemel. En nu staat zij ernaar te kijken in de regen in haar stad, Amsterdam, waar zowel Joni woont als Willemijn.

Thuis gaat ze achter haar computer zitten, opent een nieuw bericht in Outlook Express en richt het aan Willemijn:

Ik kan niet bij je komen eten want ik heb tegen je gelogen. Joni had het kruisbeeld. Een fotoalbum heeft ze ook. Ik heb ze gezien. Toen ik zei van niet, dacht ik dat dat was omdat ik het voor je verborgen wilde houden uit medelijden met haar – ze vertelde me het ene trieste verhaal na het andere, over geadopteerd zijn en nergens bij horen, daar voelde ik me door aangesproken. Maar ik was ook blij dat dezelfde vrouw die me vroeger zo had gepest, daar nu voor me zat en kwetsbaar was. Ik wilde haar zo graag geloven omdat een akelige fase in mijn eigen verleden daarmee ook een andere kleur zou kunnen krijgen. Bovendien hoopte ik dat jij bereid zou zijn het haar te gunnen –

Die laatste zin haalt ze weer weg.

Ik zou je niet eens hebben verteld dat ik bij haar was geweest, maar toen je het vroeg stond ik voor het blok en maakte de verkeerde keus. Achteraf gezien toch ook, denk ik, omdat ik bang voor haar was, al is dat geen excuus, omdat ik niet wil dat er in mijn huis en over mijn boeken gepoept en gepiest wordt... Die kant van haar wilde ik toen ik bij haar was niet zien, ik wilde verzoening en vergiffenis, maar ik wilde ze voor mezelf en niet voor jullie, en daarom kreeg ik ze natuurlijk ook niet. Het is niet de schuld van Joni, alleen de mijne. Het spijt me.

Berthe.

X

BEVRIJDING

'Berthe, kom even binnen, voor je aan je werk gaat. Ik heb iets voor je.' Hans Bos is, zoals altijd, als eerste op het werk: hoe vroeg Berthe ook komt, hij zit er altijd al, in zijn kantoortje met de deur half open. Met zijn open jonge managersgezicht ziet hij er vriendelijk, zelfs toegankelijk uit, maar Berthe weet helaas beter. Zij vergelijkt hem altijd met een spin in zijn web – en wanneer hij haar roept, zoals nu, gebeurt dat ook met iets van die plotselinge beweging van de spin die op zijn prooi af rent. Ze schrikt er altijd van en voelt zich schuldig. Wat heeft ze nu weer verkeerd gedaan?

Maar ze glimlacht hem toe als ze voor hem staat. Ze heeft zich vandaag weer voorgenomen: ze gaat proberen iedereen lief te hebben. Het mislukt steeds, maar ze blijft het proberen.

'Berthe, ken jij Willemijn Maas?'

De vraag verrast haar. 'Natuurlijk, ze is mijn bedrijfsarts,' houdt ze zich voorzichtig op de vlakte.

Hans Bos fronst zijn wenkbrauwen, alsof haar antwoord hem niet helemaal bevredigt. 'Ze heeft een manuscript naar ons opgestuurd met het uitdrukkelijke verzoek dat ik het aan jou zou geven,' zegt hij, terwijl hij haar een map overhandigt. PROCESTHEOLOGIE, staat erop, en een naam: Jaap Achterberg.

Berthe laat niets van haar verrassing blijken. 'Ik begrijp het al, mevrouw Maas is op de hoogte van mijn belangstelling voor theologie.'

Maar de achterdocht is nog niet van zijn gezicht geweken. En in zekere zin heeft hij gelijk, denkt Berthe. Willemijn heeft mij dit pakket niet alleen gestuurd vanwege mijn belangstelling voor theologie, ze heeft dit manuscript van haar gestorven geliefde natuurlijk ook niet in handen willen laten vallen van, zeg maar, Moira – en misschien heeft ze mij ook wel een plezier willen doen. Ik werk tenslotte liever aan een tekst over theologie dan, pakweg, aan het burgerjaarverslag van de gemeente Amstelveen.

'Voor deze keer sta ik dit toe,' zegt Hans Bos met een handgebaar waarmee hij haar wegstuurt. 'O, en Berthe?'

Berthe was al bij de deur, maar ze draait zich om.

'Vanmiddag komt de coach hier om met jullie te praten over de verhoudingen op het werk. Houd je er rekening mee?'

'Natuurlijk,' zegt Berthe, die niet kan wachten tot ze aan haar nieuwe opdracht mag beginnen. Pas als ze achter haar bureautje zit dringt het tot haar door wat er eigenlijk speelt. Liet Hans Bos nou doorschemeren dat hij zich in zijn kuif gepikt voelde omdat hij het werk zelf wil verdelen, of verdenkt hij Willemijn van onprofessioneel gedrag? En is het de bedoeling dat zij zich voorbereidt op het gesprek van vanmiddag, of heeft ze dat al afdoende gedaan door dat boek over coaching te lezen? Kan ze zich wel voorbereiden? Hoe het zal gaan, vanmiddag, hangt behalve van de coach zelf toch ook af van de dingen die haar collega's te berde zullen brengen, en van hun meer of minder goede bedoelingen jegens haar. Want Hans Bos mag het dan over 'verhoudingen op het werk' hebben, hij bedoelt waarschijnlijk de verhouding van de collega's met haarzelf, vermoedt ze, ze kent hem immers langer dan vandaag: in zijn kort-door-de-bocht-optiek is degene die het probleem aan de orde stelt degene die het probleem veroorzaakt.

Ze pakt het manuscript uit de map, vooruit, ze begint gewoon, anders is ze vanmiddag niets meer waard van de zorgen en het gepieker.

Er zit een briefje bij. Naam, adres en mailadres zijn voorgedrukt, maar de brief zelf is handgeschreven. Een brief van Willemijn! *Lieve Berthe*, staat erboven, een goed teken. Willemijn schrijft redelijk netjes; Berthes ogen vliegen over de pagina. Haar mail heeft Willemijn ertoe gebracht de kwestie met Joni inderdaad maar zo te laten, schrijft ze, en ze heeft een briefje bij Joni in de bus gedaan om haar dat te vertellen.

Maar dat is fantastisch! Ondanks Berthes leugens en lafheid, heeft Willemijn het toch gedaan! Ze heeft zelf genoeg herinneringen, schrijft ze, en dit manuscript is er één van, een artikel dat Jaap niet heeft kunnen afmaken voor een theologisch tijdschrift. *Kijk er eens naar*, schrijft Willemijn, *en als het niet te vaktechnisch is, zou je het dan willen afmaken? Het zou zo fijn zijn als het alsnog gepubliceerd zou kunnen worden. Jaap verwachtte er veel van: in Nederland is nog niet zoveel aan procestheologie gedaan. En het zou een mooie herinnering aan hem zijn.*

Voordat Berthe begint te lezen stuurt ze Willemijn een mailtje, dat die binnenkort een eerste rapport kan verwachten en o ja, wist ze al dat zij weer theologie gaat studeren?

Berthe bladert het manuscript door. Ze weet eigenlijk heel weinig van procestheologie. In de tijd dat ze studeerde was dat nog niet aan de orde, hoewel Whitehead, de grondlegger ervan, al voor de Tweede Wereldoorlog publiceerde: in de theologie gaan de dingen nu eenmaal altijd erg langzaam. Maar ze wilde er al wel een tijdlang wat meer van weten, wat dat betreft komt dit prachtig uit. Ze zal er wel wat achtergrondmateriaal voor moeten lezen, maar dat geeft niet, dat doet ze wel in haar eigen tijd, want ze mag hier natuurlijk niet meer tijd aan besteden dan ze aan een ander, vergelijkbaar artikel zou doen. Jaap geeft een goede bibliografie waarvan de meeste namen haar wel een beetje bekend voorkomen: Cobb, Hartshorne, Pettinger en natuurlijk Whitehead zelf, wiens *Process and Reality* een bewerking was van zijn colleges in het kader van de prestigieuze Gifford-lectures. Berthe doet gauw even wat research op het net en ziet dat van de meesten van deze auteurs artikelen en zelfs hele boeken te downloaden zijn, Whitehead incluis op de Gifford-site. William James staat daar ook, met zijn boek over religieuze ervaringen, en ook Bergson, Barth, Tillich en Schweitzer staan erbij, Niels Bohr, Hanna Arendt en Iris Murdoch, Richard Dawkins, Martha Nussbaum en Noam Chomsky. De misleide Verlichtingsfundamentalisten die menen dat religie dood is of dat onder intellectuelen althans zou moeten zijn, zouden deze lijst van Gifford-sprekers eens moeten bekijken, denkt Berthe.

Ze scant de inleiding en leest waarom Whitehead volgens Jaap in Nederland tot nog toe niet is aangeslagen: zijn werk is een vorm van de op filosofie gebaseerde natuurlijke theologie zoals die in de Verlichting, vooral in Engeland, is ontstaan. Die won in Nederland toen al geen veld, misschien omdat hier toen al zoveel godsdienstvrijheid heerste dat het niet nodig was om daarvoor te strijden, zoals in Engeland, of om je tegen kerk en clerus af te zetten, zoals in Frankrijk en Duitsland.

Het godsbeeld van de procestheologie, schrijft Jaap – ze ziet hem voor zich van de foto's van Joni, met zijn vierkante, ernstige, bebrilde betrouwbare gezicht – past nu juist weer heel goed bij de vele mensen die moeite hebben met de traditionele beelden van het christendom, zonder dat ze nou meteen naar het andere uiterste van het 'ietsisme' willen omzwaaien. De God van de procestheologie is een God van liefde, een creatieve God, een God die meelijdt met de wereld. Procestheologie grijpt ook terug op de opvattingen van William van Ockham uit de veertiende eeuw, die stelde dat God de eigen almacht aan banden heeft gelegd met elke keuze die hij maakt: door te kiezen voor de vrije wil opende God de mogelijkheid van het kwaad; door te kiezen voor verandering is God machteloos tegen sterfelijkheid, kanker en orkanen.

Berthe glimlacht. Die Jaap van Willemijn zag de humor in van sommige theologische constructies, en lijkt daarmee een man naar haar hart. Jammer dat ze hem niet gekend heeft.

Het is belangrijk dat er over godsbeelden wordt gepraat, schrijft Jaap: er wordt in de seculiere verlichtingshoek al te veel platte onzin verkocht over de islam, die domweg met seksisme wordt geïdentificeerd, alsof cultuur en religie één en hetzelfde zijn. Als christenen evangelische gebedsgenezers zijn en mohammedanen fundamentalisten, zijn we immers zó klaar, dan kunnen we religie zonder meer als dom dan wel gevaarlijk bestrijden. Maar religie is alleen dom en gevaarlijk voor wie niet ziet dat ze beeld-taal is: ook de procestheologie is een beeldtaal, net als elke andere theologie. Mensentaal over God. Heilige, apart gezette tekst.

Mijn idee, denkt Berthe. Ze stuurt meteen een tweede mailtje naar Willemijn: ja graag, ze wil dit manuscript tot een artikel bewerken, ze vindt het fascinerend. Bovendien komt het goed van pas, nu ze besloten heeft via deeltijdstudie haar studie theologie af te maken.

De hele morgen blijft ze erin lezen, ze eet er zelfs haar boterhammetje bij, tot ze geroepen wordt: de kantoorcoach is gearriveerd.

Ze kan amper dertig zijn, denkt Berthe. Een yup. Keurig in de merkkleren, vrouwelijk en toch zakelijk. Te zakelijk, verdacht zakelijk. Haar voorstellen komen met een stellige nadruk die ofwel wijst op overdreven zekerheid, ofwel onzekerheid moet maskeren. Dat belooft in beide gevallen dus weinig goeds.

Om te beginnen moeten ze zeggen wie ze zijn, de kring rond. Niet hoe ze heten, maar wie ze zijn. Alsof je dat zomaar kunt zeggen, laat staan weten. Wat voor mensbeeld zou dit meisje hebben, denkt Berthe. Zijn we statisch en onveranderlijk, dat we weten wie we zijn, of denkt ze dat we vanuit een soort existentiële kern opereren die ons tot een geïntegreerd geheel maakt, zoals Tillich dat beschrijft voor de mens van oprecht geloof? Of, met Whitehead, dat we in wording zijn? Psychologen houden, voor zover ze weet, van woorden als proces en groei.

Maar ze heeft zich voorgenomen te proberen hier open en eerlijk bij te zijn, en herinnert zichzelf eraan dat ze toen ze zelf jonger was ook zo graag wilde weten wie ze was. Toen leek dat een vraag waarop het antwoord, als ze dat al kon vinden, magischerwijze het leven goed zou maken. Daartoe maakte ze lijstjes van haar eigenschappen en probeerde daaruit tot een synthese te komen, synthetische Berthe, maar dat lukte natuurlijk niet. Waaruit ze concludeerde dat je jezelf niet kunt kennen omdat je in zekere zin met jezelf samenvalt, en je natuurlijk alleen iets kunt kennen dat je kunt bevatten – een beetje eenzelfde soort redenering als die van de godsbewijzen. En nu is dat allemaal over, ze hoeft niet te weten wie ze is, als ze maar weet wat ze doet.

Clara heeft een vraag. 'Hoezo wie we zijn?' Haar meisjesstem slaat bijna over van nervositeit.

'Deze eerste keer gaan we elkaar leren kennen,' zegt de coach. 'Je definieert jezelf aan de hand van wat 't belangrijkste voor je is.'

Zo definieert Tillich God en het geloof, denkt Berthe stout, maar dat zegt ze natuurlijk niet. Dus, wie is ze? Iemand die sinds vorige maand God in haar leven heeft toegelaten, zou ze kunnen zeggen, maar daar kijkt ze wel voor uit. Echt veilig is het hier niet, kleine Clara is niet helemaal ten onrechte zo zenuwachtig. Dat was het al nooit, veilig, maar deze coach, die zich zonder blikken of blozen heeft voorgesteld als Joroeska en alleen toen Berthe daar nadrukkelijk om verzocht ook haar achternaam gaf, Bastiaanse, maakt het er zo te zien niet veiliger op. Vooruit, Berthe, maant ze zichzelf, wat had je nou met jezelf afgesproken? Niet meteen al dat wantrouwen. Willemijn heeft haar aanbevolen, zo is het toch? Misschien hebben dit soort oefeningen voor sommigen van ons wel enig nut.

Want de meesten zitten gretig te knikken. Nou ja, de meesten: Hans Bos is er bijvoorbeeld niet bij. Ze kan daar straks een vraag over stellen, natuurlijk, maar ze is bang dat ze nu al kan voorzien wat het antwoord op die vraag zal zijn: de moeilijkheden betreffen de werkvloer en hebben niets met de leiding te maken. Alsof de sociale omgang op de werkvloer niet rechtstreeks afhankelijk is van de houding van de leiding, een beetje psychologe zou dat toch moeten weten. Daarom zou Berthe natuurlijk ook juist de principiële scheiding tussen managment en werkvloer zoals die hier en nu in de afwezigheid van Hans Bos tot uiting komt, aan de orde kunnen stellen. Maar ook dat lijkt bij voorbaat weinig zin te hebben: als Hans Bos zich al drukt bij deze bijeenkomst, valt niet van hem te verwachten dat hij bereid zou zijn zijn eigen aanpak te veranderen. Hopeloos allemaal. Nou, misschien valt het nog mee. En in ieder geval wil ze oprecht zijn, zich niet door haar angst laten leiden. Wat er ook uit komt, ze wil niet het gevoel hebben dat het anders had kunnen gaan als zij zich beter had ingezet.

'Berthe, jij mag beginnen,' zegt Joroeska.

'Ik ben iemand die alleen leeft,' zegt Berthe dan maar. Het is iets wat iedereen weet en daarom niet al te veel kwaad kan, reden waarom ze niet heeft gezegd dat ze een vondeling is.

'Hier komen we straks zeker op terug, Berthe,' zegt Joroeska met een geoefende glimlach die Berthe of ze wil of niet als dreigend opvat.

Nu mag Simon, die links van haar zit. Ze gaan met de klok mee. 'Ik ben iemand die veel computerspelletjes doet,' zegt die. Joroeska knikt weer, maar hier hoeft niet op teruggekomen te worden, kennelijk. Omdat Simon niets heeft gezegd dat iets impliceert over zijn sociale vaardigheden?

'Ik ben iemand die van winkelen houdt,' zegt Moira met een lachje.

'Even serieus, Moira,' vermaant de coach.

'Winkelen is bloedserieus,' zegt Moira met een knipoog, en Dorien valt haar bij. De twee dames verliezen zich in hun laatste winkelavonturen, tot Joroeska ingrijpt: 'Je moet toch echt iets anders noemen, Moira!'

'Waarom eigenlijk?' vraagt Berthe. 'Ik las laatst een artikel over de sociologie van het winkelen dat betoogde dat consumptiegoederen weliswaar resultaat van massaproductie zijn, maar dat ze behalve als middel om erbij te horen ook nadrukkelijk gepresenteerd worden als middel tot onderscheid. Moira heeft dus wel degelijk precies verteld wie ze is: in het winkelen bevestigt ze zowel haar individualiteit als het horen bij de groep.'

Dan kijkt ze op en ziet dat iedereen haar aankijkt alsof ze gek is. Moira vooral, maar Joroeska ook. De stilte die op haar woorden volgt is gruwelijk.

Tot Clara met heldenmoed het woord neemt: 'Berthe en ik zijn een tijdje geleden samen naar de Kalverstraat geweest, hè Berthe?'

'Dorien?' zegt Joroeska na wat een eindeloze reflectie lijkt. 'Wat zeg jij over jezelf?'

'Ik ben een vriendin van Moira,' zegt Dorien, en kennelijk is dat genoeg, want tot slot kijkt Joroeska afwachtend naar Clara.

'Ik ben iemand die er graag bij wil horen,' zegt die, en Berthe kan wel huilen. O meisje, wil ze haar waarschuwen, stel je toch niet zo kwetsbaar op, niet hier, niet nu. Alles wat je zegt kan tegen je worden gebruikt. Ze werpt Clara een blik toe, een zorgzame blik. Ze zou haar op dit moment wel in haar armen willen nemen om haar te beschermen tegen wat er hier allemaal verkeerd kan gaan, tegen het gevaar.

Gelukkig gaat Joroeska niet op Clara in. 'Goed zo,' zegt ze, 'en nu we weten wie we zijn gaan we wat dieper. We noemen om beurten drie dingen die we goed vinden aan onszelf, en drie dingen die we afkeuren.'

Nu we weten wie we zijn, maar liefst. Zou ze dat zelf geloven? En blijft dat hier zo, met dit soort spelletjes?

Berthe mag weer beginnen, ja, dat zat er wel in. Nou, dan moeten ze het ook zelf maar weten. Als haar mededeling over alleen leven toch al een vervolg gaat krijgen, kan ze nog wel wat opperen in dezelfde trant. 'Leergierig zijn, leesverslaafd zijn, en niet in uiterlijkheden geïnteresseerd zijn,' zegt ze, en ze beseft pas als de laatste woorden eruit zijn dat ze kunnen worden opgevat als kritiek op de existentiële winkelbehoefte van Moira.

'Zijn dat de goede of de slechte dingen?' vraagt Joroeska, die haar doordringend aankijkt, een beetje alsof ze hoopt dat Berthe zo dom is dat ze de vraag niet heeft begrepen, maar ook een beetje alsof ze vermoedt dat Berthe haar niet serieus neemt.

'Van allebei wat,' zegt Berthe.

'Ik dacht dat jij wel iets anders genoemd zou hebben, Berthe,' oppert Simon.

'Wat dan?'

'Spiritualiteit natuurlijk, weet je nog van dat memo?' Hij lacht, alsof hij zich een goede grap herinnert, en wil erover doorgaan, maar Joroeska kapt hem af.

'God hoort op het werk niet thuis.' Ze zucht wat theatraal en gaat naar de anderen.

Berthe luistert nauwelijks. God hoort op het werk niet thuis, hoe wist Joroeska dat haar memo over God ging, die overigens overal thuishoort, al was het alleen maar vanwege de alomtegenwoordigheid. Iemand heeft Joroeska van tevoren ingelicht. Wie? Dat kan alleen Hans Bos zijn geweest. Even denkt ze aan Willemijn, maar dat gelooft ze zelf niet, en bovendien, zo paranoïde wil ze niet zijn.

Maar ze zegt het wel even, ze wil dat het hier eerlijk toegaat. 'Als je dat memo gelezen hebt, Joroeska, dan weet je dat het niet over Gods alomtegenwoordigheid ging maar over godsbewijzen.'

'Alomtegenwoordig, en bron van al het goede,' zegt Simon onverwachts.

Berthe lacht om het non sequitur, maar Joroeska kijkt haar bestraffend aan, en dan gaan haar ogen even naar Moira en Berthe weet: dat is haar dus ook verteld, ze weet van dat oude conflict tussen Simon en mij, ze weet alles van me, tenminste, dat denkt ze.

'Ik lachte Simon niet uit,' zegt ze, maar ze ziet dat Joroeska het niet hoort.

'Hoezo bron van het goede?' mengt Clara zich in de discussie. Berthe kijkt haar waarschuwend aan, maar Clara begrijpt haar verkeerd want richt zich nu tot haar. 'Berthe, als je nou naar al die rampen kijkt, aardbevingen en overstromingen en miljoenen mensen dakloos in Azië en Amerika, dan kan je toch niet zeggen dat God goed is?'

'Ach liefje,' zegt Berthe, 'die dingen wil God toch ook niet. Dat zijn voor een deel natuurlijke processen die God niet kan verhinderen, en voor een deel zijn ze onze schuld, voor zover wij verantwoordelijk zijn voor de *global warming*.' Ze wil iets zeggen over het gebrek aan zorg voor de evacuatie van de arme zwarten in New Orleans, maar Moira onderbreekt haar.

'En ik dacht dat die God van jullie almachtig was?'

'Wil je echt dat ik je de theorie van de beperkte almacht uitleg, Moira? Het is wel toevallig, juist vanmorgen heb ik een manuscript gekregen dat daar namelijk, naast andere dingen, over gaat.'

'Nee, want God interesseert me niet en dat zou je moeten weten.'

Waarom vroeg je het dan, denkt ze bij zichzelf, als Clara haar te hulp komt. 'Mij interesseert het wel, Berthe.'

'We hebben het er nog wel over, maar niet nu, okee?' Ze glimlacht Clara toe. Die Joroeska kan haar plezier wel op met al die verschrikkelijke interactie hier, denkt ze, als Simon er nog een schepje bovenop doet.

'Allah is wel almachtig,' zegt Simon, en Berthe moet er alweer van glimlachen, want dat betekent de naam Allah namelijk: 'de almachtige'. Moira kijkt haar boos aan, Berthe wil net uitleggen dat ze Simon alweer niet uitlacht, integendeel, maar dat Allah min of meer hetzelfde woord is als het Hebreeuwse Elohah en het Aramese Elah of Alaha, die allemaal 'de almachtige' betekenen, als Dorien Joroeska toevoegt: 'Simon is moslim, namelijk.'

'Helemaal niet, ik ben christen,' zegt Simon. 'Tenminste, ik ben christelijk opgevoed.'

'Dat komt in Marokko zeker niet veel voor,' zegt Joroeska, die merkwaardigerwijs dus niet over iedereen even adequaat is voorgelicht, laat staan dat ze weet dat dit gesprek over Simons vermeende mohammedanisme bijna letterlijk al eerder is gevoerd. Conclusie: ook Simon interesseert Moira en Dorien niet echt.

'Ik ben niet marokkaans, ik kom uit Iran,' zegt Simon inmiddels.

'En dat is maar goed ook,' zegt Moira met hedendaagse onbeschaamdheid, 'ik heb het niet op Marokkanen.'

Dat kan Berthe niet laten passeren. Ze beseft dat Moira de dolgedraaide volgelingen van de heilige Pim en Theo napraat, een pikkende kip zonder kop. Vergeef het haar, ze weet niet wat ze zegt. Geef haar een kans.

'Pardon, ik ben zelf marokkaans.'

'Dat kan niet Berthe, Ploos is geen marokkaanse naam.'

'Ploos is de naam die ik heb gekregen van de moeder van het tehuis waar ik ben grootgebracht,' licht Berthe toe. En ze weten niet hoe letterlijk waar dat is, denkt ze er tevreden bij. 'Ik ben een vondeling.' Nu heeft ze het toch gezegd.

Joroeska doet alsof ze het niet hoort. 'Ik heb jullie even laten praten, omdat je ook met dit soort dingen iets over jezelf vertelt. Maar nu gaan we toch echt verder de rij af met onze drie eigenschappen. Moira, jij was aan de beurt.'

Berthe, wier maag pijn doet van alle half gezegde en gevoelde misverstanden en moedwillige onbegrepenheden, volgt het maar half, maar ze merkt wel op dat de coach op elke mededeling een duiding laat volgen die allerminst waardevrij is. Zo wordt Moira's bemoeizucht vrolijk voor sociale vaardigheid aangezien, en haar agressie voor ambitie. Oppervlakkige Dorien krijgt kant en klaar een zonnig karakter toegemeten, en Clara moet proberen iets onafhankelijker te worden – nou vooruit, daar kan ze het mee eens zijn. Simons autistische eigenwijsheid wordt als zelfstandigheid geduid, wat zelfs gevaarlijk zou kunnen zijn. Moira en Dorien stemmen ermee in, en geen wonder waar Joroeska's diagnoses de bestaande kantoorverhoudingen voor hen zo prettig bevestigen. Dit wordt niks, denkt Berthe, en misschien wordt het zelfs afschuwelijk, maar zolang ze niet zeker weet of Joroeska hen bewust manipuleert besluit ze zich op de vlakte te houden.

En dan krijgen ze een nieuwe opdracht: op een door Joroeska uitgedeeld vel papier moeten ze van een aantal onderwerpen in verschillende kolommen invullen hoe en in welk opzicht ze belangrijk voor hen zijn, hoeveel tijd per week ze eraan besteden en wat ze daarbij beogen. Maar eerst moeten ze kort beschrijven hoe ze denken dat ze zich op dit kantoor zullen voelen over drie maanden, over zes maanden, en over een jaar.

Dat is makkelijk: Berthe vult *hetzelfde*, *idem*, en *dito* in. Nu de onderwerpen.

Het eerste is gezondheid. Hemeltje, denkt Berthe. Valt haar oefenen in afzien daaronder, of is dat spiritualiteit? In het laatste geval doet ze nul uur per week aan gezondheid. Tenzij je goede voeding daar ook toe rekent, dus boodschappen? Eten? Is gezondheid belangrijk voor haar? Niet echt. Dus een doel heeft ze ook niet wat dat betreft: vooruit, ze vult drie liggende streepjes in. Bij de rubriek familie insgelijks, want die heeft ze gewoon niet. Relaties. Is Franciscus een relatie, Eckhart, Pelagius? Ja, voor haar wel. Als je geen familie hebt zijn je mentoren je familie, je voorouders als het ware, ja toch? Maar ze weet ook dat ze dit niet kan invullen zonder zich bij Joroeska definitief onmogelijk te maken. Ze houdt het neutraal. Ze vult in *petemoei* en *vriendinnen,* ook al is Agnes dood en is één van de vriendinnen haar bedrijfsarts en de andere haar collegaatje hier op kantoor. Laat Joroeska maar denken dat ze vriendinnen heeft. Nee, ze streept het toch liever door. Het is eerlijker om gewoon *vriendschap* op te schrijven, want dat is belangrijk voor haar. Maar hoeveel uur per week besteedt ze daar dan aan, en wat is haar doel? Dat laatste weet ze wel, ze wil leren wat vriendschap is, maar dat schrijft ze echt niet op. Hoe eerlijk ze ook probeert te zijn, er zijn grenzen.

Volgende rubriek: de bijdrage die je levert. Aan wat? Aan het heil van de wereld? Telt bidden? Alleen als je denkt dat dat helpt, natuurlijk. Berthe heeft in de krant over een amerikaans onderzoek gelezen, dubbelblind opgezet, over de vraag of bidden helpt. Twee groepen zieken, voor de ene groep werd gebeden en voor de andere niet. Fout natuurlijk, want de onderliggende gedachte luidt dat je God kunt dwingen, ook hier, want als bidden zou blijken te helpen gaan we dit genezingsinstrument toepassen. Daarom weet Berthe ook niet of de uitkomst van het onderzoek – onduidelijk – nu verheugend of teleurstellend moet heten. Iets anders is natuurlijk dat statistisch wel aannemelijk gemaakt kan worden dat gelovige mensen minder vaak aan depressies lijden of, als ze eraan lijden, er sneller van genezen. Dus is er nog hoop, besluit Berthe, die er maar niet in slaagt haar lijst enigszins acceptabel in te vullen. Haar bijdrage dus. Het werk dat ze hier doet – nee, dat valt gewoon onder werk, dat is makkelijk in te vullen, zesendertig uur per week. Niet lang meer: volgende maand halftijds. En het doel ervan? *Afhankelijk van het project,* vult ze in, heel goed wetend dat Joroeska haar eigen persoonlijke doel wil zien.

Ze kan dit niet.

Kijk maar: speeltijd. Is dat leestijd? Nee, want lezen is lang niet altijd spelen, gezien de dingen die ze hier moet lezen af en toe. Maar die vallen weer onder werk. Leestijd thuis is wel speeltijd, dus. En tv-kijken? Alleen als ze zich ermee engageert, anders is het passief. En dus is Freecell spelen juist weer geen spelen, want dat is een verslaving. Maar dit soort overwegingen kan ze toch moeilijk allemaal opschrijven, het formulier biedt nauwelijks ruimte voor toelichting. Goed dan, ze speelt zeker drie uur per dag en in het weekend nog meer, en wacht, schilderen komt daar nog bij, zo komt ze wel op dertig uur per week. Spiritualiteit: hier kan ze theologie invullen, hoewel, die is natuurlijk ook al inbegrepen in de leestijd. Als ze hier een paar uur theologie per dag invult, dus zeg vijftien uur per week, moet er weer wat van de speeltijd af. Doel van het spirituele bedrijf: vreugde. Of onthechting? Je kunt niet onthechting én vreugde invullen, ook al zijn die twee in zekere zin soms hetzelfde.

Als het tijd is om in te leveren zijn de meeste rubrieken bij Berthe nog blank.

'Ik zal jullie antwoorden straks kopiëren en aan iedereen uitdelen,' kondigt Joroeska aan als ze de ingevulde formulieren ophaalt. 'Zo kunnen jullie elkaar meteen wat beter leren kennen.'

'Dat had je wel eens van tevoren mogen zeggen,' merkt Simon terecht op, maar Joroeska doet eenvoudigweg alsof ze hem niet hoort. Zo zeker alsof ze bij haar naar binnen kan kijken, weet Berthe waarom: omdat ze zich dit nu eenmaal in het hoofd heeft gezet, en als ze het had aangekondigd zou er misschien bezwaar zijn gemaakt of had men andere dingen ingevuld. Een psychologe die bereid is haar cliënten te manipuleren – of misschien zijn zij wel helemaal niet haar cliënten, misschien is Hans Bos wel de cliënt?

Ja, zo zit het natuurlijk, dat verklaart veel. Dat verklaart eigenlijk alles.

Ondertussen zit Joroeska de uitslagen te bekijken. Haar ogen gaan bij elk papier vooral naar de laatste rubriek, de doelen.

'Wat zouden jullie willen veranderen?' hoort Berthe haar dan vragen. 'Aan jezelf, of aan dit geheel?'

'Commitment, hoe noem je dat, toewijding,' zegt Clara.

De coach knikt goedkeurend.

'De kwaliteit van het werk,' probeert Dorien. Te braaf, maar ze krijgt er een knikje voor.

'Overleg tijdens het werk met Hans Bos,' brengt Moira in, 'dat is efficiënter.'

Weer goedgekeurd.

'Verantwoordelijkheid,' zegt Simon met een gezicht dat in het midden laat of hij het meent.

'Allemaal prima,' prijst Joroeska.

'Saamhorigheid,' zegt Berthe roekeloos.

'Het is de vraag of dat voor een kantoor als dit wel zo belangrijk is, Berthe,' krijgt ze ten antwoord. 'Iedereen werkt hier aan eigen projecten, dus saamhorigheid is zakelijk gezien geen prioriteit.'

'Wel als gebrek aan saamhorigheid de werksfeer schaadt,' zegt ze terug. 'Als alleen ambitie en assertiviteit worden aangemoedigd, krijg je steeds maar meer egootjes hier, en dat komt het werk echt niet ten goede.'

'Jij durft over saamhorigheid te beginnen?' Moira begint plotseling te schreeuwen. 'Jij bent zelf totaal niet saamhorig! Ben je vergeten wat je met Simon hebt gedaan, die arme jongen? Ik haat je, ik walg van je schijnheiligheid!' En ze scheldt nog een tijdlang door. Berthe hoort er de helft niet van door het bonzen van haar hart in haar oren. De kleur van haar huid is te geel, en als ze echt marokkaans is weet ze wat haar te doen staat, net als haar volksgenoten moet ze maar weer naar haar eigen land terug en hoe eerder hoe liever, en wie denkt ze wel dat ze is met haar rare intellectuele praatjes altijd. De snit van haar haren wordt te berde gebracht, en haar zware wenkbrauwen. Een klein misbaksel is ze, dat het achter de ellebogen heeft en zich ver boven de anderen verheven voelt. Als Berthe steels vanonder die te zware wenkbrauwen de kring rondkijkt, zit iedereen zijn handen te bestuderen, en alleen Clara kijkt alsof wat ze hoort haar pijn doet.

'Zo, dat moest er kennelijk uit,' zegt de coach als Moira is uitgeraasd. Het klinkt niet afkeurend, eerder licht triomfantelijk, alsof een dergelijke uitbarsting een teken van vooruitgang is, denkt Berthe, een gebeurtenis die de interactie zal bevorderen.

Ze blijft haar hoofd gebogen houden, en al bedenkt ze met kracht dat het Moira is die zich zou moeten schamen, zij schaamt zich. Ze schaamt zich dat ze bestaat, dat ze is wie ze is, het is de oude vondelingenschaamte van vroeger die haar maag doet samentrekken en haar hoofd vult met een wilde, bange wind. Ze weet niet wat ze het ergste vindt: dat deze dingen gezegd mogen worden, dat ze kennelijk zo beleefd worden, dat ze gezegd zijn waar iedereen bij was, dat niemand het voor haar opneemt, of dat er niet wordt ingegrepen waardoor er immers een onmiskenbare schijn van rechtvaardiging aan Moira's oordelen wordt toegevoegd.

'Berthe, heb jij hier iets op te zeggen?'

Wat zou ze kunnen zeggen? Over schaamte praat ze niet, de schaamte zelf verhindert dat. Moet ze feiten te berde brengen tegen de kracht van Moira's gevoelens in? Zou dat helpen? Met Simon heeft ze het goedgemaakt, immers, maar Simon wil ze hier niet in betrekken: als ze iets van autisme-verwante stoornissen begrepen heeft is het wel dat hevige gevoelens van anderen onbegrijpelijk en beangstigend zijn. Laat die arme jongen maar. Zal ze beloven Moira nooit meer te verbeteren, omdat dat kennelijk de onder de agressie sluimerende minderwaardigheidsgevoelens alleen maar aanwakkert? Nee, dat maakt het erger. Ze wil alleen maar iets zeggen als er een kans bestaat dat het daarmee beter zal worden dan nu, zoals ze zich immers heeft voorgenomen. Dus wat is het goede pad hier? 'Moet ik me soms verdedigen voor de kleur van mijn huid?' vraagt ze met een moed waarvan ze niet wist dat ze die bezat. Maar ze kan Moira niet aankijken, te bang dat die haar schaamte zal zien. Haar gezicht staat er strak van. Zo ironisch als ze durft gaat ze verder, voordat Joroeska haar kan onderbreken: 'Ik ben een vondeling – dat heb ik daarnet ook al gezegd, en het is inderdaad heel waarschijnlijk dat ik van turkse of marokkaanse afkomst ben, aangezien ongewenste zwangerschap bij meisjes uit die culturen nu eenmaal taboe is en zo'n meisje zeker veertig jaar geleden niet wist hoe ze aan een abortus moest komen die toen nog niet wettelijk was toegestaan, maar het spijt me Moira, ik kan je hieromtrent geen honderd procent zekerheid verschaffen. Zelfs al heb ik nu het dragen van een identiteitsbewijs verplicht is meer kans om aangehouden te worden dan jij of Clara of Dorien, bewijzen dat ik een van die van nederlandse voorzieningen profiterende buitenlanders ben kan ik niet, en ik zou dus ook niet weten naar welk thuisland ik terug zou moeten keren.'

Gelukkig, Simon lacht – die weet natuurlijk ook uit eigen ervaring waar ze het over heeft – maar hij is wel de enige.

'Kom, Berthe, je weet heus wel dat dat er bij Moira alleen maar uit kwam in het vuur van de boosheid,' zegt Joroeska. 'Moira voelt het zo, en we kunnen elkaar onze gevoelens niet kwalijk nemen. Vergeet niet, we hebben ondanks alles vrijheid van meningsuiting in dit land.'

Kwetsen heeft niets met vrije meningsuiting te maken, wil ze zeggen, een oordeel is niet hetzelfde als een mening. Maar ze zwijgt, want het was Joroeska die over de vrije meningsuiting begon en die Moira's boosheid zelf niet eens ter discussie stelde. Zelfs als het waar is dat we niet verantwoordelijk zijn voor onze gevoelens, denkt Berthe boos, dan betekent dat toch niet dat elk gevoel even okee is? En bovendien, iets voelen is nog lang niet hetzelfde als dat gevoel ook uiten – en daarvoor is Moira wel degelijk verantwoordelijk te houden. En Joroeska ook, want een beetje psycholoog zou na zo'n uitbarsting toch minstens aan haar hebben moeten vragen hoe ze zich voelde. Wat voel je nu, Berthe, wat gaat er door je heen? Pikkende kippen, Joroeska. De slaapzaal van vroeger, Joroeska.

Plotseling haat ze de hele psychologie, deze manier van denken die alles herleidt tot behoefte en bevrediging. Alsof de bevrediging van een behoefte om te schelden belangrijker is dan de pijn die je een ander doet. Zo gezien zijn we altijd egocentrisch, armzalig. Het is niet meer wit in haar hoofd, want ze kan weer denken, maar ze zweeft, ze is hier niet echt aanwezig, en gelukkig maar, ze kijkt van een afstand naar wat er gebeurt, en het is of het niet helemaal haar betreft, terwijl ze best weet dat dat straks, als ze hier eenmaal levend uit gekomen is, heel anders zal voelen. De pijn van de afwijzing ligt om een hoekje op de loer. Ze weet nu al dat ze hier een paar nachten niet van zal kunnen slapen.

Maar ze houdt zich groot. Als het om anderen gaat, spreekt ze; zichzelf gaat ze niet verder verdedigen. In haar zwijgen houdt ze zich groot. Waarachtig, ze houdt zich als de heilige Perpetua, die tussen twee aanvallen van een stier in de arena nog haar tuniek en haren in orde bracht, haar zedigheid meer indachtig dan haar pijn.

'Ik stel voor dit onderwerp verder te laten rusten,' zegt Joroeska. 'Het lijkt me een goed idee als jullie je nu even een minuut of tien terugtrekken, terwijl ik het materiaal bestudeer. Ga een kopje thee halen, en breng mij er ook één.'

Braaf lopen ze in een kinderrijtje achter elkaar naar het kamertje met de kopieermachine, waar de theeketel staat. Moira en Dorien gaan zitten wachten, terwijl Berthe de ketel met water vult en

Clara de kopjes klaarzet. Ze zeggen niets, maar als Berthe zich voor Clara langs moet buigen om de stekker van de ketel in het stopcontact te kunnen steken, legt ze even haar hand op die van haar collega. Daar ligt haar kleine, bruine hand op die witte, sproetige van Clara. Ze blijven staan en kijken er allebei naar.

Maar ze zeggen niets.

'Laten we eens kijken wat we nu hebben,' hoort ze Joroeska zeggen als ze met de thee weer om de tafel zitten. De coach bladert in haar aantekeningen. 'Op basis van de gegevens die ik verzameld heb wil ik jullie indelen naar een typeringskleurcode, zodat jullie zelf ook beter kunnen begrijpen hoe jullie met elkaar omgaan. Clara, jij bent paars.'

Clara kijkt zoals ze de hele sessie al gekeken heeft, een beetje vaag, een beetje angstig, duidelijk alsof ze ergens anders zou willen zijn. 'Paarse mensen voelen veel en houden van rituelen, ze dwalen gauw af en ze willen er graag bij horen.'

Clara knikt, er verschijnt een getroost lachje op haar magere gezichtje.

'Dorien, jij bent rood.'

'Toch niet politiek,' grapt die.

'Rode mensen zijn strijders, ze houden van pleziertjes maar ze willen wel winnen; daarbij gooien ze hun charme in de strijd. Ze kunnen niet goed met geld omgaan en ze zijn geneigd verantwoordelijkheid af te schuiven.'

Berthe gaat er waarachtig van rechtop zitten. Krijgt Dorien er hier ook een beetje van langs, met dat afschuiven van verantwoordelijkheid? Maar als ze naar het meisje zelf kijkt heeft die de ondertoon niet gehoord. Goed beschouwd, hoeveel verantwoordelijkheid heeft ze ook helemaal? Hans Bos is hier de enige die officieel verantwoordelijkheid heeft.

'Moira, jij bent oranje. Dynamisch, veeleisend, en je wilt koste wat kost winnen. De buitenkant van de dingen is voor jou erg belangrijk, je volgt de mode op de voet, en je bent gauw afgeleid, je vindt het moeilijk om je langdurig aan een mens of een project te binden.'

'Right on,' knikt Moira.

'Simon, jij bent blauw. Voor jou is er maar één weg, één manier, en die ga jij. Je houdt van regels en je stelt er een eer in je taak te vervullen.'

Berthe herinnert het zich nu. Dit is ze in haar boek over coaching tegengekomen, het evolutionaire spiraalmodel heette het.

Nu is zijzelf aan de beurt. 'Berthe, het valt niet mee jou bij een kleurtype in te delen. Ik zou bijna zeggen dat je groen was, maar groene mensen zijn door en door sociaal en je steekt niet onder stoelen of banken dat jij eenzaam bent.'

'Nee hoor,' zegt Berthe. 'Alleen, maar niet eenzaam.' Niemand lacht. 'Prinses Wilhelmina,' zegt ze, maar ze ziet geen blijk van historisch besef. 'Zo heette haar autobiografie,' legt ze uit, '*Eenzaam maar niet alleen*'. Inderdaad, ze staat er helemaal alleen voor hier.

'Zielepoot,' hoort ze Moira mompelen.

'Ziele*n*poot,' verbetert Berthe, die een hekel aan de nieuwe spelling heeft, en ze lacht er, plotseling roekeloos, zelf om.

Iedereen kijkt haar aan alsof ze een stout kind is, en alsof er totaal geen dreiging hangt. Is zij de enige die het merkt? Het maakt niet uit, het is toch al te laat. Wat er gaat gebeuren, gebeurt.

'Je zit met je armen over elkaar en je benen gekruist, je bent niet open, Berthe,' gaat Joroeska verder.

Nee, ze is niet open, is dat gek na die uitbarsting van Moira? En vergist ze zich of wordt er tegen haar op een heel andere manier en op een andere toon gepraat dan tegen de anderen?

'Groene mensen, hoewel ze zichzelf altijd onderschatten, hebben ook een aantal positieve eigenschappen die ik bij jou niet zie, zoals gemeenschapszin en solidariteit.'

Berthe wil tegenwerpen dat ze toch juist die gemeenschapszin, tot haar schade, aan de orde heeft gesteld, maar voordat ze de kans krijgt vult Joroeska aan: 'Je definieert jezelf immers nadrukkelijk als alleenstaand? Ik zal maar eerlijk zeggen, Berthe, dat ik moeite met je heb.'

'Je bent vandaag niet de enige,' zegt Simon. Berthe glimlacht hem toe, want voor zover dat in zijn mogelijkheden ligt neemt hij het met die opmerking voor haar op.

Wacht eens, nu pas hoort Berthe de ondertekst. Toen gezegd werd dat ze bijna niet groen kon zijn.

'Deze kleurcode is hiërarchisch,' zegt ze 'en het hoogste kleurtype is geel, klopt dat?'

Joroeska knikt.

'Moet je dan niet verantwoorden waarom sommige eigenschappen hoger scoren dan andere?' vraagt Berthe.

'Dat is nou precies wat ik bedoel, Berthe. Je vult je formulier niet in, je probeert het model te ontkrachten, en dan kom je met moralistische vragen bovendien.'

Berthe onderbreekt haar: 'Moralistisch?'

Maar er wordt niet op ingegaan. 'Studies wijzen uit dat met name voor vrouwen het werkplezier voor een belangrijk deel afhangt van de sociale interactie,' zegt Joroeska. 'Berthe, dat geldt voor jou ook. Bij alle indelingen die ik toepas ben jij degene die erbuiten valt. *If what you're doing is not working, do something different.* Weet je wel zeker dat dit de juiste werkplek voor je is? Toen je met ziekteverlof was heb je er vast weleens over gedacht om ergens anders te gaan werken, ja toch? Ik heb begrepen dat je je werk zelf heel goed doet, daar zit het probleem dus zeker niet, maar in deze kleine gemeenschap, wat een kantoor toch is' – en nu durft ze over gemeenschap te beginnen, nu wel! – 'lig jij er nu eenmaal duidelijk uit. *Change your frame*, Berthe, kijk eens met een andere blik.'

Berthe weet niet wat ze zou kunnen zeggen. Op een bizarre manier verwoordt Joroeska wat ze zelf aan de orde had willen stellen met haar verzoek om saamhorigheid, alleen wordt het rechtstreeks tegen haar gebruikt. Als ze stil blijft gaat de coach verder: 'Misschien zou het een goed idee zijn hierover allemaal eens na te denken voor de volgende keer.' En ze kijkt de kring rond, één voor één kijkt ze de mensen aan.

'Ik zal het proberen,' zegt Clara met een klein stemmetje.

'Proberen is een woord dat we hier niet gebruiken, Clara. Proberen houdt de mogelijkheid van mislukking open.'

'Ik zal het doen,' zegt Clara braaf.

Maar waarover moeten ze nadenken, vraagt Berthe zich wanhopig af. Moeten ze allemaal nadenken over het feit of het niet beter is dat zij, Berthe, ander werk zoekt? Of moeten ze, maar zo is het nadrukkelijk niet geformuleerd, nadenken over het feit dat zij er kennelijk zo uit ligt en hoe dat komt en wat saamhorigheid eigenlijk is? Vermoedt ze hier terecht kwade trouw? Geef het slachtoffer maar de schuld, want zo wordt de oppervlakkige vrede met de minste moeite hersteld en succes geboekt en het honorarium opgestreken en, om ook maar eens in het engels te vervallen *last but not least* ook nog Hans Bos een plezier gedaan?

En als ze dat bedenkt, dat het mogelijk is dat er zo met haar wordt omgesprongen om van het hele probleem af te zijn, vindt ze nogmaals de moed om iets te zeggen.

'Toen ik daarnet over saamhorigheid begon, was dat niet omdat ik pretendeer iets over saamhorigheid te weten. Ik sprak niet vanuit de positie van betweter, maar omdat ik het gevoel heb dat saamhorigheid hier, zoals trouwens overal waar mensen samenwerken, als voorwaarde voor de sociale interactie waar Joroeska al over sprak hard nodig is.' Ze zegt maar niet dat ze er ook deze middag bedroevend weinig van heeft gezien. 'Maar ook al heb ik er misschien te weinig ervaring mee, ik weet wel dat saamhorigheid niet inhoudt dat je bij voorbaat bij elkaar moet passen. Het gaat er in de eerste plaats om dat je met zorg met elkaar omgaat, en dat kan weer alleen als je elkaar accepteert zoals je bent. Maar misschien komt dat nog aan de orde, volgende keer?'

'Dat maak ik zelf wel uit en daarover ben ik jou geen verantwoording verschuldigd,' zegt Joroeska een beetje bits.

'Ik vroeg ook allerminst om verantwoording,' zegt Berthe, uiterlijk rustig. 'Ik zou niet durven.' Er begint zich, tastend nog, een idee in haar te openen. Genoeg om 'dank je wel' tegen Joroeska te zeggen, en ze registreert, nog net voor de coach wegloopt, de verbaasde blik wanneer die zich realiseert dat ze het meent.

En dan is ze buiten, Berthe, en beginnen de tranen haar toch over de wangen te lopen. In een blinde mist fietst ze automatisch huiswaarts en pas als ze vlak voor de wielen van een vrachtauto de Spiegelstraat in draait komt ze een beetje tot zichzelf. Waarom trekt ze zich dit zo aan? Het was immers eigenlijk allemaal te dom voor woorden. Dit moest haar collega's dichter bij elkaar brengen? En zo'n kleurcode, die ontstijgt het niveau van de psychologische test in een damestijdschrift toch niet? Is dat kind, die coach, wel een gekwalificeerd psychologe, of noemt ze zich alleen maar life-coach: een onbeschermde titel, iedereen kan zich als coach vestigen, daar hoef je geen opleiding voor te hebben. Berthe past niet in de kleurcode, en dan is er dus niet iets mis met de kleurcode maar met haar. Maar als Joroeska niet gekwalificeerd was, zou het UWV haar dan hebben ingehuurd? Nee, toch zeker? Dus lag het oordeel over haar, Berthe, al klaar. Hans Bos heeft de coach ingeseind, dat is verscheidene malen gebleken, en, naar ze nu vermoedt, met het mandaat de bestaande verhoudingen te respecteren en haar, Berthe, er zo mogelijk uit te werken. Of is ze nu té achterdochtig? Nou, liefhebbend is ze zeker niet.

Thuis zoekt ze Joroeska op op www.nationaletelefoongids.nl, en ziet dat er een mw. drs. J. Bastiaanse op het adres woont dat ze kent als van Hans Bos. Zelfde straat, zelfde huisnummer, andere letter – een appartement in hetzelfde gebouw dus. Hoe kan dat? Willemijn had toch gezegd dat ze een bepaald bureau gebruikten? Maar het kan geen toeval zijn. En het verklaart veel. Boze opzet, doorgestoken kaart. Hans Bos wil haar weg hebben en Joroeska is zijn instrument.

Wat nu? Lachen of huilen?

Lachen, als ze mag kiezen. Want in zekere zin is ze hierdoor vrij. Ze wilde daar zelf al weg, maar had zich door Willemijn laten overhalen het nog eens te proberen of ten minste af te ronden, en nu heeft Hans Bos dat al voor haar gedaan. En die begon nog over Willemijn en haar! Zijn kwade trouw is het instrument van haar vrijheid.

Ze herinnert zich wat ze naar aanleiding van Moira's scheldpartij dacht over psychologische taal: dat die de mens reduceert tot een egocentrisch wezen, niet tot belangeloosheid in staat. Het is een taal van de wil, zoals de verlichtingstaal die God reduceert tot een produkt van de menselijke geest een taal van het logisch denken is. Toen ze dat memo schreef, en zeker toen ze het verstuurde, merkte ze hoe bevrijdend het was te schrijven over zaken die voor haar echt hout sneden. In een taal van ervaring en verlangen, denkt Berthe lichthoofdig na haar huilbui, een taal van beelden en paradoxen, van verwondering en avontuur. Van offer en overgave, jawel! Van hoofd en hart en wil en uw wil geschiede, zo! Zoals dat artikel van Jaap van Willemijn, aan zulk soort teksten zou ze willen werken. Ze houdt best van haar werk, ze heeft niets tegen het herformuleren en -structureren van teksten, ze zou alleen willen dat de onderwerpen wat interessanter waren en het gezelschap waarmee ze werkte wat minder onaangenaam. Zou het niet veel leuker zijn hetzelfde werk vanuit een eigen bureau te doen, waarbij ze zelf kan bepalen welke opdrachten ze aanneemt?

Dat life-coachingboek begint met een hoofdstuk over hoe je je eigen business kunt starten, en voor wat zij wil is niet veel meer nodig dan een telefoon, een mailadres, misschien een website?

Wacht eens, bood het UWV niet de mogelijkheid van een lening als een WAO-er voor zichzelf wil beginnen?

Berthe maakt een afspraak met Willemijn, via de secretaresse van de arbodienst, formeel, tijdens kantooruren, want het gaat over werk, het gaat over herintreden en re-integratie en daar heeft ze een bedrijfsarts voor nodig en niet een vrouw van wie ze ooit hoopte dat die haar vriendin zou zijn.

Maar ze bedankt haar wel eerst voor het artikel van Jaap, voordat ze begint te vertellen. Eenmaal begonnen kan ze echter niet meer ophouden: details die haar die middag zelf nauwelijks opvielen komen nu naar boven. En tot slot vertelt ze dat de coach haar heeft geadviseerd na te denken over ander werk, omdat ze niet bij de anderen past.

Willemijn reageert verbaasd. 'En die autistische jongen dan, die past daar wel? Bovendien, het is nogal ongebruikelijk om al na een sessie met zo'n advies te komen!'

'Misschien is er in dit geval een verklaring,' zegt Berthe. 'Joroeska Bastiaanse woont in hetzelfde gebouw als Hans Bos.'

'Dat weet ik,' zegt Willemijn. 'Toen ik Hans Bos belde om de afspraak te maken zei hij dat ze zijn bovenbuurvrouw was. Daarna heb ik haar teruggebeld om te vragen of haar professionaliteit er niet door in het geding kwam als ze één van de betrokkenen beter kende dan de anderen, maar ze verzekerde me dat ze daar niet bang voor was.'

'Daar hoefde ze inderdaad niet bang voor te zijn, want Hans Bos was er niet bij,' zegt Berthe.

'Dat meen je niet. Hij was niet bij de sessie? Dat was niet de afspraak, natuurlijk moest hij erbij zijn!'

'Erger nog, hij had haar van tevoren behoorlijk ingeseind.' En

Berthe vertelt van haar memo, en dat Joroeska daarvan af wist.

Willemijn begint te lachen. 'Een memo over godsbewijzen, en je gelooft niet eens!'

'Ten eerste doet dat aan de onmogelijkheid om het bestaan van God te bewijzen niet toe of af, want dat is een puur filosofische kwestie, en ten tweede is het achterhaald.'

'Echt?'

'Ja, echt.'

'En dat vertel je me nu pas!'

'Ja, eerder kon het niet.'

Het is inderdaad vreemd, denkt Berthe, dat ze elke keer als ze elkaar zakelijk zien met elkaar over dingen praten waar zij die paar keer dat ze Willemijn in een persoonlijke context ontmoette niet over kon spreken. Ze snapt wel hoe het komt: juist in gewone omstandigheden hebben ze natuurlijk last van die dokter-cliëntrelatie, allebei. En natuurlijk is vriendschap niet als één van die papieren bloem die zich eenmaal in water meteen tot volle wasdom ontvouwen. Alles is nog mogelijk. Ze hoeft alleen maar geduld te hebben.

'Dus nu denk je dat Hans Bos je weg wil hebben daar,' concludeert Willemijn.

'Ja, jij toch ook?'

Willemijn knikt. 'Daar kan ik bijna niet onderuit. Hij had bij die sessie aanwezig moeten zijn, dat wist hij best. Had je het gevoel dat dat oordeel van de coach uit de lucht kwam vallen?'

'Nou, je verwacht niet dat iemand na nog geen uurtje met een hele groep mensen al zo'n conclusie kan trekken. Niet als ze professioneel is.'

Willemijn knikt weer.

'Ik ben nog nooit zo assertief geweest als die middag,' vertelt Berthe. 'Elke keer als het mis dreigde te gaan stelde ik dat aan de orde, ik begrijp zelf niet hoe ik durfde.'

'En nu ben je martelaar van het vrije woord,' knikt Willemijn.

'Wat je zegt. Op een gegeven moment, toen het over Marokkanen ging, heb ik zelfs vrijwillig mijn noord-afrikaanse bloed geofferd.' Zal ze vertellen wat Moira allemaal gezegd heeft? Nee, liever niet, ze wil niet als slachtoffer overkomen. Maar het is vreemd, ze voelt zich nog steeds marokkaans; dat wil zeggen, ze voelt zich sinds die middag meer kleurling dan ooit. Ze mag Moira nog dankbaar zijn ook, dat die haar heeft wakker geschud voor iets dat ze tot dan toe als banale hollandse hysterie had afgedaan, de moslimhaat die zo ver af stond van haar eigen wereld, haar leeswereld.

'Kijk,' zegt ze. 'Jij zei een vorige keer, dat ik het daar op kantoor moest afronden voordat ik aan weggaan of iets anders, iets nieuws mocht denken. Volgens mij ben ik door deze machinaties wel van die verplichting ontslagen, vind je niet?'

'Absoluut, maar wil je daarmee zeggen dat je je weer ziek wilt melden?'

'Daar hoef je niet bang voor te zijn. Ik heb je al verteld dat ik mijn theologie weer wilde oppakken, maar na die coachingsessie kreeg ik er nog een idee bij, mede dankzij het artikel van jouw Jaap. Wat zou je ervan vinden als ik zelf een bureautje zou oprichten? "Het woord" kan het heten. Zonder hoofdletter, dat nog net wel. Ik wil me toeleggen op filosofische, theologische en sociaal-culturele teksten, kunst, literatuur. Dissertaties, vakliteratuur, teksten die me zelf interesseren, waar echt wat van te leren valt.'

'Klinkt goed.' Willemijn zit even te denken. 'Ja, dat zou precies kunnen zijn wat bij je past, Berthe. En er zijn mogelijkheden om je te helpen, je kunt bijvoorbeeld zes maanden de tijd krijgen om zelf iets op te zetten met behoud van uitkering, maar dan moet je natuurlijk wel eerst een goed gemotiveerd en vastomlijnd plan indienen.'

'En een lening is ook mogelijk, heb ik dat goed begrepen?'

'Als je die nodig hebt, ja, er zijn speciale regelingen voor arbeidsgehandicapten.'

'Arbeidsgehandicapte? Wat een woord zeg, bedankt!'

'Ik heb dat woord niet verzonnen! Je bent er trouwens straks geen, als je zelfstandig ondernemer wordt. Maar zo'n krediet moet je dan wel weer terugbetalen hoor, ook als je plan niet lukt. Ik geloof dat het maximum iets van dertigduizend euro is.'

'Zoveel heb ik niet nodig. Ik zal een website opzetten, dat kan allang via mijn provider, binnen mijn abonnement, ik heb er alleen tot nog toe nooit gebruik van willen maken. Daar kan ik dan steeds op laten zien wat ik doe en waar mijn belangstelling naar uitgaat, en ik zal moeten adverteren. En jij zegt dat ik maar liefst zes maanden heb om klanten te werven. Ik heb natuurlijk al wel contacten ook – ik weet zo al een aantal wetenschappelijke tijdschriften die slecht geschreven artikelen naar ons stuurden om ze te laten herformuleren, die Hans Bos te intellectueel voor ons vond. En die tijdschriften hebben ook boekenrubrieken, waarin nieuw verschenen werk wordt samengevat. Dat wordt nu vooral door redacteuren gedaan, maar ik weet bijna zeker dat er veel zijn die dat graag zouden uitbesteden. Volgens mij is er juist op dat gebied een gat in de markt. En bibliotheken, musea, ik kan zo een hele lijst bedenken! O, en weet je wat ook goed zou zijn? Theologie van de islam! Laten zien dat het mogelijk is de Koran tekstkritisch te lezen, zoals met de Bijbel al een paar honderd jaar gebeurt. Laatst las ik ergens dat die hoeris in het paradijs geen dames zijn, maar druiven: een verkeerd gelezen woord dat het hiernamaals voor moslima's een stuk aantrekkelijker maakt! In het buitenland wordt er veel aan herinterpretatie van de Koran gedaan; misschien vallen er teksten te vertalen, een website te beheren, van alles. Misschien kunnen we zo een beetje tegengas geven tegen die racistische krachten die het tegenwoordig steeds meer voor het zeggen lijken te krijgen.'

'Zet maar gauw een plan op papier, dan kunnen we aan de slag.' Willemijn kijkt op haar horloge, de volgende cliënt is aan de beurt.

Berthe staat op en trekt haar jas aan.

Bij de deur drukt Willemijn haar even tegen zich aan. En Berthe geeft zich daaraan over.

Ze is omhelsd!

Berthe fietst, ze is vrij. Zo licht als een vogeltje fietst ze, zo licht als een vlinder, als de vlinder die gevangen zat in een bronzen kerkbel en zichzelf kapot vloog tegen de wanden, doof van de galmende weerklank van haar gevangenschap – tot ze zich doodop vallen liet, de grote ruimte van de vrijheid in. Onbegrensde ruimte. Berthe valt vrij. Moeder Agnes zei altijd: het probleem is de kern van de oplossing. Een paradox die vrijmaakt. De pijn van de afwijzing maakt een nieuw begin mogelijk. Haar wereldvreemde karakter maakt haar geschikt voor juist dat tekstbureau dat ze in haar hoofd heeft.

De zachte krachten zullen winnen, denkt ze. Pijn is een vreemde kracht. Haar leven lang heeft ze gehoopt dat ze op een dag wakker zou worden en niet meer anders dan de anderen zijn. De bevrijding die ze nu in de schoot geworpen krijgt is radicaal anders: juist door zichzelf en eigenaardig te zijn, moet ze vrij worden. Er wordt haar hier iets aangereikt, een nieuw begin dat beter is dan die droom. Zelfs de verbondenheid die ze nastreeft komt ermee binnen haar bereik, want als je een tekst wilt maken van de ideeën van anderen, moet je je diep in die ander kunnen verplaatsen. Verbonden met elkaar in creativiteit, wat is er mooier? Een intertekstueel net van zich uitdijende proporties ziet ze voor zich, een web als de kaart van het centrum van Amsterdam, en zij in dat centrum als een zorgzame creatieve spin, die zilveren draden van verbondenheid weeft.

Kneusje af, ze hoeft niet meer naar haar werk, ze is vrij! Ze is vrijgemaakt door Hans Bos zelf, en door de minachting van Moira. Willemijn heeft het bevestigd, en ze voelt zich niet eens afgewezen. Ze is vrij!

Thuis loopt ze meteen naar de keuken om thee voor zichzelf te zetten, lekkere sterke thee, groene thee. En als ze de kraan opendraait valt haar de regel te binnen waarmee C.S. Lewis in *Surprised by joy* een religieuze ervaring weergeeft: '*I could have kissed the very scullery taps.*'

XI

KERSTKIND

De natte sneeuw van gisteren is verdwenen, en als Berthe Ploos haar neus naar buiten steekt, 's morgens, in haar pyjama, is dat alleen om te testen of het vriest of niet.

Het vriest. Er valt iets dat bij een wat warmere temperatuur motregen zou mogen heten, een waas van ijs, zo onplezierig dat Berthe acuut haar voordeur zou sluiten, ware het niet dat er op de stoep schuin aan de overkant – symbolisch akelig dicht bij de afvalbakken voor glas en papier, waar ze hem vanbinnen net niet heeft kunnen zien – een buggy staat waarin een baby slapend hangt te hangen in een tuigje, het platte neusje rood van de kou.

Berthe rent op haar blote voeten de straat op, en pas als ze het kind met buggy en al heeft binnengehaald dringt het tot haar door wat ze heeft gedaan. Moet ze dat kind nu weer genadeloos buiten brengen, in de vrieskou? Nee, haar impuls was helaas even juist als onkarakteristiek.

Een vondeling!

De baby slaapt nog steeds, en Berthe doet voorzichtig het mutsje af om naar het gezichtje te kijken. Nee, zo'n rond gezichtje heeft zijzelf vast nooit gehad. Een onbekende.

En nu? Hier binnen is het veel te warm voor dit kind, maar om het jasje te verwijderen zou ze het tuigje moeten losmaken en ze wil niet dat de baby wakker wordt omdat ze niet zou weten wat er dan mee te beginnen. Ze durft niet eens het ijskoude vocht van het gezichtje te vegen. Stel dat het huilt? Ze weet niets van baby's.

Het kind behoort iemand toe, en hoewel het natuurlijk mogelijk is dat het is gedumpt zoals zijzelf eertijds gedumpt werd op de Albert Cuyp, lijkt dat bij nader inzien toch onwaarschijnlijk. De kans is groot dat het kind vergeten is, hoewel ze niet zou weten hoe je een kind kunt vergeten in deze kou. Dus gaat ze voor het raam staan, op de uitkijk. Ik geef het een halfuur, besluit Berthe, en als er dan nog niemand om het kind gekomen is bel ik de politie.

Maar zo lang hoeft ze niet te wachten. Nog geen tien minuten later ziet ze een jonge vrouw met kort geel haar en een hard gezicht naar de plaats lopen waar de buggy stond, en terstond angstig rondkijken – nee, niet angstig, boos, ziet Berthe als ze naar buiten snelt om de ongeruste moeder op de hoogte te brengen.

'Ik heb uw baby even naar binnen gehaald, het was zo koud,' zegt ze, verontschuldigend nota bene terwijl niet zij maar die moeder zich toch zou moeten verontschuldigen, maar die denkt daar niet aan: ze kijkt ontevreden naar Berthe, zelfs een beetje kwaad. Ze duwt haar domweg opzij en beent haar appartement binnen.

Zodat Berthe, onverwachts en ongehoord, daar een vreemde in haar huis heeft, een boze jonge vrouw met ogen die tegelijk wild en koud zijn, het soort moeder die ze hierachter bij de school en in de supermarkt wel ziet, die hun kinderen om het minste geringste uitscheldt of een mep verkoopt.

Of wil ze Berthe een mep geven? Omdat zij haar ongerust heeft gemaakt?

'Het spijt me,' zegt ze dus maar, zich nu expliciet verontschuldigend, 'ik dacht, het is zo koud, en ik wist natuurlijk niet wanneer u terugkwam.'

De vrouw zegt niets terug. Ze loopt met grote passen door Berthes kamers, blijft staan voor de overvolle boekenkasten waarin boeken dwars op de planken liggen opgetast, werpt een blik op de computertafel met alweer stapels boeken rond het elektronisch wondertoestel, en kijkt dan eindelijk pas naar Berthe zelf – met iets van minachting, Berthe weet het zeker, in die boze ogen.

De baby, die gelukkig nog steeds slaapt, heeft ze al die tijd geen oog waardig gekeurd.

'Okee,' zegt ze dan eindelijk.

Berthe slaakt een zucht van verlichting. 'Daar staat het,' zegt ze, in het besef dat ze niet eens weet of het kind een meisje dan wel een jongen is, en duidelijk ten overvloede waar de moeder praktisch boven op de buggy staat. 'Kijk,' zegt Berthe, en wijst dom naar de buggy, in de hoop dat de moeder het kind zal oppakken en vertrekken, en dan hebben we het gehad, denkt ze, dan hebben we het gehad. Deze vrouw maakt haar bang, erg bang. De zoveelste Joni, denkt ze, alsof er één grote familie van Joni's bestaat die zich in haar leven blijven introduceren.

Dan steekt de vrouw haar hand uit, met een zo plotseling gebaar dat het weer even duurt voordat Berthe beseft dat het de bedoeling is dat ze die aanneemt. 'Bep,' zegt ze.

'Berthe Ploos.'

'Ik bracht mijn oudste naar school, vanmorgen, en toen liep dat klotekind weg, de verkeerde kant uit, en moest ik er achteraan hollen en hem bij zijn nekvel naar school slepen,' zegt Bep. Het is een verklaring, maar één die nogal wat details onvermeld laat. Ineens weet Berthe heel zeker dat deze vrouw haar baby straal vergeten was, ze ziet het in de boosheid in die ogen: in haar woede om het ene kind was ze het andere vergeten. Ze knikt, als ter bevestiging van iets dat ze nu ook vermoedt: dat die boze ogen niet haar golden, of niet in de eerste plaats, maar die oudste, die wegliep. Van haar of van de school? Je weet het niet, maar Berthe weet wel dat zij, hoe graag ze ook altijd een moeder heeft willen hebben, van deze moeder zelf misschien ook wel was weggelopen.

'Heb jij kinderen?' Er klinkt nu een lichte vraag om saamhorigheid in Beps stem, van vrouw tot vrouw, moeder tot medemoeder die ook weet hoe verschrikkelijk kinderen kunnen zijn.

Maar Berthe moet haar teleurstellen. 'Nee, sorry.' Alweer staat ze zich te verontschuldigen, terwijl ze toch niets gedaan of nagelaten heeft waarvoor ze deze vrouw rekenschap zou moeten afleggen.

Bep haalt haar schouders op. Ze is mager, ziet Berthe nu, een stuk langer dan zij maar dat mag geen wonder heten, niet al te duur gekleed maar wel modieus, en netjes opgemaakt, met veel make-up op de wallen onder haar ogen. Een vrouw aan wie je kunt zien dat het leven haar niet heeft verwend.

'Heeft u nog meer kinderen?' Ze vraagt maar wat.

'God verhoede, nee, twee is meer dan genoeg.' Dan lijkt ze een idee te krijgen. 'Zeg, zou je het goed vinden als ik de baby nog een tijdje hier liet? Dan kan ik gauw even boodschappen doen, dat scheelt me weer.'

Berthe staat met stomheid geslagen. Ze heeft toch zelf gezien hoe die moeder hier rondliep, hoe ze keek, hoe ze haar bekeek? Ze kan er niet van overtuigd zijn dat zij, Berthe, goed op haar baby zou kunnen passen. Wat is haar motief?

Dat ze even alleen boodschappen wil doen is haar motief. Iets anders kan Berthe er niet van maken. 'En als het wakker wordt?'

'In het mandje onder het stoeltje ligt een schone luier, en je kunt wat fruit geven, in kleine hapjes.' Ze kijkt naar de schaal met appels en peren op Berthes keukentafel. 'Doe maar een peer, en alsie te hard is een beetje pletten met een vork.'

En weg is ze.

Berthe zit achter haar computer een spelletje Freecell te spelen, bij ontstentenis van iets anders dat haar gedachten een beetje in beslag neemt, maar ook weer niet te veel want ze moet waakzaam zijn. Straks wordt dat kind wakker, en dan? Ze is gek geweest. Wie weet komt die moeder niet terug. Ze kent geen adres, en behalve de voornaam geen naam. Of die moeder haar kind nou bij de glasbak dumpt of bij Berthe, wat maakt het uit. Berthe verliest spelletje na spelletje: Freecell is geen spel voor als je je niet kunt concentreren.

Hoe oud zou het zijn? Oud genoeg voor een fruithapje, zoals dat heet. Minstens een maand of vier toch wel. Haar kennis omtrent baby's komt uitsluitend van de reclamespots op de televisie, en sinds wanneer kunnen we die vertrouwen? Wat moet ze doen als het wakker wordt? Verschonen, eten geven – ja, maar hoe dan? Dat kind kent haar niet. Hoe zou zij het zelf vroeger hebben gevonden om ergens wakker te worden bij een vreemd mens dat terstond begon op onverdraaglijke wijze aan haar kleren te sjorren en voedsel in haar mond te proppen waar ze niet om had gevraagd?

Zo moet het dus niet. Nee, als het kind wakker wordt moet ze er eerst mee praten, tot het haar kent. Maar hoe praat je met een baby? Ze weigert bij voorbaat pertinent zo'n vernederend babytoontje aan te slaan, maar ze kan wel proberen haar stem zo vriendelijk mogelijk te laten klinken. Zacht. Ze oefent even, bijna binnensmonds, de juiste toonhoogte en het juiste timbre. Lief moet ze klinken. Dat is lastig, want ze voelt zich niet lief. Ze voelt zich onrustig. Boos ook, jazeker, boos op die moeder die haar kind om het even in de vrieskou dumpt of bij Berthe Ploos.

Toch heeft dit allemaal geen zin, houdt ze zich voor. Ze zit hier nu eenmaal met die baby. Die het ook niet kan helpen. En die waarschijnlijk, bedenkt ze ineens opgelucht, wel wat gewend is. Met zo'n moeder. Of went dat nooit?

Nog amper heeft ze dit bedacht of daar komt een geluidje uit de buggy. Eerst klein, maar als ze haar stoel achteruit schuift, wat een akelige knars geeft, en zij zich – want hoe kan het anders – zo-maar voor de ogen van het kind als enige aanwezige volwassene onthult, wordt het huilen prompt harder. Twee verschrikte blauwe ogen kijken haar aan en een klein mondje trekt zich samen in een trek van afschuw, spontane afschuw.

En dit kind moet zij een andere luier aandoen? Hoe begint ze daar in 's hemelsnaam mee? Losgespen, maar ze weet niet hoe het gespje werkt. Het zit ergens van achteren, ja logisch, kan het kind het zelf niet loskrijgen.

Ze gaat op haar knieën voor de buggy zitten, sluit resoluut haar oren en trekt het kind bij de schoudertjes naar voren om de gesp achter het rugje te zoeken.

Het begint te krijsen.

Berthe zou zo kunnen meedoen. 'Ja,' zegt ze, 'ik vind het ook moeilijk.' Het bezorgt haar een raar gevoel, tegen een kind te praten dat haar waarschijnlijk niet eens kan verstaan – of misschien ook wel, weet zij veel wanneer kinderen volwassenen kunnen verstaan, ze weet niets van kinderen – of misschien verstaat het haar wel zoals een hond je verstaat, ja, misschien verstaat het haar wel.

Goed dan, ze praat. Ze legt uit wat ze doet: 'Kijk,' zegt ze, 'ik moet even je gespje losmaken, anders kun je er niet uit.'

Dan heeft ze het gevonden en knipt het los.

'Nou,' zegt ze, 'nu ga ik je optillen.' Het lijkt wel alsof ze het handboek patiëntencommunicatie volgt van de omgeschoolde arts die elke handeling begeleidt met geruststellend commentaar.

Om de baby op te tillen moet Berthe haar gezicht er akelig dichtbij brengen. Het gezichtje dat tot nog toe nauwelijks het huilen bedwong vertrekt nu in een angstige kramp, en in een flits voelt Berthe in haar eigen borst hoe bang dit kind is. Je zult toch maar een baby zijn en zomaar overgeleverd worden aan de eerste de beste volwassene; je weet niet wat ze met je voorhebben, maar om de een of andere reden zegt je ervaring je dat het niet veel goeds kan zijn. Wat moet zij straks doen als het kind serieus begint te huilen? Hoe krijg je een huilend kind weer stil als het juist huilt omdat het bang voor jou is – hoe zou jij dan degene kunnen zijn die het weer stil kreeg?

Berthe praat dapper door, inderdaad zoals ze tegen een hond zou doen, als ze een hond kende die ze aardig vond, of tegen een paard, ja, dat is makkelijker, tegen een paard. 'We gaan het even heel prettig voor je maken,' zegt ze. 'Je hebt honger en waarschijnlijk heb je ook een vieze luier die plakt aan je billen, zullen we eens kijken, samen?' Ze glimlacht, en hoewel de angstige pruillip blijft, wordt het toch nog niet echt huilen.

Berthe tilt het kind op, langzaam, en brengt haar gezicht even naar die ronde wangen, bijna vanzelf doet ze dat, ze legt haar wang tegen dat betraande wangetje dat – jakkes – een beetje kleeft, en ruikt de babyhaartjes. Voor ze weet wat ze doet legt ze daar haar neus tegen, tegen die schaarse fijne blonde haartjes; veel meer dan dons is het niet, maar het ruikt heerlijk fris, naar onschuld, naar baby.

'Kom maar,' zegt ze. 'Kom maar, kleine vondeling.' Ze wordt met de minuut zekerder. Haar stem klinkt moederlijk, rustig. Rustiger dan ze zich voelt. Haar glimlach straalt, ze maakt haar glimlach stralend, ze stelt zich voor dat ze een moeder is, een kalme moeder, een serene moeder, Maria zelve is ze en ze straalt zoals ze denkt dat een moeder liefdevol straalt, en het kind is stil. Vergist ze zich, of lijkt zich daar zelfs een lachje om die lipjes te leggen?

Berthe plaatst de baby op de computertafel en begint, al pratend op diezelfde geruststellende, lieve toon, de kleertjes los te maken. Een langzame vreugde welt in haar op: daarnet waren ze allebei doodsbang, en nu staat ze deze baby uit te kleden die ze zomaar door die diepe angst heeft heen geloodst, die ze zomaar heeft gekalmeerd. En daar wordt zijzelf weer kalmer van. 'Ja,' zegt ze, 'we doen het samen, ja!'

Het kind heeft een broekje aan, en als dat uit is zit daaronder een pakje dat het hele lijfje schijnt te bedekken, maar kijk, tussen de beentjes zitten drukknoopjes. Berthe trekt ze los, daar is de luier, geelgezwollen, met plakstrips rond het middel vastgemaakt. Inderdaad, het is een meisje. En ze heeft niet gepoept. Daar ligt ze, de beentjes geheven, zo open en vol vertrouwen dat het pijnlijk is, klaar voor de schone luier. Maar Berthe heeft in haar angst vergeten te onthouden hoe de vuile luier ook al weer vastzat. Ze moet het wel drie keer overdoen voordat de schone luier goed lijkt te zitten. Toch laat de baby elke keer haar beentjes optillen – en elke keer legt Berthe de luier een beetje anders, tot ze doorheeft hoe het moet.

Nu gaat alles er weer overheen. De drukknoopjes van het luierpakje. Het broekje is lastig omdat het kind haar voetjes steeds dwars op de beentjes zet, tot ze doorkrijgt dat ze het best de pijpjes van tevoren kan oprollen en dan in één beweging de voetjes daar doorheen trekken. Ze praat voortdurend, een praten over niets waartoe ze zich nooit in staat zou hebben geacht: zodra je luistert hoor je hoe banaal het is. 'Zo, daar is de luier. Kijk, daar is de plakstrip.' Berthe herinnert zich een uitje in het tehuis, met een auto naar het Singer Museum in Laren, toen zuster Aparecida uit het tehuis in wier auto ze zat – moeder Agnes was er niet bij, dat weet ze nog wel – niet kon nalaten om alles wat ze zag te benoemen. Elk uithangbord werd voorgelezen, elk dier in het weiland geteld, elke straatnaam genoemd. De auto werd geheel en al gevuld met die stem die zei wat iedereen allang voor zichzelf had gezien en daarmee dubbel aandacht vroeg, tot Berthe wel kon gillen, wat ze uiteraard niet deed, want als zij één ding geleerd had in het tehuis was het wel om juist haar gevoelens voor zich te houden. Het is een tweede natuur geworden, ze merkte het zonet nog, bij de moeder van dit kind: zodra ze zich kwetsbaar voelt, verstart haar gezicht.

Het meisje is klaar. Berthe zet haar weer in het stoeltje, maar zonder het riempje vast te gespen. Daarvoor zou ze zich weer zo dicht naar het kind moeten overbuigen, en dat risico wil ze niet lopen, het is nu net rustig. Ze slaagt er zelfs in de baby toe te lachen.

'Het spijt me dat ik niet weet hoe je heet,' zegt Berthe. 'Het is raar om eten te geven aan iemand van wie je de naam niet kent, vind je ook niet? Kijk, deze peer ga ik voor je schillen, en elke keer als ik een partje af heb, krijg je een stukje. Doe je mondje maar open.'

Er gebeurt niets. Voorzichtig brengt Berthe haar vinger dichterbij en steekt die tussen de lipjes. Haar vinger voelt dat kleine vochtige, hongerige mondje. Zo intiem, denkt ze, zo intiem is de omgang met een baby. Ik heb haar billen gezien, nu heb ik haar mondje gevoeld, ik heb haar haartjes geroken: hoeveel verder zal dit nog gaan? Er is hier iemand binnengekomen, in het heiligdom van mijn huis, een klein meisje, een naamloos kind, dat een beroep op me heeft gedaan door een vuile luier te hebben, door honger te hebben, en ik heb haar verschoond en ik heb haar gevoed. Zij heeft dit niet gekozen, ik heb het niet gekozen, en nu, nu zijn we allebei tevreden dat het zo is gegaan.

'Je bent een kleine vreemdeling,' zegt Berthe, Mattheüs 25 indachtig, 'en ik heb je gekleed en gevoed en gehuisvest. Waarschijnlijk ken je die tekst niet, je moeder maakt niet de indruk dat er bij jullie thuis uit de Bijbel gelezen wordt. En ook niet, maar dat mag ik eigenlijk niet zeggen, dat ze van vreemdelingen houdt. Jij bent blond, jou raakt het op een andere wijze dat wij zo slecht voor vreemdelingen zorgen hier. En voor zover ik zelf geen vreemdeling ben schaam ik me voor dit land, weet je dat? We sluiten mensen als beesten op, laten ze verbranden in barakken en sturen ze dan zonder zorg naar hun hongerende landgenoten of martelende regimes terug. Kinderen die hier geboren zijn en niets anders kennen dan hier, worden zomaar uitgezet. En dan gaat het om mensen die zo wanhopig zijn dat ze nog liever voor de kust van Italië verdrinken dan kansloos verder te leven. Dat krijg jij later nog allemaal op je af, meisje, dat komt allemaal nog.' Bij de gedachte zo klein te zijn en nog zo veel pijn voor de boeg te hebben, duizelt het haar. 'Niet dat ik een haar beter ben,' zegt ze omwille van de eerlijkheid. 'Jij bent een uitzondering, jij bent een baby, jij kunt geen kwaad.'

Als de peer op is tilt Berthe het meisje weer uit het stoeltje. Ze gaat op de grond zitten, en zet haar tussen haar benen. 'Kun je al zitten?' Ja, ze blijft rechtop, zonder tegen Berthe aan te leunen. 'Goed zo,' zegt Berthe. Ze spreidt de beentjes van het kind, staat op, pakt een appel en gaat een eindje verder zitten, tegenover het kind. Dan rolt ze de appel naar haar toe, precies tussen de twee gespreide beentjes in dat blauwe broekje dat Berthe haar heeft aangedaan. 'Boem,' zegt ze als de appel tot stilstand komt. Het meisje kijkt haar aan, zo rechtstreeks als alleen kinderen durven kijken, en Berthe pakt reikend de appel, spreidt haar beentjes weer – 'beentjes wijd', zegt ze – en doet het nog eens, precies hetzelfde: 'Boem.'

Weer kijken ze elkaar aan. Hoe moet dat zijn, wakker te worden bij een vreemde, dan verschoond te worden en eten te krijgen – denkt ze misschien dat Berthe nu voortaan altijd voor haar zal zorgen? Twijfelt ze niet? Zo afhankelijk te zijn, zo volstrekt de speelbal van alles wat je overkomt, zonder te begrijpen – Berthe huivert ervan. Ze rolt de appel opnieuw, en zegt er nu bij: 'Pak de appel maar!'

Het kind kijkt naar Berthe, kijkt naar de appel die tussen haar beentjes tot stilstand is gekomen, aarzelt en pakt hem dan vast.

'Goed zo, meisje!' zegt Berthe, trots dat er iets tot stand is gekomen: zij heeft iets gezegd en het kind heeft het gehoord. Nogmaals reikt Berthe en rolt de appel naar haar toe: 'Voor de schoonste,' zegt ze, want zo ging het in de mythe van Paris en de drie godinnen: 'Ik weet niet hoe je heet, maar Aphrodite zeker niet,' zegt

Berthe, en nu verschijnt er een klein lachje op het ronde gezichtje. Ze lacht!

Dus wat het kind ook vreest, ze voelt zich nu tenminste veilig genoeg om te lachen. Dat wil Berthe nog eens zien. Ze rolt de appel, boem, en het meisje lacht. En nog eens, en nog eens.

'Toe maar,' zegt Berthe met een wenkend gebaar, 'rol maar!'

Het lukt! Het kind probeert de appel weg te rollen en maakt dan aanstalten er kruipend achteraan te gaan.

Berthe gaat met haar mee, ze kruipt ook, met brede gebaren haar handen op de grond plaatsend. Nu lacht het meisje weer een beetje. Berthe kruipt achter de appel aan en rolt die naar haar terug. Het kind pakt hem en geeft hem niet meer af. Even maakt ze een reutelend geluidje, bijna het begin van een woord, en Berthe praat terug. Het kind kruipt weg en Berthe gaat er achteraan. Weer gebeurt er iets wonderlijks: het meisje lijkt te beseffen dat dit kruipen niet de normale manier van voortbewegen voor volwassenen is, want ze lacht weer, en er komt nu zelfs een geluidje bij dat het lachen vorm geeft, een klein hees geluidje. Alsof ze niet vaak lacht, alsof ze niet gewend is te lachen. Maar Berthe is er ondersteboven van: weet dit kind al zo veel van de wereld dat ze er de humor van inziet dat een groot mens aan het kruipen slaat? Ze doet het nog eens, en nu petst ze er nog harder bij met elke hand die de vloer raakt, ze vergroot het kruipen, ze overdrijft het kruipen. En het kind schatert.

'Jij kunt het ook,' zegt ze, en geeft een duwtje tegen de massief verpakte billen. 'Samen kruipen, toe maar.'

Ze kruipen samen door de kamer, naast elkaar, als twee fietsers op een fietspad. Berthe ziet de onderkant van haar keukentafel voorbij komen, waar een spinneweb aan hangt dat ze haastig wegveegt opdat het niet in die schaarse, vlassige haartjes gaat zitten. Ze kruipen langs de onderste planken van de boekenkasten, waar boeken staan die Berthe in geen jaren heeft bekeken: een bloemlezing van mystici, die ze vanwege het ontbreken van een goede inleiding heeft weggezet maar die ze zich nu voorneemt weer te lezen omdat het haar vaag bijstaat dat er een tekst van Foligno in staat; een studie van de eerste golf van de vrouwenbeweging; een poststructureel en derhalve onleesbaar proefschrift over feministische theologie. Boeken die ze nooit gewaardeerd heeft omdat er iets aan ontbrak, en die nu, plotseling, juist door dat gebrek een beroep op haar doen: verschoppelingen, vondelingen van boeken, die het ook niet kunnen helpen maar daar onderaan stil staan te vragen om nog een kans hun onvolmaakte rijkdom te mogen delen, die een beroep doen op haar liefde. Het is alsof het kind een deur in haar kamer heeft geopend die er voordien niet was en de ruimte plots tweemaal zo groot is geworden, nu die zich voor haar op haar handen en voeten uitstrekt – zoals het leven van dit kind zich uitstrekt, dit meisje dat nog niet kan lezen maar al wel weet dat grote mensen gemeenlijk niet kruipen. Het duizelt Berthe, ze moet even opstaan en op een stoel gaan zitten. Op haar werkstoel achter de computertafel, de stoel vanwaar tot nog toe controle over het leven en de wereld uitging.

En dan neemt de baby het initiatief voor een nieuw, een ander spel. Eerst kruipt ze naar Berthe in haar bureaustoel, kijkt naar haar op als een poesje, en verdwijnt dan zo snel ze kan achter de leren leunstoel, die daar groot en vierkant tussen de boekenkasten staat als een huis op zich. Weg is het meisje. En voor haar is Berthe weg.

Die lacht, en laat zich wederom op handen en knieën zakken. 'Waar ben je nou? Ben je achter de stoel gekropen?' En zelf kruipt ze heel voorzichtig rond de stoel naar een plaats vanwaar ze het kind net kan zien, en zegt 'kiekeboe', en weer komt dat lachje, dat schorre aandoenlijke lachje dat raspt aan haar hart. Er welt iets beschermends in haar op, een verlangen dat het leven van dit kind goed zal zijn. O Ene, denkt ze, geef dit kind een leven zonder al te veel pijn, want ze weet al wat pijn is, ze weet het al. En ze kruipt naar de andere kant van de stoel en zegt daar weer 'kiekeboe', hongerig naar dat lachje, dat komt als een antwoord, als een zegen.

Ze spelen kiekeboe tot het lachje steeds kleiner wordt, moe van elke keer zoveel verrassing en zoveel emotie. Ze spelen heel lang, beiden steeds meer op hun gemak, beiden steeds meer vertrouwd. De blik van een baby is zo open, Berthe vergeet zichzelf totaal.

Dan zet ze de baby op de computertafel en klimt er zelf via haar bureaustoel ook op, en dan, waar ze net uit het raam kunnen kijken, naar de straatstenen en de kale iep aan de overkant van de straat, neemt ze het kleine meisje op schoot.

Het gewicht van het kind is zoet en zwaar. Dit is een woord dat Berthe voor het eerst begrijpt: een zoet gewicht. Het cliché krijgt gewicht, krijgt handen en voeten. Het kind leunt tegen haar aan en Berthe wijst het haar iepje, dat in de wind licht heen en weer beweegt. Het meisje lijkt haar te begrijpen, haar ogen kijken tenminste naar de goeie kant. Berthe beweegt in dat gezamenlijk kijken mee met de boomtakken, heel licht in het begin, alleen met haar bovenlichaam, en het meisje gaat weer met haar mee, alsof de wind via de boom in Berthe en via Berthe in dit meisje ademt.

'Waaien,' zegt Berthe. 'Heen en weer.' Ze zet het kind iets steviger tussen haar bovenbenen, zodat ze haar handen vrij heeft, en begint met haar handen de beweging van de takken na te doen, haar armen hoog en bij de ellebogen gebogen: 'waaien, kijk maar.' De baby moet een duidelijk talent voor ironie bezitten want ze glimlacht weer, en als Berthe beweegt en ze zelf meebeweegt gaat ze gaandeweg steeds meer stralen en heft de eigen armpjes om mee te kunnen waaien met de wind.

Misschien bestaat er, behalve met God, geen directere manier van contact dan met een baby. Je mag zomaar dichtbij komen. Ze kijkt volstrekt zonder oordeel, misschien is dat wat het zo veilig maakt, zo grondeloos blij.

'Ja,' zegt Berthe, 'we bidden samen, jij en ik,' en dan gaat de bel.

Berthe herkent het geluid aanvankelijk niet eens, omdat er nooit bij haar gebeld wordt. Zelfs de postbode hoeft niet te bellen, want ze krijgt vrijwel nooit post. Maar dan weet ze het, haar hart het eerst: het moet de moeder zijn.

Berthe laat haar binnen met het kind op de arm.

'Hoe is het gegaan?' vraagt de moeder.

'Goed,' zegt Berthe. En omdat dat wat mager klinkt en omdat ze vol is van vreugde: 'Heel goed. Het was fijn.'

'Ik moet je bedanken,' zegt de moeder.

'Ik moet u bedanken,' zegt Berthe.

Daar krijgt ze een merkwaardige blik voor terug. De moeder neemt het kind, doet het jasje aan, gespt het vast in de buggy – alles in een oogwenk – en dan zijn ze weg en is Berthe weer alleen.

Hoe ze zich voelt? Misschien nog het meest als één van de Wijzen uit het Oosten die de stal verlaten heeft en helemaal geen zin heeft om naar Herodes te gaan, in de wetenschap dat alles wat hierna komt weer bij de echte wereld zal horen, terwijl wat er gezien is met meer recht het woord realiteit verdient.

In de dagen daarna wankelt Berthe heen en weer tussen een naglans, het gevoel alsof haar een wonder is geworden, gepaard met een verdrietig gemis, en een schuldige opluchting dat ze, tenminste op de dagen dat ze niet naar haar werk hoeft, weer alleen is en niemand haar lastigvalt. Na een weekje is het beeld dat te pas en te onpas voor haar ogen waarde, van die baby met dat pluishaar – waarachtig geen aantrekkelijk kind – en het vertrouwen in die ogen, verzwakt tot een gevoel alsof ze het allemaal slechts gedroomd heeft, of er iets anders van heeft gemaakt dan het was. Een onbekende vrouw heeft haar een tijdje – een ochtend? een uurtje? – opgezadeld met haar kind, en dat was zeer, zeer vreemd, maar verder is er niets gebeurd, de rest is fantasie, verhaal.

Maar een week later, op dezelfde dag en hetzelfde uur, staat de moeder weer op de stoep. Met de baby.

'Hoe heet ze?' is het eerste wat Berthe vraagt, nog voor ze van de slag van diepe vreugde bekomen is, als om terstond die vrouw te bezweren niet weg te gaan, nog voorlopig even niet weg te gaan – nee natuurlijk gaat ze niet weg, ze belt toch niet zomaar?

Het kind heet Rebekka. Bekkie, zegt haar moeder: 'Zeg Bekkie, wil jij weer even bij deze mevrouw blijven?'

Berthe stelt zichzelf ook voor. De gedachte dat je je kind zomaar achterlaat bij iemand van wie je zelfs de naam niet weet! Ze heeft geen naambordje bij de voordeur. Stel, stel even dat ze zich met dit kind uit de voeten zou willen maken, dan zou die vrouw niet eens de informatie hebben die ze nodig had om haar te vinden – nee, haar fantasie gaat nu echt met haar op de loop, die moeder hoeft maar naar de politie te gaan en die komt er achter. Maar ze zou wel een figuur slaan, dat mens dat haar dochter zo'n idiote roepnaam geeft. Bekkie.

'Haar broertje heet Isaäk,' vertelt ze. 'Een naam uit de familie van zijn vader.' En uit een andere familie, denkt Berthe. Zou ze heus niet weten wie Isaäk en Rebekka waren?

'Wanneer komt u terug?' zegt Berthe die zich niet herinnert of ze de vorige keer je of u heeft gezegd. En hoe heette ze ook weer? O ja, Bep.

'Een uurtje of zo?' vraagt de vrouw – nee, ze vraagt niet, ze stelt. Ze gebruikt haar, denkt Berthe, maar wat haar betreft is het andersom. Wat komt het goed uit dat ze nu een halve werkweek heeft, anders was ze misschien niet eens thuis geweest. Ze is zo blij dat het meisje er weer is, dat ze het bijna uit haar moeders armen grist. Die zet de buggy binnen, kijkt weer even met dezelfde onbeschaamde blik als de vorige keer naar Berthes boekenkasten, haalt bijna onzichtbaar de schouders op en verdwijnt.

'Ben je daar dan?' zegt Berthe blij, tegelijk beseffend hoe vreemd het is zo'n (existentiële? ontologische?) vraag te stellen, die immers al bij voorbaat door de aanwezigheid van het kind beantwoord is; geen wonder dat kinderen af en toe hartgrondig genoeg hebben van volwassenen! Wat ze waarschijnlijk beoogt, evenals al die moeders die dergelijke woorden dagelijks uitspreken tegen piepkleine kinderen, is de eigen waarneming bevestigen, het bestaan van de ander erkennen en de relatie tussen hen beiden, waarbij de vraagvorm dient ter bevestiging harerzijds. Bevestiging van het feit dat ze een relatie hebben, dit meisje en zijzelf.

Maar die bevestiging blijft uit. Het arme kind vertoont weer dezelfde pruillip van de vorige keer, en dezelfde angst van toen is in haar oogjes te lezen.

Ze is haar vergeten!

Dat geeft te denken. Dat probleem herkent ze maar al te goed. Het bevestigt haar vermoedens: dit kind heeft het niet veilig. 'Stil maar,' zegt Berthe tegen het kind, dat niets zegt, 'het komt wel goed.' Het kan immers goed komen, het is met haar toch ook goed gekomen. Ze neemt het meisje in haar armen en drukt het gezichtje tegen haar borst, zodat het haar niet kan zien maar tegelijkertijd wel de troost van lichaamswarmte ervaart. Zo blijft ze een tijdje staan, tot ze de spanning in het lijfje in haar armen lichtjes voelt weggaan. Dan houdt ze het meisje voorzichtig van zich af en kijkt haar diep in de ogen, met alle rust die ze in zich heeft in de hare, net als de vorige keer, en net als de vorige keer helpt het, want ze kijkt naar Berthe op zonder die angst van daarnet.

'Daar ben je weer,' zegt Berthe. 'Ik ga je niet noemen zoals je moeder je noemt, ik geef je je volle naam. Rebekka. Weet je wel wie dat was? Dat was de vrouw van Isaäk. Na de dood van Sara zond Abraham zijn bediende uit om haar te zoeken, en hij moest het meisje nemen dat zo gul was om water voor zijn kamelen uit de put te halen. Rebekka, dat ben jij.'

Bij haar naam reageert het meisje, die herkent ze.

'En ze ging zomaar mee, hoewel haar moeder haar nog niet wilde laten gaan, om met Isaäk te trouwen. En zelf werd ze ook weer moeder, natuurlijk, van de tweeling Jakob en Esau, maar die ken jij niet. Wat vreemd dat je moeder niet weet wie Isaäk was, en hoe het bijna met hem was afgelopen. Ik heb dat verhaal vroeger van moeder Agnes gehoord, al toen ik nog maar een paar jaar ouder was dan jij nu bent. Achteraf is het wel bijzonder, want in die tijd hadden katholieken niet zoveel op met de Bijbel. Moeder Agnes was een uitzondering, in alles. Met de paplepel goot ze me die verhalen in, zo noemen ze dat, wist je dat?' Berthe trekt er een gezicht bij met wijdopen ogen en een mond die opengaat om de lepel te ontvangen. 'Met de paplepel!'

Rebekka moet lachen om Berthes paplepelgezicht.

'Ja, lach er maar om, maar ondertussen moest Isaäks vader Abraham zijn zoon toch maar mooi offeren. Daar heb je het al, weer één van die moeilijke verhalen uit de Bijbel. Stel je voor, eerst wacht Abraham jaren en jaren tot God zijn belofte vervult door hem een zoon te geven; daarbij heeft hij zelfs gesmokkeld door bij zijn dienstmeisje Hagar Ismaël vader der mohammedanen te verwekken, en dan krijgt hij bij een vrouw die daar veel te oud voor is, meer dan negentig is ze al, een zoon wiens nakomelingen volgens de belofte talrijker zullen zijn dan de zandkorrels op het strand en de sterren aan de hemel – ja, geen wonder dat de naam Isaäk 'lach' of 'glimlach' betekent, want Abraham en Sara hebben God hartelijk uitgelachen toen die maar bleef volhouden dat Sara een halve eeuw na haar menopauze nog zou baren. Maar goed, dan komt het kind wonder boven wonder toch, en nog voor het kind volwassen is en in staat de belofte van het talrijke nageslacht op zijn beurt te gaan inlossen vraagt God Abraham dat kind weer af te staan! Je vraagt je af wat God bezielt, als je die beeldspraak zou kunnen gebruiken. Was het een test van het geloof, zoals Aquino meent? Abraham was een rechtvaardige, omdat hij bereid was te doen wat God vroeg, en hij moet vertrouwd hebben op de goede afloop, want hij zegt tegen zijn twee knechtjes dat Isaäk en hijzelf straks, na op de top van de berg gebeden te hebben, zullen terugkeren.'

Met het kind op de arm loopt Berthe naar de boekenkast. Zal ze Rebekka in haar Rembrandtbijbel het offerverhaal laten zien? Nee, toch maar niet.

'Maar ik kan je er nog iets bij vertellen. Ik ben mijn hebreeuws aan het ophalen en zo komt het dat ik dit verhaal nog niet zo lang geleden in het hebreeuws opnieuw gelezen heb, en weet je wat me opviel? Dat God in dit verhaal daar twee verschillende namen heeft, en dat er dus misschien twee verschillende godheden in het spel zijn, één die een offer wil en één die vindt dat je geen mensenoffers mag brengen. Ouders hebben altijd hun zoons geofferd, aan de god van de oorlog immers. Niet zonder precedent schreef Mohammed Atta in zijn zelfmoordbrief, voor hij de Twin Towers in vloog, dat zijn ouders zich maar met het verhaal van Isaäk moesten troosten en een voorbeeld nemen aan Abraham, die in de Koran Ibrahim heet, die bereid was zijn zoon te offeren. Er is een gedicht van Wilfred Owen dat hierover gaat. Later, als je engels kent, moet je het maar eens lezen. In dat gedicht doodt Abraham zijn zoon juist wel, terwijl het van God niet hoeft, en hij bouwt wachttorens en loopgraven.'

Rebekka heeft haar gedurende het hele verhaal met grote ogen aangekeken. Haar blik is nu alweer rustig, vast, recht. Je weet natuurlijk niet wat er in haar omgaat, denkt Berthe. Tegen een baby kun je zeggen wat je wilt. Met een baby ben je samen en toch alleen.

'Als je ouder was zou je niet zo lief naar al mijn praatjes luisteren, hè?' vraagt Berthe. 'Dat komt omdat alles voor jou nog nieuw is. Jij weet nog dat alles altijd voor het eerst gebeurt. Voor jou is dat vanzelfsprekend, maar mensen van mijn leeftijd, afgestompt als wij zijn, kunnen dat niet meer of hooguit zelden zo beleven. Soms denk ik weleens: hoe zou God dat doen? Die heeft alles al zo vaak gezien! Maar omdat het God is, die ook het geheel ziet, kan hij misschien steeds ook weer fris kijken, want het geheel is telkens anders. Jij kijkt altijd voor het eerst. Jij doet niet anders dan alles voor het eerst zien. Zelfs mij, vandaag, hoewel je me al eerder had gezien. En toch zijn er ook al zo veel dingen die jij een beetje kent. Mij was je vergeten, maar nu ken je me weer. Ik weet niet of alle nieuwe dingen je bang maken, maar nieuwe mensen maken jou zeker bang, dat heb ik gemerkt, en dat kan ik maar al te goed begrijpen. Toch heb je ook een grenzeloos vertrouwen, en dat valt bijna niet te begrijpen, hoeveel vertrouwen baby's hebben en hoeveel daarvan jullie wel niet nodig hebben om niet aan de angsten voor al het nieuwe ten onder te gaan! Vertrouwen en verwondering. Ik wou dat ik die twee eigenschappen bezat zoals jij ze bezit en het leven net zo volledig kon beleven als jij – maar mijn beleven is helemaal versleten geraakt door alles wat het ten onrechte als herhaling is gaan beschouwen. Maar jij, zo jong als je bent, jij beleeft zelfs al meer dan er te zien valt, je weet al dat er iets kan schuilen achter wat je kunt zien. Toen we vorige keer een boom nadeden moest je lachen. En toen ik over de vloer kroop. Je ziet de dingen voor het eerst, en tegelijk begin je je een beeld te vormen van hoe de dingen eruit horen te zien. Als je lacht omdat ik geen boom ben, weet je dus ongeveer wat een boom is. Als je me niet ziet omdat je achter de stoel gekropen bent, weet je dat ik er toch nog ben, ergens in de wereld, en als je me dan ziet lach je omdat dat weten bevestigd wordt. Ik denk nu een heleboel dingen tegelijk, merk je dat? Ik denk dat mijn beleving versleten is en tegelijk denk ik dat ik mijn beleving ontstijg door bij jou te zijn en me in jouw beleving te verplaatsen. Waar komt je vreugde vandaan? Van God, van wie ze zeggen dat alle vreugde komt? Jij bent beter in beleven dan ik, en ik misschien wat beter in het weten wat ik beleef, als ik daar tenminste op let. Weten is een andere vreugde, die zul je naar ik vurig hoop nog leren kennen.'

Berthe tilt Rebekka op naar het licht dat door het raam valt, ze heft haar beide armen met het kind erin hoog omhoog, zodat het voor het meisje moet lijken of ze zweeft, nauwelijks vastgehouden, hoog, en houdt haar zo tot een klein geluidje haar weer beneden brengt. Bang?

Ze legt het kind even neer op de computertafel. En dan, de boog van haar lichaam strak gespannen, buigt ze zich voorover tot haar gezicht vlak bij dat van Rebekka is. Die schatert.

Ze doet het nog eens, en nu gebruikt ze haar handen, die naar haar gezichtje toe gaan en zich naast het hoofdje neerleggen als Berthes gezicht vlakbij is. Rebekka schatert nog harder.

Vanaf dat moment is er geen geluid ter wereld dat Berthe liever hoort dan dat gorgelende lachen, die totale vreugde. Keer op keer buigt ze zich naar voren, brengt haar gezicht steeds plotselinger dichterbij, en weet zich volledig geaccepteerd in dat genieten.

Later zitten ze rustig bij elkaar, Rebekka in haar stoeltje, moe, waarschijnlijk, maar ze valt niet in slaap, ze luistert als naar een verhaaltje.

'Pijn, daarentegen,' zegt Berthe tegen haar, 'ja, ik weet dat je pijn kent. Met jou kan ik daarover praten, want pijn als gespreksonderwerp is nogal taboe, net als God. Je was bang voor me, daarnet: angst is pijn, omdat angst pijn verwacht. En toen je geboren werd, toen je door de tunnel naar buiten werd geperst als een bloem door de stengel alvorens ze zich in kleur kan openvouwen in het licht, toen heb je pijn beleefd, dat kan niet anders, en je kwam in de kou en je huilde. En toen? Werd je toen op je moeders buik gelegd, werd er toen meteen van je gehouden? Soms gebeurt dat niet. Soms hebben moeders geen ruimte voor baby's, en dan is het misschien niet eens zo gek als ze ze aan iemand anders geven, voor vast of voor tijdelijk. Alleen of ik nou zo'n goede keus ben daarvoor, dat valt natuurlijk nog te bezien, en wel juist, ben ik bang, omdat mij hetzelfde is overkomen.

Maar misschien is jou dit helemaal niet overkomen. Misschien heb je een vader die verschrikkelijk veel van je houdt, die je 's avonds als hij van zijn werk komt, want zo gaat dat met vaders, tussen zijn grote handen neemt en je in de lucht gooit en opvangt, tot je kraait van pret, of lacht met dat schitterende, goddelijke lachen van je.

En toch, Rebekka, en toch, als ik de angst op je gezichtje zie, zoals daarnet toen je binnenkwam en wij elkaar opnieuw moesten leren kennen, denk ik dat je pijn kent. Ach, natuurlijk ken je pijn. Je hebt pijn als je honger hebt, want je lichaam is bijna louter buik. Je hebt pijn als je darmpjes het nog niet goed doen en verkrampen, of als de zenuwen in je spijsverteringsorganen nog wat rauw zijn zodat je elke peristaltische beweging beleeft als pijn. Je huilt als je alleen bent, je huilt als je honger hebt. Voor jou is honger een bezoeker, een vreemde die je knijpt, die van buitenaf in je buik knijpt. En eenzaamheid is kou. Als je pijn hebt huil je, en als je huilt heb je pijn. Maar misschien huil je niet alleen als je honger hebt; misschien weet je al dat je bij een zoveelste Joni terechtgekomen bent? Ik huiver als ik eraan denk hoeveel pijn je nog moet doorstaan, voordat je begrijpt dat pijn onvermijdelijk is. Pas op, de hele cultuur zal je voorspiegelen dat je er recht op hebt zonder pijn te leven, maar trap er niet in, want dan jaag je een illusie na. Waarmee ik dus niet bedoel dat je alles maar moet accepteren, allerminst: de dingen die je kunt veranderen moet je veranderen, natuurlijk, pijn moet ook strijdbaar maken en nooit berustend. Nee, ik bedoel,' zegt Berthe tegen Rebekka, die met grote blauwe ogen naar haar zit te luisteren in plaats van, zoals de bedoeling is, in slaap te vallen, 'ik bedoel dat je het leven, ongeacht wat het brengt, moet omhelzen. Je moet durven voelen wat je voelt, en je nergens voor afsluiten. Wees niet te hard voor jezelf, alle pijn kan je iets leren. Wees je eigen moeder – ik kan je moeder niet zijn en ik weet weinig van de moeder die jij hebt, maar vooralsnog komt ze niet supermoederlijk over. Word niet te hard, zoals ik denk dat je moeder hard is, of bitter – want dan ben je ook hard, over je eigen leven ben je dan hard, en als je je strak houdt kun je niets leren. Als je me beter kende,' zegt Berthe met een glimlach, 'zou je me uitlachen, want ik lijk wel de laatste die het recht heeft om dit allemaal zo tegen je te zeggen, maar ook al breng ik er zelf niet veel van terecht, ik weet wel dat het die kant op moet. Alleen als je in zekere zin je eigen moeder wordt, kun je je moeder te zijner tijd vergeven waarin ze tekort geschoten is, zoals ik mijn moeder moet vergeven.'

Goed zo, nu lijkt het toch alsof Rebekka een beetje in slaap gaat vallen. Af en toe zakken haar oogleden naar beneden, en dan ineens gaan ze toch weer omhoog. Als Berthe zwijgt, gaan de ogen meestal open, in tegenstelling tot wat Berthe zou verwachten, dus praat ze door.

'Ga je in slaap vallen, kleintje, of word je gewoon heel rustig van wat ik allemaal zit te vertellen? Toch is het geen vrolijke kost die ik je geef, hoewel ik er natuurlijk een mooie draai aan kan geven, dat wel. Ik heb veel over pijn gelezen en vooral bij mystici, die in een bepaalde periode van onze geschiedenis meenden dat pijn kon dienen om ons bij God te brengen. Soms, schreven ze, leidt pijn tot nieuwe vreugde, neem dat maar vast in je op. Suso, die een leerling van Eckhart was, en een beetje een heilige omdat hij ervan beschuldigd werd dat hij een vrouw zwanger zou hebben gemaakt en toen het eigenste kind adopteerde dat zijn reputatie had vernield – Suso dus schrijft dat lijden 'een korte pijn en een lange vreugde' is, en dat 'het lijden het lijden doodt', waarmee hij denk ik wil zeggen dat pijn die je accepteert, die je omhelst en waarvan je het pijnlijke niet erg vindt, dat zo gedragen pijn transcendeert, van karakter verandert, en zelfs tot een geheel eigen vreugde worden kan. Suso kon het weten, want hij droeg jarenlang allerlei pijnlijke kledingstukken waarbij jouw luier niks is, weet je, met kriebelende haren en een ijzeren keten, en een onderkledingstuk met in leer gebedde spijkers die bij elke beweging in zijn huid boorden, dag en nacht, om door die pijn dichter bij God te zijn, tot God hem zei dat het op die manier niet meer hoefde. Ons lijkt dat onzin, om op die manier de pijn te zoeken, maar het was niet de pijn die hij zocht, het was God, en pijn leek hem daar de beste manier voor omdat je in pijn makkelijker kunt transcenderen, pijn breekt je open, en soms ontstaat er dan een gat in de wolken en wordt de heerlijkheid zichtbaar in het licht. Misschien ben ik wel de enige in je hele leven die je van dit soort ervaringen vertelt. Misschien is dit de laatste keer dat we bij elkaar zijn, en misschien wil ik je daarom alles zeggen wat ik weet, en tegelijkertijd weet ik dat dat zelfs niet zou kunnen als je hier jarenlang elke week een ochtend kwam, omdat het vaak dingen zijn die je alleen zelf kunt ontdekken. En toch, kleintje, hoop ik dat je hiernaar op zoek gaat, naar dat zeldzame, vreugdevolle gevoel dat je weet waarvoor je gemaakt bent en welke kant het uit moet met jou. Begin maar eens met vanuit je stoeltje omhoog te kijken, naar de lucht boven het Waterlooplein, als je moeder je broertje naar school brengt. Probeer het maar, word maar heel stil vanbinnen, heel stil en heel blij.

En denk niet dat God onze pijn wil, denk dat nooit, want God lijdt met ons mee.'

Weer gaan Rebekka's oogjes even open, en Berthe buigt zich, ze kan het niet laten, naar het stoeltje toe en strijkt met haar vinger langs dat ronde wangetje.

Rebekka's oogjes staan nu ineens weer verdacht helder, er is nu zelfs inspanning op haar gezichtje te lezen, en Berthe schaamt zich een beetje. 'Lang niet alles wat ik zeg is voor jou bestemd, kleintje, dat spijt me. Ik wilde je vertellen wat ik weet, ik wilde je vertellen dat je nooit moet denken dat pijn goed is, maar dat je wel de pijn die het leven je brengt een zekere zin kunt geven, want als het waar is dat onze hersenen alles opslaan wat er ooit met ons is gebeurd, dan zit wat ik zojuist gezegd heb al in jou, en God weet komt er een dag dat het in je opwelt, als een bron van onbekende herkomst waar water van troost uit stroomt, je leven in. En dus draaf ik door over heiligen, omdat ik op zoek ben naar iets wat daarmee te maken heeft, ja, ik ben op zoek naar heiligheid. Ik wil een beeld van God zijn en het leven behoeden, maar ik weet niet hoe. Ben jij het begin? Zal dit me duidelijker worden als mijn tekstbureautje eenmaal loopt? Of gaat het met jou zoals al die andere keren, dat er zomaar iets gebeurt dat iets van me vraagt, mits ik luister? Want het is al zoveel vaker gebeurd, dat zie ik nu wel, met Luus gebeurde het, met die zwerver aan de kassa bij Albert Heijn, met Grete Bartlema en Clara, tot en met Joni aan toe, en elke keer vergat ik in mijn verwarring, mijn schrik om wat er gebeurde, om goed te luisteren – zelfs naar Willemijn heb ik waarschijnlijk, op dat ene moment na dat ik haar in mijn armen durfde nemen, nooit echt geluisterd. Weet je dat ik, als ik daaraan denk, heel verdrietig zou kunnen worden?'

En dan, alsof alles wat ze heeft gezegd hiertoe heeft geleid, alsof alles wat ze heeft gedaan bij dit moment uitkomt, breekt het inzicht door. 'O, mijn God,' zegt ze tegen Rebekka, 'ik wórd nu heel verdrietig. De schellen vallen me van de ogen en ik weet waarom: omdat ik in jou mezelf zie, en omdat ik in het stilstaan bij wat jij nog allemaal te verwerken zult krijgen ineens besef hoe zwaar het verdriet al jaren op me weegt. Vandaar al dat gepraat over pijn, natuurlijk, en Suso: net als hij draag ik al jaren een kledingstuk met de pijnlijke buitenkant naar binnen: mijn jas van onafhankelijkheid heeft al die tijd mijn verdriet verhuld. Verdriet om de slaapzaal, verdriet om kantoor, verdriet om moeder Agnes, om Edwiga – daarom kon ik het verdriet van anderen natuurlijk ook niet zien, omdat ik het mijne wegstopte! Ik heb niet genoeg van ze gehouden. O liefje,' zegt Berthe terwijl ze Rebekka losmaakt en uit het stoeltje optilt om haar op schoot te nemen want die is nu toch zo wakker als wat, 'nu zou ik willen huilen, om Grete en Willemijn en Jaques en de zwerver bij de kassa en Joni... Maar ik doet het niet,' zegt ze dan ferm, 'want jij bent er.'

Ja, Rebekka is maar al te zeer aanwezig: ze scheidt een geur af die er niet om liegt. Berthe zoekt in het mandje naar de verwachte luier, pakt die onder haar arm en neemt Rebekka mee naar de wasbak. Voor deze geur is de reine computertafel geen veilige plaats. Ze weet nog hoe het moet. Broek, luierpakje, luier.

Nee, ze weet niet hoe het moet. Want hoe krijgt ze die aangekoekte billetjes nu schoon? Misschien zit daar ook wel één of ander spulletje voor in dat mandje, maar Rebekka ligt nu al op de wasbak, en moet ze haar dan naar de buggy dragen met vieze billen en al?

Ineens huilt ze toch. Net als Rebekka, die haar hulpeloosheid feilloos oppikt en zich prompt weer onveilig voelt. Van inzicht naar wanhoop is slechts één stap, een struikelstap van minder dan een seconde, denkt Berthe moedeloos. Van transcendentie naar het banaal-dagelijkse, je hebt er geen zeggenschap over, net als je denkt dat je de boel door hebt, dat je de omstandigheden de baas bent.

Haar besluiteloosheid duurt te lang. En Rebekka weet het maar al te goed en blijft huilen. En dat huilen wordt krijsen.

'Ja,' zegt Berthe terwijl ze eerst haar eigen tranen en dan die van Rebekka afveegt, 'ja, liefje, ik begrijp het. Het plakt aan je benen, je billen voelen stijf van die gedroogde, harde poep, je wilt schoon zijn en je daar prettig voelen en je wacht tot ik het voor je doe.' En dan grijpt ze haar handdoek en wikkelt het kind erin voor ze het optilt en naar het mandje loopt – maar de gehoopte babydoekjes zitten er niet in. Goed dan. Berthe gaat terug naar de badkamer en grijpt de rol wc-papier van de houder, verontschuldigt zich je-

gens Rebekka dat ze bij Dirk van den Broek altijd het goedkoop-
ste en dus ruwste in oppervlak koopt omdat haar eigen billen daar
wel tegen kunnen, maakt een prop velletjes een beetje nat en begint te boenen. Het wc-papier raspt tegen Rebekka's rode huid, dus
doet Berthe een beetje Dove-doucheschuim op het volgende prop-
je wc-papier, en nu gaat het sneller. 'Wij stellen ons voor dat we
even niet in een welvaartsstaat leven waar voor elk karweitje een
speciaal product is, Rebekka,' zegt Berthe, 'zoals er tegenwoordig
voor elke sport ook een speciaal kostuumpje is. Billetjes gedijen
prima op Dove, denk je zelf niet?' Er verschijnt een langzaam glim-
lachje op Rebekka's gezichtje, en Berthe is weer helemaal opgelucht. Dat kind begint steeds te lachen als zij iets ironisch zegt, constateert ze blij. Ze spoelt na met veel water, dept met nog wat
wc-papier, smeert het rode huidje in met nivea en doet er dan de
schone luier omheen. Nu is het nog een fluitje van een cent.

Als Rebekka weer op de grond is gezet en rondkruipt met een
peinzende blik alsof ze controleert hoe het nu fysiek met haar gesteld is, of alles er nog aan zit en niet te veel plakt of knelt, zet Berthe haar handdoek in een bodempje Biotex, wast haar handen
grondig, tweemaal, en schilt dan, net als de vorige keer, een peer
voor hen beiden, die ze om de beurt, partje na glibberig partje, samen opeten. Herhaling maakt ook veilig. 'Als je een moeilijkheid
eenmaal overwonnen hebt,' zegt Berthe, 'kun je de vraag stellen of
de opluchting het niet waard is die zware weg te zijn gegaan.' En
Rebekka gorgelt nog een beetje, vrolijk na haar laatste hapje peer,
alsof ze het ermee eens is – wat ook ongetwijfeld het geval is, denkt
Berthe: ze zijn hier samen, ze zijn hier samen doorheen gekomen,
natuurlijk is Rebekka het met haar eens.

Nu die moeder, nu Bep Rebekka voor de tweede keer bij haar
heeft gebracht, is het niet denkbeeldig dat dit in de toekomst vaker zal gebeuren. Dus schrijft ze op haar boodschappenlijstje: bil-
lendoekjes. Ze zal wel bij de babyafdeling kijken wat er zoal voor-

handen is. En dan neemt ze het meisje op schoot en verliezen ze zich in elkaar tot er wordt gebeld.

Veel te vroeg komt Bep haar dochtertje weer halen. Maar Berthe zegt dat niet, ze herinnert zich te goed hoe vreemd Bep het de vorige keer vond dat zij haar bedankte. Bep hoeft niet te weten dat ze... ja, dat ze van Rebekka houdt. En evenmin zegt ze iets over het avontuur met de poepluier, dat gaat Bep niet aan en ze heeft het opgelost. Weer zijn er geen plichtplegingen, de vrouw pakt het kind in en is verdwenen voor Berthe het weet, voor ze haar iets heeft kunnen vragen. Inderdaad, de zoveelste Joni. Niets, niets hebben ze gemeen – en toch is Rebekka haar dochter.

Misschien heeft ze, vanwege haar eigen geschiedenis, onjuiste ideeën over erfelijkheid. Ze lijkt zelf toch zeker ook niet op haar moeder: wie wil er nou lijken op iemand die haar kind te vondeling legt.

Berthe kijkt weleens naar *Spoorloos*, al voelt ze zich altijd een beetje raar als ze dat doet, omdat ze zich echt niet, nee nooit, in de positie van zulke zoekende kinderen heeft gevoeld, integendeel: ze verbaast zich er altijd over hoe vaak zowel die kinderen als de gevonden biologische ouders het woord liefde bezigen. We houden van je, kom ons gauw zoeken, ik heb je mijn leven lang gezocht en nu ik je zie houd ik van je. Hoe kan dat? Wat bedoelen ze dan? Dat een droom verwezenlijkt is en dat ze alles wat in het verleden gebeurd is op de koop toe nemen, ja zelfs uitwissen, weggommen? Maar dan, als de eerste euforie is weggeëbd, dan moet het toch anders zijn? Want de pijn van het gemis gaat niet over als je degene gevonden hebt die je heeft weggegeven, dat weet ze zeker, daar is ze diep van overtuigd. Hooguit kun je even, samen, een fantasie delen van hoe het zou zijn geweest als niet... En dan heb je nog de leugens. De vaders, de moeders – bijna altijd zijn er wel vraagtekens bij hun verhalen te zetten, en soms zie je ze ronduit liegen. Ik werd gedwongen, ik wist het niet, ik lette even niet op en toen heeft mijn man... Geen wonder, weet Berthe: zo'n daad behoeft een verklaring, een verhaal, en ze hebben jaren gehad om dat verhaal te oefenen. Ze geloven er waarschijnlijk zelf in. Dat is de aard van hun liefde: ze houden van zichzelf als iemand die anderen geen pijn doet of heeft gedaan. Het grondstramien van het verhaal: de onvolmaakte wereld waarin we leven, nooit de onvolmaakte mensen die we zijn. Omstandigheden sterker dan wij. Uitbuiting, armoede – ongetwijfeld, en verschrikkelijk, maar ook woorden die zo geheid schaamte en schuld bij de luisteraar teweegbrengen dat naar alternatieve oplossingen voor het eertijds dilemma niet meer hoeft worden gekeken. Soms is er een moeder bij die het eenvoudigweg niet in zich heeft om kinderen groot te brengen en die dat volmondig toegeeft, en dan is Berthe bijna opgelucht omdat ze daar wel de waarheid in kan horen. Bovendien heeft ze er zelf ook altijd zo over gedacht: geen kinderen, iemand als ik kan niet baren en voortzetten wat door anderen begonnen is, het zit er eenvoudigweg niet in. Zij is nu eenmaal iemand die receptief in de wereld staat, die altijd heeft geroeid met de riemen die ze heeft zonder de stroom zelf van richting te willen veranderen. Terwijl nu... Nu denkt ze dat Bep eruitziet als een van die moeders, en dat zij anders is dan Bep. Zodat er iets niet klopt. Maar misschien verschillen ze wel niet zoveel, die Bep en zij.

Misschien zit Bep af en toe ook met Rebekka op schoot. Bij de televisie, bijvoorbeeld. Ze kijkt naar een programma over – waar zou Bep naar kijken? Reality-tv, waarschijnlijk, de nieuwste vorm van escapisme. Wacht, ze weet iets, een programma zoals zij het onlangs op de bbc heeft gezien. Een arm en een rijk echtpaar ruilen voor een paar weken hun levens; ze kijkt naar een programma op één van de commerciële zenders en ze identificeert zich met die enigszins slonzige engelse vrouw die aan de rijkdom mag ruiken en zich laten bedienen door een heuse butler en huishoudster. Eerst wordt ze natuurlijk perfect opgemaakt en aangekleed, en Bep be-oordeelt het nieuwe pakje, of het wel goed staat en lekker zit, en ondertussen praat ze over wat ze ziet tegen Rebekka, net zoals zij dat zelf heeft gedaan, en Rebekka, met haar zuiver ontwikkelde ge-voel voor ironie, lacht naar haar moeder in verstandhouding. En Bep buigt zich voorover en kust die vlossige blonde haartjes die zo heerlijk naar baby ruiken, en dan kijkt ze weer naar het scherm: zo kan ze tegelijk moeder zijn en ontsnappen.

En dan, na die week, wat doen die mensen dan? denkt Bep. Dan hebben ze even een ander leven geproefd. Die rijke mensen die even arm zijn geweest, die kunnen daar iets aan hebben, die kun-nen daar socialer van worden of zo, maar de mensen zoals wij, wat moeten die? Terug naar je hok. Alsof je een klap na krijgt, toch?

Of zou Bep zulke dingen niet denken?

Berthe heeft geen idee hoe het is om moeder te zijn, maar het is wel voor het allereerst dat ze het wil weten.

De bijbelse Rebekka was door de natuur niet voorbestemd tot moederschap, evenmin als zijzelf. Berthe pakt de Bijbel erbij, en haar Trommius, de concordantie die van elk woord dat in de Bij-bel voorkomt de vindplaatsen vermeldt. Het verhaal gaat dat de vrouw van Trommius gek werd van zijn lijstjes en eindeloos ge-pruts, en het vrijwel voltooide werk in het vuur gooide, waarna hij rustig weer opnieuw begon. Achtentwintig jaar aan gewerkt en nog net voor de achttiende eeuw voltooid.

Ja, Rebekka was aanvankelijk onvruchtbaar, net als Sara, de schoonmoeder die ze nooit heeft gekend, omdat die stierf kort na dat offer dat geen offer werd – tenzij het offer van Abrahams wil. Sara was ouder dan negentig toen ze Isaäk kreeg, maar ze heeft hem toch nog mooi zien opgroeien, want pas na haar dood stuurt Abraham zijn knecht uit om Rebekka voor Isaäk te zoeken, dan is die dus al rijp voor een vrouw. En als ze stierf vlak na dat offer, was hij toen dus al een flinke jongeman, hoewel ze toen natuurlijk eerder trouwden dan nu. En ook later: nadat Isaäk onder dak is, neemt Abraham zelf voor zijn oude dag nog een vrouw, Ketura, die hem Zimram en Joksa, Medan en Midian, Jisbak en Suah baart. Vruchtbaar genoeg, deze Ketura, maar ze viel buiten de belofte, ze was geen moeder van Israël. Berthe zoekt op 'onvruchtbaar' en vindt een hele rij vrouwen; onvruchtbaarheid moet bij de moeders van Israël vaker zijn voorgekomen dan normaal. Een motief, denkt Berthe, dat aangeeft dat de verwekking van dat volk als het ware tegen de natuur in is gegaan, rechtstreeks door ingrijpen van het Woord. Behalve Sara en Rebekka, die uiteindelijk werd gezegend met de tweeling Jakob en Esau, die elkaar al in de moederschoot aanstootten in een gevecht om het eerstgeboorterecht, komt het ook voor bij Jakobs vrouw Rachel, die hij liefhad, naast Leah, die hij niet liefhad. Om Leah te troosten werden haar zonen geschonken en bleef Rachel lang onvruchtbaar. 'Als ik geen kinderen krijg ben ik dood,' zei ze tegen Jakob, die vanwege zijn twaalf zonen ook wel Israël heet, die daarop in woede ontstak en zei dat hij God zelf niet was. Dus deed Rachel wat Sara voor haar gedaan had: ze liet haar man ingaan bij haar dienstmaagd en maakte hem aldus twee zonen. Maar Leah, haar rivale, deed hetzelfde en ook haar dienstmaagd baarde er twee. Leah zelf kreeg zes zonen en een dochter, Dina. Rachel kreeg er twee, uiteindelijk, en de jongste, Benjamin, die eigenlijk Benoni heette, kostte haar het leven; ze werd begraven in Bethlehem. Berthe kent nog van vroeger alle namen van Jakobs kinderen: Ruben Simeon Levi Juda Issaschar Zebulon Dan Naftali Gad Aser Jozef Benjamin. De twaalf stammen van Israël, en hier mogen dus wel degelijk de dienstbodes meedoen als moeders van het volk. Dat van die dienstbodes wist ze niet toen ze die namen moest leren in het tehuis.

Al die onvruchtbare vrouwen. Hanna, de moeder van Samuel de profeet, die God beloofde dat ze als ze er een kreeg, haar kind aan Hem zou wijden en nooit zijn haar zou knippen. Elizabeth, die de moeder van Johannes de Doper werd, was net als Sara te oud om te baren. En ten slotte, met een kleine variatie, Maria, die weliswaar niet onvruchtbaar was maar vanwege haar ongereptheid had ze in ieder geval geen kind kunnen krijgen behalve door, net als bij die andere vrouwen, de tussenkomst van God.

Berthe slaat concordantie en bijbel dicht en zit voor het raam, waar ze benen van voorbijgangers kan zien langskomen en boodschappentassen van de naburige supermarkten, zwaar in de handen, of boodschappenkarretjes die achter moede voeten aan gesleept worden, babywagentjes – en even hoopt ze, maar hoe kan dat, nee, zo snel komt Bep in ieder geval niet terug. Even, in al die verhalen over onvruchtbare vrouwen, leek het alsof er hoop was, was het alsof deze baby ook haar baby was, door de hand van God in haar huis gebracht, in haar leven.

Onschuld. Schoonheid. Begin.

Liefde zelfs.

De dagen na Rebekka's tweede bezoek gaan langzaam. Berthe kan nauwelijks aan iets anders denken dan aan het zoete gewicht van die baby in haar armen. Ze haat het weer helemaal opnieuw om naar haar werk te gaan, ook al gaat ze maar half zo vaak. Hoe eerder ze ophoudt met werken en dat eigen bureautje begint, hoe beter. Als ze eenmaal thuis werkt kan Rebekka komen zo vaak Bep het maar wil.

Ze werkt aan haar hebreeuws, en tussendoor doet ze wat boodschappen in de supermarkt op het Waterlooplein, maar daar blijft het bij. Ze ziet geen mensen, alleen boeken en elektronische teksten. Ze gaat vroeg naar bed. Ze kijkt elke dag in de la waar ze de spulletjes voor Rebekka heeft opgeslagen: oliedoekjes, zinkzalf, babypoeder, een paar potjes Olvarit-fruithapjes. De rest van die la heeft ze leeggehaald, om een speciale plek voor Rebekka te maken:

en toen ze die spullen gekocht had en voor het eerst daar neergelegd, stond het prachtig – maar na verloop van tijd, na herhaalde
beschouwing en bespiegeling van de schaarse verzamelde artikelen, lijkt de la steeds leger te worden, totdat hij er zelfs akelig leeg
uitziet. Pessimistisch leeg, alsof de dingen die daar liggen bestemd
zijn voor een kind dat niet zal komen.

Soms is het verlangen zo sterk dat Berthe overweegt naar de
school in de Nieuwe Uilenburgerstraat te gaan tegen de tijd dat die
begint, daar toevallig te lopen net als Bep aankomt met Isaäk en
Rebekka, maar er is geen enkele reden om toevallig om half negen
daar te zijn – de winkels liggen de andere kant op – en ze wil voor
geen geld ter wereld dat Bep zou vermoeden hoe zij eraan toe is.

Het duurt een week van kwelling, en van analyse van de kwelling, voordat Berthe beseft dat ze verliefd is. Verliefd op een baby.
Want je bent verliefd als je snakt naar de aanwezigheid van de ander, als je in de ogen van de ander jezelf weerspiegeld ziet, en je
geliefd weet. Je bent verliefd als je kleine cadeautjes koopt, als je in
een la een altaartje opricht voor je geliefde. Een geheim altaar, dat
om beurten in de aanschouwing glanst van hoop en vreugde, en
leeg lijkt als de afgrond, de zwarte nacht van de ziel.

En elke dag opnieuw komt Bep niet.

Berthe betrapt zich erop dat ze hoopt dat het Bep tegenzit in het
dagelijks leven, zodat ze weer die behoefte zal voelen even alleen
te zijn, zonder kinderen. En schaamt zich dat ze een ander onheil
toewenst om er zelf beter van te worden.

's Morgens vanaf kwart over acht staat ze voor het raam te wach-
ten, of ze Bep ziet aankomen langs de glas- en papierbakken. Maar
ofwel ze loopt aan de overkant, of ze gaat een andere weg, want
Berthe ziet veel ouders en kinderen passeren maar niet de goeie.
Misschien zijn ze wel verhuisd. Misschien ziet ze ze nooit meer.
Misschien heeft Bep een baan genomen en Rebekka naar een

crèche gedaan. God, als ze dat had geweten had ze aangeboden...
Maar ze draaft door, ze weet niets, dat is het nou juist, ze weet niets.
Zelfs geen naam, geen adres.

Om bij het wachten en wanhopen iets omhanden te hebben
heeft Berthe de nieuwe bijbelvertaling gekocht, en hoewel die het
niet haalt bij haar Statenvertaling is hij toch een stuk minder dogmatisch dan de NBG van vlak na de oorlog. Vooruit, ze geeft het
boek een kans. Ze legt hem naast haar Staten en naast de hebreeuwse tekst en herleest in nieuwe woorden het verhaal van
Abraham en Isaäk, die hij op Gods verzoek bijna had geofferd, bereid was te offeren – en vraagt zich af hoeveel Bep van Rebekka
houdt, die ze buiten in de kou had laten staan omwille van Isaäk.
Ook een offer? Want dat verhaal interpreteren als een gehoor-
zaamheidstest, een flauwe grap van God als het ware, dat gaat niet
aan, het moet iets anders zijn geweest: wellicht een boodschap aan
Abraham dat hij zijn zoon moest loslaten, als het ware aan God
geven, in plaats van hem vast te houden, hem voor zichzelf te houden, dit kind van zijn oude dag? Is Rebekka het kind van Berthes
oude dag, en moet ze haar loslaten? Gaan die verhalen daarover,
over de eigen wil en het loslaten? Is Sara, die stakker, daarom meteen na Isaäks terugkomst van de offerplaats gestorven, zonder
hem, haar glimlach, los te kunnen laten? Sara's verhaal is zo onaf.
Ze krijgt een zoon en maakt niet mee dat hij trouwt. Ze stuurt haar
dienstmeisje Hagar de woestijn in met het kind van haar man, en
maakt niet mee dat ze terugkomt. Geen volwassenheid, geen vergiffenis.

Arme Sara.

Berthe herleest in nieuwe, andere woorden het verhaal van de
oude Elisabeth, die ook het kind van haar oude dag moest loslaten, tweemaal, eerst aan zijn roeping van Doper en dan aan Herodes, die hem doodde. Lukas is de enige evangelist die haar op-
voert, een vrouw over wie verder niets bekend is, en wellicht heeft

ze helemaal niet bestaan. Misschien wilde hij alleen maar even dat oude verhaal van Abraham en Sara oproepen, om het kind van haar nichtje Maria te gronden in de oude overlevering – maar Berthe identificeert zich met Elisabeth en begrijpt hoe het is jezelf te herkennen in een ander die ooit hetzelfde overkwam, zoals zijzelf zich nu herkent in al die kinderloze vrouwen uit deze verhalen. Hanna, de moeder van Samuel, zingt een lied om God te loven als ze haar zoon krijgt, en vele woorden en uitdrukkingen uit dat lied worden door Maria opnieuw gezongen in haar Magnificat, haar lied over verdrukking en bevrijding.

Wie zou zij loven en prijzen, als ze zong? Als ze een lied zong over Rebekka?

Maar ze mist Rebekka te veel om een lied over haar te zingen. Dat had ze eerder moeten doen, toen Rebekka er nog was, of toen ze net weg was en Berthe nog niet wist dat ze niet meer terug zou komen. Nu zou ze alleen maar een lied kunnen zingen over verlies, een treurlied. Geen magnificat, geen uw-wil-geschiede-lied.

Voor Berthe weet wat ze doet heeft ze haar ogen dichtgeknepen en begint te bidden, beginnend met de vraag 'O alstublieft', en dan moet ze lachen om haar eigen melodrama, omdat de God waar zij, schoorvoetend, in gelooft toch echt niet de marionettengod is, de EO-god die aan alle touwtjes trekt en gebeden verhoort als er maar vurig genoeg wordt gevraagd – en met dat besef is de pijn plotseling even weg en voelt ze gelukkig weer de dankbaarheid voor wat ze al gekregen heeft, de kennismaking met dat kleine meisje dat gorgelend naar haar heeft gelachen, de ervaring dat zij haar kon helpen haar angst te overwinnen, de intimiteit van het verwisselen van de luier, het contact zonder woorden.

Er zijn twee weken voorbij. Het is bijna Kerstmis, en Berthe gaat naar buiten om boodschappen te doen. Het is ruim na de aanvang van de school, ze hoeft ze er niet op te rekenen dat ze Bep met haar kinderen, dat ze Rebekka kan tegenkomen. Maar bij de glas- en papierbakken waar ze haar gevonden heeft staat ze even stil, omdat plotseling deze morgen de hemel na lange tijd weer eens over haar heen valt. Een blauw, lichtkobalt en intens glanzend, met witte wolken genuanceerd door een zacht blauwgrijs hier en daar, een hoge koepel, gloeiend, en de blote takjes van de winterbomen die zich daartegen verheffen en die van het licht een glanzende roze-bruine kleur krijgen: het ontroert haar plotseling alsof ze zelf zo'n mager takje is dat daar geheven staat in het blauwe licht, en vreugde welt op in haar borst, kracht en heerlijkheid en een nieuwe hoop – Berthe groet de hemel, ze geeft antwoord aan die hemel, ze zegt ja tegen de hemel. En dan loopt ze tussen de gebouwen door richting Waterlooplein, met een lichte glimlach peinzend over een busje dat ze voorbij zag rijden van een firma die zich Kobalt noemt, maar het busje zelf was indigo, een rijdende paradox, en ziet vanachter die gebouwen een grijs optrekken dat uit een andere wereld lijkt te komen, bruinig, dampig, en dat met modderkleur het blauw en wit bedreigt. Ze richt zich innerlijk op en met stalen ogen duwt ze dat grijs weg, maar tevergeefs: het eet het licht op tot alles vochtig vaal waterig grauw is, bewegingloos, overal, en de vreugde die haar doortrok verdampt mee en is weg.

Maar het kan nog, dat was de boodschap, het kan nog. En als ze op de hoek van het plein bij de tatoeagewinkel stilstaat, de ogen sluit en bij zichzelf naar binnen reikt, naar die plaats waar nu de teleurstelling zetelt en waar eerder die vreugde nog klopte, dan zit daar nog een restant van ruimte, in een rustig donker plekje ergens in haar borst, een ruimte die wacht op iets.

Ze doet haar boodschappen in een mist van verwarde gevoelens, zonder oog voor medeboodschappers of meisjes achter de kassa, ze koopt Allinson-driegranenbrood en kaas en een kilo moesappels, en ze blijft lang staan bij de vitrine in de groenteafdeling zonder te zien waar ze naar kijkt, tot ze een zakje gemengde sla pakt en naar de kassa loopt en betaalt en weer op straat staat en al thuis is en binnen zonder zich te herinneren hoe ze daar gekomen is. Ze zet haar tasje neer en kijkt verbaasd naar de boodschappen die ze heeft gedaan. Het is alsof Rebekka haar tot de orde roept. Nog steeds, zegt Rebekka, ben je iemand in de marge. Iemand die kijkt en denkt, niet iemand die iets in beweging zet, die bijdraagt. Iemand die teruggetrokken leeft, zonder al die ervaringen die andere mensen als van alledag beschouwen: vrienden, koken, werken buitenshuis, uitgaan, theaters en bioscopen, reizen. Je leeft als een monnik, Berthe. En nu ik in dat klooster ben binnengebroken en dat aan de kaak heb gesteld, wat ga je nu doen? Hoe zit dat eigenlijk met dat bureautje van je, wie ga je vragen dat samen met je te runnen? Je weet wel wie, want zoals ik je dochter ben is zij dat ook.

Goed, zegt Berthe, je hebt gelijk: ik zal het aan Clara vragen. Een kind is de hoop, lees ik altijd, de zekerheid van verandering in het ongewisse: jouw vertrouwen moet mijn vertrouwen zijn. Gebrek aan vertrouwen is zonde, want zonder vertrouwen ben je los van God.

Die nacht droomt Berthe dat ze een dochter heeft. Het meisje is acht, de leeftijd waarop meisjes beginnen te begrijpen hoe de wereld in elkaar steekt maar die tegelijkertijd nog totaal vertrouwen. Ze lopen hand in hand, en het gezichtje van Rebekka blikt naar haar op met grote, heldere bruine ogen. Ze kan wel verdrinken in die ogen. Rebekka heeft twee vlechtjes in haar haar. Ze weet dat het Rebekka is, en tegelijk realiseert ze zich dat de echte Rebekka nog maar zo weinig haar heeft, meer dons dan haar. Ze droomt twee dingen tegelijk: ze droomt en ze droomt dat ze droomt.

Rebekka vertelt haar dingetjes uit het leven van haar klas, zoals Berthe het kinderen aan de hand van moeders op weg naar huis zo vaak heeft horen doen. Ze heeft een dwarsgestreepte legging aan, en een jackje in regenboogkleuren. In haar vlechten zitten turquoise elastiekjes, van die dikke die je tegenwoordig in zakjes met twintig tegelijk bij de drogist ziet hangen. Als ze lacht zie je dat ze nog aan het wisselen is. Berthe heeft een hekel aan mensen die zo'n wisselmondje een fietsenrek noemen, alsof ze daar Rebekka's schoonheid welbewust mee ondergraven. Rebekka's juf heet Maryse, en zodra Rebekka die naam noemt, herinnert Berthe zich Maryse: met springerig donkerblond haar en een grappig scheef gezichtje. Een meisje nog, dol op kinderen en misschien zelf nog een kind. Ze heeft haar zien touwtjespringen op de speelplaats.

Maar wat vertelt Rebekka nou? Wordt ze gepest, door Isaäk en zijn vriendjes? Omvergegooid op de speelplaats, zoals Berthe zelf ooit eens omvergegooid werd door de jongens uit haar klas, en er was een jongen bij die op haar buik ging zitten rijden en iedereen lachte en Berthe snapte niet waarom maar schaamde zich, schaamde zich...

'Ik zal wel met Isaäk praten,' belooft Berthe geruststellend, en dan wordt ze wakker. En weet zich alleen.

En weet weer hoe anders het nu is om alleen te zijn. Wat troost was, en veiligheid, heeft een bijsmaak van verlangen gekregen naar iets wat eerder werd gesmaakt, een soort heimwee. Haar alleen is bijna eenzaam geworden. Voor het eerst in haar leven heeft ze behoefte aan de aanwezigheid van een ander mens.

Nu kan ze zeker niet meer slapen.

Ze komt haar bed uit, loopt naar de badkamer waar dat grote pak luiers staat. Ze drinkt een beetje water en besprenkelt met een handvol water haar borst, omdat ze wel eens gelezen heeft dat je makkelijker inslaapt als je borst wat dampig is.

Dan gaat ze weer liggen, op haar rug, alhoewel ze weet dat ze zo niet in slaap kan vallen. Er zit iets welbewusts in die houding, iets expres', en ze weet niet waarom. Ze wil slapen, ze wil vergeten, ze wil zichzelf niet kwellen door wakker te liggen in het donker, ook al maakt het in wezen niet uit hoe weinig ze slaapt, er is morgen niemand die op haar wacht. Ze hoeft niet naar haar werk, en ze is er niet eens blij om.

Jawel, er is wel iemand, misschien. Ze moet op tijd op zijn voor als Bep Rebekka komt brengen. Om halfnegen moet ze aangekleed zijn. Als Bep komt terwijl zij nog niet is aangekleed, zal ze haar vertrouwen in Berthe verliezen.

Berthe knipt het licht aan en zet de wekker op half acht. Ruim tijd moet ze nemen, ze moet zich douchen zodat ze fris ruikt voor als Rebekka komt.

En ze is nog maar nauwelijks aangekleed of er wordt gebeld: Bep staat op de stoep met Rebekka in het wagentje en Isaäk, die Berthe voor het eerst ziet, ernaast. Hij lijkt op zijn moeder, met dezelfde felle ogen en een scherp, smal snoetje. Lieve sproeten op zijn neus verzachten dat felle een beetje, maar toch is hij het soort jongetje dat Berthe, als in haar droom, met schreeuwen en pesten associeert. Een haantje. Rebekka moet op haar vader lijken, Rebekka is heel anders.

'Hallo, Isaäk,' zegt ze. Op haar horloge is het even over halfnegen. 'Moet je niet naar school?'

'De juf is ziek,' zegt Bep, en iets in de manier waarop ze het zegt bereidt Berthe alvast voor. 'En er is geen vervanging. Ik moet werken, en er is niemand anders. Zou je...?'

'Isaäk ook?' vraagt Berthe met zinkend hart.

Bep knikt, en Berthe moet zich forceren om een vriendelijk, geruststellend lachje naar Isaäk te sturen, opdat hij zich niet buitengesloten zal voelen. Ook al is hij de prijs die ze moet betalen om Rebekka bij zich te mogen hebben.

Bep geeft haar instructies. Hoe laat Rebekka moet slapen, want ze komt pas tegen lunchtijd terug, dat vindt Berthe zeker wel goed? En Berthe voelt haar wangen rood worden, want de vorige keer heeft Rebekka helemaal niet geslapen.

'Ik neem ze wel mee naar Artis,' zegt Berthe. Ze steekt even haar neus in de lucht: het is minder koud vandaag. 'Ik heb een abonnement, en daar krijg je elk jaar wat vrijkaartjes bij. Ik heb er genoeg.'

'Rebekka mag er gratis in,' zegt Bep. 'Baby's mogen overal gratis in.'

'Okee.'

'En er is een speeltuin,' zegt Bep. 'Isaäk houdt van de speeltuin.'

'Mooi zo. Ik zorg ervoor dat we op tijd terug zijn.'

Ze zegt het, woorden, formules, alsof ze dagelijks twee kinderen over de vloer krijgt die ze een aantal uren moet bezighouden. Isaäk, hoe oud zou die zijn?

'Hoe oud ben je, Isaäk?' vraagt ze als Bep weg is.

'Acht.'

Acht. Ze heeft geen benul. Hoe praat je tegen een kind van acht? In haar droom was het geen probleem, maar dit is echt.

'Gaan we naar de gorilla's? Die vind ik hartstikke gaaf! En de speeltuin met het klimrek is daar vlakbij. Ik kan het hoogst klimmen van iedereen.'

Een opscheppertje, een lefgozertje. Wie zei dat ook alweer, dat de man die zei dat hij de grootste opschepper van de wereld was altijd gelijk had? Straks valt hij uit dat klimrek op de grond en breekt iets, en dan heeft zij het gedaan. Eerst moet ze weten hoe gevaarlijk dat klimrek is, en hoe oud de andere kinderen zijn die erin klimmen.

'We zullen zien. In ieder geval is Artis nog lang niet open, om tien uur pas, geloof ik.'

Isaäk loopt met dezelfde brutaliteit als zijn moeder door haar huis. 'Gave computer heb je, mag ik erop?'

'Er zitten geen spelletjes voor jou op,' moet Berthe hem teleurstellen. Ze wil niet dat hij op haar computer zit. Wat doet een vrouw met kinderen, de hele dag? Plotseling opent zich een verschiet: al die vrouwen die ze elke dag ziet in de supermarkt, ongeduldig kinderen voortslepend, wat zal daar eindeloze prutserij achter zitten, het hebben van kinderen in huis, het bezighouden, de aandacht en inventiviteit die daarbij te pas komen: in het licht van zo'n onmogelijke taak is dat ongeduld zo begrijpelijk!

Tekenen, bedenkt ze dan.

Dat valt niet mee. Ze moet nu haar kostbare aquarelblok pakken, er een vel af trekken, hem haar verfdoos en chinese kwasten ter beschikking stellen. Vooruit, denkt ze, Franciscus wilde geen bezit omdat hij geen macht wilde hebben noch slaaf wilde zijn, Jezus leefde zonder bezit – maar ze kan toch niet nalaten er iets over te zeggen: 'Dit zijn grotemensenspullen,' legt ze waarschuwend uit, maar het wordt opgevat als een verkooptruc, want Isaäk zegt dat hij niet van tekenen houdt.

'Waar houd je wel van?' vraagt Berthe.

'Van paarden en auto's.'

Berthe heeft geen plaatjes van auto's, maar van paarden heeft ze ze wel. Ze zoekt even en komt met een klein boekje van De Slegte met paardenrassen, allemaal in Stubbs-stand staan ze daar, van opzij met de hoofden fier geheven en de staarten net iets omhoog.

Hij vindt het mooi. Hij bladert erin, benoemt hun kleuren en wijst op details, verschillen in de bouw van benen en hoofd.

'Heb je thuis ook een boek over paarden?' vraagt Berthe.

'Nee.' Het klinkt als 'natuurlijk niet', en in een impuls geeft Berthe hem haar boekje. 'Dan neem je dit toch mee naar huis?' Ze kan het altijd nieuw kopen, en anders koopt ze een ander boek over paarden, er staan bij De Slegte altijd dat soort boeken. Of niet, ze hoeft niet per se een boek over paarden te hebben, misschien hoeft ze eindelijk niet meer over alles een boek te hebben?

Vanaf dat moment is Isaäk haar toegenegen, en gelukkig ook bereid een poging tot tekenen te wagen. Berthe laat hem met haar spullen alleen, dan hoeft ze ook niet aan te zien hoe hij ermee omgaat. En kan zij zich met Rebekka bezighouden, die zo rustig in haar stoeltje zit rond te kijken dat het is alsof ze nooit is weg geweest.

Berthe tilt haar op, en sluit haar ogen bij het gewicht van het kind in haar armen. Als je je ogen dicht hebt kun je beter voelen, wegen, beseffen wat je voelt. Een zwaarte die háár optilt, die verheft. En dan legt ze haar wang tegen die van het kind, want dat mag, bij baby's mag dat en moet het zelfs, willen ze niet verkommeren, baby's moeten worden aangeraakt en zijn ook in dat opzicht een geschenk aan ons, denkt Berthe, die nooit iemand aanraakt. Berthe aait Rebekka's gezichtje tot het glimlacht, haar armpjes tot die gaan zwaaien, en haar beentjes tot die gaan spartelen.

Heel, heel dichtbij is Rebekka's gezicht. Heel, heel diep kijken ze elkaar in de ogen. Heel, heel zeker weet Berthe dat ze van Rebekka houdt. Om wat die haar geeft, en dat ze nooit genoeg kan doen om terug te geven aan wie vertrouwen in haar stelt. En dat ze niet begrijpt hoe het mogelijk is dat het kwaad steeds weer opnieuw opduikt in de wereld, terwijl er toch baby's zijn die ons elke generatie weer leren wat vertrouwen is.

En dan flitst er een waarheid door Berthe heen, zo formidabel dat ze ervan schrikt. Zelfs, zelfs als ze Rebekka nooit meer zou zien, dan weet ze nu toch wat liefde is.

Nooit meer? In ieder geval is Rebekka er nu. Berthe zet Rebekka op de grond, zó dat haar voetzooltjes net de bodem raken, om te kijken of ze al zin heeft om te gaan staan. Ze houdt het meisje onder haar okseltjes vast en loopt haar voorzichtig een stapje: 'Fijn hè? Zo kun je lopen. Zo kom je vooruit.' Ze loopt met het meisje naar de tafel waar haar broertje zit: 'Kijk, Isaäk,' zegt ze, 'Rebekka leert lopen.'

De jongen kijkt nauwelijks op. Hij is inmiddels begonnen met het tekenen van een tweede paard, precies hetzelfde als het eerste, maar een heel stuk kleiner en rechts boven aan het vel papier. Ach, denkt Berthe, de schetsen van Leonardo lieten ook alle hoeken van de pagina zien. Met Rebekka zoet op schoot gaat ze naast hem zitten. 'Probeer te tekenen wat je ziet, en niet wat je in je hoofd hebt,' zegt ze. 'Kijk, op dit plaatje zie je maar twee benen van het paard, de andere twee zitten verscholen achter zijn lichaam. Maar jij hebt er vier getekend, je dacht natuurlijk dat het er vier moesten zijn omdat een paard er vier heeft. Dat is het verschil tussen wat je ziet en wat je weet. Of denkt te weten.'

'Zal ik ze weer uitgommen?' vraagt Isaäk bereidwillig.

'Nee hoor, maar bij een volgend paard kun je nauwkeuriger kijken,' zegt Berthe. 'Die dingen gebeuren langzaam, door te oefenen.'

Na nog twee paarden is het tijd om naar Artis te gaan.

Als Berthe op straat loopt, met een wandelwagentje en een kind aan haar zijde, langs winkels met kerstverlichting, beseft ze dat het lijkt alsof dit haar twee kinderen zijn. Eigenlijk zouden alle omstanders verbaasd moeten reageren, want minder op een moeder lijken dan zij is toch nauwelijks haalbaar, maar iedereen vindt het kennelijk heel gewoon dat zij hier zo loopt, niemand reageert.

Het lopen gaat langzaam. Isaäk is niet zo vlot, en zelf moet ze er erg aan wennen achter een karretje te lopen: het vergt een heel speciale houding, anders dan ze gewend is, minder rechtop.

Maar ze komen er wel. Langs de Hortus, langs het Wertheimpark. Berthe maakt zich klaar om over te steken, als Isaäk het fonteintje ziet.

'Ik wil drinken,' zegt hij.

'Natuurlijk,' zegt Berthe, die aan de kamelen van zijn vaders dienaar denkt. Ze laat het karretje los en tilt hem op om hem te laten drinken. Ze staat in een onhandige houding, met dat kind dat er eigenlijk te groot voor is vooroverhangend in haar armen, en ze heeft er niet aan gedacht dat straten schuin aflopen. Het karretje met Rebekka erin begint te rollen naar de rand van de straat, net als er een tram aankomt. Berthe gooit Isaäk bijna neer en sprint naar de stoeprand, maar een man in een nette donkere wollen winterjas is haar voor en houdt het karretje tegen. 'Er zit een rem op die dingen, hoor,' zegt hij. Dat wist Berthe inderdaad niet. Die man moet zelf kinderen hebben om zoiets te weten. Ze kijkt beschaamd naar hem op. Hij heeft iets van Tom Cruise, die voor hij bij die rare scientology ging een diep gelovig katholiek was.

'Heeft u misschien een mobieltje bij u?' vraagt de man. 'Het mijne is leeg, en ik moet een vergadering afzeggen.'

'Het spijt me, nee,' zegt Berthe, en ze vraagt zich af of het zin zou hebben er aan toe te voegen dat ze niet eens een mobieltje bezit. Nee, besluit ze, haar onwetendheid op het gebied van remmen op babykarretjes karakteriseert haar al voldoende.

'Jezus kan mobieltjes opladen,' zegt Isaäk.

'Pardon?' Berthe weet niet wat ze hoort.

'Jij kijkt zeker naar *Jezus en Jozefine*,' zegt de man tegen Isaäk. Die knikt.

'Mijn kinderen ook.'

Daar heb je het, denkt Berthe. Dat komt ervan. Je begeeft je op straat met twee kinderen, en voor je het weet sta je met een vreemde meneer te praten over een kindertelevisieprogramma dat kennelijk over Jezus gaat. Dé Jezus?

'En hij kan water in wijn veranderen ook,' zegt de nette meneer. Het moet dus dé Jezus zijn.

'Voor Jozef,' beaamt Isaäk op een toon of hij zich met deze Jezus identificeert. En zij had nog wel gedacht dat Rebékka haar kerstkind was! 'Maar stiekem, Maria mag het niet weten.'

Jozef, die Jezus achter Maria's rug om wonderen laat doen voor eigen gewin? Dat moet dan een andere Jozef zijn dan de Rechtvaardige, de Tsaddik, zoals zij hem kent.

'Maria zeurt,' legt Isaäk uit, die doorheeft dat zij niet weet waar de meneer en hij het over hebben. 'Daarom loopt Jezus altijd stiekem weg.'

Net als jij, denkt Berthe. 'Hoe oud is Jezus in jullie serie?' vraagt ze met het gevoel dat ze zelden zo'n rare, stomme vraag heeft gesteld. Een vraag die deze Jezus met de hare gelijkstelt – terwijl ze niet eens weet wie de hare is.

'Twaalf,' zegt Isaäk. Op twaalfjarige leeftijd ging hij in discussie met de oudsten van de tempel. 'En als hij groot is wil hij gladiator worden, net als Russell Crowe.'

'En wat wil jij worden als je groot bent?' vraagt de meneer.

'Autocoureur,' zegt Isaäk. 'Maar paardenrennen lijkt me ook leuk.' En hij kijkt naar Berthe op, die begrijpt dat ze hiermee impliciet bedankt wordt voor het paardenboekje.

De meneer neemt afscheid, en ze lopen verder. Berthe laat Isaäk doorpraten over Jezus, en begrijpt dat die via een tijdmachine die in een geheimzinnige kribbe zit in deze tijd terechtkomt en dan merkt dat iedereen zijn naam kent, waardoor hij ervan overtuigd raakt dat hij inderdaad Gods zoon is, zoals Maria altijd tegen hem zegt. 'Dus als hij zijn vriendjes iets wil laten doen wat ze niet durven, zegt hij gewoon dat het Gods wil is,' zegt Isaäk jaloers. 'Ik wou dat ik dat kon zeggen, tegen mijn moeder bijvoorbeeld, dan kreeg ik altijd mijn zin.' En hij kijkt even schuin naar haar op, als om te controleren dat ze betrouwbaar is en hem niet aan zijn moeder zal verraden.

Berthe glimlacht geruststellend terug en vraagt zich af of ze hem zal vertellen dat de Isaäk van de Bijbel op een bepaalde manier wel met Jezus wordt geïdentificeerd, via dat offer, maar dat lijkt haar te ingewikkeld en ook te pijnlijk om uit te leggen. Jezus, tweede Adam, tweede Isaäk, tweede Mozes de bevrijder, en in de Verlichting tweede Socrates. Maar ze moet blij zijn dat deze jongen tenminste zoals Jezus wil zijn, een hedendaagse imitatio, ja toch? Wat vreemd, maar niet in tegenspraak met de pre-existentie zoals die in het spoor van Johannes gepreekt wordt: als tijdreiziger weet deze Jezus wat zijn lot zal zijn, en hij kiest het toch. En hij is in deze serie duidelijk geen doetje, met zijn Russell Crowe. Weet ze nog hoe ze zich afgelopen voorjaar ergerde aan die lijdzame Jezus op de glasbak? Nou dan! Heeft Origenes niet gezegd dat Jezus alle gedaanten kan aannemen die in de gegeven omstandigheden nodig zijn? Tijdreiziger, gladiator, vampierjager. Ze glimlacht en kijkt neer op het touwkleurige haar, met gel in stekeltjes geplooid, van het jongetje dat naast haar loopt. Vanmorgen was ze een beetje bang voor hem – nu zou ze niet meer weten waarom.

Daar is het grote bord al boven de klok, dat met een grote illustratie adverteert dat het planetarium *Sesamstraat in de Melkweg* vertoont.

'*Sesamstraat!*' juicht Isaäk. 'Mag ik daarin?'

Sesamstraat, denkt Berthe, ik weet nauwelijks wat dat is. Ik dacht dat dat voor de hele kleintjes was? *Jezus en Josefine.* Tijdreizen, ruimtereizen. Zou het voor hem allemaal één pot nat zijn? Deze jongen leeft in een wereld die zo anders is dan de mijne, dat het een wonder mag heten dat we elkaar hebben ontmoet. 'Dat kan niet,' zegt ze, 'kijk maar op het bord hoe laat het begint.'

'Ik ben achter met niveaulezen,' zegt Isaäk.

'Alleen vanmiddag, om twee uur,' zegt Berthe. 'Wat is niveaulezen?'

'Dat de moeders ons helpen, in kleine groepjes, en steeds ga je een niveau omhoog.'

'Jouw moeder ook?' Op het moment dat de woorden eruit zijn weet ze al dat ze dit niet had moeten vragen.

'Nee, die moet werken. Kun jij het niet doen? Ja, gaaf! Berthe, doe je het, kom je me helpen met niveaulezen? Ze hebben altijd moeders te weinig, echt waar. Je moet gewoon naar de school komen en het tegen mijn juf zeggen. Of weet je, ik kom je wel ophalen de volgende keer als we niveaulezen hebben, dan neem ik je mee, goed?'

Tegen iemand die zo enthousiast is kan ze geen nee zeggen. Dus daar zit ze aan vast. Die drukke school in. Niveaulezen.

Ach, waarom ook niet? Lezen is immers één van de weinige dingen die ze kan? Stel dat ze Isaäk kan leren lezen? Het kost haar naar verhouding weinig, een klein offer – en hij heeft voor zijn hele leven toegang tot een van de grootste vreugden die zij kent.

'Okee,' zegt ze. 'Ik kom bij jou op school helpen niveaulezen.'

Omdat Isaäk naar de speeltuin met de klimtouwen wil, achter in de dierentuin, lopen ze langzaam die kant uit. Langs de apenrots, linksaf naar de leeuwenvijver. Net als Berthe met Isaäk naar de mannetjesleeuw staat te kijken, zien ze hoe die, terwijl hij er toch behoorlijk slaperig bij lag, met een haal van zijn machtige poot een reiger neermaait, een elegante reiger die al snel tot een verfomfaaid hoopje veren wordt gereduceerd.

Isaäk vindt het prachtig. Hij buigt zich voorover over de reling, niet bang om in het water te vallen, en slaat nauwkeurig elke fase van dit staaltje rauwe natuur gade. Terwijl Berthe hem in evenwicht houdt, ziet ze onder aan zijn bungelende benen dat de hiel van één van zijn sokken is versteld. Niet al te netjes, niet zoals zij het vroeger in het weeshuis heeft geleerd, met een maasbal en keurig vlechtwerk, maar bijeengehaald en een paar keer doorgestopt – en toch. Bep, een vrouw die sokken verstelt? Dat werpt een volkomen ander licht op haar. Even overweegt Berthe de mogelijkheid van een grootmoeder, maar nee, als die bestond was zijzelf niet nodig. Bep, die sokken verstelt. Die door dat te doen uit het hokje breekt waar Berthe haar in had gepast, voorgevormd als het ware, bezworen. Ineens een mens geworden, iemand die de eindjes aan elkaar knoopt, verbeten, niet onverschillig, een vechter.

En daar zit ze dan, met tussen haar benen het karretje met Rebekka, terwijl ze half oplettend kijkt naar Isaäk die in de touwen klimt. Ze zit hier wel vaker – niet precies hier bij de speeltuin, maar een eindje verder, op een bankje als dit, alleen dan altijd met een boek. Bij de flamingo's. Maar zelfs al had ze een boek willen meenemen vandaag, ze zou niet weten welk boek bij deze stemming past. Melancholie, verdriet en helderheid tegelijk. Ze denkt weer aan Suso's uitspraak over lijden als een korte pijn en een lange vreugde. Aan wat ze tegen Rebekka zei over verdriet.

Ze lijdt aan eenzaamheid, dat weet ze nu. Of mag ze daar al de verleden tijd van maken? Ze leed aan een gebrek aan liefde, dat als scheurbuik haar levenskracht ondermijnde.

Verdriet is altijd tevens oud verdriet. Terwijl Isaäk duikelt in de touwen, wellen de tranen op uit Berthes ogen en lopen stil over haar wangen tot ze vallen op de gevouwen handen in haar schoot. Een heel leven, lijkt het, lekt daar uit haar ogen in haar schoot.

'Kan ik iets voor u doen?'

Plotseling staat er een man voor haar neus, die meewarig op haar neerkijkt. Een oude man, met wit haar dat bijna tot de kraag van zijn grijze overjas reikt. Berthe ziet een grote neus en vriendelijke ogen onder wildgegroeide wenkbrauwen. Nu pas realiseert ze zich dat de tranen haar over de wangen stromen en dat mensen dat zien. Verward schudt ze haar hoofd, nee, hij kan niets voor haar doen, niemand kan iets voor haar doen, alleen zijzelf misschien en dan maar zeer ten dele. Ze zal haar hele leven opnieuw moeten bekijken en afmeten aan dit besef, dat ze aan eenzaamheid lijdt.

'Kijk eens naar uw prachtige kleinkinderen,' zegt de man, en Berthe kijkt, naar Isaäk die ondersteboven hangt te hangen en onderzoekt hoe de wereld er van onderaf bekeken uitziet. Naar Rebekka, die stilletjes in haar stoeltje zit met haar kleine gezichtje geheven naar het briesje dat haar vlashaartjes beweegt. Ze knikt en zegt 'U heeft gelijk,' even bang dat haar stem het niet zal doen. Kleinkinderen, was het maar waar.

Ja, de man heeft gelijk, er is een lichtpuntje: als ze naar deze kinderen kijkt, ziet ze in hen ook het meisje uit Limburg dat haar gezelschap zocht en van wie ze niet hield. Lucia, heette die. Licht. Het leven geeft je de gelegenheid de dingen over te doen, op andere tijden en met andere mensen, en toch hetzelfde, en zo jezelf te vergeven voor wat je misdeed. Misschien kan ze nu beginnen wat ze toen niet kon.

Berthe heft haar hoofd en ziet dat de vriendelijke man is weggelopen en haar impliciete leugen heeft meegenomen. Plotseling is dat onverdraaglijk. Ze rent hem achterna. 'Meneer...' en als hij blijft staan zegt ze: 'Dank u wel, maar het zijn mijn kleinkinderen niet.'

Ze wacht zijn reactie niet af, maar loopt met opgeheven hoofd terug naar het bankje. Bevrijd.

En dan is het tijd om naar huis te gaan, Bep zal haar kinderen weldra weer komen halen.

Daar loopt Berthe, achter het wagentje met Rebekka, die in slaap gevallen is, met Isaäk, die babbelt over wat hij heeft gedaan en gezien. Helemaal boven op het klimrek geklommen, helemaal dicht bij de zwarte panter geweest. En de leeuw die een reiger ving, weet Berthe het nog? Berthe weet het nog. En gaan ze volgende keer naar de gorilla's?

Berthe belooft het, en tilt hem op als hij bij het fonteintje bij het Wertheimpark weer wil drinken, onder de harpijen. Hij drinkt te snel en begint te proesten, en als ze hem neerzet loopt het water uit zijn mond pardoes over haar handen, alsof ze wordt gedoopt.

XII

FEESTMAAL

Vandaag is de dag, denkt Berthe Ploos terwijl ze met haar fiets aan de hand de Albert Cuyp langzaam af loopt in de richting van de Ferdinand Bolstraat, links en rechts speurend naar een schoenenkraam die ze zich herinnert met goedkope sportschoenen, minder dan twintig euro waren ze. Ze zal zuinig aan moeten gaan doen, maar dat vindt ze niet erg. Haar bureautje is een feit en vanavond wordt dat gevierd. Straks zal ze bij de Dirk van den Broek op het Heinekenplein, die een sterkedrankafdeling heeft, het benodigde eten en drinken inslaan voor de maar liefst zeven mensen die ze heeft uitgenodigd: Willemijn natuurlijk, en Joni, in de hoop dat die twee zich met elkaar zullen verzoenen, Clara en Simon, en Bep met Rebekka en Isaäk. Joni was een twijfelgeval, uiteraard, en Bep zit nu eenmaal vast aan de kinderen, maar zeven is een mooi getal. Ze heeft stoelen gehuurd bij de caraïbische sociëteit een paar deuren verder – dat kon zomaar, ze waren verrassend vriendelijk. Een euro per stoel, en dat nog alleen omdat ze op betaling aandrong. We zijn toch buren, was hun argument, en Berthe had geknikt, ja, maar ook nee: ze had buren, inderdaad, maar nu heeft ze ze pas werkelijk, en dat is vreemd en wonderlijk.

Ze kijkt alleen naar de kraampjes die ze nodig heeft, anders schiet het niet op, en ze moet haar energie bewaren voor vanavond. Ja, ze ziet ertegen op – nee, ze twijfelt niet, geen seconde. Dit moet ze doen, mensen in huis halen, gastvrouw zijn, het is nodig en ze is eraan toe. Wacht, daar is het kraampje dat ze zoekt. Sportschoenen nu, zwarte en liefst zonder schuine witte streep, zodat ze ze elke dag aan kan. Noem het ouderwets, maar wit in de winter kan voor haar nu eenmaal niet.

Ze heeft geluk, er ligt een paar in maat 38, effen zwart, achttien euro, en ze passen. Nu straks bij de kipkraam nog een paar kilo kippenbouten voor in haar vriesvakje en bij de kaasstal een flinke plak brie, en dan kan ze weer op de fiets. Ze moet haar ongeduld bedwingen tussen de langzaam lopende mensen – maar ja, met een fiets op de Albert Cuyp is ook niet handig, al weet ze geen betere oplossing: de fiets ergens neerzetten betekent tweemaal lopen, en ze heeft het druk vandaag. Om zich af te leiden laat ze haar gedachten afdwalen naar haar eerste opdracht, net vanmorgen binnengekregen – via Clara, wat wel bijzonder aardig van haar is, want zolang die nog niet besloten heeft of ze avontuurlijk voor Berthe komt werken of veilig bij Hans Bos blijft, had ze die natuurlijk evengoed aan de laatste kunnen geven. Geen gemakkelijke klus, op het eerste gezicht, maar een eerste opdracht weigeren lijkt het lot verzoeken. Het is een roman van Clara's zeventienjarige nichtje, in de traditie van Françoise Sagan en Liesje Schreuders, en met eenzelfde gebrek aan afstand, maar wat wil je op die leeftijd. Zoveel hevige gevoelens dat ze ze niet verwoorden kunnen. Als er 'au' staat voelt de lezer geen pijn, ook al is de pijn van de schrijfster nog zo echt. Maar er zit wel iets in dit boek: het gaat niet alleen over ruzie met de alleenstaande moeder die er niets van begrijpt en over stiekem gedoe met het foute vriendje, maar ook – en misschien, bedenkt Berthe, moet het daar wel voornamelijk over gaan – over de jarenlange strijd met haar flaporen. Qua plot is het niet eens onaardig uitgewerkt, want het eindigt niet met de te verwachten chirurgische correctie, ook al dringt de moeder van het meisje daar voortdurend op aan. Dat alleen al: een verhaal over oren past maar al te goed bij een tekstbureau dat 'Het woord' heet. En de thematiek is hedendaags: de maakbaarheid van het lichaam, een moeilijke adolescentie compleet met hang naar zelfverminking – en een oplossing van het probleem niet uit inzicht maar uit praktische overweging: dit meisje wilde van kindsbeen af model worden en leed dus jarenlang diep en hevig vanwege de veronderstelling dat je daarvoor geen flaporen mag hebben, tot ze er via een programma van Net 5 over topmodellen achter kwam dat een topmodel een kleine afwijking juist als handelsmerk kan gebruiken. Het is een boek dat waarschijnlijk wel een publiek kan vinden dat van ervaringsverhalen houdt – alleen zal het ontzettend arbeidsintensief worden om van dit magere, slecht geschreven maar diepdoorvoelde verhaal iets publicabels te maken, en veel geld zal het niet schuiven, tenzij ze natuurlijk een percentage van de opbrengst bedingt en het verhaal bij een commerciële uitgeverij onderbrengt. Valt over te denken, ook al zal het zelfs dan wel twee jaar duren voor ze iets binnenkrijgt. Misschien moet ze het zelfs in deze richting zoeken en ghostwriter worden. Wat je dan krijgt, dat zullen natuurlijk vooral biografieën en ervaringsverhalen zijn. Wil ze dat? Hangt van de auteurs en personages af, net als nu. Dit lijkt haar wel een lief, en ook flink meisje. Ja, als ze eerlijk is geeft alleen deze reden de doorslag om de opdracht aan te nemen: de pijn van dat meisje met flaporen, in wie ze haar eigen pijn herkent. Als ze haar werk goed wil doen, moeten ze natuurlijk samenwerken, praten. Een nieuw iets, een nieuw iemand in haar leven. En zo zal het verder gaan. Steeds. Daar heeft ze nu voor gekozen.

Daar is het postkantoor, hier kan ze rechtsaf en weer op de fiets. Ze wil al opstappen als de rug van een blond meisje dat naar de giromaat aan de achterkant van het postkantoor loopt, haar aan Moira doet denken. Op een werkdag, vrijdagmiddag, hoe kan dat?

Voor ze weet wat ze doet volgt ze haar, om er zeker van te zijn dat het werkelijk Moira is. Bij de pinautomaat blijft het meisje staan en ja, ook van opzij is het Moira.

Moira – nu Berthe van haar af is kijkt ze wellicht anders naar haar, want voor het eerst realiseert ze zich wat die naam betekent. Lot, en ze dacht net nog aan het lot. Bestemming, maar dat is voorbij. Grens, geluk, taak, doel, en soms glorie. Zo kan het wel weer.

Ze wil net opstappen en wegrijden, zich realiserend dat Moira áls ze spijbelt beslist niet door haar betrapt zal willen worden, als ze een magere jongen met vettig grauwblond haar ziet die Moira eveneens in de gaten schijnt te houden. Voor ze erover heeft kunnen nadenken staat haar fiets tegen een muur en op slot en is ze dichterbij gekomen – en als Moira zich omdraait staat daar niet alleen die jongen met een mes in zijn hand die haar zojuist gepinde euro's opeist, maar ook Berthe die de arm met het mes naar beneden slaat, streng tegen hem zegt: 'En nou wegwezen jij!' en dan, o wonder, een van schrik snikkende Moira in haar armen houdt.

Het duurt niet lang, dan trekt Moira zich terug met een verbaasde blik op haar gezicht. 'Je hebt me gered,' zegt ze.

'Nou...'

'Jawel, hij had een mes. Was je niet bang?'

'Daar was geen tijd voor,' zegt Berthe eerlijk. Het valt haar op hoe normaal, hoe ongedwongen ze elkaar aankijken. Moira's grijze ogen hebben kleine bruine vlekjes. Er is vertrouwdheid, alsof ze elkaar al heel lang kennen. Wat in feite ook zo is, maar tegelijkertijd ook niet, omdat ze elkaar niet wilden kennen. Ze weten geen van beiden wat ze tegen elkaar moeten zeggen. Maar dat doet er niet toe, omdat er duidelijk iets veranderd is, en dat zegt genoeg.

'Waarom kom je vanavond niet ook?' vraagt ze dan. 'We vieren de oprichting van mijn eigen tekstbureau, en vraag maar of Dorien ook zin heeft. Niets bijzonders, een maaltijd, en als je wilt mag je daarna meteen weer weg.'

'Maar ik ben niet aardig tegen je geweest,' zegt Moira.

'Dat is toch geen reden om toe te zien terwijl jou iets naars over-komt?' Berthe haalt haar schouders op. 'Bovendien geeft het nu niet meer.'

Moira lacht, en voor het eerst ziet Berthe hoe jong en kwetsbaar ze is als ze zo lacht, zo zonder kwaadaardigheid of leedvermaak. Ik ben blind geweest, denkt ze, hoe kan ik zo blind zijn geweest?

'Goed plan,' zegt Moira, en ze vraagt waar Berthe woont, Ber-the geeft haar één van haar nieuwe visitekaartjes met *Het woord, tekstbureau* boven haar naam en adres.

'Ziet er mooi uit,' zegt Moira. 'Echt.'

Berthe glimlacht, en Moira glimlacht terug.

Zo staan ze een tijdje naar elkaar te kijken, verbaasd over hun beider onverwachte vriendelijkheid.

'Ik denk dat Dorien niet kan, die ging uit met haar nieuwe vriendje,' zegt Moira dan, 'maar ik kom zeker.'

'Fijn,' zegt Berthe, en dan gaan ze elk huns weegs: Berthe stapt op haar fiets en Moira loopt de Albert Cuyp weer op.

Maar nog voor ze bij de Ferdinand Bolstraat rechtsaf kan slaan, ziet Berthe de jongen weer. Hij zit in een portiek met zijn beide armen om zijn bovenlichaam heen geslagen alsof hij het koud heeft. Nogal logisch, ziet Berthe, want hij heeft geen jas aan en het is januari. Omdat ze na haar ontmoeting met Moira toch al in een wonderlijke stemming is, zet ze haar fiets op de standaard en op slot en loopt op hem af. Zijn hoofd ligt op zijn armen nu, hij ziet haar niet.

Berthe legt haar hand op een schouder en spreekt hem aan. 'Hé.'

Het hoofd komt omhoog. Weer ziet Berthe twee grijze ogen, maar deze zijn van een doffer grijs, wanhoopsgrijs. 'Kom,' zegt ze, 'we gaan iets te eten halen.' En ze trekt hem overeind, pakt haar fiets en duwt die de Albert Cuyp weer in. 'In één van die restaurantjes aan de andere kant,' zegt ze terwijl ze de Ferdinand Bol oversteken. Daar is een marokkaans restaurantje. 'Houd je van marokkaans eten?'

'Kutmarokkanen,' zegt de jongen, en lacht een klein lachje waaruit niet is op te maken of hij de uitdrukking, gevleugeld sinds het gebruik ervan door een schaamteloze wethouder, als grap bedoelt of als oordeel. Maar ze vraagt het niet, het maakt voor haar in dit geval geen verschil. Behalve dan dat ze, als hij marokkaans gekozen had, misschien wel met hun handen uit dezelfde nap zouden hebben gegeten, en dat zou mooi zijn geweest. 'Hier dan,' zegt Berthe bij de eerstvolgende, een Thais-Vietnamese afhaalwinkel. 'Jij kiest vast wat je wilt terwijl ik mijn fiets op slot zet.'

Eigenlijk heeft ze geen honger, dus neemt ze zelf alleen een portie gefrituurde hapjes met een scherpe rode saus om ze in te dippen, maar ze staat erop dat hij een bord vol in kokos gestoofde kip met groenten eet, met een dubbele portie rijst. Hij begint zodra zijn bord wordt gebracht en eet met grote happen. Hij had echt honger.

Berthe gaat met haar hapjes tegenover hem zitten. Dat accent waarmee hij 'kutmarokkanen' zei. Waar zou hij vandaan komen? Hij zou joegoslavisch kunnen zijn, pools ook, of albanees. Uit één van de voormalige russische provincies misschien, Macedonië, Tsjetsjenië? Ze tuurt in zijn gezicht om hem te zien. Een paar ontstoken poriën, groezelige huid. Op zich zijn gaten in de knieën van een spijkerbroek neutrale informatie, maar niet in combinatie met de gerafelde mouwen van een blauwgrijze joggingtrui met *Manchester United* erop en deze veel te ingevallen wangen. Ze doen Berthe denken aan een fotoboek over de Tweede Wereldoorlog waarin kinderen met hongeroedeem stonden afgebeeld, met heuse gaten in hun wangen, en hoe geschokt ze van die foto's was maar ook hoe ze zich, elke keer als ze zich dit herinnert, weer opnieuw schaamt vanwege het impliciete racisme in die geschokte bekommernis: zwarte kinderen met gaten in hun wangen zouden haar niet verbazen, *daar hoort het bij*. Deze jongen is wit onder het straatvuil, net als die kinderen uit de hongerwinter, en zijn polsen steken mager en merkwaardig breed uit die rafelmouwen. Ze zou hem mee naar huis moeten nemen en hem in bad doen, Clearasil op zijn pukkels smeren, zijn teennagels bijknippen en zijn voetzolen schrobben. 'Hoe heet je eigenlijk?' vraagt ze, en dan ziet ze zijn gegeneerde gezicht en beseft dat haar aanwezigheid in zijn ogen de prijs van zijn maaltijd is.

'Sorry,' zegt ze en staat meteen op. 'Ik wilde je niet lastig vallen.' In haar tas zoekt ze een tweede visitekaartje. 'Ik houd vanavond open huis,' zegt ze. 'Zie maar of je komen wilt. Ik zet een stoel voor je klaar.'

Ze loopt naar achteren om te betalen. 'U betaalt voor uw zoon?' vraagt de eigenaar. Even begrijpt ze niet wat hij bedoelt. 'O, ik ga vast verder,' zegt ze dan.

Even later staat ze buiten, zo vol van schaamte dat ze haar fietssleuteltje niet kan vinden. Belangeloos geven is één ding, maar hoe weet de ander dat het belangeloos is? Ze tilt haar achterwiel op en loopt een eindje verder, om de jongen die achter het raam van het eethuisje zit niet langer tot last te zijn. Dan zet ze haar fiets neer en zoekt al haar zakken af. Had ze hem haar jas moeten geven? Ze weet niets van hem. Asielzoeker, weggelopen ama, uitgeprocedeerd, rechteloos, stateloos, werkeloos, ouderloos, vriendenloos, junk, gemartelde: ze weet niet eens waar hij vandaan komt. Dat maakt het erger. Dat maakt het erger omdat iemand die al die dingen kan zijn, aantoont dat al die dingen ér zijn, hier zijn, onder haar neus. Natuurlijk zegt hij zijn naam niet tegen haar: weet hij veel of ze niet alsnog naar de politie loopt? Een jongen van begin twintig en radeloos.

Haar zoon.

'Ik kan er nog niks van,' zegt ze hardop tegen de Ene, die boven de Albert Cuyp, haar geboorteplaats als het ware, de wacht houdt, 'maar hij heeft me wel op een idee gebracht.' Ze gaat het marokkaanse winkeltje in en zoekt gerechten uit voor een vijftiental personen. Als het te veel is kan ze het altijd nog invriezen. Couscoussalade met koriander. Tahine met lamsvlees, tomaten en bonen. Een dessert van gedroogde vruchten in eieren met suiker en melk. En vooraf gemarineerde kebabs.

Met drie grote plastic tassen staat ze buiten, en vindt haar fietssleuteltje meteen. Het had al die tijd in de zak gezeten waar ze het altijd stopt. Berthe steekt de Ferdinand Bolstraat weer over en staat stil. Ze hoeft nu geen drank meer te kopen, want bij marokkaans eten hoort thee. Muntthee, om precies te zijn. Wacht, op de Albert Cuyp is een kruidenstalletje. En vlak bij het postkantoor heeft ze een winkel gezien met grote pannen en schalen. Eten uit dezelfde nap.

Over het vanwege de bouwput van de toekomstige metro onduidelijke fietspad fietst ze over de Vijzelstraat op een fiets als een uitdragerij, met aan alle kanten tassen met eten en potten en pannen – was hier niet ergens een bakker? Ja, aan de andere kant van de bouwput, daar kun je vóór 2011 dus nauwelijks komen. Nu uitkijken dat ze met haar wielen niet in de tramrails raakt. Dan maar naar Albert Heijn, er is er nog eentje vlak bij de Munt. Stokbrood, of turkse broden. Brood om te breken.

Het klinkt wel erg sacramentaal allemaal. Eten uit dezelfde nap, brood om te breken. Iets te heilig, maar ja, het komt wel zo bij haar op. Niet zonder ironie, natuurlijk. Wat dat betreft is ze wel eens jaloers geweest op de protestanten, voor wie sacramenten alleen een heilig teken zijn en niet, zoals in de kerk waarin zij is opgevoed, de feitelijke aanwezigheid van Christus oproepen, als magie als je de zaak van beneden naar boven bekijkt, als een wonder als je van boven naar beneden kijkt. De middeleeuwse monnik Radbertus vergeleek het met het plaatsen van Jezus in de schoot van een maagd, ook al een wonder: en zo werd het ene wonder aan het andere opgehangen en twee onmogelijke dingen door middel van elkaar verklaard. Niet nodig, denkt Berthe terwijl ze de Prinsengracht oversteekt: 'doe dit tot mijn gedachtenis', meer heeft hij niet gezegd, alle evangelisten citeren die woorden. Geen Avondmaal, een maaltijd is goed genoeg. Gedachtenis, dat kan al verschrikkelijk veel betekenen zonder dat er transformatie van brood in vlees aan te pas komt: omdat het transformatie bewerken kan. In die gedachtenis veranderen we, ze is waarachtig niet de eerste die het ervaart! Dat prachtige beeld van Origenes, denkt Berthe terwijl ze Albert Heijn straal voorbij fietst: Jezus is in dat brood – of in ons – aanwezig zoals een stuk ijzer in het vuur gaat gloeien, en in dat gloeien zowel het ijzer en het vuur aanwezig is. 'Bravo,' zegt ze tegen Origenes, de allereerste systematische theoloog die we kennen, zoon van een martelaar, die zichzelf om kuis te kunnen blijven castreerde en zelfs, zonder dat het zijn reputatie blijvend schade deed, tot ketter is verklaard. 'Zo'n stuk ijzer wil ik worden,' zegt Berthe terwijl ze het Muntplein oversteekt en de Nieuwe Doelenstraat in draait. En als ze bij de Kloveniersburgwal links afslaat en bijna tegen een auto opfietst: 'Wat is het wonderlijk om weer, maar toch heel anders, terug te zijn in de traditie van mijn begin.'

Ze is alle supermarkten voorbij gefietst. Maar het brood dat zij gaat kopen, bij de bakker in de Antoniesbreestraat op de hoek van de Oude Schans, is wel degelijk door en door brood, en misschien wel het lekkerste brood dat je in Amsterdam kunt krijgen.

Thuis eet ze van al haar eten alvast een hapje voor ze het in de ijskast legt – het past er niet eens allemaal in, dus laat ze de couscous eruit. Gries zal niet zo gauw bederven. En nu? Ze heeft nog een paar uur over, de uren die ze anders aan koken zou hebben besteed.

Ze gaat op de computertafel voor het raam zitten. Sinds ze daar met Rebekka zat opdat het meisje beter uit het raam kon kijken, zit ze hier de laatste tijd wel vaker. Een nieuwe plek in haar souterrain. Buiten beweegt het kale iepje heen en weer in een winterwind, van links beschenen door het zonlicht dat tussen de gebouwen van de Jodenbreestraat door valt en de takjes donkerrood kleurt. Berthe laat haar gedachten gaan.

Wat vreemd was dat, vandaag op de Albert Cuyp, haar geboorteplaats. Eerst Moira, toen die jongen. En het besluit om een heel andere maaltijd aan te richten dan ze van plan was geweest. Haar hele leven lijkt wel anders te worden.

'Uw schuld,' zegt ze tegen de Ene die in de ramen van de theaterschool staat te schijnen. 'Straks wilt u ook nog dat ik naar de kerk ga, jawel!'

Daar ligt inderdaad een probleem dat ze tot nog toe heeft afgehouden. Bij geloven hoort de kerk, dat wil zeggen, ze voelt niets voor vrijblijvend Ietsisme en ze houdt zo ontzettend veel van die schitterende, rijke, onzinnige traditie. Die deel van haar is. Maar de dingen die haar vroeger uit de kerk verdreven vindt ze nog steeds moeilijk, even moeilijk: die gehoorzaamheid aan zoveel waartegen niet alleen het verstand maar ook haar gevoel zich verzet. De opstanding die letterlijk genomen moet worden, wat bovendien zo treurig afdoet aan de rijkdom en diepte van een symbolische betekenis. De maagdelijkheid, de presentia in brood en wijn – al die zaken die grenzen aan magie. Als kind moest ze bidden voor de zielen in het vagevuur, en het was precies bekend hoeveel weesgegroetjes één ziel voortijdig van pijn konden verlossen. Een belediging, zulk denken, jegens een God die toch liefde heet. Moeder Agnes ging in dat soort onzin niet mee, en toch heeft Berthe nooit ook maar een seconde getwijfeld aan de oprechtheid en diepte van Agnes' geloof. Maar hoe ze dat deed zonder disloyaal aan de kerk te zijn die ze diende? Zij, Berthe, zou nu geen ja kunnen zeggen tegen een kerk als ze van tevoren wist dat die iets anders van haar verwachtte dan ze bereid is te geven.

Ze denkt terug aan een documentaire die ze heeft gezien, over hoe monseigneur Bekkers in het begin van de jaren zestig dwars tegen zijn kerk in voor geboortebeperking pleitte, wat de firma Organon, die zojuist de pil had gefabriceerd, tot zo grote productiviteit bracht dat de pillen niet meer aan te slepen waren en waarbij het inpakken, pikant detail, veelal door nonnen werd gedaan die vanwege de nieuwe financiële zelfstandigheid van de kloosters geld moesten verdienen. Omwille van hun katholieke clientèle stond er in de bijsluiter dat de pil de menstruatie reguleerde, met als bijwerking tijdelijke onvruchtbaarheid, waarmee men het Vaticaanse verbod op anticonceptie omzeilde. Berthe kan zich nog net niet voorstellen dat moeder Agnes doosjes anticonceptiepillen heeft zitten inpakken, hoewel ze zéker onafhankelijk dacht. 'Wat weten we maar weinig, zelfs van degenen in wier aanwezigheid we hebben geleefd en van wie we hebben gehouden,' zegt Berthe. Hoe dacht moeder Agnes over een kerk die bepaalt hoe haar relatie met God moest zijn? Hoe kan wat ze op louter gezag aanneemt, hoe kan een leerstuk haar, Berthe, verlossen? Alleen een levenshouding kan dat, toch? Is het feit dat zij zo denkt een generatiekwestie? Ze komt er niet uit. Ze mist Agnes. En de protestantse kerk is geen alternatief: sinds de fusie is die Berthe te apolitiek en weinig moedig. Ze had allang een verklaring van solidariteit met de moslims moeten afleggen – ze heeft de onopgeefbare verbondenheid met Israël toch immers ook zo hoog in het vaandel staan? Maar ze wil het behoudende merendeel niet kwijt, het lijkt wel belangrijker dat er nog wat in de kerk zit dan hoe en waarom. En toch, en toch, zonder kerk kan het ook niet, daar is Berthe helaas van overtuigd: een zo aan de individuele ervaring gekoppelde waarheid behoeft autoriteit en toetsing, en wil bovendien met anderen gedeeld worden. Maar tot welke prijs?

'Aan zulke beslissingen ben ik toch niet toe, sorry,' zegt ze tegen de Ene, die speels in de takken van het iepje blaast. Maar ze is natuurlijk wel veel vrijer dan vroeger, ze kan kiezen. Ze kan het gewoon proberen, wat is daartegen? De Oranjekerk vlak bij de Albert Cuyp, protestants, die doet veel aan kunstprojecten in de buurt, of de Nicolaaskerk vlak bij haar huis, als ze naar een rooms-katholieke dienst wil. Of de quakers bij het Vondelpark, waarom niet. Er is misschien wel ergens een kerk waar zij haar Ene mag eren en vieren, een kerk waar ze een ketter mag zijn. Als ze durft. Iets voor later. Als ze maar vrij is. Berthe weet zeker dat de Ene wil dat ze vrij is, dat ze vrij mag denken. De God van vroeger wilde dat niet, zoals ze het toen zag, net als Sartre die dacht dat God ons niet vrij en creatief laat zijn.

Van vrijheid en onafhankelijk denken gaan haar gedachten bijna onvermijdelijk naar Ignatius, die meende dat je vrij was, vrij van bekommernissen en muizenissen, zodra je kon zeggen: uw wil geschiede. Dat snapte ze vroeger nooit. Nu wel: Ignatius bedoelde dat je niet vrij bent zolang je de slaaf van je verlangens bent, en dat je als je accepteert wat er met je gebeurt, een grote innerlijke vrijheid verwerft. Hij was ziek of depressief en las romans om zich de zinnen te verzetten, tot hij merkte dat die hem met een gevoel van verveling en nutteloosheid opzadelden en de depressie verergerden, zoals dat bij haar, nu bijna een jaar geleden, met Freecell het geval was. Terwijl hij zich daarentegen als hij in de Bijbel las steeds beter voelde. Berthe glimlacht om dit verhaal, dat ten grondslag ligt aan het ontstaan van de meditatieoefeningen van de heilige. Het hangt er maar van af welke symboolwaarde je aan 'romans' toekent. Zijn het detectives of bioscoopfilms, dan verschilt ze toch echt met hem van mening. Is het zap-tv of ongelimiteerd Freecell, dan gaat ze akkoord. Zonder desondanks, want zo ver wil ze nou toch ook weer niet gaan, zijn alternatieve inspiratiebron boven alle andere te verkiezen. Sorry, maar ze leest net zo lief Eckhart, om maar iemand te noemen, als de Bijbel. En als het goed is zal de Ene daar niet mee zitten, de allermededeelzaamste, zoals Eckhart hem noemt. Zal ze...

Vooruit, ze waagt het erop, ze zit er immers klaar voor? Berthe legt haar handen op haar knieën en doet haar ogen dicht. Liefde, denkt ze. En dat Ignatius aanried onder het bidden te doen alsof Jezus naast je zat en met hem te praten als een vriend – wat zij dus nooit zou kunnen. Jezus is dood, alleen in zijn voorbeeldfunctie leeft hij, en dan nog voor de een duidelijk heel anders dan voor de ander. Maar het witte winterlicht valt roze door haar oogleden, dat wel. Liefde dus, wat het ook moge zijn. God, die liefde is, wat je je daarbij ook moet voorstellen. En licht, het woord voor God dat de quakers gebruiken. Die keer op de berg dat ze om een teken vroeg. Dat hoeft nu niet meer. George Herbert noemde bidden 'Gods adem in de mens die tot zijn oorsprong terugkeert, de ziel in parafrase'. Zo gezien is denken soms ook bidden, hier zitten is dan bidden, met dat licht roze door haar oogleden. Gods witte licht, Nijhoff. Een hoofd vol dichters en gedachten, en dat gaat altijd maar door, stemmen die in haar spreken en analyses maken van alles en niets. Je zou toch denken dat bidden stilte was.

En dan zijn haar oogleden incens niet meer roze, maar wit. Intens wit, verhevigd wit. Licht dat naar binnen slaat. Hoorbaar in haar borstkas, haar maag... Licht dat haar in beslag neemt. Dat in haar slaat als een hart. Dat in haar hart slaat en het openbreekt en vult met licht.

'Nee,' zegt Berthe hardop, 'niet doen. Hier ben ik niet klaar voor. Hier heb ik niet om gevraagd. Dit kan ik niet aan.' En tegelijk denkt ze, voor zover ze nog kan denken: dit moet echt zijn want ik wil het niet. Dit is het echte werk. En: als dit liefde is, waarom doet het dan pijn?

De lichtslagen houden aan, of ze wil of niet, en ze weet niet of het trillen van haar lichaam veroorzaakt wordt door haar angst of door dit licht, dit witte vuur. Zo moet het voelen als je baart, gaat het door haar heen, een gloeiende natuurkracht die verstand en lichaam overneemt. God baart zijn zoon in de harten van de mensen, alweer Eckhart die dat zei. Een beeld, zoals ook de opstanding een beeld is. God als moeder, alles een beeld. Prachtige beelden, het hele christendom zit er boordevol mee, wat houdt ze er plotseling hevig van! Moeder Agnes, ik ben uw dochter. Een boreling is iemand die net geboren is. Een vondeling is iemand die gevonden is.

En almaar door blijft Gods witte licht haar slaan, tot Berthe de tijd kwijt is, en haar denken, en zichzelf. Er is licht, er is stilte.

Ineens is het vijf uur, en ze is uitgeput. Haar maag en haar hoofd doen pijn en ze trilt alsof ze een week met koorts in bed heeft gelegen. Maar ze moet verder, of liever, ze moet beginnen. Ze heeft zelfs geen tijd om na te denken over wat er is gebeurd, laat staan het te begrijpen. Ze weet niet eens wat er is gebeurd. Daarom zijn woorden als nadenken en begrijpen hier niet van toepassing. Je hebt dingen van de geest en dingen van de ervaring. Dit was ervaring, met een smaak van echtheid en onherroepelijkheid, anders en meer dan toen de gouden regen op haar tentdoek viel: hier was geen muziek, geen schoonheid; meer en hetzelfde als de lucht boven het Waterlooplein, dit was persoonlijk. Maar tegelijk is ervaring vluchtig, als de wind die over het water strijkt, individueel, onbewijsbaar, en daarom hartstochtelijk roepend om bevestiging, om ijking. Daar heeft ze dus anderen voor nodig.

Berthe klimt van de computertafel en bestudeert resoluut haar appartement. Eigenlijk moet je een marokkaanse maaltijd op de grond eten, maar dat zou alleen kunnen als ze onder de tafel gingen zitten, en daar zou het merendeel van haar gasten toch waarschijnlijk bezwaar tegen hebben.

Op het aanrecht zet ze haar reuzeschalen neer, en schept ze vol met voedsel, datgene wat warm gemaakt moet worden in de twee kleinste. Ze zet de oven aan om die voor te verwarmen, de magnetron is voor dit geweld te klein.

Ze koppelt de computer los en draagt het wonderinstrument naar haar slaapkamer. De printer idem. Dan de stapels boeken en aantekeningen, tot haar bed vol ligt en de tafel leeg is. Nu de schalen erop. Ze schuift de tafel zo dat er aan alle kanten stoelen omheen kunnen staan. Geen zeven, weet ze nu, maar twaalf stoelen: voor Willemijn, voor Joni, voor Moira, voor Clara, voor Simon, voor Bep en Isaäk en Rebekka, voor wie ze bij de fietsenmaker op het Waterlooplein een kinderstoeltje heeft gehuurd. Een stoel voor haarzelf. En een stoel voor Adam en Dorothy, van wie ze gastvrijheid heeft geleerd: als de naamloze jongen komt, is die stoel voor hem. Een stoel voor haar gesprekspartners – Franciscus, Pelagius, en ja, ook Eliot en Neel passen daar op diezelfde stoel. En een stoel voor de doden: moeder Agnes, Grete Bartlema, en Edwiga, die ook. De Ene hoeft geen stoel, die is altijd en overal.

'Kerk of geen kerk, ik word geroepen,' zegt ze hardop tegen de twaalf stoelen. De stoelen, boven in de rugleuning licht naar voren gebogen, lijken ja te zeggen.

Het feest kan beginnen. Berthe zet haar voordeur open.